भगवानदास मोरवाल

जन्म : 23 जनवरी, 1960; नगीना, ज़िला नूँह (मेवात) हरियाणा।

शिक्षा : एम.ए. (हिन्दी) एवं पत्रकारिता में डिप्लोमा।

कृतियाँ : *काला पहाड़* (1999), *बाबल तेरा देस में* (2004), *रेत* (2008), *नरक मसीहा* (2014), *हलाला* (2015), *सुर बंजारन* (2017), *वंचना* (2019), *शकुंतिका* (2020), *ख़ानज़ादा* (2021), *मोक्षवन* (2023) (उपन्यास); *सीढ़ियाँ, माँ और उसका देवता* (2008), *लक्ष्मण-रेखा* (2010), *दस प्रतिनिधि कहानियाँ* (2014), *धूप से जले सूरजमुखी* (2021), *महराब और अन्य कहानियाँ* (2021), *कहानी अब तक* (दो खंड, 2023) (कहानी-संग्रह); *पकी जेठ का गुलमोहर (2016), यहाँ कौन है तेरा* (2023) (स्मृति-कथा); *लेखक का मन* (2017) (वैचारिकी); *दोपहरी चुप है* (1990) (कविता); बच्चों के लिए *कलयुगी पंचायत* (1997) एवं अन्य दो पुस्तकों का सम्पादन; कुछ कृतियों का अंग्रेज़ी और अन्य भाषाओं में अनुवाद।

सम्मान/पुरस्कार : *मुंशी प्रेमचन्द स्मारक सारस्वत सम्मान* (2020-21), दिल्ली विधानसभा; *वनमाली कथा सम्मान,* भोपाल (2019); *स्पन्दन कृति सम्मान,* भोपाल (2017); *श्रवण सहाय अवार्ड* (2012); *जनकवि मेहरसिंह सम्मान* (2010), हरियाणा साहित्य अकादमी; *अन्तरराष्ट्रीय इन्दु शर्मा कथा सम्मान* (2009); कथा (यूके) *लन्दन; शब्द साधक ज्यूरी सम्मान* (2009); *कथाक्रम सम्मान,* लखनऊ (2006); *साहित्यकार सम्मान* (2004), हिन्दी अकादमी, दिल्ली सरकार; *साहित्यिक कृति सम्मान* (1994), हिन्दी अकादमी, दिल्ली सरकार; *साहित्यिक कृति सम्मान* (1999), हिन्दी अकादमी, दिल्ली सरकार; पूर्व राष्ट्रपति श्री आर. वेंकटरमण द्वारा मद्रास का *राजाजी सम्मान* (1995); डॉ. *अम्बेडकर सम्मान* (1985), भारतीय दलित साहित्य अकादमी; पत्रकारिता के लिए *प्रभादत्त मेमोरियल अवार्ड* (1985) तथा *शोभना अवार्ड* (1984)।

पूर्व सदस्य, हिन्दी अकादमी, दिल्ली सरकार एवं हरियाणा साहित्य अकादमी।

ई-मेल : bdmorwal@gmail.com

भगवानदास मोरवाल

मोक्षवन

मुक्ति की कामना में भटकते सफ़ेद पुतलों की त्रासद कथा

राजकमल पेपरबैक्स

राजकमल पेपरबैक्स में
पहला संस्करण : 2023
दूसरा संस्करण : 2026

राजकमल पेपरबैक्स : उत्कृष्ट साहित्य के जनसुलभ संस्करण

राजकमल प्रकाशन प्रा.लि.
1-बी, नेताजी सुभाष मार्ग, दरियागंज
नई दिल्ली-110 002
द्वारा प्रकाशित

शाखाएँ : अशोक राजपथ, साइंस कॉलेज के सामने, पटना-800 006
पहली मंजिल, दरबारी बिल्डिंग, महात्मा गांधी मार्ग, प्रयागराज-211 001
1, अनमोल सोराबजी सन्तुक लेन, धोबी तलाव, मरीन लाइंस, मुम्बई-400 002

वेबसाइट : www.rajkamalprakashan.com
ई-मेल : info@rajkamalprakashan.com

बी.के. ऑफसेट
नवीन शाहदरा, दिल्ली-110 032
द्वारा मुद्रित

मूल्य : ₹399

MOKSHAVAN
Novel by Bhagwandass Morwal

ISBN : 978-93-95737-94-4

मोक्षवन

लगता है इस बार गर्मी जैसे जान लेकर ही रहेगी!

आधे बैसाख के चढ़ते सूरज की धूप में नहाई सुबह की जो बयार, कभी ठंडक देती थी, वही अब दोपहर होते-होते लू में तब्दील होने लगी है। पानी भी घाटों से काफ़ी उतर गया है। यमुना के किनारे बने परिक्रमा मार्ग की काली सड़क पर तैरती मरीचिका को देख, एक पल के लिए लगता जैसे यमुना के समान्तर कोई दूसरी नदी बह रही है। उतरी हुई यमुना के पानी पर जब-जब सूरज की किरणें पड़तीं और रह-रहकर वह चिलकता, तब लगता जैसे यमुना नहीं, कोई पिघली हुई चाँदी की नदी बह रही है। जबकि गोधूली के आसपास यही चाँदी की नदी किसी सोने की नदी में बदल जाती है। आग बरसाती धूप में अब तारकोल की स्याह सड़क और गली-बाज़ारों में बिछे पत्थर भी तपने लगे हैं। जहाँ-तहाँ खड़े पीलू, पाखर, कदम्ब, तमाल, आम्र, मौलश्री के नर्म पत्ते ही नहीं बल्कि रह-रहकर यमुना की लहरों को छूने के बावजूद, घाटों की सीढ़ियाँ भी सूरज की तपिस और लू के थपेड़ों से अपने आपको बचा नहीं पातीं।

खिखियाते वानरों की एक छज्जे से दूसरे छज्जे पर लगती छलाँगों, बीच-बीच में कानों में पड़ते राधे-राधे और लगभग पूरी खुल चुकी दुकानों पर ग्राहकों का इंतज़ार करते दुकानदारों के चिर-परिचित चेहरों को देखते हुए अलग-अलग दिशाओं से डगमगाते नंगे पाँव और पसीने से तर हाँफते सफ़ेद पुतले सीधे यहीं आकर दम लेते। झुकी हुई बाँस की खपच्चियों-से लरज़ते और पुराने दरख़्त के तने जैसे पतले डंडों-सी भुजाओंवाले इस पुतले ने जैसे चैन की साँस ली। ऊबड़-खाबड़ रास्ते में कई बार गिरने के बावजूद, यहाँ तक पहुँचने की उसकी मानो साध पूरी हो गई। यहाँ आते हुए एक बार ठोकर खाकर गिरने के कारण छिल गए घुटनों व कोहनियों के दर्द को भी वह भूल गई। दरवाज़े पर साँस ले उसने घुटनों से थोड़ा नीचे तक बाँधी हुई सफ़ेद मटमैली धोती के सिर पर पड़े पल्ले को सीधा किया, और मुख्य दरवाज़े पर तैनात पंडे से नज़र मिलाए बिना वह आगे बढ़ गई। अन्दर एक तरफ़ पालथी मारकर बैठी भर्ती-टोकन बाँटनेवाली बाई से टोकन ले, उसे अपनी मुट्ठी में

कसकर पकड़ लिया। वह चुपचाप पहले से बैठे पुतलों के बीच में जाकर बैठ गई। उसकी साँसें अब भी तेज़-तेज़ चल रही हैं।

थोड़ा साँस लेने के बाद उसने मन-ही-मन अपने गोपाल का स्मरण कर, उसको धन्यवाद दिया कि वह समय से पहले यहाँ पहुँच गई। अगर थोड़ी-सी देर और हो जाती तो कल की तरह उसका इतनी दूर से गिर-पड़कर आना बेकार हो जाता। भर्ती-टोकन को उसने बड़ी सावधानी के साथ अपने थैले के हवाले कर दिया। थैले में रखे मजीरे के जोड़े को बाहर निकाल, उसकी डोर को दोनों हाथों की तर्जनियों में लपेटा और हाल के बीचोबीच विराजित राधा-कृष्ण की मूर्तियों के सामने 'हरे रामा, हरे रामा! रामा-रामा हरे-हरे/हरे कृष्णा, हरे कृष्णा! कृष्णा-कृष्णा हरे-हरे!' का जाप करती बाइयों के सुर में सुर मिलाने लगी। मूर्तियों के दाएँ-बाएँ हारमोनियम, खोल (मिट्टी का छोटा मृदंग), खड़ताल, झाँझ, मजीरों और झालोंवाला बाइयों का झुंड एक बार 'हरे राम, हरे राम! राम-राम हरे-हरे!' गाता, तो उसके पीछे-पीछे पूरा झुंड उसे दोहराने लगता।

धीरे-धीरे हॉल अब इन वाद्य-यंत्रों के नाद से गूँजने लगा। बीच-बीच में उसकी नज़र अपने दाएँ तरफ़ दीवार पर सालों से टँगे कीर्तन करनेवाली बाइयों की दैनिक संख्या दर्शानेवाले ब्लैकबोर्ड पर पड़ जाती। आज भी अठखम्बा, गोपीनाथ बाज़ार, मुरारका धर्मशाला, फोगला आश्रम और पत्थरपुरा भजनाश्रमों में कीर्तन करनेवाली बाइयों की सबसे अधिक संख्या, इसी गोपीनाथ बाज़ारवाले भजनाश्रम की है। भजनाश्रम के छत की कड़ियों में लटके और पुराने पड़ चुके बिजली के पंखों के चलने के बावजूद, शरीर का पसीना जैसे सूखने का नाम नहीं ले रहा है। चिपचिपाते जिस्म से झीनी धोती बार-बार हटती और कुछ देर बाद फिर से चिपक जाती।

जैसे-जैसे कीर्तन का समय अपनी समाप्ति की ओर बढ़ने लगा, हारमोनियम के सुरों, खोल की थाप, खड़ताल, झाँझ-मजीरों व झालों का कानफोड़ू शोर तेज़ होने लगा। पूरे चार घंटे कीर्तन करने के बाद जब यह शोर थमा, तब उसने अपने मजीरे को वापस थैले में रख दिया। आध्यात्मिक नाद की जगह अब चिल्ल-पों ने ले ली। उठने से पहले उसने अपने थैले में हाथ डाल भर्ती-टोकन को टटोलकर देखा तो पाया वह अपनी जगह सही-सलामत है।

बाहर निकलते हुए दरवाज़े पर तैनात अधेड़ पंडे से जैसे ही उसकी नज़र मिली, पंडे ने मुस्कराते हुए कहा, "बाई, घर ते थोड़ी जल्दी चले कर! नेक-सी अबेर और हो जाती, तो रह जाती न कल की तरह आज भी।"

उसने कुछ नहीं कहा। बस, मुस्कराकर रह गई और अपने पीछे आती दूसरी दासियों को रास्ता देती हुई भजनाश्रम से बाहर आ गई। अब वह गोपीनाथ बाज़ार में आ गई। चलने से पहले अपने थैले से उसने माला झोली निकाली और हाथ में तुलसी माला ले, अँगुलियों के पोरों से तुलसी के मणकों को फेरते हुए होंठों-होंठों

में राधे-राधे, राधे कृष्ण का जाप शुरू कर दिया। माला जपते हुए एक पल ठिठक कर वह सोचती है कि भजनाश्रम में आज मिले टोकन और पिछले एक सप्ताह के इकट्ठे हुए टोकन का क्यों न राशन लेकर लौटा जाए। वैसे भी भजनाश्रमों से मिलनेवाले ये भर्ती-टोकन किसी मुद्रा से कम नहीं हैं। पूरे वृन्दावन में किसी भी दुकान पर जाकर वह इसे देकर अपनी ज़रूरत का सामान ख़रीद सकती है।

यही तय कर वह राशन की दुकान की ओर बढ़ गई।

राशन की दुकान पर उसने भजनाश्रम से मिले टोकन दिए और बदले में जितना राशन मिला, उसे तथा भजनाश्रम से आज मिले चावल-दाल को लेकर लौट पड़ी। आगे जाकर बाएँ तरफ़ मुड़ ब्रह्मकुंड इलाक़े में ज्ञान गूदड़ी से पहले लाला बाबू मन्दिर के पास म्यूजिक मार्किट में दाख़िल होते ही उसकी चाल धीमी पड़ गई। मार्किट की दुकानों पर तबला, ढोलक, खोल, खड़ताल-मजीरा ख़रीदनेवाले ग्राहकों और दुकानदारों के बीच आदान-प्रदान होते तबलों, ढोलक व खोल की चंटी-थप्पी से निकलती गुमक, हारमोनियम की कुंजियों पर थिरकते अँगुलियों के पोरों व रीड्स से निकलनेवाले मधुर स्वर, और खड़ताल-मजीरों की खनक को सुन वह जैसे स्मृतियों की खोह में उतरती चली जाती है। यहाँ से गुज़रते हुए उसकी दिनभर की थकान और सारा संताप जैसे धुल जाता है। म्यूजिक मार्किट को पार कर वह मन्दिर श्रीगोदा विहार से वंशीवट की तरफ़ मुड़ गई और शिवालय अर्थात गोपेश्वर महादेव मार्ग पर स्थित ब्रह्मचारी मन्दिर यानी राधा गोपाल मन्दिर के सामने आकर रुक गई।

पहले उसने राधा गोपाल मन्दिर की सीढ़ियों पर शीश नवाया और फिर मन्दिर में चली गई। वहाँ सबसे पहले राधा गोपाल के दर्शन किए। उसके बाद हंस गोपाल, सनकादिक, नारद, निम्बार्क, निवासाचार्य की अचल तथा नृत्य गोपाल व राधाजी की चल प्रतिमाओं के दर्शन किए। थोड़ा आराम करने की ग़रज़ से वह मन्दिर के सेवायत जमुनादास के पास चली आई। कुछ देर यहाँ सुस्ताने के बाद वह खड़ी हुई और रह-रहकर टकराते गरम हवा के थपेड़ों से अपने आपको बचाते हुए, मन्दिर के सामने पूरब की तरफ़ सुदामा कुटी और छैल छकनियाँ की तरफ़ जाती पतली-सर्पीली वीरान गली की ओर बढ़ गई। गली में उतरने से पहले उसने पलटकर ब्रह्मचारी अर्थात राधा गोपाल मन्दिर के खुले हुए दरवाज़े को निरखा। उसी दरवाज़े को जिससे होकर वह राधा गोपाल के दर्शन करने आती है। यह इसका नित्य का नियम है।

अब वह उसी वीरान और सर्पीली-सँकरी अर्थात भूतगली में उतर गई जिससे रात-बिरात तो क्या, बैसाख-जेठ के तपते महीनों की भरी दोपहरी में गुज़रने की किसी की हिम्मत न पड़े। छोटे-छोटे डग भरते हुए उसने तय कर लिया कि कल से वह भजनाश्रम समय से पहले पहुँचेगी। उससे अब नहीं सहा जाता है इन पंडों का उलाहना। भर्ती-टोकन ख़त्म होने के डर से लाइन में आगे लगने के लिए बाइयों में होती धक्का-मुक्की अब नहीं सही जाती। भूतगली को पार कर वह, टाट बाबा

समाधि के बग़ल में स्थित पागल बाबा मन्दिर के आश्रम में आ गई। उसके कानों में अब भी 'हरे राम, हरे राम! राम-राम हरे-हरे!' का रसहीन शोर गूँज रहा है। हल्का-फुल्का खाने के बाद अब वह शाम के कीर्तन में शामिल होने की चिन्ता में घिर गई। इसी चिन्ता में कब उसकी आँखें लग गईं, उसे नहीं पता।

यह तो अच्छा हुआ जो समय रहते उसकी आँखें खुल गईं। उसने जल्दी-जल्दी अपने तन पर धोती लपेटी। चलने से पहले नाक के ऊपर और माथे के मध्य में लगे चन्दन के टीके को गहरा किया और गोपीनाथ बाज़ार की ओर तेज़-तेज़ क़दमों से चल दी। रह-रहकर उसकी आँखों के सामने भजनाश्रम के पंडे और यहाँ का कठिन अनुशासन तैरने लगता है। जैसे-जैसे गोपीनाथ बाज़ार नज़दीक आने लगा, रास्ते में दूसरे सफ़ेद पुतले मिलते चले गए। अलग-अलग दिशाओं से आनेवाले पुतलों के झुंड भजनाश्रम के पास आते-आते किसी थकी हुई नदी में बदल जाते। लेकिन यहाँ बाइयों की भीड़ और आपस में होती धक्का-मुक्की को देख, वह पत्थरपुरा भजनाश्रम चली गई। उसकी यह अब जैसे दिनचर्या हो गई कि सुबह-शाम नंगे पाँव भूतगली से भजनाश्रम और भजनाश्रम से भूतगली। भूतगली ही जैसे उसका अन्तिम आसरा है।

हरिदासी।

पागल बाबा आश्रम की दूसरी अभागियों की तरह जैसे किसी को अपने अलावा किसी के बीते हुए का नहीं पता, वैसे ही इसके बारे में भी किसी को नहीं पता कि इसका असली नाम क्या है? कौन है, कहाँ की रहनेवाली है? सच तो यह है कि अब तो स्वयं वह भी अपना नाम भूल चुकी है। यदि इसका कुछ नाम होगा भी, तो उसे याद करने का क्या फ़ायदा? इसकी पहचान तो दशकों पहले उसी दिन ख़त्म हो गई थी, जब वह नबद्वीप से वृन्दावन चलकर आई थी। वह अपने उस अतीत को अब याद करना भी नहीं चाहती है। क्योंकि जब-जब वह अपने गुज़रे हुए को याद करती है, भीतर तक सिहरती चली जाती है।

हाँ, एक व्यक्ति है जो इसके विगत को जानता है। वह है ब्रह्मचारी मन्दिर अर्थात राधा गोपाल मन्दिर का सेवायत जमुनादास। पिछले छह-सात दशकों में यमुना का पानी कितना बदल गया है, इसे जमुनादास और इसकी तरह दूसरी दासियाँ या कहिए बाइयाँ, सब अच्छी तरह जानती हैं। इनकी आँखों ने वृन्दावन का धार्मिक वैभव और विपन्नता, सामर्थ्य व लाचारी तथा जीवन के जिन अनेक चरणों और पक्षों को फलते-फूलते और नष्ट होते हुए देखा है, उसे ये सब अच्छी तरह जानती हैं।

पहली बार जब उसने अपने विगत की परतों को सेवायत जमुनादास के सामने धीरे-धीरे सिलसिलेवार खोलना शुरू किया था, तब थोड़ी देर के लिए जमुनादास को अपने कानों पर विश्वास नहीं हुआ। भला कैसे विश्वास हो? जिस हरिदासी का

अतीत इतना वैभवशाली रहा हो, उसे सुनकर कोई भी यक़ीन नहीं करेगा।

शायद इसीलिए सेवायत जमुनादास ने हैरान होते हुए पूछा था, "मैया, तेरो मतलब है कि तू वा रानी राशमणि की वंशज है, जाने विधवा होते हुए ईस्ट इंडिया कम्पनी के छक्के छुड़ा दिए थे?"

"माँ दुर्गा कसम जमुना बाबू। मैं झूठ क्यों बोलूँगी?" उलटा हरिदासी ने जमुनादास से पूछते हुए आगे कहा, "तुमको पता है ईस्ट इंडिया कम्पनी के आगे हमारी राशमोनी ने पूरी हिम्मत से सीना तानकर कलकत्ता में दक्षिणेश्वर काली मोन्दिर बनवाया था।" कहते हुए हरिदासी की इस बार आँखें चमक उठीं।

सेवायत जमुनादास अपलक हरिदासी की आँखों में आते-जाते चमकीले भावों को देखता रहा।

"रानी राशमोनी कलकत्ता के हलिसहर में केवट परिवार में पैदा हुई थी।"

"केवट, तेरौ मतलब है ऊ मल्लाह जिन्ने ब्रज में धीवर कहवे हैं वा जात में पैदा हुई ही?"

"हाँ सेवायत जी। वैसे हलिसहर का पुराना नाम कुम्हारहट्टा था। बख्तियार खिलजी के शासन में इसे हवेली शहर के रूप में जाना जाता था, जो बाद में बिगड़कर हलिसहर हो गया। रानी राशमोनी का परिवार बहुत गरीब था। जब वो पन्द्रह साल की थीं तो उसकी शादी वहीं के एक अमीर जमींदार खानदान के राजदास से हो गई थी। राशमोनी का स्वामी राजदास नए बिचारोंवाला आदमी था। उसने राशमोनी को हमेशा उसके मन के अनुसार काम करने के लिए हौसला बढ़ाया। बल्कि राशमोनी को उसने अपने कारोबार से भी जोड़ लिया। वे दोनों मिलकर लोगों की भलाई के लिए बड़ा काम किया करते थे। कलकत्ता में उन्होंने बहुत सारी प्याऊ बनवाईं। गरीबों के लिए माँड़ रसोई बनवाईं। इतना ही नहीं जमुना बाबू, कलकत्ता के अहीरीटोला घाट और सुन्दरबाबू राजचन्द्र दास घाट, जिसे बाबूघाट कहते हैं और नीमतला घाट इनको उन दोनों ने ही बनवाया था। किन्तु हमारे कान्हा को कुछ और ही मंजूर था..." इतना कह हरिदासी एक लम्बी साँस लेते हुए जैसे किसी अन्धी सुरंग में निकल गई।

"का हुओ मैया? कैसे चुप हे गई?" सेवायत जमुनादास ने विस्मय से पूछा।

"क्या बताऊँ जमुना बाबू! अचानक एक दिन चार जवान बेटियों के पिता राजदास की मृत्यु हो गई। उसकी मृत्यु के बाद राशमोनी के लिए यह सबसे कठिन समय था। एक तो चार-चार बेटियाँ, ऊपर से पति का कारोबार। लेकिन राशमोनी ने हिम्मत नहीं हारी। आप तो जानते ही हैं जमुना बाबू कि हमारे बंगाल में विधवा की क्या हालत होती है। सिर के बाल कटवा दिए जाते हैं। एकदम निरामिष भोजन खाना पड़ता है। माछ-मांस सब बन्द। साज-सिंगार की तो एक विधवा सोच भी नहीं सकती।"

"मैया, जे हालत हमारे सारे हिन्दू समाज की है। वैसे भी मनुस्मृति में कहो गयो है कि—

कामं तु क्षपयेद्देहं पुष्पमूलफलैः शुभैः।
न तु नामापिगृहीयात्पत्यौ प्रेते परस्य तु॥

यानी पति की मौत के बाद स्त्री केवल फल-फूल और कन्दमूल खाकर अपनो शरीर दुर्बल करे। पराए मर्द को कभी नाम न ले। इतना ही नहीं, वाहे उम्रभर संयम से रहनो चहिए। इतनो ही ना हमारे धर्माधिकारियों ने ई इतनी बिचारी बना दी है कि सारे अमंगलों में सबसे अमंगल बना दी है। मदन पारिजात में तो कहो गयो है कि विधवा के दर्शन से कोई कार्यसिद्धि नहीं होती है। केवल अपनी माता ए छोड़के समझदार आदमी काई विधवा से आशीर्वाद प्राप्त ना करे। विधवा ए सिर मुँड़ाके रखनो चहिए, क्योंकि केश बाँधने से पति बन्धन में पड़ता है। इतना ही नहीं, विधवा के पलंग पे सोने ते मृत पति को नरक मिलता है।"

"लेकिन जमुना बाबू, हमारी राशमोनी ने इन सबकी परवाह नहीं की और विधवाओं के लिए मर्दों के बनाए बिधान को न मानते हुए, अपने पति राजदास का कारोबार खुद सँभाल लिया। आप सोचो कि उस समय यह कितनी बड़ी बात थी। हमारे बंगाल के कुलीन ब्राह्मणों में तो यह मान्यता थी कि विधवा को जीवित ही नहीं रहने दिया जाए। बल्कि सती करके फालतू की विधवाओं का निपटारा कर दिया जाता था। राममोहन राय ने जब अपनी भाभी को चिता पर जिन्दा जलते हुए देखा था, तो उसका दिल दहल उठा था। इसीलिए सती के विरोध में उसने आवाज उठाई थी।"

"सही कहरी है मैया। जा औरत ए सिर मुँड़ाके धौरी धोती पहन बिन्दाबन चले जाना चहिए था, वानै अपने पति को बौपार सँभाल लियो। ई कम बड़ी बात ना है।"

"जमुना बाबू, जब राशमोनी के पति राजदास के दुश्मनों और जान-पहचानवालों ने यह बात सुनी, तब वे बहुत राजी हुए। वे राजी इसलिए नहीं हुए कि राशमोनी ने कारोबार की बागडोर अपने हाथ में ले ली थी, बल्कि इसलिए हुए कि वे अब उसके कारोबार को आसानी से हथिया लेंगे।"

"मैं कछु समझो ना मैया?"

"इसमें समझने की क्या बात है? उसके दुश्मनों ने सोचा कि एक तो स्त्री, वह भी विधवा अधिक समय तक उनके सामने नहीं टिक पाएगी। मगर अपनी होशियारी से राशमोनी ने कारोबार को पूरी तरह सँभाल लिया। इस तरह उसने अपने दुश्मनों की उम्मीदों पर पानी फेर दिया। राशमोनी का एक नौकर था मथुरानाथ बिस्वास। उसने उसकी बड़ी मदद की थी। बाद में इस पढ़े-लिखे जवान मथुरानाथ ने राशमोनी की तीसरी बेटी से शादी कर ली। शादी के बाद मथुरा बाबू लेन-देन का सारा काम सँभालने लगा। वह राशमोनी का भरोसे का आदमी बन गया। लेकिऽऽऽन उसके

दुश्मनों को उनके एक अच्छे काम के बहाने, उस पर चोट करने का मौका दे दिया।"

"ऐसो कौन-सो काम हो मैया, जाने अच्छे होने के बाद भी उसके दुश्मनों को मौका दे दियो?" जमुनादास ने बुझे स्वर में पूछा।

"यह कि उसने कलकत्ता के पास जब दक्षिणेश्वर मन्दिर बनवाया था, तब ब्राह्मणों ने उसका बहुत विरोध किया। उसे खूब भला-बुरा कहा। इतना ही नहीं सारे ब्राह्मणों ने यह कहकर मन्दिर का पुजारी बनने से मना कर दिया कि वे एक शूद्र जाति की स्त्री द्वारा बनाए गए मन्दिर में पुजारी नहीं बनेंगे।" कहते-कहते हरिदासी का चेहरा तमतमा उठा।

"फिर तो मन्दिर बिना पुजारी के चलो होएगो?"

"नहीं जमुना बाबू। एक बार फिर रानी राशमोनी के दुश्मनों को मुँह की खानी पड़ी।" इस बार हरिदासी का तमतमाया चेहरा एकाएक खिल उठा, "हुआ यह कि ब्राह्मणों के इस विरोध की परवाह किए बिना हमारे रामकृष्ण परमहंस आगे आए और बोले कि मन्दिर का पुजारी मैं बनूँगा। बस, फिर क्या था सारे धूर्त ब्राह्मणों की हवा निकल गई।" फिर एक पल चुप्पी साधने के बाद बोली, "बाद में रानी राशमोनी ईश्वरचन्द्र विद्यासागर के साथ जुड़ गई और बाल-विवाह, बहु-विवाह, सती-प्रथा के विरोध में आवाज उठाने लगी। इस बंगाली विधवा रानी राशमोनी ने ईश्वरचन्द्र विद्यासागर के साथ मिलकर, ईस्ट इंडिया कम्पनी के सामने बहु-विवाह के विरोध में एक मसौदा पेश किया था।"

जिस समय हरिदासी अपनी इस भूली-बिसरी नायिका रानी राशमणि की हुमकते हुए गाथा सुना रही थी, सेवायत जमुनादास मुस्कराते हुए उसे बड़े ध्यान से सुन रहा था। वह सोच रहा था कि कैसे वाराणसी या वृन्दावन में असंख्य बंगाली विधवाओं द्वारा मोक्ष की आशा में भटकने के बजाय, रानी राशमणि जो वास्तव में रानी नहीं थी, उसने सामाजिक बुराइयों के ख़िलाफ़ आवाज़ बुलन्द कर रानी का दर्जा हासिल किया होगा।

"जमुना बाबू!"

अपने नाम की आवाज़ सुन, सेवायत अकबकाते हुए वर्तमान में लौटा।

"एक बार पता है क्या हुआ?"

सेवायत जमुनादास ने कुछ नहीं कहा।

"वह अपने गरीब मछुआरों के लिए अंग्रेज़ों से भिड़ गई थी। अपने आपको चालाक कहनेवाले इन फिरंगियों को रानी ने अपनी बुद्धि से धराशायी कर दिया था।"

"तो वानै अंग्रेजन ते भी टक्कर ली ही?" इस बार मारे हौंस के सेवायत जमुनादास का सीना चौड़ा होता चला गया।

"हाँ जमुना बाबू। हुआ यह कि अपना मुनाफा बढ़ाने के वास्ते बेईमान और लालची ईस्ट इंडिया कम्पनी का ध्यान बंगाल प्रेसिडेंसी से जानेवाली गंगा नदी के

लम्बे किनारे पर गया। यह नदी इन गरीब मछुआरों के लिए उनकी जीवन-रेखा थी। उनका घर-परिवार सब इसी से चलता था। तो हुआ यह कि गरीब मछुआरों की छोटी-छोटी माछ पकड़नेवाली नावों पर ईस्ट इंडिया कम्पनी ने यह कहकर टैक्स लगा दिया कि गंगा के घाट पर उनकी नावें, उनकी बड़ी नावों के आने-जाने में रुकावट डाल रही हैं। अंग्रेज़ों की इस दुष्टता से परेशान बेचारे मछुआरे भागे-भागे कलकत्ता के बड़े सेठों के पास गए, किन्तु सेठों ने उनकी मदद करने से एकदम मना कर दिया। सब जगह से निराश होने के बाद वे रानी राशमोनी के पास आए और उनसे मदद माँगी।"

इतना कह हरिदासी इतनी ज़ोर-से हँसी कि आसपास विचरते पक्षियों और आपस में तमाल के पेड़ों की शाखाओं पर किलोल करते वानर सहमते हुए उसकी ओर देखने लगे।

"कहा हुओ मैया, जो तेरी इतनी जोर ते हँसी छूट गई?"

"जमुना बाबू, मेरी हँसी यह सोचकर छूट गई कि आगे जो तुम सुनोगे, उसे सुनकर आपको विश्वास नहीं होगा कि रानी राशमोनी ने उन दुष्ट फिरंगियों के साथ क्या किया होगा?"

"क्या किया होगा?" सेवायत जमुनादास ने हैरानी के साथ पूछा।

"यही कि रानी राशमोनी ने हुगली नदी को जंजीरों से बाँध दिया था।" एक महीन मुस्कान उछालते हुए हरिदासी ने एक-एक शब्द को चुबलाते हुए कहा।

"न...नदी जंजीरन ते बाँध दी! कहा कह रई है मैया?"

"मैंने कहा था न जमुना बाबू कि मेरी बात सुनकर आपको विश्वास नहीं होगा।"

"कही तो ही, पर कोई नदी और वाके पानी ए कैसे बाँध सके है? कोई हमारे बिन्दाबन में मदन मोहन जी के मन्दिर के सामने कालीयदमन के या फिर चीर घाट या इमलीतला घाट के सामने बहती यमुना ए बाँधके दिखाए?" सेवायत जमुनादास ने हरिदासी को चुनौती देते हुए कहा।

"लेकिन जमुना बाबू, रानी राशमोनी ने ऐसा ही किया था। कैसे किया था, मैं बताती हूँ। हुआ यह कि राशमोनी ने दस हजार रुपए में ईस्ट इंडिया कम्पनी से, कलकत्ता से बहनेवाली गंगा की डिस्ट्रीब्यूटरी वाला हुगली नदी का दस किलोमीटर हिस्सा पट्टे पर ले लिया। इसके बाद राशमोनी ने अपने पट्टेवाले हुगली नदी के हिस्से में लोहे की बड़ी-बड़ी और मोटी जंजीरें लगवा दीं। जंजीरें लगवाने के बाद रानी राशमोनी ने मछुआरों से कहा कि वे अब यहाँ मछली पकड़ लें। जंजीरें लगते ही हुगली नदी में ईस्ट इंडिया कम्पनी के जहाजों का जमावड़ा लग गया। कम्पनी के अंग्रेज़ बहादुरों ने जब यह देखा तो रानी से पूछा कि उसने ऐसा क्यों किया? इस पर राशमोनी ने जवाब दिया कि उसके हिस्से पर कम्पनी के बड़े-बड़े जहाज असर डाल रहे हैं। रानी राशमोनी का उत्तर सुन अंग्रेज़ बहादुर दंग रह गए।"

"तो क्या कम्पनी के अंग्रेज़ बहादुरों ने रानी को ऐसा करने से रोको ना मैया?"

सेवायत जमुनादास ने जिस तरह सीधा-सा सवाल किया, उसका हरिदासी ने सरल-सा उत्तर दिया, "बिलकुल रोका था जमुना बाबू, परन्तु रानी राशमोनी ने ब्रिटिश कानून का हवाला दिया और कहा कि अगर कम्पनी ने मुझे जबरदस्ती रोकने की कोशिश की, तो वह अदालत में कम्पनी के विरुद्ध केस डाल देगी। चूँकि लोहे की जंजीरों ने रास्ता रोक दिया था और दोनों तरफ कम्पनी के जहाज जमा हो गए थे, इसलिए ईस्ट इंडिया कम्पनी को हारकर राशमोनी के साथ समझौता करने के लिए मजबूर होना पड़ा। माछ पकड़ने पर लगाया गया टैक्स समाप्त कर दिया गया और मछुआरों के अधिकारों की रक्षा के लिए गंगा में उनके आने-जाने पर लगी रोक भी हटा दी गई। इसके बाद नदी हमेशा के लिए 'रानी राशमोनी जल' बन गई। मैं जब शान्तिनिकेतन में थी तब मैंने वहाँ इसके बारे में गौरांग प्रसाद घोष द्वारा खींची गई एक तस्वीर देखी थी। यह तस्वीर उस बड़ी-सी खूँटी की थी, जिसे कभी हुगली नदी में जंजीरों को बाँधने के लिए इस्तेमाल किया गया था। यहीं मैंने लाइब्रेरी में समरेश बसु का 'जन्मभूमि' पत्रिका में 'नदी जो हमेशा के लिए 'रानी राशमोनी जल' बन गई' लेख पढ़ा था।"

जिस समय हरिदासी अपनी पुरखिन रानी राशमणि की कहानी सुना रही थी, सेवायत जमुनादास बड़ी तन्मयता से इसे सुन रहा था।

"एक मजेदार बात और बताऊँ जमुना बाबू, मथुरा में श्रीकृष्ण जन्मभूमि की दीवार पता है किसने बनवाई थी?"

"किसने बनवाई थी?" सेवायत ने विस्मय के साथ पूछा।

"इस दीवार को हमारी इसी रानी राशमोनी ने बनवाया था।"

सेवायत जमुनादास जैसे उछल पड़ा, "ई का कह रई है मैया?" एक पल के लिए सेवायत को अपने कानों पर विश्वास नहीं हुआ। फिर कुछ पल सोचने के बाद बोला, "पर मैया, तू तो अपने आप ए चैतन्य महाप्रभु के नदिया जिले के नबद्वीप गाँव की बतावे है?"

"हाँ जमुना बाबू, मैं गंगा किनारे मायापुर के पास बहती जलंगी नदी के किनारे बसे नबद्वीप में पैदा हुई हूँ। मेरे दादा अपने कारोबार की वजह से वैष्णवों के गौड़ीय सम्प्रदाय के आदिपुरुष चैतन्य महाप्रभु की जन्मभूमि पर आकर बस गए थे। आप तो जानते हैं जमुना बाबू कि चैतन्य प्रभु ने न केवल, भजन गायकी की एक नई शैली को जन्म दिया था बल्कि हिन्दू-मुस्लिम एकता पर भी बल दिया था। जात-पाँत, ऊँच-नीच की भावना को मिटाने की शिक्षा दी और इस गायब हो चुके बृन्दाबोन को भी फिर से बसाया था।"

"अच्छो एक बात बता मैया, शुरू में तू चैतन्य प्रभु की साधक थी। बाद में स्वामी हरिदास की साधक कैसे बनगी?"

"मैं किसी की साधक नहीं हूँ। मैं तो अपने चैतन्य महाप्रभु और स्वामी हरिदास की तरह अपने कृष्ण की दासी हूँ। शान्तिनिकेतन में चैतन्य महाप्रभु की ही साधक थी, पर जब बृन्दाबोन आई तो स्वामी हरिदास की तरह अपने कृष्ण की दासी बन गई।"

"औ...और शान्तिनिकेतन से हमारे बिन्दाबन कैसे आई?" जमुनादास ने हरिदासी को कुरेदने की कोशिश की।

सुनते ही एक पल के लिए हरिदासी के शरीर की कमज़ोर मांसपेशियाँ खिंचती चली गईं। पहले उसने ढेर सारी हवा अपने फेफड़ों में भरी और फिर उसे धीरे-धीरे बाहर छोड़ते हुए बोली, "जमुना बाबू, इस गोपी जंतर के ढीले पड़ गए तार को क्यों छेड़ते हो?" गोपी जंतर से हरिदासी का आशय एकतारा से था।

इसके बाद हरिदासी अतीत की नर्म-मुलायम यादों की ख्वाई में उतरती चली गई। उसकी अधमुँदी आँखों में अतीत के परदे पर एक के बाद एक स्मृतियों के मटमैले चित्र तिरमिराने लगे। आँखों के आगे निमाई पंडित का नृत्य सजीव हो उठा।

2

हरे राम हरे राम, राम राम हरे हरे!
हरे कृष्ण हरे कृष्ण, कृष्ण कृष्ण हरे हरे!!

जलंगी नदी।

पश्चिम बंगाल के मुर्शिदाबाद ज़िले के भगवानगोला गाँव के पास पद्मा नदी की एक शाखा के रूप में पैदा हुई नदी। वही नदी जो आगे जाकर चैतन्य महाप्रभु की जन्मस्थली नबद्वीप, जो चैतन्य के जन्म के समय कुलिया गाँव से जाना जाता था, उसके पास स्वरूपगंज में भागीरथी अर्थात गंगा में जाकर मिल जाती है। दूर तक पसरे धान के खेतों की हरियाली को देखकर कई बार भ्रम होता कि हरे-भरे खेतों की जगह प्रकृति ने मानो मख़मल की हरी चादर बिछा दी है। इसी जलंगी के किनारे बसे नबद्वीप से शान्तिनिकेतन और शान्तिनिकेतन से वृन्दावन में चैतन्य प्रभु की प्रवास स्थली इमलीतला घाट या कहिए गौरांग घाट आने के बाद, हरिदासी के कानों में मुलायम चाम से बनी बद्दियों और उनसे खिंचे मृदंग के चंटी-थप्पी से निकले नर-मादा ताल आज भी गूँजते हैं। श्वेत धोती में लिपटे पंजों के बल ढोलक, मृदंग, झाँझ-मजीरों, करताल और दूसरे वाद्य-यंत्रों की धुन पर थिरकते चैतन्य महाप्रभु के अधनंगे साधकों की टोलियाँ जब भी नबद्वीप की गलियों में 'हरे कृष्ण हरे कृष्ण, कृष्ण कृष्ण हरे हरे!' गाती हुई हरिनाम संकीर्तन करते हुए

फेरियाँ लगातीं, तो इस हरिदासी से रुका नहीं जाता था। वह भी उनकी तरह दोनों हाथ ऊपर उठा, उसी मुद्रा में ज़ोर-ज़ोर से गाती हुई पंजों के बल नाचती हुई उन टोलियों के पीछे हो लेती।

पिता, हरिदासी जिसे बाबा कहती थी, फाल्गुनी पूर्णिमा को होली के दिन जन्मे चैतन्य की अक्सर कथाएँ सुनाते थे, वह इन कथाओं को कान लगाकर पूरे मनोयोग से सुनती। बाबा के मुँह से चैतन्य की इस कथा को तो वह कई बार सुन चुकी थी कि कुलिया गाँव के पंडित जगन्नाथ मिश्र और माता शचीदेवी की एक के बाद एक पैदा हुई आठ पुत्रियों, और उनके एक-एक कर मरने के बाद पुत्र के रूप में पैदा हुआ चैतन्य, नौवीं सन्तान था। उसके पैदा होने के दस बरस बाद एक भाई और हुआ। बुढ़ापे में एक और बालक पाकर माता-पिता फूले नहीं समाए। बाबा बताते थे कि उनका यह नौवाँ बालक तेरह महीने माँ के गर्भ में रहा था। उसकी कुंडली बनाते समय ज्योतिषी ने बालक का नाम विश्वम्भर रखते हुए कहा था, कि यह बालक महापुरुष होगा। आठ बेटियों के बाद पैदा हुए बेटे को पाकर पंडित जगन्नाथ मिश्र और माता शचीदेवी को लगा, जैसे बेटे के रूप में उन्हें ठंडी छाया देनेवाले अपने आँगन में लगे घने नीम का सगा भाई मिल गया है। उन्हें निमाई में नीम का और नीम में निमाई का प्रतिरूप दिखाई देता। इसीलिए प्यार से वे विश्वम्भर को 'निमाई' कहने लगे।

बाबा जब निमाई की कथाओं को सुनाते तो हरिदासी एक रोमांच से भर-भर उठती। निमाई दूसरे बच्चों की तरह बहुत शैतान था। पढ़ने-लिखने में उसकी कोई रुचि नहीं थी बल्कि शरारती और शैतान बच्चों की टोली का वह मुखिया था।

एक बार एक ब्राह्मण निमाई के घर आया। माता-पिता ने उसकी बड़ी सेवा की। शचीदेवी ने ब्राह्मण को सीधा अर्थात कच्ची सामग्री दी ताकि वह अपना भोजन ख़ुद बना सके। सीधा लेने के बाद ब्राह्मण ने बड़े जतन से पहले चौका लीप-पोत कर तैयार किया और उसके बाद खाना बनाकर तैयार कर लिया। खाने से पहले वह आँखें बन्द कर अपने किसी आराध्य को भोग लगाने ही वाला था, कि तभी दबे पाँव शैतान निमाई आया और उसकी थाली से खाना खाने लगा। ब्राह्मण ने जैसे ही यह सब देखा, वह चिल्लाने लगा। उसकी आवाज़ सुन निमाई के माता-पिता दौड़े हुए आए और निमाई को पकड़ लिया। पिता ने जैसे ही उसे पीटने के लिए हाथ उठाया, बच्चे पर तरस खाकर ब्राह्मण ने उसे छुड़ा दिया।

ब्राह्मण ने फिर से अपने लिए खाना तैयार किया। इस बीच निमाई को अलग ले जाकर रस्सी से बाँध दिया गया, परन्तु भोग के समय निमाई रस्सी खोलकर फिर आ गया और थाली से भोजन खाने लगा। अबकी बार पिता के क्रोध का ठिकाना न रहा। वह उसे मारने को लपका लेकिन ब्राह्मण ने पिता को फिर रोक दिया। इसके बाद सबने मिलकर ब्राह्मण से एक बार फिर से खाना बनाने का आग्रह

किया। ब्राह्मण मान गया। माता-पिता ने इस बार निमाई को अपने पास बिठा लिया।

बालक निमाई जिसके घर से जो मिलता वही खा लेता। उसकी इस आदत पर एक बार एक शूद्र स्त्री ने हँसते हुए उससे कहा, "ऐ रे निमाई, तू कैसा ब्राह्मण है जो हर किसी का खा लेता है?"

इस पर निमाई ने हँसकर कहा, "मैया, मैं तो बालगोपाल हूँ। मेरे लिए तो सब बराबर हैं। ला, तू खिला दे, मैं तो तेरा भी खा लूँगा!"

कुछ दिनों के बाद पिता की अचानक हुई मौत से निमाई के घर पर दुःख का मानो पहाड़ टूट पड़ा। लेकिन निमाई ने हिम्मत नहीं हारी। उसने अपने आपको तो सँभाला ही, बल्कि माँ को भी धीरज बँधाया। अकेली माँ का अब निमाई ही सहारा था। माँ की सेवा करते हुए वह अब पढ़ने भी लगा था और व्याकरण के साथ-साथ वह और चीज़ें भी पढ़ने लगा। धीरे-धीरे उसके ज्ञान की चर्चा चारों ओर होने लगी। सोलह साल की उम्र होते-होते लोग उसे 'निमाई पंडित' कहने लगे।

निमाई का एक दोस्त था जो उन दिनों एक पुस्तक लिख रहा था। उस दोस्त का कहना था कि इस पुस्तक को लिख लेने के बाद, उस विषय का उससे बड़ा विद्वान कोई नहीं होगा। इसी दौरान उसे पता लगा कि निमाई भी उसी विषय पर कोई पुस्तक लिख रहा है। इसलिए वह निमाई के घर जा पहुँचा।

घर पहुँचने पर निमाई के मित्र ने कहा, "पंडित निमाई, सुना है तू न्याय पर कोई किताब लिख रहा है?"

"नहीं-नहीं ऐसा कुछ नहीं है। तुमसे किसी ने झूठ कहा है। भला, कहाँ मैं और कहाँ न्याय जैसा कठिन विषय। बस, मन-बहलाने के लिए ऐसे ही कुछ उलटा-पुलटा लिख लेता हूँ।" हँसते हुए निमाई ने अपने मित्र को टालने का प्रयास किया।

"जो भी है, मैं उसे सुनना चाहता हूँ।" निमाई के दोस्त ने ज़ोर देकर कहा।

"जैसी तुम्हारी इच्छा!" फिर कुछ पल सोचकर निमाई बोला, "ऐसा करते हैं हम दोनों गंगा नदी में चलते हैं और वहीं नाव में बैठकर मैंने जो लिखा है, उसे सुनाता हूँ।"

निमाई और उसका मित्र दोनों गंगा-घाट पर पहुँच गए। दोनों नाव में बैठकर गंगा घूमने लगे। नाव अब बीच नदी में पहुँच गई। निमाई ने अपने थैले से अधूरी पांडुलिपि निकाली और उसे पढ़ना शुरू कर दिया। इधर निमाई पढ़ने में मग्न था, उधर उसका मित्र धीरे-धीरे रोने लगा।

अचानक अपने दोस्त को रोता देख निमाई ने हैरानी से पूछा, "क्या हुआ? तुम इस तरह रो क्यों रहे हो?"

"पंडित, मेरी बरसों की मेहनत बेकार हो गई। तेरी इस किताब को पढ़ने के बाद मेरी किताब पर कौन ध्यान देगा? अपनी जिस किताब पर मुझे बड़ा गुमान था, वह तो तेरी किताब के सामने कुछ भी नहीं है।" निमाई के मित्र ने जवाब दिया।

दोस्त की बात सुन निमाई हँसते हुए बोला, "बस्स, इतनी-सी बात के लिए परेशान हो रहे हो!" इतना कह निमाई ने आव देखा न ताव और अपनी पांडुलिपि यह कहते हुए गंगा में फेंक दी, "यह तो एक किताब है। एक दोस्त के लिए मैं अपनी जान भी दे सकता हूँ।"

यह बात सुन उसका मित्र हतप्रभ हो निमाई को देखता रह गया। गंगा में फेंकी गई पुस्तक को निमाई के मित्र ने बचाने की बहुत कोशिश की परन्तु वह नदी की तेज़ धारा में बहती हुई, उनकी पहुँच से बहुत दूर निकल गई। निमाई गंगा की लहरों के संग बहकर जाती हुई अपनी अधूरी किताब को तब तक अपलक निहारता रहा, जब तक वह उसकी आँखों से ओझल नहीं हो गई।

नाव अब गंगा के किनारे आ लगी। वे दोनों उससे उतर आए। नाव से उतरने के बाद निमाई ने गंगा की उछाल मारती लहरों की तरफ़ देखा, और अपने उस थैले को भी नदी में फेंक दिया, जिसमें न्याय पर लिखी वह अपनी अधूरी पांडुलिपि को रखकर लाया था।

हरिदासी जब भी अपने बाबा द्वारा सुनाए गए इस प्रसंग को याद करती है, उसकी आँखों से गंगा में हिचकोले खाती नाव में बैठे निमाई के मित्र की तरह आँसू झरने लगते हैं। मित्र के लिए ऐसे त्याग की कथा हरिदासी ने अपने जीवन में कभी नहीं सुनी।

इस घटना के बाद निमाई पंडित फिर कभी पाठशाला नहीं गया। घर पर रखी पिता की किताबों से ही ज्ञान अर्जित करने लगा। इस बीच माँ के ज़ोर देने पर निमाई ने पंडित वल्लभाचार्य की बेटी लक्ष्मीदेवी से विवाह कर लिया। विवाह के बाद कुछ दिनों के लिए निमाई पूर्वी बंगाल की यात्रा पर चला गया, परन्तु इसी बीच घर पर मामूली बुख़ार से लक्ष्मीदेवी की मृत्यु हो गई।

निमाई अपनी माँ को बहुत चाहता था। माँ की आज्ञा से लक्ष्मीदेवी की मौत के बाद उसने विष्णुप्रिया से शादी कर ली। इस तरह विष्णुप्रिया के जीवन में आने से धीरे-धीरे माँ शचीदेवी और निमाई, लक्ष्मीदेवी के विछोह का दु:ख भूल गए।

एक बार अपने कुछ साथियों के साथ अपने पिता का श्राद्ध करने निमाई नबद्वीप से गया गया। गया में इसी दौरान निमाई संन्यासी ईश्वरपुरी से मिला। हालाँकि नबद्वीप में एक बार वह पहले भी इस संन्यासी से मिल चुका था। मिलते ही निमाई ने उसके चरण पकड़ते हुए विनती की, "स्वामी! संसार की गति के साथ मेरा यह जीवन इसी तरह बीत जाएगा। अब मुझे भी आप कृष्ण-भक्ति की दीक्षा दीजिए!"

"तू तो अपने आपमें कृष्ण का रूप है...पहुँचा हुआ पंडित है। तुझे कोई क्या दीक्षा देगा?" संन्यासी ने मुस्कराते हुए कहा।

लेकिन निमाई संन्यासी ईश्वरपुरी के पैरों में ही पड़ा रहा। हारकर संन्यासी ने दीक्षा देते हुए निमाई के कान में न जाने कैसा मंत्र फूँका कि वह बेहोश हो गया।

कुछ देर बाद जब निमाई को होश आया, तब वह अपने साथियों से बोला, "अब तुम घर लौट जाओ! मैं तो अब कृष्ण के पास वृन्दावन जाता हूँ।"

निमाई की बात सुन संन्यासी ईश्वरपुरी पहले मुस्कराया और फिर उसे समझाते हुए बोला, "निमाई, वृन्दावन जाने की अभी कोई ज़रूरत नहीं है। वहाँ बाद में जाना। पहले अपने नबद्वीप में कृष्ण-भक्ति की गंगा बहाओ। सामाजिक बुराइयों से अपने यहाँ के लोगों का उद्धार करो!"

संन्यासी ईश्वरपुरी की बात सुन निमाई वापस नबद्वीप लौट आया।

गया से आने के बाद निमाई का दुनियादारी से मन उचट गया। वह अब हर समय कीर्तन में लीन रहने लगा। कीर्तन के दौरान वह कृष्ण की लीलाओं का वर्णन करता। कई बार लीलाओं का वर्णन करते हुए वह कृष्ण-वियोग में रोना शुरू कर देता और फिर ज़ोर-ज़ोर से नृत्य करने लगता। निमाई को नृत्य करता देख उसके साथ-साथ और भी कृष्ण-भक्त नाचने लगते। इस तरह निमाई के कारण नबद्वीप के वैष्णवों में एक नई लहर का संचार हो उठा। उसके अनुयायियों की संख्या बढ़ने लगी। हर जाति के लोग अब उसके कीर्तन में शामिल होने लगे। इस तरह निमाई को लोग कृष्ण का अवतार मानने लगे।

बंगाल में उन दिनों कालीपूजा की परम्परा पूरे ज़ोरों पर थी। इस पूजा में पशुओं की बलि चढ़ाई जाती थी। निमाई इसी पशु-बलि के विरोध में कृष्ण-भक्ति के सन्देश का प्रचार करने लगा। बंगाल का यह क्षेत्र उन दिनों गौड़ देश के नाम से जाना जाता था और एक मुसलमान बादशाह का यहाँ राज था। बादशाह ने शासन की ओर से हर बड़े नगर में क़ाज़ी की अदालत स्थापित करवाई हुई थी।

निमाई के विरोधियों ने एक बार क़ाज़ी की अदालत में शिकायत की कि उनके कीर्तन से हम बड़े परेशान हैं। उसके शोर से रात को हम सो नहीं पाते हैं। इतना ही नहीं उसने बहुत से मुसलमानों को भी कृष्ण-भक्त बना लिया है।

सुनते ही क़ाज़ी ने तुरन्त फ़रमान जारी कर दिया कि आगे से कहीं भी कीर्तन नहीं होगा।

निमाई के भक्तों ने क़ाज़ी का यह फ़रमान जब निमाई पंडित को जाकर सुनाया, तो वह मुस्कराते हुए बोला, "घबराने की कोई बात नहीं है? लगता है क़ाज़ी साहब के उद्धार का समय आ गया है। जाओ और इसी समय पूरे नगर में मुनादी करवा दो कि आज मैं नगर के बाज़ार में कीर्तन करता हुआ क़ाज़ी साहब के घर के सामने जाऊँगा और वहाँ कीर्तन करूँगा!"

निमाई की इस प्रतिज्ञा को सुन लोगों की ख़ुशी का ठिकाना नहीं रहा। उन्होंने नगर के सारे बाज़ार सजा दिए। यहाँ तक कि दूसरी जाति और धर्म के लोगों ने भी अपने मकानों को सजा दिया।

इसके बाद निमाई पंडित अपने भक्तों के साथ 'हरिबोल! हरिबोल!' का उद्घोष

करता हुआ निकल पड़ा। हरिबोल के उद्घोष से जैसे आकाश गूँज उठा। कीर्तन करता हुआ जुलूस बाज़ारों से गुज़रने लगा और निमाई कृष्ण-भक्ति में लीन होकर नृत्य करने लगा। नृत्य करते हुए उसकी आँखों से कृष्ण-विरह में झर-झर आँसू बहने लगे। उसकी यह हालत देख नगर के बाज़ार ही नहीं, गलियाँ और रास्ते भी ठिठक गए। जिन विरोधियों ने क़ाज़ी से निमाई की शिकायत की थी, उनका भी हृदय पिघल उठा।

देखते-देखते सारे नगरवासी अपने-अपने घरों से बाहर निकल आए और निमाई पंडित की अगुवाई में निकलनेवाले जुलूस में शामिल होने लगे। नगरवासियों में क़ाज़ी को लेकर लगातार ग़ुस्सा बढ़ने लगा। ग़ुस्साई जनता चिल्लाते हुए क़ाज़ी के मकान की तरफ़ यह कहते हुए बढ़ने लगी,'क़ाज़ी का मकान जला दो! क़ाज़ी को मार दो!'

निमाई पंडित इधर कीर्तन में मस्त था। इसी बीच जब कुछ भक्तों ने उसे नगरवासियों के क्रोध से अवगत कराया, तो उसने कीर्तन बन्द कर दिया और ग़ुस्साई जनता को शान्त करते हुए बोला, "सुनिए, क़ाज़ी साहब का जो बुरा करेगा, समझना वह मेरा बुरा करेगा। मैं उनका मन प्रेम से जीतना चाहता हूँ। किसी तरह का डर या भय दिखाकर नहीं। इसलिए आपसे अनुरोध है कि आप मेरी तपस्या और साधना में किसी तरह की बाधा न पहुँचाएँ!"

उधर क़ाज़ी मारे डर के अपने घर में छिपकर बैठ गया। निमाई पंडित क़ाज़ी के घर के बाहर तैनात सेवकों के पास गया और उनसे बोला, "क़ाज़ी साहब से जाकर कहिए कि निमाई आपसे मिलने आया है! उनसे कहना कि वे डरें नहीं। मुझ पर विश्वास करें। मेरे होते हुए उनका बाल भी बाँका नहीं होगा।" इसके बाद एक पल के लिए निमाई रुका और फिर मुस्कराते हुए सेवकों से कहा, "आपको नहीं पता कि गाँव के नाते क़ाज़ी साहब मेरे मामा लगते हैं। अब आप ही सोचिए कि भला कोई भांजा अपने मामा को नुक़सान पहुँचा सकता है? जाइए, उनसे कहिए कि वे निडर होकर बाहर आएँ!"

सेवकों के समझाने-बुझाने पर क़ाज़ी डरता-सहमता बाहर आया, तो निमाई ने मज़ाक़ करते हुए उनसे कहा, "मामाजी, आपसे आपका भांजा मिलने आया है और आप दरवाज़ा बन्द करके अन्दर जा बैठे, यह क्या बात हुई मामाजी?"

इस पर क़ाज़ी बोला, "पंडित, मैं डर से नहीं, शर्म के मारे मुँह छिपाकर बैठ गया था। मैं चाहता तो अपनी मदद के लिए सिपाही बुला लेता। पर मुझसे ऐसा किया नहीं गया, क्योंकि तुम्हारा कीर्तन देख-देखकर मैं ख़ुद ही पागल हुआ जा रहा था। तुम तो साक्षात नारायण का रूप हो पंडित। मुझे मुआफ़ करना। तुम्हारे कीर्तन में रुकावट डालने का मुझे बेहद अफ़सोस और दुःख है। मैं कुछ दुष्टों के बहकावे में आ गया था। जाओ, अब तुम ख़ूब कीर्तन करो, तुम्हें कोई नहीं रोकेगा! यह मेरा हुक्म है।"

क़ाज़ी के इस अफ़सोस के बाद निमाई पंडित के दिल में संन्यास लेने की इच्छा और तेज़ हो उठी। वह सोचने लगा कि नफ़रत करनेवालों को सीधे रास्ते पर लाने का सिर्फ़ एक ही उपाय है और वह है त्याग। भय अथवा डरा-धमकाने के बजाय त्याग से ही मैं दुनिया की भलाई कर सकता हूँ। यह इच्छा जब निमाई ने अपने भक्तों, अपनी माँ और पत्नी को बताई तो सुनकर सब रोने लगे।

माँ विलाप करते हुए बोली, "बेटा, हमें इस तरह बेसहारा छोड़ना कहाँ का त्याग है?"

इधर पत्नी ने भी कहा, "स्वामी, मैं आपके बिना यह पहाड़-सा जीवन अकेली कैसे काटूँगी?"

सभी ने उसे समझाने की बहुत कोशिश की लेकिन निमाई पंडित अपने फ़ैसले पर चट्टान की तरह अडिग रहा। निमाई की इस ज़िद के आगे बेबस माँ और पत्नी ने उसका निर्णय स्वीकार कर लिया।

इस तरह गौतम बुद्ध की तरह एक रात निमाई ने अपनी पत्नी के कमरे का धीरे-से किवाड़ खोला। वह दरवाज़े पर ही खड़ा होकर कमरे में फैले मद्धिम उजाले में सोती हुई पत्नी का चेहरा निहारने लगा। एक बार उसके मन में आया भी कि वह पत्नी को आख़िरी बार छू ले परन्तु उसकी हिम्मत नहीं हुई। उसे लगा यदि उसके छूने से पत्नी की नींद खुल गई, तो उसके गृह-त्याग का सपना अधूरा रह जाएगा। निमाई ने दूर से ही सन्नाटे में डूबे कक्ष और दीये की उदास रोशनी में भीगे पत्नी के चेहरे को देखा और दरवाज़े से ही उलटे पाँव लौट आया। उस रात निमाई माँ और पत्नी को सोता छोड़ संन्यास लेने के लिए घर से निकल पड़ा।

घर से निकल वह केशव भारती के आश्रम पहुँचा और उनसे दीक्षा देने की विनती की। चौबीस वर्षीय निमाई को केशव भारती ने बहुत समझाया और कहा, "पंडित, अभी तुम्हारी उम्र छोटी है। तुम्हारे कोई औलाद भी नहीं है। इस अवस्था में जवान पत्नी और बूढ़ी माँ को अकेला, बेसहारा छोड़कर तुम्हारा संन्यास लेना ठीक नहीं होगा। जाओ, घर लौट जाओ! पहले गृहस्थ-जीवन का पालन करो। संन्यास लेने के बारे में बाद में सोचना!"

निमाई ने हाथ जोड़कर विनती करते हुए कहा, "गुरुदेव, घर में रहते हुए मैं वह काम नहीं कर सकता, जो करना चाहता हूँ। मैं आदमी के दिल और दिमाग़ में समाए अज्ञान के अँधेरे को दूर करना चाहता हूँ। कृष्ण-भक्ति का सन्देश लोगों के बीच ले जाना चाहता हूँ। जात-पाँत के बन्धनों से लोगों को मुक्त करना चाहता हूँ। आप मुझ पर दया करें, मुझे दीक्षा दें!"

"निमाई, घर-गृहस्थी से मुक्त होने से पहले एक बार अपनी पत्नी के बारे में सोचो? उसके उस अन्धकार के बारे में सोचो, जिसे तुम उसके जीवन में छोड़कर जा रहे हो? बिना पति वह किसके सहारे अपनी ज़िन्दगी गुज़ारेगी? तुम्हारे जाने

के बाद वह अपने दुःख-दर्द को किसके साथ बाँटेगी? अकेली औरत इस समाज और भूखे भेड़ियों से अपने आपको कब तक और कहाँ तक बचा पाएगी? निमाई, अपनी बूढ़ी माँ और युवा पत्नी को इस तरह बेसहारा छोड़कर जाना एक पुरुष के लिए कायरता भरा काम है। एक औरत को अकेला छोड़कर जाना न्यायसंगत नहीं है। थोड़ी देर के लिए उसकी जगह तुम अपने आपको रखकर देखो?" कहते-कहते केशव भारती के शब्द भीगने लगे। अकेली और बेसहारा स्त्री के असीमित दुःखों की कल्पना करते हुए उसकी आँखें भर आईं।

मगर निमाई पर केशव भारती के समझाने का कोई असर नहीं हुआ।

अन्त में केशव भारती ने पहले कुछ क्षण सोचा और फिर बोला, "अच्छा, एक शर्त पर मैं तुम्हें दीक्षा दे सकता हूँ और वह यह कि तुम अपनी माँ और पत्नी से इजाज़त लेकर आओ!"

केशव भारती की शर्त सुन निमाई ने तुरन्त जवाब दिया, "गुरुदेव, उन दोनों ने मुझे पहले ही आज्ञा दे दी है। मैं उनसे इजाज़त ले चुका हूँ।"

निमाई की इस बात पर केशव भारती ने उसकी आँखों में आँखें डाल, पहले एक तिरछी मुस्कान उछाली और फिर कटाक्ष करते हुए उससे जैसे अन्तिम प्रश्न किया, "निमाई, कहीं तुम कपिलवस्तु के इक्ष्वाकु वंशीय क्षत्रिय शाक्य कुल के राजा शुद्धोधन के पुत्र सिद्धार्थ की तरह तो अपनी पत्नी से इजाज़त लेकर नहीं आए हो?"

केशव भारती के इस कटाक्ष का निमाई से कुछ भी उत्तर देते नहीं बना।

हरिदासी के बाबा ने जिस वेदना और पीड़ा के साथ केशव भारती के शब्दों में, निमाई की युवा पत्नी के दुःख की कल्पना करते हुए जब पहली बार इस प्रसंग को सुनाया था, तब बाबा की आँखें तो गीली हो ही उठी थीं बल्कि हरिदासी भी अपने आँसुओं को नहीं रोक पाई थी। उस दिन उसे पूरी रात नींद नहीं आई। रह-रहकर उसे लगता जैसे अँधेरे में उसके सिरहाने खड़ी निमाई की पत्नी उससे रोते हुए गुहार कर रही है, 'अपने पंडित से कहो वह मुझे इस तरह अकेला छोड़कर ना जाए! मैं कैसे अपने पति के बिना इतना लम्बा जीवन जी पाऊँगी?'

लेकिन सिवाय आँखों से बहते आँसुओं के उसके पास कोई उत्तर नहीं था। वह चाहकर भी अपने सिरहाने खड़ी असहाय और नितान्त अकेली निमाई की पत्नी की कोई मदद नहीं कर पाई।

इधर सारे नगरवासी और नबद्वीप के अनेक अनुयायी निमाई को ढूँढ़ते हुए केशव भारती तक पहुँच गए। देखनेवाले बताते थे कि वह बहुत ही हृदय विदारक दृश्य था। जब निमाई के भक्तों और अनुयायियों को यह पता चला

कि निमाई अपनी युवा पत्नी और बूढ़ी माँ को बेसहारा छोड़कर संन्यासी बनने जा रहा है, आसपास और नगर के सारे स्त्री-पुरुष इकट्ठे हो गए। सबने निमाई को मनाने की बहुत कोशिश की। यहाँ तक कि एक भी नाई निमाई के सिर के बालों को काटने के लिए तैयार नहीं हुआ।

बड़ी मुश्किल से निमाई के समझाने से एक नाई उसके बाल काटने के लिए तैयार तो हो गया, परन्तु उसने उसी समय यह क़सम खा ली कि इसके बाद वह कभी किसी के बाल नहीं काटेगा। निमाई के बाल काटने के बाद वह नाई भी कृष्ण-भक्त हो गया। इसी घटना के बाद निमाई पंडित चैतन्य कहलाने लगा।

कुछ ही दिनों में चैतन्य इतना प्रसिद्ध हो गया कि उसे कहीं भी आने-जाने की पूरी आज़ादी थी। इस बीच उसे पता चला कि एक यात्रा में उसका बड़ा भाई दो साल साधु रहकर मर गया। संन्यासी बनने के बाद चैतन्य अपनी माँ से केवल दो बार मिला। हालाँकि माँ के समाचार वह समय-समय पर अपने भक्तों से लेता रहता था।

एक बार चैतन्य अर्थात निमाई अकेला ही चेरानन्दी वन में जा रहा था। उस वन में मशहूर दस्यु नौरोजी भी रहता था। निमाई को इस वन से न जाने के लिए लोगों ने बहुत मना किया, पर उसके मन में नौरोजी को सही रास्ते पर लाने की धुन समाई हुई थी। जब निमाई नौरोजी दस्यु के सामने पहुँचा,तो उसको देखते ही वह उसका भक्त हो गया और वह भी संन्यासी बन उसके साथ रहने लगा। निमाई अधिकतर जगन्नाथपुरी में रहता और जगन्नाथजी की मूर्ति के आगे खड़े होकर घंटों रोया करता था।

बाबा बताते थे कि अपने मित्र के लिए अपनी अधूरी पुस्तक को गंगा में फेंकने के बाद चैतन्य ने कोई ग्रन्थ नहीं लिखा। संस्कृत में मात्र आठ श्लोक लिखे, जिन्हें 'शिक्षाष्टक' कहा जाता है। हरिदासी को लगता था कि उसके बाबा को जब निमाई पंडित के बारे में इतना पता है, तब उसे उसके लिखे ये आठों श्लोक भी याद होंगे। इसलिए एक दिन वह अपने बाबा से ज़िद करने लगी कि वे उसे इन श्लोकों को सुनाएँ।

पिता बेटी की इस हठ को सुन बेचैन हो उठा कि वह अपनी इस नादान बेटी को कैसे समझाए कि वह कोई विद्वान नहीं है। उसने तो ऐसा सुना भर है। मगर जब वह ज़िद करने लगी, तब उसने नासमझ बच्ची को पहले यह श्लोक, जो उसे न जाने कैसे याद था, सुना दिया—

युगायितं निमेषेण चक्षुषा प्रावृषायितम्।
शून्यायितं जगत् सर्वं गोविन्द विरहेण मे॥

अर्थात हे गोविन्द! आपके विरह में मुझे हरेक क्षण एक युग के बराबर प्रतीत

हो रहा है। आँखों से वर्षा के समान निरन्तर आँसू बह रहे हैं और सारा जगत् एक शून्य के समान दिख रहा है।

हरिदासी जैसे ही अपने बाबा के झाँसे में आई, अवसर देख बाबा ने यह पद सुनाकर अपना पीछा छुड़ा लिया—

राधा पूर्ण शक्ति कृष्ण पूर्ण शक्तिमान।
दुइ वस्तु भेद नाहिं शास्त्रेण प्रमाण।
मृगमद तार गन्ध जइसे जइसे अविच्छेद।
अग्निज्वाला ते जैछे वासु नाहिं भेद।
राधाकृष्ण एछे सदा एकइ स्वरूप।
लीलारस आस्वादि ते धरे दुइ रूप।

निमाई पंडित अर्थात चैतन्य के बारे में हरिदासी को उतना ही पता है, जितना उसके बाबा ने उसे बताया था। इसके बाद हरिदासी इन पदों को इस तरह सच मानने लगी कि उसे निमाई पंडित के 'हरे कृष्ण हरे कृष्ण, कृष्ण कृष्ण हरे हरे / हरे राम हरे राम, राम राम हरे हरे!' के अलावा अपने बाबा के सुनाए ये दो पद ही आज तक याद हैं।

हरिदासी ने अपने बाबा से हठ करके एक एकतारा भी बनवा लिया था। जब भी मोहल्ले में रंग-बिरंगे छोटे-बड़े कतरनों के घुटनों से नीचे तक बने फोतुआ पहने, घर-घर जाकर कीर्तन करनेवाले बाउलों को एकतारा के साथ बाउल गायन गाते देखती, वह भी उनकी तरह एक हाथ में एकतारा ले उनके साथ-साथ बजाने लगती। घर आने पर माँ से वह अक्सर ज़िद करती कि वह उसे भी वैसा ही एक फोतुआ सिलवा दे। उसे याद है रंग-बिरंगा फोतुआ पहने जब कोई बाउल उनके दरवाज़े पर आकर कीर्तन करता, तब कीर्तन समाप्ति के बाद माँ उसे केले के पत्ते पर कच्चा खाना खिलाती। इस दौरान कई बार उसका मन करता कि वह ज़मीन पर रखे इकतारे को लेकर भाग जाए। बचपन में बाबा से बनवाया वह गोपी जंतर अर्थात एकतारा उसने बड़े जतन से सँभालकर रखा हुआ था, जिसे वह नबद्वीप से अपने साथ यहाँ लेकर आई थी। उसका मन जब भी उदास होता इसके तार को तर्जनी के पोर से इस तरह छूती कि उसका रोम-रोम बैरागी हो उठता।

नबद्वीप से निकल हरिदासी अब शान्तिनिकेतन की स्मृतियों से अठखेलियाँ करने लगी।

3

जून का महीना था वह।

बोलपुर रेलवे स्टेशन पर धीरे-धीरे रेंगती ट्रेन एक लम्बी साँस लेने के बाद रुक गई। ट्रेन के पूरी तरह रुकने के बाद उसने अपना सामान उठाया और ट्रेन के पंखे की हवा से चिपचिपाते जिस्म को सुखाने की कोशिश करते हुए स्टेशन से बाहर आ गई। देह सोखनेवाली गर्मी से बेहाल वह विश्वभारती जाने के लिए किसी साधन के बारे में सोचती, तभी उसके कानों से एक अपरिचित आवाज़ आकर टकराई। उसने अपने बाईं ओर देखा। इससे पहले कि वह कुछ समझ पाती, एक युवक उसके पास आया और धीरे-से बोला, "आपको भी शान्तिनिकेतन जाना है?"

युवक के उच्चारण और उसकी भाषा से वह समझ गई कि बन्दा बंगाली तो बिलकुल नहीं है। उसने बिना कोई उत्तर दिए हाँ में सिर हिला दिया।

"मुझे भी वहीं जाना है। आइए, एक रिक्शा ले लेते हैं!" युवक ने मुस्कराते हुए कहा।

एक अनजानी जगह पर पहली बार आने के कारण चाहते हुए भी वह ना नहीं कह पाई। वे दोनों एक रिक्शे की ओर बढ़ गए। रिक्शे में दोनों के बीच कोई विशेष बात नहीं हुई। परिसर में पसीने से तर रिक्शा चालक ने रिक्शा रोक दिया। रिक्शे से उतरने के बाद युवक रिक्शा चालक को पूरा किराया देने लगा, तो एकाएक उसका आत्म स्वाभिमान जैसे उसे धिक्कार उठा। उसने उसे टोकते हुए कहा, "आधा भाड़ा मैं दूँगी!"

युवक ने कोई प्रतिवाद नहीं किया और चुपचाप आधा अपना तथा आधा उसका किराया रिक्शा चालक को देने के बाद दोनों पैदल ही आगे बढ़ गए।

इससे पहले कि वे दोनों अपनी-अपनी दिशाओं में बढ़ते, युवक एक पल के लिए ठिठका और एक स्निग्ध मुस्कान उछालते हुए बोला, "मेरा नाम अरुणाभ है। इलाहाबाद से आया हूँ।"

"अरुणाभ!" युवक का नाम सुन पहले उसने उसे ऊपर से नीचे तक देखा और फिर एक क्षण रुक, झिझकते हुए कहा, "और मैं बिजली घोष।"

इसके बाद भविष्य में एक-दूसरे से मिलने का वायदा कर वे दोनों अपनी-अपनी दिशाओं में बढ़ गए।

श्रीनिकेतन के जुड़वाँ शहर उत्तर में बोलपुर, दक्षिण में खेया, पूरब में सुरुल और पश्चिम में प्रान्तिक से घिरा एक संथाल बाहुल्य क्षेत्र। एक तरफ़ अजय और कोपाई नदियों से घिरा जंगल, तो दूसरी ओर जगह-जगह मिट्टी के कटाव के चलते बना बंजर। इसी बंजर में आदमक़द दीवारों के बीच बनीं सूनी ख्वाई, अर्थात घिस-घिसकर बननेवाला हरा बीहड़। ख्वाई में किलोल करते पशु-पक्षियों के झुंड

और एक प्राकृतिक अभयारण्य के बीच बेहद शान्त और चुपचाप बहती अजय व कोपाई नदियों के कल-कल करते शोर को सुन ऐसा लगता, जैसे रबीन्द्र संगीत की कोई मद्धिम धुन कानों में सुनाई दे रही है।

बिजली घोष बार-बार सोचती है कि प्रकृति की छटा और उसका सौन्दर्य यहाँ बोलपुर का भी कम नहीं है। कृष्ण-भक्त निमाई पंडित यानी चैतन्य के नबद्वीप में गंगा किनारे मायापुर के पास बहती जलंगी नदी अपने वैराग्य के साथ अपनी धुन में बहती है, तो यहाँ अजय और कोपाई नदियों की चंचलता तथा उनसे घिरा शान्तिनिकेतन का हरापन देखते ही बनता है। यहीं आकर बिजली घोष को पता चला कि बचपन में उसने अपने बाबा से जो गोपी जंतर बनवाया था और जिसे वह अपने साथ लेकर आई है, उसे यहाँ एकतारा कहते हैं। एकतारा यहाँ का कितना लोकप्रिय वाद्य है, इसकी लोकप्रियता और इसके प्रति जो दीवानगी उसने अजय नदी के पास जयदेव मन्दिर के बग़ल में लगनेवाले दो सप्ताह के केंदुली मेले में देखी, उसकी उसने कल्पना भी नहीं की थी। पौष संक्रान्ति के दिन शुरू होनेवाले इस केंदुली मेले के पहले तीन दिन आयोजित होनेवाले बाउल गायन उत्सव को बिजली और अरुणाभ ने एक दिन भी नहीं छोड़ा। इसके बारे में उसे बाद में पता चला कि इसे जयदेव मेला भी कहते हैं। चंडीदास और केंदुली के जयदेव की मनुष्य को श्रेष्ठ समझनेवाली, जात-पाँत की सीमा को तोड़नेवाली, जो गति और चेतना अपनी पूर्ण अभिव्यक्ति में गौरांग अर्थात चैतन्य तक आई थी, वह उत्तराधिकार में इन बाउलों को मिली है।

केंदुली मेले से आते-जाते जब-जब बिजली की नज़र रास्ते की लाल माटी से सने अपने पाँवों पर पड़ती, तो ऐसा लगता जैसे उसके पाँव सूखे महावर में लिथड़े हुए हैं। वह सोचती है कि इसी महावरी लाल माटी के सुन्दर पथ से मोहित होकर गुरुदेव ने इन पंक्तियों को रचा होगा—

ग्राम छाड़ा ओई राँगा मांटीर पथ, आमार मोन भुलाए रे...!

सुबह मेला जाते समय जब-जब उसकी निगाह रास्ते के दोनों ओर खड़े पंक्तिबद्ध सोनाझुरी के शर्मीले पेड़ों पर पड़ती, तो उनके पत्तों पर गिरती स्वर्णिम किरणें ऐसा भ्रम पैदा करतीं, मानो समस्त सोनाझुरी पर सोने का पानी चढ़ा दिया हो। चारों तरफ़ फैले वनस्पतियों के बीच थरथराती-काँपती अजय नदी के निकट पहुँचने पर उन्हें ख्वाई दिखाई देने लगते। दरअसल, उलटी दिशा से बहनेवाला नदी का पानी भीतर से बहता हुआ उलटे तरफ़ आता है तो मिट्टी घिस-घिसकर अलग-अलग जगहों से बह जाती है। इसी घिसाव से बने अलग-अलग आकार व आकृति के ख्वाई दूर से नज़र आ रहे हैं। दूर तक फैले अनगिनत यूकलेप्टस और दूसरे वृक्षों में बैठे पक्षियों के कलरव तथा बीच-बीच में किसी परिंदे की

आकुल पुकार को सुन बिजली घोष के मन में एक अलौकिक राग गूँजने लगता। प्रकृति के इस वैभव गान को सुनते हुए, बिजली मन-ही-मन सोचती है कि क्या सचमुच यह वही जगह है जिसे देख-देखकर विश्व कवि की असंख्य कविताओं का सृजन हुआ? इन ख्वाई को देखते हुए इस कोलाहल-मुक्त प्रकृति की गोद में खड़ी निष्प्रभ बिजली के चित्त में तरह-तरह की कल्पनाओं के चित्र बनने-बिगड़ने लगे, और अपने बाबा से सुनीं इन्हीं ख्वाई पर लिखी कविगुरु की ये पंक्तियाँ होंठों पर मचल उठीं—

ओ कोन बाँके कि धन देखाबे, कोनखाने कि दाय ठेकाबे,
कोथाय गिये शेष मेले जे, भेबेइ ना कुलाय रे आमार मोन भुलाए रे।

रास्ते में रह-रहकर हल्की धूप बिजली घोष और अरुणाभ के चेहरे पर आकर ठहरती और चुपचाप कब ढल जाती, उन्हें पता ही नहीं चलता। कभी पैदल सिर पर बोझा ढोते, तो कभी साइकिल पर; कभी किसी बैलगाड़ी में तो कभी बीच-बीच में बग़ल से गुज़रते ग्रामीण, उन दोनों को चकित भाव से देखकर मुस्करा उठते। वे दोनों भी उनकी आँखों में आते-जाते कौतूहल और शालीन भाव-भंगिमाओं को कनखियों से देखते और जवाब में मुस्कराकर रह जाते। कल-कल करती मंथर गति से बहती अजय नदी के विपरीत छोटे-छोटे पत्थरों की चट्टान पर बीच-बीच में वे साँस लेने की ग़रज़ से बैठ जाते। पके हुए नीले आसमान में ठिठके बादलों की छाया के नीचे बैठे बिजली और अरुणाभ को लगता जैसे कहीं पास में बैठे कविगुरु उनसे कह रहे हैं—

बादल बाउल बजाए रे इकतारा
झर-झर झरती है बस जलधारा।

पूरे रास्ते एकतारे की धुन में पगे गुरुदेव की 'ख्वाई' कविता के ये शब्द, शहद की तरह बिजली के कानों में टपकते रहे—

एई शालबोन, एई एकला स्वभाबेर तालगाछ
ओई सोबुज माठेर संगे रांगा माटिर मिताली...।

इसी केंदुली मेले में उसने पहली बार अरुणाभ के साथ बाउल गायिका फूलमाला से लालन शाह फ़क़ीर का बाउल गायन सुना था।

एक दिन उसने झिझकते हुए फूलमाला से उसका पता पूछ लिया। फूलमाला ने अपनी आदिम मुस्कान बिखेरते हुए चुपचाप उसे अपना पता दे दिया कि वह कोपाई नदी के पास आखरा में रहती है। पता नहीं बिजली घोष को फूलमाला में

ऐसा कौन-सा आकर्षण दिखाई दिया कि उस दिन के बाद वह कई बार अरुणाभ के साथ फोतुआ पहने इन लोक गायकों के आखरा आश्रम गई। वह जब भी यहाँ आती, फूलमाला से मिले बिना नहीं लौटती। जब-जब फूलमाला पूरी तन्मयता से इकतारे और कमर में बँधी डुग्गी के साथ बाउल गीत गाती, बिजली की नज़रें उससे हटने का नाम नहीं लेतीं। उसे रह-रहकर लगता एकतारे के तार से चुहल करता तर्जनी का पोर फूलमाला का नहीं, उसी का पोर है। फूलमाला द्वारा गाए बाउल गीत के साथ एकतारे के तार से निकली धुन को सुनते हुए बिजली का ध्यान इस वाद्य के बीच में बँधे अकेले तार पर जाकर टिक जाता। वह रह-रहकर कल्पना करती है कि ये बाउल एकमन, एकप्राण, एकमानुष की आराधना करते हैं। इसीलिए इन्होंने इस एक तार वाले एकतारे को चुना होगा।

वापसी में बिजली के कानों जब-जब एकतारे के साथ बाउल गीत की प्रतिध्वनियाँ गूँजती, एक वैराग्य और उदासी उसे अन्दर तक घेर लेती। जब भी यह उदासी और वैराग्य उसे घेरता वह अरुणाभ को साथ ले, शान्तिनिकेतन के पास सुनसान ख्वाई की ओर निकल जाती। यहाँ वह अपने गोपी जंतर के अकेले तार से अपने वैराग्य को बाँटने का प्रयास करती। मिट्टी के कटाव से बन गई ऊँची-ऊँची सूनी ख्वाई की दीवारों से टकराकर लालन फ़क़ीर की इन पंक्तियों के साथ उसके एकतारे की आवाज़ उसी के कानों में गूँजने लगती—

सब लोके कय लालन कि जात संसारे
लालन कय, जेतेर कि रूप, देखलाम ना ए नजरे॥
छुन्नत दिले हय मुसलमान,
नारी लोकेर कि हय विधान?
वामन यिनि पैतार प्रमाण वामनि चिनी कि धरे॥

केओ माला, केओ तसबि गलाय,
जाइते कि जात भिन्न बलाय
जेतोर चिह्न रय कार रे॥
जगत बेड़े जेतेर कथा, लोके गौरव करे यथा तथा,
लालन से जेतेर फाता
बिकियेछे सात बजारे॥

नबद्वीप से विश्वभारती में आने और अरुणाभ का साथ पाकर बिजली घोष की इच्छाओं के मानो पर लग गए। इधर बी.ए. फ़ाइन आर्ट्स के ड्राइंग-पेंटिंग कोर्स के चलते अरुणाभ का समय कला भवन, तो बिजली द्वारा हिन्दुस्तानी शास्त्रीय गायन में प्रवेश लेने के चलते उसका संगीत भवन में समय बीतता। अपने हिन्दुस्तानी

संगीत के दौरान बिजली घोष ने ध्रुपद गायन में भी प्रशिक्षण लेना शुरू कर दिया। धीरे-धीरे उसका मन ध्रुपद के साथ-साथ बाउल में भी रमने लगा। जहाँ भी जाती उसका एकतारा उसके साथ रहता। अब तो उसने फूलमाला से एक डुग्गी भी बनवा ली, जिसे वह कमर में बाएँ तरफ़ बाँधकर एकतारे की धुन पर बाउल गायन का अभ्यास करती रहती। नबद्वीप में चैतन्य प्रभु के भक्तों की तर्ज़ पर जब-जब वह गले में पुष्पमाला डाल, पैरों में खनकते घुँघरुओं के साथ सिन्दूर-आलता लगाए, गेरुआ वेशभूषा धारण कर कन्धे पर झोला लटका बाउल गीत गाती, तो उसके सहपाठियों की उसे सुनने के लिए भीड़ जमा हो जाती। अपने एकतारे और घुँघरुओं की खनक के साथ बाउल गाते हुए प्रायः वह राधा या कृष्ण की रासलीला दिखाती। इस रासलीला में अक्सर वह राधा बनकर अपना नृत्य प्रस्तुत करती। कुछ ही दिनों में बिजली ने बाउल शैली में गायन, नृत्य और संकीर्तन-सभी का ऐसा सामंजस्य बैठा लिया कि देखने-सुननेवाले दंग रह जाते। इतना ही नहीं उसने अरुणाभ को भी अपनी अभिरुचि में शामिल कर लिया और जब भी अवसर मिलता, वे दोनों आम्रकुंज के चबूतरे पर बैठ रियाज़ करते रहते। अपने एकतारा के तार की देह को दाएँ हाथ की तर्जनी के पोर से झंकारते हुए बाएँ हाथ की हथेली से जब डुग्गी की धुन पर गाती, तब बिजली घोष जैसे सुधबुध भूल जाती।

अशोक, अमलतास, छातिम (सप्तपर्णी), पारिजात, माधवी लता, कचनार, आम्र और अन्य पेड़-पौधों लताओं से आच्छादित शान्तिनिकेतन का उत्तरी भाग। कहा जाता है कि ऋतुओं के हिसाब से कविगुरु अपने घर का स्वयं डिज़ाइन बनाया करते थे। जिसका उदाहरण है रवीन्द्र भवन के बग़ल में स्थित उदयन, श्यामली, कोणार्क, उदीची व पुनश्च अर्थात इन पाँच गृहों का समूह 'उत्तरायण परिसर'। इनमें उनके सबसे पहले घर का नाम है कोणार्क, जिसकी सुन्दरता देखते ही बनती है। इसी कोणार्क के बाहर एक शिमुल का पेड़ है जिसके पास कभी 'माधवी-लता' उग आया था। कविगुरु ने इसे ही देखकर एक असाधारण कविता लिखी थी। पुनश्च की बनावट बौद्ध स्थापत्य पर आधारित है। सफ़ेद रंग का आधे खुले आधे बन्द तरीक़े से बना यह गृह बरबस अपनी तरफ़ आकर्षित करता है।

इसी परिसर का सबसे प्रमुख और भव्य गृह रतनपल्ली अर्थात यहाँ आनेवाले मेहमानों के लिए बने इस विशिष्ट अतिथि गृह में आए बाउल गायन सम्राट पूर्णचन्द्र के बारे में बिजली घोष को पता चला, तो वह अपने आपको नहीं रोक पाई।

उसने अपने मन की बात अरुणाभ को बताई, तो अरुणाभ भी इसके लिए सहर्ष तैयार हो गया। वे दोनों अतिथि गृह के अधिकारी के पास गए और उससे अनुरोध किया कि वह इस अतिथि के सामने अपना बाउल गायन प्रस्तुत करना चाहती है। बहुत प्रयास के बाद अधिकारी यह कहते हुए राज़ी हुआ कि पहले उसे अतिथि से स्वीकृति लेनी पड़ेगी। यदि अतिथि सहमत हो जाता है, तो उसे कोई दिक़्क़त

नहीं है। अतिथि गृह के अधिकारी ने अतिथि के सामने जब बिजली घोष की इच्छा प्रकट की, तो अतिथि पूर्णचन्द्र ने शाम के लिए अपनी स्वीकृति प्रदान कर दी। सुनते ही बिजली की ख़ुशी का ठिकाना नहीं रहा और शाम को वह निश्चित समय पर अरुणाभ के साथ रतनपल्ली अतिथि गृह पहुँच गई।

गेरुए रंग की मोटी लाल किनारीवाली पीली धोती, गले में रुद्राक्ष व रंगीन पत्थरों की माला के साथ पुष्पमाला, पैरों में खनकते घुँघरुओं के साथ लगा सिन्दूर-आलता (महावर), कन्धे पर लटके झोले और कमर में बँधी डुग्गी को विशेष अतिथि ने ऊपर से नीचे तक बड़े ध्यान से देखा। साँवले गोल चेहरे पर टिकी काजल की डिबिया-सी मोटी-मोटी आँखों में व्याप्त आत्मविश्वास को देख अतिथि धीरे-से मुस्कराया। उसने बिजली घोष से किसी तरह का प्रश्न न कर सीधे बाउल गीत सुनाने को कहा।

अतिथि की आज्ञा पर बिजली घोष ने सबसे पहले अपने एकतारा को कन्धे के बराबर ले जाकर उसके तार पर अपनी तर्जनी का पोर रखा। फिर बाएँ हाथ की हथेली को डुग्गी पर सरसराते हुए गर्दन टेढ़ी कर, अधमुंदी आँखों के साथ उसने बाउल गाना शुरू कर दिया।

बाउल गीत गाते हुए बीच-बीच में जब बिजली घोष एकतारे की तान और डुग्गी की आपस में संगत बिठा, पैरों में बँधी खनकती पायल के साथ पंजों पर पूरा चक्कर लेती; और उसके उलझे हुए लम्बे घने बालों का हवा में आवृत्त बनता, तो लगता जैसे शिव की जटाएँ उन्मत्त हो पूरे ब्रह्मांड की परिक्रमा लगा रही हैं। इस दृश्य को देख मानो अतिथि पूर्णचन्द्र का पूरा शरीर शिव की हवा में चक्कर काटती जटाओं अर्थात दोनों पंजों पर घूमती बिजली घोष के बालों के साथ-साथ घूमने लगा। बिजली घोष के साथ अब वह भी गाते हुए झूमने लगा। पूर्णचन्द्र को लगा जैसे वह इस समय पौष संक्रान्ति के दिन अजय नदी के निकट जयदेव मन्दिर के बग़ल में लगनेवाले केंदुली मेले में स्वयं बाउल गा रहा है।

गायन समाप्ति के बाद अतिथि कक्ष में जैसे ही सन्नाटा छाया, पूर्णचन्द्र ने धीरे-से अपनी आँखें खोलीं। अपने सामने खड़ी बिजली घोष की ओर देखते हुए पूछा, "किस गुरु से दीक्षा ली है?"

"किसी से नहीं।" बिजली ने बेहद संक्षिप्त उत्तर दिया।

एक पल के लिए पूर्णचन्द्र को जैसे इस बिना गुरुवाली बिजली घोष के कहे पर विश्वास नहीं हुआ। बावजूद इसके उसने इस पर कोई प्रतिक्रिया व्यक्त नहीं की। बस, मन्द-मन्द मुस्कराता रहा। कुछ क्षण रुककर विशेष अतिथि ने एक बाउल और सुनाने का आग्रह किया। बिजली घोष को मानो मुँह माँगी मुराद मिल गई। उसने फिर से एकतारा उसी दिशा में उठाया और पूरी लय व गले के साथ पूरी मुग्धता के साथ गाने लगी—

कृष्ण हारा होइया गो
कृष्ण हारा होइया गो, कृष्ण हारा होइया कान्दछि गो वने निशि दिने
ओ गो, आमार मत दीन दुःखिनी, के आछे आर वृन्दावने॥
सखी गो, यार ये ज्वाला सेइ जाने अन्य कि आर जाने
आमार अरण्ये रोदन करा, कार काछे कइ, केवा शोने॥
सखी गो, नयन दिलाम रूपे नेहारे प्राण दिलाम तार सने।
ओ गो, देह दिलाम, अंगे वसन, मन दिलाम तार श्रीचरणे॥
सखी गो, कृष्ण सून्य देह गो आमार, काज कि ए जीवने।
अधीन कालाचाँद, कय, राइ मरिल श्याम बिहने॥

इस बार अतिथि कक्ष में जैसे अध्यात्म, प्रेम, भक्ति और शान्ति की फुहारें बरसने लगीं। पूर्णचन्द्र की आँखें बन्द होती चली गईं। पंजों के बल बिजली घोष के बाउल गायन को सुनते हुए पूर्णचन्द्र को लगा मानो साक्षात चैतन्य महाप्रभु की आत्मा बिजली के शरीर में प्रवेश कर गई है।

गायन समाप्त कर बिजली घोष लौटने लगी, तो पूर्णचन्द्र ने उसे अपने पास बुलाया और अपने सिरहाने रखा अपना एकतारा बिजली घोष की तरफ़ बढ़ा, मुस्कराते हुए बोला, "यह भेंट मेरी तरफ़ से स्वीकार करो!"

इतनी बड़ी हस्ती से उसका इस्तेमाल किया हुआ एकतारा लेते हुए बिजली के हाथ काँपने लगे। मारे ख़ुशी के उसकी आँखों से आँसू बह निकले।

"जाओ, ख़ुश रहो!" पूर्णचन्द्र इससे अधिक कुछ नहीं कह पाया।

बिजली घोष ने उत्तरायण परिसर के इस रतनपल्ली अतिथि गृह में जब प्रवेश किया था, तब उसके पास एक मामूली-सा गोपी जंतर और स्वयं की बनाई डुग्गी थी। अब वापस आ रही है तो उसके पास एक मँझे हुए बाउल गायक का बजाया हुआ एकतारा है। लौटते हुए बिजली घोष के शरीर में जैसे आसमानी बिजली प्रवेश कर गई और सीधे अपने हॉस्टल में आकर दम लिया। वह भूल गई कि उसके साथ अरुणाभ भी था। आते ही वह अपने बिस्तर पर लुढ़क गई।

4

जब से बिजली घोष और अरुणाभ को पता चला है कि शान्तिनिकेतन के पास सोनाझुरी में हर शनिवार को हाट लगता है, और बड़ी संख्या में यहाँ बाउल गानेवाले लोक कलाकार आते हैं, वे दोनों यहाँ पहुँच जाते। यहाँ आकर

वे जगह-जगह बाउल गायकों को लालन शाह फ़क़ीर, गगनहारा और गोसाईं विप्र आदि के रचित बाउल गीत गाते हुए देखते। कुछ दिनों के बाद बिजली को भी इनके कई बाउल गीत कंठस्थ हो गए। बल्कि अब तो बिजली इन लोक गायकों के सुर में सुर मिलाते हुए पूरा बाउल गीत गा लेती है।

बाउल साधक पूर्णचन्द्र से मिलने के बाद बिजली घोष अब एकतारा की धुन में पगे बाउल गीतों में ही खोई रहती। हालाँकि यहाँ आने के बाद वह ध्रुपद में अच्छी-ख़ासी पारंगत हो गई लेकिन मन उसका बाउल गायन में ही रमता। इसी बीच उसे कृष्ण उपासक, चतुष् ध्रुपद-शैली के रचयिता और तानसेन के संगीत गुरु अर्थात सखी सम्प्रदाय के प्रवर्तक स्वामी हरिदास के पदों को पढ़ने का अवसर मिला।

दिसम्बर महीना शुरू होते-होते पूरे शान्तिनिकेतन में एकाएक हलचल और चहल-पहल तेज़ हो गई। इस हलचल का कारण है दिसम्बर महीने में शुरू होनेवाला पौष मेला, जिसे शीतकालीन मेला भी कहा जाता है। मेलार माठ पर आयोजित होनेवाले इस वार्षिक मेले की शुरुआत, मेले के पहले दिन 23 दिसम्बर को छातिमतला पर सप्तपर्णी के नीचे होनेवाली उपासना सभा से होती है। इस स्थान पर महर्षि देवेन्द्रनाथ टैगोर ने पहली बार 1863 में अपना आश्रम स्थापित किया था। इतना ही नहीं दो दिन बाद क्रिसमस के अवसर पर 'क्रिस्टो उत्सव' का आयोजन भी होता है।

वे शरद माह के शुरुआती दिन थे जब पहली बार बिजली घोष छातिमतला के पास आई थी। गन्ध तो उसने इस छातिम की पहले भी अपने फेफड़ों में न जाने कितनी बार भरी होगी, परन्तु शान्तिनिकेतन में आकर इसकी गन्ध में इतनी मादकता उसने पहली बार महसूस की है। अपने सात पत्तों के पुंज और इन्हीं के बीच खिलनेवाले फूलों से बिखरती ख़ुशबू को साँसों के साथ अपने भीतर खींचते हुए बिजली सोचती है कि इसकी गन्ध में इतनी मादकता कैसे और कहाँ से समा जाती है? वह देर तक छातिम और उसके फूलों को निहारती रहती है। निहारते हुए अचानक उसे लगता है जैसे यह मादकताभरी गन्ध सप्तपर्णी अर्थात यक्षिणी के वृक्ष से नहीं, उसी की देह से फूट रही है। वह सोचती है कि शरद के स्वागत के लिए सप्तपर्णी खिलती है या सप्तपर्णी के लिए ही शरद आता है। बिजली जब भी किसी छातिम अर्थात यक्षिणी के पास आती है, उसकी मोहकता और गन्ध उसे इस तरह रिझाती है, कि उसे ख़ुद ही पता नहीं चलता वह कब उसकी मादकता में क़ैद होती चली गई है।

संगीत भवन से अरुणाभ और बिजली घोष टहलते हुए घने पत्तोंवाली शाखाओं व हरे-भरे वृक्षों से छनकर आती धूप में भीगते हुए छातिमतला की ओर निकल आए। यहाँ से धीरे-धीरे चलते हुए वे दोनों आम्र कुंज चले आए। पता नहीं शान्तिनिकेतन की इस जगह में ऐसा क्या है कि यहाँ आकर अठखेलियाँ करती ठंडी बयार में बिजली घोष को एक आत्मिक शान्ति का आभास होता है।

अरुणाभ ने कनखियों से बिजली की ओर देखा, तो उसे लगा जैसे वह कुछ परेशान है।

"क्या हुआ बिजली? आज कुछ परेशान लग रही हो?" अरुणाभ ने पूछा।

"ओरु, तुमको याद है पूर्णचन्द्र जी ने मुझसे पूछा था कि मैंने किस गुरु से दीक्षा ली है। मैं सोच रही हूँ कि मुझे अब किसी बाउल गुरु से दीक्षा लेनी चाहिए?"

"मैं भी कई बार यही सोचता हूँ। वैसे कुछ महीनों के बाद तुम्हें हिन्दुस्तानी संगीत की डिग्री मिल जाएगी। इसलिए अगर बाउल गायन में ही कैरियर बनाना है तो किसी-न-किसी को गुरु बनाना ही होगा।"

"बिलकुल सही बोला ओरु। ऐसा करते हैं किसी दिन आखरा चलते हैं।"

"ठीक है। बना लेते हैं किसी दिन चलने का कार्यक्रम।"

आम्र कुंज से चलने से पहले दोनों ने मंथर गति से पश्चिम की ओर लुढ़कते सूरज को देखा। धीरे-धीरे शाम भी ठंडी होने लगी है। शाम की सुरमई अपनी पूरी सुकुमारता व कोमलता के साथ चारों तरफ़ फैलने लगी। बिजली घोष ने महसूस किया की शान्तिनिकेतन में शाम जैसे दबे पाँव आती है। इसलिए यहाँ संध्या कोई द्वापर नहीं जिसमें शंखनाद और मृत्युशोक का उद्घोष हो। बल्कि आम्र कुंज की शाखाओं और उनके घने पत्तों से उठती कृष्ण की बाँसुरी का वह माधुर्य है, जिसमें वैराग्य और अध्यात्म के साथ ज्ञान व प्रेम के संगम का अद्भुत मिश्रण है। आम्र कुंज की सुरमई आभा अब तेज़ी से अँधेरे में तब्दील होने लगी। रास्तों और आसपास की इमारतों के बल्ब जगमगा उठे। लौटते हुए दोनों की परछाईं कभी आपस में विलीन हो जातीं, तो कभी छिटककर अलग हो जातीं।

बिजली को मृणालिनी हॉस्टल और अरुणाभ को अपने पूर्वपल्ली हॉस्टल पहुँचते-पहुँचते बहुत देर हो गई।

अगली ही छुट्टी के दिन वे दोनों कोपाई नदी के पास बाउलों के आखरा पहुँच गए। आश्रम में वे दोनों सीधे फूलमाला के आखरा गए। बार-बार यहाँ आने के कारण फूलमाला भी इन्हें अब दूर से पहचान लेती है। इधर अरुणाभ हैरान-परेशान कि बिजली यहाँ क्या करने आई है? अगर उसे कोई गुरु

ही बनाना है तो वह पूर्णचन्द्र जैसे ख्यात बाउल गायक को क्यों नहीं बनाती? यहाँ आकर वह अपना समय क्यों नष्ट कर रही है?

बिजली घोष को आया देख फूलमाला ने कोई प्रतिक्रिया व्यक्त नहीं की। वह सोचती है कि एक बार जिसने उसका बाउल गीत सुन लिया, वह आकर सीधा उससे उसे सुनाने का आग्रह करता है। यही सोचते हुए फूलमाला ने साफ़ मना कर दिया, "देख बिजली, मैं इस समय कोई गीत नहीं सुनाऊँगी। हर चीज़ का समय होता है। यह नहीं कि..."

"दीदी, सुनो तो! मैं बाउल गीत सुनने नहीं आई हूँ। मैं...मैं तो आपको अपना गुरु बनाने का निवेदन करने आई हूँ दीदी।" बिजली घोष ने जैसे याचना की।

अरुणाभ की आशंका जैसे सच साबित हो गई।

बिजली घोष ने जिस तरह विनती की उसे सुन फूलमाला कुछ नहीं बोली। उसके लिए जैसे मना करना मुश्किल हो गया। फिर कुछ पल ख़ामोश रहने के बाद बोली, "मगर इसमें बहुत कष्ट है।"

"दीदी, मुझको सब मंजूर है।"

"ठीक है। कब से आना है?"

"मेरी एक विनती है दीदी। तीन महीने बाद मेरी अन्तिम परीक्षा है। जैसे ही वह समाप्त होगी मैं इधर ही आखरा में आ जाऊँगी।"

"आराम से सोचकर बता देना, कब से आना है।"

आखरा से लौटते हुए बिजली और अरुणाभ कोपाई नदी के पानी में आकाश के नील कान्तियुक्त प्रतिबिम्ब को देखकर रुक गए। दोनों धीमी गति से बहते पानी पर सुशोभित नील मणियों की तिरमिराती अकल्पनीय विशाल माला को निहारने लगे। इसके बाद वे दोनों एक चौड़े कटान में उतर आए, जहाँ वे अपनी-अपनी कल्पनाओं की नौकाओं में सवार हो, देर तक उसकी लहरों से खेलते रहे।

वर्षा विगत शरद रितु आई, देखहुँ लक्ष्मण परम सुहाई।
फूले काँस सकल महि छाई, जनु बरसा कृत प्रकट बुढ़ाई॥

रामचरितमानस की उपरोक्त पंक्तियों की मानें तो बारिश अब बूढ़ी हो चुकी है और ऋतुओं का सन्धिकाल शरद अपने आने की दस्तक दे रहा है। शरद ऋतु अर्थात परिवर्तन का संकेतक। बरसात का मौसम अब धीरे-धीरे विदा ले रहा है। कहा जाता है कि धरती की छाती में जब दूध उतरता है, तो काँस के फूल खिलते हैं और देखते-देखते धानी चूनर दूध के झाग से ढक जाती है। भोर की बढ़ती गर्मी सर्दी के आगमन

का आभास देने लगा है। मानसून की विदाई के बावजूद पानी से लबालब भरी और अपनी ही धुन में बहती अजय और कोपाई नदी के किनारों, ख्वाई की गीली दीवारों और इनके आसपास डूबे क्षेत्रों की धीरे-धीरे चटकती दलदल को फोड़, दूर तक फैले डाब, कुश या कहिए काँस की फुनगियों पर टँगे सफ़ेद फाहे ऐसे दिखने लगे हैं, मानो प्रकृति ने हरी धरती की माँग सफ़ेद सिन्दूर से भर दी हो। इसीलिए काँस के फूलों को मानसून की विदाई और शरद के आने का सूचक माना जाता है।

यह क्वार यानी आश्विन का महीना है। हल्की गर्म और थोड़ी उमसभरी। इसलिए सुबह बड़ी सुहावनी लगती है और शाम का मिज़ाज भी ख़ुशगवार होने लगा है। परन्तु दोपहर होते-होते यही बेरहम हो जाती है। बिजली घोष को लगने लगा कि कुछ दिनों पहले तक जिन काँस के फूलों का मुलायम ऐश्वर्य लुभाता था, वे अब अपना वैभव खोते जा रहे हैं। उसे याद आता है जब वह बाबा से काँस का फूल लाने की ज़िद करती, तो बाबा उसके शिखर पर पूरी ठसक के साथ, हवा में झोंके खाते धवल काँस के फूलों का गुच्छा लाकर उसे थमा देते।

बिजली घोष नीले आकाश के नीचे लहलहाते काँस के फूल को देखकर सोचती है कि यह फूल सुबह के उस सपने की तरह है, जो हर साल उगता है और ज़रा-सी आहट से एक झटके के साथ झर जाता है। हवा के गर्म थपेड़ों से काँस के फूल से सफ़ेद रेशे बिखरकर हवा में ऐसे उड़ने लगते हैं, जैसे बर्फ़ीले पहाड़ की चोटियों को छूते हुए बादलों के गुच्छे उड़ रहे हों। इस दृश्य को देख बिजली घोष अनायास एक उदासी से घिरती चली जाती है। किसी कल्पना में खोए अरुणाभ की ओर कनखियों से देखते हुए वह सोचती है, कि अपने फूलों के बिना यह पौधा कितना उदास होता होगा। अपने दु:खों को अपना प्रारब्ध मान यह फूल कैसे अपने अकेलेपन को काटता होगा?

इधर अरुणाभ को काँस के धारदार तृणों को देख याद आता है कि माँ अक्सर हर बरस कुश को लाल कपड़े में लपेटकर अपने बक्से में रखती है। क्यों रखती है इसका उसे आज तक पता नहीं चला।

शरद ऋतु का उत्सव प्रकृति का ही उत्सव है और यह शरदोत्सव की पहले सूचना होती है। एक तरह से विजय पर्व का उद्‌घोष। काँस के ये फूल जहाँ पितृपक्ष में पितरों के स्मरण के गवाह बनते हैं, तो महालय के बाद देवी दुर्गा के स्वागत के लिए ये मचल-मचल उठते हैं। कई बार लगता है जैसे ये फूल अपने-अपने घरों के बाहर बैठे किसी असहाय वृद्ध की तरह शाम को अपने घर-परिवार के सदस्यों के सकुशल लौट आने के लिए प्रार्थना करते हैं।

लेकिन जैसे-जैसे पितृपक्ष और नवरात्रि का सन्धिकाल महालय निकट आने लगा, उसके साथ दुर्गा पूजा की शुरुआत भी हो जाएगी। इसलिए महालय और

पितृपक्ष अमावस्या एक ही दिन मनाई जाती है। इस दिन दुर्गा की वन्दना करके उससे अपने घर आगमन के लिए प्रार्थना की जाती है और पितरों को जल-तिल देकर उन्हें नमन किया जाता है। महालय के दिन ही हर मूर्तिकार माँ दुर्गा की आँखें तैयार करता है। इसके बाद से दुर्गा की मूर्तियों को अन्तिम रूप दिया जाता है। इसीलिए पूरे बंगाल को बड़ी बेसब्री से इस दिन की प्रतीक्षा रहती है।

इधर महालय के दिन से दुर्गा पूजा की तैयारियाँ शुरू हो गईं, तो उधर विश्वभारती कर्मी-सभा द्वारा प्रतिवर्ष इस दिन शान्तिनिकेतन में आयोजित होनेवाले आनन्द बाज़ार अर्थात आनन्द मेले की तैयारियाँ शुरू हो गईं। कक्षा पाँच से लेकर शोध तक के सारे विद्यार्थी अपनी-अपनी भागीदारी सुनिश्चित करने के लिए तैयारियों में जुट गए। इन तैयारियों को देखकर लगता जैसे आनन्द मेला विश्वभारती कर्मी-सभा का नहीं, पूरे शान्तिनिकेतन का है। कोई अपनी सुरुचि का खाना बनाने की तैयारी में जुटा हुआ है, तो कोई अपने पसन्द के बाउल गीत की पंक्तियों के पोस्टर बना रहा है। कहने का आशय यह है कि जिसमें जिसकी रुचि है आनन्द बाज़ार में बेचने के लिए उसी की तैयारी में लगा हुआ है।

बिजली घोष और अरुणाभ रास्ते के दोनों तरफ़ खड़े सप्तपर्णी के विशाल पेड़ों के बीच से लाल मिट्टी पर धीरे-धीरे क़दम-बोसी करते हुए छाँववाला रास्ता छोड़कर खुले मैदान में आ गए। यहाँ कुछ देर टहलने के बाद दोनों पाठ-भवन की ओर मुड़ने के बाद एक बकुल के नीचे आकर बैठ गए। दरअसल यह दोनों की पसन्दीदा जगहों में से एक है।

"बिजली, मेले के लिए तुम क्या तैयार कर रही हो?" शुरुआत अरुणाभ ने की।

"ओरु, मेरे पास सिवाय बाउल गीतों के क्या है।" फिर कुछ पल रुककर उसने अरुणाभ से पूछा, "तुम क्या कर रहे हो?"

"मेरा मन तो कुछ पेंटिंग्स बनाने का है लेकिन समझ में नहीं आ रहा है कि क्या बनाऊँ?" अरुणाभ ने अपनी दुविधा से बिजली को अवगत कराया।

"तुम ख्वाई और काँस के फूलों के कुछ लैंडस्केप बनाओ न!"

"कमाल है, इस पर तो मेरा ध्यान ही नहीं गया। यह तुमने सही ध्यान दिलाया। आज से ही छोटी-छोटी पेंटिंग्स बनाना शुरू कर देता हूँ।"

पाठ भवन का यह बकुल और इसकी छाया इन दोनों को इसीलिए भी पसन्द है कि यहाँ आकर जैसे उनकी हर मुश्किल आसान हो जाती है। इस तरह आनन्द बाज़ार में अपनी-अपनी भूमिका तय कर दोनों अपने-अपने हॉस्टल लौट गए।

महालय के दिन प्रात: चार बजे से सिंह सदन के मैदान में लगनेवाले आनन्द मेले में अपनी-अपनी दुकान लगाने के लिए सभी

विभागों के छात्र-छात्राएँ पहुँचने शुरू हो गए। अलग-अलग विभागों के लिए निश्चित किए गए मंडप में सब अपने-अपने स्टाल सजाने में जुट गए। पंक्तिबद्ध पाठ भवन, कला भवन, विद्या भवन, चीन भवन, हिन्दी भवन, श्रीनिकेतन, हिन्द-तिब्बती शिक्षालय सहित दूसरे विभागों के छात्रों की यही कोशिश है, कि वह अपने स्टाल को कैसे अधिक-से-अधिक आकर्षक बनाए।

बिजली घोष ने संगीत विभाग के लिए तय की गई जगह में एकदम किनारे पर एक छोटा-सा आखरा बनाया। बिलकुल फूलमाला के आखरा की तरह। कहीं उसमें शरद ऋतु के मादक गन्ध बिखेरते सात पत्तोंवाले गुच्छों के बीच से झाँकती फूलवाली छातिम की ताज़ा टहनियाँ टाँग दी, तो कहीं काँस की सफ़ेद फूलों की टहनियाँ लगा दीं। आखरा की यह अनुकृाते इतनी स्वाभाविक दिखाई दे रही है कि देखनेवाला एक पल के लिए भ्रमित हो जाए। उसके लिए यह अनुमान लगाना मुश्किल हो जाए कि इस समय वह सिंह सदन मैदान पर लगे आनन्द बाज़ार में किसी अनुकृति के सामने खड़ा है, अथवा कोपाई नदी के किसी वास्तविक आखरा के समक्ष खड़ा है।

जबकि मेले के प्रवेश द्वार के एकदम शुरू में, अरुणाभ के बने ख्वाई और काँस के फूलों के लैंडस्केप्स बरबस ही अपनी ओर लोगों का ध्यान आकर्षित कर रहे हैं। जिस तरह कभी नन्दलाल बसु ने अंकन के लिए ख्वाई और शान्तिनिकेतन की विभिन्न रंगों की काली मिट्टी से काला रंग और लाल मिट्टी से लाल रंग बनाया था, उसी तरह अरुणाभ ने इन मिट्टियों से प्राकृतिक रंग बनाकर अपनी पेंटिंग्स तैयार की हैं। इस तरह आमने-सामने एक तरफ़ बिजली घोष के आखरा और दूसरी ओर अरुणाभ की पेंटिंग्स ने ऐसा स्वाभाविक दृश्य बना दिया, मानो यहाँ आनेवाला दर्शक आनन्द बाज़ार मेले में नहीं, कोपाई नदी के आखरा आश्रम में पहुँच गया है। जो दर्शक छातिम और खिले हुए काँस से घिरे आखरा में बैठी बिजली घोष के स्टाल पर आता, वह सामने अरुणाभ की पेंटिंग्स को देखे बिना नहीं जाता। और जो अरुणाभ की पेंटिंग्स देखने आता, वह अपने आपमें डूबी बिजली घोष के गाए लालन शाह फ़क़ीर अथवा हसन राजा का बाउल गीत सुने बिना नहीं लौटता। बिजली की तर्जनी का पोर जब एकतारे के तार को छूता और उससे अध्यात्म की तरंगें निकलतीं, तब सुननेवाले को लगता ये तरंगें एकतारे के तार से नहीं, उसके अपने ही जिस्म की शिराओं से फूट रही हैं। मीरा-सी एकतारे की धुन पर पूरी तन्मयता और बाउल गीत गाती बिजली घोष की एक-एक भंगिमा और अंग-मुद्रा को देख, एक पल के लिए देखनेवाला अपने आपमें खोकर रह जाए। ऐसा लगता मानो जलंगी नदी के किनारे नबद्वीप के ओसारे में निमाई पंडित अर्थात गौरांग प्रभु का कीर्तन चल रहा है।

सिंह सदन के मैदान पर लगा पूरा मेला कुशल-अकुशल हाथों के बने तरह-

तरह के बंगाली व्यंजनों की ख़ुशबू से महक उठा। यह महक तब और मादक हो जाती जब एकतारे और डुग्गी की तान के साथ, बिजली घोष के गाए बाउल गीत शरद की कुनमुनाती धूप में टहलते कानों में गूँजने लगते।

कहते हैं कि शान्तिनिकेतन का मौसम बड़ा बेमुरव्वत, अनपेक्षित और अप्रत्याशित होता है। उसके बारे में किसी तरह का पूर्वानुमान लगाना बड़ा मुश्किल है। इस बार महालय के दिन भी ऐसा ही हुआ। शाम के धुँधलके में जब पूरा आनन्द मेला बिजली की रोशनी में जगमगा उठा, और अपने पूरे उठान पर था कि विदा हो चुके मानसून के कुछ आवारा बादलों का विशाल झुंड भटकता हुआ, अचानक जैसे मेले का आनन्द लेने सिंह सदन के ऊपर मँडराने लगा। एकाएक आसमान में छाए ठिठके घने बादलों को देख, पूरे आनन्द मेले को एहसास हो गया कि इनकी नीयत ठीक नहीं है।

ऐसा ही हुआ और देखते-देखते बादल बरसने लगे। ऐसा लगा जैसे बारिश के साथ बादल ख़ुद ही ग्राहक बन मेले में उतर आए हैं। चारों तरफ़ अफ़रा-तफ़री मच गई। सब बारिश से अपने-अपने सामान को बचाने में जुट गए। इसी बीच बल्बों की रोशनी में आसमान से बरसती पानी की लड़ियों से फूटती किरणों के बीच, छात्र-छात्राओं को न जाने क्या सूझा कि जिसके जो बर्तन हाथ लगा, उसे बजाते हुए जैसे वर्षा-नृत्य करने लगे। हालाँकि एक तरफ़ अचानक आई बारिश से जहाँ जोश और उल्लास पर जैसे पानी फिर गया, वहीं दूसरी ओर तेज़ बारिश के बीच उनका उल्लास भी ठहाका मारने लगा। अपनी-अपनी दुकानों को बारिश में भीगता देख कुछ पलों के लिए हताशा से सबके चेहरे पुत गए। कुछ बच्चे यह सोचकर रोने लगे कि उनकी मेहनत बेकार चली गई है, परन्तु वहीं नाचते-गाते छात्रों का जोश देखते बन रहा है। इस तरह बारिश पर यह उत्साह भारी पड़ने लगा और बारिश में भी मेला चलता रहा। जब-जब बारिश तेज़ होती तो सब थाली बजाकर नाचने लग जाते। जैसे ही धीमी होती, ग्राहकों को लुभाते हुए छाता लेकर घूमते ख़रीदारों को भीगते-भागते छात्र अपने-अपने स्टाल पर बुलाने लगते। आनन्द बाज़ार में जगह-जगह छोटे-छोटे बन गए पानी के तालों में जब-जब आसपास जलते बल्बों का अक्स उभरता, तब-तब उन्हें देखकर लगता जैसे बादलों के पीछे छिपे असंख्य चन्द्रमा की प्रतिछायाएँ उनमें तिरमिरा रही हैं।

मेला समाप्त होने के बाद अरुणाभ ने अपनी सारी कमाई विश्वभारती कर्मी-सभा को सौंप दी ताकि मेले से प्राप्त पूरे लाभांश को इकट्ठा कर कर्मी-सभा द्वारा ज़रूरतमंदों में बाँट दिया जाए। मेला ख़त्म होने के बाद अरुणाभ और बिजली घोष अपने-अपने हॉस्टल आ गए। हॉस्टल आने के बाद बिजली देर तक यही सोचती रही कि शान्तिनिकेतन के ऐसे ही आकर्षण भीतर तक प्रभावित करते हैं। वह सोचती है कि यदि गुरुदेव रवीन्द्रनाथ टैगोर इस दृश्य को देखते, तो आकाश से झरती पानी

की लड़ियों में छिपी प्रेम की आसक्ति को छुए बिना नहीं रहते। काश, आज इस मेले में उनके साथ गुरुदेव भी होते।

5

बिजली घोष का अपने हिन्दुस्तानी शास्त्रीय गायन के स्नातक का अन्तिम वर्ष। जबकि अरुणाभ के कोर्स पूरे होने में एक साल बचा हुआ है। इसलिए दोनों का अधिकतर समय अपने-अपने विभाग के संगीत भवन और कला भवन में बीतता। सुन्दर स्थापत्य से भरे कला भवन के भीतर मिट्टी से बना काला घर अर्थात 'कालोबाड़ी' और ताड़ के पेड़ के नाम से प्रसिद्ध 'तालभाज'।

शाम को आम्र कुंज जाते समय अरुणाभ ने ऐसे ही चर्चा छेड़ दी।

"बिजली, कला भवन फ़ाइन आर्ट्स के स्टूडेंट्स का एक ग्रुप ख्वाई में पिकनिक मनाने जा रहा है।"

सुनकर पलक झपकते ही बिजली घोष कोपाई नदी के ख्वाई में खो गई।

"पता है इस पिकनिक की शुरुआत कैसे हुई थी?"

अरुणाभ ने जिस तरह बिजली से पूछा, बिजली ने कोई प्रतिक्रिया व्यक्त नहीं की। बस, अरुणाभ को देखने लगी। समझ गया अरुणाभ कि बिजली को सचमुच इस बारे में पता नहीं है।

"कहते हैं कि शान्तिनिकेतन के शुरुआती दिनों में कला भवन में नन्दलाल बसु और गुरुदेव की एक शिष्या थी रानी चन्द, जिसे सब बंगाली रानी चोंदो कहते थे। रानी चोंदो ने कहीं लिखा है कि नन्दलाल बसु शान्तिनिकेतन के छात्रों को हर साल ख्वाई में पिकनिक मनाने के लिए ले जाया करते थे। इस पिकनिक का एक उद्‌देश्य छात्रों को यह जानकारी देना भी होता है कि कैसे चित्रकारी के लिए ख्वाई की काली मिट्टी से काला रंग और लाल मिट्टी से लाल रंग बनाया जाता है।"

बिजली घोष ने मुस्कराते हुए अरुणाभ की तरफ़ ऐसे देखा, जैसे उससे कह रही है कि उसे भी अब शान्तिनिकेतन के बारे में बहुत कुछ पता चल चुका है।

"वास्तव में रंग बनाने का यह सिलसिला अवनीन्द्रनाथ ठाकुर के सुझाव पर ही शान्तिनिकेतन में शुरू हुआ था। ताकि कला भवन के छात्र को रंगों के लिए विदेशों पर निर्भर न रहना पड़े। तभी से यह परम्परा चली आ रही है।" इतना कह अरुणाभ ने बिजली की आँखों में झाँका।

"ऐसे क्या देख रहे हो?" बिजली ने हैरानी के साथ पूछा।

"इसलिए कि तुम भी वहाँ चलना चाहोगी?"

अरुणाभ ने जैसे बिजली के मन की बात कह दी।

"वो तो ठीक है लेकिन..."

"मैं समझ गया। तुम ऐसा करना कि हमारे साथ ना चलकर, हमारे पीछे-पीछे आ जाना। जब पिकनिक खत्म हो जाएगी तो मैं तुम्हारे साथ आ जाऊँगा।" अरुणाभ ने रास्ता सुझाया।

अरुणाभ द्वारा बताई गई तारीख़ और दिन को बिजली घोष भी कला भवन के छात्रों के पीछे-पीछे ख्वाई पहुँच गई। दूर से बिजली फ़ाइन आर्ट्स के छात्रों द्वारा पिकनिक मनाने के साथ, चित्रकारी के लिए काली और बोलपुर की लाल मिट्टी से तैयार किए जानेवाले रंगों और दूसरी गतिविधियों को देखती रही।

पिकनिक समाप्त होने के बाद अरुणाभ बिजली के पास चला आया।

वे दोनों वहाँ से आमार कुटी की ओर चले आए। जैसे-जैसे आमार कुटी पास आने लगी, मधुर बाउल गीत के बोल उनके कानों में मानो रस घोलने लगे। आकाश में उड़ते सफ़ेद हंसों की पाँत को देखकर लगता, मानो किसी चित्रकार ने नीले कैनवस पर सफ़ेद रंग से चित्रकारी कर दी हो। लौटते हुए कोपाई नदी के आसपास फैले मनमोहक काँस के फूलों से पटी धरती का सौन्दर्य देखते ही बन रहा है। काँस के फूलों से झरकर हवा में उड़ते कोमल रोंए किसी नवजात शिशु की तरह आकर उनसे चिपटते, तो बिजली का मन उन्हें हटाने को नहीं करता। तरह-तरह की वनस्पतियों से भरी इस जगह को देखकर लगता, जैसे प्रकृति ने अपनी सारी हरीतिमा अजय और कोपाई नदी के ही आँचल में उड़ेल दी। उसी आँचल में जहाँ गुरुदेव घंटों अपना समय बिताया करते थे। कोपाई नदी के एक छोर पर फैला सफ़ेद काँस का जंगल तो दूसरे छोर पर आमार कुटी। जबकि बीच-बीच में उठते बाउल गीत के मधुर बोल—सब मिलकर एक ऐसा रागात्मक दृश्य पैदा कर रहे हैं कि यहाँ से लौटने का मन ना करे।

अन्तिम वर्ष की परीक्षा देने के बाद बिजली घोष ने अपनी पहली गुरु फूलमाला के आखरा में जाना शुरू कर दिया। साथ में अरुणाभ भी होता। परीक्षाओं के परिणाम आने तक फूलमाला से बिजली ने बाउल गायन की ज़्यादातर बारीकियों को जान लिया। इस बीच बिजली और अरुणाभ ने दूसरे आखरा को भी देख लिया।

फूलमाला के पास अब बिजली घोष को बताने और सिखाने के लिए शायद कुछ नहीं बचा था, इसलिए एक दिन उसने अपनी शिष्या को सलाह दी, "बिजली, मेरे पास बाउल का जितना ज्ञान था, मैंने सब दे दिया है। अब कुछ भी नहीं बचा है मेरे पास।"

बिजली घोष चुपचाप फूलमाला की बात सुनती रही। बोली कुछ नहीं।

"मेरी एक सलाह है कि अगर तुम्हें बाउल गायन में ही जीवन बिताना है, तो एक ऐसे गुरु की तलाश करो जिसका इसमें नाम हो। बिना बड़े गुरु के सीखने का कोई लाभ नहीं।"

बिजली ने पलटकर अपनी गुरु फूलमाला की आँखों में देखा।

"तू समझ रही है न, मैं क्या कहना चाहती हूँ?" फूलमाला ने मुस्कराते हुए पूछा।

"मैं सब समझ रही हूँ दीदी। परन्तु..." कहते-कहते बिजली घोष रुक गई। इसके बाद पहले उसने अरुणाभ की आँखों में देखा और फिर फूलमाला की ओर।

"मैं तुम्हारी परेशानी समझ रही हूँ।" फिर कुछ पल सोचने के बाद फूलमाला बोली, "मैं ऐसे दो लोगों को जानती हूँ—एक पूर्णचन्द्र दास बाउल और दूसरा सनातन दास बाउल। अगर इन दोनों में से सनातन बाबू तुन्हें अपना शिष्य बनाने को तैयार हो जाते हैं तो..."

"दीदी मैं समझ गई। बस अब आप उनका पता दे दीजिए!"

बिजली घोष ने जिस आत्मविश्वास के साथ फूलमाला से पता लेने की बात कही, फूलमाला ने चुपचाप उसे सनातन दास बाउल का पता दे दिया।

रास्ते में अरुणाभ ने बिजली घोष से यूँ ही पूछ लिया, "अब क्या इरादा है?"

"ओरु, सनातन दास जी के पास जाऊँगी और क्या।"

"वैसे फूलमाला ने सही कहा है कि बिना बड़े गुरु के बाउल गायन सीखने का कोई लाभ नहीं। ठीक है जब सोनामुखी का प्रोग्राम बने मुझे बता देना, मैं भी साथ चलूँगा।"

बिजली को इसकी बिलकुल उम्मीद नहीं थी कि अरुणाभ बिना कहे उसके साथ सोनामुखी चलने के लिए कह देगा। बिजली धीरे-से अरुणाभ के निकट आई और हल्के से अपना सिर अरुणाभ के कन्धे पर रख दिया। जिस तरह बिजली ने अरुणाभ के कन्धे पर अपना सिर रखा, उसके स्पर्श से एक पल के लिए ऐसे लगा जैसे दूर बहती और कल-कल करती अजय और कोपाई नदियों की साँसें थम गई हैं। लगा मानो ख्वाई की गीली दीवार में काँस की कोंपलें फूट आई हैं। गोधूली और शाम के सन्धिकाल की लालिमा से रास्ते की लाल मिट्टी का रंग जैसे आलता में बदल गया।

"वैसे सोनामुखी यहाँ से कितनी दूर होगा?"

अरुणाभ के इस प्रश्न से बिजली की तन्द्रा भंग हो गई। अचकचाते हुए उसने अरुणाभ की ओर देखा, तो अरुणाभ ने वही सवाल दोहरा दिया।

"शान्तिनिकेतन से कोई नब्बे किलोमीटर।" बिजली घोष ने अनुमान लगाते हुए बताया।

सोनामुखी।

जिस समय बिजली घोष और अरुणाभ सोनामुखी पहुँचे, बाँकुड़ा जिले के विष्णुपुर उपखंड के इस छोटे-से शहर के गुमसुम रेलवे स्टेशन पर चारों तरफ़ क़स्बाई उदासी फैली हुई थी। दिन इतने बड़े हो गए कि शाम होने के बावजूद उमसभरी गर्मी और उसकी व्याकुलता में कोई कमी नहीं है। स्टेशन से बाहर आ दोनों ने रिक्शा लिया और अपने गन्तव्य की ओर चल पड़े। अरुणाभ को सोनाझुरी और सोनामुखी नामों में एक समानता यह लगी कि इन दोनों नामों में सोना शब्द का उपयोग हुआ है। इससे यह तो साफ़ है कि सोनाझुरी की तरह सोनामुखी के फूल का रंग भी पीताम्बरी या कहिए गहरा सुनहरी होगा।

रिक्शा अब सोनामुखी की जानी-पहचानी गलियों को पार करता हुआ, खपरैल और लोहे की पुरानी टीन के एक खुले आँगन में बँधी गाय तथा बाँस की आदमक़द टट्टी से घिरे मकान के सामने आकर रुक गया।

बिजली घोष और अरुणाभ रिक्शे के जाने के बाद देर तक खड़े रहे। कुछ देर बाद वे दोनों पेड़-पौधों से घिरे उसके खुले आँगन में पहुँच गए। बिजली ने हिम्मत कर धीरे-से अधखुले दरवाज़े को खटखटाया, तो सामने एक दुबली काया को देख उसने झिझकते हुए पूछा, "स...सनातन दास बाउल जीऽऽऽ..."

"मैं ही हूँ।" दरवाज़े से एक तरफ़ हटते हुए दुबली काया ने उत्तर दिया।

अपने सामने गले में रुद्राक्ष जैसे मणकों की माला, तन पर आधे बाज़ू की हल्के गेरुए रंग की सदरी व इसी रंग की धोती लपेटे, तथा काँस के ताज़ा-ताज़ा फूलों जैसी धवल दाढ़ी के इस परिचय के बाद बिजली ने झुककर सामने खड़े सनातन दास बाउल के पैर छुए। बिजली घोष जगह-जगह खूँटियों पर टँगे एकतारों और डुग्गियों को देखने लगी। इसी बीच सनातन दास को स्वयं पानी का गिलास लाता देख, बिजली घोष अपनी जगह से उठी और लपककर गिलास को उनके हाथ से ले लिया।

पानी पीने के बाद बिजली घोष ने पहले अपना और अरुणाभ का छोटा-सा परिचय दिया। इसके बाद सहमते हुए उसने अपने आने का प्रयोजन बताया। बिजली घोष के आने की वजह जान सनातन दास ने तुरन्त कोई जवाब नहीं दिया। बिजली समझ गई सनातन दास की दुविधा को।

"बाबा, मुझे कुछ नहीं चाहिए। किसी तरह अपना शिष्य बना लीजिए बस। शान्तिनिकेतन से बड़ी उम्मीद लेकर आई हूँ।" बिजली घोष ने हाथ जोड़ते हुए विनती की।

मगर देर तक सोचने के बाद भी सनातन दास अपनी उलझन से बाहर निकल नहीं पाया। वह तय नहीं कर पा रहा है कि इस युवती को अपना शिष्य बनाए या नहीं? हारकर बिजली से पीछा छुड़ाने का उसे एक उपाय सूझा।

"अच्छा ठीक है। कोई बाउल गीत सुनाओ!"

बिजली ने बिना एक पल गँवाए अपना एकतारा और डुग्गी निकाली। डुग्गी को बड़ी तत्परता के साथ कमर में बाँधा और एकतारे की धुन पर गीत सुनाने लगी। एक के बाद एक बिजली घोष सोनामुखी के बाबूपाड़ा रश्तोला के खुले आँगन में बाउल गीत सुनाती रही। जब-जब आलाप लेते हुए वह कोई छन्द उठाती, तो सुधबुध खोए सनातन दास बाउल की सफ़ेद दाढ़ी में धीरे-धीरे कम्पन-सी होने लगती। पत्तियों से लेकर आसपास के छोटे-बड़े पेड़-पौधे एकदम मौन साधे जैसे बिजली के गाए बाउल में खो गए।

गायन बन्द कर बिजली ने सनातन दास की ओर देखा।

बिजली घोष से कई बाउल गीत सुनने के बाद सनातन दास जिस तरह मुस्कराया, बिजली ने मन-ही-मन राहत की साँस ली।

"ठीक है। मैं तुम्हें अपना शिष्य बनाने को तैयार हूँ।"

इतना सुन बिजली घोष एक बार फिर अपनी जगह से उठी और सनातन दास बाउल के पैर छू लिए। मारे ख़ुशी के उसकी आँखें भर आईं। अरुणाभ चुपचाप मुस्कराते हुए इस मोहक दृश्य का आनन्द लेता रहा।

अगले दिन अरुणाभ बिजली घोष को सनातन दास बाउल के पास छोड़कर शान्तिनिकेतन लौट आया।

सोनामुखी अपनी काली और कार्तिक पूजा के लिए जाना जाता है, इसका बिजली घोष को जल्दी ही पता चल गया। उसे जब भी समय मिलता वह यहाँ के अनन्त कुंड से सटे कुसुम्हारानाथ मन्दिर और टेराकोटा के आकर्षक रूप को दर्शानेवाले श्रीधर मन्दिर, मनोहरदास ठाकुर मन्दिर तथा मस्जिद की तरफ़ निकल जाती। एक दिन सनातन दास बाउल ने बिजली को सोनामुखी के बारे में बताया कि सोनामुखी का यहाँ उतना ही महत्त्व है, जितना कृष्ण के लिए वृन्दावन और चैतन्य महाप्रभु के लिए नबद्वीप का।

सोनामुखी ही नहीं उसके आसपास का इलाक़ा भी बिजली घोष के लिए जाना-पहचाना हो गया। सोनामुखी से कुछ मील दूर छोटा-सा गाँव बाँकी संदरा। उस दिन बिजली घोष ऐसे ही बाँकी संदरा की ओर निकल गई और घूमते-घामते पहुँच गई इस गाँव के कुम्हार टोला और टोले के कालिपद कुम्भकार के पास। जिस समय यह कालिपद के पास गई, उसने देखा तीन-चार संथाली युवक कालिपद कुम्भकार के सामने हाथियों की कुछ मूर्तियों के पास खड़े हैं। ये युवक कालिपद से किसी बात पर बड़ी गम्भीरता से चर्चा कर रहे हैं। बिजली धीरे-से इनके पास आकर खड़ी हो गई।

"दादा, जब हमें पता चला कि बाँकी संदरा के कालिपद कुम्हार के बनाए हाथी-घोड़े बड़े मशहूर हैं, तो सुनकर हम आपको ढूँढ़ते हुए मीलों दूर से पैदल चलकर आपके पास आए हैं।" एक संथाली युवक ने कालिपद की प्रशंसा करते हुए कहा।

"वो बात ठीक है...लेकिन मेरे पास जितने हाथी थे मैंने सब आपके सामने लाकर रख दिए। यह मनसा हाथी, यह लक्ष्मी को चढ़नेवाला लक्खी हाथी और यह ब्याह में रखा जानेवाला बीयेर हाथी। मगर आपको इनमें से..."

"मगर कालि दादा, हमें लक्खी पर चढ़ाने या ब्याह में रखा जानेवाला हाथी नहीं चाहिए। हमें तो अपने बोंगा देव को खुश करने के लिए इनसे एकदम अलग हाथी चाहिए।"

"हाँ दादा, जैसे यह लक्खी को चढ़नेवाला एकदम अलग हाथी है न, हमें अपने बोंगा देव के लिए ऐसा ही एकदम अलग दिखनेवाला हाथी चाहिए। ऐसा जैसा आज से पहले कभी किसी ने ना देखा हो। ऐसा होना चाहिए जिसे अपनी सवारी के रूप में पाकर हमारा बोंगा देव प्रसन्न हो जाएँ।" पहले संथाली युवक ने अपने साथी की बात को और स्पष्ट किया।

कालिपद कुम्भकार की कुछ समझ में नहीं आ रहा है कि आख़िर इनको कैसा हाथी चाहिए? वह देर तक मन-ही-मन इनके कल्पना के हाथी की कल्पना करता रहा।

"अच्छा यह बताओ तुम्हारा बोंगा देव दिखते कैसे हैं? कहाँ रहते हैं? क्या करते हैं?'' कालिपद ने संथाली युवकों से पूछा।

"दादा, यही तो परेशानी है कि अपने बोंगा देव को आज तक किसी ने नहीं देखा है। लेकिन हाँ, हमारे बड़े-बूढ़े बताते हैं कि जब जंगल में आग लगती है तो माना जाता है वह आग नहीं हमारे बोंगा देव की सवारी जा रही है।" एक युवक ने कालिपद को बताया।

"वैसे हमें कोई जल्दी नहीं है दादा। हम एक महीने बाद फिर आ जाएँगे। तब तक आप बोंगा हाथी तैयार कर लीजिएगा।" एक युवक ने कहा।

इतना कहकर वे संथाली युवक चले गए।

उन युवकों के जाने के बाद बिजली घोष, धीरे-से कालिपद के और निकट आई और बोली, "दादा, इन्हें आखिर अपने देवता के लिए कैसा हाथी चाहिए?"

"मेरी खुद की समझ में नहीं आ रहा है कि इन्हें कैसा चाहिए? अब तो ये एक महीने का समय और दे गए हैं। मैं इनके लिए कैसा हाथी बनाऊँ जिससे इनके बोंगा देव खुश हो जाए, पता नहीं?"

"वैसे इस हाथी को ये अपने देव पर क्यों चढ़ाना चाहते हैं दादा?"

"क्या है बिटिया कि पिछले कई सालों से खेती में इन्हें बड़ा नुकसान हो

रहा है। बस, अपने देव को खुश करने के लिए ये एकदम अलग हाथी चाहते हैं ताकि उसके चढ़ाने से गाँवभर का रोग-शोक दूर हो जाए। चलो, कोशिश करता हूँ इन मनसा हाथी, लक्खी हाथी और बीयेर हाथी से अलग हाथी बनाने की।" फिर अचानक कालिपद कुम्भकार को जैसे याद आया, "और तुमको क्या चाहिए?"

"दादा, मुझे कुछ नहीं चाहिए। मैं तो इधर से जा रही थी तो आपसे इन लड़कों को बात करते देख रुक गई।" बिजली घोष ने हँसते हुए बताया।

"अच्छा-अच्छा! वैसेऽऽऽ बाहर से आई लगती हो?"

"हाँ दादा। सोनामुखी में सनातन दास बाउल जी के पास बाउल गायन सीखने आई हूँ।"

"अच्छाऽऽऽ अपने सनातन दास के पास सीखती हो। अरे बाबा, सनातन दादा तो बहुत बड़ा कलाकार आदमी है।" अपने सामने बिछे पत्थर पर पड़े मिट्टी के लोंदे को एड़ी से मसलते हुए उसे और लोचदार बनाते हुए कालिपद बोला।

मिट्टी के साथ मिट्टी बने कालिपद को देखकर ऐसा लगता जैसे वह सृष्टिकर्ता ब्रह्मा से होड़ ले रहा है। बिजली घोष जब-जब कालिपद को एड़ी से ज़ोर लगाकर, मिट्टी की गाँठों को मसलता हुआ देखती, उसे एकतारे की धुन पर कबीर का गाया यह दोहा याद आ जाता—

माटी कहे कुम्हार से, तू क्यों रौंदे मोय।
एक दिन ऐसो आएगो, मैं रौंदूँगी तोय॥

बिजली को लगा जैसे वह धीरे-धीरे कालिपद की एड़ी से रुँदती मुलायम मिट्टी में बदल गई है। कुम्हार टोली में कालिपद के घर के बग़ल से धीरे-धीरे आती कच्चे बर्तन को गढ़ने की थप-थप कानों में घुलने लगी। वही थप-थप जो किसी बर्तन को सुघड़ता प्रदान करने के साथ-साथ एक निश्चित आकार दे रही है। बिजली की आँखों के आगे लोचदार कच्ची मिट्टी के अनगढ़ बर्तन के भीतर, शिवलिंगनुमा पिंडी और बाहर लकड़ी के थापे से आकार देते हाथ जैसे नृत्य करने लगे। इस दृश्य की कल्पना में डूबी उसके भीतर कबीर का ही यह दोहा गूँजने लगा—

गुरु कुम्हार शिष कुम्भ है, गढ़ि-गढ़ि काढ़े खोट।
अन्दर हाथ सहार दे, बाहर-बाहै चोट॥

कालिपद ने जब तक मिट्टी के लोंदे को चाक पर नहीं रख दिया, वह उसे देखती रही।

"दादा, जैसा इन लड़कों ने कहा है, वैसा हाथी आपसे बन जाएगा?" बिजली ने तेज़ी से घूमते चाक पर रखे मिट्टी के लोंदे को आकार देते कालिपद से पूछा।

"कोशिश करके देखूँगा।"

"ठीक है दादा। मैं भी एक महीने बाद आती हूँ।"

कालिपद

कुम्भकार मन-ही-मन कई दिनों तक सोचता रहा कि वह कैसा हाथी बनाए? इसी बीच एक दिन कालिपद के मन में यह बात आई, कि अगर इन संथालियों ने अपने बोंगा देव का मुँह देखा ही नहीं है, तो फिर इन्हें क्या पता कि हाथी का मुख भी हो सकता है। यही सोच कालिपद मिट्टी तैयार कर अपने काम में जुट गया। उसने हाथी का धड़, पैर, पूँछ आदि तो बनाए लेकिन, अलग से सिर नहीं बनाया। जब उसने यह सरविहीन हाथी बना दिया, तब इसे देखकर वह इस दुविधा में पड़ गया कि बिना झूले जैसी सूँड़ और बड़े-बड़े छाज जैसे कानों के तो हाथी की कल्पना ही नहीं की जा सकती। इसी कल्पना के चलते कालिपद के इस हाथी का अगला शरीर नीचे को झुकते-झुकते अन्ततः सूँड़ में बदल गया, जिस पर तिरछी और छोटी-छोटी आँखें उभर आईं। जब इस सूँड़ के ऊपरी हिस्से पर दोनों तरफ़ छाजनुमा कान और पीछे हवा में लहराती छोटी-सी पूँछ लग गई, तो न जाने क्यों, हाथी की इस मूर्ति को देखते हुए ख़ुद कालिपद को लगने लगा जैसे इसमें जंगल की आग और बोंगा देव का अक्स नज़र आ रहा है।

ठीक एक महीने बाद, वे संथाल युवक कालिपद के घर पहुँच गए। बिजली घोष भी उस दिन कालिपद के गाँव बाँकी संदरा पहुँच गई। कालिपद ने जैसे ही सबको अपनी कल्पना से बनाया हाथी दिखाया, उसे देख किसी को विश्वास ही नहीं हुआ कि ऐसा भी हाथी हो सकता है। संथाली युवकों की तो ख़ुशी का ठिकाना ही नहीं रहा। वे तो इतने ख़ुश हुए कि इस हाथी की जितनी कीमत तय हुई थी, उससे ज़्यादा पैसे देकर गए।

संथाली युवकों द्वारा बोंगा हाथी ले जाने के बाद, बिजली घोष में कालिपद कुम्भकार के बहाने उसके समुदाय के बारे में जानने की उत्सुकता पैदा हो गई। बातों-बातों में पता चला कि कालिपद और उसकी पत्नी उर्वशी अपना यही पुश्तैनी मिट्टी का काम करते हैं। उर्वशी को चाय की केतली बनाना बहुत अच्छा लगता है, जिसे वह हाथ से ही बनाती है। बाँकुड़ा के टेराकोटा मन्दिर देखने आनेवाले टूरिस्टों के बीच उर्वशी की केतलियों की ख़ूब माँग रहती है। कालिपद ने बताया कि पूस संक्रान्ति के दिन नए धान की पूजा होती है। बाद में इस धान को लक्खी हाँड़ी में भरकर रख दिया जाता है। सावन के किसी शुभ दिन, फिर इस हाँड़ी से धान निकालकर, ढेकी में कूटा जाएगा और उससे पूरपीठा (पिसे चावल, नारियल, गुड़ और दूध से बना) बनाकर लक्ष्मी की फिर से पूजा की

जाएगी। बिजली घोष घर के बाहर छप्पर से लटकती कई पुरानी लक्खी हाँड़ियों को देखती है, जिनमें इन दिनों कई हाँड़ियों में कबूतरों और दूसरे परिन्दों ने अपना बसेरा बनाया हुआ है।

बिजली घोष कालिपद के उस छोटे-से, बिना खिड़कीवाले, अँधेरे कमरे को देखना नहीं भूलती है, जिसमें कुम्हार सालभर के लिए तमाम जोड़वाली आकृतियों जैसे घोड़ा, हाथी, मनसा घट, मनसा चाली आदि को बनाने के लिए मिट्टी तैयार कर, उसे एक ऊँचे चबूतरे का रूप देकर जमा देते हैं। क्योंकि मिट्टी जितने दिन गीली रहते हुए पुरानी होगी, उसमें लोच और मुलामियत उतनी ही अधिक रहेगी। बल्कि इससे उसके दरकने की गुंजाइश भी कम होती जाती है। ज़रूरत के अनुसार कुम्हार इसमें से मिट्टी लेने के बाद इस ढेर पर रोज़ पानी का हल्का छिड़काव करते रहते हैं। पूरे इलाक़े में हर परिवार के अपने ही कई छोटे पोखर होते हैं और लगभग सभी के पोखर की मिट्टी काम करने के लिए बढ़िया होती है। गर्मियों में जब पानी सूख जाता है, तब कुम्हार मिट्टी खोदकर सालभर के लिए सँभालकर रख लेते हैं। औज़ार के नाम पर चाक, चाक लोड़ी (घुमाने के लिए डंडा), सूत, काबारी(बाँस का चाकू), ऊँचा (छोटा आधे बाँस का टुकड़ा जो सफ़ाई करने में मदद करता है), लाता (सूती कपड़ा), पीटन्या और बोलिया (गोल पत्थर) ही हैं।

कालिपद बताता है कि वह चैत मास के अट्ठाइसवें दिन से मिट्टी का काम बन्द कर देता है। इस दिन वह चाक पर एक शिवलिंग बनाकर छोड़ देता है। ज्येष्ठ महीने के अन्तिम शनिवार को इस शिवलिंग की पूजा की जाएगी और फिर इसे विसर्जित कर दिया जाएगा। इसके बाद वह फिर से काम शुरू कर देगा। इसी बीच बातों-बातों में घर पर लटके कुछ वाद्य-यंत्रों पर बिजली की नज़र पड़ती है। बिजली से पूछे बिना नहीं रहा गया, "दादा, ये माँदल, झाँझ, हारमोनियम का क्या करते हो?"

कालिपद एक फ़ीकी हँसी हँसते हुए कहता है, "जब मन उदास होता है तो इनके साथ कीर्तन करके उसे बहला लेता हूँ।"

"अकेले कर लेते हो कीर्तन?"

"नहीं। एक छोटी-सी मंडली बना रखी है। वैसे मैं भी थोड़ा-बहुत हारमोनियम, माँदल और भजन-गीत गा लेता हूँ। संक्रान्ति, होली और दूसरे तीज-त्योहारों पर मंडली के साथ गाँव में भी निकल जाते हैं।"

सनातन दास बाउल की उम्र के होने के बावजूद कालिपद कुम्भकार का उत्साह और हौसला देखते ही बनता है। इस तरह बिजली घोष गाँव बाँकी संदरा से इस नए अनुभव को साथ ले सोनामुखी लौट आई।

सोनामुखी में रहते हुए बिजली घोष को कितना समय हो गया, उसे ही पता नहीं चला। कैसे पता चलता, वह तो हर समय एकतारा के तार पर टिके अपने गुरु सनातन दास बाउल की तर्जनी के पोर में खोई रहती। बल्कि परीक्षा के परिणाम की सूचना भी उसे अरुणाभ के पत्र से मिली।

इधर सोनामुखी में बिजली घोष ने अपनी दीक्षा पूरी की, उधर अरुणाभ ने चिट्ठी से उसे सूचित किया कि विश्वभारती के दीक्षान्त समारोह की तारीख़ तय हो गई है।

बिजली घोष सोनामुखी से अपनी दीक्षा पूरी कर शान्तिनिकेतन लौट आई। दीक्षान्त समारोह में अपनी डिग्री के साथ सम्मान स्वरूप मिली छातिम अर्थात सप्तपर्णी वृक्ष की पत्तियों को ग्रहण कर, सनातन दास बाउल की सलाह पर अपने अगले गुरु शशांको गोशाई बुल के पास बाँकुड़ा जिले के ही छोटे-से गाँव खोरबोनी के लिए रवाना हो गई।

फूलमाला ने उसे सही सलाह दी कि बिना बड़े गुरु के बाउल सीखने का कोई लाभ नहीं। इसका पता बिजली घोष को तब चला, जब अपनी दूसरी दीक्षा के दौरान उसने शशांको गोशाई बुल के साथ देश के अलग-अलग शहरों में कई यात्राएँ कीं। यहाँ उसने देशी-विदेशी दर्शकों के सामने बाउल गायन का प्रदर्शन किया। कलकत्ता के एक आयोजन में उसके प्रदर्शन को देख, उसके मुख्य अतिथि पूर्णचन्द्र बाउल ने तो उसे पहचान भी लिया। पूर्णचन्द्र बाउल को हैरानी के साथ सबसे ज़्यादा ख़ुशी यह देखकर हुई कि यहाँ बिजली घोष ने जिस एकतारा के साथ अपनी प्रस्तुति दी, वह वही था जिसे उसने रतनपल्ली अतिथि गृह में बिजली घोष के बाउल गायन के बाद, यह कहते हुए दिया था कि यह भेंट मेरी तरफ़ से स्वीकार करो।

इसके बाद बिजली घोष ने पीछे मुड़कर नहीं देखा।

वह हाथ में एकतारा लिए, कमर में डुग्गी बाँधकर, गले में पुष्पमाला और पाँवों में खनकते घुँघरुओं के साथ आलता लगा, गेरुई परिधान में जब-जब मंच पर आती, दर्शकों की मानो साँसें थम जातीं। एकतारा की धीमी-धीमी तान और डुग्गी की हल्की-हल्की थाप के साथ जैसे ही वह आलाप लेती, लगता मानो मंच पर साक्षात नटराज उतर आया हो। जब-जब वह राधा-कृष्ण की रासलीला दिखाती हुई पंजों के बल राधा बनकर पूरी बेसुधी के साथ बाउल गीत गाते हुए पूरा चक्कर लेती, तब-तब लगता जैसे गौरांग प्रभु अपने प्रेम की अल्हड़ता के साथ उसकी काया में प्रवेश कर गए हैं। बाउल शैली में गायन, नृत्य और संकीर्तन; सबका जिस तरह सामंजस्य बैठाते हुए एकतारा और डुग्गी का वह एकसाथ प्रयोग करती है, उसे देख गायन की गति और ध्यान की साधना की आसानी से कल्पना की जा

सकती है। बिजली घोष ने बाउल गायन के थोड़े-से समय में जिस प्रकार तरह-तरह के वाद्य-यंत्रों जैसे बाँसुरी, ढोलक, खँजड़ी, मजीरा, रबाब, हारमोनियम, डुग्गी, खोल का प्रयोग किया, उसने बिजली को कुछ ही दिनों में बाउल गायन के एक आधुनिक लोक-कलाकार के रूप में प्रस्थापित कर दिया। वह जितनी चतुराई और कौशल के साथ बाउल गीत गाती, उसी कुशलता और चपलता के साथ स्वामी हरिदास के ध्रुपद गाती। मंच पर आने से पहले बिजली घोष हमेशा अपने साथ लेकर चलनेवाली दीक्षान्त समारोह में मिली छातिम की पत्तियों का स्पर्श करना नहीं भूलती। पत्तियों की यह छुअन उसके पूरे बदन में ऐसा आवेग पैदा करती कि उसे पता ही नहीं चलता कि प्रस्तुति के दौरान उसके पाँव मंच पर हैं, या हवा में नृत्य कर रहे हैं। एकतारा के तार से निकली झंकार और डुग्गी से निकली थाप की आवाज़, एक-दूसरे में इस तरह आत्मसात हो जाते जैसे तन में मन अथवा मन में तन का विलय हो जाता है।

6

अभी-अभी फूलों से बौराए सेमल का मौसम बीता है और अप्रैल यानी बैशाख के ख़त्म होते-होते तापमान तेज़ी से बढ़ने लगा है। जैसे-जैसे मई की गर्मी बढ़ रही है, अमलतास और गुलमोहर पर बहार आने लगी है। कहते हैं कि सोना लानेवाला सबसे पवित्र दिन अक्षय तृतीया होता, लेकिन सच्चाई यह है कि असली सोना तो अपनी मस्ती में झूमते अमलतास की टहनियों पर हवा में लहराते उनके गुच्छों से गिन्नियों के रूप में बरसता है। कई बार तो अमलतास की शाखाओं पर लटके इन गुच्छों को देखकर भ्रम होने लगता है कि इन पर अमलतास के नहीं, सोने के घुँघरुओं के गुच्छे लटके हुए हैं। बसन्त के आगमन के साथ आषाढ़ तक मस्त रहनेवाले शिरीष और टेसू की तरह मुश्किल से महीनेभर के लिए लहकने वाले अमलतास नीचे से ऊपर तक फूलों से लद गए हैं।

इधर जेठ की गर्मी से पूरा शान्तिनिकेतन धधकने लगा है। इसीलिए बसन्त से लेकर भादों तक खिलनेवाले शिरीष ने आसमान से बरसती आग से बचने के लिए अपने सिर पर पीले फूलों की ओढ़नी डाल ली है। यह बात अलग है कि अमलतास जहाँ केवल बीस-पच्चीस दिन के लिए खिलते हैं, शिरीष के फूल लम्बे समय तक खिलते हैं। अमलतास और शिरीष के सुनहरे पीले फूलों से लदे पेड़ों को देख लगता है, मानो शान्तिनिकेतन पर क़ुदरत ने पीताम्बरी शामियाना तान दिया है। जब-जब शिरीष की सूखती अधेड़ फलियों से आकर हवा का कोई तेज़

झोंका टकराता, तब उनके आपस में टकराने से पैदा होनेवाली खड़खड़ाहट को सुन ऐसा लगता, मानो किसी बेलगाम घोड़े के पैरों में बँधे झाँझर बज रहे हों।

बिजली घोष देर तक सड़क पर दूर तक फैले अमलतास और शिरीष के पीले फूलों के रूप में बिखरी स्वर्ण मुद्राओं से खेलती रही। शान्तिनिकेतन में रहने के दौरान उसने आज पहली बार इस अद्‌भुत दृश्य को जी भरकर देखा है। जब तक अरुणाभ नहीं आया, वह अमलतास और शिरीष के वृक्षों से रह-रहकर बरसती इन अशर्फ़ियों के बीच तरह-तरह की कल्पनाओं में डूबती-तिरती रही। पता नहीं आनेवाले शीतकाल तक, जब अमलतास की शाखाओं पर लम्बी-लम्बी हरे रंग की बेलनाकार फलियाँ काले रंग में बदलने लगेंगी, तब तक वह यहाँ रह पाएगी भी या नहीं, कौन जाने?

अरुणाभ के आने के बाद वे दोनों ज्ञान और प्रेम के संगम की वेदी आम्र कुंज की ओर चले आए। रास्ते में पड़नेवाले नाग लिंगम के पेड़ इन दोनों को देखकर जैसे मुस्कराकर रह जाते। बिजली घोष एक नाग लिंगम के पास जाती है और ज़मीन पर बिखरे उसके लाल गोटेवाले श्वेत फूलों को उठा लेती है। अरुणाभ चुपचाप उसे निहारता रहा। बोला कुछ नहीं।

अब वे दोनों अपनी पुरानी जगह पर आकर बैठ गए। देर तक दोनों के बीच कोई संवाद नहीं हुआ। बिजली ने पहले चारों तरफ़ नज़र मारी और फिर साथ लाए नाग लिंगम के फूलों से खेलते हुए बोली, "ओरु, बीएफ़ए के बाद अब क्या इरादा है?"

"समझ में नहीं आ रहा है बिजली कि आगे क्या किया जाए। वैसे मुझे इस बार नवम्बर में ललित कला अकादमी द्वारा दिल्ली में लगनेवाली एकल प्रदर्शनी में हिस्सा लेने का निमंत्रण मिला है।"

"मैं तुमको एक बात बताना चाहती हूँ कि मुझे भी उसी महीने दिल्ली में होनेवाले भारत महोत्सव में बाउल गायन के लिए निमंत्रण मिला है।"

सुनते ही अरुणाभ चहक उठा। लेकिन अगले पल थोड़ा चिन्तित होते हुए बोला, "इसी महीने मुझे हॉस्टल भी खाली करना है। इसके बाद की चिन्ता हो रही है कि विश्व भारती को छोड़कर कहाँ रहा जाए। मैं चाहता हूँ कि शान्तिनिकेतन में ही कहीं रहा जाए।"

"मेरा भी मन यही करता है कि आसपास कहीं रहा जाए।"

"एक काम नहीं हो सकता बिजली कि क्यों न हम ख्वाई के पास आखरा में रहना शुरू कर दें। मेरी इच्छा है कि यहाँ एकदम शान्त वातावरण में अजय और कोपाई के आसपास के लैंडस्केप्स बनाऊँ।"

"मैं भी चाहती हूँ कि फूलमाला के आखरा के पास ही कोई आखरा बना लूँ।"

"यह ठीक रहेगा बिजली लेकिन..." कहते-कहते रुक गया अरुणाभ।

"क्या हुआ?" बिजली ने सहमते हुए पूछा।

"लेकिन एक ही आखरा में हम दोनों का साथ-साथ रहना ठीक रहेगा? लोग क्या कहेंगे?"

अरुणाभ की बात सुन बिजली के चेहरे पर दुश्चिंताओं की लकीरें उभर आईं। आम्र कुंज की घनी शीतल छाया में उमसभरी हल्की गर्मी के बीच, आम की पत्तियों से छनकर आता धूप का एक छोटा-सा चकत्ता बिजली के चेहरे को भिगो-भिगो जाता। अरुणाभ ने बिजली के चेहरे पर पहले से मौजूद पसीने की बूँदों पर गिरते धूप के इस चकत्ते को ध्यान से देखा, तो पाया उसकी लम्बवत किरणों से किसी अलौकिक सौन्दर्य की आभा छिटक रही है। अरुणाभ का चित्रकार मन तरह-तरह की रंग कल्पनाओं में डूबने-उतरने लगा।

"ओरु, अगर बुरा ना मानो तो एक बात पूछूँ?"

बिजली के इस सवाल ने अरुणाभ को किसी गहरी ख्वाई से बाहर खींचा। उसने बिजली की ओर देखते हुए कहा, "हाँ पूछो!"

"मैं तुमको कैसी लगती हूँ?" बिजली ने बिना किसी भूमिका के अरुणाभ से पूछ लिया।

अरुणाभ से तुरन्त कोई उत्तर देते नहीं बना। हालाँकि वह बिजली के कहने का आशय समझ गया, परन्तु इसका सधा हुआ उत्तर क्या हो सकता है, यही उसकी समझ में नहीं आ रहा है।

"अरुणाभ, बताओ न?"

"यह भी कोई पूछने की बात है।" इतना कह अरुणाभ हल्के-से मुस्करा दिया।

बिजली अब अरुणाभ के और निकट आ गई, "ओरु, यदि हमें आखरा के पास अपने आखरा में रहना है, तो क्यों न हम शादी कर लें। अगर तुमको मैं पसन्द हूँ तो अपने बाबा से बात करूँ?"

"बिजली, मुझे भी अपने घर बात करनी पड़ेगी। इस मामले में इतनी जल्दबाज़ी ठीक नहीं है। मान लो, तुम्हारे बाबा ने हाँ कर दिया और मेरे परिवार ने मना कर दिया, तब क्या होगा?" अरुणाभ ने हिचकते हुए कहा।

"और अगर मेरे बाबा ने मना कर दिया तब?"

बिजली घोष की इस आशंका पर अरुणाभ एक दुविधा से घिरता चला गया। उधर बिजली की अँगुलियों के बीच फँसी नाग लिंगम की मुलायम पत्तियाँ एक-एक गिरने लगीं। अरुणाभ ने बिजली से नज़र बचाते हुए उसकी अँगुलियों के बीच कसमसाती पत्तियों को देखा। एक बार उसके मन में आया भी कि वह बिजली को ऐसा न करने से टोक दे, किन्तु कह नहीं पाया। देर तक दोनों के बीच सन्नाटा बिछा रहा जिसे कभी तेज़ और कभी हल्के हवा के झोंके तोड़ने की कोशिश करते। रह-रह कर आम के पत्तों के आपस में टकराने से पैदा हुए नाद पर इससे पहले कभी उनका ध्यान नहीं गया।

"बिजली, मेरी चिन्ता छोड़िए। मैं अपने परिवारवालों को मना लूँगा।"

"अगर नहीं माने तो?"

"अगर नहीं माने तो..." इतना कह पहले अरुणाभ ख़ामोश हो गया। फिर एकाएक खनकती आवाज़ में बोला, "अगर नहीं माने, तो हम भागकर शादी कर लेंगे।"

अरुणाभ के इतना कहते ही बिजली ने सजल नेत्रों से उसकी ओर देखा। फिर अपना सिर अरुणाभ के कन्धों पर रख दिया। नाग लिंगम के फूलों के अरक़ से भीगे अँगुलियों के पोर अरुणाभ के कन्धे पर सरसराने लगे।

कुछ देर पहले तक आम्र कुंज की जो उमसभरी हवा देह को सुहा नहीं रही थी, वही हवा अब ऐसे लगने लगी मानो वह बर्फ़ीली घाटियों से होकर आ रही है। बैठे-बैठे गोधूली के बीच परछाइयाँ कब अपना आकार बदलने लगीं, बिजली और अरुणाभ को पता ही नहीं चला। दोनों एक सुखद कल्पना के साथ आम्र कुंज की घनी छाया से बाहर आए और इस उम्मीद के साथ बिछुड़ गए कि अब जब भी मिलेंगे एक अच्छी ख़बर के साथ मिलेंगे।

बिजली घोष और अरुणाभ ने आपस में अपनी-अपनी तरफ़ से एक-दूसरे को जैसे ही यह शुभ-सूचना दी, कुछ पलों के लिए दोनों अपनी-अपनी कल्पनाओं में डूब गए। लेकिन दोनों जब इन कल्पनाओं से बाहर आए, तब न तो बिजली घोष को विश्वास हुआ कि अरुणाभ का परिवार कैसे इतनी आसानी से मान गया, न अरुणाभ को यक़ीन हुआ कि बिजली के माँ-बाबा ने कैसे एक ग़ैर-बंगाली लड़के के साथ जीवन-निर्वहन के लिए हामी भर दी।

इस रहस्य को जानने के लिए पहल अरुणाभ ने ही की।

"बिजली, तुम्हारे माँ-बाबा ने तो इसका बड़ा विरोध किया होगा कि तुम एक नॉन बंगाली को पसन्द करती हो?" मुस्कराते हुए अरुणाभ ने पूछा।

"बहुत किया था परन्तु मैंने उन्हें मना लिया।" इतना कह बिजली ने अरुणाभ की ओर देखा तथा लगभग वही सवाल उसने अरुणाभ से किया, "और तुम्हारे मम्मी-पापा कैसे मान गए कि तुम माछ-भात खानेवाली एक बंगाली लड़की से शादी करना चाहते हो?"

"बस, मैंने भी मना लिया।" अरुणाभ ने एकदम छोटा-सा उत्तर दिया।

बिजली घोष और अरुणाभ ने एक-दूसरे को अपनी तरह से जवाब दे तो दिया, लेकिन यक़ीन एक-दूसरे को, एक-दूसरे के कहे पर अब भी नहीं हो रहा है।

"वैसे तुम्हारे माँ-बाबा इतनी जल्दी मान जाएँगे, मुझे विश्वास नहीं हो रहा है।" अरुणाभ ने हिचकते हुए कहा।

"जैसे तुमको विश्वास नहीं हो रहा है, मुझे भी नहीं हो रहा है।"

"अरे बाबा, मैंने तो ऐसे ही कह दिया।" कुछ देर चुप रहने के बाद अरुणाभ एक कुटिल मुस्कान के साथ बोला, "लेकिन मुझे बहुत बड़ा झूठ बोलना पड़ा था। जब माँ-बाऊजी ने साफ़ मना कर दिया था, तब मैंने कहा कि अब मना करने का कोई फ़ायदा नहीं है। क्योंकि हमने मन्दिर में जाकर शादी कर ली है और पति-पत्नी की तरह साथ रह भी रहे हैं!"

"क्याऽऽऽ! तुमने इतना बड़ा झूठ बोला?" बिजली घोष जैसे उछलते हुए बोली।

"फिर क्या करता? जब वे मान ही नहीं रहे थे तो बोलना पड़ा। वैसेऽऽऽ कुछ गलत कह दिया क्या?" अरुणाभ ने अकबकाते हुए कहा।

"अरे नहीं। मैंने भी अपने माँ-बाबा को यही झूठ बोला था कि हम तो पहले ही शादी कर चुके हैं। बस, आपको बताने आई हूँ। ओरु, मैंने जब यह झूठ बोला तो माँ पता है क्या बोली? बोली कि अगर तूने शादी कर ली है तो माँग में सिन्दूर कहाँ है। एक बार तो मैं घबरा गई थी ओरु।" कहते-कहते बिजली की जैसे साँस चढ़ने लगी।

अरुणाभ की हँसी छूटते-छूटते रह गई। मुश्किल से अपनी हँसी पर क़ाबू पाते हुए बोला, "फिर?"

"फिर क्या। मैंने इसके बाद बाबा की ओर देखा। बाबा ने मुझे अपने गले से लगाते हुए माँ को बोला कि जब इसने शादी कर ही ली है, तो अब कोई फ़ायदा नहीं।"

"मेरे साथ भी यही हुआ। मेरी माँ ने यह कहकर विरोध किया कि तू मछली खानेवाली बंगालन को इस घर की बहू बनाकर लाएगा? मैंने उससे झूठ बोलते हुए कहा कि माँ वह मांस-मच्छी खानेवाली बंगालन नहीं है।"

"सच्ची ओरु, तुमने मेरे लिए माँ से इतना बड़ा झूठ बोला?" मारे आत्मग्लानि के बिजली घोष के शब्द काँपने लगे।

अरुणाभ कुछ नहीं बोला। बस, चुपचाप बिजली को निहारता रहा।

"ओरु, तुम मेरे लिए इतना बड़ा झूठ बोल सकते हो, तो मैं अभी इसी समय फागुन बोउ के उस पहले फूल की कसम खाती हूँ कि आज के बाद मैं इनको हाथ भी नहीं लगाऊँगी।" कहते-कहते बिजली की आँखें भर आईं।

"ऐसा कुछ नहीं है। मुझे तुम्हारे खाने-पीने पर कोई आपत्ति नहीं है। मैंने तो माँ को मनाने के लिए ऐसे ही झूठ बोल दिया था।" अरुणाभ सफ़ाई देने लगा।

"यह ऐसे ही बोला गया झूठ नहीं है ओरु। यह इसका सबूत है कि तुम मुझे कितना चाहते हो।" इस बार बिजली का सिर कब अरुणाभ के सीने से जाकर लग गया, उसे स्वयं ही पता नहीं चला।

बिजली घोष ने जब अरुणाभ के सीने से सिर हटाया, तो देखा उसके गुनगुने आँसुओं से अरुणाभ की शर्ट का बड़ा हिस्सा भीगा हुआ है।

अगले ही दिन दोनों कोपाई नदी के पास फूलमाला के पास पहुँच गए।

फूलमाला ने अपने आखरा के आसपास की कई जगह दिखाईं। आख़िरकार

दोनों को पुराने ख्वाई के किनारे एक जगह पसन्द आ गई। कुछ ही दिनों में यहाँ उन्होंने अपना आखरा बना लिया। अब अरुणाभ और बिजली घोष का स्थायी पता हो गया—कोपाई नदी, आखरा आश्रम, शान्तिनिकेतन, बोलपुर।

संथाल बाहुल्य इलाक़े में एक तरफ़ अजय-कोपाई नदियों से घिरे जंगल के बीच बनी सूनी ख्वाई की आदमक़द दीवारों, और इसकी क़ुदरती ख़ूबसूरती को निहारते हुए दोनों का मन नहीं भरता। ख्वाई में विचरते जंगली जानवरों की अंग मुद्राओं और इन दोनों नदियों के बहते पानी को देख लगता, मानो प्रकृति ने अपना पूरा सौन्दर्य यहीं दान कर दिया है।

शाम को पश्चिम में डूबते सूरज की पीली धूप में नहाए पीताम्बरी बादलों की चुनरी ओढ़े आकाश। पेड़ों की शाखाओं पर झूलते परिन्दों का मंगल गान और दूर से आते बाउल गीत को सुनकर ऐसा लगता जैसे कोई साधक एकान्त में बैठा सुरों की साधना कर रहा है। बीच-बीच में अजय नदी के निकट जयदेव मन्दिर के पास से आते-जाते बाउल गीतों के मधुर बोल उनके कानों में इस तरह पड़ते, जैसे कोई लोक उपासक शहद की छोटी-छोटी बूँदें टपका रहा हो। बिजली के पाँव अब हमेशा यहाँ के सूखे महावर अर्थात लाल मिट्टी में सने रहते।

एक तरफ़ श्यामबाटी नहर, तो दूसरी ओर नागिन की तरह बल खाती ख्वाई नदी से घिरा हुआ लाल मिट्टी में लहलहाता सोनाझुरी वन। बाउल गीत और एकतारा की धुन पर नदी की लहरों से साथ क़दमताल करते संथालियों के लोक-नृत्य लुंगी पंछी के विहंगम दृश्य, जब-जब बिजली घोष की आँखों के आगे तैरते तो लगता जैसे उसकी धमनियों में रक्त नहीं, कोपाई नदी का पानी बह रहा है। शुक्तो, आलू पोस्तो, माछेर कालिया और चटनी की जो पहली गन्ध सोनाझुरी के आगमन पर उसके नथुनों में बस गई थी, अब जब मन करता बिजली उन्हें बना लेती है। बोलपुर के इन जंगलों में किसी पहरेदार की भूमिका में सीना तानकर खड़े यूकिलिप्टस और सोनाझुरी जब-जब हवा के झोंकों के साथ एक-दूसरे से आलिंगनबद्ध होते, तो लगता है जैसे आदिम प्रेमी-प्रेमिकाएँ आपस में मिल रहे हैं। रात के सन्नाटे में अपने एकान्त के गीत गाते जंगली जानवरों की कर्कशता अब बिजली घोष को भयभीत नहीं करती है, बल्कि उनकी इस आवाज़ में उसे ऐसी आत्मीयता का बोध होता, मानो वे उसे अपने पास बुला रहे हैं। ख्वाई में बहती छोटी-छोटी बरसाती नदियों की किलकारियों के बीच सुबह की रेशमी किरणें सोनाझुरी की पत्तियों पर पड़तीं, तो उन्हें देख बिजली ही नहीं अरुणाभ भी एक अलौकिक कल्पना-लोक में खो जाता।

आखरा में बिजली घोष और अरुणाभ का यह पहला शरद है।

काँस के ताज़ा-ताज़ा फूलों से घिरे अपने नए घर में बिजली भारत महोत्सव की

तैयारी में जुटी हुई है, तो अरुणाभ नवम्बर के अन्त में दिल्ली में ही ललित कला अकादमी द्वारा आयोजित एकल प्रदर्शनी के लिए पेंटिंग्स बनाने में लगा हुआ है।

भारत सरकार के संस्कृति मंत्रालय द्वारा राजधानी दिल्ली में आयोजित भारत महोत्सव के अन्तिम दिन, विज्ञान भवन में प्रस्तुत किए जानेवाले बिजली घोष के बाउल गायन के प्रदर्शन को देखने के लिए देशी-विदेशी विशिष्ट दर्शकों से खचाखच भर गया। अलग-अलग मंत्रालयों से लेकर अनेक देशों के दूतावासों से अतिथियों को इसमें विशेष रूप से आमंत्रित किया गया है।

जिस समय बिजली घोष अपने नागाओं जैसे अद्वितीय केश सज्जा, पीताम्बरी ब्लाउज़, इसी रंग की मोटी लाल किनारीवाली साड़ी और कमर में डुग्गी बाँध हाथ में अपने एकतारा के साथ विज्ञान भवन के विशाल मंच पर प्रकट हुई, उसे देख एक पल के लिए दर्शकों की आँखें कौतूहल और विस्मय से फैलने-सिकुड़ने लगीं। विशिष्ट अतिथियों की पंक्ति में बैठे स्वयं अरुणाभ को अपनी ही आँखों पर कुछ पल के लिए यक़ीन नहीं हुआ कि मंच पर सुर्ख़ आलता रचे पाँवों में बँधे घुँघरू और पीले परिधान में एकतारे के साथ जिसका पदार्पण हुआ है, वह उसकी बिजली है। उसे तो लगा था अपना पीला रंग बिखेरता शान्तिनिकेतन का यह वही फागुन बोउ का किशोर पेड़ है, जिसका पहला फूल उसने बिजली की वेणी में टाँगा था। वही फागुन बोउ जिसकी देह अब बसन्त में अपने ही फूलों से लरज़-लरज़ उठता है। जब-जब विज्ञान भवन के मंच पर एकतारे के साथ घूमती बिजली घोष को ट्रैक करता हुआ स्पॉटलाइट से नीचे गिरता रेशमी चकत्ता उसे भिगोता हुआ उसके संग-संग चलता, तब-तब ऐसा लगता जैसे गोधूली का नन्हा सूरज उसके साथ-साथ चल रहा है।

एकतारे के अकेले तार से फूटते महीन स्वर ने देखते-देखते पूरे विज्ञान भवन की दीवारों को झंकृत कर दिया। डुग्गी की गमक और एकतारे की तान के साथ बाउल गीतों के पद गाते हुए बिजली घोष के पाँवों में बँधे घुँघरुओं की खनक व पंजों पर बीच-बीच में जब पूरी गति के साथ फेरा लेती, तब लगता पूरा विज्ञान भवन मानो उसके साथ-साथ घूम रहा है। अधिकतर दर्शकों के भले ही बांग्ला में गाए जानेवाले बाउल गीतों के बोल और उनके अर्थ समझ में नहीं आ रहे हैं, परन्तु डुग्गी और एकतारे की धुन पर बिजली घोष की एक-एक भंगिमा, भाव और अंग-मुद्राओं ने सबको इस तरह अभिभूत कर दिया कि वे उनके पाश में बँधते चले गए।

बिजली घोष ने जब अपनी प्रस्तुति समाप्त की और पूरे विज्ञान भवन ने खड़े होकर जिस तरह करतल ध्वनियों के साथ उसका स्वागत किया, तालियों का यह

नाद महीनों तक उसके कानों में गूँजता रहा। अरुणाभ के साथ वह जब नाश्ता करनेवाले अतिथियों में शामिल हुई, उसके प्रशंसकों ने उसे चारों तरफ़ से घेर लिया।

नाश्ता करने के बाद बिजली और अरुणाभ होटल आ गए।

उन दोनों को आए हुए अभी कुछ ही देर हुई थी कि तभी दरवाज़े की घंटी बज उठी। अरुणाभ ने दरवाज़ा खोला तो सामने खड़े दो अनजान लोगों की ओर देखते हुए पूछा, "जी कहिए!"

"मैं डॉक्टर अनिरुद्ध मलिक आईसीसीआर डायरेक्टर। ये मेरे कलीग मिस्टर मोहता हैं। हम अन्दर आ सकते हैं?" दरवाज़े से बाहर खड़े उन दोनों में से एक ने आग्रह किया।

"प्लीज़!" इतना कह अरुणाभ एक तरफ़ हट गया।

इस बीच बिजली घोष भी कपड़े बदलकर आ गई। दो अजनबियों को देख उसे हैरानी हुई।

आईसीसीआर के डायरेक्टर डॉक्टर अनिरुद्ध मलिक ने बिजली घोष को पहले अपना संक्षिप्त-सा परिचय दिया और फिर अपने प्रयोजन पर आते हुए बोला, "बिजली जी, अगले साल जुलाई में आईसीसीआर यानी इंडियन काउंसिल फ़ॉर कल्चरल रिलेशंस रूस में एक यूथ फ़ेस्टिवल करने जा रहा है...।"

"सॉरी, एक मिनट! पहले मैं इनसे आपका परिचय कराती हूँ। ये ओरु, मेरा मतलब है अरुणाभ, मेरे हस्बैंड। कल से इनका भी इधर दिल्ली में ही दो दिन का पेंटिंग एग्ज़िबिज़न है।" इतना कह बिजली ने अरुणाभ की ओर देखा।

जिस तरह बिजली ने अरुणाभ की ओर देखा, वह समझ गया उसका इस तरह देखने का अर्थ, "जी, कल से रबीन्द्र भवन में मेरा तीन दिन तक चलनेवाला सोलो एग्ज़िबिज़न है।"

"गुड! यह तो और भी अच्छी बात है।" आईसीसीआर डायरेक्टर ने मुस्कराते हुए पहले अपने कलीग की तरफ़ देखा और फिर अपनी अधूरी बात पूरी करते हुए बोला, "आईसीसीआर आप दोनों को इस फ़ेस्टिवल में इनवाइट करना चाहता है। मैं कलकत्ता ऑफ़िस में बता देता हूँ। आपको दिल्ली आने की ज़रूरत नहीं है। सारी फ़ॉर्मल्टीज़ कलकत्ता से ही पूरी हो जाएँगी। अगर आपके पास पासपोर्ट नहीं है तो इस बीच उसे भी बनवा लीजिए। अभी बहुत समय है। मैं परसों तक आपको कन्फ़र्मेशन लेटर भिजवा देता हूँ। मोहता जी, आपको इनसे जो डिटेल्स चाहिए, ले लीजिए!"

बिजली घोष और अरुणाभ से जानकारी लेने के बाद भारतीय सांस्कृतिक सम्बन्ध परिषद के निदेशक डॉक्टर अनिरुद्ध मलिक और उनके सहयोगी मोहता उनसे विदा ले चले गए।

बिजली घोष ने उठकर खिड़की से परदा हटा दिया। होटल की छठी मंज़िल

से बाहर खुली और चौड़ी सड़क के किनारे खड़े खम्भों से झरती रोशनी को वह देर तक निहारती रही।

7

रूस में सम्पन्न हुए यूथ फ़ेस्टिवल में हिस्सा लेने के बाद बिजली घोष और अरुणाभ शान्तिनिकेतन लौट आए। हर बार की तरह जिस प्रकार मानसून इस बार झड़कर बरस रहा है, कोपाई नदी ही नहीं लगभग सारे ख्वाई और उनकी बरसाती नदियाँ लबालब भरकर बह रही हैं। अजय और कोपाई नदी के आसपास का पूरा आँचल जैसे धरती की कोख से पैदा नए-पुराने पेड़-पौधों और लताओं से भर गया। चौमासे में कई बार रातभर होती महीन मूसलाधार बारिश जब थमती और सूर्योदय की किरणें पश्चिम में आकाश में झूलती वाष्प की बूँदों पर पड़तीं, तो इनसे बनने वाले इन्द्रधनुष को देखकर लगता, मानो इन्द्र देवता ने सुबह के स्वागत के लिए सतरंगी लड़ियों का कोई विशाल वन्दनवार टाँग दिया हो। ऐसा ही दृश्य अक्सर शाम को देखने को मिलता, जब गोधूली के आसपास पश्चिम में ठिठका सूरज बादलों की ओट से निकल अचानक हुई बारिश के बाद हवा में झूलते वाष्प के कणों पर अपनी किरणें बिखेरता।

शादी के बाद बिजली घोष केवल एक बार नबद्वीप अरुणाभ को लेकर गई है। माँ-बाबा की कई चिट्ठियाँ आ चुकी हैं कि वह दामाद को लेकर कभी आ जाए। लेकिन वह चाहकर भी अरुणाभ को लेकर नबद्वीप नहीं जा पा रही है। इसलिए उसने इस बार निश्चय कर लिया कि वह दुर्गा पूजा पर नबद्वीप ज़रूर जाएगी।

दोनों दुर्गा पूजा के अवसर पर नबद्वीप जाने की तरह-तरह की योजनाएँ बनाने लगे। वैसे भी पश्चिम बंगाल का दशहरा इन सबसे अलग है। बंगालियों के लिए दुर्गा और काली की आराधना से बड़ा कोई उत्सव नहीं है। बिजली को याद आता है जब उसने एक बार अपने बाबा से पूछा था कि उनके बंगाल में दुर्गा पूजा इतनी धूमधाम से कब से मनाया जाता है? क्या इसका कोई सम्बन्ध रामायण से है?

तब बाबा ने उसे बताया था कि बांग्ला के भक्तकवि कृत्तिबास ओझा ने एक महाकाव्य रचा था—

श्रीराम पांचाली। इसे 'कृत्तिबासी रामायण' भी कहा जाता है। यह रचना वाल्मीकि द्वारा संस्कृत में लिखी गई रामायण का बांग्ला संस्करण है। इसे तुलसीदास के रामचरितमानस के रचे जाने से डेढ़ सदी पहले रचा गया था। इसमें राम की कहानी के माध्यम से कृत्तिबास ओझा समाज में न्याय और अन्याय के द्वंद्व को

दिखाना चाहते थे। कहते हैं कि कृत्तिबासी रामायण ने ही बंगाल में दशहरा को लोकप्रिय बनाया। बाबा अक्सर कहते थे कि बंगाल में शक्ति की पूजा करनेवाले शाक्त सम्प्रदाय का बहुत असर है। वहीं यहाँ वैष्णव संत, जो राम और कृष्ण की आराधना में विश्वास रखते हैं। शाक्त सम्प्रदाय तथा वैष्णव सम्प्रदाय के बीच अक्सर संघर्ष होता था। कृत्तिबास ओझा ने अपनी रचना 'कृत्तिबासी रामायण' के माध्यम से शाक्तों और वैष्णवों में एकता क़ायम करने की कई कोशिशों का वर्णन किया है। बाबा बताते थे कि राम को दुर्गा की आराधना करते हुए दिखाकर, कृत्तिबास ओझा दोनों सम्प्रदायों के बीच एकता और सन्तुलन बनाने में सफल रहे। इसका नतीजा यह हुआ कि इससे राम नायक के रूप में तो स्थापित हुए ही, बल्कि शक्ति यानी नारी की अहमियत भी बनी रही। इस तरह 'कृत्तिबासी रामायण' तमाम चुनौतियों के बावजूद अपने सन्तुलन और सामंजस्य के चलते धीरे-धीरे पूरे बंगाल में मशहूर होती चली गई। इसके साथ दुर्गा भी बंगाल के जनमानस में लोकप्रिय होती चली गई, जिसे आज दुर्गा की प्रतिमाओं के रूप में देखा जा सकता है।

मानसून अब अपनी वृद्धावस्था की दहलीज़ पर आ पहुँचा।

इससे पहले कि धरती की छाती में दूध उतरना शुरू होता और शरद के आगमन के सूचक काँस के फूल, गीली मिट्टी से बाहर आ अपनी आँखें खोलते, उससे पहले यह अनर्थ हो गया।

सुबह के कुनमुनाते उजास में कलरव करते परिन्दों के बीच बिजली घोष ने अरुणाभ को धीरे-से आवाज़ दी। अरुणाभ की तरफ़ से जब कोई प्रतिक्रिया नहीं मिली, तो उसने इस बार काँपती आवाज़ में फिर से पुकारा। लेकिन इस बार भी पहले की तरह कोई जवाब नहीं मिला। इस बार हड़बड़ाते हुए उसने उसे झिंझोड़ा तो उसमें किसी तरह की हरकत न देख, बिजली पूरी ताक़त के साथ चीख़ी और घबराते हुए आखरा से बाहर आई। बिजली घोष की आँखों के सामने ऐसा अँधेरा छा गया जैसे किसी अदृश्य शक्ति ने पूरी ताक़त से उसकी आँखों में काली धूल झोंक दी हो। आँखें पथरा गईं उसकी। पूरी देह से मानो किसी ने रक्त निचोड़ लिया। धमनियों में जो ख़ून रुक-रुक कर बह रहा था, उसके भी मानो थक्के जम गए। उसकी चीख़ अब उसके गले में ही अटककर रह गई।

उसने आसपास नज़र मारी परन्तु उसे कोई दिखाई नहीं दिया। गिरती-पड़ती वह कैसे फूलमाला के आखरा पहुँची, उसकी तक उसे सुध नहीं।

फूलमाला ने इस तरह बदहवास बिजली को देखा, तो एक पल के लिए उसकी भी कुछ समझ में नहीं आया? फूलमाला ने ज़ोर देकर पूछा तो बिजली ने आर्तनाद के साथ अपने आखरा की ओर केवल इशाराभर किया। अचानक मचे शोर को सुन आसपास के आखरा के लोग भी आ गए। सब बिजली को लेकर उसके साथ आखरा पहुँचे और वहाँ जाकर उन्होंने जो कुछ देखा, उसे देख सबकी आँखें फटी

की फटी रह गईं। साँसें गले में अटक गईं। सुबह के उजाले में फूलमाला ने नीली पड़ चुकी देह और अरुणाभ के मुँह से बहते झाग को देखा, तो उसका कलेजा धक्क से रह गया। उसका अपना ही शरीर जैसे ठंडा पड़ने लगा। देखते-देखते बिजली-अरुणाभ का पूरा आखरा लोगों से भर गया। सबको समझते देर नहीं लगी कि बिजली घोष के ऊपर यह कैसी विपदा आ पड़ी है।

कोपाई नदी और ख्वाई के आसपास सारे आखरों में हृदय को विदीर्ण करनेवाला यह समाचार आग की तरह फैल गया कि बाउल गायन के क्षेत्र में उभरती गायिका बिजली घोष के पति अरुणाभ की सर्पदंश से मृत्यु हो गई है। आदमी तो आदमी ख्वाई में बहती छोटी-छोटी मौसमी नदियाँ तक इस ख़बर को सुन सन्न रह गईं। कलरव करते परिन्दों का मंगल गान थम गया। धरती की मिट्टी को फोड़कर बाहर निकलीं काँस की मुलायम कोंपलें सहम गईं। बिजली के हृदय विदारक रुदन से आसपास के आखरों में मातम छा गया। अरुणाभ की दाईं पिंडली में दो छोटे-छोटे सूराखों को देख, हर कोई यह अनुमान लगाने का प्रयास कर रहा है कि इसके जिस्म में फैला ज़हर किस साँप का हो सकता है? किसने उसे काटा होगा—काले नाग ने, काला चिती ने या किसी चन्द्रबोड़ा साँप ने? लेकिन अब इन अनुमानों और अटकलों का कोई अर्थ नहीं है।

सारी योजनाएँ, सारी कल्पनाएँ और सारे सपने जैसे पलक झपकते ही एक झटके के साथ, टूट गई किसी माला के मणकों की तरह बिखर जाएँगे, ऐसा कम-से-कम बिजली घोष ने सपने में भी नहीं सोचा था। पथराई आँखों से बिजली अपने आसपास देखती तो लगता, जैसे बोलपुर के इस हरे-भरे जंगल में बेहिसाब धूल के बवंडर घूम रहे हैं। साँय-साँय करते इन बवंडरों के बीच अकेली खड़ी बिजली घोष जितना अपने आपको सँभालने की कोशिश करती, उसके पाँव उतने ही उखड़ने लगते।

जो सूरज अपनी पूरी रोशनी के साथ देदीप्यमान था, वह दुर्भाग्य के बादलों के पीछे इस तरह अचानक छिप जाएगा, उसने सोचा भी नहीं था। वैधव्य के ख़ाली झोले में स्मृतियों के सिवाय बिजली घोष के पास अब वु छ नहीं बचा। वह जब-जब इस झोले को टटोलती, तो आपस में टकराते उसकी काँपती अँगुलियों के खुरदरे पोर सहम-सहम उठते। सरसराती अँगुलियों को लगता जैसे किसी ने उसके रक्त को चूस लिया है।

फूलमाला बिजली घोष को बड़ी हिम्मत बँधाती लेकिन दूर तक फैली अनिश्चितताओं की सूखी रेत और संशयों के बीहड़ों में उसे कुछ नज़र नहीं आता। अब आगे क्या होगा, बिजली घोष ने सब जैसे नियति पर छोड़ दिया।

आखरा की दीवार पर लटके कुछ एकतारों और डुग्गी के बीच, अरुणाभ के छोटे-से स्टूडियो में खड़े अनाथ ड्राइंग बोर्ड्स पर टँगी कुछ अधूरी पेंटिंग्स को बिजली घोष ने काँपती अँगुलियों से रोते हुए इकट्ठा किया। एक्रिलिक पेंट पेन, पेंट मार्कर कलम, कैनवस, मग, पेंसिल, स्केच पेन, ड्राइंग शीट, स्केल, अलग-अलग आकार के ब्रश, रंगीन पेंसिल, ड्रॉइंग बोर्ड पिन, उपकरण बॉक्स, कलर पैलेट, कई आकार के जार, ग्रेफाइट स्टिक, पैलेट नाइफ़ और कलर प्लेट जैसे पेंटिंग के सामान को समेटते हुए रह-रह कर लगता, मानो वह कोख में आकार लेते अजन्मे शिशु की अस्थियों को एकत्रित कर रही है। वह जब-जब इन्हें छूती उसे लगता वह अरुणाभ के अंगों को छू रही है।

बिजली घोष ने अरुणाभ का सामान तो इकठ्ठा किया ही बल्कि अपने बाबा द्वारा दिए गए अपने गोपी जंतर के साथ, दूसरे एकतारे और डुग्गी भी उनके साथ रख लिए। जब उसके जीवन के एकतारे का तार ही टूटकर उससे बिछुड़ गया। डुग्गी की ताल का सुर ही बेसुरा हो गया, तब इन एकतारों और डुग्गी के होने-ना होने का क्या मतलब रह जाता है।

बिजली घोष ने सारा सामान इकट्ठा कर तो लिया, परन्तु वह देर तक उदास आखरा में अकेली बैठी इसी द्वंद्व और दुविधा में घिरी रही कि इनका अब क्या करे? क्या इन्हें सँजोकर अपने साथ ले जाए? यहीं आखरा में किसी को दे जाए या फिर...? आगे की कल्पना कर बिजली का रोआँ-रोआँ सिहर उठा। एक बार फिर उसकी रुलाई फूट गई। आखरा में फैले धुँधलके के बीच कब उसके पास रखी पोटलियाँ एक-एक कर उसकी अँगुलियों की गिरफ़्त आती चली गईं, उसका उसे ख़ुद ही पता नहीं चला। पूरा जिस्म ज़र्द पत्ते-सा काँपने लगा। लेकिन, इस अन्तिम विकल्प से बेहतर दूसरा विकल्प उसे नज़र भी तो नहीं आ रहा है। इसलिए उसका मन इसी विकल्प पर टिका रहा। आख़िर इन स्मृतियों की अस्थियों को कब तक सँजोकर रख पाएगी। बल्कि जब-जब इन पर इसकी नज़र पड़ेगी, अरुणाभ और उसकी यादें उसे और व्यथित करेंगी।

आश्विन की चटकदार धूप और सामने बहती शान्त कोपाई नदी। इसके किनारे खिलखिलाते काँस के फूलों की सफ़ेदी को सहलाती गोधूली की धूप में अपनी लम्बी होती परछाइयों से बिजली और अरुणाभ कितनी देर चुहल करते थे, बिजली को याद नहीं। बिजली शाम की गहरी होती लालिमा, जो अब तेज़ी-से मटमैलेपन में बदलने लगी है, उसमें अपनी गाढ़ी होती परछाईं को देर तक एकटक देखती रही। इसी बीच उसने देखा कि उसकी परछाईं इस धुँधलके में तेज़ी से ग़ायब होने लगी है। छोटे-छोटे क़दमों से बिजली घोष अब कोपाई नदी के और पास आ गई। सूनी आँखों से पहले उसने नदी के पानी में तिरमिराते अपने धूसर प्रतिबिम्ब को निहारा। फिर उसने धीरे-से आँखें बन्द कीं और अपने संग लाई पोटलियों को एक-एक

कर कोपाई नदी को अर्पित कर दिया। अन्तिम पोटली को अर्पित करते हुए नदी में जाने से अपने आपको मुश्किल से बचा पाई वह। भरभराकर नदी में गिरते-गिरते बची। नहीं रोक पाई बिजली अपने आपको और एक घुटा-घुटा सा चीत्कार शाम के सन्नाटे में घुलकर रह गया।

बिजली घोष ने कोपाई नदी में अपने आप से दूर जाती पोटलियों को आख़िरी बार देखा। आखरा लौटने के लिए इस तरह पलटी मानो वह पेंटिंग के सामान का नहीं, बल्कि अरुणाभ और उसकी स्मृतियों के साथ अपने जीवन के रंगों, सुरों और ताल का तर्पण करके लौट रही है। लौटते हुए ऐसा लगता रहा, जैसे सालों से जाने-पहचाने इस रास्ते की लाल मिट्टी उसके पाँवों से लिपटकर उसे रोकने की गुहार कर रही है। न जाने इसको भी कैसे एहसास हो गया कि बिजली घोष यहाँ अब फिर कभी लौटकर नहीं आएगी।

बिजली घोष ने माँ-बाबा को चिट्ठी लिख दी कि वह पितृपक्ष के बाद महालय शुरू होने से पहले उनके पास पहुँच जाएगी। जिस समय वह माँ-बाबा को चिट्ठी लिख रही थी, आखरा में फूलमाला उसके पास बैठी थी। चिट्ठी लिखने के दौरान उसकी हिम्मत नहीं हो रही थी कि वह उसमें उसके साथ घटी इस भीषण त्रासदी के बारे में दो शब्द तो लिख दे। हालाँकि इससे पहले लिखे गए पत्रों में ही नहीं, बल्कि कुछ सप्ताह पहले लिखी गई आख़िरी चिट्ठी में भी वह दोहरा चुकी है कि दुर्गा पूजा पर वे दोनों नबद्वीप आ रहे हैं। एक बार उसके मन में आया भी कि नबद्वीप पहुँचने से पहले माँ-बाबा को सब सच-सच लिख दे, लेकिन फूलमाला ने ऐसा करने से उसे रोक दिया।

"बिजली, ऐसा मत करना वरना वे इस सदमे को सह नहीं पाएँगे।"

"और दीदी, जब मैं अकेली नबद्वीप जाऊँगी और माँ-बाबा मुझसे अरुणाभ के बारे में पूछेंगे, तब उन्हें क्या जवाब दूँगी?" बिजली ने फूलमाला से स्वाभाविक प्रश्न किया।

"ज़रूर पूछेंगे और एक दिन उन्हें इस असलियत का पता चल भी जाएगा लेकिन उन्हें तेरे इस दुःख के बारे में जितना देर से पता चले, उतना अच्छा है। हमारे संथालियों में कहा जाता है कि माँ-बाप के लिए सबसे बड़ा दुःख होता है, बेटी का जवानी में विधवा होना और जवान बेटे का उनकी आँखों के आगे इस दुनिया से चले जाना। किसी भी माँ-बाप के लिए बेटी के इस दुःख से बड़ा कोई दुःख नहीं होता बिजली।" कहते-कहते फूलमाला अपने आपको नहीं रोक पाई। लपककर रोते हुए उसने बिजली को अपने अंक में भर लिया।

क्वार यानी आश्विन महीने में दूर तक फैले काँस का धवल ऐश्वर्य बिजली

घोष की आँखों को अब चुभने लगा है। उसे अब रह-रह कर याद आने लगा उसी का यह सोचना कि अपने फूलों के बिना यह पौधा कितना उदास होता होगा। अपने दु:खों को अपना भाग्य मान यह फूल कैसे अपने अकेलेपन को काटता होगा? अपनी इस निर्मम सोच का अर्थ बिजली को अब समझ में आने लगा है।

पिछले कुछ दिनों की तरह एक बार फिर आखरा की कच्ची दीवारें सिसकियों और आँसुओं से भीगती चली गईं।

बिजली को फूलमाला की यह सलाह उचित लगी।

आख़िर वह दिन भी आ गया जिस दिन उसे बोलपुर रेलवे स्टेशन से नबद्वीप के लिए अपनी अन्तिम यात्रा पर लौटना था। उसी बोलपुर रेलवे स्टेशन से जब जून के अन्तिम दिनों में ट्रेन के पंखे की हवा से चिपचिपाते जिस्म को सुखाने की कोशिश करती हुई वह स्टेशन से बाहर आई थी। बाहर आकर गर्मी से बेहाल वह विश्वभारती जाने के लिए किसी साधन के बारे में सोचती, कि तभी उसके कानों से एक अपरिचित आवाज़ टकराई थी।

ट्रेन का इंतज़ार करती बिजली अचानक चौंकते हुए पलटी। उसे लगा जैसे उसके पीछे खड़ा अरुणाभ उससे कुछ कह रहा है। लेकिन पुरानी यादों में खोई बिजली का यह कोरा भ्रम था। सच्चाई यह है कि इस समय वह बोलपुर रेलवे स्टेशन पर अकेली खड़ी है।

आखरा से बिजली घोष ने कुछ नहीं लिया। वैसे साथ ले जाने के लिए कुछ भी तो नहीं बचा। छोटे-से झोले में कुछ जोड़े कपड़ों, दीक्षान्त समारोह में मिले छातिम के पत्तों और ताज़ा-ताज़ा डाब, कुश या कहिए काँस की फुनगियों पर टँगे सफ़ेद फोहे जैसे फूलों के कुछ नहीं लिया उसने। सिवाय अपनी एकांगी स्मृतियों के कुछ भी तो नहीं है उसके झोले में। वैसे भी जीवन में अब किसी चीज़ का कोई अर्थ और मूल्य नहीं बचा है।

मन तो बाबा का तभी बैठने लगा था जब उसने बेटी को अकेला ही नहीं देखा, बल्कि एक उदास मुस्कराहट के साथ उसके गले लगी थी। शक उसे कुछ तब भी हुआ जब बिजली ने अरुणाभ को लेकर पूछे जानेवाले सवालों का कोई सन्तोषजनक उत्तर नहीं दिया। लेकिन कहते हैं कि सन्तान का झूठ माँ-बाप की आँखों से बहुत देर तक छिप नहीं पाता है। बेटी का अकेले में शून्य में ताकते रहना और उसका अपने आपमें खोया रहना माँ-बाबा को भीतर तक कचोटने लगा।

अगले दिन माँ-बाबा ने ज़ोर देकर पूछा तो बिजली कच्ची टहनी-सी टूट गई। अधिक देर तक नहीं रोक पाई अपने आपको को और सब कुछ बता दिया। सुनते ही माँ-बाबा पुराने दरख़्त की तरह भरभराकर ढह गए। इसी कल्पना के चलते उनके

जिस्म में चींटियाँ रेंगने लगीं कि उनकी बेटी इतनी लम्बी काँटों भरी राह पर नंगे पाँव कैसे चल पाएगी? इतनी छोटी उम्र में वैधव्य की वेदी पर ज़िबह होती निरीह बेटी के आर्तनाद की कल्पनाभर से उनका कलेजा मुँह को आने लगा। आज नहीं तो कल, एक-न-एक दिन इस सच्चाई से परदा उठना ही है। बिजली को एक विधवा के लिए धर्म के नाम पर बनाई गई संहिताओं का पालन करना होगा। माँ-बाबा जब-जब अपनी बेटी की भरी-पूरी देह को देखते, दोनों अकेले में जाकर आपस में लिपटकर ख़ूब रोते। उनकी बूढ़ी देह सफ़ेद साड़ी और सिर मुँड़ाने के बाद, ज़िन्दा आदमी के नाम पर चलते-फिरते सफ़ेद पुतले की कल्पना से काँपने लगती। जवान बेटी के सपनों और इच्छाओं का इस तरह गला घुट जाएगा, कभी सोचा ही नहीं था। वही बेटी जिसके पाँव में छोटा-सा काँटा भी चुभता, तो बाबा उसके पाँव को मुँह में ले उसके दर्द को बाँटने की कोशिश करता; आज वही बेटी एक झटके में अमंगलों और अपशकुनों के प्रतीकों की सबसे भयावह पंक्ति में शामिल हो जाएगी, यही सोच-सोचकर सनातन घोष और उनकी पत्नी का बुरा हाल हुआ जा रहा है। जबकि बिजली पूरी-पूरी रात, छत की शहतीरों और उनमें झूलती कड़ियों से बतियाती हुई आगामी अतीत की भूल-भुलैया में अपनी राह तलाशती रहती।

और, वही हुआ जिसका माँ-बाबा ही नहीं स्वयं बिजली घोष को भी अन्देशा था। देखते-देखते यह बात छोटे-से गाँव नबद्वीप के घर-घर में पहुँच गई कि सनातन घोष की पुत्री विधवा हो गई है। सनातन घोष के साथ घटी इस दुर्भाग्यपूर्ण घटना पर जो भी सांत्वना देने आता, कुछ देर बाद वह असल मुद्दे पर आ जाता कि उनकी बेटी अब कहाँ जाएगी—बनारस या वृन्दावन? कुछ तो बातों-बातों में बनारस और वृन्दावन के आश्रमों व घाटों की जानकारी और उनका पता भी दे जाते। यहाँ तक तो ठीक है लेकिन इन शुभचिन्तकों की सबसे बड़ी चिन्ता यह है कि इससे पहले कोई मर्द, सनातन घोष की जवान विधवा पुत्री के प्रति अथवा यह किसी पुरुष के प्रति आकर्षित हो, कैसे इसकी स्त्रियोचित सुन्दरता व आकर्षण को कुरूप और भोथरा बनाया जाए? कैसे यह ज़िन्दगीभर अपनी पवित्रता और शुचिता को बचाए व बनाए रखेगी? कैसे ईमानदारी, वचन और संयम के साथ अपने सतीत्व की रक्षा कर पाएगी? कहने का आशय यह है कि पूरा पुरुष समाज बिजली के सुखद जीवन की कामना से अधिक, अपने धर्म-ग्रन्थों की पवित्रता को बचाए रखने की चिन्ता में दुबला होने लगा। इसीलिए धर्म-ग्रन्थों में वर्णित इस अवस्था में आनेवाली ऐसी स्त्री के चारों तरफ़, खड़ी की जानेवाली वर्जनाओं की बाड़ खड़ी करने पर गम्भीरता से विचार किया जाने लगा।

उस रात माँ-बाबा अँधेरे में एकटक निहारती बेटी की सूनी आँखों में उसके साथ-साथ डूबते-उतरते रहे। माँ बेटी की आँखों से झरते आँसुओं को देखती, तो हिलकियों के बीच उसकी बत्तीसी भिंच-भिंच जाती और पूरा शरीर जैसे ऐंठ जाता।

जबकि पाँयते की तरफ़ बैठा सनातन घोष बार-बार बेटी के नर्म पाँवों को रोते हुए अपने माथे से ऐसे लगाता, जैसे पिछले जनम में किए गए अपने पापों के लिए उससे अश्रुपूर्ण क्षमा माँग रहा है।

माँ पूरी-पूरी रात अपने हृदय के टुकड़े को छाती से ऐसे चिपकाए रहती, जैसे एक बन्दरिया कई दिनों तक अपने मृत बच्चे को चिपकाए घूमती है। वैसे सच्चाई भी यही है कि अब माँ-बाबा के लिए, चलती हुई साँसों और शिराओं में बहते रक्त के बावजूद बिजली किसी लाश से कम नहीं है। और बिजली, उसकी दशा का वर्णन करने के लिए अगर पाठक आपके पास कुछ शब्द बचे हैं, तो आप स्वयं इसकी कल्पना कर लेना।

बिजली ने घर से तो उसी दिन बाहर निकलना बन्द कर दिया था, जिस दिन वह शान्तिनिकेतन से अकेली नबद्वीप पहुँची थी। लेकिन अब उसका घर में रहना भी दूभर हो गया। रह-रहकर जिस तरह उसके कानों में उड़ते-उड़ाते शब्द पड़ते, उनके ताप को सहना उसके लिए अब मुश्किल हो गया। उसके पास तो उसकी पुरखिन रानी राशमोनी के पति अमीर ज़मींदार राजदास की तरह, अरुणाभ द्वारा छोड़ी गई ऐसी दौलत भी नहीं है, जिसे वह सँभाल लेती। अगर ऐसा होता तो वह भी हुगली नदी को जंजीरों से बाँधकर ईस्ट इंडिया कम्पनी की तरह धर्म के इन ठेकेदारों से लोहा ले पाती। अरुणाभ तो उसकी तरह एक साधारण परिवार का इकलौता बेटा था। माँ-बाबा के लिए वही बेटी तब परायी नहीं लगी, जब उसने अपनी मर्ज़ी से शादी कर ली थी। मगर अपने ही घर में रहते हुए, अपनी ही रसोई के दरवाज़े पर अब पानी के गिलास के लिए अनजान-सी खड़ी वही बेटी अब परायी लगती है। बात-बात पर माँ-बाबा के गले से लिपट अनावश्यक ठहाके लगानेवाली वही बिजली अब ज़बरदस्ती मुस्कराने का दिखावा करती है, तो वह परायी लगती है।

बिजली घोष ने नबद्वीप में सात-आठ महीने कैसे बिताए, वही जानती है। अब और इंतज़ार नहीं किया गया बिजली घोष से और एक दिन उसने निश्चय कर ही लिया।

इस तरह वह घड़ी भी आ गई जिसका लगभग पूरे नबद्वीप को इंतज़ार था। उस रात भी रह-रहकर पानी पड़ता रहा। जब-जब सनातन घोष और उनकी पत्नी चुपचाप, बेटी को अपने छोटे-छोटे झोलों में अपनी ज़रूरत का मामूली सामान रखते हुए देखते, तो एक-दूसरे को देखकर आपस में रोने लग जाते। ऐसा पहली बार है जब माँ, बेटी के बाहर जाने पर खाने के लिए कुछ भी देने में असहाय है। वरना इससे पहले अपनी छुट्टियाँ बिताने के बाद जब भी बिजली शान्तिनिकेतन के लिए रवाना होती, उसके मना करने के बावजूद माँ ज़बरन उसके बैग में न जाने

क्या-क्या ठूँस देती। माँ ने आख़िरी बार बेटी के झोलों को टोहा, तो सिवाय कुछ सूती कपड़ों के उसे कुछ नज़र नहीं आया।

हावड़ा, पटना, लखनऊ होकर मथुरा के लिए पीछे से आनेवाली ट्रेन नबद्वीप रेलवे स्टेशन पर सुबह पाँच बजे पहुँचती है। रात के अन्तिम पहर में जैसे ही बारिश रुकी, खम्भों पर ऊँघते कंदीलों की कुनमुनाती रोशनी में वे तीनों पैदल ही स्टेशन के लिए चल पड़े। यह भी पहली बार है जब बिजली माँ-बाबा के साथ स्टेशन आई है वरना इससे पहले बिजली ख़ुद ही शान्तिनिकेतन की ट्रेन ले लेती। रास्ते में भरे पानी से बचते-बचाते सनातन घोष और पत्नी यही सोचते रहे कि पता नहीं, अब कभी वे बेटी से मिल पाएँगे भी या नहीं? मिलेंगे भी तो किस हालत में मिलेंगे? इधर बिजली घोष भी स्मृतियों के झंझावातों से जूझती हुई आगे बढ़ती रही। इसी ऊहापोह में जाने-पहचाने रास्ते से होते हुए वे तीनों न जाने कब नबद्वीप स्टेशन पहुँच गए।

पानी में भीगे स्टेशन पर घूमते जिन धुँधले सायों को देखकर बिजली घोष को कभी डर लगता था, इस बार उन्हें देखकर लग रहा है जैसे ये उसी के साए हैं। इसलिए अपने ही सायों से क्या डरना। पिछली न जाने कितनी रातों से पूरी तरह न सोने के कारण, ख़ाली बेंच पर बैठी माँ भी अब ऊँघने लगी है। पाँच बज गए लेकिन ट्रेन का दूर-दूर तक कोई अता-पता नहीं है। सनातन घोष की व्यग्रता और बेचैनी अब धीरे-धीरे बढ़ने लगी। वह मन-ही-मन यह कामना कर रहा था कि काश, मथुरा जानेवाली ट्रेन कभी आए ही नहीं। लेकिन इसी बीच जैसे ही दूर से आती ट्रेन की सीटी सुनाई दी, माँ हड़बड़ाते हुए खड़ी हो गई। सनातन घोष ही नहीं माँ की धड़कनें भी बढ़ने लगीं।

ट्रेन चुपचाप प्लेटफार्म पर आकर लग गई। बिजली ने अपने झोले उठाए और जिस तरह उसने बाबा से पहले ख़ुद को धकियाते हुए डिब्बे की ओर बढ़ाया, तथा अन्तिम क्षणों में दूर खड़ी माँ की आँखों में जिस कातरता के साथ देखा, माँ ने दौड़कर बेटी को अपने अंक में समेट लिया। हिलकियाँ बँध गईं दोनों की। बिजली ने मुश्किल से अपने आपको माँ के कमज़ोर बाज़ुओं के घेरे से मुक्त कराया और जब तक माँ कुछ समझ पाती, बड़ी तेज़ी से बिजली बाबा के पीछे-पीछे डिब्बे में घुस गई। इधर वे दोनों ट्रेन में सवार हुए उधर ट्रेन एक लम्बी सीटी देने के बाद चल पड़ी। पहले धीरे-धीरे और फिर गति पकड़ने के बाद ट्रेन सुबह की आभा को चीरती हुई दौड़ने लगी। स्टेशन पर अकेली खड़ी बेटी को विदा करने के लिए हवा में हाथ हिलाते हुए माँ ट्रेन के तेज़ी से छोटे होते पिछले हिस्से को तब तक टकटकी लगाए देखती रही, जब तक वह उसकी आँखों से ओझल नहीं हो गई।

बाबा के साथ बैठी बिजली घोष ने सीट पर अपने आपको समेटा और तेज़ दौड़ती रेल तथा पीछे छूटते दृश्यों में उसकी रुलाई फूट गई। रोते हुए उसे माँ का गाया वह गीत जिसे अक्सर वह उसके अकेलेपन में गाते हुए सुनती थी, याद आ

गया। उसने खिड़की से सिर टिका लिया और माँ के उसी गीत के साथ दौड़ती हुई ट्रेन के साथ यात्रा करने लगी—

लोके बोले ओ बोले रे
घोर बाड़ी भाला नाय आमार
कि घोर बानाइमु आमि
कि घोर बानाइमु आमि शुन्नेर माझार...
लोके बोले ओ बोले रे
घोर बाड़ी भाला नाय आमार।

पूरे रास्ते सनातन घोष और बिजली के बीच कोई संवाद नहीं हुआ। बीच-बीच में कभी सनातन घोष बेटी को, तो कभी बेटी अपने बाबा को कनखियों से देखकर मन-ही-मन स्वयं को तसल्ली देकर मौन साध लेते। रास्तेभर बारिश में नहाए पेड़-पौधों, दूर तक पसरी हरीतिमा, बरसात के चलते पानी से भरे नदी-नालों, बारिश में भीगते स्टेशनों की चिल्ल-पों और रास्ते में छोटी-बड़ी पगडंडियों पर आते-जाते लोगों के तेज़ी से पीछे छूटने के बाद, लगभग साढ़े आठ सौ मील की दूरी को सवा दिन में पूरी कर ट्रेन सुबह मथुरा जंक्शन पहुँच गई। सनातन घोष और बिजली को यह देखकर हैरानी हुई कि मथुरा जंक्शन पर वे ही नहीं उतरे हैं, बल्कि जिस ट्रेन से वे आए हैं और भी कई सफ़ेद पुतले उसमें से उतरे हैं। सनातन घोष समझ गया कि उसकी बेटी की तरह इनका भी गन्तव्य वही है। इसलिए दोनों बाप-बेटी पैदल ही इनके पीछे-पीछे हो लिए।

मथुरा और वृन्दावन के बीच फैले छोटे-से वन से गुज़रते हुए चौमासे में जगह-जगह बन गए छोटे-छोटे तालों और उनके बीच कदम्ब के खिलते फूलों से बिखरती ख़ुशबू से पूरा रास्ता महक रहा है। बिजली घोष ने सुबह में घुली कदम्ब के फूलों से बिखरती इस गन्ध को ज़ोर से साँस लेते हुए अपने फेफड़ों में भर लिया। कदम्ब की इस ख़ुशबू ने जैसे इतनी लम्बी यात्रा की उसकी सारी थकान मिटा दी। कभी बीच-बीच में बादलों से बाहर झाँकते सूरज की तेज़ धूप से, तो कभी मानसून की बारिश से लबालब भरी यमुना और उसके किनारों से विद्रोह कर पछाटें मारती उसकी लहरों से बतियाती, तो कभी अपने अतीत को याद करते हुए बिजली घोष अपने बाबा के साथ कब तुलसीवन अर्थात वृन्दावन में प्रवेश कर गई, पता ही नहीं चला।

सनातन घोष बेटी को लेकर बताए गए पते गौरांग घाट अर्थात इमलीतला घाट पर आ गया। गौरांग घाट के सामने दूर तक फैली यमुना और उसकी बल खाती लहरों को वह निहारता रहा। बग़ल में खड़ी बेटी को अकेला छोड़कर जाने की उसकी हिम्मत नहीं पड़ रही है। सनातन घोष ने जैसा वृन्दावन के बारे में सुना या

उसे बताया गया था, लगभग वैसा ही पाया। उसने हिम्मत कर बेटी की आँखों में उतरकर देखा, तो देखते ही जैसे कलेजा मुँह को आ गया कि अपने दिल के टुकड़े को वह आख़िर किसके भरोसे और सहारे छोड़कर जाए?

तभी घाट की सीढ़ियों से यमुना की ओर उतरते सफ़ेद पुतलों के एक छोटे-से झुंड पर सनातन घोष की नज़र पड़ी, तो उसे समझते हुए देर नहीं लगी कि यह किनका झुंड हो सकता है। इधर एक ही मुद्रा में खड़े बाबा को देख बिजली उसकी दुविधा भाँप गई। उसने कुछ नहीं कहा और चुपचाप उन पुतलों की तरफ़ बढ़ गई। उसने पीछे पलटकर भी नहीं देखा। सनातन घोष को इससे अच्छा मौक़ा नहीं लगा, वह धीरे-से पलटा और तेज़ी से जिस रास्ते से यहाँ आया था, उसी पर आगे बढ़ गया। धीरे-धीरे अस्त होते सूरज की तरह, उसकी आँखों से गौरांग घाट ओझल होता चला गया। इसके बाद वह वृन्दावन की कुंज गलियों से होता हुआ, जिस रास्ते से आया था, वापस मथुरा जंक्शन रेलवे स्टेशन पहुँच गया।

8

इमलीतला। वैधव्य के ताप में झुलसी बिजली घोष नबद्वीप से मथुरा होती हुई सबसे पहले वृन्दावन के इसी घाट पर चलकर आई थी। दूर तक बिछे अभ्रक के कणों वाली मिश्रित सूखी रेत में काल-कवलित हो चुके निमाई पंडित के पद-चिह्नों की खोज में आँधेर घाट के उत्तर में स्थित इसी इमलीतला घाट पर आई थी यह। इसी घाट पर जहाँ सदाबहार तमाल और कदम्ब के पेड़ों से घिरे विशाल इमली के वृक्ष के नीचे निमाई पंडित अर्थात चैतन्य प्रभु ने ब्रज भ्रमण के दौरान यहाँ के प्राचीन अक्रूर घाट पर अपना वास बनाया था। यहाँ से रोज़ाना यमुना के तट पर इसी इमलीतला घाट पर आकर हरिनाम कीर्तन किया करता था। इसलिए इसको गौरांग घाट भी कहते हैं। दूर तक फैली यमुना। ऐसी यमुना कि जहाँ तक नज़र जाती उसके चिलकते हुए पानी को देख ऐसा लगता, जैसे वृन्दावन के उत्तर में चाँदी की कोई विशाल पत्तर बिछी हुई हो।

जिस तरह रासलीला के बीच में अपनी कुछ प्रिय गोपियों का सौभाग्यमद दूर करने, तथा प्रिया राधा के मान का प्रसाधन करने के लिए कृष्ण, राधा के पीछे-पीछे श्रृंगार-वट में आकर पुष्पों से उसका श्रृंगार करने के लिए रास से अन्तर्धान हो गए थे, और गोपियाँ उन्हें ढूँढ़ती हुई वट में पहुँच गई थीं; उसी तरह बिजली घोष भी निमाई पंडित की खोज में इस घाट तक चली आई।

दोपहर को यमुना किनारे इमली की ठंडी छाया तले खड़ी बिजली घोष देर तक उस दृश्य की कल्पना में डूबी रही, जब दूसरी गोपियाँ कृष्ण को ढूँढ़ते हुए शृंगार-वट में पहुँच जाती हैं। बिजली कल्पना करती है कि उन गोपियों को देख कृष्ण ने जब राधा से कहीं दूसरी जगह चलने का निवेदन किया था, इस पर राधा बोली, 'मैं नहीं चल सकती। यदि आप मुझे अपने कन्धे पर लेकर चल सकते हैं, तो मैं तैयार हूँ!' राधा की इस शर्त पर कृष्ण ने घुटनों के बल बैठते हुए उससे अपने कन्धे पर बैठने के लिए इशारा किया। इधर राधा ज्यों ही कृष्ण के कन्धे पर बैठने लगी, कृष्ण अन्तर्धान हो गए और राधा यह कहते हुए उसके विरह में बेसुध हो गई, 'हे नाथ! हे रमण!!'

उस दृश्य की कल्पना करते हुए बिजली घोष मन-ही-मन सोचती है कि निमाई पंडित अर्थात चैतन्य प्रभु ने कृष्ण के विरह में बेसुध प्रियाजी की ओर से, संस्कृत में रचे अपने शिक्षाष्टक के आठवें और इस अन्तिम श्लोक को ज़रूर इसी इमलीतला घाट पर रचा होगा—

आश्लिष्य वा पादरतां पिनष्टु मामदर्शनान्-मर्महतां करोतु वा।
यथा तथा वा विदधातु लम्पटो मत्प्राणनाथस्-तु स एव नापरः॥

अर्थात कृष्ण के सिवाय मेरा कोई प्राणनाथ नहीं है। वे हमेशा मेरे नाथ बने रहेंगे, चाहे वे मेरा आलिंगन करें अथवा दर्शन न देकर मुझे आहत करें। वे नटखट कुछ भी क्यों न करें—वे सब कुछ करने के लिए स्वतंत्र हैं क्योंकि वे मेरे नित्य आराध्य प्राणनाथ हैं।

और यहीं आकर निमाई पंडित को मुक्ति का यह सूत्र मिला होगा—

कृष्ण केशव, कृष्ण केशव, कृष्ण केशव पाहियाम।
राम राघव, राम राघव, राम राघव रक्षयाम॥

न जाने वह कितनी देर और ऐसी कल्पनाओं में खोई रहती, अगर अचानक उसके कानों में यह ऊँची आवाज़ नहीं पड़ती, "मैयाऽऽऽ, तेरे झोला ए बन्दर उठाके लैगो!"

बिजली घोष हड़बड़ाकर शृंगार-वट से वर्तमान में लौटी। देखा, गौरांग घाट की सीढ़ियों को छूती कदम्ब की झूलती डाल पर बैठा एक वानर, उसके झोले में रखे सामान को एक-एक कर नीचे फेंक रहा है। अकबकाई-सी बिजली घोष के पास इस दृश्य को देखने के सिवाय कोई रास्ता नहीं था।

"याए छेड़ियो मती, नाए तो ई झोला ए लेके कदम्ब पे और ऊपर चढ़ जाएगो!" ऊँची आवाज़ ने पास आते हुए बिजली घोष को जैसे हिदायत दी। इसके बाद उसने अपने थैले से एक केला कदम्ब पर बैठे वानर की ओर उछाल दिया।

बिजली ने सचमुच हिदायत का पालन किया। कुछ नहीं किया उसने। चुपचाप खड़ी बन्दर की हरकतों को देखती रही। इसी बीच उसने देखा कि जो वानर झोले से एक-एक कर उसका सामान नीचे फेंक रहा था, उसने अब पूरा थैला ही नीचे फेंक दिया। बिजली घोष ने लपककर पहले अपना झोला उठाया और फिर इधर-उधर बिखरे सामान को उसमें रखने लगी।

"राधे-राधे मैया! लगे है बिन्दाबन में नई-नई आई हो?" वही ज़ोर की आवाज़ जिसने वानर द्वारा उठाकर ले गए झोले के बारे में बिजली घोष को सूचना दी थी, पास आते हुए आगे बोला, "या बिन्दाबन में ये कपीश महाराज दो चीजन के तो घनैई दुश्मन हैं—एक चश्मा और दूसरो बटुआ। आदमी की थोड़ी-सी नज़र चूकी ना, ये दोनों गायब।" फिर कुछ क्षण रुककर वह बोला, "मेरौ नाम जमुनादास है। यहीं पास में धीर समीर घाट के एक मन्दिर में सेवायत हूँ।"

बिजली ने एक पल के लिए इस युवा सेवायत की ओर देखा और फिर हैरानी के साथ पूछा, "धीर समीर?"

"हाँ मैया, कहबे हैं कि जमुना जी में राधाकृष्ण की जोड़ी की लीला देख बयार भी मन्द-मन्द बहने लगी ही।" फिर उसने बिजली घोष की नाक से शुरू हुए माथे तक लगे गोपीचन्दन के श्यामश्री तिलक को ध्यान से देखते हुए कहा, "मैया, लगे है गौड़ीय वैष्णव सम्प्रदाय की भक्त हो?"

बिजली घोष ने स्वीकृति में सिर हिला दिया। वह समझ गई कि इस युवा सेवायत को गौड़ीय सम्प्रदाय की ठीक-ठाक जानकारी है।

"मैया, मैं तोते जे तो ना पूछूँगो कि तेरो ऐसो कहा दु:ख है, जाके मारे इतनी छोटी उमर में या तुलसीवन में मोक्ष की खोज में आई है, पर जे बता तेरो नाम कहा है?"

बिजली घोष ने इसकी तो कल्पना ही नहीं की थी कि वृन्दावन में आते ही कोई उसका नाम पूछ लेगा। वह सकपका गई और झूठ बोलते हुए कहा, "हरिदासी।"

सेवायत जमुनादास हल्के से हँसा। फिर उसने नीचे यमुना के पानी में डूबी इमलीतला घाट की सीढ़ियों पर सफ़ेद झीनी धोतियों में लिपटी सूखी काठ-सी अभागिनों की ओर इशारा किया, "मैया, या बिन्दाबन में सब दासी ही हैं। वो देख, ये जितनी भी मैया हैं सऽऽऽब दासी हैं। इनको कोई मालिक ना है और अगर कोई है तो बस एक है और जे है हमारो कान्हा। मैं वा नाम की बात कररो हूँ जाते तू बिन्दाबन में आने ते पहले अपने घर में बुलाई जावे ही?" सेवायत ने जैसे बिजली घोष का झूठ पकड़ लिया।

बिजली घोष ने बिना किसी प्रतिवाद के इस बार अपना असली नाम बता दिया।

"ठीक है मैया, आज ते समझ ले तेरो नयो नामकरण हेगो है—हरिदासी। अब तू यहाँ जब्भी आएगी मैं तोहे हरिदासी ही कहके बुलाऊँगो।" इतना कह सेवायत जमुनादास जिधर से आया था, उसी तरफ़ बढ़ गया।

बिजली घोष माफ़ करना हरिदासी, अब अकेली खड़ी पानी में डूबी इमलीतला घाट की सीढ़ियों पर स्नान करती दासियों को देखने लगी। कभी वह धीरे-धीरे बहती यमुना की देह की पीताम्बरी आभा को निरखती, तो कभी उसके घाट की सीढ़ियों पर घुटनों तक पानी में नहाते सफ़ेद पुतलों को।

यमुना की लहरों में डूबी इमलीतला घाट की सीढ़ियों से बाहर निकल सारे पुतले अब उसी कदम्ब के पास आ गए, जिस पर कुछ देर पहले एक वानर बिजली घोष के झोले को लेकर चढ़ गया था।

सहमी-सकुचाई बिजली घोष भी छोटे-छोटे क़दमों के साथ उनके पास आ गई।

"राधे-राधे!" बिजली घोष ने कुछ देर पहले सेवायत जमुनादास द्वारा अभिवादनस्वरूप इस्तेमाल किए गए युग्म को दोहराया।

लेकिन 'राधे-राधे' का जवाब उसे बेहद रूखेपन के साथ 'हरे कृष्ण' के रूप में मिला। बिजली घोष समझ गई कि उसके अभिवादन का उत्तर इस तरह रूखेपन के साथ देने का कारण, इनके लिए उसका अनजान होना है। उसकी हिम्मत नहीं हो रही है कि वह इनसे कैसे और कहाँ से संवाद शुरू करे? बिजली घोष ने उन चारों को बड़े ध्यान से देखा, तो उसे समझते हुए देर नहीं लगी कि निश्चित ही ये सब उसी के देस की हैं। वह धीरे-से आगे बढ़ी और सबसे वृद्ध दासी से मुस्कराते हुए बांग्ला में पूछा, "किस देस से हो दीदी?"

वृद्धा ने एक पल के लिए उसकी आँखों में झाँका और इस बार मुस्कराते हुए उसी की भाषा में जवाब दिया, "नदिया से।"

नदिया का नाम सुनते ही बिजली घोष पलभर में जैसे जलंगी नदी के पश्चिमी तट पर बसे अपने घर नबद्वीप पहुँच गई। उसे नदिया का नाम सुनकर सन्तोष नहीं हुआ। इसलिए उसने उससे आगे पूछा, "नदिया में किस जगह से?"

"कृष्णानगर।"

यह नाम सुन बिजली घोष इस बार सत्रहवीं सदी में राजा कृष्ण चन्द्र द्वारा बसाए गए कृष्णानगर में पहुँच गई। उसे याद आया कि नबद्वीप से मात्र बीस किलोमीटर दूर कृष्णानगर में राजा कृष्ण चन्द्र के बनाए कृष्णानगर महल और महल के पास सेंट स्टीफ़न चर्च को अपने स्कूली दिनों में कई बार देख चुकी है। उसी सेंट स्टीफ़न चर्च को, जिसके लिए इस राजा ने ईसाइयों को ज़मीन दी थी। स्मृतियों की नौका में बैठ पलक झपकते ही बिजली घोष जैसे अपनी जलंगी नदी में पहुँच गई।

"और तुम किस देस से हो?"

चौंकते हुए बिजली घोष वर्तमान में लौटी तो उसी वृद्ध दासी ने पुनः अपना प्रश्न दोहरा दिया।

"नबद्वीप से।" बिजली घोष ने अचकचाते हुए उत्तर दिया।

"और नाम क्या है?"

"बिज..." कहते-कहते रुक गई बिजली। उसने तुरन्त अपने आपको सँभाला और अपने आत्मविश्वास को बटोरते हुए बोली, "हरिदासी दीदी।"

यह नाम सुन उस वृद्ध दासी ने उसकी ओर देखकर एक रहस्यमयी मुस्कान बिखेरी। मानो वह बिजली से कह रही है कि क्यों झूठ बोल रही है। इसके बाद उसने बिजली से कोई प्रश्न नहीं किया बल्कि अपना और अन्य तीनों दासियों का परिचय देने लगी।

"मेरा नाम सुभद्रा दासी है। यह मेघु दासी है। उसके साथ जो खड़ी है वह गौरी दासी और वो मलिना दासी है।" फिर कुछ पल रुककर सुभद्रा दासी ने बिजली से पूछा, "बृन्दाबोन कब आई हो?"

"तीन दिन पहले।" बिजली घोष ने दबी ज़बान में उत्तर दिया।

"किस कुंज में रुकी हो?"

इस प्रश्न को सुन बिजली घोष सोचने लगी कि यह कुंज क्या होता है?

सुभद्रा दासी बिजली घोष की दुविधा भाँप गई शायद, "मतलब, किस बाड़ी में ठहरी हो?"

"अभी तो इधर गौरांग घाट पर निमाई पंडित के चरणों में हूँ।"

"तूऽऽऽ इधर इमलीतला घाट पर रह रही है वह भी बिना सिर मुँड़ाए।" इस बार मेघु दासी बिजली घोष के घने और लम्बे बालों को देखते हुए बोली।

"ना बाबा, इधर नहीं रहने का। तुम जैसी जवान दासी पर किसी पंडे की दृष्टि पड़ गई तो..." किसी अप्रत्याशित भय की कल्पना करते हुए गौरी दासी ने मेघु दासी के कहे को खुलकर बताया।

"नहीं दीदी, सबसे पहले इसके बालों को कटवाना होगा।" मेघु दासी ने एक बार फिर से बिजली के बालों पर निगाह मार हिकारत के साथ कहा।

अपने सिर मुँड़ाने की कल्पनाभर से बिजली घोष एक अनजाने भय ने सिहरती चली गई।

"कोई बात नहीं। जब तक कहीं तेरी व्यवस्था नहीं हो जाती, हमारे साथ रह। चल, आ जा!" सुभद्रा दासी ने मुस्कराते हुए कहा।

न चाहते हुए बिजली घोष उनके पीछे-पीछे चल दी। धीरे-धीरे घाट से चलकर अब सब आबादी में दाख़िल हो गईं। टेढ़ी-तिरछी तंग गलियों और पुराने पलस्तर उखड़े नंगी लखौरी ईंटों वाली पुरानी इमारतों और मन्दिरों को पार कर गोपीनाथ बाज़ार आ गईं। आते हुए बिजली को यह देखकर बड़ी हैरानी हो रही थी कि यहाँ हर दसवाँ घर जैसे मन्दिर है। यहाँ रिहाइश के मकान कम, जैसे मन्दिर अधिक हैं।

वे सब अब एक पुरानी हवेली के सामने आकर रुक गईं।

"यह है हमारी हाड़ाबाड़ी।"

इसके बाद सब सुभद्रा दासी के पीछे-पीछे हाड़ाबाड़ी अर्थात उस हवेली में दाख़िल हो गईं।

हवेली में प्रवेश करने के बाद बिजली घोष की आँखों में जैसे उसका भूगोल छप गया। चारों दिशाओं में एक सिरे से दूसरे सिरे तक बँधी अलगनियों पर सूखते अलग-अलग रंगोंवाली सफ़ेद धोतियों, जंपरों और दूसरे कपड़ों के उसे कुछ दिखाई नहीं दिया। जगह-जगह बरामदे और कमरों की दीवारों से पीठ लगाकर बैठी गठरियाँ। मुँड़े हुए सिर और अन्दर धँसी आँखोंवाले जर्जर पुतलों को देख, एक बार तो बिजली घोष के मन में आया कि वह यहीं से वापस हो जाए। इमलीतला घाट के उसी कदम्ब के नीचे चली जाए, जहाँ उसे वह युवा सेवायत मिला था। कम-से-कम वहाँ साफ़ और ताज़ा हवा तो मिलेगी। परन्तु अगले ही पल उसे गौरी दासी का यह वाक्य याद आ गया कि ना बाबा इधर नहीं रहने का। तुम जैसी जवान दासी पर किसी पंडे की दृष्टि पड़ गई तो?

मटमैले थके-हारे उजास से घिरा कई आँगनोंवाली हवेली। एक के बाद एक तीन आँगनों को पार कर, अँधेरे में लिपटे चौथे आँगन के अन्त में जाकर एक कमरे का पुराने पेंटवाला उढ़का हुआ दरवाज़ा जैसे ही पूरा खुला, सीलनभरे कमरे में बसी आदिम गन्ध बिजली घोष के नथुनों में समाती चली गई।

दरवाज़ा खुलने पर गौरी दासी ने कमरे में टहलते मद्धिम उजाले का सहारा ले खिड़की खोल दी। खिड़की खुलने पर कमरे की रोशनी थोड़ी-सी और बढ़ गई। खिड़की के पीछे कोई तंग गली है शायद जिसमें दूसरी तरफ़ के मकानों के पिछवाड़ों की मोरियाँ गिरती हैं। इसलिए कमरे में भले ही थोड़ी हवा आ गई परन्तु पीछे गिरनेवाली मोरियों की दुर्गन्ध को साथ लेकर आई। बिजली घोष ने कमरे का आँखों-आँखों में पूरा जायज़ा ले लिया। एक तरफ़ रखे काई और फफूँद लगे दो कुंजों (सुराही) के बीच रखा गोपीचन्दन और उसके पीछे दीवार पर टँगी तस्वीर से मुस्कराते राधाकृष्ण। दो बिस्तरों के तकियों के नीचे से झाँकती तम्बाकू की डिब्बियाँ।

चारों में सबसे उम्रवाली सुभद्रा दासी ने बिजली घोष के मन में मची हलचल को शायद बाँच लिया।

"होरि, कोई लाभ नहीं। जब मोह-माया का चोला उतार ही दिया है तो आगे सोचने से क्या लाभ। अब तुझे तो हरे राम हरे कृष्ण के साथ हरि-चरणों में रहने की आदत डालनी पड़ेगी रे।"

"और कल से हमारे साथ भजनाश्रम चलना।" अपने आपमें खोई-खोई सी रहनेवाली मेघु दासी ने आगे की योजना बताते हुए कहा।

बिजली घोष ने कुछ नहीं कहा। इधर-उधर से छनकर आते धूप के चकत्तों के मिले-जुले उजास में भीगे दीवार की खूँटियों पर लटके सामान, जगह-जगह टँगे

राधाकृष्ण के कैलेंडर, यहाँ-वहाँ बिखरे सामान और कमरे में चारपाइयों की जगह बिछे छोटे-छोटे तख़्तों और उनके किनारे गोटेदार लिबास में लिपटी रखी राधाकृष्ण की मूर्तियों को देखती रही।

सब अपने-अपने तख़्तों पर लगे बेतरतीब बिस्तरों पर कमर सीधी करने के लिए लेट गईं।

शाम होते ही मिट्टी के तेल के लुक्कों की मद्धिम लौ में, जगह-जगह लखौरी ईंटों की दीवार से उखड़े चूने पर उकरती डरावनी आकृतियों को देख बिजली घोष का दिल बैठने लगा। एक-एक कर अब छोटी-छोटी अँगीठियाँ और छोटे-छोटे चूल्हे आँगन में आ गए। देखते-देखते उन पर चढ़ी एल्यूमीनियम की पतीली-भगोनों से बननेवाली दाल और चावलों की गन्ध तथा उनसे निकलते भाप से पूरी बाड़ी महक उठी। मलिना दासी ने अँगीठी पर उबलते चावलों को पसाया और दूसरी पर बन चुकी दाल को लेकर अन्दर आ गई।

सुभद्रा दासी ने अपनी थाली में दाल-चावल डालने के बाद सबसे पहले अपने ठाकुरजी को भोग लगाया। उसके बाद गौरी दासी, मेघु दासी और मलिना दासी ने भी वैसा ही किया। बिजली घोष चुपचाप इस दृश्य को देखती रही। कुछ पल्ले नहीं पड़ा उसके। बस, टकटकी लगाए चारों द्वारा अपने-अपने बिस्तर के सिरहाने, दीवार से टिकाकर रखी तस्वीरों अर्थात अपने ठाकुरजी को लगाए जानेवाले भोग को निहारती रही।

बिजली घोष के इस तरह निहारने का अर्थ मेघु दासी समझ गई। वह धीरे-से बिजली के पास आई और इस विधान के बारे में समझाने लगी, "होरि, भोजन करने से पहले सबसे पहले ठाकुरजी को भोग लगाना चाहिए। ठाकुरजी के भोग के बाद यह प्रसाद बन जाता है। इसलिए जिसे हम खाना कहते हैं, वह भोजन नहीं प्रसाद होता है। भोजन तो ठाकुरजी ने किया है। जिसे हम सब भोजन मानकर खाएँगी, वह तो बचा हुआ प्रसाद है।"

"मेघु दासी ठीक कह रही है। कभी यहाँ के घरों में जाकर देखो, घर की स्त्रियाँ अपने स्वामी से कभी यह नहीं पूछती हैं कि आज खाने में क्या बनेगा। वे हमेशा कहती हैं कि आज ठाकुरजी को क्या भोग लगेगा?"

बिजली घोष के लिए यह नई जानकारी थी। मगर उसके लिए दिक़्क़त यह थी कि उसके पास तो कोई ठाकुरजी है ही नहीं। फिर वह किसको भोग लगाए? उसने बिना कुछ कहे थाली में दाल-भात परोसा और सबके साथ खाने लगी। लेकिन मुँह में पहला कौर जाते ही उसे लगा कि अभी-अभी मुँह में गया कौर जैसे बाहर आ जाएगा। हलक़ में उतारना मुश्किल हो गया उसे। इतना बेस्वाद-कसैला दाल-भात उसने कभी नहीं खाया। न उसमें कोई मसाला, न कोई हींग-जीरे का तड़का। केवल चुटकीभर नमक और मिर्च के नाम पर हरी मिर्च के टुकड़ों के कुछ भी तो नहीं है

इसमें जिसके सहारे इसे पेट में डाला जा सके। उसने कनखियों से सुभद्रा दासी, गौरी दासी, मेघु दासी और मलिना दासी को पूरे मनोयोग से उसी भोजन को खाते हुए देखा, तो उसे समझते हुए देर नहीं लगी कि हम विधवाओं का शायद यही भोजन है। वह मन-ही-मन कहती है कि जब एक विधवा ऐसा खाना खाएगी तभी उसकी देह क्षीण होगी। और जब देह क्षीण होगी तो परपुरुष का भी ख़याल मन में कभी नहीं आएगा। उसने एक बार फिर कनखियों से चुपचाप अपने सामने बैठी खोखली हड्डियों के ढाँचों को देखा। बिजली घोष जैसे स्वयं से प्रश्न करती है कि देह के नाम पर आख़िर क्या बचा है इनमें? क्या मात्र प्राण-वायु लेकर उसे बाहर छोड़ने को ही शरीर कहते हैं? इसके बाद जो कसैला और बेस्वाद दाल-भात उसके हलक़ से नीचे नहीं उतर रहा था, एकाएक मानो उसमें छप्पन भोग जैसा स्वाद पैदा हो गया। देखते-देखते पूरा दाल-भात न जाने कब समाप्त हो गया। उसने औरों की तरह अपनी थाली माँजी और उसे एक तरफ़ दीवार से खड़ी करके रख दिया।

तीसरे दिन हाड़ाबाड़ी के पहले चौक में सवेरे-सवेरे मची चिल्ल-पों को सुन बिजली बाहर आई और उसने सामने जो दृश्य देखा, उसे देख उसका दिल जैसे बैठने लगा। वह चुपचाप अन्दर चली तो आई मगर मेघु दासी, गौरी दासी और मलिना दासी की नज़रों से नहीं बच पाई।

"होरि, चल उधर जाकर बैठ जा!" मेघु दासी ने बिजली को लगभग आदेश देते हुए कहा।

प्रतिवाद की तो बात दूर रही बिजली से एक बार भी ना कहते नहीं बना। वह चुपचाप आँगन में आकर बैठ गई। वह जब-जब सुभद्रा दासी की हमउम्र विधवाओं के सिर पर तेज़ी से चलते उस्तरे को देखती, उसे लगता उस्तरा बालों पर नहीं, किसी निरीह पशु के गले को रेत रहा है। जब-जब उस्तरे की धार से ज़िबह होते सफ़ेद बालों का गुच्छा फ़र्श पर आकर गिरता, ऐसा लगता जैसे काँस के सफ़ेद फूलों को उसके धड़ से अलग किया जा रहा है। बिजली की अँगुलियाँ बरबस अपने बालों को सहलाने लग जातीं। कुछ पल के लिए बिजली हवा में लहराते बालों की कल्पना में इस तरह खो गई कि बाल उतारनेवाले नाई की आवाज़ उसे सुनाई ही नहीं दी।

"अरी बाई, तोहे भी बाल उतरवाने हैं कै?" नाई ने इस बार ज़ोर से पूछा।

इस बार चौंकते हुए बिजली ने नाई की ओर देखा, तो उसके हाथ में थमे उस्तरे को देख वह भीतर तक काँप गई। बे-मन से वह उठी और नाई के सामने आकर बैठ गई। कुछ पलों के लिए तो अँगुलियों में फँसे उस्तरे की समझ में ही नहीं आया कि वह इस केशवन को कहाँ से काटना शुरू करे? नाई ने मन-ही-मन अपने आराध्य का स्मरण किया कि वह उसे इस कृत्य के लिए क्षमा करे। इसके बाद उसका उस्तरा बिजली के सिर पर चलने लगा।

जिस समय बिजली का सिर केश विहीन किया जा रहा था, मेघु दासी से

यह हृदय विदारक दृश्य देखा नहीं गया। वह तेज़ी से कमरे में चली गई। सिर के घने बालों पर जब धारदार उस्तरा फिर रहा था, बिजली को लग रहा था जैसे यह उस्तरा उसके केशों को नहीं, गले को रेत रहा है। उन्हीं घने केशों को जब ये डुग्गी की गमक और एकतारे की तान और पाँवों में बँधी पायल की खनक के साथ पंजों के बल, पूरी गति के साथ फेरा लेती बिजली घोष के संग हवा में लहराते, तो देखनेवाले जैसे इनमें खो जाते। आँसुओं से भीगे गालों पर चिपके बालों को बिजली ने हटाने की बिलकुल कोशिश नहीं की। एक के बाद एक घने काले बालों के गुच्छों को रोती हुई बिजली चुपचाप फ़र्श पर गिरता हुआ देखती रही। कोई प्रतिवाद नहीं किया उसने। वह जानती है कि आज के बाद अपने इन केशों के बारे में सोचना भी पाप होगा।

सबसे पहले बिजली घोष ने राधा-मोहन का छोटा-सा जोड़ा, गोपीचन्दन, माला झोली, तुलसी कंठी और मजीरे का एक जोड़ा ख़रीदा तथा ज़मीन पर लगे अपने बिस्तर के पास दीवार से सटाकर, अपना अलग विग्रह स्थापित कर लिया। वैधव्य के चलते अपनी कामाग्नि को शान्त करने के लिए मांस-मच्छी खाना उसने शान्तिनिकेतन में ही बन्द कर दिया था। जबकि सजने-सँवरने की तो वह अब कल्पना भी नहीं कर सकती। मनुस्मृति के अनुसार उसने एक विधवा की तरह जल्दी ही ख़ुद को केवल फल एवं कन्दमूल आदि खाकर सचमुच कुंज की अन्य दासियों की तरह दुर्बल कर लिया। थोड़े ही दिनों में अपनी अच्छी-ख़ासी गौरवर्णीय भरी-पूरी देह को उसने इस तरह क्षीण और कुरूप बना लिया कि मजाल है कोई पुरुष उसके प्रति आकर्षित तो हो जाए। स्त्रियोचित सुन्दरता और आकर्षण को उसने खुरच-खुरच कर पुराने पेड़ की छाल-सा बना दिया। उसने प्रण ले लिया कि वह पराए पुरुष के बारे में कभी नहीं सोचेगी। मरने तक पूरी निष्ठा और वचन के साथ अपने सतीत्व की रक्षा करेगी। यदि सेवायत जमुनादास उसे मनुस्मृति के इस विधान के बारे में नहीं बताता, तो शायद बिजली को नहीं पता चलता कि उसके धर्म-ग्रन्थों में स्त्री की पवित्रता और शुचिता को बचाए रखने की कितनी चिन्ता की गई है। उसे उस भेद का अब पता चल रहा है कि कुछ ब्राह्मण परिवारों में कन्याओं का मांस खाना क्यों वर्जित है।

अगर सुभद्रा दासी उसे नहीं बताती कि तुलसी कंठी ग्रहण करने के बाद मांस-मछली का सेवन वर्जित होता है, तो उसे इस नई जानकारी के बारे में पता ही नहीं चलता। धीरे-धीरे सुबह-शाम गोपीनाथ बाज़ार भजनाश्रम बिजली घोष का स्थायी ठिकाना हो गया। वह सुभद्रा दासी, मेघु दासी, गौरी दासी और मलिना दासी के साथ कुंज से निकलती और सुबह-शाम चार-चार घंटे कीर्तन करने के बदले जो भर्ती-टोकन मिलते, उन्हें जमा करना उसकी दिनचर्या में शामिल हो गया।

9

भजनाश्रम का पहला दिन।

सुभद्रा दासी, मेघु दासी, गौरी दासी और मलिना दासी के साथ बिजली घोष भी भजनाश्रम के मुख्य द्वार पर सफ़ेद पुतलों की पहले से लगी क़तार में जाकर लग गई। धीरे-धीरे आगे सरकती झुकी कमरवाली बाइयों के साथ एक तरफ़ मोटे गद्दे पर बिछी सफ़ेद चादर पर भर्ती-टोकन बाँटने वाली बाई से उसने भी भर्ती-टोकन लिया, और सुभद्रा दासी का अनुसरण करते हुए अन्दर चली आई। भर्ती-टोकन को उसने साथ लाए थैले के हवाले कर दिया।

बरामदे और विशाल आँगन के किनारे लगभग बारह फीट ऊँचे लाल, हरे और नीले पैंट से पुते स्तम्भों पर बने अर्द्ध वृत्तीय मेहराबों पर टिका भवन। इसी भवन के बीच छोड़ा गया आँगन और इसी आँगन के बीच में दो फीट ऊँची चौकी पर रखी कृष्ण की मूर्ति। इसी मूर्ति को चारों तरफ़ से घेरकर बैठी बाइयों और झाँझ के कर्कश स्वर साथ होते कीर्तन को बिजली बड़े विस्मय से देखने लगी। ज़ोर-ज़ोर से गूँजते कीर्तन ने बिजली को एहसास करा दिया कि भजनाश्रम ऐसे ही होते होंगे। छत पर धीरे-धीरे चलते पंखे, जिन्हें अपनी ही गति का पता नहीं है और बजते झाँझ के साथ जब-जब एक पोपली बाई इस भजन 'कोई कहत है कृष्ण मुरारी / कोई कहत है श्याम बिहारी' को गाती, तो फ़र्श पर एक-दूसरे से भिड़कर बैठी बाइयाँ भी उसे दोहराने लगतीं।

पता उस दिन कौन-सा दिन था। अचानक इस आवाज़ पर बिजली ने पलट कर देखा। यह दृश्य सचमुच उसको भीतर तक विचलित करनेवाली था। 'जय हो ठाकुर!' उद्घोष के साथ उसने देखा सिर पर सफ़ेद दुपल्ली टोपी पहने हट्टा-कट्टा कन्धे पर लाल झोली लटकाए पीतल की बाल्टी लिए एक पंडा उसके पास खड़ा है। जब तक वह खड़ा रहा एक के बाद एक आसपास के कई हाथ बाल्टी की ओर बढ़ गए। उसने ध्यान से देखा तो यह देखकर उसके आश्चर्य का ठिकाना नहीं रहा कि आधी से ज़्यादा बाल्टी छोटे-बड़े तरह-तरह के सिक्कों से भरी हुई है। समझ गई बिजली कि यह पंडा दूसरे भजनाश्रमों से फेरा लगाकर अन्त में आया है यहाँ। तभी उसकी बाल्टी सिक्कों से भरी हुई है। इतना ही नहीं भर्ती-टोकन बाँटने वाली बाई भी इस अवसर से नहीं चूकी। वह भी बाल्टी में एक सिक्का डाल पुण्य कमाने से पीछे नहीं रही।

बिजली घोष यह देखकर मन-ही-मन सोचती है कि जिनके जीवन में पहले ही शनि का प्रकोप है, वह आख़िर किससे बचने की कामना कर रही है?

लगभग चार घंटे कीर्तन करने के बाद सब एक तरफ़ फिर से क़तार में लग गईं और अपने-अपने थैलों का मुँह खोल, उसमें दाल-चावल डलवाकर आगे बढ़

जातीं। दाल-चावल लेकर सब बाहर आतीं तो 'जय राधे' 'भगवान मंगल करे' कहता हुआ कोई न कोई भिखारी मिल जाता। कोई अपने थैले से मुट्ठीभर चावल तो कोई दाल देकर आगे बढ़ जाती। कुछ तो पाँच या दस का सिक्का भी दे जाती। हैरानी बिजली घोष को यह देखकर हुई कि जिनका जीवन भजनाश्रम में मिलने वाले थोड़े से दाल-चावल पर टिका हुआ है, वे ही उसमें से दान कर रही हैं।

तुलसी दल खाऊँगी, जमना जल पीऊँगी।

पहली बार इस पद को सुन बिजली घोष के कुछ समझ में नहीं आया कि इसका क्या अर्थ हो सकता। उसने सालों क्या दशकों से वृन्दावन में रह रही गौरी दासी से इसका मतलब पूछा, तब उसने यह कहते हुए अपना पीछा छुड़ा लिया, "ना बाबा, मुझे मालूम नहीं।"

लेकिन सुभद्रा दासी हँसते हुए बोली, "इसे क्या पता। मैं बताती हूँ।" इसके बाद सुभद्रा दासी ने इसके बारे में जो सुना, उसे बताने लगी।

सोलहवीं सदी के शुरू में जब गौरांग प्रभु अर्थात चैतन्य प्रभु यानी निमाई पंडित वृन्दावन आए, तो बंगाल से अनेक परित्यक्ताएँ और विधवाएँ, कुछ अपने गौरांग प्रभु के, तो कुछ राधाकृष्ण के आकर्षण में यहाँ खिंची चली आईं। तुलसी माला के साथ 'हरे कृष्ण हरे कृष्ण, कृष्ण-कृष्ण हरे-हरे' जपते हुए दिन तो यमुना के घाटों और मन्दिरों के बाहर बीत जाता, लेकिन रात में इनका कोई ठौर-ठिकाना नहीं होता। अक्सर इन्हें मन्दिरों की बर्फ़-सी पिघलती सीढ़ियों पर फटे-पुराने कम्बलों में रात बिताते हुए देखा जा सकता था।

एक बार राजस्थान के शहर नवलगढ़ के एक सेठ ने तीन लाख रुपए की मदद से एक भजनाश्रम की शुरुआत की। ये परित्यक्ताएँ और विधवाएँ गोपीनाथ बाज़ार के इस भजनाश्रम में सुबह-शाम आकर कीर्तन करतीं और बदले में जो भोजन-सामग्री मिलती, उसके सहारे जीवन व्यतीत करतीं। इस तरह जैसे-जैसे वृन्दावन में मोक्ष की कामना में बंगाल से आईं अन्य दासियों को इस भजनाश्रम का पता चलता गया, इनकी संख्या बढ़ने लगी। लेकिन सेठ ने जिन तीन लाख रुपयों से भजनाश्रम शुरू किया था, वह राशि छह महीने में ही समाप्त हो गई।

एक दिन नवलगढ़ के इस सेठ ने कीर्तन समाप्त होने के बाद, दासियों से हाथ जोड़कर बड़े दुखी मन से कहा, "माइयो, मुझे क्षमा करना! मैं अब आपकी सेवा करने में असमर्थ हूँ। इसलिए मेरी आप सबसे हाथ जोड़कर प्रार्थना है कि अब आप अपनी व्यवस्था कहीं और कर लें!"

सेठ की यह बात सुन किसी घने पेड़ पर पनाह लेनेवाले बेसहारा परिन्दों की

तरह इन दासियों में हाहाकार मच गया। आख़िर इस तरह अचानक इस आश्रम को छोड़कर वे जाएँ, तो कहाँ जाएँ? इसी बीच कनकलता अधिकारी, टूनू विश्वास और मुग्धा सरकार नाम की तीन विधवाएँ आगे आईं।

उनमें से मुग्धा सरकार रिरियाते हुए सेठ से विनती करती हुई बोली, "हम कहाँ जाएँ? इसके अलावा हमारा और ना तो कोई सहारा है, ना कोई ठिकाना है?"

"मैया, मैं तुम्हारी मजबूरी समझ सकता हूँ...पर क्या करूँ? आपसे ज़्यादा मजबूर और लाचार तो मैं हूँ। मैं तो चाहता हूँ कि आपकी ऐसे ही सेवा करता रहूँ मगर..."

"अगर ऐसी बात है सेठजी तो हम यहाँ से कहीं नहीं जाएँगे। तुलसी दल खाएँगे, जमना जल पीएँगे। परन्तु हम जाएँगे नहीं।" टूनू विश्वास ने पूरी दृढ़ता के साथ कहा।

"हाँ सेठजी। टूनू दीदी ठीक बोल रही है।" कनकलता अधिकारी ने इस बार टूनू विश्वास और मुग्धा सरकार का हौसला बढ़ाते हुए कहा।

"ठीक है मैया। मुझे कुछ दिन सोचने का समय दीजिए। अगर आप तुलसी के पत्ते और यमुना का पानी पीकर यहाँ रहने को तैयार हैं, तो मैं भी कुछ सोचता हूँ।" नवलगढ़ के सेठ ने सारी दासियों को आश्वासन दिया।

बिजली घोष चुपचाप बुज़ुर्ग सुभद्रा दासी द्वारा बताए जा रहे भजनाश्रम के इतिहास को चुपचाप सुनती रही।

कुछ पल रुकने के बाद सुभद्रा दासी फिर बताने लगी, "जैसे ही कलकत्ता के निवासी और सेठ के एक सम्बन्धी को यह बात पता चली, उसने सेठ को कलकत्ता बुलाया। कलकत्ता जाने के बाद सेठ ने वहाँ से दो लाख रुपया इकट्ठा किया। इस रुपए से एक बार फिर भजनाश्रम चलने लगा। इसके बाद राजस्थान के दूसरे सेठों ने भी भजनाश्रम को दान देना शुरू कर दिया। तब से भजनाश्रम में सैकड़ों बेसहारा विधवाएँ यहाँ कीर्तन कर रही हैं और भर्ती-टोकन के बदले मिलनेवाले दाल-चावल के सहारे अपना जीवन बिता रही हैं।"

सुभद्रा दासी ने अपनी बात जैसे ही ख़त्म की गौरी दासी, बिजली घोष के चेहरे पर अपनी नज़र गड़ाते हुए बोली, "पता है, इस भजनाश्रम को सेठों ने क्यों बनवाया था?"

"हम जैसी विधवाओं से भजन करवाने के लिए?" बिजली ने अनुमान लगाया।

"नहीं रीऽऽऽ इसलिए कि तुझ जैसी जवान विधवा किसी पंडे के जाल में ना फँस जाए। उन्हें गलत काम में पड़ने से रोकने के लिए बनवाया था।"

बिजली घोष को गौरी दासी पर ग़ुस्सा तो बहुत आया परन्तु चाहकर भी कुछ कह नहीं पाई। वह मन-ही-मन सोचती है कि ज़रूर इस गौरी दासी के साथ ऐसा कुछ हुआ होगा, जिससे यह यहाँ के पंडों-पुरोहितों से इतनी घृणा करती है।

"हाँ होरि, गौरी ठीक कह रही है। एक अकेली विधवा के लिए सबसे मुश्किल है अपनी इज्जत को बचाना।"

इस बार जिस तरह मेघु दासी ने गहरी साँस लेते हुए कहा, इस पर मलिना दासी ने गौरी दासी की ओर देखा और शब्दों को उलीचते हुए बोली, "होरि, बृन्दाबोन में इतना मुश्किल जंगली जानवरों से बचना नहीं है, जितना इधर के मर्दों से है। इधर जानवरों पर भरोसा कर लेना, लेकिन इन मर्दों पर मत करना।"

बिजली घोष को अपना अनुमान सच साबित नज़र आने लगा। उसकी अब समझ में आ रहा है कि क्यों उस दिन गौरांग घाट पर उससे कहा गया था कि तुम जैसी जवान दासी पर किसी पंडे की दृष्टि पड़ गई तो...।

यहाँ आने के बाद बिजली घोष को यह पता चल गया कि सफ़ेद धोतियों में लिपटी ये अभागी अधिकतर साधन-सम्पन्न परिवारों से हैं। उसने जब गौरी दासी, सुभद्रा दासी, मलिना दासी और मेघु दासी के बारे पता किया तो मालूम हुआ कि इनमें से कोई चटर्जी है, तो कोई पोद्दार। कोई मुखर्जी है, तो कोई चट्टोपाध्याय। जैसे-जैसे बिजली घोष को वृन्दावन की दासियों के कुलों के बारे में पता चलता गया, उसे जान अपने भद्र समाज से एकाएक घृणा-सी होने लगी कि किस तरह भद्र कहे जानेवाला समुदाय अपनी ही स्त्रियों के लिए सबसे बड़ा नरक है। भला कैसे सभ्य समाज अपनी जननियों को इन भरभराकर गिरनेवाली सीलनभरी बदबूदार पितृसत्ता की बनाई काल कोठरियों में धकेलने के लिए तैयार हो जाते हैं? लेकिन अगले ही क्षण वह अपने आपसे जैसे सवाल करती है कि जिस तरह वह अपनी मर्ज़ी से पितृसत्ता के बनाए इस दुर्ग में क़ैद होने के लिए आई है, हो सकता है अन्य दासियाँ भी इसी तरह आई हों? बिजली घोष अपने ही अन्तर्द्वंद्व और प्रश्नों से जूझने लगी।

इन्हीं अनुत्तरित प्रश्नों और अन्तर्द्वंद्वों में उलझी बिजली घोष को पता नहीं कब नींद आ गई।

उमसभरी रातों में चार आँगनोंवाले इस कुंज अर्थात हाड़ाबाड़ी के स्याह कोनों-अँतरों, उढ़के दरवाज़ों और खिड़कियों के खुले-अधखुले पल्लों से छन-छन कर आतीं सिसकियाँ पूरी रात बिजली घोष के कानों में गूँजती रहती हैं। जब-जब उसके कानों में ये सिसकियाँ पड़ती हैं, उसके बाद उसकी आँखों से नींद उड़ जाती। एक स्त्री की इच्छाओं का कैसे दमन होता है, उसे उसकी तरह हाड़ाबाड़ी में रह रही इन असंख्य विधवाओं से पूछा जा सकता है। मगर बिजली घोष को इसका असली एहसास उस दिन हुआ जब उसे पहली बार इनके साथ इस हाड़ाबाड़ी में मिर्च-मसालों के नाम पर मात्र नमक और हरी मिर्च वाली दाल के साथ, उबले हुए चावल के गंठे ज़बरदस्ती हलक़ से नीचे उतारने पड़े थे। सोचते-सोचते बिजली घोष की आँखें भर आईं। अभी तो यह शुरुआत है,

इससे आगे का जीवन कैसा होगा, उसकी कल्पना कर उसकी धमनियों में बहता रक्त बीच-बीच में ठिठकने लगता।

"होरि, सो जा! बीते दिनों को याद करने का अब कोई लाभ नहीं है।"

हैरानी हुई बिजली घोष को कि सुभद्रा दासी ने कैसे इस यातना-गृह के अँधेरे में उसकी मौन सिसकियों की आहट को टोह लिया? इससे ज़्यादा विस्मय उसे तब हुआ जब मलिना दासी के ये शब्द उसके कानों में पड़े, "रोने दे दीदी! जब इसको अपने बीते दिनों की याद आनी बन्द हो जाएगी, तो यह भी हमारी तरह पत्थर बन जाएगी।"

इसका मतलब है सुभद्रा, मेघु, गौरी और मलिना ये सब भी उसकी तरह वृन्दावन की कुंज गलियों में अपने अतीत को याद करते हुए, इन सीलनभरी अँधेरी कोठरियों में रोज़ाना इसी तरह रोती होंगी? स्त्री के दु:खों का पहाड़ क्या होता है, उसका उसे अब पता चल रहा है, जब वह भीतर-ही-भीतर पिघलकर आँखों से बाहर रिसता है।

बढ़ती ठंड के चलते सुभद्रा दासी ने भजनाश्रम जाना छोड़ दिया। शुरू में तो बिजली घोष मेघु, गौरी और मलिना दासी के साथ कीर्तन करने गई, लेकिन बढ़ती उम्र के कारण सुभद्रा के दिन-पर-दिन गिरते स्वास्थ्य के चलते उसका जाना छूट गया।

सुभद्रा दासी ने बिजली घोष को समझाया भी, "होरि, मेरे कारण तू क्यों अपना टोकन छोड़ती है। जाएगी तो कुछ लेकर ही आएगी। मेरा क्या, मुझे तो भूखे रहने की आदत है। कुछ नहीं मिलेगा तो भी चल जाएगा। पर तुझे तो अभी बहुत कष्ट झेलना है। शरीर में जान रहेगी तभी उन्हें झेल पाएगी न।"

"नहीं दीदी। मेरा मन नहीं कर रहा है आपको छोड़कर जाने के लिए। इतना तो मेरे पास है कि एकाध दिन नहीं जाऊँगी, तब भी चल जाएगा। अभी मेरे शरीर में जान है। भूख सहन करने की मेरे अन्दर शक्ति है।" मेघु, गौरी और मलिना की तरह बिजली भी अपनी उम्र से ढाई गुना बड़ी और वृद्ध सुभद्रा दासी को दीदी कहती है।

सुभद्रा दासी ने कुछ नहीं कहा।

उन तीनों के भजनाश्रम जाने के बाद उदास कमरे में अब सुभद्रा दासी और बिजली घोष रह गईं। इनके अतीत को कुरेदने का बिजली को इससे अच्छा अवसर मिलने से रहा। वह धीरे-से सुभद्रा दासी की ओर खिसकी।

"दी...दी!" बिजली ने सुभद्रा दासी को धीरे-से आवाज़ दी।

"हाँ बोल होरि?" सुभद्रा ने कमरे की छत की ओर देखते हुए पूछा।

"अब कैसा लग रहा है?" बिजली ने बात शुरू करने के लिए जैसे भूमिका बनाई।

बिजली के इस प्रश्न पर सुभद्रा हल्के-से मुस्कराभर दी। बिजली समझ गई सुभद्रा दासी का चित्त कुछ शान्त है।

"एक बात पूछूँ दीदी! आपको सचमुच अपने बीते दिनों की याद नहीं आती है?" बिजली घोष ने हिम्मत कर हिचकते हुए पूछा।

"क्यों नहीं आती है। वह घर-आँगन कभी भूला जा सकता है, जहाँ हमने अपना बचपन बिताया है? बाबा के वे कन्धे भूलनेवाले हैं जिन पर बैठकर मैं दुर्गा पूजा देखने जाती थी? माँ की उँगलियों के उस स्पर्श को भुलाया जा सकता, जो सरसराती हुई माथे पर कुमकुम लगाती थीं?"

"फिर मलिना दीदी ने क्यों कहा था कि मुझे अपने बीते दिनों की याद आनी बन्द हो जाएगी, मैं भी तुम्हारी तरह पत्थर बन जाऊँगी?"

"फिर क्या कहती? तू जो पूरी-पूरी रात रोती रहती है, उसे बन्द करने के लिए कुछ तो कहना था। जो तू चुपचाप मुँह ढककर सिसकती रहती है, उसका हमें पता नहीं चलता है? तू क्या समझती है हम सब सो रहे होते हैं? नहीं होरि, जब तू रोती है तो तेरे साथ हम भी रोने लगते हैं। तुझे रोता देख हमें अपने दिन याद आ जाते हैं।" इसके बाद सुभद्रा दासी बिजली घोष की तरफ़ पीठ कर करवट ले, छत को ऐसे निहारने लगी जैसे जगह-जगह लगे मकड़ियों के जालों और स्मृतियों के धुँधले पड़ चुके चित्रों को जोड़ने का प्रयास कर रही है।

इस बीच देर तक सन्नाटा पसरा रहा। सुभद्रा को लगा बिजली कहीं उठकर चली गई है।

"होरिऽऽऽ!" सुभद्रा दासी ने यूँ ही टोहते हुए आवाज़ दी।

"हाँ दीदी!"

"अच्छा तू इधर ही है। मैं तो समझ रही थी कहीं चली गई है?" फिर वापस बिजली की तरफ़ करवट बदल मुस्कराते हुए बोली, "तू कहाँ खो गई?"

"मुझे भी अपने बचपन के वे दिन याद आ गए दीदी।"

"कौन-से?" सुभद्रा दासी ने बिजली की आँखों में उतरते हुए पूछा।

"जाने दो दीदी।"

"बता री! कहते हैं कि अपने मन की बात बताने से एक-दूसरे का दुःख आपस में बँट जाता है।"

"क्या बताऊँऽऽऽ दीदी। क्या दिन थे वे जब बाबा और मेरे चाचा के बीच होती राजनीति की बहस में मैं भी कूद पड़ती थी। वैसे तो हमारा परिवार पक्का कांग्रेसी था किन्तु पता नहीं चाचा कैसे कम्युनिस्ट बन गए। बाबा हमेशा कांग्रेस और नेहरू की तारीफ़ करते रहते। मैं बाबा की तरफ़ रहती थी। उसकी एक वजह थी कि चाचा नेहरू मुझको बचपन से ही बहुत पसन्द था। बचपन में मेरा एक सपना था कि एक बार नेहरू जी को जी भरकर देख लूँ लेकिन मेरा यह सपना कभी पूरा

नहीं हुआ। बाद में भी हमारा सब घरवाला गाय-बछड़ा छाप को ही वोट देता था।"

बिजली घोष के अतीत की धीरे-धीरे खुलती इस गिरह ने सुभद्रा दासी की जिज्ञासा बढ़ा दी।

"दीदी, मेरे चाचा की एक बेटी थी चैताली। पूरा परिवार उसे प्यार से चैती बुलाता था। हम दोनों आपस में बहनों से ज़्यादा पक्की सहेलियाँ थीं। जब चैताली सोलह साल की हुई तो चाचा ने उसकी शादी कर दी। अच्छा खाता-पीता घर था। जंगल की ज़मीन थी। चैती का ससुराल बहुत छोटा था। घर में बस सास-ससुर और उनका इकलौता बेटा यानी चैताली का पति वनमाली।"

कहते-कहते अचानक बिजली का चेहरा खिल उठा, "दीदी, चैताली जितनी सुन्दर थी, उतना ही अच्छा खाना भी बनाती थी। पता है जब वह माथे पर बड़ी-सी कुमकुम की बिन्दी लगाती थी, तो उसकी सास तुरन्त उसकी नज़र उतारने लग जाती।" इतना कह बिजली सुभद्रा दासी को निहारने लगी।

सुभद्रा दासी को निहारते हुए बिजली घोष ने बड़े ध्यान से उसके चेहरे की झुर्रियों के पीछे छिपी सुन्दरता और मस्तक पर लगनेवाली कुमकुम की बिन्दी की जगह को देखा। थोड़ा ध्यान से देखने पर उसे कुमकुम की बिन्दी की जगह एक चौड़ा चकत्ता दिखाई देता है। क्षणभर में वह भाँप गई कि सचमुच अपनी युवावस्था में सुभद्रा दीदी बहुत सुन्दर रही होंगी।

"चैताली बताती थी कि उसके हाथ का बना माछ उसकी सास बड़े चाव से खाती थी। इस कारण भी वह उसे बहुत प्यार करती थी। एक मज़ेदार बात बताऊँ दीदी, चैताली ने कभी अपने पति के साथ सिनेमा नहीं देखा, जो भी देखा अपनी सास के साथ देखा। वे दोनों कई बार सिनेमा देखने गईं। सिनेमा देखकर जब वे घर आतीं तो उस पर खूब बातें करती थीं। उनके घर में कृष्ण का छोटा-सा मन्दिर था। संध्या आरती में जब दोनों सास-बहू भजन गातीं, तब पड़ोस की कई औरतें भी आ जाती थीं क्योंकि चैताली गाती बहुत अच्छा थी।" बिजली घोष की उदास और सूखी नदी-सी आँखों में बरबस शरारत मचलने लगी।

मगर अगले ही पल वह उदास होती चली गई। कुछ क्षण पहले जो चेहरा दमक रहा था, वह स्याह पड़ता चला गया।

"शादी के दो साल बाद उसको एक बेटा हुआ परन्तु वह अधिक दिन नहीं जी पाया। उसकी मौत के बाद चैताली बहुत दुखी रहने लगी। उसके इस दुःख में दीदी, उसकी सबसे प्रिय सखी यानी उसकी सास ने बहुत साथ दिया। उसकी बहुत हिम्मत बँधाई।" कहते-कहते बिजली के शब्द भीगने लगे। गला भर्रा उठा।

बिजली घोष उठकर कुंजे (सुराही) के पास गई और पानी पीने के बाद वापस सुभद्रा के पास आकर बैठ गई और अपनी बात जारी रखते हुए कहने लगी, "...और फिर अचानक एक दिन चैताली की सास चल बसी। उस दिन माँ

जैसी सास के जाने के बाद वह बहुत रोई थी। अपनी माँ से अधिक प्यार करती थी वह अपनी सास से। क्यों नहीं करती, माँ से ज़्यादा दिन तो उसने अपनी सास के साथ बिताए थे।"

"होरि, सही कहती है तू। हमारे दु:खों को हमारे पतियों से अधिक तो हमारी सास-ननद जानती हैं।" सुभद्रा दासी जैसे पुरानी यादों में उतर गई।

"दीदी, अपनी पत्नी के परलोक सिधारने के बाद चैताली का ससुर भी एक दिन घरबार छोड़कर चला गया। चैताली के दु:खों का अभी अन्त नहीं हुआ था बल्कि तब वे और बढ़ गए, जब एक दिन पता चला कि उसके पति का लीवर खराब है। कुछ तो पति के इलाज में चैताली की खेतीबाड़ी बिक गई और जो बचा, उसको उसके पति के चाचा ने छीन लिया। अब घर का सारा बोझ चैताली पर आ गया...और फिर एक दिन पता चला कि चैताली का पति भी इस दुनिया में उसे अकेला छोड़कर चला गया।"

आगे की कल्पना कर बिजली घोष का रोआँ-रोआँ सिहर उठा।

"चैताली अब घर में अकेली रह गई थी दीदी। अपने ही घर में उसे डर लगने लगा कि पता नहीं अकेली पाकर रात-बिरात कौन मर्द घर में आ घुसे और सिर से पल्लू खींच ले। इसलिए धीरे-धीरे अपने आपको उसने भजन-कीर्तन में रमा लिया। तभी एक दिन पता चला कि चैताली कहीं तीर्थ पर निकल गई है। कहाँ निकल गई, किसी को पता नहीं चला।" इस बीच बिजली ने सुभद्रा दासी को छत की ओर टकटकी लगाए देखा तो उससे पूछे बिना नहीं रहा गया, "दीदी कहाँ खो गई?"

अकबकाते हुए वर्तमान में लौटी सुभद्रा दासी लम्बी साँस लेते हुए बोली, "कहीं नहीं। मुझे लगा था होरि तू चैताली की नहीं, मेरी कथा बता रही है। मेरे साथ भी कुछ-कुछ ऐसा ही हुआ था। मैंने भी कुछ ज़रूरी सामान समेटा और बिना किसी को बताए कलकत्ता से रेल पकड़ बाकी जीवन बिताने के लिए यहाँ चली आई। मुझे पता चला था कि चैतन्य प्रभु के बृन्दाबोन के सिवाय इससे अच्छी कोई जगह नहीं है। जब मैं यहाँ आई थी तो तेरी तरह जवान थी। बल्कि तुझसे कुछ कम उम्र थी मेरी।"

"दीदी, आपको तब डर नहीं लगा था?" बिजली घोष ने सहमते हुए पूछा।

बिजली के इस सवाल पर सुभद्रा असहज हो उठी, फिर गहरी साँस लेते हुए बोली, "होरि, स्त्री की असली परीक्षा तभी होती है जब वह जवानी में विधवा हो जाती है। मैं ही जानती हूँ कि मैं अपने आपको यहाँ कितने जतन से बचाकर रख पाई। कभी मदन मोहन मन्दिर में, तो कभी रंगजी मन्दिर में। कभी राधा रमण मन्दिर में, तो कभी भूतोंवाले मन्दिर में छिप-छिपकर मैंने अपने आपको बचाया।"

"दीदी, यहाँ कोई भूतोंवाला मन्दिर भी है?" बिजली ने हैरानी के साथ पूछा। एक काल्पनिक भय उसकी आँखों में समा गया।

"कहते हैं कि इसे भूतों ने एक रात में बनाया था पर यह कोई भूतवूत वाला मन्दिर नहीं है। इधर रंगजी मन्दिर के सामने जो गोविन्द देव मन्दिर है न, उसे ही भूतोंवाला मन्दिर कहा जाता है। मुझे भी पहले यहाँ जाते हुए बहुत डर लगता था बाबा। रात के सन्नाटे में इतने बड़े खाली मन्दिर को देखकर लगता था जैसे इसमें सचमुच भूत रहते हैं, पर बाद में पता चला कि ऐसा कुछ नहीं है। लोगों ने ऐसे ही इसके बारे में झूठ फैला रखा है। बल्कि इतना सुन्दर मन्दिर तो मैंने पूरे बृन्दाबोन में नहीं देखा।"

"ऐसा क्या है इस मन्दिर में दीदी?"

"वैष्णव सम्प्रदाय के इस मन्दिर को राजस्थान के राजा मानसिंह ने बनवाया था। इसे बनवाने में अकबर ने लाल पत्थर दिया था। इस मन्दिर की सुन्दरता को देखकर दुष्ट औरंगज़ेब इतना दुखी हुआ कि उसने इसके ऊपर की चार मंज़िल तुड़वाकर वहाँ मोस्जिद बनवा दी थी। कहते हैं औरंगज़ेब ने यहाँ आकर नमाज़ भी पढ़ी थी। इसकी सातवीं मंज़िल पर बहुत बड़ा घी का दीया जलता था, जिसमें रोज़ाना पचास किलो घी लगता था। यह दीपक इतना बड़ा था कि दूर से पता चल जाता था कि यह गोविन्द देव मन्दिर है। लेकिन औरंगज़ेब को यह बिलकुल अच्छा नहीं लगा और उसने इसकी चार मंज़िल तुड़वा दीं। इसे कभी जाकर देखना बहुत सुन्दर मन्दिर है यह। सुनते हैं कि औरंगज़ेब ने इसे तुड़वाने के लिए अपने सिपाही भेज दिए थे। इसके पुजारी को जब इसका पता चला तो उसने रातों-रात हमारे गोविन्द को यहाँ से आमेर पहुँचा दिया, जो आज भी जयपुर में मौजूद है। तब से बृन्दाबोन का यह मन्दिर बिना गोविन्द जी के है।"

"दीदी, आपको तो यहाँ की बड़ी जानकारी है।" मुस्कराते हुए बिजली घोष ने कहा।

"देखना, यहाँ रहते हुए जब तू मेरी उम्र में पहुँचेगी, तुझे भी सब पता चल जाएगा।" कहते हुए सुभद्रा दासी इतिहास की सुरंग से निकल पुनः अपने अतीत की कन्दरा में पहुँच गई, "उस उम्र में अपने आपको मैं कैसे बचा पाई, मैं ही जानती हूँ होरि। सर्दियों में बर्फ़ जैसी ठंडी सीढ़ियों पर रात बिताते हुए, भीख माँग-माँगकर कैसे ज़िन्दा रही, मैं ही जानती हूँ। जीवन में दुःख क्या होता है इसका तब पता चलता है, जब हम विधवाओं को चार मुट्ठी चावल और दो मुट्ठी दाल के लिए, इन भजनाश्रमों के दरवाज़ों पर खड़े पंडों की गन्दी-गन्दी गालियाँ सुननी पड़ती हैं। भर्ती-टोकन के लिए आग-सी तपती सड़कों पर पैदल चलकर गिरते-पड़ते गोपीनाथ बाज़ार, पत्थरपुरा, अठखम्बा, फोगला आश्रम के पंडों के आगे गिड़गिड़ाना पड़ता है...और अगर किसी दिन देर हो जाने की वजह से टोकन छूट जाता है तो हमारी क्या हालत होती है, उसे हम ही जानती हैं। परन्तु इतने दुःख और कष्टों को भोगने के बाद भी सुबह-शाम हरि-चरणों में 'हरे कृष्ण, हरे कृष्ण, कृष्ण-कृष्ण हरे-हरे'

पुकारते हुए, चार-चार घंटे झाँझ-मजीरा, हारमोनियम और खोल पीटने के बाद जो शान्ति मिलती है, वह कहीं नहीं मिलती। इसी शान्ति और मोक्ष के लिए हम अपने देस से मीलों दूर चलकर राधागोपाल की इस नगरी में आते हैं।"

अभी तक बिजली घोष को केवल लगता था। मगर सुभद्रा दासी की कहानी को सुनते हुए उसकी यह धारणा पूरी तरह सच साबित होने लगी है, कि एक स्त्री के लिए इस दुनिया में उसके वैधव्य से बड़ा कोई दु:ख नहीं है। हालाँकि आभास तो उसे उसी दिन हो गया था जब आखरा में जवान पति अरुणाभ की अचानक सर्प-दंश के चलते मृत्यु हो गई थी। उसकी मौत के बाद, वैधव्य के चलते सिर मुँड़ाने के साथ उसके मांस-मच्छी खाने पर ही प्रतिबन्ध नहीं लगा था, बल्कि अपनी इच्छा से किसी तरह का साज-शृंगार करना तो दूर रहा, उसके लिए सिन्दूर-आलता लगाने तक पर धार्मिक वर्जनाओं के पहरुए बैठा दिए गए थे। सधवा होने की पहली शर्त तो उसी दिन ख़त्म हो गई थी, जिस दिन अरुणाभ हमेशा-हमेशा के लिए उससे बिछुड़ गया था। दु:खों से तपा जीवट क्या होता है, सुभद्रा दासी इसका प्रत्यक्ष उदाहरण है।

इसी बीच बिजली घोष की नज़र सुभद्रा दासी की धोती के पल्लू से बँधी चाबी पर पड़ी।

"दीदी, यह किसकी चाबी है?" बिजली ने मुस्कराते हुए पूछा।

"बिस्तर के नीचे मेरा एक सन्दूक है। यह उसी की है।"

"उसमें ऐसा कौन-सा धन है जिसको ताले में बन्द किया हुआ है और जिसकी चाबी अपने पल्लू में बाँधी हुई है?" बिजली ने विनोद भाव से पूछा।

"बहुत बड़ा धन है इसमें होरि। ऐसा कि उसकी कीमत मैं ही जानती हूँ।" एक लम्बी साँस ले सुभद्रा दासी एक बार फिर पुरानी स्मृतियों में लौट गई।

"अच्छा दीदी, बस एक बात और पूछनी है कि यह मलिना और गौरी दीदी इन पंडों से इतनी घृणा क्यों करती हैं? गौरी दीदी ने उस दिन क्यों कहा था कि तुझ जैसी जवान विधवा किसी पंडे के जाल में ना फँस जाए? उनको गलत काम में पड़ने से रोकने और जीवन व्यतीत करने के लिए ही भजनाश्रम बनवाया था?" बिजली घोष ने सुभद्रा दासी से पूछा।

"होरि, वे दोनों सही कह रही हैं। इधर बृन्दाबोन में कहा जाता है कि दूध का जला भी छाछ को फूँक मारकर पीता है।"

"दीदी, ऐसा इनके साथ क्या हुआ जो ये छाछ को भी फूँक मारकर पीती हैं?"

सुभद्रा दासी ने पहले एक पल सोचा और फिर कहने लगी, "होरि, अकेली स्त्री का जीवन छातिम के पत्तों की तरह होता है। एक बार वे अपने गुच्छे से बिछुड़े नहीं, दुष्ट मर्द उनके पीछे लग जाते हैं। गौरी और मलिना की कहानी ऐसी ही है। इधर बृन्दाबोन में सबसे अधिक मुसीबत उन दासियों के लिए होती

है, जो छोटी उम्र में विधवा हो जाती हैं और जिनके ससुरालवाले यहाँ अकेला छोड़ जाते हैं।"

"मतलब ये दोनों यहाँ किसी पंडे के जाल में फँस गई थीं दीदी?"

"ये भी क्या करतीं। सोचा होगा, जो सुख पति से नहीं मिला, इनसे मिल जाएगा। फिर छोटी-छोटी उम्र की होंगी तो गलत काम में जाएँगी ही। कब तक अपनी आग को रोक पाएँगी। इधर के बाबा लोग भी पता है क्या कहते हैं...कहते हैं कि क्यों अकेली घूमती हो? हमारी दासी बन जाओ, हम तुम्हें बहुत सुख देंगे। अकेले रहकर इतनी लम्बी उम्र कैसे काटोगी। अगर कोई मना करती है कि लोग क्या कहेंगे, तो ये बाबा लोग कहते हैं कि कृष्ण के भी तो सोलह सौ गोपियाँ थीं। जुगल न होने से अच्छा भजन नहीं होता है। बस, गौरी सरकार एक बाबा के चंगुल में फँस गई।"

तो क्या गौरी दासी का वास्तविक नाम गौरी सरकार है? बिजली घोष ने जैसे ख़ुद से पूछा।

"उस दुष्ट बाबा ने इसका जीवन नष्ट कर दिया। कई साल तक इसके साथ गलत काम किया और फिर एक दिन इसे अकेला छोड़कर भाग गया।"

"और यह मलिना दीदी? इसे क्यों है इतनी घृणा?"

"इसकी भी ऐसी ही कथा है। यह एक पंडे के चक्कर में फँस गई थी। बहुत मना किया था मैंने कि इस पंडे का चरित्र ठीक नहीं है। लेकिन इसने मेरी नहीं सुनी और पता चला एक दिन उसके साथ यह भाग गई। उस पंडे ने भी इसके साथ वही किया और महीनों सुख लेने के बाद गोवर्धन में राधा कुंड के पास अकेला छोड़कर चम्पत हो गया। इसलिए इन दोनों को लगता है कि यहाँ के बाबा और पंडे दुष्ट होते हैं।"

"दीदी, आपने तो यहाँ बहुत कुछ देखा है। आपके पास बहुत कहानियाँ होंगी?" बिजली घोष का चेहरा नैराश्य से पुतता चला गया।

"बहुत हैं मेरे पास! इस हाड़ाबाड़ी के हर कमरे की अलग कहानी है। कितना बताऊँ। धीरे-धीरे तुझे सऽऽऽब पता चल जाएगा।"

सुभद्रा दासी ने अपनी बात ख़त्म की थी कि लगा जैसे दरवाज़े के बाहर कोई है। उन दोनों को लगा शायद मेघु, गौरी और मलिना दासी भजनाश्रम से लौट आई हैं। जब देर तक अन्दर किसी ने प्रवेश नहीं किया, तब सुभद्रा दासी ने अपनी जर्जर आवाज़ में पूछा, "कौन है?"

"आमि पाँचूबाला।" दरवाज़े के बाहर से एक काँपती हुई आवाज़ आई।

बिजली घोष ने उठकर उढ़का दरवाज़ा पूरा खोल दिया। दरवाज़ा खुलते ही झुकी कमर के साथ डंडा टेकते हुए लगभग अस्सी वर्षीय हड्डियों के ढाँचे ने प्रवेश किया।

इससे पहले बिजली घोष ने इस ढाँचे को हाड़ाबाड़ी में नहीं देखा। बिजली ने इसे ध्यान से देखा तो उसे लगा जैसे देह के नाम पर हड्डियों पर केवल ख़ाल चिपकी हुई है।

"होरि, यह पाँचूबाला है। इसे देखो, लगता है यह जैसे दो रुपए के टोकन के लिए ही जिन्दा है। मैं तो इससे बोलती रहती हूँ कि पाँचूबाला बहुत जी ली, अब जमना में जाओ...पर नहीं मानती है। हर दिन पहुँच जाती है कीर्तन करने।"

बिजली घोष ने पाँचूबाला को एक बार फिर देखा, तो वह भी सोचने लगी कि यह ज़िन्दा है तो क्यों है? एकदम झीनी मटमैली सफ़ेद धोती में लिपटे हड्डियों के ढाँचे को वह देखती रह जाती है।

पाँचूबाला दासी धीरे-से बिजली घोष की तरफ़ पलटी। वह बड़ी मुश्किल से कहती है। बताते हुए उसकी ज़बान लड़खड़ा-सी जाती है, "हे ईश्वर, किसी को कभी उसके पति के कुल से अलग ना करे!" फिर जैसे विवाह-मंडप में ध्रुव तारा का दर्शन करते हुए कहती है, "हे ध्रुव नक्षत्र, जैसे तू अपनी जगह पर टिका है, उसी तरह सब अपने पति के घर में रहें। हे अरुंधती, जिस तरह तू सप्तऋषि तारों के पास मौजूद रहती है, उसी तरह तू सबको उनके पति के कुल में सदा बनी रहने के योग्य बना!"

पाँचूबाला की भाषा और शब्दों के उच्चारण से बिजली को अनुमान हो गया कि यह उसके देस बंगाल की तो है नहीं। वह दबे स्वर में सुभद्रा दासी से बांग्ला में पूछती है, "दीदी, ये बांग्लाभाषी नहीं है न?"

"हाँ। नेपाली है। इधर बृन्दाबोन में अपना नाम हरिप्रिया दासी रख लिया। इसकी कथा भी बड़ी कठिन है। इसकी शादी इतनी छोटी उम्र में हो गई थी कि इसे यह भी पता नहीं था कि शादी क्या होती है। शादी के कुछ दिन बाद ही घर के सब लोग मर गए। यह बताती है कि नेपाल से पहले यह असम और फिर यहाँ पहुँची थी।"

बिजली घोष के पास जैसे सुभद्रा दासी से पूछने के लिए कुछ नहीं बचा। इस बीच सबका भजनाश्रम से लौटने का समय हो गया। दाल-भात बनाने का समय भी हो गया था। पाँचूबाला दासी को वहीं छोड़ वह दाल-भात बनाने के लिए खड़ी हो गई।

बिजली घोष को जब भी समय मिलता है, वह हाड़ाबाड़ी में ज़बरन घुस आई सूरज के उदार उजाले में भीजी अँधेरी, बदबू और सीलनभरी कोठरियों की मौन व सिसकती दीवारों को बाँचने का प्रयास करती है। जहाँ भी वह गई उसे अपने थोड़े-से सामान और आँखों में टिमटिमाती जिजीविषा के सहारे बिन्दा दासी, किशोरी दासी, गीता दासी, नीला दासी, गणेशी दासी जैसे अनगिनत नामों के रूप में घिसटते हुए हड्डियों के ढाँचे ही दिखाई दिए।

कहीं मद्धिम उजाले में कमानी टूटे चश्मा को डोरे से बाँधता कंकाल दिखाई देता, तो कहीं धीरे-धीरे लाठी के नाम पर किसी पेड़ की टेढ़ी-मेढ़ी मोटी टहनी के सहारे चलती, नब्बे डिग्री कोणवाली करील में उलझी पतंग की टूटी हुई पतली खपच्ची मिल जाती। ऐसी न जाने कितनी खपच्चियों को वह रोज़ाना सुबह-शाम भजनाश्रम की ओर गिरते-पड़ते हुए जाती हुई देखती है। बिजली सोचती है कि जिनके अभागे सुर खो चुके हों, वे भजन क्या गा पाती होंगी?

चौथे और अन्तिम चौक में एकदम कोने की अँधेरी कोठरी में एक तरफ़ गठरी-से पड़े अचेत पुतले को देख बिजली का कलेजा जैसे मुँह को आ गया। वह कमानी टूटे चश्मावाले जिस कंकाल को दु:खों और कष्टों का चरम मानने का भ्रम पाले हुए थी, वह भ्रम इस नरक-कोठरी में झाँकने के बाद किसी धुँधले आईने की तरह टूटकर बिखर गया। वह यह सोचते हुए दरवाज़े से ही वापस हो ली कि हाड़ाबाड़ी के इन स्याह कोनों में छिपी दारुण छवियों का कोई अन्त नहीं है। न जाने वह कौन-सी जिजीविषा है, जो इन्हें ज़िन्दा रहने के लिए मजबूर करती है।

यही नहीं, लाठी के सहारे धीरे-धीरे पैरों पर बैठकर हाथों के सहारे किसी तरह चींटी की तरह रेंगकर भजनाश्रम जानेवाली पार्वती दासी, तथा उसके बग़ल की दूसरी कोठरी में साँस लेते पुतले को देख बिजली घोष भीतर तक थर्रा उठती है। जीवन की अन्तिम वेला में सिसकते इन रेखाचित्रों को देख मारे क्षोभ के उसकी देह काँपने लगती है। वह चुपचाप अपने कोठरीनुमा कमरे में लौट आती है। देर तक वह ख़ामोश बैठी यही सोचती रही कि इस सीलन और बदबूदार अँधेरे से उसे कब मुक्ति मिलेगी? मिलेगी भी या नहीं?

पहले सुभद्रा दासी और फिर एक-एक कर गौरी दासी, मलिना दासी, पाँचूबाला दासी की कथा सुन और जो कुछ उसने अपनी नंगी आँखों से देखा, उसके बारे में सोचते हुए बिजली घोष उदास हो गई। इसी अनन्त उदासी के बीच वह सोचती है कि—

यह संसार नश्वर है। मनुष्य द्वारा की गई कल्पनाएँ और उसके द्वारा बनाई गई योजनाएँ कब, किस क्षण कालग्रस्त होकर नष्ट हो जाएँ, कोई नहीं जानता। यह कोई नहीं कह सकता कि जीवन के पहिए कब पटरी से उतर जाएँ? पति-पत्नी द्वारा अपने जीवनसाथी के संग जन्म-जन्मान्तर का साथ निबाहने की प्रतिज्ञा के बावजूद वे जीवनभर साथ रह भी पाएँगे, दोनों में से कोई नहीं जानता। किसे पता कब किसके हाथ से जीवन की डोर छूट जाए? कौन किस क्षण इस नश्वर जगत से सदा के लिए प्रस्थान कर जाए? कब सारी कल्पनाएँ, सारी आशाएँ एक झटके में पलक झपकते ही मिट्टी में मिल जाएँ—किसे पता?

10

बिजली घोष और वृन्दावन दोनों अब एक-दूसरे को अच्छी तरह जानने लगे हैं।

श्रीवराह घाट, कालीयदमन घाट, सूर्य घाट, युगल घाट, बिहार घाट, धीर समीर घाट, केशी घाट, इमलीतला घाट, पानी घाट, चीर घाट, भ्रमर घाट सब एक-दूसरे से जैसे परिचित हो गए हैं। जबकि ज्ञानगुदड़ी, ब्रह्मकुंड, गोपीनाथ घेरा, चीरघाट, मंडी दरवाज़ा, टकसाल गली, कंठीवाला बाज़ार, धोबीवाली गली, मदन मोहन जी का घेरा, बिहारी पुरा, सेवाकुंज गली, अठखम्बा, लोई बाज़ार, रेतिया बाज़ार, बनखंडी महादेव, छीपी गली, रायगली, मथुरा दरवाज़ा, धीर समीर, टटिया स्थान उसे अब जाने-पहचाने से लगने लगे हैं। इतना ही नहीं वृन्दावन के सभी बाग़-बगीचे जैसे गोविन्द बाग़, गोपीनाथ बाग़, कैमारवन जिसे स्याम बगीचा भी कहा जाता है, उल्लू बाग़, रंगजी का बड़ा बगीचा, राधा बाग़, सेवाकुंज, निधिवन, बाग़ बुन्देला, श्रीजी का बगीचा, राधारमण बगीचा और बिहारीजी का बगीचा भी उसे कुछ-कुछ जानने लगे हैं। बल्कि कदम्ब, तमाल, आम, पीलू, पाखर, बेर, पीपल, बरगद की शाखाओं पर कूकते मोर और उछल-कूद करते वानर तो बिजली घोष के मानो सखा बन गए हैं।

गोपीनाथ बाज़ार से कैसे केशी घाट पहुँचा जाता है? कौन-सा रास्ता निधिवन-रेतिया बाज़ार होते हुए चीर घाट जाता है? कैसे शाहजी मन्दिर के बग़ल से मीरा मन्दिर-सेवाकुंज होते हुए अठखम्बा बाज़ार को पार कर बाँके बिहारी मन्दिर पहुँचा जाता है? कैसे बाँके बिहारी मन्दिर से गौरांग घाट यानी इमलीतला घाट पहुँचा जाता है, और कैसे गौरांग घाट से द्वादशादित्य टीले पर स्थित मदन मोहन जी मन्दिर जाया जाता है? सारे रास्ते उसके पदचापों को जैसे अब दूर से ही पढ़ लेते हैं।

कहने का आशय यह है कि वृन्दावन की कुंज गलियाँ बिजली घोष के पाँवों की आहट को, और बिजली घोष के पाँव व उनकी चाल यहाँ के गली-कूचों को अच्छी तरह पहचानने लगे हैं। यहाँ तक गोविन्ददेव, मदन मोहन, गोपीनाथ, जुगल किशोर, राधारमण, राधाबल्लभ व बाँके बिहारी जैसे कृष्ण के सातों प्रमुख देवालयों की सीढ़ियाँ और बिजली घोष के पदचाप आपस में घुल-मिल गए हैं।

उस दिन बिजली घोष गोपीनाथ बाज़ार अपने कुंज गौरी दासी, सुभद्रा दासी, मलिना दासी और मेघु दासी के साथ सुबह-सुबह इमलीतला घाट से स्नान कर लौट रही थी, कि कदम्ब के पास पहुँचने पर उसे लगा जैसे किसी नव-परिचित आवाज़ ने उसे पुकारा है। उसने घूमकर अपने दाहिने ओर देखा, तो पाया वही युवा सेवायत जिसने इस स्थान पर एक वानर से उसका झोला दिलवाया था, उसी की ओर चला आ रहा है।

“बड़े दिनन में दिखाई दी है मैया?” मुस्कराते हुए सेवायत ने पूछा।

देखते ही बिजली घोष इसे पहचान गई। बल्कि उसे इसका नाम भी याद आ गया, “हाँ जमुना बाबू, बहुत दिन बाद इधर आना हुआ।”

इस बीच साथ आईं चारों दासियाँ उससे कुछ दूर निकल गईं। तभी मलिना दासी झल्लाते हुए बोली, “अरे बाबा आओ न!”

मलिना दासी ने जिस तरह बिजली घोष को पुकारा, सेवायत जमुनादास समझ गया कि बिजली घोष का इस तरह रुककर उससे बात करना इसे अच्छा नहीं लगा है।

“मैं इनके साथ ही गोपीनाथ बाजार के एक कुंज में रह रही हूँ?” बिजली घोष ने बताया।

“वहाँ तो एक ही कुंज है हाड़ाबाड़ी।”

“हाँ-हाँ उसी में इनके साथ जगह मिल गई है।” बिजली घोष ने पुष्टि की।

“पतौ है मैया, वैसे याको असली नाम हाड़ावारी है। पर तुम बंगालिनों ने इसे वारी से बिगाड़के बाड़ी कर दियो। या मारे अब ई हाड़ाबाड़ी के नाम ते ही जानी जावे है। याकी कहानी बड़ी जोरदार है मैया। याको नाम नागौर के राजपूत अमरसिंह राठौर, जो बादशाह शाहजहाँ के दरबार में दरबारी हो, वाकी पत्नी हाड़ारानी...”

“होरिऽऽऽ!” इससे पहले कि सेवायत जमुनादास हाड़ाबाड़ी के इतिहास के बारे में कुछ बताता, मलिना दासी ज़ोर से आवाज़ देते हुए बोली।

“मैया अभी तू जा! या किस्सा ए फिर काई और दिन बताऊँगो। जा, सारी मैया परेसान हैरी हैं।”

“ठीक है जमुना बाबू। कल आती हूँ गौरांग घाट पर। इसी कदम्ब के नीचे मिलना। राधे-राधे!”

“राधे-राधे!” इतना कह युवा सेवायत भी जाने के लिए पलट गया।

“क्या बात कर रही थी उस पंडे से?”

मलिना दासी ने जिस तरह बिजली घोष को डाँटा, उससे सेवायत जमुनादास समझ गया कि हरिदासी का उससे बात करना अच्छा नहीं लगा।

हाड़ाबाड़ी पहुँचने तक हरे कृष्ण-हरे कृष्ण का जाप करने के दौरान मलिना दासी पूरे रास्ते बड़बड़ाती रही। हाड़ाबाड़ी में घुसते ही तो मलिना दासी जैसे फूट पड़ी।

“मेघु ने उस दिन कहा था न कि तुम जैसी जवान दासी पर किसी पंडे की दृष्टि पड़ गई तो क्या होगा, जानती हो न!”

बिजली घोष चुपचाप सुनती रही। कुछ नहीं बोली। वह यह सोचकर भी चुप्पी साध गई कि इनका डर अपनी जगह सही है। पिछले चालीस-पैंतालीस

साल से यहाँ रहनेवाली इन दासियों से अच्छा इस वृन्दावन को और कौन जान सकता है।

रातभर हाड़ाबाड़ी के नामकरण की कहानी जानने की जिज्ञासा बिजली घोष को परेशान करती रही। सुबह पत्थरपुरा भजनाश्रम से वह गोपीनाथ बाज़ार आई और कुछ सामान लेने के बहाने वह केशी घाट के रास्ते पर आने के बाद इमलीतला घाट का रास्ता पकड़ लिया।

इमलीतला घाट आने के बाद वह धीर समीर घाट की ओर बढ़ गई। दूर से दिखाई दिए एक मन्दिर को देख बिजली घोष समझ गई कि सेवायत जमुनादास ज़रूर इसी मन्दिर का सेवायत होगा। वह मन्दिर के पास गई तो उसका अनुमान सही निकला। देखा मन्दिर के बाहर तमाल वृक्ष के पास वह किसी से बात कर रहा है। बिजली यह सोचकर दूर जाकर खड़ी हो गई कि जब सेवायत बात करनेवाले से निपट जाएगा, वह तभी उसके पास जाएगी। परन्तु इसकी नौबत नहीं आई और जैसे ही सेवायत पलटा, उसकी नज़र बिजली घोष पर पड़ गई।

"राधे-राधे मैया!"

"हरे कृष्ण जमुना बाबू।" बिजली ने अभिवादन का उत्तर देते हुए कहा।

"मैया, आज बे मैया ना आई?" आसपास नज़र डालते हुए सेवायत ने पूछा।

"नहीं, मैं अकेली ही आई हूँ। तुमने कल कहा था न कि इस किस्से को फिर किसी दिन बताऊँगा, इसलिए मैं आज ही चली आई।"

"मैया ऐसी कौन-सी जल्दी ही जो आज ही चली आई। आ जाती आराम ते।" हँसते हुए सेवायत बोला।

"बस अब आ गई तो आ गई।"

"हाँ तो मैया, मैं कल बतारो हो कि हाड़ाबाड़ी का नाम एक मारवाड़ी सेठ ने मारवाड़ के राजपूत जागीरदार अमरसिंह राठौर की पत्नी हाड़ारानी के नाम पे रखो हो। अमरसिंह राठौर बादशाह शाहजहाँ के दरबार में दरबारी हो। वाकी बहादुरी और हिम्मत दरबार में बहुत प्रसिद्ध ही। हमारे ब्रज में तो अमरसिंह राठौर की नौटंकी भी खेली जावे है। तो मैया, वा मारवाड़ी सेठ ने या कुंज को नाम हाड़ाबाड़ी रख दियो।"

"जमुना बाबू, एक बात बताइए कि कुंज तो बृन्दाबोन में पेड़-पौधों, लताओं और झाड़ियों के झुंड को कहा जाता है, जबकि हाड़ाबाड़ी तो बहुत बड़ी हवेली है? यह कुंज कैसे हो गई?"

"मैया, ब्रज में सारे घर-मकान या हवेली ए कुंज ही कहवे हैं। पूरो ब्रज ही एक तरह से कुंज है।"

बिजली घोष हाड़ाबाड़ी के नामकरण की इस छोटी-सी जानकारी को सुनकर कुछ नहीं बोली।

"या कुंज मेरौ मतलब है हाड़ाबाड़ी के कनै लोग चौपड़, मेरौ मतलब है जैसे महाभारत में कौरव और पांडवन के बीच चौसर खेली जावे ही, वैसेई यहाँ लोग-बाग कभी जुआ खेला करे है। उनमें एक जुआरी कानो हो। या मारे वाके संगी-साथी वाहे यहके चिढ़ावे हे—

चार चौक की बनी यह हाड़ाबाड़ी है
और काना शायर कहे इसे बुखारी है।"

सेवायत जमुनादास द्वारा सुनाई गई इस तुकबंदी को सुन बिजली घोष की हँसी छूट गई।

"एक बार ऐसो हुओ मैया कि पुलिस ने इन जुआरियों पे छापा मार दियो। पुलिस ने जैसे ही छापा मारो और भागके एक जुआरी ए पकड़नो चाहो, ऊ जुआरी तो भाग गयो और सिर पे पहनो वाको टोपा सिपाही के हाथ में रह गयो। तो सिपाही वा टोपा ए अपने साथ थाने लेगो। जो जुआरी वा काने जुआरी ए ई कहके चिढ़ावे हो कि चार चौक की बनी यह हाड़ाबाड़ी है, और काना शायर कहे इसे बुखारी है; वानै भी अपने वा साथी ए चिढ़ाने के लिए ई तुकबन्दी गढ़ ली—

अजीब मौसम, अजीब समाँ है
उस्ताद का टोपा थाने में जमा है।"

इस तुकबन्दी को सुन बिजली घोष देर तक हँसती रही। सेवायत जमुनादास ने बहुत दिनों के बाद वृन्दावन की किसी विधवा दासी को इस तरह खुलकर हँसते देखा। वरना इनके हँसने-खिलखिलाने पर तो ऐसा पहरा बैठा रखा है कि ये हँसना ही भूल गई हैं। हँसते-हँसते अचानक जैसे बिजली घोष को याद आया कि पत्थरपुरा भजनाश्रम से आए हुए उसे बहुत देर हो गई है। कहीं ऐसा न हो कि सुभद्रा दासी, मलिना दासी, गौरी दासी और मेघु दासी को शक हो जाए कि मैं यहाँ इस सेवायत जमुनादास से मिलने आई हूँ।

यही सोचकर बिजली घोष हड़बड़ाते हुए जाने लगी कि सेवायत जमुनादास ने पूछा, "मैया, हाड़ाबाड़ी में मन तो लगरो है न?"

"मन क्या जमुना बाबू, सोच रही हूँ अपना कोई दूसरा ठिकाना ढूँढ़ लूँ। कब तक उन पर बोझ बनकर रहूँगी।" बिजली घोष ने लम्बी साँस लेते हुए उत्तर दिया।

"मैया सुनी है कि तुम बंगालिनों को कुछ न कुछ गाना-बजाना जरूर आवे है?"

"अब क्या बचा है गाने-बजाने को जमुना बाबू। एक समय था जब इस हरिदासी को बहुत कुछ आता था।"

"मैं या मारे पूछरो हूँ मैया कि शाहजी मन्दिर के मनीजर साब एक दिन मोते पूछरो हो कि कोई खोल बजानेवाली बाई मिल जाए तो बतइयो।"

"आता है जमुना बाबू।"

"ठीक है मैं वाते बात करके देखूँगो। अगर बात बन गई तो हो सके मन्दिर में ही तेरे ठहरबे की ब्यबस्था हे जाए। ऐसो करियो दो-तीन दिन बाद मोते आके मिल लीजो। या बीच मैं मनीजर साब ते बात भी कर लूँगो।"

"ठीक है जमुना बाबू। हरे कृष्ण!"

"राधे-राधे मैया!"

इतना कह सेवायत जमुनादास जाने के लिए पलटा ही था कि बिजली घोष को जैसे कुछ याद आ गया। उसने पीछे से सेवायत को आवाज़ दी, "जमुना बाबू एक मिनट!"

जाते-जाते रुक गया सेवायत।

"लेकिन जमुना बाबू, उस मन्दिर का मैनेजर मुझको इसकी परमिशन देगा?"

"मैं कछु समझो ना मैया?" सेवायत जमुनादास ने हैरान होते हुए पूछा।

"मैं इसलिए पूछ रही हूँ कि एक बार तुमने कहा था विधवा दर्शन से कोई काम शुद्ध नहीं होता है। फिर जमुना बाबू यह तो भगवान का मन्दिर है।"

बिजली घोष के इस सवाल पर सेवायत असमंजस में पड़ गया।

"मैया, मोहे याद है जे बात मैंने मदन पारिजात के हवाले ते कही ही कि विधवा दर्शन से कार्यसिद्धि नहीं होती।"

"फिर तो कठिन है। जब मन्दिर के मैनेजर को पता चलेगा कि मैं विधवा हूँ तो वो मुझको खोल बजाने की नौकरी पर क्यों रखेगा? मेरी किस्मत ही खराब है। लगता है सारी उमर उस हाड़ाबाड़ी में ही सड़ना पड़ेगा।" बिजली घोष निराश होते हुए बोली।

बिजली घोष की निराशा देख सेवायत जमुनादास की हँसी छूट गई। जिस तरह वह हँसा बिजली ने सहमते हुए उसकी ओर देखा।

"मैयाऽऽऽ या बिन्दाबन में ऐसो कछु ना है। यहाँ काई मन्दिर में ऐसी कोई पाबन्दी ना है। एक बात पूछूँ, हमारे ज्यादातर मन्दिरों के रसोइए ब्राह्मण होवे हैं। होवे हैं के ना?"

बिजली ने हाँ में सिर हिला दिया।

"पर हमारे या बिन्दाबन में ऐसो ना है। यहाँ अगर ब्राह्मण रसोइए हैं, तो छोटी जाति के, जिन्हें शूद्र कहवे हैं, वे भी रसोइए हैं। तू चिन्ता मती कर मैया, राधारानी सब ठीक करेगी।" सेवायत जमुनादास इतना कह चला गया।

सेवायत जमुनादास के जाने के बाद बिजली घोष धीर समीर घाट की सीढ़ियों से नीचे उतरी और यमुना का आचमन कर, वापस लौट आई।

वही हो गया बिजली घोष को जिसका डर था।

आते ही मलिना दासी ने उससे वही प्रश्न किया, जैसा ऐसे में किया जाना चाहिए।

"मिल आई उस दुष्ट पंडे से? दीदी, मैंने पहले ही कहा था कि यह लड़की हाड़ाबाड़ी में रखने लायक नहीं है। मैं तो उसी दिन समझ गई थी जब यह उस पंडे से खिलखिलाकर बातें कर रही थी।" मलिना दासी ने बिजली घोष को सुनाते हुए सुभद्रा दासी से कहा।

मगर सुभद्रा दासी ने कोई जवाब नहीं दिया। जवाब तो बिजली घोष ने भी नहीं दिया। बस, चुपचाप सुनती रही। जब से उसे गौरी दासी और मलिना दासी के अतीत का पता चला है, वह इनकी बातों का बुरा नहीं मानती है।

एक दिन अवसर देख बिजली घोष ने झिझकते हुए सुभद्रा दासी से मेघु दासी के अतीत के बारे में जानने की कोशिश की, जो उस दिन रह गई थी।

"दीदी, अपनी मेघु दीदी हमेशा इतना खोई-खोई क्यों रहती है?"

मुंड़े हुए धवल केशों के छोटे-छोटे फूटे अंकुरों से आच्छादित सिर और अन्दर धँसी हुई आँखें धीरे-से उठकर बिजली के चेहरे पर आकर ठिठक गईं। वे देर तक उसके चेहरे पर चिपकी रहीं। उन्हें देख एक पल के लिए बिजली सहम गई।

पहले उन ठिठकी हुई आँखों ने गहरी साँस ली और फिर बड़े ही संयमित शब्दों में उत्तर मिला, "होरि, बताने को तो मैं भी बता सकती हूँ किन्तु अच्छा होगा तू किसी दिन उसी से पूछ ले!"

सुभद्रा दासी की बात सुन बिजली घोष समझ गई कि मेघु दासी के बारे में बताने की उसकी हिम्मत नहीं पड़ रही है। इसके बाद बिजली ने इसरार भी नहीं किया और यह सोचकर चुप हो गई कि वही किसी दिन अवसर पा मेघु से जानने का प्रयास करेगी।

उस दिन के बाद जब भी बिजली घोष का सामना मेघु दासी से होता, न चाहते हुए उसकी आँखें उसकी देह को टटोलना शुरू कर देतीं। वह जब भी अपने आपमें खोई-खोई रहनेवाली मेघु को देखती, उसके अतीत को जानने की जिज्ञासा और तीव्र हो उठती।

और अन्ततः एक दिन बिजली घोष को इसका अवसर मिल ही गया।

उस दिन वह मेघु दासी के साथ केशी घाट पर गई हुई थी। घाट की बुर्जी पर खड़ी वे दोनों कभी दूर तक फैली यमुना को निहारने लगतीं, तो कभी केशी घाट की सीढ़ियों से चुहल करतीं यमुना की लहरों को देखने लगतीं। इसी बीच बिजली ने देखा जैसे मेघु को किसी परिचित-सी उदासी ने घेर लिया है। केशी घाट मन्दिर के दर्शन कर अब वे दोनों चीर घाट की ओर बढ़ने लगीं। यहाँ से इमलीतला घाट से होती हुई अब वे द्वादशादित्य टीले पर चढ़ गईं। उसी टीले पर जिस पर मुल्तान

के नमक व्यापारी रामदास कपूर और उड़ीसा के राजा ने श्री राधा मदन मोहन मन्दिर का निर्माण कराया था। श्रीराधा के दर्शन कर वे दोनों मन्दिर के उत्तर में बनी मुँडेर पर आ बैठीं। बिजली घोष बल खाती यमुना के चौड़े-खुले वक्ष को देर तक देखती रही। साथ में कनखियों से मेघु दासी को ऐसे देख लेती, जैसे वह कोई उचित अवसर तलाश रही है।

बिजली धीरे-से मेघु दासी की ओर खिसकी और बमुश्किल हिम्मत जुटाते हुए बोली, "दीदी, एक बात पूछूँ आप अपने आपमें इतनी खोई-खोई क्यों रहती हैं?"

मेघु दासी ने बिजली के इस सवाल का कोई जवाब नहीं दिया। बस, पूरब से चढ़ते सूरज की धूप में भीजी यमुना को देखती रही।

"होरि, चल बहुत देर हो गई है।" बिजली के प्रश्न को टालते हुए बोली मेघु।

"आपने मेरे प्रश्न का उत्तर नहीं दिया दीदी?"

"क्या उत्तर दूँ? क्या पूछना चाहती है तू?" मेघु इस बार झल्ला गई।

"मैंने सुभद्रा दीदी से भी एक दिन जानना चाहा था, तो वह बोली कि मैं आपसे ही पूछूँ।"

"दीदी ने सही बोला। वह कैसे बताती कि अठखम्बा बाज़ार की उस हवेली में मेरे साथ क्या होता था। मैं ही पागल थी जो उस सेठ पर भरोसा कर उसके घर में नौकरानी का काम करने लगी। मुझे क्या पता था कि वह बाँके बिहारी मन्दिर से प्रसाद के नाम पर हलवाई की दुकान से पेड़े ला-लाकर मुझे क्यों खिलाता था।"

"क्या वह उनमें कुछ नशेवाली चीज़ मिलाकर लाता था?"

"नहीं री, वह मुझे यह दिखाना चाहता था कि वह मेरा बहुत खयाल रखता है। जबकि सच यह है कि वह मुझे अपनी ओर खींचना चाहता था। पेड़े खिलाकर मेरी आदत खराब करना चाहता था। किन्तु इसमें उसका कोई दोष नहीं। मैं भी उसके जाल में इसलिए फँस गई कि अठन्नी-चवन्नी के टोकन के लिए कई-कई घंटा किसी भजनाश्रम में कीर्तन गाने से अच्छा है, सेठ के घर में इज्जतवाला काम कर लूँ। लेकिन एक दिन जब घर में कोई नहीं था, सारे नौकर-चाकर गर्मियों में अपने-अपने घर चले गए, तो मुझे अकेला देख उस दुष्ट ने मुझे दबोच लिया और..." कहते-कहते मेघु दासी ने अपना चेहरा यमुना की ओर फेर लिया।

"आपने शोर नहीं मचाया दीदी?"

"शोर? बृन्दाबोन की इन किले जैसी हवेलियों में किसको शोर सुनाई देता है। फिर उसने मुझे इतना डरा दिया था कि मैं चुप रहती...परन्तु एक दिन जब सेठ प्रसाद लेने बाहर गया, तो हिम्मत कर मैं हवेली से भाग गई। पता है वो दुष्ट सेठ क्या कहता था? कहता था तू कृष्ण की तरह मेरी गोपी बनकर रह। हम तुम्हें बहुत सुखी रखेगा।"

"ऐसा उसने कितने दिनों तक किया?"

"दो महीने।"

"वहाँ से भागकर कहाँ गई?"

"कई जगह गई। दिन में कभी निधिवन के पेड़ों में छिप जाती, तो कभी सेवाकुंज में दुबक जाती। कभी टटिया स्थान आ जाती, तो कभी किशोर वन में। किसी दिन राधाटीला चली जाती, तो कभी फौजदार कुंज आ जाती। लेकिन सब जगह बड़ा डर लगा रहता कि पता नहीं कब दुष्ट सेठ ढूँढ़ता हुआ आ जाए। अन्त में हाड़ाबाड़ी आ गई। उसने मुझे सब जगह ढूँढ़ा। सारा भजनाश्रम में देखा परन्तु उसे मैं कहीं नहीं मिली। मिलती तो तब जब मैं हाड़ाबाड़ी से बाहर निकलती। पूरे एक महीना हाड़ाबाड़ी से बाहर नहीं निकली। उसे लगा मैं बृन्दाबोन छोड़कर कहीं चली गई हूँ।"

बिजली घोष मेघु दासी की डबडबाई आँखों को देखती रही।

"दीदी, आपका असली नाम मेघु...मेरा मतलब है..."

"मेघु पोद्दार है। पता है नौ साल में मेरी शादी बनी और दस साल में मैं बिधवा हो गई थी। मेरी ससुराल कलकत्ते में थी। दुष्ट ससुरालवाले काम तो बहुत कराते थे, लेकिन दिल नहीं दिखाते थे। बिधवा होने के बाद मैं अपने पिता के पास चली आई। किन्तु कुछ दिन बाद वो भी मुझको अकेला छोड़कर चला गया। तुम जानो होरि इसके बाद मैं कितनी दुखी हो गई। मेरे मामा और चाचा ने दूसरी शादी बनाने के लिए बोला, लेकिन मैंने मना कर दिया।"

"तो क्या वहाँ अकेली रही?"

"नहीं री, मैं इसके बाद वर्धमान में अपने धर्मगुरु मुरारी मोहन के पास चली आई। वर्धमान में वहाँ के मर्द लोगों ने बहुत हल्ला मचाया कि मैं बृन्दाबोन जाऊँ। मैंने भी गुरुजी से कहा कि जब सब बोल रहे हैं तो मैं बृन्दाबोन चली जाऊँ। गुरुजी मुझे अपनी बेटी मानते थे, इसलिए बोले कि उधर नहीं जाना है। वहाँ की बाइयों और बाबाओं का हाल ठीक नहीं है। पहले तुम बड़ा और समझदार हो जाओ, तब उधर जाना। पता है मैं अपने गुरुजी के पास बारह साल रही। फिर एक दिन जब गुरुजी भी मुझे अकेला छोड़कर चला गया, तब मैं यहाँ चली आई। आज यहाँ रहते हुए मुझको चालीस साल से ऊपर हो गए हैं।" कहते-कहते मेघु दासी अर्थात मेघु पोद्दार एक बार जैसे स्मृति की पुरानी गलियों में उतर गई।

"मेघु दीदी, आपको भजनाश्रम जाना अच्छा लगता है?" बिजली ने सहमते हुए पूछा।

"अच्छा-बुरा जो भी है अब तो इसी लाइन में अच्छा लगता है। यहीं मोक्ष मिलना है। इधर रूखी-सूखी रोटी में मन भर जाता है। अब किसी चीज़ की इच्छा नहीं होती होरि। बस, इसी तरह भजन-कीर्तन का काम मिलता रहे, मुझको और कुछ नहीं चाहिए।"

मेघु दासी ने भजनाश्रमों में भजन-कीर्तन गाने को लाइन ऐसे कहा जैसे भजन लाइन मेडिकल लाइन, फ़िल्म लाइन और दूसरी लाइन की तरह कोई कैरियर बनाने का माध्यम हो।

"दीदी, आपने बताया कि आप दिन में कभी निधिवन में छिप जाती थीं, तो कभी सेवाकुंज में दुबक जाती थीं। आप वहाँ रात को भी रहती थीं?"

"हरि बोल! उधर कभी रात को नहीं जाना। पता है उधर रात में रहने से आदमी पागल हो जाता है।" ऐसा कहते हुए मारे भय के मेघु दासी का पहले से पीला पड़ा चेहरा और पीला हो गया।

"पागल हो जाता है दीदी?" बिजली घोष ने विस्मय के साथ सहमते हुए पूछा।

इस पर मेघु दासी पहले बिजली घोष के थोड़ा निकट आई और फिर डरावनी मुद्रा बनाते हुए बोली, "पता है उधर रात में राधाकृष्ण रास रचाते हैं। निधिवन में तो गोप-गोपियों के साथ राधा और कान्हा 'रंग महल' के पास 'रास मंडल' में रास रचाते हैं। यहाँ के पंडित बोलते हैं कि जो कोई यहाँ रुकने की कोशिश करेगा वह या तो मर जाएगा, या पागल हो जाएगा। इसलिए निधिवन में कभी रात को जाने के बारे सोचना भी मत, समझी!"

"जी दीदी, समझ गई।" फिर कुछ पल रुककर बोली, "और दीदी यह टटिया स्थान कहाँ है?"

"रंगजी मन्दिर के बगल से यमुना की ओर जानेवाली पक्की सड़क के सबसे आखिर में टटिया स्थान है। पता है यहाँ न कोई दीवार है, न पत्थरों की कोई घेराबन्दी है। बस बाँस की टट्टियों से घिरा हुआ है। इसीलिए इसे टटिया स्थान कहते हैं। यहाँ बड़ीऽऽऽ शान्ति रहती है। यहाँ के मन्दिर में पता है आज भी बिजली नहीं जलती है। पंखे नहीं हैं। ठाकुरजी के सामने जब समाज गायन होता है, तो माइक का इस्तेमाल नहीं होता है।"

"समाज गायन! यह क्या है?" बिजली घोष की जिज्ञासा बढ़ गई।

"मुझको बाद में मालूम हुआ कि यह कोई पद गायन होता है। कहते हैं कि एक बार निधिवन में स्वामीजी के शिष्यों और यहाँ के सेवायतों में भारी झगड़ा हो गया था। उस झगड़े के बाद सातवें आचार्य ललित किशोरीदास ने निधिवन से आकर यहाँ बाँस की टट्टियों से अपनी भजन स्थली बना लिया था।"

"दीदी, ये ललित किशोरीदास जी कहीं उसी स्वामी हरिदास जी के शिष्य तो नहीं थे, जो ध्रुपद के बहुत बड़े गायक थे?"

"हाँ वही है।"

इसके बाद बिजली घोष द्वादशादित्य टीले पर बने श्री राधा मदन मोहन मन्दिर की मुँडेर से उठकर खड़ी हो गई। दूर तक फैली यमुना और उसके हरहराते निर्मल पानी को देखते हुए गुनगुनाने लगी—

हरि को एसोई सब खेल।
मृगतृष्णा जग व्यापि रह्यौ है कहूँ बिजौरी न बेल॥
धनमद जोवनमद राजमद ज्यौ पंक्षिन मय डेल।
कहि श्रीहरिदास यहै जीय ज्यौ तीरथ को सो मेल॥

"हरिदासी, तू यह क्या गाती है?" मेघु दासी जैसे पलभर के लिए अपने दुःख को भूल गई।

"दीदी, बस ऐसे ही याद आ गया।" कहते हुए बिजली घोष जैसे कुछ पलों के लिए शान्तिनिकेतन लौट गई, जहाँ उसने ध्रुपद सीखा था। उसने धीरे-से मेघु दासी की ओर देखा और उसे सुनाते हुए गाने लगी—

श्री बृन्दावन-बास दीजिए, यही हमारी आसा है।
जमुना तीर सुछाय माधुरी, जहाँ रसिकों का बासा है॥
सेवाकुंज मनोहर सुन्दर, इकरस बारौमासा है।
'ललित किशोरी' का दिल बेकल जुगुल-रूप-रस-प्यासा है॥

बिजली घोष जैसे ही इस पद के अन्त में पहुँची, तब जाकर मेघु दासी अर्थात मेघु पोद्दार की समझ में आया कि हरिदासी तो उन्हीं स्वामी हरिदास और ललित किशोरीदास के पद गा रही है, जिनके बारे में कुछ देर पहले वह बात कर रही थी।

"दीदी, अब चलते हैं।" इतना कह बिजली घोष मन्दिर की मुँडेर से खड़ी हो गई और इससे पहले कि वह आगे बढ़ती इसी बीच जैसे उसे कुछ याद आ गया। वह धीरे-से मेघु दासी की ओर पलटी और उसके चेहरे पर पुते अवसाद को पोंछते हुए मुस्कराई, "दीदी, एक अन्तिम प्रश्न और कि आप बृन्दाबोन में ही क्यों रहना चाहती हो? मथुरा भी तो कृष्णभूमि है?"

बिजली घोष के इस प्रश्न को सुन मेघु दासी पहले तो कुछ क्षण चुप रही और फिर व्यंग्य करती हुई बोली, "मथुराऽऽऽ? ना बाबा, मैं उस दुष्ट कंस की भूमि पर नहीं रहूँगी। मैं तो यहाँ राधारानी की भूमि में ही रहूँगी। जानती हो ना कि राधा स्त्री है और एक स्त्री में ममता अधिक होती है। इसलिए जितना राधा हमारा कष्ट जानेगा-समझेगा, कृष्ण इतना नहीं समझेगा। पता है, एक बार क्या हुआ? एक पंडा मुझको पाँच रुपया रोज पर मथुरा अपने घर शादी में काम कराने ले गया। उधर अच्छा-अच्छा खाने को था...पैसा था, फिर भी मैं उधर नहीं रही। मन नहीं लगा। दूसरे दिन मैं उस पंडे से यह कहकर भाग आई—बाबा, तुम अपना काम्र सँभालो! मैं चली अपने बृन्दाबोन।" इतना कह मेघु दासी ज़ोर से हँसी। फिर कुछ पल सोचने के बाद बोली, "राधारानी के इस बृन्दाबोन में मेरी तो एक-एक साँस रच-बस गई है। भूखी-प्यासी रहकर भी अब तो जीवन यहीं काटना है। बस, यही इच्छा है कि

अन्तिम साँस यहीं टूटे।" कहते-कहते मेघु दासी जैसे मंथर गति से बहती यमुना की लहरों पर सवार कल्पनाओं में खो गई।

वे दोनों अब पूरब की तरफ़ बने रास्ते से नीचे उतर आईं। उतरते समय दोनों जैसे भूल गईं कि वे यहाँ किस प्रयोजन हेतु आई थीं। पूरे रास्ते बिजली घोष के कानों में मेघु दासी के ये शब्द सरगोशी करते रहे कि—'राधा स्त्री है। एक स्त्री में ममता अधिक होती है। इसलिए जितना राधा हमारा कष्ट जानती-समझती है, कृष्ण नहीं समझेगा।' वृन्दावन के उन्हीं परिचित रास्तों से होते हुए, जिन्हें अब न केवल बिजली घोष के पाँव पहचानने लगे हैं, बल्कि वे भी उन्हें जानने लगे हैं, उनसे होते हुए गोपीनाथ बाज़ार में कब प्रवेश कर गईं, दोनों को पता ही नहीं चला।

11

दोपहर बाद भजनाश्रम जाने के लिए हाड़ाबाड़ी से निकल अभी वे गोपीनाथ बाज़ार में आकर खड़ी ही हुई थीं कि कानों में पड़ी जानी-पहचानी आवाज़ को सुन, बिजली घोष ठिठक गई। माला झोली में दुबकी तुलसी माला के मणकों पर सरसराते अँगुलियों के पोर जहाँ थे, वहीं रुक गए। उसने घूमकर बाएँ ओर देखा, तो एक पल के लिए उसकी साँसें मानो गले में अटककर रह गईं। उसने इसकी तो कल्पना ही नहीं की थी। उसने उसे नज़रअन्दाज़ कर उससे बचने की कोशिश भी की। यहाँ तक बाज़ार में आते-जाते लोगों से बचते हुए, अपने आपको, साथ चल रहे एक झुंड की ओट में कर लिया। उसे लगा झुंड की ओट में छिपने के बाद वह उसे देख नहीं पाएगा। लेकिन इसी बीच अपनी तरफ़ तेज़ी से बढ़ते क़दमों को देख वह सहम गई। इससे पहले कि वह उससे बचने के बारे में आगे कुछ सोच पाती, वह आवाज़ उस झुंड के दूसरी ओर जाकर बिजली घोष के एकदम निकट आ चुकी थी।

"राधे-राधे मैया!"

बिजली सहित सबके कानों में ये शब्द पड़े, तो पूरा झुंड भी हड़बड़ाते हुए सहमकर रुक गया।

इससे पहले कि सुभद्रा दासी, मलिना दासी, मेघु दासी या गौरी दासी में से कोई कुछ समझ पाती, वह पास आते हुए बोला, "मैया, मनीजर साब ते बात हे गई है।"

"दीदी, यह तो वही दुष्ट नहीं है?" मलिना दासी ने बिजली घोष से बात करनेवाले को पहचानते हुए सुभद्रा दासी से कहा।

सुभद्रा दासी ने धानी रंग की लाँग पर हल्के सुनहरी कुर्ते और कन्धे पर पड़े

गेरुए रंग के गमछे को ध्यान से देखा, तो वह भी इसे पहचान गई। मलिना दासी को किसी तरह का उत्तर देने के बजाय सुभद्रा उन दोनों की तरफ़ देखने लगी।

इस बीच बिजली ने आँखों-आँखों में कुछ इशारा किया तो वह कहते-कहते रुक गया।

"दीदी, हमने कितना समझाया परन्तु ये इसके जाल में फँस ही गई।" गौरी दासी ने मलिना दासी का एक तरह से समर्थन किया।

"रुको ना गौरी! पहले इसे अपनी बात कहने दो!" सुभद्रा दासी ने गौरी के बहाने मलिना और मेघु को सुनाते हुए कहा।

"एक मिनट दीदी।" इससे पहले कि वह कुछ कहता, बिजली उस जानी-पहचानी आवाज़ अर्थात सेवायत जमुनादास को एक तरफ़ ले गई।

बिजली घोष और सेवायत को अपने से दूर जाता देख, इस बार मलिना दासी जैसे फट पड़ी, "मैंने पहले ही बोला था दीदी कि इस लड़की का चरित्र ठीक नहीं है!"

"दीदी, हमने इसे कितना समझाया था कि इन दुष्ट पंडों से बचके रहना। देखना, इसको तब पता चलेगा जब यह हमारी तरह धोखा खाएगी।" मारे ग़ुस्से के गौरी दासी का पूरा शरीर किसी पर्ण विहीन पुराने वृक्ष-सा काँपने लगा।

उम्र में सबसे बड़ी सुभद्रा दासी ने कोई प्रतिक्रिया व्यक्त नहीं की। बस, चुपचाप दूर आपस में बात करते बिजली घोष और सेवायत को देखती रही।

कुछ देर बाद बिजली तो वापस आ गई लेकिन सेवायत जमुनादास वहीं पत्थरपुरा मोड़ पर पान की दुकान के पास जाकर खड़ा हो गया।

बिजली के आने के बाद वे सब अब गोपीनाथ बाज़ार भजनाश्रम के सामने आ गईं।

सेवायत जमुनादास को दूर खड़ा देख मलिना दासी ने तमतमाते हुए बिजली घोष को सुनाते हुए सुभद्रा दासी से कहा, "दीदी, बहुत हो चुका। हमें नहीं रखना है इसे अपने साथ। क्यों मेघु दीदी?"

लेकिन मेघु दासी कुछ नहीं बोली। वह चुप रही। इस बीच सुभद्रा दासी ने मेघु के शान्त चेहरे को पढ़ने का प्रयास किया, लेकिन उस पर किसी तरह का भाव न देख, वह इस बार बिजली घोष की ओर पलटी, "होरि, राधारानी की कसम खाकर सच-सच बता इसके साथ तेरा क्या चक्कर है?"

"दीदी, ऐसा कुछ नहीं है जैसा आप लोग समझ रहे हैं।" बिजली घोष बेचारगी के साथ बोली।

"नहीं है तो फिर वो दुष्ट तेरे पीछे यहाँ तक कैसे आ गया? उस दिन भी तू गौरांग घाट पर उससे कैसे हँस-हँसकर बात कर रही थी?" सुभद्रा दासी के कुछ कहने से पहले मलिना दासी ने बिजली घोष की आँखों में अपनी आँखें धँसाते हुए पूछा।

"दीदी, किसी से हँसकर बात करने में बुरा क्या है?" बिजली ने उलटा मलिना से पूछा।

"मलिना, सबर तो करो बाबा!"

"दीदी, क्या सोबर करूँ। ये नहीं जानती है इन पंडों को।" मलिना दासी ने सुभद्रा दासी से कहा।

इस बार सुभद्रा ने बिजली की ओर देखा, "होरि, तूने बताया नहीं?"

"दीदी, ऐसा कुछ नहीं है। जमुना बाबू ने शाहजी मन्दिर के मैनेजर से मेरी नौकरी के वास्ते बात की है।"

"अच्छाऽऽऽ तो इसको उसका नाम भी पता है।" मलिना दासी कल्ले में पड़ी सुपारी को चुबलाते हुए बोली।

"किस चीज़ का नौकरी दिलाएगा?" सुभद्रा दासी ने पूछा।

"खोल बजाने की।" बिजली ने धीरे-से उत्तर दिया।

"सुन लिया दीदी, वो इसको खोल बजाने की नौकरी दिलाएगा? ऐसे ही तो ये दुष्ट हमको फँसाता है।"

"मलिना, अगर होरि वहाँ नौकरी करना चाहती है तो इसे जाने दो। हमारे साथ हाड़ाबाड़ी में यह कब तक रहेगी।" सुभद्रा दासी ने मलिना दासी को समझाना चाहा।

मलिना दासी इस बार चाहकर भी आगे नहीं बोल पाई। वही क्या, इसके बाद किसी ने कुछ नहीं कहा।

"देखो मलिना, उधर यह स्वामी हरिदास के चरणों में रहेगी तो अच्छा है। हमारे साथ कब तक करताल-मंजीरा बजाती रहेगी।" पहली बार मेघु दासी ने कोई प्रतिक्रिया व्यक्त की।

"होरि, नौकरी करना बुरी बात नहीं है। बस, अपने आपको बचाकर रखना।" एक तरह से सुभद्रा दासी ने सबकी तरफ़ से बिजली घोष को अनुमति दे दी।

"दीदी, मुझे आप सबके जीवन ने बहुत कुछ सिखा दिया है। अगर मुझे यही सब करना होता, तो शान्तिनिकेतन में ही किसी बाउल के साथ शादी कर लेती। यहाँ बृन्दाबोन में मोक्ष की तलाश में नहीं आती।" बिजली घोष के शब्द इस बार टूटने लगे। फिर कुछ पल रुककर उसने हिचकते हुए पूछा, "दीदी, मैं फिर इसके साथ चली जाऊँ? शाहजी मन्दिर के मैनेजर ने बात करने के लिए बुलाया है।"

"ठीक है चली जा किन्तु थोड़ा सँभलकर रहना!" सुभद्रा दासी ने अन्तत: बिजली घोष को जाने की स्वीकृति दे दी।

बिजली घोष ने एक पल के लिए 'हरे राम हरे कृष्ण, कृष्ण-कृष्ण हरे-हरे' से गूँजते भजनाश्रम की ओर देखा। फिर कुछ क्षणों के लिए उसने आँखें मूँद उसे प्रणाम किया और दूर इंतज़ार करते सेवायत जमुनादास की ओर बढ़ गई।

जैसे-जैसे सेवायत के साथ बिजली घोष दूर होती गई, पत्थरपुरा और गोपीनाथ

बाज़ार के भजनाश्रमों में गूँजते कीर्तनों के स्वर भी धीमे पड़ते हुए, अन्ततः बन्द हो गए।

रातभर बिजली घोष के कानों में चार चौकवाले इस कुंज अर्थात हाड़ावारी यानी हाड़ाबाड़ी के कोनों-अँतरों से आती सिसकियाँ, आहें और कराहटें गूँजती रहीं। इतने लम्बे समय तक रहने के दौरान उसे पहली बार सीलनभरे मिट्टी के तेल के लुक्के की टिमटिमाती रोशनी में लिपटे इसके कमरों की उदासियों से डर लगा था। जितने दिन बिजली यहाँ रही और रात-बिरात वह जब भी बाहर चौक में आती, तो उसे अपनी मुक्ति की कामना में भटकती जीवित प्रेतात्माओं के साये ही साये नज़र आते। रातभर अलगनी पर सूखती सफ़ेद धोतियाँ ऐसे लगतीं जैसे किसी पुराने पेड़ की शाखा पर अनगिनत प्रेत लटके हुए हैं। वह वापस अपने कमरे में आ, उसमें बिछे तख़्तों पर करवट लेते जीवित कंकालों को देखने के बाद करवट ले सोने की कोशिश करने लगी।

कल वह इस हाड़ाबाड़ी से चली जाएगी। वह रह-रहकर इन जीवित सफ़ेद पुतलों की कल्पना कर सिहर उठती, जिनकी देह की बास उसे अब अपनी-सी लगने लगी है। वह जब-जब सुभद्रा दासी द्वारा बताए गए गौरी दासी और मलिना दासी के अतीत को याद करती, उसका रोआँ-रोआँ काँप उठता। कहीं यह सेवायत जमुनादास उसे इनकी तरह किसी फंदे में तो फँसाने नहीं जा रहा है? उस दिन मदन मोहन मन्दिर की मुँडेर पर बैठी मेघु दासी द्वारा सुनाई गई उसकी लोमहर्षक कथा सुनने के बाद, जब कभी अठखम्बा बाज़ार का तंग रास्ता और उसकी वह हवेली आँखों के सामने तैरती, तो एक अनजानी कल्पना के चलते बिजली की हड्डियाँ सुन्न हो उठतीं। कहीं शाहजी मन्दिर का मैनेजर अठखम्बा बाज़ारवाली हवेली के सेठ की तरह, किसी दिन मन्दिर के विशाल परिसर के किसी कोने या उसके अँधेरे तहख़ाने में मेघु दासी की तरह उसके साथ कुछ कर तो नहीं बैठेगा? इस तरह कि अनेक अनिष्टताओं और कल्पनाओं से जूझते हुए उसे मुश्किल से अन्तिम पहर के आसपास नींद आई। लेकिन वह ज़्यादा देर तक नहीं सो पाई।

आज सुबह से सब उदास हैं। लेकिन इनमें सबसे ज़्यादा उदास है मलिना दासी। वही मलिना जो उठते ही बिजली घोष की देह को टटोलना शुरू कर देती थी। आज वही मलिना बिजली की ओर देख भी नहीं रही है। उसे बिजली जब भी देखती है तो लगता है जैसे पुरानी कच्ची दीवार-सी वह कभी भी ढह जाएगी। गौरी दासी ने तो खाना-पीना ही छोड़ दिया। माला झोली में तुलसी माला के मणकों पर उसकी अँगुलियों के पोर अन्य दिनों की अपेक्षा आज रुक-रुक कर फिसल रहे हैं। जबकि हमेशा अपने आप में चुप-चुप रहनेवाली मेघु दासी की उदासी, पहले से कहीं

अधिक बढ़ गई है। बस एक सुभद्रा दासी है जिसके चेहरे और आँखों की चमक देखते ही बन रही है। बिजली जब-जब सुभद्रा दासी के चेहरे और आँखों की चमक देखती है, उसके मन में रह-रहकर उमड़ते अनिष्टताओं के बादल छँटते चले जाते।

आज कोई भजनाश्रम नहीं गई। सबके मजीरे-खड़ताल मौन साधे अपने-अपने झोले में क़ैद हैं। अन्य दिनों की भाँति आज कोई हलचल-सी नहीं है। सामान के नाम पर एक बड़े थैले में अपना सामान बिजली ने पहले ही रख लिया। बस, वह इस इंतज़ार में है कि जैसे ही ये चारों भजनाश्रम चली जाएँगी, पीछे से वह उसके साथ निकल जाएगी। जाते-जाते वह इन्हें दुखी नहीं देखना चाहती है। लेकिन जिस तरह सब निष्क्रिय और निश्चेष्ट हैं, वह भाँप गई कि आज ये भजनाश्रम नहीं जाएँगी।

हिम्मत कर बिजली ने ही टोका, "दीदी, आप चली जाओ न। क्यों एक दिन का भर्ती-टोकन बेकार करती हो।"

"देखा, दीदी इस लड़की की बात?" मलिना ने बिजली को सुनाते हुए सुभद्रा दासी से कहा।

"होरि, हम तुझको इस बाड़ी से बिदा करके जाएँगे। हम नहीं चाहेंगे कि तू फिर इस बाड़ी में आए।"

"सही कहा दीदी, राधारानी किसी को इस बाड़ी में ना बुलाए।" गौरी दासी की आवाज़ एकाएक भर्राती चली गई।

"होरि, वहाँ कब जाना है?"

"दस बजे का बोला है दीदी...।" बिजली ने बताया।

अभी बिजली घोष आगे कुछ कहती कि उसने सेवायत जमुनादास को बाड़ी के अन्तिम चौक में प्रवेश करते हुए देखा। हैरानी हुई सबको कि बिजली तो इसके आने का समय दस बता रही थी, मगर यह तो नौ बजे ही आ गया।

"राधे-राधे मैया!" आते ही सेवायत जमुनादास जैसे सबको सुनाते हुए बोला।

सेवायत जमुनादास को आया देख मेघु दासी, गौरी दासी और मलिना दासी का जैसे दिल डूबने लगा। सब एक-दूसरे को देख अवश्य रही थीं परन्तु आपस में बोल कोई नहीं रही थी। सेवायत जमुनादास की पूरी देह-भाषा से उन्हें छल, कपट और लम्पटता की बू आने लगी। आँखों में दुष्टता की चमक साफ़ दिखाई दे रही है मानो।

"मैया चल! मनीजर साब अपने दफतर आ गए हैं।" सेवायत ने बिजली को आते ही सूचना दी।

बिजली ने एक-एक कर गौरी, मेघु और मलिना की तरफ़ देखा। सबसे अन्त में उसने सुभद्रा दासी की ओर देखा, तो सुभद्रा अपने भीतर की कठोरता बटोरते हुए बोली, "होरि जाओ!"

बिजली घोष ने भी साहस बटोर तो लिया किन्तु कुछ कहने से पहले वह अपने आपको नहीं रोक पाई, "दीदी, आप सबकी मुझे बहुत याद आएगी।"

"जब याद आए आ जाना। हाड़ाबाड़ी का दरवाजा रात-दिन खुला रहता है। अब जाओ!" सुभद्रा दासी ने जैसे उसे आशीष देते हुआ कहा।

बिजली घोष ने अपना सामान से भरा थैला कसकर पकड़ा तथा सेवायत जमुनादास के पीछे-पीछे चल दी। जाते हुए उसने एक बार भी पलटकर किसी की तरफ़ नहीं देखा।

बिजली घोष के जाने के बाद एक बार फिर इन चारों का वह कमरा वैसा ही हो गया, जैसा बिजली घोष के यहाँ आने से पहले था।

शाहजी

मन्दिर अर्थात श्रीललित निकुंज।

लोई बाज़ार व रेतिया बाज़ार के दो सिरों के बीच और गोपीनाथ बाग़ स्थित निधिवन मुख्य द्वार के लगभग ठीक सामने बना ख़ूबसूरत मन्दिर। इससे पहले बिजली घोष यहाँ आ तो कई बार चुकी है, लेकिन आज पहली बार है जब इसके अहाते में दाख़िल होने से पहले देर तक वह इसकी भव्यता को निहारती रही। इससे पहले उसने मन्दिर के मस्तक पर बीचोबीच तानपूरा लिए संगमरमर की मीरा के ठीक दाएँ-बाएँ आलाप लेते स्त्री-पुरुष गायक, तथा इनसे नीचे दाएँ ओर नृत्य करतीं नृत्यांगनाओं और बाएँ तरफ़ पनिहारिनों की मनमोहक मूर्तियों को इतने ध्यान से कभी नहीं देखा। उन्हीं अलग-अलग नृत्य मुद्राओंवाली मूर्तियों को, जिन्हें देखकर कोई भी थोड़ी देर के लिए इस कल्पना में खो जाए कि वह एक मन्दिर के प्रांगण में नहीं, बल्कि किसी विशाल रंगमंच के सामने खड़ा है। सेवायत जमुनादास यदि उसे नहीं पुकारता, तो न जाने और कितनी देर धूप में नहाए इस राजस्थानी, इटालियन व बेल्जियम वास्तुकला के मिले-जुले बेजोड़ नमूने को देखती रहती। लगभग पन्द्रह फीट ऊँचे संगमरमरी सर्पीले गोल स्तम्भों पर टिकी महल-शैली की इस अद्‌भुत संरचना और स्थापत्य कौशल की अद्वितीय कल्पना को निरखती रहती।

सेवायत जमुनादास परिसर में एक तरफ़ बने पंक्तिबद्ध कमरों में से एक कमरे के बाहर जाकर रुक गया। बाहर दरवाज़े पर लगी शाह भारत भूषण नाम की नेमप्लेट को देखकर बिजली समझ गई कि यही मैनेजर का कमरा है।

"राधे-राधे मनीजर साब!" मन्दिर के मैनेजर के कमरे में प्रवेश करते हुए सेवायत जमुनादास ने उसका अभिवादन किया।

"राधे-राधे! आओ सेवायत जी।" अभिवादन का उत्तर देते हुए मैनेजर ने कहा।

"मनीजर साब, मैं वा खोल बजावेवारी मैया ए ले आयो हूँ, जाके बारे में आपसे बात हुई ही।" सेवायत ने अपने आने का प्रयोजन बताया।

मैनेजर ने पहले अपने सामने खड़े सेवायत जमुनादास के आसपास देखा और फिर मुस्कराते हुए बोला, "पर आपके साथ तो कोऊ ना है महाराज?"

सेवायत ने अकबकाकर मुड़कर देखा तो पाया सचमुच वह अकेला है। वह तेज़ी से दरवाज़े की तरफ़ गया तथा उसकी ओट में खड़ी बिजली को अन्दर बुलाते हुए बोला, "मैया, भीतर कू आ जा!"

सेवायत जमुनादास ने जिस तरह बिजली घोष को अन्दर आने के लिए कहा, उसे सुन मैनेजर को लगा सेवायत ने किसी बुज़ुर्ग खोल बजानेवाली को बुलाया है। लेकिन जैसे ही उसकी नज़र अपने सामने खड़ी एकदम युवा 'मैया' पर पड़ी, वह उसे देखता रह गया। उसे अपनी आँखों पर विश्वास नहीं हुआ कि यह सेवायत ऐसी 'मैया' भी ला सकता है। मैनेजर की बिजली से नज़र हटने का नाम न ले।

अपनी देह पर चिपकी कामुकता में लिथड़ी दृष्टि को देख बिजली घोष एक पल के लिए काँप गई। पूरे शरीर का रक्त-सा निचुड़ गया। एक बार मन में आया कि वह इसी समय यहाँ से लौट जाए और वापस उसी सीलनभरी काल-कोठरी में चली जाए, जहाँ से वह मुक्त होकर आई है।

"मनीजर साब, ई मैया है।"

सेवायत जमुनादास ने जिस तरह मन्दिर के मैनेजर से बिजली घोष का परिचय कराया, उसे सुन बिजली घोष अकबकाते हुए कल्पनाओं की खन्दक से बाहर निकली।

"अच्छाऽऽऽ! तो यह है?" एक तरह से मैनेजर ने पहले सवाल किया और फिर तुरन्त अपने आपको सँभालते हुए बोला, "नाम क्या है?"

"हरिदासी।" बिजली घोष के बजाय सेवायत बोला।

"खोल के अलावा ये और क्या-क्या बजा लेती है?"

"हारमोनियम और थोड़ा ध्रुपद भी आता है।" इस बार उत्तर स्वयं बिजली ने दिया।

"ओह, इसका मतलब स्वामी हरिदास की चेली हो?"

"नहीं मैनेजर साहब, मैं तो निमाई पंडित को अपना गुरु मानती हूँ। इसलिए मैं जब पहली बार बृन्दाबोन आई थी, तो सबसे पहले गौरांग घाट गई थी। स्वामी हरिदास तो मेरा गीतवाला गुरु है।"

"चलो अच्छा है, या बहाने अब अपने स्वामी के चरणों में रहोगी।"

"मनीजर साब, मैया को कहबै को मतलब है कि सबते पहले ई इमलीतला घाट गई ही।" सेवायत जमुनादास ने हरिदासी के कहे को पूरी तरह स्पष्ट किया।

"मोहे पतौ है सेवायत जी कि इमलीतला घाट को ही ये बंगालिनें गौरांग घाट कहती हैं। क्योंकि चैतन्य महाराज सबसे पहले यहीं आए थे।" फिर कुछ पल रुककर मैनेजर ने सेवायत की ओर देखा, "सेवायत जी, तनखाह वगैरा क्या दें तेरी मैया कू?"

"मनीजर साब, आप ही याते पूछ लो। ई कोई सरकारी नौकरी तो है ना जामे तनखाह बँधेगी। जामें आपको और मैया कू सुभीता होए, तय कर लो।"

"मैं या मारे पूछ रहा हूँ सेवायत जी कि ऐसा ना हो कल को तेरी मैया कुछ ऊटपटाँग माँग कर बैठे।" मन्दिर का मैनेजर एकदम मैनेजर जैसी भाषा का इस्तेमाल करते हुए बोला।

"मैया, बता दे मनीजर साब को।"

"जमुना बाबू, मुझे कुछ नहीं चाहिए। बस अपने कान्हा के चरणों में थोड़ी-सी जगह मिल जाए।" हरिदासी ने अपनी इच्छा प्रकट कर दी।

"मनीजर साब, आप खुदई समझदार हो। आपको काम जँच जाए तो आप ही देख लीजो।"

"ठीक है। सेवायत जी, आओ तुम भी हमारे साथ चलो। मैं हरिदासी को इसके रहने की जगह और एक बार पूरा मन्दिर दिखा देता हूँ। आइए!" इतना कह मैनेजर अपनी जगह से खड़ा हुआ और हरिदासी व सेवायत जमुनादास को साथ ले, मन्दिर दिखाने के लिए चल पड़ा।

मन्दिर की सीढ़ियाँ चढ़ने के बाद वे सब दाएँ तरफ़ एक पुरानी गुमटी के सामने रुक गए। लोहे के सलाखों के दरवाज़े के अन्दर ठीक सामने जगह-जगह पलस्तर उखड़ी दीवार पर चुने सफ़ेद संगमरमर के पत्थर, और उसके आगे रखे एक मिट्टी के कुल्हड़ तथा चढ़े हुए फूलों की ओर इशारा करते हुए मैनेजर ने बताया, "सेवायत जी, यह ललित किशोरीजी की समाधि है। पत्थर पर आपको ललितमाधुरी भी गुदा हुआ दिखाई दे रहा होगा।"

इसके बाद मन्दिर के सामने खुली जगह की तरफ़ संकेत करते हुए मैनेजर बताने लगा, "हरिदासी, यह रास मंच है। योग पीठ के दिनों यानी उत्सवों में यहाँ कृष्ण लीलाओं का मंचन होता था।"

हरिदासी को पहली बार पता चला कि इस जगह को रास मंच कहते हैं। इस बीच उसने यह भी देखा कि जब-जब मैनेजर उसे सम्बोधित कर रहा होता है, साफ़-सुथरी भाषा में बात करता है।

इसके बाद वे तीनों मन्दिर के उसी बरामदे में आ गए, जो गोल और सर्पीले खम्भों पर टिका हुआ है। धीरे-धीरे क़दमों से मैनेजर बरामदे के बाएँ ओर जाकर रुक गया।

"यह श्रीललित निकुंज का राधा निवास है। अब तुम दोनों सोच रहे होंगे कि जब इसका नाम शाहजी मन्दिर है, तो इसे ललित निकुंज क्यों कहते हैं?" मैनेजर ने मुस्कराते हुए सेवायत जमुनादास और सहमी-ठिठकी हरिदासी की ओर देखा। फिर स्वयं ही बोलने लगा, "दरअसल, है क्या कि ललित किशोरीजी लखनऊ में पैदा हुए थे। इनके दादा शाह बिहारीलाल अग्रवाल जी अवध के चौथे नवाब और

वाजिद अली शाह के दादा नवाब मोहम्मद अली शाह के जौहरी हुआ करते थे। उनका नाम लखनऊ के बहुत मशहूर अमीरों में गिना जाता था। नवाब से उनको शाह की भी उपाधि मिली हुई थी। शाह बिहारीलाल जी के बड़े बेटे शाह गोविन्दलाल जी की दो बीवियाँ थीं। पहली से शाह रघुबर दयालु और शाह मक्खनलाल नाम के दो बेटे पैदा हुए, और दूसरी से दो बेटे शाह कुन्दनलाल और शाह फुन्दनलाल पैदा हुए। भारतेन्दु हरिश्चन्द्र ने अपने इस छप्पय में कहा भी है कि—

प्रथम लखनऊ बस श्रीवन सों नेह बढ़ायौ।
तहँ श्रीजुगल-सुरूप थापि मन्दिर बनवायौ॥
द्वापर कौ सुखरास रास कलियुग में कीनों।
सोई भजन-आनन्द-भाव-सहचरि-रंग-भीनों॥
लाखन पद ललितकिसोरि का नाम प्रगटि बिरचे नये।
कुल अग्रवाल-पावन करन कुन्दनलाल प्रकट भये॥

शाह कुन्दनलाल और शाह फुन्दनलाल, इन दोनों भाइयों में इतना प्रेम था कि भारतेन्दु ने यहाँ तक कहा कि 'त्रेता में जो लछमन करी, सो इन कलियुग माहिं किय'।" इतना कह मैनेजर ने गहरा उसाँस लिया और एक लम्बी साँस छोड़ते हुए बोला, "क्या दिन रहे होंगे वे। उस समय के वृन्दावन को राधाचरण सेवायत जी प्रेमी-रसिकों का यूँ ही 'मीना बाज़ार' नहीं कहते थे। पता है ये दोनों भाई अवध के नवाब वाजिद अली शाह के हमउम्र थे। वाजिद अली शाह की पैदाइश 1822 की है, तो हमारे शाह कुन्दनलाल 1825 में पैदा हुए थे। शाह कुन्दनलाल और शाह फुन्दनलाल दोनों भाइयों ने अपना नाम ललित किशोरी और ललितमाधुरी रखा हुआ था। इन दोनों भाइयों को फ़ारसी में शिक्षा दी गई। फ़ारसी के अलावा इन्हें हिन्दी, पंजाबी, गुजराती और बांग्ला भी आती थी। आपको सुनकर हैरानी होगी कि उस ज़माने में वैश्यों को संस्कृत-विद्वान संस्कृत नहीं पढ़ाते थे। इसके बावजूद श्रीललित किशोरी जी ने कुछ संस्कृत के विद्वानों की मदद से 'चातुर्वर्ण्य विवेक' नाम की एक पुस्तक लिखी। श्रीललित किशोरी जी के दादा ने यहाँ अपने इष्टदेव श्रीराधारमण जी का नया मन्दिर बनवाया था। जब यह मन्दिर बन गया तो इन दोनों भाइयों के हाथ इनके दादा ने श्रीराधारमण के लिए एक सोने का सिंहासन भेजा। ये दोनों भाई एक महीने रुकने के बाद वापस लखनऊ चले गए। लेकिन घरेलू झगड़ों के चलते जब इनकी जायदाद का बँटवारा हुआ, तो ये दोनों भाई वृन्दावन चले आए और यहीं पटनीमल कुंज में रहने लगे। यहाँ रहते हुए उन्होंने इस मन्दिर का निर्माण शुरू कराया जो आठ साल में पूरा हुआ। इसी भजन कुटीर का नाम इन दोनों भाइयों ने 'श्रीललितनिकुंज' रखा। जिसे बाद में शाहजी मन्दिर भी कहा जाने लगा। हरिदासी, ज़रा इस राधानिवास को ध्यान से देखिए!"

मैनेजर के निर्देश के अनुसार सेवायत जमुनादास और हरिदासी, मन्दिर के दाहिने बरामदे यानी राधानिवास की दीवारों से लेकर उसके फ़र्श को बड़े ध्यान से देखने लगे लेकिन उन्हें कोई ख़ास चीज़ नज़र नहीं आई।

"कछु दिखाई दियो सेवायत जी?" मैनेजर ने हरिदासी को सुनाते हुए सेवायत जमुनादास से पूछा।

लेकिन सेवायत ने खिखियाते हुए मना कर दिया।

"यह देखिए, संगमरमर के इस फ़र्श पर उकरी इस तस्वीर को देखिए। इसमें श्रीललित किशोरी जी का पूरा परिवार है।" इसके बाद मैनेजर बराबर में हाथ जोड़ने की मुद्रावाली चित्र को दिखाते हुए बोला, "हरिदासी, इस तस्वीर को बड़े ध्यान से देखकर इसके सिर पर जो लिखा है, उसे पढ़ना!"

हरिदासी झुककर चित्र के सिर पर हिन्दी में उकरे नाम के हिज्जों को जोड़ते हुए पढ़ने लगती है, "सा...ह...कुं...दन ला...ल।"

"मनीजर साब, ई तो साह कुंदनलाल लिखो हुओ है!" सेवायत जमुनादास ने हरिदासी का काम आसान करते हुए कहा।

"सेवायत जी, अभी मैंने आपको बताया था कि इनके दादा शाह बिहारीलाल जी, अवध के चौथे नवाब और वाजिद अली शाह के दादा मोहम्मद अली शाह के समय लखनऊ के बहुत मशहूर अमीरों में गिने जाते थे और नवाब से उनको शाह की उपाधि मिली हुई थी।"

"बिलकुल बतायो हो मनीजर साब।"

"और यह भी बताया था कि ये दोनों भाई शाह कुन्दनलाल और शाह फुन्दनलाल...मेरा मतलब है श्रीललित किशोरी जी और ललितमाधुरी जी अवध के नवाब वाजिद अली शाह के हमउम्र थे?"

"जे भी बतायो हो महाराज।" सेवायत जमुनादास ने बिना एक पल गँवाए हामी भरी।

"तो फिर आप दोनों यहाँ आइए और इन औरतों की तस्वीरों को ध्यान से देखिए!"

सेवायत जमुनादास और हरिदासी, शाह कुन्दनलाल की तस्वीर के पीछे बनी दो स्त्रियों के चित्रों को देखने लगे।

"इनके पहनावे में आपको क्या ख़ास बात लगती है?" मैनेजर ने मुस्कराते हुए पूछा।

"मनीजर साब, ये तो नवाबों की औरतों जैसे लगरे हैं। ये देखो इसकी नाक में बड़ी-सी बाली...बाल भी एकदम नवाबों की औरतों जैसे काढ़ रक्खे हैं।"

"यह मैंने इसलिए दिखाया है सेवायत जी ताकि आपको पता चल जाए कि हमारे शाहों का अवध के नवाबों से कितने अच्छे रसूख थे। उनके पहनावे का

हमारे पहनावे पर कितना ज़बरदस्त असर था।" शाह मन्दिर के मैनेजर शाह भारत भूषण ने बड़े गर्व के साथ कहा।

"जे बात आपने सही कही मनीजर साब।"

"ज़रा इस तस्वीर को देखिए! इसमें यह आदमी अन्धा है। यह कौन है, इसके बारे में कोई नहीं जानता। हालाँकि कुछ लोगों का अन्दाज़ा है कि यह शाह कुन्दनलाल और शाह फुन्दनलाल का कोई मुनीम था। मगर यह अन्धा क्यों है, यह किसी को नहीं मालूम। वैसे, आप दोनों को यह देखकर हैरानी नहीं हो रही होगी कि शाह कुन्दनलाल ने अपने और अपने परिवार की तस्वीरें दीवार के बजाय फ़र्श पर क्यों बनवाई होंगी?"

"मनीजर साहब, मैं भी बड़ी देर ते यही सोचरो हूँ।" सेवायत मैनेजर से सहमत होते हुए बोला।

"दरअसल क्या है सेवायत जी, फ़र्श पर उकरी ये तस्वीरें उनके मन की पवित्रता और संत के चरित्र को दर्शाती हैं। अपने ब्रज में यहाँ की रज, मेरा मतलब है धूल को सबसे ज़्यादा पवित्रता और महिमा के रूप में देखा जाता है। ऐसा माना जाता है कि जो ख़ुशनसीब लोग मरने के बाद यहाँ की मिट्टी में मिल जाते हैं, उन्हें स्वर्ग प्राप्त होता है। दीवार के बजाय फ़र्श पर उकेरी गई ये तस्वीरें ये इशारा करती हैं कि संत-महात्मा और भक्त यहाँ आकर नंगे पैर फ़र्श पर उनके ऊपर से गुज़रते हैं। यह तस्वीर ब्रज की मिट्टी की महिमा के अलावा एक ऐसे आदमी की उदारता, बड़प्पन और उसके मन की साफ़गोई को दर्शाती है कि इतना बड़ा आदमी होने के बावजूद उसके अन्दर कोई घमंड और लालच नहीं है।"

सेवायत जमुनादास और हरिदासी बड़ी तल्लीनता के साथ मैनेजर की बात सुनते रहे।

इसके बाद मैनेजर उन दोनों को दीवार पर संगमरमर के काले फ्रेम में उकेरी गई एक तस्वीर के पास ले गया।

"यह देखिए, इस तस्वीर में कृष्ण, राधा की एक सखी से अपनी प्रेयसी राधा के बारे में पूछ रहे हैं कि वह कहाँ है। इस पर यह सखी दाएँ हाथ की तर्जनी को होंठों पर रख, इशारे से यह कह रही है कि किसी को कहना मत कि मैंने आपको बताया है; साथ में यह सखी बाएँ हाथ की अँगुली से इशारा कर बता भी रही है कि आपकी राधाजी तो यमुना में स्नान करने गई हैं। आइए!" इसके बाद मैनेजर उन दोनों को अगले चित्र के पास ले जाता है और मुस्कराते हुए बताता है, "यह देखिए, राधा यमुना में स्नान करने के बाद अपने बालों से पानी निचोड़ रही, और उनसे नीचे गिरती बूँदों को ज़मीन पर गिरने से पहले यह कौन है जो अपनी चोंच से उन्हें पी रहा है?" मैनेजर ने इस बार हरिदासी की आँखों में झाँकते हुए पूछा।

"यह तो मोर है मैनेजर साहब।" हरिदासी ने तुरन्त उत्तर दिया।

"हरिदासी, यह मोर नहीं है। मोर के भेस में स्वयं हमारे कृष्ण कन्हैया हैं जो अपनी लीला दिखाते हुए, अपनी प्रेयसी के बालों से गिरती बूँदों को ज़मीन पर गिरने से पहले ख़ुद पी रहे हैं। प्रेम की इससे बेहतर कल्पना भला क्या हो सकती है।"

"हरे कृष्ण, हरे कृष्ण!" एक पल के लिए हरिदासी की आँखें अपने आराध्य का स्मरण करते हुए मुँदती चली गईं।

मैनेजर एक बार फिर एक सर्पीले खम्भे के पास आया और उस पर खुदे राधा निवास को पढ़कर दिखाने के बाद, ताले लगे एक दरवाज़े के बाहर आकर रुक गया, "यह ऋतुराज कक्ष यानी बसन्ती कमरा है। यह कमरा केवल बसन्त पंचमी के दिन खुलता है। इस ऋतुराज कक्ष की छत पर हल्के पीले रंग का झूमर है जिसका व्यास बारह फीट है। स्वतंत्रता से सात-आठ साल पहले तक हमारे वृन्दावन में बिजली नहीं आई थी। इसलिए इन झूमरों को मोमबत्तियाँ रोशन करती थीं। लेकिन बाद में इनकी जगह बिजली के बल्बों ने ले ली।"

इसके बाद मैनेजर हरिदासी और सेवायत जमुनादास को लेकर मन्दिर के गर्भगृह के सामने विलास सभा में आ गया। विलास सभा की दीवार पर उकेरी गई दो स्त्रियों के चित्रों के पास ले जाते हुए बोला, "आपको ये दोनों तस्वीर किसी औरत की दिखाई दे रही होंगी। क्यों सेवायत जी?"

"मनीजर साब दिखाई क्या दे रही हैं, हैं ही किसी बय्यर की। आप ही देखो, दोनों ने कानों में झुमके, हाथों में चूड़ियाँ, पाँवों में पाजेब ही नहीं बल्कि सारा सिंगार भी किया हुआ है।" सेवायत जमुनादास ने पूरे आत्मविश्वास के साथ कहा।

मैनेजर ने पहले एक रहस्यमयी मुस्कान उछाली और फिर कहने लगा, "नहीं सेवायत जी। ये तस्वीरें किसी औरत की नहीं बल्कि ख़ुद श्रीललित किशोरी जी और श्रीललितमाधुरी जी की हैं। दरअसल, इन तस्वीरों में उन्होंने सखियों का रूप धारण किया हुआ है। इस तस्वीर के पास आइए जिसमें यह शीशे के बर्तन में रस उँड़ेल रही है। जानते हो यह कौन है?" कुछ पल चुप रहने के बाद मैनेजर स्वयं ही उत्तर देते हुए बोला, "ये हमारे श्रीललित किशोरी जी हैं।"

"आपको कैसे पता मैनेजर साहब?" हरिदासी ने बड़ी मासूमियत से पूछा।

"आप दोनों पास आओ और इसमें इस औरत ने जो रंगीन दुपट्टा ओढ़ा हुआ है, उसके इस किनारे को ध्यान से देखो जो ज़मीन की ओर लटक रहा है!"

मैनेजर के कहने पर सेवायत जमुनादास और हरिदासी ने दुपट्टे के छोर को बड़े ध्यान से देखा, लेकिन उन्हें ऐसा कुछ नज़र नहीं आया, जिसमें कुछ विशेष बात हो।

"सेवायत जी, दुपट्टे के निचले सिरे पर जो पत्ता बना हुआ है, उसे ध्यान से देखकर बताओ कि उसके बीच में कुछ लिखा हुआ है?"

इस बार सेवायत मैनेजर के निर्देश का पालन करते हुए, उस पत्ते में उकरे शब्दों को पढ़ने लगा। पढ़ते-पढ़ते अचानक वह उछलते हुए बोला, "मनीजर साब,

यामें तो ललित किशोरी लिखो हुओ है। आप सही कह रहे हैं ये श्रीललित किशोरी जी ही हैं।"

"अगर ये श्रीललित किशोरी जी हैं तो दूसरी तस्वीर श्रीललितमाधुरी जी की हुई के ना?"

"आप सही कह रहे हैं मैनेजर साहब।" हरिदासी मैनेजर से सहमत होते हुए बोली।

"इस सभा विलास में पाँच फीट ऊँचाई के चौदह पैनल हैं। अधिकतर पैनल में गोपिकाएँ खड़ी हैं। ज़्यादातर आकृतियाँ संगीतकारों की हैं, जिनमें हरेक एक संगीत वाद्ययंत्र बजा रही है। लखनऊ दरबार की वेशभूषा में सजी-धजी ये अनुकृतियाँ प्रभु के दरबार की प्रतीत होती हैं। इस पैनल में देखिए, एक लड़की अवध के नवाबों के पसन्दीदा खेल कबूतरबाज़ी करते हुए कबूतर उड़ा रही है।"

इसी बीच मैनेजर ने सभा विलास की ऊँची छत की ओर देखा। फिर सेवायत जमुनादास और हरिदासी को सम्बोधित करते हुए बोला, "सेवायत जी, ऊपर देखिए! छज्जे पर आपको अनेक सखियों की रंगीन और सुन्दर मूर्तियाँ दिखाई दे रही हैं। ध्यान से देखिए इन सखियों के बीच में वोऽऽऽ एक पुरुष की आकृति, जो बिजना से हवा झल रहे हैं! दिखाई दे रही है या नहीं?" मैनेजर ने सेवायत ही नहीं हरिदासी से भी पुष्टि करते हुए पूछा।

"दिखाई दे रही है मनीजर साहब।" सेवायत ने उत्तर दिया।

"जानते हो ये कौन हैं? ये अवध के अन्तिम नवाब वाजिद अली शाह हैं, जो सखियों के बीच खड़े ठाकुरजी की सेवा में पंखा डुला रहे हैं। नवाब वालिद अली शाह भले ही फिरंगियों की नज़र में एक अयोग्य शासक रहा होगा, पर प्रजा में उनकी लोकप्रियता किसी प्रकार से कम नहीं थी। इसका एक जीता-जागता प्रमाण वृन्दावन के इस श्रीराधारमण, मेरा मतलब है शाहजी के मन्दिर में लगी नवाब की यह मूर्ति है। नवाब साहब की कृष्ण-भक्ति और उनके प्रति अनुराग को हम सब भली-भाँति जानते हैं। उनके द्वारा रचित नाटक 'राधा-कन्हैया का क़िस्सा' और दूसरी काव्य-रचनाओं में उनकी कृष्ण-भक्ति का भाव प्रदर्शित होता है।"

इतना कह मैनेजर थोड़ी देर के लिए रुका और फिर मुस्कराते हुए बोलने लगा, "आपको जानकर हैरानी होगी कि 1868 में जब इसका निर्माण पूरा हुआ था, और श्रीराधारमण जी का विग्रह इस नये भवन श्रीललितनिकुंज में लाए थे, नवाब वालिद अली शाह जीवित थे। क्योंकि नवाब साहब की मृत्यु कलकत्ता के मटिया बुर्ज में 1887 यानी इस मन्दिर के पूरा होने के उन्नीस साल बाद हुई थी। इसका मतलब यह हुआ कि नवाब साहब को यह ज़रूर पता रहा होगा कि उनकी मूर्ति उनके दो सखा शाह कुन्दनलाल और शाह फुन्दनलाल वृन्दावन के इस मन्दिर में लगा रहे हैं। इस तरह नवाब साहब के जीते-जी उनकी यह मूर्ति सभा विलास के इस

छज्जे पर स्थापित हो गई थी। इतिहास में यह अपने तरह का अकेला और दुर्लभ उदाहरण कहा जा सकता है।"

जिस समय मैनेजर यह सब जानकारी दे रहा था, सेवायत जमुनादास और हरिदासी तल्लीनता से इसे सुनते रहे। हरिदासी तो इन क़िस्सों को सुन जैसे मन-ही-मन बौराई जा रही थी।

"आइए, आपको तहख़ाना दिखाने के बाद, हरिदासी के रहने की जगह और बता देता हूँ।"

इतना कह मैनेजर मन्दिर तहख़ाने की ओर बढ़ गया।

तहख़ाने में जलते बल्बों की रोशनी में चमकते जाने-पहचाने स्तम्भों को देख हरिदासी को हैरानी हुई। इससे पहले कि वह इनके यहाँ होने के रहस्य की कल्पना करती, मैनेजर ने ही इसे उद्घाटित कर दिया।

"इन सर्पीले खम्भों को शाह भाइयों ने मन्दिर के बनवाने के समय ही बनवाकर यहाँ रखवा दिया था। अगर किसी वजह से ऊपर लगे राधानिवास का कोई खम्भा टूट जाता है, तो उसकी जगह इनमें से ले जाकर लगा दिया जाए। इतने दूरदर्शी थे हमारे शाह भाई।"

इसके बाद मैनेजर ने मन्दिर के पिछले हिस्से में हरिदासी के रहने की जगह दिखाई और यह कहकर सेवायत जमुनादास के साथ अपने दफ़्तर लौट आया, "हरिदासी, दोपहर बाद चारेक बजे मेरे दफ़्तर में आ जाना। और काम तब समझा दूँगा।"

"ठीक है मैनेजर साहब। हरे कृष्ण।" इतना कह हरिदासी अपने निवास में चली गई।

जब-जब हरिदासी संगमरमर के सर्पीले व गोल स्तम्भों पर टिकी राजस्थानी, इटालियन व बेल्जियम मिश्रित वास्तुकला; तथा अवध संस्कृति, कला और दरबारी शानो-शौक़त के असरवाले श्रीललितनिकुंज यानी शाहजी मन्दिर की भव्यता को देखती, उसका सिर शाह बिहारीलाल के पौत्र व शाह गोविन्दलाल के सुपुत्रों शाह कुन्दनलाल और शाह फुन्दनलाल के प्रति सम्मान में नमता चला जाता। जबसे उसे इन दोनों भाइयों के बारे में मन्दिर के मैनेजर ने बताया है कि शाह कुन्दनलाल, 'ललित किशोरी' के नाम से और उनके छोटे भाई शाह फुन्दनलाल, 'ललित माधुरी' के नाम से भक्ति और रास को आधार बनाकर ब्रज, उर्दू और फ़ारसी में काव्य रचनाएँ करते थे, तब से उसके मन में यह श्रद्धा और बढ़ गई। इसलिए उसने यह तय कर लिया कि वह कभी भी 'राधा निवास' के फ़र्श पर बने इनकी तस्वीरों के ऊपर से नहीं गुज़रेगी। इतना ही नहीं जब कभी उसकी नज़र मन्दिर में आनेवाले उन श्रद्धालुओं पर पड़ती, जो अनजाने में राधा निवास में उनके चित्रों के

ऊपर से आते-जाते, वह बड़ी विनम्रता के साथ उन्हें भी वहाँ से गुज़रने से रोक देती।

उस दिन सुबह की धूप-आरती ख़त्म होने के बाद हरिदासी किसी काम से मैनेजर के कार्यालय में चली गई। बातों-बातों में कब और कैसे उससे अपने अतीत की गाँठें खुलती चली गईं, उसे ख़ुद ही नहीं पता चला। साँवले गोल चेहरे पर टिकी दीये जैसी मोटी-मोटी आँखों से ढुलकते गुनगुने पानी को देख मैनेजर ख़ुद से मन-ही-मन कह उठा कि दु:खों के कितने रूप हो सकते हैं, उसे हरिदासी के अतीत को जानकर समझा जा सकता है। अगर हरिदासी के साथ नियति इतना क्रूर खेल नहीं खेलती, तो पता नहीं आज यह कहाँ होती। ऐसा सोच-सोचकर मैनेजर की नज़र जब भी हरिदासी पर पड़ती, उसे अपने आप से ग्लानि-सी होने लगती कि पहली बार जब सेवायत जमुनादास के साथ यह यहाँ आई थी, वह इसके बारे में न जाने क्या-क्या सोचने लगा था।

मैनेजर ने हरिदासी के बीते हुए को और ज़्यादा कुरेदना उचित नहीं समझा। इसलिए उसने विषय ही बदल दिया।

"जैसाकि मैंने बताया था कि शाह कुन्दनलाल जी अपनी काव्य रचनाएँ ललित किशोरी जी के नाम से करते थे, और इनकी इन रचनाओं का इनके छोटे भाई शाह फुन्दनलाल जी इकट्ठा करते जाते थे। जब शाह कुन्दनलाल जी वृन्दावन आए थे, तो आने से पहले उन्होंने इस पद की रचना की थी—

वृन्दावन को जाना हेली वृन्दावन को जाना है।
रसिक रँगीले राधामोहन तिनसों दिल लहिराना है॥
ललित किशोरी ने दृढ़कर अब ये ही मन में ठाना है।
ललित लता निधुवन के नीचे ह्वाँईं ठीक ठिकाना है॥"

हरिदासी सोचती है कि शान्तिनिकेतन के अपने अन्तिम बुरे दिनों में उसके मन में भी तो इस वृन्दावन में आने की ऐसी ही हूक उठी थी। देखा जाए तो उसके और इन शाह भाइयों के हालात एक जैसे थे। एक के बाद एक पहले इनके दादा शाह बिहारीलाल, उसके एक साल बाद पिता शाह गोविन्दलाल और पिता के देहान्त के मात्र तीन दिन बाद माता के देहान्त के बाद इनका मन वैराग्य से भर उठा, और ये लखनऊ में सब कुछ त्याग कर यहाँ चले आए। जबकि वह भी ऐसे ही हालत के चलते वृन्दावन आई थी।

"अभी इन दोनों भाइयों को वृन्दावन में आए दो ही साल हुए थे कि 1857 की देशव्यापी क्रान्ति भड़क उठी। इस क्रान्ति से वृन्दावन भी नहीं बच सका। ज्यों ही इस क्रान्ति की आग पूरे देश में भड़कने लगी, ठाकुर हीरासिंह हथियारों सहित अपने क्रान्तिकारियों के साथ वृन्दावन को लूटने आ पहुँचा। वृन्दावन की रक्षा के लिए शाह कुन्दनलाल ख़ुद ठाकुर हीरासिंह और उसके क्रान्तिकारियों से मुक़ाबला

करने के लिए मोर्चे पर डट गए। शाह कुन्दनलाल और उनके लोगों के अदम्य साहस के आगे विप्लवकारियों की हिम्मत टूट गई। ये विप्लवकारी कई दिनों से भूखे भी थे तो उन्होंने शाह कुन्दनलाल से शरण माँगी। शाहजी ने अपने बड़प्पन का परिचय देते हुए तीन दिन तक इन विप्लवकारियों को खाना दिया।"

इस घटना को सुन हरिदासी भाव-विह्वल हो उठी।

जिस रोचक ढंग से मैनेजर ने इस वृत्तान्त को सुनाया, उसे सुन हरिदासी को अपनी पुरखिन रानी राशमोनी की याद ताज़ा हो उठी। जिसने इन्हीं अंग्रेज़ों की ईस्ट इंडिया कम्पनी को सबक सिखाने के लिए बंगाल में हुगली नदी को जंजीरों से बाँध दिया था। इस घटना को सुनने के बाद हरिदासी के मन में शाह भाइयों के प्रति और सम्मान बढ़ गया। एक काव्य-प्रेमी होने के साथ एक क्रान्तिकारी छवि के चलते, हरिदासी के मन में तरह-तरह की परिकल्पनाएँ साकार होने लगीं।

"हरिदासी, तुम्हें थोड़ा-बहुत तो हिन्दी पढ़ना-लिखना आता होगा?" मैनेजर ने पूछा।

"आता है मैनेजर साहब। जब मैं शान्तिनिकेतन आई थी तो मैंने विश्वभारती के आर्ट स्कूल में इंडियन क्लासिक म्यूजिक सीखा था। वहीं मैंने ध्रुपद भी सीखा था।"

"हाँ-हाँ याद आया। तुम जब पहली बार सेवायत जी के साथ आई थी, तुमने बताया था कि खोल के अलावा तुम्हें हारमोनियम और ध्रुपद भी आता है। इसका मतलब हुआ कि तुम्हें कविता की भी समझ होगी।" मैनेजर ने अनुमान लगाते हुए कहा।

"मैनेजर साहब, गुरुदेव को मैंने बहुत पढ़ा है।" हरिदासी हुलसते हुए बोली।

"फिर तो तुन्हें कविता की ज़रूर समझ होगी...एक मिनट!" इतना कह मैनेजर अपनी कुर्सी से उठा और एक बन्द अलमारी का ताला खोल, उसमें से एक पुरानी पुस्तक निकाली। मैनेजर ने पहले उस पर जमी धूल को कपड़े से झाड़ा और फिर उसे हरिदासी की ओर बढ़ाते हुए कहा, "यह श्रीललित किशोरी जी द्वारा विरचित काव्य-संकलन 'अभिलाष माधुरी' है। इसे बड़े जतन से सँभालकर रखना क्योंकि 1931 में छपे इस संकलन का यह दूसरा संस्करण है। हमारी श्रीललित किशोरी ललित कला निधि की लाइब्रेरी में इसकी कुछ ही कॉपी बची हैं।"

"आप चिन्ता ना करें मैनेजर साहब।" हरिदासी अभिलाष माधुरी ग्रहण करते हुए बोली।

"और हाँ, तुम कभी-कभी पास के निधिवन में स्वामी हरिदास की समाधि पर भी चली जाया करो!"

"पर मैंने तो सुना है कि उधर जाने से आदमी पागल हो जाता है।"

मैनेजर ने पहले तो हरिदासी की ओर देखा, फिर मुस्कराते हुए पूछा, "यह तुम्हें किसने बताया?"

"उधर हाड़ाबाड़ी में हमारी एक दीदी है मेघु दासी, उसने बताया।"

"और क्या बताया तुम्हारी दीदी ने?"

"उसने बताया कि यहाँ का पंडित लोग बोलता है कि जो कोई यहाँ रुकने की हिम्मत करता है वह पागल हो जाता है। मुझको अभी पागल नहीं होना है मैनेजर साहब!"

जिस भयातुर मुद्रा में हरिदासी ने मैनेजर को बताया, उसे सुन मैनेजर की हँसी छूट गई, "हरिदासी, यह सब यहाँ के मन्दिरों के सेवायतों द्वारा फैलाई गई अफ़वाह है। ऐसा कुछ नहीं है कि निधिवन में रात को जाने से या वहाँ रुकने से आदमी पागल हो जाता है या मर जाता है। निधिवन में पागल बाबा की एक समाधि बनी हुई है। उसके बारे में कहा जाता है कि बाबा ने एक बार निधिवन में छुपकर रासलीला देखने की कोशिश की थी, जिसकी वजह से वो पागल हो गए। ऐसा नहीं है सच तो यह है कि बाबा कृष्ण के बहुत बड़े भक्त थे। इसलिए उनकी मृत्यु के बाद मन्दिर कमेटी ने निधिवन में ही उनकी समाधि बनवा दी।

"मैनेजर साहब, सुना है यहाँ जो पेड़-पौधे हैं वो कृष्ण, राधा और गोपियाँ हैं। इसमें सारे तुलसी के पेड़ हैं। इतने बड़े तुलसी के पेड़ कहाँ होते हैं।"

"ये सब कहानियाँ हैं हरिदासी। इसमें तुलसी के पेड़ हैं ही नहीं। ये सारे पीलू और पाखर के पेड़ हैं, जो ब्रज में बहुत मिल जाएँगे। तुलसी के इतने बड़े पेड़ कहीं होते हैं। ऐसा कहा जाता है कि निधिवन में बने 'रंग महल' में श्रीश्यामा कुंज बिहारी की रोज़ाना विहार लीला होती है। हर रात कन्हैया अपने सोने के कमरे में आते हैं और किशोरी, मेरा मतलब है राधा व गोपियों के संग रासलीला रचाते हैं। उसके लिए रोज़ाना यहाँ रंग महल में रखे गए चन्दन के पलंग को शाम सात बजे से पहले सजा दिया जाता है। अँधेरा होने से पहले अन्तिम आरती जिसे शयन आरती कहते हैं, उसके बाद पलंग के सिरहाने उनके लिए लड्डू, एक लोटा पानी, राधा के श्रृंगार का सामान और दातुन के साथ पान का बीड़ा भी रख दिया जाता है। यह सब करने के बाद उसके दरवाज़े पर इसके सेवायत ताला लगाकर उसे बन्द कर देते हैं। कहते हैं कि रात को जब कान्हा यहाँ आते हैं, तो राधा रंग महल में श्रृंगार करती हैं। जबकि कान्हा चन्दन के पलंग पर आराम करते हैं। राधा के श्रृंगार के बाद गोप-गोपियों के संग राधा और कान्हा दोनों रंग महल के पास बने 'रास मंडल' में रास रचाते हैं। कहा जाता है कि कृष्ण ने शरद पूर्णिमा की रात ही गोपियों के साथ रासलीला रची थी।

पागल बाबा के बारे में एक क़िस्सा यह है कि शरद पूर्णिमा के दिन शाम होते-होते निधिवन के सेवायतों ने पूरा वन ख़ाली करा दिया। यहाँ तक कि बन्दर और परिन्दे भी शाम होते ही निधिवन छोड़कर चले गए। इस तरह निधिवन के सेवायतों से नज़र बचाकर यहाँ तुलसी, तमाल, पाखर, मेहँदी और पीलू के बल खाते घने पेड़ों में पागल बाबा छिपकर बैठ गया। अगली सुबह मंगला आरती से पहले मन्दिर के सेवायत जब रास मंडल का दरवाज़ा खोलने के लिए गए, तब वहाँ एक अजनबी

को पागलपन की हालत में पाया। कहते हैं यह पागल कोई और नहीं वही पागल बाबा था, जिसने शरद पूर्णिमा की उस रात रास मंडल में कान्हा द्वारा किशोरी व गोपियों के संग रासलीला देखने की कोशिश की थी। निधिवन के सेवायतों का तो यह भी कहना था कि यह तो कान्हा की कृपा दृष्टि थी जो यह बाबा बेहोश हुआ है वरना इस कृत्य के बदले उसकी मौत भी हो सकती थी। सेवायतों ने इसे उठाकर एक पेड़ के नीचे बैठाने के बाद पहले की तरह रंग महल का दरवाज़ा खोला और लोगों ने जो नज़ारा देखा, उसे देख किसी को अपनी आँखों पर भरोसा नहीं हुआ।"

"ऐसा क्या देखा मैनेजर साहब जिसे देखकर लोगों को अपनी आँखों पर भरोसा नहीं हुआ?"

"हुआ यह कि सेवायतों ने पिछली रात रंग महल में रखी सामग्री को दिखाते हुए कहा कि भक्तजनो, यह है हमारे कान्हा की लीला। आप जो अपनी आँखों से लड्डू के कुतरे हुए अंशों, पानी के इस ख़ाली लोटे, अधखाए पान के बीड़े और इस चबाई हुई दातुन को देख रहे हो, पता है इनका रात को रासलीला के दौरान राधा और कान्हा ने सेवन किया है।"

"ऐसा सच्ची में हुआ था?" हरिदासी की आँखें अब कौतूहल और विस्मय से फैलने-सिकुड़ने लगीं।

"ऐसा मन्दिर के सेवायतों का कहना है पर मुझे भरोसा नहीं है।" मैनेजर ने पूरे आत्मविश्वास के साथ कहते हुए अपनी बात जारी रखी, "अगर ऐसा होता, तो स्वामी हरिदास ने तो इसी निधिवन में साधना की थी। वे तो पागल नहीं हुए?" मैनेजर ने इस बार जैसे हरिदासी से ही प्रश्न किया।

हरिदासी चुप। मैनेजर के तर्क को सुन उससे कोई जवाब देते नहीं बना।

इससे पहले कि शाहजी मन्दिर के मैनजेर शाह भारत भूषण से, श्रीललित किशोरी द्वारा विरचित 'अभिलाष माधुरी' को लेने के बाद हरिदासी लौटती, अचानक उसे याद आया।

"मैनेजर साहब, क्या वाजिद अली शाह का भी हमारे राधाकृष्ण पर कुछ लिखा हुआ है?"

"हाँ, नवाब वाजिद अली शाह ने ध्रुपद, होरी-धमार, ख़याल, दादरा, ठुमरी की अनेक बन्दिशों के अलावा कृष्ण-लीलाओं पर भी ख़ूब लिखा है। उनकी एक बहुत मशहूर किताब है 'बनी'। बनी का मतलब होता है दुल्हन। इस किताब को उन्होंने अपनी मौत से तक़रीबन दस साल पहले लिखा था। इसमें कृष्ण की लीलाओं पर आधारित एक नाटिका है जिसका नाम नवाब साहब ने 'रहस' दिया है। रहस का मतलब खेल होता है। इसे किसी की नक़ल भी कह सकते हैं। इसमें गायन, नृत्य,

वादन और नाट्य का जिस तरह इस्तेमाल किया गया है, उसका जवाब नहीं है। मेरी बड़ी इच्छा थी कि कभी इस रहस का मंचन योग पीठ के मौक़े पर अपने श्रीललितनिकुंज के रास मंच पर कराऊँ। पता नहीं मेरी यह इच्छा कब पूरी होगी?"

"आपके पास यह किताब होगी?"

"होनी तो चाहिए। एक मिनट!" इतना कह मैनेजर उसी खुली हुई लकड़ी की पुरानी अलमारी के पास गया और उसमें 'बनी' को तलाशने लगा। थोड़ी देर बाद हरिदासी के कानों में ये शब्द पड़े, तो उसकी ख़ुशी का ठिकाना नहीं रहा, "लो मिल गई।"

मैनेजर ने किताब निकालकर, 'रहस विस्तृत' शीर्षक से उसका चौथा अध्याय खोला और उसे पढ़ते हुए हरिदासी को सुनाने लगा, "रहस असल में रास शब्द का बिगड़ा हुआ रूप है। इसमें कृष्ण की रासलीलाओं को आधार बनाकर वाजिद अली शाह ने हिन्दू-मुसलमानों की मिली-जुली संस्कृति से पैदा हुई कुछ नए दौर की रासलीलाओं को रच दिया है। इन्हीं रासलीलाओं का नाम उन्होंने रहस दिया है। इसके दूसरे हिस्से में राधा और कृष्ण के दो रहस दिए गए हैं, जो इतने छोटे हैं कि उन्हें पूरी रात खेला जा सकता है।"

हरिदासी चुपचाप, मौन साधे मैनेजर की बातों को बड़ी एकाग्रता के साथ सुनती रही। उसके मन में इस समय क्या चल रहा है, उसे केवल और केवल वही जानती है।

"मैनेजर साहब, मैं इस किताब को भी ले जाऊँ?"

"ले तो जाओ। मगर ध्यान रहे ये दोनों किताबें बहुत सँभालकर रखनी होंगी!" मैनेजर शाह भारत भूषण ने हरिदासी को निर्देश देते हुए कहा।

"आप चिन्ता ना करें मैनेजर साहब। मैं इन्हें अपने राधाकृष्ण की तरह बड़े लाड़ से सँभालकर रखूँगी। राधे-राधे!"

अपने दफ़्तर से जाते हुए हरिदासी को देखकर शाहजी मन्दिर का मैनेजर शाह भारत भूषण देर तक सोचता रहा कि हरिदासी को इन किताबों को पढ़कर आख़िर हासिल क्या होगा? क्या करेगी यह इन्हें पढ़कर?

12

पूस की हड्डियाँ गला देनेवाली ठंड।

वृन्दावन की दासियों पर यह ठंड जैसे कहर बनकर टूटता है। यमुना की आब के चलते उसकी सतह से उठते कोहरे में लिपटे देवालयों, पुराने कुंजों और

घाटों की तरफ़ रात में निकल जाएँ, तो जगह-जगह इनकी सीढ़ियों, बरामदों और बुर्जों में छिपी-दुबकी अपने आप में सिमटी अनेक गठरियाँ दिखाई दे जाएँगी। रात तो रात, दिन में भी ये जगह-जगह गली-कूचों और मन्दिरों के बाहर कोनों में सिमटी नज़र आ जाएँगी। जो शरारती बन्दर घरों और दुकानों के खिड़की-दरवाज़ों से लेकर बरामदों के बाहर लगी लोहे की जालियों में झाँकते रहते हैं, और आने-जाने वालों के चश्मा-बटुओं को बड़ी सफ़ाई से चुरा कदम्ब-तमाल के वृक्षों की शाखाओं व छज्जे पर चढ़ उन्हें चिढ़ाते रहते हैं, वे भी इन गठरियों के बग़ल में दुबके हुए दिख जाएँगे। क़ुदरत का क़हर किस तरह इनसान और जानवरों में भेद मिटा देता है, इसकी मिसाल अगर देखनी है तो वृन्दावन में आकर देखें।

मैनेजर शाह भारत भूषण से हरिदासी को मालूम हुआ कि यमुना का चुनरी महोत्सव, हर बृहस्पति को लगनेवाला बेलवन मेला और रंगजी मन्दिर का बैकुंठ द्वार इसी पौष महीने में खुलता है। हरिदासी वृन्दावन की गलियों से तो भली-भाँति परिचित है, केशी घाट और रंगजी मन्दिर भी न जाने वह कितनी बार आ चुकी है लेकिन जब उसने सुना कि बेलवन केशी घाट से लगभग एक मील दूर है, वह परेशान हो उठी। उसकी परेशानी की वजह बेलवन का दूर होना नहीं, बल्कि यह है कि वहाँ तक जाने के लिए यमुना को पहले नाव से पार करना होगा। यमुना को नाव से पार करना भी बड़ी वजह नहीं है क्योंकि नबद्वीप में जलंगी नदी में हिचकोले लेती नाव में उठते-बैठते उसका पूरा बचपन बीता है। असली वजह यह है कि वह इससे पहले कभी न तो यमुना में किसी नाव पर बैठी है, और न ही कभी यमुना के पार वृन्दावन से बाहर गई है।

मैनेजर जानता है कि हरिदासी जब भी उसके पास आती है, अपनी किसी परेशानी के चलते आती है। देर तक हरिदासी की हिम्मत नहीं हुई कि वह कैसे मैनेजर से अपनी इच्छा प्रकट करे। किन्तु मैनेजर की अनुभवी आँखें भाँप गईं कि वह कुछ कहना चाहती है। इसलिए उसी ने पूछा, "हरिदासी, कुछ परेशान-सी लग रही हो?"

"ऐसी कोई बात नहीं है मैनेजर साहब। बस..." कहते-कहते रुक गई हरिदासी।

"हाँ-हाँ बोलो!"

"वो क्या है मैनेजर साहब, आपने एक दिन बताया था न कि बेलवन में एक मेला लगता है।"

"हाँ बताया था। फिर?"

"मैं उस मेले में चली जाऊँ।" झिझकते हुए पूछा हरिदासी ने।

"जाओ! मना किसने किया है।"

"चली तो जाऊँ मैनेजर साहब किन्तु एक परेशानी है कि मैं कभी वृन्दावन से बाहर इतना दूर गई नहीं।"

"तो यह बात है।" फिर कुछ पल सोचते हुए बोला, "ऐसा करो, सेवायत जी को साथ ले जाओ!"

"ठीक है मैनेजर साहब। मैं धीर समीर जाकर उससे बात कर लेती हूँ।"

अगले दिन सुबह-सुबह निकल गई हरिदासी।

जाते हुए पौष में यमुना की सतह से उठते कोहरे से भरी गलियों को भेदती हुई, रास्ते में जगह-जगह 'राधे-राधे' के बीच हरिदासी जैसे-जैसे केशी घाट के निकट आती गई, मजीरों की खनकती आवाज़ के साथ 'हरे कृष्ण, हरे कृष्ण' शब्द कानों में घुलने लगे। मुँडेरों, छज्जों और कदम्ब व तमाल के वृक्षों पर कुँकियाते वानरों, जगह-जगह बुर्जों पर दाना चुगते परिन्दों से आँखों-आँखों में बतियाते हुए वह केशी घाट की ओर बढ़ती रही है। जो सूरज बैसाख-जेठ के महीनों में ज़रा-सी भी लिहाज़ नहीं बरतता है, वही किसी शर्मीले बच्चे-सा कोहरे से झाँककर फिर से उसकी ओट में छिप जाता है। केशी घाट से पहले वह प्रेम महाविद्यालय के सामने आकर कुछ पलों के लिए ठहर जाती है। उसी प्रेम महाविद्यालय के सामने जिसमें मोहनदास करमचन्द गांधी, अपनी मथुरा-वृन्दावन यात्रा के दौरान ऋषिकुल गुरुकुल, रामकृष्ण परमहंस मिशन के साथ-साथ यहाँ आए थे, और उसी रात मथुरा से मद्रास चले गए थे। गांधी जी इस महाविद्यालय में दूसरी बार इसके प्रिंसिपल आचार्य गिडवानी के बुलावे पर बारह साल बाद भी आए थे। तब उन्होंने यहाँ राजा महेन्द्र प्रताप सिंह के चित्र का अनावरण किया था। बल्कि दो साल बाद नवम्बर महीने में वे फिर वृन्दावन आए और यहाँ यमुना तट पर रामकृष्ण मिशन अस्पताल में एक कमरे का उद्घाटन किया था। तब भी वे प्रेम महाविद्यालय आए थे।

केशी घाट के बुर्ज पर खड़ी हो हरिदासी देर तक यमुना की सतह पर छाए कोहरे की घनी चादर से उसके पानी को देखने की कोशिश करती है। द्वादशादित्य टीले पर बने श्री राधा मदन मोहन मन्दिर के शिखर को भी टोहने की कोशिश की उसने, मगर दूर तो क्या आसपास भी उसे कुछ दिखाई नहीं दिया।

कोहरा अब धीरे-धीरे छँटने लगा। इसलिए छँटते कोहरे और चढ़ते सूरज के बीच अब जैसे लुका-छिपी का खेल शुरू हो गया। कभी धूप दूर तक फैली यमुना को अपने आलिंगन में भर लेती, तो कभी एकाएक चारों तरफ़ धुँधलका छा जाता। हरिदासी के क़दमों में तेज़ी आ गई। सबसे पहले वह इमलीतला घाट गई। वैसे जबसे शाहजी मन्दिर में उसकी 'नौकरी' लगी है, वह यहाँ आई भी नहीं है। इमलीतला घाट के दर्शन कर धीर समीर घाट की ओर बढ़ गई। धीर समीर घाट पहुँच उसने सेवायत जमुनादास को खोजा तो मन्दिर में वह कहीं नहीं दिखाई दिया। वह उसे इधर-उधर देखने लगी परन्तु देर तक वह उसे कहीं नज़र नहीं आया। निराश हो वह लौटनेवाली ही थी कि अचानक घाट की सीढ़ियों से हाथ में जल का लोटा लिए, ऊपर आती एक जानी-पहचानी आकृति पर पड़ी, तो उसकी जान में जान आई।

"राधे-राधे मैया! आज कैसे धीर समीर घाट की याद आ गई।" पास आकर जानी-पहचानी आकृति अर्थात सेवायत जमुनादास ने हँसते हुए पूछा।

"हरे कृष्ण जमुना बाबू। सोचा बहुत दिन हो गया आपसे मिल आऊँ।"

"और शाहजी मन्दिर की नौकरी कैसी चलरी है?"

"सब अच्छा है।" फिर कुछ पल रुककर वह बोली, "जमुना बाबू, आपको तो पता होगा कि यमुना का चुनरी महोत्सव, बेलवन मेला और रंगजी मन्दिर का बैकुंठ द्वार इसी महीने में खुलता है।"

जिस तरह हरिदासी में रंगजी मन्दिर में खुलनेवाले बैकुंठ द्वार को लेकर उत्सुकता जीवित है, उस उत्सुकता को देख सेवायत जमुनादास सोचता है कि मनुष्य की यह कैसी तृष्णा है कि सारे भौतिक सुखों को त्यागने के बावजूद पूस की इस देह फोड़ती ठंड में उसके अन्दर बैकुंठ के दर्शन करने की चाह कुलबुला रही है? जब वह बैकुंठ द्वार के बारे में पूछ रही थी, सेवायत जमुनादास की नज़र हरिदासी के चेहरे पर आकर टिक गई। उसकी आँखों की चमक देख सेवायत मन-ही-मन सोचने लगा कि जगतपालक विष्णु के कुंठारहित लोक बैकुंठ धाम को देखने का इसमें कितना चाव है। ज़रूर हरिदासी को किसी ने बताया होगा कि जो इस बैकुंठ धाम के दर्शन कर लेता है, उसे मोक्ष की प्राप्ति हो जाती है। सेवायत जमुनादास हरिदासी की इस मोक्ष-लालसा पर मुस्कराकर रह गया।

"मैया, ये सब तो तीन-चार दिन के भीतर आनेवारे हैं। बल्कि बेलवन मेले का तो यह आखिरी बृहस्पति है।"

"मैं इसीलिए तुम्हारे पास आई हूँ कि मेरे साथ बेलवन मेला देखने चल दोगे? मैं कभी बृन्दाबोन से बाहर नहीं गई हूँ इसलिए बोल रही हूँ।"

हरिदासी के इस आग्रह पर सेवायत दुविधा में पड़ गया। थोड़ी देर सोचने के बाद बोला, "वैसे इस बार यमुना चुनरी महोत्सव और बेलवन मेला परसों एक ही दिन पड़रे हैं। मैया, एक काम हो सके है कि वा दिन पहले हम मेला देख आएँ और आते समय केशी घाट पे श्री यमुना महारानी जू चुनरी उत्सव भी देख आएँगे। तू ऐसो करियो मैया कि परसों मेरे कनै यहीं धीर समीर घाट आ जइयो। यहीं ते केशी घाट चल देंगे और वहाँ ते नाव लेके बेलवन निकस पड़ेंगे।"

"ठीक है सेवायत जी मैं परसों आती हूँ। हरे कृष्ण!"

"राधे-राधे मैया!"

मन्दिर की नियमित दिनचर्या से निवृत्त हो हरिदासी धीर समीर घाट के लिए प्रस्थान कर गई। वहाँ पहुँची तो पाया सेवायत जमुनादास पहले से उसका इंतज़ार कर रहा है।

चुनरी महोत्सव के लिए सजे हुए केशी घाट को हरिदासी देर तक टकटकी लगाए देखती रही। यमुना में दिखाई देते केशी घाट के प्रतिबिम्ब को देख, वह एक अलौकिक कल्पना-लोक में उतरती चली गई। उसने अन्तिम सीढ़ी पर उतर यमुना-जल का आचमन किया और सेवायत जमुनादास के साथ किनारे लगी नावों की ओर बढ़ गई।

यमुना के किनारे खड़ी रंग-बिरंगी पतंगी काग़ज़ों की लड़ियों और पन्नियों से सजी नावों को देखकर लगा, जैसे यमुना की आईनबन्दी की गई हो। केशी घाट से जहाँगीरपुर में लगनेवाले बेलवन मेले में जानेवाली एक नाव में वे दोनों बैठ गए। हिचकोले खाती नाव जैसे-जैसे यमुना में आगे बढ़ने लगी, वैसे-वैसे हरिदासी के विगत की डोर खुलने लगी। उसे लगा जैसे वह इस समय यमुना में नहीं बल्कि अपने नबद्वीप किनारे बहती और आगे जाकर स्वरूपगंज के निकट गंगा में मिलनेवाली जलंगी नदी में तैरती नाव में बैठी हुई है। जैसे-जैसे दूसरा किनारा नज़दीक आने लगा, हरिदासी का रोमांच यमुना की लहरों-सा हिलोरें लेने लगा।

"चलो भैया, बेलवन जानेवारे भक्त उतर जाओ!"

अगर अधेड़ नाविक के ये शब्द हरिदासी के कानों में नहीं पड़ते, तो पता नहीं कितनी देर तक वह जलंगी नदी में ही नौका विहार करती रहती।

नाव से उतर वे दोनों मेले में जानेवाले लोगों के साथ यमुना के किनारे-किनारे कुछ दूर जाने के बाद, आगे पसरे गेहूँ व सरसों के खेतों के बीच से जाते कच्चे रास्ते पर हो लिए। रास्ते में आते-जाते लोगों के मुँह से निकले 'राधे-राधे' के बीच हरिदासी की जब-जब सरसों के खेतों पर नज़र पड़ती, तब-तब लगता जैसे दूर तक कोई विशाल पीली चादर बिछी हुई है।

पीलू, पाखर, कदम्ब, तमाल, बेर, पीपल, बरगद से घिरे बेलवन मेले की छटा देखते ही बन रही है। रंग-बिरंगे परिधानों में आनेवाले मेलार्थियों, जगह-जगह लगे झूलों में झूलते बच्चों-बड़ों, डुगडुगी के साथ नाचते बन्दर-बन्दरियों के खेल, खेल-खिलौनों से सजी व गर्म-गर्म जलेबी की दुकानों, गले में नाग-नागिन व अजगर लपेटे सपेरों और बीच-बीच में राधा-कृष्ण के तरह-तरह के रूपों और कृष्ण की लीलाओं के साथ करतब दिखाते बहुरुपियों को देख, हरिदासी को बोलपुर के सोनाझुरी में हर शनिवार को लगनेवाले शोनिबरेर हाट की याद ताज़ा हो उठी। आदिवासी लोक कला, बाउल गीतों के प्रदर्शन और स्थानीय व्यंजन की गन्ध में लिपटे शोनिबरेर हाट तथा इस बेलवन मेले में उतरती गरमागरम जलेबियों की ख़ुशबू उसके नथुनों में समाती चली गई।

"मैया, चल तोहे बेलवन की गरमागरम जलेबी खिलाके लाऊँ!" इतना कह सेवायत हरिदासी को लेकर जलेबी की एक दुकान की तरफ़ बढ़ गया।

हरिदासी को हैरानी हुई कि यह सेवायत है या कोई लीलाधारी, जिसने उसके

मन की बात जान ली? मना नहीं कर पाई वह। कैसे मना करती। सच तो यह है कि ताज़ा-ताज़ा गरमागरम सुनहरी जलेबियों को देख उसके मुँह में भी पानी आ गया था। उन्हीं जलेबियों को देखकर जिनके बारे में बग़दादी कवि इब्न अल-रूमी ने अपनी एक कविता में मैदा के गाढ़े घोल को चाँदी की उपमा देते हुए कहा था कि जिसे गोल-गोल पकाकर शहद में डुबोया जाए तो वह सोने में तब्दील हो जाता है। उसी शहद में डूबी और उनसे टपकते शहद यानी चाशनी में लिपटी जलेबियों को खाने के लोभ को नहीं रोक पाई।

अन्त में सेवायत ने उसे लक्ष्मी मन्दिर में लक्ष्मी के दर्शन कराए और पूस की गुलाबी ठंड में सिर के ऊपर ठिठके सूरज की नर्म धूप में नहाए वे दोनों वापस हो लिए। यमुना तक वे दोनों पहले की तरह पैदल ही चल पड़े।

"जमुना बाबू, अपने मैनेजर साहब नाम से पहले शाह क्यों लगाता है?" बहुत दिनों से अपनी जिज्ञासा को प्रकट करते हुए हरिदासी ने आज पूछ ही लिया।

"दरअसल, मनीजर साब ललित किशोरी जी मेरौ मतलब है शाह कुन्दनलाल के खानदान से हैं, या मारे ये अपने नाम के आगे शाह लगावे हैं। अब तू ये भी पूछेगी कि बिन्दाबन के बाँके बिहारी मन्दिर के सारे सेवायत, गोस्वामी ही क्यों हैं?"

बार-बार बन्दरों द्वारा रास्ता काटने के बीच सेवायत जमुनादास के साथ क़दम से क़दम मिलाकर चलती हरिदासी ने जिस तरह सेवायत की ओर देखा, वह समझ गया कि इसके बारे में भी इसे बताना ही पड़ेगा। इससे पहले कि सेवायत कुछ बताता, रास्ते में घुटनों के बल बैठे डफ की तान पर भजन गाते एक साधू को देख हरिदासी रुक गई। अपने थैले से उसने पाँच का सिक्का निकाला और उसे भजन गाते साधू के सामने बिछी टाट की बोरी पर रख आगे बढ़ गई। एक विधवा दासी जिसका न कोई ठौर है, न ठिकाना। आमदनी का न कोई ज़रिया है, न ख़र्च करने का कोई अन्दाज़ा; उसका एक साधू को भिक्षा देना, सेवायत जमुनादास को अन्दर तक भिगो गया। दुःख कैसे मनुष्य को मनुष्य के पास लाता है, यह इसका जीवन्त उदाहरण है।

"जमुना बाबू, तुम बाँके बिहारी के सेवायतों के बारे में कुछ बता रहे थे?" हरिदासी सेवायत जमुनादास को याद दिलाते हुए बोली।

"हाँ मैया। पतौ ना तू जाने है या ना कि हमारे पूर्वज रूप गोस्वामी और सनातन गोस्वामी को सबते पहले आपके चैतन्य महाप्रभु ने ही तुलसी के इस जंगल में बिन्दाबन की खोज में भेजा था।"

"क्या कहते हो जमुना बाबू? आपके पुरखों को हमारे निमाई पंडित ने यहाँ भेजा था?"

"हाँ मैया। हमारे पड़दादा बतावे है कि बंगाल के गौड़ देश पर उन दिनों एक मुसलमान राजा हुसैनशाह को राज हो। वाके दरबार में दवीरखास और

साकरमल्लिक नाम के दो प्रधान मंत्री थे जो आपस में सगे भइया थे। वा मुसलमान राजा के समय हम हिन्दुअन पे बहुत अत्याचार होवे हो। इन अत्याचारन्ने देखके इन दोनों को बड़ो दुःख होवे हो। याई बीच इन दोनों ने चैतन्य प्रभु को नाम तो सुनो, पर याते कभी इनकी भेंट ना भई। क्योंकि उन दिनों वे पुरी धाम में निवास करने लगे है। कहवे हैं कि धीरे-धीरे ये दोनों भइया कान्हा के भक्त हे गए। इन्ने प्रभु ते मिलने की बड़ी कोशिश करी पर उन्हीं दिनों गौड़ और उड़ीसा के राजाओं में लड़ाई छिड़ गई।"

"हरे कृष्ण, हरे कृष्ण...लड़ाई छिड़ गई!"

"हाँ मैया। या मारे ये प्रभु तक ना पहुँच पाए। एक दिन इन दोनों भइयान्ने प्रभु को एक गुप्त चिट्ठी लिखी। या चिट्ठी में इन्ने लिखी कि हे प्रभो! हमें हमारे बन्धनों से मुक्त कर अपने चरणों में बुलाए लो! पहले तो ई चिट्ठी प्रभु ने पढ़ी और फिर खुदई बोले—

परव्यसनि नारी व्यग्राऽपि निजकर्मसु।
तदेवास्वादयत्यन्तर्नव संग रसायनम्॥

यानी जैसे एक छिनार ए जब काई गैर मरद ते प्रेम हो जाए, तो हर समय घर के कामकाज में लगी रहने के बाद भी वह, अपने यार ते मिलने कू तड़पती रहवे है। ऐसेई एक कृष्ण-भक्त भी अपने प्रभु ते मिलने कू ब्याकुल रहवे है। वा भक्त की हालत भी वा छिनार जैसी हो जावे है कि ऊ गैर मरद के बिना ना रह सके, ऐसेई कृष्ण-भक्त भी अपने प्रभु के बिना ना रह पावे है।

तो मैया, याके बाद ये दोनों भइया गौड़ राजा की नौकरी छोड़ प्रभु के चरणों में आ गए। प्रभु के चरण में आने के बाद इन दोनों ने अपना नाम दवीरखास और साकरमल्लिक से बदलके रूप गोस्वामी और सनातन गोस्वामी रख लियो। याके बाद चैतन्य प्रभु ने ये दोनों भइया बिन्दाबन की खोज में भेज दिए। आज यहाँ बाँके बिहारी मन्दिर के जितने भी सेवायत हुए हैं, या हैं, वे सब इन्हीं दोनों भइयान के वंशज हैं। मैया, तोहे सुनके हैरानी होएगी कि आज लगभग दो सौ गोस्वामी परिवार बाँके बिहारी मन्दिर की सेवा में लगे हुए हैं और सारे सेवायत कहे जावे हैं। अगर काई परिवार के हिस्से में बीस दिन की सेवा आई और वा परिवार में दस बच्चे हैं, तो एक-एक दिन ही सबको सेवा मिलती है।"

"तो जमुना बाबू, आपके पुरखे मेरा मतलब है रूप गोस्वामी और सनातन गोस्वामी पहले मुसलमान थे और तुम मुसलमानों की सन्तान हो?" हरिदासी सेवायत जमुनादास से छिटककर अलग होते हुए बोली।

"ना मैया, वे तो उच्च कुल के दक्खिनी ब्राह्मण थे। दवीरखास और साकरमल्लिक नाम तो उन्ने राजा हुसैनशाह के कहने पर रखने पड़े है।"

जिस गर्व और आत्मविश्वास के साथ सेवायत जमुनादास ने अपने पुरखों के बारे में बताया कि वे मुसलमान नहीं बल्कि दक्षिणी ब्राह्मण थे, हरिदासी उसे देर तक देखती रही।

बातों-बातों में पता ही नहीं चला कि वे दोनों कब यमुना के तट पर पहुँच गए। तट पर आकर दोनों ने नाव ली और दूसरी तरफ़ केशी घाट पर आ गए।

जिस समय वे दोनों घाट पर आए, यमुना पर चुनरी ओढ़ाने की पूरी तैयारी हो चुकी थी। यमुना में एक के पीछे एक क़तार में लगी नावों में बैठे श्रद्धालुओं के हाथ में थमी रंग-बिरंगी साड़ियों के छोरों को एक-दूसरे के साथ सूई-धागे से सिलकर, जिस प्रकार उसे एक लम्बी चुनरी का रूप दिया गया था, उसे देख हरिदासी की आँखें आश्चर्य से फैलने-सिकुड़ने लगीं। वह मन-ही-मन उस आदमी के प्रति नतमस्तक होती चली गई, जिसके मन में यह विचार आया होगा। दुल्हन की तरह सजे केशी घाट से शुरू हुई और दूसरे किनारे तक पूस की मिचमिचाती धूप से चिलकते यमुना की पीताम्बरी देह पर तनी, इस इन्द्रधनुषी चुनरी पर जब-जब उसकी नज़र पड़ती, तब-तब लगता जैसे यह चुनरी नहीं, कोई चीर सेतु है। सचमुच यह विहंगम दृश्य आह्लादित करनेवाला था। केशी घाट की सीढ़ियों से लेकर दूर तक बिछी जाजम-दरियाँ। वहीं आकाश में एक कदम्ब से लेकर दूसरे तमाल तथा तमाल से लेकर नीम की भुजाओं से बँधी पतंगी काग़ज़ों की लड़ियों और सतरंगी गुब्बारों की छटा देखते ही बन रही है।

धीरे-धीरे तेज़ होते मंत्रोच्चार के बीच यमुना चुनरी उत्सव सम्पन्न होने के बाद जब श्रद्धालु अपनी-अपनी जगह से उठकर जाने लगे। उन्हें जाता देख सेवायत जमुनादास ने मुस्कराते हुए कहा, "मैया, अब तो बेलवन मेले और यमुना चुनरी उत्सव देखने की आस पूरी हे गई?"

मन तो हरिदासी का कर रहा था कि वह केशी घाट को छोड़कर ना जाए लेकिन वह चाहकर भी ऐसा नहीं कर सकी। घाट की सीढ़ियों से वे दोनों ऊपर आए और धीर समीर घाट की तरफ़ बढ़ गए। मगर इसी बीच अचानक सेवायत जमुनादास के पाँव ठिठक गए।

"क्या हुआ जमुना बाबू?" हरिदासी ने सेवायत के इस तरह एकाएक रुकने पर पूछा।

"मैया, मैं सोचरो हूँ कि आज लगे हाथ यमुनाजी के घाटन के भी दरसन करा दूँ?"

"लेकिन घाट तो मैंने सब देखे हुए हैं।"

"पर आज मैं अपनी आँख ते दिखाऊँगो।"

"क्या मतलब जमुना बाबू?"

"पहले तू ई तय करले कि देखने हैं कि ना?" उलटा सेवायत ने कहा।

हरिदासी ने एक पल के लिए आसमान में गोधूली के लटके हुए सूरज की ओर

देखा। पूस के सबसे छोटे दिनों और तेज़ी से क्षितिज की तरफ़ लुढ़कते सूरज ने उसके अन्दर भय और आशंकाओं के अंकुरों को एकाएक हरा कर दिया। उसके कानों में मलिना दासी का यह वाक्य गूँजने लगा कि हरिदासी, वृन्दावन में इतना मुश्किल जंगली जानवरों से बचना नहीं है, जितना मर्दों से है। जानवरों पर भरोसा कर लेना, लेकिन इन मर्दों पर मत करना।

"मैया, मन ना है तो छोड़।" सेवायत जैसे हरिदासी की दुविधा भाँप गया।

"ऐसा कुछ नहीं है जमुना बाबू। सोच रही थी कि सूरज डूबनेवाला है इसलिए..."

"ठीक है फिर उलटे चलते हैं।"

इतना कह सेवायत धीर समीर घाट की तरफ़ क़दम बढ़ाता कि हरिदासी द्वंद्व की अन्धी गली से बाहर निकलते हुए पीछे से बोली, "जमुना बाबू, चलिए चलते हैं। तुमने ठीक कहा है कि मैंने इन्हें केवल देखा हुआ है। आज मैं आपकी नजर से देखना चाहती हूँ।"

सेवायत जमुनादास जाते-जाते रुक गया। वापस हरिदासी के पास आ गया।

वे दोनों चीर घाट पर आकर रुक गए।

सेवायत जमुनादास ने पहले यमुना में उतरे साँझ के सूरज और उसकी स्वर्णिम आभा से उसकी पीली पड़ी देह को निहारा। फिर कुछ पल रुककर बताने लगा, "मैया, एक समय बिन्दाबन में भगवान श्रीकृष्ण की लीलाओं का बखान करनेवारे अड़तीस घाट हुआ करते थे। इनमें ते ज्यादातर घाट अब गायब हे गए हैं। अब तो बस अट्ठारह बचे हैं और उनकी हालत कैसी है, जे बात तो तू जानेई है। केशी घाट और अक्रूर घाट ए छोड़ दें तो ज्यादातर घाट अब यमुना ते बहुत दूर चले गए हैं। जहाँ हम खड़े हैं जे चीर घाट है। वही चीर घाट, जहाँ कृष्णजी यमुना में नहाती गोपियों के लत्ते उठाके कदम्ब के पेड़ पे चढ़ गए हे। याई के कनै कृष्णजी ने केशी राक्षस का वध करने के बाद आराम करो हो। जाको दूसरो नाम चैन घाट या चयन घाट भी है। चल, आगे चलें।"

हरिदासी सेवायत जमुनादास के पीछे-पीछे हो ली।

"यह आँधेर घाट है। याते पहले जुगल घाट हो जाके ऊपर जुगल बिहारी को प्राचीन मन्दिर है जो आज शिखरविहीन अबस्था में पड़ो हुओ है। ऐसो ही एक जुगल किशोर मन्दिर केशी घाट के कनै है। ऊ भी ऐसोई पड़ो हुओ है। कहवे हैं कि आँधेर घाट के बगीचे में कृष्ण, गोपियों के संग आँख मुँदौवल की लीला करते थे।"

"यह कौन-सी लीला है?"

"जब गोपियाँ अपनी-अपनी आँख बन्द कर लेवे ही तो कान्हा कहीं आसपास कुंजन में छिप जावे हो। थोड़ी देर पीछे सब आँख खोलके कान्हा ए ढूँढ़ती। कभी-

कभी किशोरीजी भी ऐसेई छिपती, तो कान्हा व सारी गोपियाँ उसे ढूँढ़ती। याई खेल को नाम आँख मुँदौवल है।"

"सीधे छिपम-छिपाई कहो न! यह तो हमने बचपन में खूब खेला है।"

"कछु भी कह लो मैया। याके बाद अब हम चलेंगे भ्रमर घाट। यहाँ किशोर-किशोरी यानी राधा-कृष्ण क्रीड़ा वास करते थे। जब वे क्रीड़ा,मेरौ मतलब है आपस में हँसी-ठट्ठा और छेड़खानी करते तो दोनों जनों को देख भँवरे बौराते हुए गुंजार करने लगते थे। इन्हीं भँवरों की वजह से या घाट को नाम भ्रमर घाट पड़ो है।"

सेवायत जमुनादास ने जिस तरह शब्दों को कातते हुए महीन भाषा का इस्तेमाल किया, उसे सुन हरिदासी के सिवाय हँसी-ठट्ठा, छेड़खानी और भँवरे शब्द के कुछ पल्ले नहीं पड़ा।

"आगे इमलीतला घाट ते थोड़ी पूरब दिशा में यमुना किनारे शृंगार घाट है। या घाट पे बैठके कृष्ण ने राधा को सिंगार करो हो। इमलीतला मेरौ मतलब है गौरांग घाट और धीर समीर घाट के बारे में तो बताने की जरूरत ही ना है मैया। और वोऽऽऽ सूर्य घाट है। इसे द्वादिशादित्य घाट भी कहवे हैं। इसी घाट के ऊपर टीले पे हमारे पुरखे सनातन यमुनाजी के प्राणदेवता श्रीराधा मदन मोहन जी को मन्दिर है। कहते हैं कि इसे मुल्तान के एक नमक ब्यौपारी रामदास कपूर और उड़ीसा के राजा ने बनवाया था।"

इस मन्दिर का नाम सुनते ही हरिदासी को याद आया कि वह मेघु दासी के साथ एक बार यहाँ आ चुकी है। इसकी चहारदीवारी की मुँडेर पर बैठकर ही उसने मेघु दासी की ज़बानी उसकी वह लोमहर्षक कथा सुनी थी, कि सेवाकुंज के पास अठखम्बा बाज़ार की एक हवेली में उसके मालिक ने किस तरह उसकी अस्मत तार-तार की थी। एक पल के लिए हरिदासी भूल गई कि वह इस समय अठखम्बा बाज़ार में है या सेवायत जमुनादास के साथ है।

"मैया, एक घाट और है कालीयदमन घाट, पर वो दूर है। यह वराह घाट ते आधा मील दूर पुराने यमुना के किनारे पे है। यह वही घाट है जहाँ कृष्ण ने कालीय का दमन किया था। जब जे बात ब्रजराज नन्दजी और माँ जसोदा ने सुनी, तो वे दौड़े-दौड़े यहाँ आए। आते ही माँ जसोदा ने अपनो लाल कान्हा अपने आँसुन ते तर-बतर कर दियो। वह वाके हाथ-पाँवन्ने ऐसे देखने लगी कि वाके लाड़ले को कहीं कोई चोट तो ना आई है। इनके अलावा बिहार घाट, गोबिन्द घाट, वंशी घाट, जगन्नाथ घाट, राधा बाग घाट, आदि बद्री घाट और राजघाट भी हैं। कभी मौका मिलो तो उन्ने भी दिखाऊँगो। वैसे इनमें एक घाट बहोत मजेदार है और ऊ है राजघाट। जे घाट आदि बद्री घाट ते आगे है। याई के कनै राजपुर गाँव है। 'ब्रज विहार लीला' के लिखनेवारे हरिलाल जी या घाट के बारे में लिखते हैं कि या घाट पे श्रीकृष्ण ने दान लीला के समय गोपियों से दूध-दही दान के बदले, नाविक बनके

गोपियों को यमुना पार कराई ही। कृष्णजी या घाट पे केवट बनके टैक्स वसूली के बहाने खड़े रहवे हे। या मारे या घाट को नाम राजघाट पड़गो।"

सेवायत जमुनादास के मुँह से जब हरिदासी इन घाटों की कथा और इनके नाम सुन रही थी, तब सुनते हुए उसके एक बात समझ में आई कि ज़्यादातर घाटों का नाम यहाँ घटनेवाली घटनाओं के नाम पर पड़ा है।

सूरज अब पश्चिम में क्षितिज पर आकर रुक-सा गया।

"मैया, चलें! मेरौ भी संध्या आरती को समय हे गयो है और तोए भी शाहजी मन्दिर पहुँचनो है।"

"जमुना बाबू, तुमने सही बोला था कि मैंने इन घाटों को देखाभर था।" इतना कह तेज़-तेज़ क़दमों से हरिदासी सेवायत जमुनादास के साथ-साथ चल दी।

जिस समय हरिदासी शाहजी मन्दिर पहुँची, संध्या आरती का समय हो गया था।

13

पौष बीतते-बीतते धरती ने अपने पूरे तन पर जैसे धानी चूनर ओढ़ ली। मौनी अमावस्या के बाद माघ मास में आनेवाले बसन्त ऋतु के आगमन की आहट है यह। मौसम तो बदलता रहता है, ऋतुएँ आती-जाती रहती हैं लेकिन बसन्त के आगमन का अनुराग और प्रतीक्षा हर किसी को रहती है। प्रकृति के इस हरीतिमा और पीताम्बरी सौन्दर्य की छटा ही निराली होती है। वृन्दावन की परिक्रमा हरिदासी लगा तो कई बार चुकी है लेकिन इससे पहले उसका ध्यान इस तरफ़ नहीं गया। जगह-जगह परिक्रमा मार्ग के किनारे बिखरे चनों और उन्हें पूरी तल्लीनता के साथ खाते वानरों के झुंड से बचते-बचाते टटिया स्थान के सामने से होते हुए वह पानी घाट को पार कर वृन्दावन के दक्षिण-पूरब में पहुँची, तो दूर तक फैले खेतों के इस मनमोहक नज़ारे को देख वह अचानक ठिठक-सी गई। उसने देखा कि यमुना की सतह से उठते कोहरे की चादर में लिपटे परिक्रमा देते कृष्ण भक्तों को सुबह का उनींदा सूरज बीच-बीच में भिगोकर ऐसे छिप जाता, जैसे कोई बच्चा कुनमुनाते हुए अपनी माँ के आँचल में मुँह छिपा लेता है। दूर तलक पसरी हरी चादर पर बीच-बीच में सरसों के खेतों से लहराती बालियों पर उसकी नज़र पड़ी, तो कुछ क्षणों के लिए प्रकृति के इस अनुपम श्रृंगार को देखती रह गई। जब-जब गेहूँ के पौधों और सरसों के पीले फूलों पर जमी ओस की बूँदों पर सूरज की किरणें पड़तीं, तब ये ओस की बूँदों का नहीं, किसी हीरे से फूटती सतरंगी किरणों का आभास देतीं।

हरिदासी ने पलटकर दक्षिण-पूरब में नीले क्षितिज की ओर देखा, तो पलभर के लिए उसे भ्रम हुआ। एक बार उसके मन में आया भी कि वह परिक्रमा छोड़, धानी चुनरी पर सजे पीले पुष्पों की इस चित्रकारी को एकदम पास जाकर देखे। जाकर छुए उस मुस्कराते पीलेपन को, जिसकी न जाने कितनी यादें उसके वैधव्य के सफ़ेद पल्लू से बँधी हुई हैं। मगर वह ऐसा नहीं कर पाई।

उदास हरिदासी के क़दमों की गति धीमी पड़ती चली गई। चलते हुए उसके कानों में कविवर रवीन्द्रनाथ टैगोर की ये पंक्तियाँ जैसे सरगोशियाँ करने लगीं—

नील दिगंते ओइ फूलेर आगुन लागलो,
बसंते सौरभेर शिखा जागलो...
आकाशेर लागे धाँधा रविर आलो ओइ कि बाँधा...
बुझि धरार काछे आपनाके शे मागलो,
सरसों खेते फूल होए ताइ जागलो...।

शाहजी

मन्दिर के मैनेजर शाह भारत भूषण ने अपने सामने खड़ी हरिदासी को कनखियों से ऊपर से नीचे तक देखा और फिर नज़रें नीची करते हुए पूछा, "हाँ हरिदासी बोलो! कुछ काम था?"

"मैनेजर साहब, आपसे एक बात करनी है?"

"तनख़्वाह बढ़वानी?" मैनेजर ने मुस्कराते हुए उसी की शैली में पूछा।

"नहीं-नहीं वो बात नहीं है!"

"तो फिर क्या बात है?"

"मैं सोचती हूँ कि क्यों न अपने शाहजी मन्दिर में..." कहते-कहते रुक गई हरिदासी।

"क्या हुआ? कैसे रुक गई?" मैनेजर ने अपना खुला हुआ पेन बन्द करते हुए पूछा।

"क्यों न हम अपने मन्दिर में ठाकुरजी की आरती के समय अपने श्रीललित किशोरी जी की लिखी आरती गाना शुरू करें!"

"लगता है तूने अभिलाष माधुरी अच्छी तरह पढ़ ली है?" मैनेजर ने मुस्कराते हुए कहा।

हरिदासी ने कुछ नहीं कहा। वह भी मुस्कराकर रह गई।

"वैसे ख़याल तो बुरा नहीं है। जब श्रद्धाराम फिल्लौरी की एक कविता 'ओऽम् जय जगदीश हरे' हिन्दुओं के कंठ का हार बन सकती है, और जो आज पूरे मन्दिरों में आरती के रूप में गाई जा सकती है, तब अपने शाहजी मन्दिर में मंगला आरती, सुबह की धूप आरती, संध्या आरती, शृंगार आरती और सोने की आरती के समय

श्रीललित किशोरी जी की लिखी आरतियाँ क्यों न गाना शुरू करें। मुझे हैरानी हो रही है कि हम शाहों का ध्यान इससे पहले इस तरफ़ क्यों नहीं गया?" मैनेजर शाह भारत भूषण ने हरिदासी को सुनाते हुए जैसे स्वयं से कहा।

हरिदासी के लिए यह सूचना हैरान करनेवाली थी कि जिस आरती को वह बचपन से सुनती आ रही है, उसे किसी श्रद्धाराम फिल्लौरी नाम के लेखक ने लिखा था।

"मुझे इस पर कोई एतराज़ नहीं है। श्रीललित किशोरी जी, मेरा मतलब है जब शाह कुन्दनलाल जी से बारह साल छोटे पंजाब के फिल्लौर में जन्मे पंडित श्रद्धाराम शर्मा, जो बाद में श्रद्धाराम फिल्लौरी के नाम से जाने जाने लगे, उनकी लिखी कविता आरती बन सकती है, तब श्रीललित किशोरी जी की लिखी आरतियाँ गाने में क्या बुराई है। इससे तो शाहजी की कीर्ति में बढ़ोतरी ही होगी। ठीक है। मैं इस बारे में शाहजी मन्दिर प्रबन्धक कमिटी के सदस्यों से बात करता हूँ।"

"मैनेजर साहब, आपने मुझे एक किताब और दी थी, जिसमें कृष्ण की लीलाओं पर आधारित एक नाटिका है जिसका नाम नवाब साहब ने 'रहस' दिया है। इसके दूसरे हिस्से में राधा और कृष्ण के दो रहस दिए गए हैं, जो इतने छोटे हैं कि उन्हें पूरी रात खेला जा सकता है। आपने उस दिन यह भी बोला था कि मेरी बड़ी इच्छा थी कि कभी इस रहस का मंचन मन्दिर के रास मंच पर कराऊँ।"

"तुझे तो सब याद है हरिदासी।" हरिदासी की याददाश्त की तारीफ़ करते हुए हँसा मैनेजर।

"अगर अपने ठाकुरजी ने चाहा तो अगले बसन्त पंचमी पर आपकी यह इच्छा अवश्य पूरी होगी।"

हरिदासी ने जिस आत्मविश्वास के साथ कहा, उसे सुन मैनेजर यह सोचकर मन-ही-मन मुस्कराकर रह गया कि ज़रूर हरिदासी के मन में कुछ पक रहा है।

"ठीक है मेरी तरफ़ से पूरी छूट है। मुझसे जो मदद चाहिए बता देना!"

मन्दिर के कार्यालय से घर जाने से पहले संध्या आरती के समय मैनेजर शाह भारत भूषण टहलते हुए राधा निवास की ओर निकल गए। अचानक आरती के दौरान सभा विलास में खोल की थाप और मजीरे की खनक के साथ गूँजते चिर-परिचित शब्दों ने उसका ध्यान आकर्षित किया। वह इन शब्दों को ध्यान से सुनने लगा, तो उसकी ख़ुशी का ठिकाना नहीं रहा कि सभा विलास में संध्या आरती के रूप में जो आरती गाई जा रही है, वह श्रीललित किशोरी जी द्वारा रचित राग मांझ देश पर आधारित आरती है। मैनेजर सभा विलास में चुपचाप आकर क.ब आरती में शामिल हो गया, इसका किसी को आभास ही नहीं हुआ। जैसे ही आरती समाप्त हुई, वह उसी तरह चुपचाप सभा विलास से बाहर आ गया।

शाहजी मन्दिर से घर पहुँचने के दौरान मैनेजर शाह भारत भूषण के कानों में

हरिदासी की गाई श्रीललित किशोरी जी द्वारा रचित राग मांझ देश पर आधारित इस आरती के ये बोल जैसे रस घोलते रहे—

करत आरती नवलकिशोरी
नवल निकुंज अंशभुज दीन्हे गौरश्याम सुन्दरवर जोरी
संध्या समय लता मन्दिर में गुंजत मधुप कंजपग धोरी
ढोरत चँवर निवारत अलिगन-अलिगन ललित किशोर-किशोरी
विथुरी अलक कपोलन विलुलित कलमलात नागिनि जुटजोरी।
करत आरती नवलकिशोरी।

रास्तेभर मैनेजर यही सोचता रहा कि हरिदासी ने इतने मुश्किल शब्दों को किस तरह साधकर आरती में उतारा होगा?

माघ माह का शुक्ल पक्ष।

इसी बीच एक दिन हरिदासी को शाहजी मन्दिर के मैनेजर से पता चला कि वृन्दावन में बसन्त पंचमी से चालीस दिनों तक चलनेवाला होली महोत्सव शुरू होनेवाला है। इस महोत्सव के दौरान यहाँ के मन्दिरों में जमकर गुलाल उड़ेगा। शाहजी मन्दिर ही नहीं बल्कि वृन्दावन के दूसरे मन्दिरों सहित बाँके बिहारी मन्दिर को भी बसन्त पंचमी के लिए विशेष रूप से सजाया जाएगा। ठाकुरजी कमर में कमली बाँधकर इस दिन अपने भक्तों के संग होली खेलेंगे। श्रृंगार आरती के दर्शन के बाद भक्तों पर गुलाल लुटाया जाएगा और इसी दिन से ब्रज में सवा महीने के होली महोत्सव की भी शुरुआत हो जाएगी। मन्दिर के मैनेजर ने ही हरिदासी को बताया कि अपने समय में रसिक संतजनों के आग्रह पर स्वामी हरिदास अपने पद गायन के ज़रिए अक्सर महोत्सवों का आरम्भ किया करते थे। पूरे सवा महीना स्वामी हरिदास इस रंग-रंगीले महापर्व पर स्वयं बिहारी जी के गालों पर गुलाल लगाते थे।

हरिदासी सोचती है कि काश, यह बात मैनेजर उसे कुछ महीने पहले बता देता कि बसन्त पंचमी से शुरू होनेवाले इस महोत्सव की शुरुआत कभी स्वामी हरिदास ने अपने पदों के गायन के साथ की थी, तो वह भी अपने शाहजी मन्दिर के ऋतुराज कक्ष के खुलने की शुरुआत इस बार स्वामीजी के पद गायन से करती। हरिदासी मन मसोसकर रह गई और यह सोचकर उसने मन को दिलासा दे दी कि इस बार न सही, अगली बार बसन्त पंचमी पर वह अपनी इस इच्छा को ज़रूर पूरा करेगी।

बाँके बिहारी मन्दिर में गुलाल लुटने की ख़बर सुन, हरिदासी शान्तिनिकेतन के दिनों में मननेवाली होली अर्थात बंगाल के दोल उत्सव के दौरान आश्रम माठ के विशाल प्रांगण में उड़ते रंग-अबीर के बादलों में कुलाँचें भरने लगी।

जैसे-जैसे बसन्त पंचमी निकट आने लगी, हरिदासी की व्यग्रता भी बढ़ने लगी। उसे रह-रहकर शाहजी मन्दिर के मैनेजर द्वारा एक बार कहा यह वाक्य याद आ जाता, जो शाहजी मन्दिर के राधा निवास में, ताला लगे एक दरवाज़े को दिखाते हुए कहा था कि यह ऋतुराज कक्ष यानी बसन्ती कमरा है। यह कमरा सिर्फ़ बसन्त पंचमी के दिन खुलता है। इस ऋतुराज कक्ष की छत पर हल्के पीले रंग का झूमर है, जिसे एक समय मोमबत्तियाँ रोशन करती थीं। मगर बाद में इनकी जगह बिजली के बल्बों ने ले ली।

हरिदासी बसन्त पंचमी के दिन शाहजी मन्दिर के ऋतुराज कक्ष खुलने की कल्पनाओं और अपने वासन्ती अतीत में डूबने-तिरने लगी। कब उसकी स्मृतियों के परदे पर पुराने चित्र तिरमिराने लगते हैं, उसे पता ही नहीं चला।

उस साल सिंह सदन के सिंह द्वार पर हर मंगलवार को जुड़नेवाली 'साहित्य सभा' द्वारा बसन्त महोत्सव के अवसर पर एक सांस्कृतिक आयोजन रखा गया। यह महज़ संयोग था कि सिंह द्वार पर हर मंगलवार को जिस साहित्य सभा का आयोजन होता था, उस बार बसन्त पंचमी, मंगलवार के ही दिन पड़ी। हालाँकि इस महोत्सव की पहचान 'दोल जात्रा' से की जाती है और इसका मुख्य आयोजन पहले की तरह दिन में 'पाठ भवन' के सामने मैदान में आयोजित हो चुका था। लेकिन साहित्य सभा ने भी इस अवसर पर शाम को अपना एक सांस्कृतिक कार्यक्रम रखा था। इसी कार्यक्रम के लिए सभा के सदस्यों ने बिजली घोष से उसकी प्रस्तुति के लिए आग्रह किया। बिजली ने उनके इस आग्रह को स्वीकार करते हुए सभा के एक सदस्य से पूछा, "बोन्धु, तुमको कैसे पता कि मैं बाउल गीत गाती हूँ?"

"दीदी, आपको संगीत भवन में कौन नहीं जानता है। वैसे हम आपको उत्तरायण परिसर के पास पुराने मेला माठ पर सुन चुके हैं।" साहित्य सभा का वह छात्र सदस्य एक पल के लिए रुका और फिर मुस्कराते हुए बोला, "दीदी, अरुणाभ दा आपकी बहुत चर्चा करते हैं। इसीलिए साहित्य सभा ने निर्णय लिया है कि इस बार साहित्य सभा में आपको बुलाया जाए।"

"अच्छा, तो यह सारी शरारत उस ओरु के बच्चे की है।" बिजली ने शरारतभरे अन्दाज़ में कहा।

बिजली घोष को जानकर संतोष हुआ कि विश्वभारती के छात्र-छात्राएँ उसकी इस अभिरुचि के बारे में जानते हैं।

ठीक बसन्त पंचमी के दिन अरुणाभ को लेकर बिजली घोष पूरी तैयारी के साथ सिंह सदन के लिए रवाना हो गई। बसन्त में किसी अबोध बच्चे की निश्चल

हँसी-सा पूरा शान्तिनिकेतन खिला हुआ है। जगह-जगह लाल मिट्टी के कच्चे रास्तों पर गिरे पीले फूलों को देखकर लगता, मानो यहाँ से गुज़रनेवालों के स्वागत में कोई आदिम कालीन बिछी हुई है। रास्तों के दोनों तरफ़ क्यारियों में खिलते रंग-बिरंगे फूलों और उनकी मिली-जुली गन्ध से पूरा परिसर इस तरह महक रहा है, जैसे किसी देवी-देवता पर चढ़ाए गए पुष्पों व धूप-अगरबत्ती की महक से कोई मंगलावास महक रहा हो। बिजली के कानों में जैसे गुरुदेव के ये शब्द अपनी मादकता के साथ गूँजने लगे—

एसो एसो बसन्त धरातलें
आनो मुहु मुहु नव तान आनो नव प्रान नवगान
आनो गन्ध मद भरे अलस समीकरण
असो जागर मुखर प्रभातें

अचानक बिजली घोष को रुकता देख, अरुणाभ ने हैरानी के साथ पूछा, "क्या हुआ?"

बिजली ने किसी तरह का उत्तर न देकर, पहले पश्चिम में पीली फुनगियों के गुच्छों पर ठिठके सूरज की ओर देखा। फिर हल्के-से अपनी काँस जैसी हँसी बिखेरते हुए बोली, "ओरु, इस पीले फूलोंवाले पेड़, जिस पर सूरज बैठा हुआ है, पता है इसका क्या नाम है?"

शान्तिनिकेतन में धीरे-धीरे उतरती शाम की धूप में नहाए एक पेड़ को अरुणाभ आश्चर्य के साथ देखने लगा। पीले फूलों से ढके पेड़ को शाम की पीताम्बरी धूप ने ऐसा बना दिया, जैसे उसके ऊपर पीले फूल नहीं, कोई पीली चादर ओढ़ा दी हो। इस पीली चादर को निहारते हुए वह किसी कल्पना-लोक में खो-सा गया।

"इसको यहाँ फागुन बोउ कहते हैं।"

"फागुन बहु?" अरुणाभ को शायद यही सुनाई दिया।

"अरे बाबा बहु नहीं बोउ...बीओयू!" कहकर ज़ोर से हँसी बिजली घोष।

"मैं भी तो बहु ही कह रहा हूँ।" अरुणाभ ने भोलेपन के साथ कहा।

"ठीक है बहु ही सही।" फिर कुछ पल रुककर बिजली बोली, "ओरु, गुरुदेव ने शान्तिनिकेतन के कुछ पेड़ों को अपने नाम दिए हैं। जैसे लाल गुलमोहर के फूलों का कृष्ण चूड़ा और पीले गुलमोहर के फूलों का राधा चूड़ा का नाम दिया।"

अरुणाभ देर तक बिजली घोष द्वारा बताए गए इन नामों को सुन अपने आप में खोया रहा। इस बीच जैसे ही उसके इर्द-गिर्द सन्नाटा छाया, उसने देखा तो पाया रास्ते में गिरे फागुन बोउ के नए-पुराने पत्तों को रौंदती हुई बिजली सिंह सदन की ओर बढ़ गई है। पीछे रह गया अरुणाभ तेज़ी से बिजली की तरफ़ बढ़ गया।

पश्चिम में क्षितिज़ के ऊपर फैले उजास के साथ शाम का मटमैला अब चारों तरफ़ तेज़ी से पसरने लगा।

खुले मैदान में दूर तक बैठे छात्र-छात्राओं के बीच उसने अपनी प्रस्तुति की शुरुआत लालन फ़क़ीर के बाउल गीत से की। इसके बाद गगनहारा और गोसाईं विप्र के गीतों का गायन भी किया। मगर साहित्य सभा को सबसे अधिक हैरानी तब हुई, जब गगनहारा के बाउल गीत के बाद बिजली घोष एकतारे और डुग्गी के साथ यह पद गाने लगी—

हरि कौ ऐसोई सब खेल।
मृगतृस्ना जग व्यापि रही है, कहूँ बिजोरो न बेल॥
धन-मद जोबन-मद औ राज-मद, ज्यों पंछिन में डेल॥
कहि 'हरिदास' यहै जिय जानौ, तीरथ को सो मेल॥

तिनका बयारि के बस।
ज्यौं भावै त्यों उड़ाइ लै जाइ आपने रस॥
ब्रह्मलोक सिवलोक और लोक अस।
कहि 'हरिदास' विचारि देख्यौं बिना बिहारी नाहीं जस॥

बिजली घोष के पाँवों में बँधे घुँघरुओं की खनक व एकतारा के वैराग्य में डूबे साहित्य सभा के कुछ समझ में नहीं आया। इससे पहले उन्होंने बाउल गीत तो बहुत सुने हैं, परन्तु यह कौन-सा गीत है? सबको आश्चर्य हुआ कि बिजली घोष की अंग मुद्राएँ लालन शाह, गगनहारा और गोसाईं विप्र के गीतों से कैसे रासलीला में तब्दील हो गईं। साहित्य सभा में एकाएक बेचैनी छा गई? सबसे ज़्यादा हैरानी अरुणाभ को हुई कि बिजली ने उसे भी अपनी इस योजना के बारे में नहीं बताया।

अपनी इस अन्तिम प्रस्तुति को समाप्त कर, बिजली घोष ने साहित्य सभा के दर्शकों का अभिवादन किया और मंच के एक तरफ़ जाकर खड़ी हो गई। साहित्य सभा की ख़ामोशी को भाँप वह पुनः मंच के बीचोबीच आई और बोलने लगी, "बोन्धु, मैं आपकी बेचैनी जानती हूँ कि अन्त में मैंने आपको यह क्या सुना दिया? मैं बताती हूँ यह स्वामी हरिदास का एक पद था।"

स्वामी हरिदास का पद? पूरी साहित्य सभा में जैसे स्वामी हरिदास को लेकर जिज्ञासाओं की फुहारें बरसने लगीं। बिजली घोष परेशान हो उठी कि साहित्य सभा की इस जिज्ञासा को वह किस तरह शान्त करे? उसे तुरन्त एक उपाय सूझा और सभा को शान्त करते हुए बोली, "एक मिनट! आप सोच रहे होंगे कि यह

स्वामी हरिदास कौन है? बहुत अधिक पता मुझको भी नहीं है परन्तु मैंने सुना है कि इधर नबद्वीप से गौरांग प्रभु और उधर स्वामी हरिदास दोनों ने बृन्दाबोन में जाकर कृष्ण की उपासना की थी। गौरांग प्रभु और स्वामी हरिदास दोनों की उम्र लगभग एक थी।"

इस नई जानकारी को सुन साहित्य सभा की चिल्ल-पों एकाएक थम-सी गई।

"मैं उनके ध्रुपदों को सीखती हूँ इसलिए सोचा कि अपने लालन शाह, गगनहारा और गोसाईं विप्र के बाउल गीतों के साथ उनका भी एक पद सुना दूँ।"

बिजली घोष का तीर एकदम निशाने पर लगा। सामने बैठे श्रोताओं का ध्यान हटाने के लिए उसने तुरन्त एकतारा के तार को छेड़ा और पूरे आत्मविश्वास के साथ बोली, "मैं आपको एक और पद बाउल धुन में सुनाती हूँ!"

इतना कह बिजली एकतारा को तान देती हुई गाने लगी—

कृष्णमयी कृष्ण जार भितरे बाहिरे।
जोह्म जोह्म नेत्र पड़े लोहा कृष्ण स्फुरे॥
अतएव सर्वपूज्या परम देवता।
सर्वपालिका सर्व जगतरे माता॥
जगत मोहन कृष्ण ताहारमोहिनी।
अतएव समस्तेर परा ठकुराणी॥

सिंह सदन का सिंह द्वार अभी बिजली घोष के स्वराकर्षण के पाश से मुक्त भी नहीं हुआ था कि इस पद को सुन एक बार फिर से वह उसमें बँधता चला गया। बसन्त पंचमी की मदाती शाम देर तक इस कृष्णमयी पद में डूबी रही। हरिदासी के कानों में देर तक एकतारे और डुग्गी की धुन के साथ साहित्य सभा द्वारा आयोजित बसन्त महोत्सव के मौक़े पर उसी के द्वारा गाया गया पूर्णचन्द्र बाउल और कार्तिकदास बाउल का यह गीत गूँजने लगा—

ओ भाई रे पिरिति काठालेर आठा
ओ भाई रे पिरिति काठालेर आठा
से आठा लागले पोरे छारबे ना
गोलेमाले गोलेमाले पिरित कोरो ना
गोलेमाले गोलेमाले पिरित कोरो ना
पिरितिर रीति जानो ना
आरे कोरले पिरित होय बिपोरीत,
पोरे घोटबे जोंत्रोना
ओ जेमोन चीटे गुड़े पिपड़े पोड़ले
ओ पिपड़े नोड़ते चोड़ते पारे ना

गोलेमाले गोलेमाले पिरित कोरो ना
गोलेमाले गोलेमाले पिरित कोरो ना।

परिक्रमा मार्ग से होते हुए चीर घाट और चीर घाट से कुछ ही क़दम की दूरी पर, सीधे हाथ की ओर जाती बेहद सँकरी गली से होकर जानेवाले शाहजी मन्दिर को जिस तरह सजाया गया है, उसकी छटा देखते ही बन रही है। हरिदासी बड़ी बेसब्री से बसन्त पंचमी के दिन शाहजी मन्दिर के ऋतुराज कक्ष यानी बसन्ती कमरे के खुलने का इंतज़ार करने लगी।

रात में रंगीन बल्बों की रोशनी में देदीप्यमान शाहजी मन्दिर को देखकर ऐसा लगता मानो इसे कोई रेशमी चोग़ा पहना दिया हो। जबकि सफ़ेद संगमरमर के सर्पीले खम्भों को देखकर लगता मन्दिर का अगला हिस्सा सफ़ेद नागों पर टिका हुआ है। वहीं इसी उजाले में नहाई मन्दिर के मस्तक पर बीचोबीच तानपूरा लिए मीरा के दोनों तरफ़ आलाप लेते स्त्री-पुरुष गायक, नृत्य करतीं नृत्यांगनाओं और बाएँ तरफ़ पनिहारिनों की मनमोहक मूर्तियों को देखकर लगता जैसे वे कभी भी सजीव हो उठेंगी।

मदनोत्सव पर दो दिन खुलनेवाले इसके ऋतुराज कक्ष अर्थात बसन्ती कमरे की सुन्दरता और भव्यता को उसने वैसा ही पाया, हरिदासी ने जैसी कल्पना की थी। कक्ष की छत पर लटके विशाल कौमुदी वृक्ष अर्थात झाड़-फ़ानूस के चारों तरफ़ लटके अलग-अलग आकार के छोटे-बड़े पीले फ़ानूस। वहीं ज़मीन पर रखे दीपदानों से फूटती हरी, लाल, पीली रोशनी अनगिनत छोटे-छोटे शीशों से टकराकर फ़र्श पर बिछे गेंदे के फूलों पर इस तरह बिखरी हुई है, मानो बसन्त ऋतु में किसी उपवन में उसकी फूल-पत्तियाँ अपनी-अपनी शाखों पर मुस्करा रही हैं। कुछ पलों के लिए हरिदासी को लगा मानो बसन्ती कमरा झाड़-फ़ानूस और शमादानों के उजाले से नहीं, शान्तिनिकेतन के पंक्तिबद्ध फागुन बोउ, कृष्ण चूड़ा और राधा चूड़ा के रंगों से आलोकित है। दो दिन खुलनेवाले कक्ष के केन्द्र में स्थापित फ़व्वारों को आते-जाते हरिदासी न जाने कितनी बार निरख चुकी है। ऋतुराज कक्ष की इस दर्शनीय अलौकिक छवि और आनन्दमय क्षणों को आज हरिदासी अपनी आँखों में क़ैद कर लेना चाहती है। इसलिए उसने रात को कक्ष के खुलने के दौरान वासन्ती वस्त्र धारण कर हारमोनियम, मजीरा और खोल के साथ अपनी छोटी-सी मंडली का आसन राधा निवास में जमा लिया। जहाँ उसने अपना आसन जमाया वहाँ से जालीदार खिड़कियों से वह कक्ष के झाड़-फ़ानूस और दीपदानों की रोशनी में नहाए, स्वर्ण सिंहासन पर विराजमान ठाकुर श्री राधारमणलाल के दर्शन हो रहे हैं।

रात को जब तक ऋतुराज कक्ष श्रद्धालुओं के लिए खुला रहा, मजीरों-हारमोनियम के सुरों और हरिदासी के खोल की थाप के साथ, रागों के आधार पर रचित और हरिदासी के सुरों में श्रीललित किशोरी के पद राधा निवास में गूँजते रहे।

सुबह जब शाहजी मन्दिर का बसन्ती कमरा खुलने के बाद बन्द कर दिया गया, तो हरिदासी समय निकाल पहुँच गई बाँके बिहारी मन्दिर।

जिस समय हरिदासी बाँके बिहारी मन्दिर पहुँची, वहाँ का नज़ारा देख पलक झपकते ही वह शान्तिनिकेतन की यादों में खो गई। मन्दिर का प्रांगण श्रद्धालुओं से ठसाठस भरा हुआ है। इसे देख ऐसा लगता मानो किसी बाँध का पानी हरहराकर उसके बन्द दरवाज़ों से बाहर आने को आतुर हो। उड़ते गुलाल-अबीर के गुबार को देख कुछ क्षणों के लिए हरिदासी भूल गई कि इस समय वह वृन्दावन के बाँके बिहारी मन्दिर में खड़ी है, या शान्तिनिकेतन के आश्रम माठ में। सामने कमरबन्द बाँधे चाँदी के थालों में भरे लाल, हरा, बसन्ती, गुलाबी और पीले रंग का अबीर दोनों हाथों की अँजुरियों में भर-भरकर हवा में उड़ानेवाला हर युवक उसे अरुणाभ नज़र आने लगा। कुछ पलों के लिए वह, हरिदासी से जैसे बिजली घोष में अवतरित हो गई। वह भूल गई कि उसके तन पर वैधव्य का प्रतीक कत्थई किनारीवाली सफ़ेद धोती नहीं, मोटी लाल किनारीवाली पीली साड़ी लिपटी हुई है। ललाट पर नाक के ऊपरी हिस्से से शुरू हुआ गोपीचन्दन का तिलक नहीं, गुलाल पुता हुआ है। मन्दिर के अहाते में होली खेलती भीड़ उसे शान्तिनिकेतन में दोल उत्सव मनाती उन्मत्त भीड़ दिखाई देने लगी।

हरिदासी का रोम-रोम फागुन बोउ के फूलों की तरह महकने लगा। इससे पहले कि स्मृतियों के हवा में उड़ते रंगों के बादलों में वह गोता लगाती, एक अप्रत्याशित धक्के से वह गिरते-गिरते बची। उसे याद आया कि वह आश्रम परिसर में नहीं, वृन्दावन के बाँके बिहारी मन्दिर में है। एक पल में सुनहरी यादें सूखे पत्तों की मानिंद गुलाल-अबीर से सने नंगे पाँवों तले दबकर कुचलकर न जाने कहाँ ग़ायब हो गए। टकटकी लगाए देर तक उन्हें समेटने की कोशिश करती रही, मगर वह इसमें कामयाब नहीं हो पाई। हरिदासी यमुना की सतह से उठते कोहरे जैसी उदासी से घिरती चली गई और बोझिल क़दमों से लौट पड़ी। अठखम्बा बाज़ार से होती हुई सेवाकुंज को पार करते हुए, वह कब लोई बाज़ार और लोई बाज़ार से कब शाहजी मन्दिर में दाख़िल हो गई, उसके नंगे पाँवों को पता ही नहीं चला।

कहा जाता है कि बंगाल जो आज सोचता है, उसे बाक़ी देश कल सोचता है। कम-से-कम होली के मामले में तो यह कहावत पूरी तरह चरितार्थ होती है। क्योंकि यहाँ देश के बाक़ी हिस्सों के मुक़ाबले, एक दिन पहले

ही होली, जिसे यहाँ 'दोल उत्सव' कहा जाता है, मना ली जाती है। बसन्त ऋतु के आगमन के साथ ही घबराए पेड़-पौधों की देह से पुरानी पत्तियाँ तेज़ी से झरने लगीं। हरिदासी को सबसे पहले राधा चूड़ा का ध्यान आया, जिसके पत्ते उसका साथ छोड़ धरती पर पुरानी कालीन की तरह बिछने लगे हैं। पर्ण विहीन राधा चूड़ा की शाखाएँ किसी नव-यौवना की सूनी कलाई-सी नज़र आने लगती हैं। हालाँकि साथ-साथ नई कोंपलें भी फूटने लगी हैं।

अतीत की इन्हीं वीथियों से होते हुए वह शान्तिनिकेतन में मननेवाले दोल उत्सव की पाँखें खोलती कुनमुनाती यादों में खो गई।

आम्र कुंज की देह पर सुवासित बौर और फागुन की कोख से जन्मे अलसाए दिनों में आनेवाला दोल उत्सव। इसी दोल उत्सव की अलसाई सुबह रास्तों में लाल किनारीवाली पीली साड़ी पहने प्रभात-फेरी के साथ झूले पर राधा-कृष्ण की मूर्ति रख, शंख के तुमुल नाद के साथ पूजा करती महिलाएँ। सुबह छह बजते-बजते जैसे पूरा बोलपुर, शान्तिनिकेतन के इस सबसे पुराने इलाक़े आश्रम माठ अर्थात आश्रम परिसर की ओर उमड़ पड़ता है। उसी आश्रम परिसर की ओर जहाँ देवेन्द्रनाथ ठाकुर ने उन्नीसवीं सदी के उत्तरार्द्ध में शान्तिनिकेतन गृह और सुन्दर रंगीन काँच से ब्राह्मसमाज के अनुयायियों की प्रार्थना स्थली के रूप में उपासना गृह की परिकल्पना की थी।

रास्तों के किनारे कहीं अपने ग्राहकों का इंतज़ार करते छोटे-बड़े एकतारों के बीच-बीच में झनकते तार आने-जाने वालों को टेरते दिखाई देंगे। तो कहीं रंग-बिरंगे पतंगी काग़ज़ों के बने धनुष-तीर बच्चों को अपनी ओर आने का आह्वान करते नज़र आएँगे। कहीं-कहीं राधा-कृष्ण बने बच्चों के मन मोहनेवाले रूप दिखाई देते। शान्तिनिकेतन का कोई ऐसा रास्ता नहीं है जिस पर मोटी लाल किनारीवाली पीली साड़ी और अंग-वस्त्र जैसा कुर्ता पहने चेहरे गुलाल-अबीर में इस तरह पुते नज़र आएँगे कि उन्हें पहचानना मुश्किल हो जाता है। कोई नहीं कह सकता कि गुलाल में पुते इन चेहरों के पीछे छिपा चेहरा किसी मुसलमान का है, या ईसाई का। लगता है जैसे रबीन्द्र संगीत की धुन के साथ चिलचिलाती धूप में नरमुंड नहीं, बल खाते समन्दर की लहरें हरहरा रही हैं।

हरिदासी दोल उत्सव की दोल जात्रा को कैसे भूल सकती है। कैसे भूल सकती है चारों ओर खिले फागुन बोउ और पलाश की चंचलता को, जिन्हें फागुन में देखे बिना रक्त शिराओं में बहने से मना कर देता है।

उसे याद आती है दोल उत्सव की वह पूर्व संध्या जब पूरा शान्तिनिकेतन एक-दूसरे का हाथ थामे, छोटे-छोटे समूहों में मानव-शृंखला बना, रबीन्द्र संगीत के साथ वैतालिक करते हुए पूरे आश्रम की परिक्रमा लगाते थे। वह कैसे भूल सकती है उस वैतालिक को जब बिजली और उसकी रूम पार्टनर अमृता का हाथ छुड़ाकर,

चुपके-से अरुणाभ उनके बीच जुड़ गया था। एक जानी-पहचानी छुअन को महसूस करते हुए बिजली ने अपने बग़ल में मुस्कराते अरुणाभ को देखा। बिजली ने कुछ नहीं कहा बल्कि अरुणाभ का हाथ कसकर पकड़ लिया। वैतालिक पूरे उमंग और जोश के साथ आगे बढ़ने लगी। इसी बीच बिजली को लगा कि अरुणाभ चुप है। जबकि दूसरे छात्र गाते हुए चल रहे हैं। बिजली अरुणाभ की ओर मुड़ी और एक तरह से उलाहना देते हुए बोली, "ओरु, तुम भी गाओ न!"

"मुझे बांग्ला नहीं आती है।"

"नहीं आती है कोई बात नहीं, मेरे साथ गाओ!"

इसके बाद अरुणाभ टूटी-फूटी बांग्ला के साथ, बिजली द्वारा गाए गीत को दोहराने लगा।

अगले दिन मृणालिनी हॉस्टल से सारी छात्राएँ ब्रह्म मुहूर्त में ही निकल पड़ीं। रास्ते में एक-एक कर दूसरे छात्रावासों से आनेवाले छात्र-छात्राओं की टोलियाँ, आपस में इस तरह आकर मिल जातीं, जैसे छोटी-छोटी सरिताएँ किसी बड़ी नदी में आकर मिल जाती हैं। साढ़े चार बजे सजी-धजी राधा-कृष्ण की टोलियाँ आश्रम परिसर में इकट्ठा होतीं और दोपहर लगभग बारह बजे तक जमकर गुलाल-अबीर और रंगों के साथ दोल उत्सव मनता। दोपहर को आसमान में उड़ते गुलाल के रंग-बिरंगे बादलों को सूरज की किरणें चीरकर शान्तिनिकेतन की धरती को छूने की कोशिश करतीं, किन्तु वे नहीं छू पातीं। तरह-तरह के रंगों से पुते नरमुंडों की हरहराती लहरों के ऊपर उड़ते अबीर-गुलाल के बादल, जब शान्त होकर धीरे-धीरे ज़मीन पर बैठते, तब लगता जैसे आश्रम परिसर पर फागुन बोउ, कृष्ण चूड़ा और राधा चूड़ा की कोमल पत्तियों को पीसकर फैला दिया हो।

हरिदासी को यहाँ वृन्दावन में ही आकर पता चला कि होली खेलनेवाले को हुरियारा-हुरियारिन कहते हैं।

अबीर-गुलाल में लिपटे बिजली घोष और अरुणाभ दोल उत्सव से अपनी ही धुन में लौट रहे थे कि अचानक बिजली के पाँव, दूर विटप वल्लरियों को सृजन का सन्देश देते, शीत के प्रकोप से ठिठुरते पत्ते विहीन तथा कवियों और नृपतियों के दुलारे व ऋतुराज के अग्रदूत पुष्प सोनपत्ती यानी कांचनार अर्थात शर्मीले कचनार को देख ठिठक गए। मन की ग्रन्थियों का उन्मोचन करनेवाले कचनार को वह देर तक निहारती रही।

अभी वे दोनों कुछ क़दम आगे बढ़े ही थे कि अमलतास वीथी से थोड़ी देर पहले वे दोनों रुक गए। इस रास्ते का यह नाम इन दोनों ने ही रखा था। इसी अमलतास वीथी के किनारे शुरुआती दिनों में उनके द्वारा लगाए गए, तथा अब अपने कैशोर्य की दहलीज़ पर क़दम रख चुके फागुन बोउ के सामने वे दोनों थोड़ा-सा ठिठके। दोनों अपलक उसके शीर्ष पर खिले पहले फूल को देखने लगे। एक पल के लिए

आपस में दोनों की नज़रें मिलीं। बिजली और अरुणाभ को लगा जैसे फागुन बोउ के शिखर पर मुस्कराता फूल उनसे कह रहा है कि हे प्रिय, मुझसे एक बार आँख तो मिला लो! मेरी सुकुमारता और कोमलता कब से आपकी प्रतीक्षा कर रही है। मैं कब से इंतज़ार कर रहा हूँ कि मेरे इस पहले प्यार को कौन लूटेगा?

दोनों कब अपने द्वारा लगाए गए फागुन बोउ के निकट आ गए, नहीं पता।

बिजली घोष ने धीरे-से फागुन बोउ के इस पहले फूल को छुआ, तो लगा जैसे बासन्ती मादकता में पूरी देह के रोंए उसकी गन्ध से महक उठे हैं। पास खड़े अरुणाभ की आँखों में जिस तरह बिजली ने झाँका, उसके नेह आमंत्रण को उसने स्वीकार किया और वह भी फूल के निकट आ गया। उसने धीरे-से फागुन बोउ के उस पहले फूल को तोड़ा और घुटने के बल बैठ, उसे बिजली की ओर बढ़ा दिया।

बिजली ने कुछ नहीं कहा। न उसे स्वीकारा, न उसे अस्वीकार किया बल्कि धीरे-से उसने अपनी पीठ अरुणाभ की तरफ़ फेर ली। अरुणाभ उठा और फागुन बोउ के उस पहले और ताज़ा फूल को बिजली की वेणी में टाँग दिया। बिजली अपनी आँखों को मूँद देर तक अपनी वेणी में खुसे फागुन बोउ की गन्ध को अपने भीतर उतारती रही।

पता नहीं बिजली और कितनी देर फागुन बोउ के इस पहले फूल की ताज़ा ख़ुशबू से अठखेलियाँ करती, यदि बग़ल से गुज़रा ज़ोर का ठहाका उसके कानों में नहीं पड़ता। इस बीच बिजली और अरुणाभ के बीच कोई संवाद नहीं हुआ। बल्कि उनके बजाय, उन दोनों के द्वारा दिए गए नाम अमलतास वीथी और रोपे गए फागुन बोउ की पत्तियों, और अब वेणी में लग चुके उसके पहले फूल के बीच मौन संवाद चलता रहा।

होली के नज़दीक आते-आते, बसन्त पंचमी से शुरू हुआ चालीस दिवसीय होली महोत्सव भी अपनी गति पकड़ने लगा। कहीं वृन्दावन की कुंज गलियों में गुलाल-अबीर के छोटे-छोटे बादल उड़ते हुए दिखाई देने लगते, तो कहीं पिचकारियों से एक-दूसरे पर रंग डाले जाने के दृश्य नज़र आने लगे।

ब्रज की होली और बंगाल के दोल उत्सव में हरिदासी को एक ख़ास तरह का फ़र्क़ दिखाई दिया। ब्रज में जहाँ होली के अवसर पर रंग-गुलाल के साथ पिचकारियों में रंग भर-भर कर एक-दूसरे से होली खेली जाती है, बंगाल में केवल सूखे गुलाल और रंगों का इस्तेमाल किया जाता है। यही वजह है कि जब भी हरिदासी शाहजी मन्दिर से किसी काम से बाहर जाती है, रास्ते में जगह-जगह छोटे-छोटे रंगीन पानी के ताल दिखाई देते हैं।

धुलेंडी अर्थात रंग खेलनेवाली होली के दिन का नज़ारा देख तो ख़ुद हरिदासी

भी बौरा गई जैसे। बाँके बिहारी मन्दिर की होली देखते हुए कुछ पलों के लिए उसे लगा जैसे मन्दिर परिसर में गुलाल और रंगों में सराबोर हुरियारे-हुरियारिन नहीं, देवलोक से जीवित रंगीन पुतले उतर आए हैं। आसमान से बरसते फूलों की पंखुड़ियों की बरसात और रह-रहकर पिचकारियों से फूटती टेसू के फूलों के अर्क की धार के साथ कभी हरे, तो कभी लाल-पीले गुलाल के सूखे बादलों के बीच से रंगों की फुहार हुरियारे-हुरियारिनों पर बरसती, तब ऐसा लगता जैसे स्वयं इन्द्र देवता रंगों की वर्षा कर रहे हैं। मन्दिर का छोटा-सा आँगन अबीर और गुलाल में लिपटे हुरियारे-हुरियारिनों से ऐसे पट गया, जैसे किसी वन का छोटा-सा तालाब आसपास की फूल-पत्तियों से पटा हुआ हो। मन्दिर के एक तरफ़ खड़ी हरिदासी विस्मित नेत्रों से देर तक इस अलौकिक दृश्य को देखती रही। आपस में होली खेलनेवाले हुरियारे-हुरियारिनों में वह जैसे अपने अरुणाभ को तलाशती है। मगर वह उसे इनमें कहीं नज़र नहीं आया। हरिदासी की आँखें भर आईं। गुलाल-अबीर के बादलों से रह-रहकर अपने बदन पर पड़ती फुहारों से बच वह बाहर आई और वापस शाहजी मन्दिर के लिए बढ़ गई। वृन्दावन की सँकरी गलियों और खुले रास्तों में रंगों से पुते चेहरों की आती-जाती भीड़ को देखकर लगता जैसे रंगों की ज़िन्दा नदियाँ बह रही हैं। बीच-बीच में अचानक मकानों की छतों से पानी बरसता, तो पूरा जिस्म भीग-भीग जाता। इस तरह होली खेलते वृन्दावनवासियों से बचते-बचाते हरिदासी शाहजी मन्दिर लौट आई।

14

जब से हरिदासी को शाहजी मन्दिर के मैनेजर से इस लोकश्रुति के बारे में पता चला है कि निधिवन में रात को जाने से, या वहाँ रुकने से आदमी पागल हो जाता है अथवा मर जाता है, उसकी जिज्ञासा जैसे कुलाँचें भरने लगी। उसका मन करता कि वह किसी रात वहाँ जाकर इसे आजमाए। हालाँकि निधिवन को वह आते-जाते बाहर से कई बार देख चुकी है और कई बार मन बना चुकी है कि इसके अन्दर बनी स्वामी हरिदास की समाधि को किसी दिन तसल्ली से देखे। मगर मन्दिर के कामों में वह इस तरह उलझी रहती कि उसकी यह इच्छा पूरी नहीं हो पा रही है। वह इसे बाहर से देखकर मन-ही-मन शान्तिनिकेतन के निकट बल्लभपुर, सोनाझुरी, कोपाई नदी और उसके आसपास फैले हरे-भरे ख्वाई तथा शरद के दिनों में दूर तक फैले काँस के जंगलों से इसकी तुलना करती, तो मुस्कराकर रह जाती है।

निधिवन की कल्पना करते हुए उसकी आँखों के आगे द्वादशादित्य टीले पर बने श्री राधा मदन मोहन मन्दिर की मुँडेर पर बैठी मेघु दासी का भयातुर चेहरा तैर जाता है। मेघु दासी के ये शब्द कानों में गूँजने लगते हैं कि कभी रात को उधर नहीं जाना। पता है यहाँ का पंडित भी बोलता है कि जो कोई यहाँ रुकने की हिम्मत करेगा वह या तो मर जाएगा, या पागल हो जाएगा। इसलिए निधिवन में कभी रात को जाने का सोचना भी मत, समझी! इसी डर और कल्पना के चलते रात तो रात-दिन में भी निधिवन जाने की उसकी हिम्मत नहीं पड़ रही है। निधिवन ही क्यों, साहस तो उसका सेवाकुंज में भी घुसने का नहीं हो रहा है।

एक दिन मैनेजर शाह भारत भूषण ने हरिदासी से टोका, "हरिदासी, देख लिया निधिवन?"

हरिदासी ने कोई उत्तर नहीं दिया। मुस्कराते हुए बस इधर-उधर देखने लगी।

"क्या हुआ?" मैनेजर ने हैरानी के साथ पूछा।

"मैनेजर साहब, मुझको नहीं जाना उधर। बहुत डर लगता है।"

मैनेजर की हँसी छूट गई, "हरिदासी, मैंने बताया तो था कि यह सब अफ़वाह है। ऐसा कुछ नहीं है। सब किंवदन्तियाँ हैं और फिर कौन-सा तुम्हें रात को वहाँ जाकर इस पर रिसर्च करना है।"

"अगर जाना पड़ गया तो?"

हरिदासी ने जिस अन्दाज़ में पूछा, मैनेजर को उसका कोई उत्तर नहीं सूझा। फिर कुछ पल सोचने के बाद बोला, "देखो हरिदासी, पहली बात तो तुम्हें कोई यहाँ रात में रुकने नहीं देगा...और अगर तुम चोरी-छिपे किसी तरह वहाँ रुकने में कामयाब हो भी गई और इसका वहाँ के सेवायतों को पता चल गया, तो वे तुम्हारा जीना हराम कर देंगे। क्योंकि वे जानते हैं कि ऐसा करने से अफ़वाहों के बल पर चल रही उनकी दुकान बन्द हो जाएगी। यह बात तुम भी अच्छी तरह जानती हो। बाकी तुम्हारी इच्छा। मैं तो इसलिए कह रहा हूँ कि क्या पता तुम्हें स्वामी हरिदास के बारे में कुछ जानकारी मिल जाए।"

हरिदासी सोचने लगी कि शाहजी मन्दिर के मैनेजर शाह भारत भूषण का कहना सही है। कुछ देर मनन करने के बाद आख़िरकार उसने अपने मन में दबे इस कौतूहल को त्याग दिया। रात में निधिवन जाने अथवा यहाँ रुकने से आदमी पागल हो जाता है, इस रहस्य को जानने अथवा इसकी सत्यता को परखने का विचार हरिदासी ने हमेशा के लिए मन से निकाल दिया।

अब हरिदासी को जब भी अवसर मिलता, वह शाहजी मन्दिर से बाहर निकल बाएँ तरफ़ निधिवन में चली आती। निधिवन में स्वामी हरिदास के चरणों में आकर उसे एक अलग ही तरह का सुकून मिलता। समाधि को चारों ओर से घेरे पाखर, पीलू, कदम्ब व आपस में बल खाए तुलसी और मेहँदी के छोटे-बड़े पेड़-पौधों की

छाया में देर तक बैठी रहती। वह जब तक निधिवन में स्वामी हरिदास के चरणों में बैठी रहती, होंठों पर उसके पद ही रास करते रहते। उसमें ज़मीन की ओर झुकती शाखाओं के बीच, वह इस जनश्रुति को याद कर कल्पना में खो जाती कि जब राधा-कृष्ण के बीच रात में रास होता है, तो ये सभी पेड़-पौधे गोप-गोपियों के रूप में आ जाते होंगे। कई बार उसे ऐसा लगता जैसे आसपास के पेड़-पौधे सचमुच उससे बात करना चाहते हैं, परन्तु यह उसका भ्रम होता। जैसे ही वह कल्पनाओं से बाहर आती और निधिवन में पक्षियों के साथ चुगते मोरों के झुंड को देखती, तो उसे लगता जैसे स्वामी हरिदास के रचे रास के ये शब्द उसके कानों में गूँज रहे हैं—

नाचत मोरनि-संग स्याम मुदित स्यामहिं रिझावत।
तैसीय कोकिला अलापत पपीहा देत सुर तैसेई मेघ गरिज मृदंग बजावत॥
तैसीय स्याम घटा निशि सी कारी तैसेई दामिनी कैधि दीप दिखावत।
श्री हरिदास के स्वामी स्यामा कुंजबिहारी रीझि राधे हँस कंठ लगावत॥

एक दिन हरिदासी का ध्यान रंग महल के पास पर्यटकों के एक समूह पर पड़ी। उसने ध्यान से देखा तो पाया एक स्थानीय गाइड, रस ले-लेकर निधिवन के बारे में उनको ज्ञान दे रहा है। हरिदासी भी उनके पास आकर खड़ी हो गई और चुपचाप निधिवन की इस रहस्य-कथा को सुनने लगी—

"भक्तो, या निधिवन में पूरे सोलह हजार एक सौ आठ बृक्ष हैं। यामें तुलसी और मेहँदी के पेड़ ज्यादा हैं। तुलसी के पेड़ जोड़ों में हैं। ऐसो कहो जावे है कि जब रात में यहाँ रास होवे है, तो ये सारे पेड़-पौधे गोप-गोपियों में बदल जावे हैं। यहाँ के पेड़ों की डालें ऊपर की ओर बढ़ने के बजाय धरती की ओर मुड़ जावे हैं। यहाँ रात को कोई नहीं रुकता है। जो रुकता है वह या तो बौरा जावे है, या वाकी मौत हे जावे है।" इतना कह गाइड ने पहले एक दृश्य खींचा और फिर एक-एक शब्द को एकदम ब्रजवासी अन्दाज़ में चुबलाते हुए बोला, "एक बेर सन्तराम नाम को एक भक्त राजस्थान ते बिन्दाबन आयो। वानै भी या निधिवन के बारे में ई बात सुनी तो वानै रात में कान्हा की रासलीला देखने की ठान ली। तो भइया, एक दिन मौका देखके सन्तराम चोरी-छिपे निधिवन में छिपके बैठ गयो और रात में कान्हा, किशोरी और गोपियों के संग होनेवारी रासलीला ए देखने को प्रयास करो। वाके या दुस्साहस को नतीजा ई हुओ कि जब सबेरे मन्दिर के पाट खुले तो देखा सन्तराम बेहोश पड़ो है। जब कछु देर बाद वाहे होश आयो तो लोगन ने देखी कि ऊ बावरो हेगो है। ई तो शुकर मनाओ कि वाकी मौत ना हुई...और या पागल बाबा के बारे में तो सबन्ने पतोई है!"

गाइड के इतना कहते ही वहाँ मौजूद पर्यटकों की आँखें भय और कौतूहल से फैलने-सिकुड़ने लगीं। गाइड ने बड़ी चतुराई से कनखियों से सब पर नज़र डाली।

वह समझ गया कि इनके लिए इतना ही नशा बहुत है। इसलिए इस प्रसंग को उसने और लम्बा खींचना उचित नहीं समझा। इधर जैसे ही निधिवन की यह रहस्य-कथा समाप्त हुई राधा-कृष्ण की स्तुति में उद्घोषों से आसपास का वातावरण गूँज उठा। सारे पर्यटक झूम उठे। कुछ देर के लिए उनकी देह में जैसे पगलाए सन्तराम की आत्मा प्रवेश कर गई। हरिदासी को हैरानी हुई कि यह गाइड पर्यटकों को वही सब बता रहा है, जिसके बारे में वह कई बार सुन चुकी है।

जिन श्रद्धालुओं ने शाम को रंग महल के लिए अपनी मर्ज़ी से लड्डू, चुन्नी सेवा, साड़ी शृंगार, फूल-इत्र सेवा, शैया एवं फूल सेवा तथा फूलों की सजावट हेतु पूरी उदारता के साथ दान दिया था, वे भी इस कथा को सुन अभिभूत हो उठे। देखते-देखते श्रद्धालुओं की ओर से नोटों की वर्षा शुरू हो गई। जिन श्रद्धालुओं की सम्पूर्ण सेवा और फूलों की सजावट के रूप में दिए गए मोटे दान के बावजूद सन्तुष्टि नहीं हुई, वे भी इस धन-वर्षा में फिर से शामिल हो गए।

हरिदासी ने जब पहली बार सेवायत जमुनादास से इस मान्यता को सुना था, सुनकर तब भले ही रोमांच से उसका रोआँ-रोआँ सिहर उठा था, लेकिन उसे विश्वास नहीं हुआ। इसलिए वह स्वयं एक दिन इस मान्यता की पुष्टि के लिए निधिवन गई। वह भी शरद पूर्णिमा के अगले दिन। उसे हैरानी हुई कि जैसा शाहजी मन्दिर के मैनेजर ने बताया था, सुबह मंगला आरती से पहले मन्दिर के सेवायत ने लड्डू के कुतरे हुए अंशों, पानी के ख़ाली लोटे, अधखाए पान के बीड़े और चबाई हुई दातुन को दिखाते हुए इस मान्यता के बारे में ठीक वैसा ही बताया। उसने बहुत कोशिश की इस मान्यता से ज़्यादा रहस्य को जानने की कि शास्त्रों में वर्णन के अनुसार द्वापर युग में शरद पूर्णिमा की रात गोपियों के साथ श्रीकृष्ण ने जो रासलीला रची थी, वह क्या इस कलियुग में सम्भव है?

उस दिन निधिवन में लगे एक कोटा पत्थर पर गुदी इस इबारत को हरिदासी यूँ ही पढ़ने लगी—

संगीत सम्राट रसिक स्वामी हरिदास जी की यह साधना स्थली रही है। स्वामीजी ने जीवनपर्यन्त इसी वन में निवास किया। इस रमणीक वन के बारे में कहा जाता है कि यहाँ राधा रानी और कृष्ण ने विभिन्न क्रीड़ाएँ की थीं। यह श्रीबाँके बिहारी का प्राकट्य स्थल है। जहाँ एक कुंज से उनका विग्रह प्रकट हुआ था। कहा जाता है कि मुग़ल बादशाह अकबर ने तानसेन के साथ यहाँ आकर स्वामी हरिदास के दर्शन किए थे।

हरिदासी के लिए यह एकदम नई जानकारी थी। पत्थर की इस इबारत को पढ़ हरिदासी की जिज्ञासा यह जानने के लिए और बढ़ गई कि अकबर ने क्यों यहाँ आकर स्वामी हरिदास के दर्शन किए? कई दिनों तक हरिदासी इस उधेड़-बुन में रही कि इस घटना के बारे में किससे जानकारी ली जाए? एक बार उसके मन में आया कि इस बारे में सेवायत जमुनादास से पूछे। लेकिन अगले ही पल उसने सोचा कि क्या सेवायत को इसकी सही जानकारी होगी? तभी उसके मन में आया कि क्यों न इस बारे में अपने शाहजी मन्दिर के मैनेजर शाह भारत भूषण से पूछा जाए। ज़रूर वह इसके बारे में कुछ-न-कुछ जानता होगा।

यही तय कर अगले दिन श्रृंगार आरती के बाद पहुँच गई मैनेजर के पास।

मैनेजर शाह भारत भूषण की आँखें अब हरिदासी के हावभाव को देखकर ही समझ जाती हैं कि वह तभी उसके पास आती है, जब उसे अपनी किसी जिज्ञासा का समाधान ढूँढ़ना होता है। बावजूद इसके मैनेजर ने उससे कुछ नहीं पूछा। वह इंतज़ार करने लगा कि हरिदासी ख़ुद बोले। लेकिन देर तक हरिदासी की जैसे अपने मैनेजर से पूछने की हिम्मत नहीं हुई।

हारकर मैनेजर ने ही पूछ लिया, "हरि, कुछ काम था?" मैनेजर अब यह सोचकर हरिदासी को हरि कहकर बुलाने लगा कि क्यों दासी जोड़कर समय और एक शब्द को व्यर्थ किया जाए।

"मैनेजर साहब, आपसे एक बात पूछनी है?" हिचकिचाते हुए बोली हरिदासी।

"हाँ पूछो!"

"निधिवन में यह तानसेन और अकबर की क्या कहानी है?"

"लगता है तूने निधिवन में लगा पत्थर पढ़ लिया है!" मैनेजर ने मुस्कराते हुए कहा।

हरिदासी कुछ नहीं बोली।

"यह तो पता ही होगा हरि कि तानसेन मुग़ल बादशाह अकबर के नौरत्नों में से एक था। अकबर के दरबार में उस समय बाबा रामदास, बाज बहादुर और तानसेन तीन बड़े संगीत के विद्वान थे। एक तरफ़ जहाँ गोविन्द स्वामी और स्वामी हरिदास जैसे संगीत के बड़े-बड़े गुरु थे, तो वहीं दूसरी तरफ़ सूरदास, परमानन्ददास और कुम्भनदास जैसे जाने-माने गायक थे, जो मुग़ल दरबार के संगीत के बड़े-बड़े गुरुओं से किसी तरह कम नहीं थे। बादशाह अकबर ने इन गुरुओं को अपने दरबार में लाने के बड़े जतन किए। उन्हें धन-दौलत का बहुत लालच दिया मगर इनमें से कोई आने को तैयार नहीं हुआ।" इतना कह मैनेजर पहले हल्के से हँसा और फिर हरिदासी की ओर देखते हुए बोला, "हरि, कुम्भनदास ने तो बादशाह को यहाँ तक कहलवा भेजा कि—

संतन को कहा सीकरी सों काम?
आवत जात पनहियाँ टूटी, बिसरि गयो हरि नाम॥
जिनको मुख देखे दु:ख उपजत, तिनको करिबे परी सलाम॥
कुम्भनदास लाल गिरिधर बिनु और सबै बेकाम॥"

"इसका क्या मतलब है मैनेजर साहब?"

"इसका मतलब जानने से पहले इस पद में इस्तेमाल हुए कुछ शब्दों का अर्थ जानना ज़रूरी है। जैसे सीकरी और पनहियाँ। सीकरी एक जगह का नाम है जो आगरा के पास है। यहाँ कभी अकबर की राजधानी हुआ करती थी। दूसरा शब्द है पनहियाँ। इसका मतलब है जूतियाँ। तो कुम्भनदास ने बादशाह को यह कहलवा भेजा कि हम संतों को सीकरी से क्या काम? वहाँ आने-जाने में हमारी जूतियाँ तो टूटेंगी ही, बल्कि हम अपने हरि का नाम और भूल जाएँगे। जिन लोगों का मुँह देखकर ही मन में दु:ख उपजता हो, उनको सलाम और करना पड़ेगा। कुम्भनदास आगे कहते हैं कि अपने गिरिधर के बिना सारे काम बेकार हैं। हम तो अपने आप में ही ख़ुश हैं।" मैनेजर ने बेहद सरल शब्दों में कुम्भनदास के इस पद का अर्थ समझाने के बाद कहा, "कुम्भनदास के मना करने के बाद स्वामी हरिदास ने भी बादशाह के दरबार में जाने से मना कर दिया। पूरे ब्रज में उन दिनों स्वामी हरिदास के ध्रुपदों की धूम थी। इसलिए बादशाह अकबर स्वामी हरिदास के गायन को सुनने के लिए बेचैन हो उठा। उन दिनों संगीत के तीन बड़े विद्वानों में से एक स्वामी हरिदास के शिष्य तानसेन का मुग़ल दरबार में बड़ा मान-सम्मान था। एक दिन बादशाह अकबर ने तानसेन से पूछा..."

जिस रोचक अन्दाज़ में मैनेजर यह सब बता रहा था, हरिदासी दम साधे इस तरह सुनने में मग्न थी कि वह भूल गई, इस समय वह अपने मैनेजर के सामने खड़ी है या अकबर के दरबार में?

"क्या हुआ हरि? कहाँ खो गई?"

हरिदासी अकबकाते हुए मैनेजर के कमरे में लौटी।

"क्या पूछा मैनेजर साहब?"

"पूछा, तनु मियाँ! बादशाह अकबर तानसेन को इसी नाम से पुकारता था। हिन्दुस्तान में क्या आपसे भी अच्छा कोई गायक है? तानसेन ने उत्तर दिया कि हाँ जहाँपनाह, मेरे आचार्य स्वामी हरिदास हैं। मैंने उन्हीं के क़दमों में बैठकर यह सब सीखा है। वे इतने बड़े गायक हैं कि मैं तो उनके पाँवों की धूल भी नहीं हूँ। तानसेन के मुँह से अपने गुरु की तारीफ़ सुन अकबर और बेचैन हो उठा और उससे बोला, तनु मियाँ, कभी हमें भी उनका संगीत सुनवाओ! अपने बादशाह की इच्छा सुन तानसेन असमंजस में पड़ गया। उसकी समझ में नहीं आया कि वह अपने

बादशाह को क्या जवाब दे? बादशाह अकबर ने जब तानसेन से उसकी चुप्पी की वजह पूछी, तब तानसेन ने जवाब दिया कि बादशाह सलामत, मेरे गुरु किसी के सामने नहीं गाते हैं। वे अपनी मर्ज़ी के मालिक हैं। इस पर बादशाह ने हैरानी से पूछा, क्यों? तानसेन ने कहा कि वह इसलिए जहाँपनाह स्वामीजी अपना मालिक सिर्फ़ अपने हरि को मानते हैं। इतना सुन बादशाह और व्याकुल हो उठा। और उसने तानसेन को सुनाते हुए कहा, ये गायक और संगीतकार भी अजीब क़िस्म के होते हैं। पहले कुम्भनदास जी ने यह कहते हुए दरबार में आने से मना कर दिया कि संतों का सीकरी में क्या काम? अब आप कह रहे हैं कि स्वामी हरिदास जी किसी के सामने नहीं गाते हैं। तनु मियाँ, मुझे स्वामीजी को हर हालत में सुनना है। कोई भी तरक़ीब निकालो! जब तक मैं उनका संगीत नहीं सुन लूँगा, मुझे चैन नहीं मिलेगा। इतना सुन तानसेन और परेशान हो गया कि वह कैसे अपने गुरु का संगीत अपने बादशाह को सुनवाए।"

"तो क्या तानसेन ने अकबर को स्वामी हरिदास का संगीत सुनवा दिया?" हरिदासी ने मैनेजर से पूछा।

"नहीं। बहुत सोच-विचार के बाद तानसेन के दिमाग़ में एक उपाय सूझा। इस उपाय के मुताबिक़ तानसेन ने अपने बादशाह से कहा, जहाँपनाह मेरे गुरु के मुँह से संगीत सुनने का बस एक ही तरीक़ा है कि आपको, निधिवन में उनके साधना स्थल से नकली वेश में कुछ दूर तुलसी और मेहँदी के पेड़ों पीछे छिपना होगा। फिर मैं वहाँ जाकर गुरुजी से किसी बहाने ध्रुपद गवाने की जुगत भिड़ाता हूँ। बादशाह अकबर इसके लिए तुरन्त तैयार हो गया और एक दिन दोनों पहुँच गए निधिवन। यह चैत या बैसाख का महीना था।"

इस बीच मैनेजर ने सामने रखे पानी के गिलास को उठाया और बोलने के कारण सूख गए गले को तर करने के बाद आगे कहने लगा, "इस तरह अकबर स्वामी हरिदास के साधना स्थल से कुछ दूर मेहँदी और तुलसी की ओट में छिपकर बैठ गया। जिस समय तानसेन अपने गुरु के पास पहुँचा, स्वामी हरिदास अपने ध्यान में लीन थे। तानसेन ने जाते ही सबसे पहले जैसे ही अपने गुरु को दंडवत प्रणाम किया, इस व्यवधान से स्वामीजी का ध्यान टूट गया। उनकी आँखें खुल गईं। अपने सामने अपने शिष्य को देखकर बोले, कहो तानसेन, सब कुशल मंगल तो है? अचानक कैसे आना हुआ? इस पर अपनी योजना के अनुसार तानसेन ने कहा, गुरुजी, विष्णुपद के एक पद का सुर ठीक से नहीं लग रहा है। उसी के लिए आपके चरणों में आया हूँ। अपने शिष्य की परेशानी सुन स्वामी हरिदास बड़ी विनम्रता के साथ बोले, ठीक है अभी देखता हूँ। जाओ, उस तानपूरे को उठाओ और गाकर सुनाओ! इसके बाद तानसेन विष्णुपद का पद गाने लगा। इसी बीच सुनते हुए स्वामी हरिदास को लगा कि उसका शिष्य ध्रुपद की पुरानी

परम्परा को छोड़, नए तरीक़े से गा रहा है। जबकि तानसेन ने ऐसा जान-बूझकर किया था।

स्वामी हरिदास जैसे शुद्ध भारतीय संगीत-प्रेमी को अपने शिष्य की यह नई शैली बिलकुल पसन्द नहीं आई। तानसेन ने जब पद गाकर सुना दिया, तब वह अपने गुरु से बोला, स्वामीजी, बताइए मेरा गायन कैसा लगा? स्वामी हरिदास ने बड़ी विनम्रता से कहा कि तनु मियाँ, आपने जो पद गाया है वह 'स्वामी श्यामा-कुंजबिहारी' को अर्पित नहीं है। लाइए, मुझे तानपूरा दीजिए! इसके बाद वे उसी राग को गाने लगे।

जिस समय स्वामी हरिदास राग गा रहे थे अकबर ने देखा घटाएँ घुमड़ आई हैं। मोर बोलने लगे और देखते-देखते बारिश होने लगी। गायन समाप्त कर स्वामी हरिदास तानपूरा एक तरफ़ रखते हुए बोले, तनु मियाँ, आगे से अब ग़लती मत करना। तुम जैसे गायक को ऐसी भूलें शोभा नहीं देती हैं। जिस समय स्वामी हरिदास अपनी पारम्परिक शैली में पद को तानपूरा के साथ गा रहे थे, उनके दिव्य सौन्दर्य पर मुग्ध बादशाह अकबर की आँखें मुँदती चली गईं। भाव-विभोर हो वह स्वामी हरिदास को सुनता रहा।

तानसेन ने उठकर एक बार फिर अपने गुरु को दंडवत प्रणाम किया और उनसे अनुमति ले वह उसी दिशा में बढ़ गया, जहाँ बादशाह अकबर मेहँदी और तुलसी के पीछे छिपकर स्वामी हरिदास का गायन सुन रहा था। मगर जैसे ही तानसेन वहाँ गया, तो वह यह देखकर हैरान रह गया कि बादशाह अर्द्ध बेहोशी की हालत में पड़ा हुआ है। तानसेन ने आवाज़ दी, तब जाकर अकबर को होश आया।"

इसी बीच हरिदासी ने देखा कि मैनेजर शाह भारत भूषण अपनी कुर्सी से उठा और लकड़ी की पुरानी अलमारी से एक किताब निकालकर लाया। वापस अपनी कुर्सी पर बैठने के बाद मैनेजर उस किताब के पन्ने उलटने-पुलटने लगा। कुछ ही देर के बाद मैनेजर खुली हुई किताब हरिदासी के सामने रखते हुए बोला, हरि, इस बात का उल्लेख किशनगढ़ नरेश महाराज सामन्तसिंह, जिसे राजा नागरीदास भी कहा जाता है, उसके द्वारा रचित इस 'पद प्रसंग माला' में इस तरह किया गया है—

> *पहिलै तानसैन गायौ। विनती करी महाराज, कछु आपु हू बोलियै। तब श्री हरिदास जी अलापचारी करी मलार राग की। चैत-बैसाख को महीना हतौ। तब ताही बेर घटा घुमड़ि आई। मोर बोलनि लागे। तब नयौ बनाइ विष्न पद गायौ। तब ताही बेर वर्षा होन लागी। सो वह पद-ऐसी रितु सदा-सरवदा जौ रहै बोलति मोरनी।*

इस प्रसंग से भी पता चलता है कि तानसेन ने अपने गुरु स्वामी हरिदास का जो पद गाया था, वह विष्णु पद था। लौटते हुए तानसेन ने बादशाह से पूछा, जहाँपनाह,

सुना आपने? इस पर बादशाह ने उत्तर देने के बजाय उलटा उसी से पूछा, तनु मियाँ, आप अपने उस्ताद की तरह क्यों नहीं गा सकते? तानसेन एक पल के लिए रुका और फिर अपने बादशाह की ओर देखते हुए जवाब दिया, ज़िल्ले सुभानी, यह तानसेन बादशाह सलामत के लिए गाता है। जबकि मेरे गुरु सिर्फ़ उसके लिए गाते हैं, जो बादशाहों का बादशाह है।"

हरिदासी मंत्र-मुग्ध हो जिस तरह स्वामी हरिदास, तानसेन और बादशाह अकबर से जुड़े इस प्रसंग को सुन रही थी, सामने बैठा मैनेजर शाह भारत भूषण मन्द-मन्द मुस्कराते हुए उसे देखता रहा। हरिदासी को रह-रहकर लगता रहा जैसे निधिवन में घटे इस प्रसंग के दौरान वह ख़ुद वहाँ मौजूद है। कानों में मानो स्वामी हरिदास के गाए पद गूँज रहे हैं। मैनेजर ने उसे जब पुकारा और हरिदासी ने अपनी बोझिल आँखों को खोला, तो मारे रोमांच के उसकी पलकों में कम्पन होने लगी।

"मैनेजर साहब, सुना है इस निधिवन में श्री बिहारीजी की मूर्ति प्रकट हुई थी?" हरिदासी ने सुनी एक और मान्यता की पुष्टि करते हुए पूछा।

"हाँ हरि। ऐसा कहा जाता है कि स्वामीजी एक सिद्ध कोटि के महात्मा थे। निधिवन में वे मानसी उपासना में तल्लीन रहते हुए अपने श्यामा-कुंजबिहारी की दिव्य लीलाओं का आनन्द लिया करते थे। एक मान्यता यह है कि स्वामी हरिदास की संगीत साधना से प्रसन्न होकर ठाकुर बाँके बिहारी का निधिवन से प्राकट्य हुआ। इस दिन को ब्रज में बिहार पंचमी के रूप में मनाया जाता है और हर साल ठाकुरजी का प्राकट्योत्सव धूमधाम से मनाया जाता है।"

"इस दिन क्या-क्या होता है मैनेजर साहब?" हरिदासी की जिज्ञासा बढ़ने लगी।

"इस दिन चाँदी जड़े हिंडोले में स्वामी हरिदास जी की निधिवन से बाँके बिहारी मन्दिर तक पूरे नगर में सवारी निकाली जाती है। दूर-दूर से कुंज बिहारी स्वामी हरिदास को उनके भक्त बधाई देने आते हैं। पूरे रास्ते स्वामीजी की नज़र उतारी जाती है। पता है हरि, जहाँ-जहाँ से स्वामीजी का डोला गुज़रता है, इनके सोनी सेवा भक्त उन रास्तों की सफ़ाई करते हैं। झाड़ू लगाते हैं। जगह-जगह इनके स्वागत के लिए रंगोलियाँ बनाई जाती हैं।"

इस दिन की कल्पना करते हुए हरिदासी के मन में हिलोरें उठने लगीं और इंतज़ार करने लगी अगले महीने आनेवाले मार्गशीर्ष अर्थात दिसम्बर महीने का।

मार्गशीर्ष माह के शुक्लपक्ष की पंचमी उस साल दिसम्बर महीने के पहले सप्ताह में पड़ी। शरद ऋतु अपने साथ न अभी अधिक सर्दी लाई थी, न गर्मी पूरी तरह गई थी।

हरिदासी ने शुक्लपक्ष की पंचमी अर्थात बिहार पंचमी के दिन शाहजी मन्दिर के दरवाज़े पर सुबह-सुबह आकर देखा तो पाया, निधिवन के बाहर रेतिया बाज़ार

में स्वामी हरिदास के भक्त अपने-अपने हाथों में झाड़ू ले रास्ते को बुहार रहे हैं। हरिदासी उसी समय उलटे पाँव अन्दर गई और झाड़ू लाकर, वह भी रास्ता बुहारने वाले भक्तों में शामिल हो गई। सबसे ज़्यादा तो हैरानी उसे यह देखकर हुई कि कुछ दूर कुछ भक्त हरे, पीले और लाल रंग के गुलाल से एक विशाल रंगोली बना रहे हैं। उसे अपने ऊपर बड़ा ग़ुस्सा आया कि वह क्यों नहीं रंगोली बना पाई। उसने थोड़ी हिम्मत जुटाई और उससे आगे तीन-चार भक्तों द्वारा बनाई जा रही रंगोली के पास जाकर खड़ी हो गई।

"बन्धु, मैं भी आपका हाथ बँटा दूँ?" झिझकते हुए पूछा हरिदासी ने।

"हाँ-हाँ क्यों नहीं!" इतना कह गुलाल से भरी परात से रंगोली बनाता भक्त एक ओर हो गया।

इसके बाद हरिदासी रंगोली बनानेवाले भक्तों के साथ मिलकर रंगोली बनाने लगी।

इस तरह जैसे ही स्वामी हरिदास का चाँदी से जड़ा हिंडोला अपने भक्तों के कन्धों पर सवार हुआ, और निधिवन से वह आगे बड़ा, पूरा निधिवन 'बधाई हो, बधाई हो' से गूँज उठा। जैसे-जैसे स्वामीजी की बधाई-यात्रा रास्तों से होती हुई बाँके बिहारी मन्दिर की ओर बढ़ने लगी, झूमते-गाते भक्तों की बधाई से वृन्दावन की कुंज गलियाँ इन उद्घोषों से गूँजने लगीं—

'बधाई हो, बधाई हो!'

'बाँके बिहारी जीओ लाल!'

'कुंज बिहारी जीओ लाल!'

इसी बीच हरिदासी को पता चला कि ठाकुरजी को आज भोग तभी लगेगा, जब स्वामीजी का डोला बाँके बिहारी मन्दिर पहुँच जाएगा। जहाँ-जहाँ से स्वामी हरिदास की सवारी गुज़रती रही, बीच-बीच में भक्तों द्वारा उनकी नज़र उतारी जाती रही। हरिदासी लगभग पूरे रास्ते अपने स्वामी हरिदास के लिए झाड़ू से रास्ता साफ़ करती रही।

इस तरह स्वामी हरिदास ने 'नित्य विहार' रूपी गोपस्थल की चाबी श्रीबाँके बिहारी मन्दिर के रूप में सभी साधकों के लिए सहज ही सुलभ करा दी। इस बारे में श्री बिहारिनदास जी कहते भी हैं कि—

कुंजी नित्य विहार की, हरिदासी के हाथ
सेवत साधक सिद्ध सब, जाचत नावत माथ॥"

इसके बाद ऐसा कोई दिन नहीं गया जब शाहजी मन्दिर में रहते हुए हरिदासी निधिवन में बनी स्वामी हरिदास की समाधि पर न गई हो। वहाँ जाकर वह देर तक मन-ही-मन उसके ध्रुपदों के साथ आलाप लेती। जब तक वह स्वामी हरिदास के

चरणों में बैठी रहती, निधिवन में विचरण करते मोर, दूसरे पक्षी, एक-दूसरे के साथ अठखेलियाँ करते वानर और पाखर, कदम्ब, तमाल, तुलसी, मेहँदी जैसे पेड़-पौधे जैसे उसे चुपचाप निहारते रहते।

"मैया, आज पागल बाबा आश्रम जाबे को बिचार ना है?" इससे पहले कि हरिदासी कल्पनाओं की अतल गहराई में और डुबकी लगाती, उसके कानों में एक परिचित-सी आवाज़ आई।

अकबकाते हुए हरिदासी वर्तमान में लौटी। उसने देखा तो पाया सामने ब्रह्मचारी मन्दिर अर्थात राधा गोपाल मन्दिर का सेवायत जमुनादास खड़ा मुस्करा रहा है। हड़बड़ाकर खड़ी हुई हरिदासी। वह तेज़ी से मन्दिर की सीढ़ियाँ उतरने लगी। लेकिन अन्तिम सीढ़ियों पर पहुँचते ही न जाने किस बे-ख़याली के चलते वह गिरते-गिरते बची।

"आराम ते मैया!"

हरिदासी ने अपने आपको सँभाला और आगे बढ़ गई। भूतगली की ओर बढ़ने से पहले उसने पलटकर देखा। धवल पलकों और भौंहों के गुच्छों से घिरी छोटी-छोटी आँखों और लरज़ चुकी देहवाला सेवायत जमुनादास राधा गोपाल मन्दिर के द्वार पर खड़ा उसे देख मन्द-मन्द मुस्करा रहा है। हरिदासी की खपच्ची-सी देह में न जाने किस भय के चलते अचानक तेज़ी आ गई और देखते-देखते दोपहर के सूनेपन में वह भूतगली में ग़ायब हो गई।

15

हरिदासी ने भजनाश्रम जाना छोड़ दिया है। भजनाश्रम छोड़ने के बाद शुरू में उसने गोपीनाथ और रंगजी मन्दिर के बाहर सीढ़ियों पर बैठकर भीख माँगना शुरू किया। फिर कुछ दिनों तक श्री बाँके बिहारी मन्दिर के पास बैठनेवाले भिखारियों के साथ बैठने लगी। बल्कि कुछ दिन उसने रेतिया बाज़ार की तरफ़ निधिवन के द्वार के बाहर भी बैठना शुरू किया था। हरिदासी को भजनाश्रमों में घंटों खोल पीटने के साथ भजन-कीर्तन से अच्छा भीख माँगना अच्छा लगा। भजनाश्रमों में तो सुबह-शाम होनेवाले कीर्तन के एवज़ में बँधा-बधाया दाल-चावल और कुछ नकदी मिलती है, जबकि मन्दिरों के बाहर मिलनेवाली भीख की कोई सीमा नहीं है। बल्कि सर्दियों में तो बहुत से श्रद्धालु गरम कपड़े और

रज़ाई-कम्बल तक दे जाते हैं। शुरू में हरिदासी को भीख माँगना किसी अपराध से कम नहीं लगता था, लेकिन जब उसने देखा कि भीख माँगनेवाली दूसरी दासियों की तरह, पहले की अपेक्षा उसका गुज़ारा बेहतर ढंग से होने लगा है, तो उसने इसे भीख नहीं, पेशे की तरह अपना लिया। बल्कि जब पुराने वृन्दावन में श्रद्धालुओं का आना कम हो जाता है, तो बीच-बीच में वह अंग्रेज़ों के मन्दिर अर्थात इस्कॉन मन्दिर और प्रेम मन्दिर भी चली जाती है। वरना इससे पहले उसकी दुनिया पुराने वृन्दावन तक सीमित थी।

हरिदासी याद करती है भीखवाले अपने पहले दिन को। पागल बाबा आश्रम में जब उसने गिनती की, तो उसे यह देखकर ख़ुशी हुई कि पहले ही दिन भिक्षा के रूप में पूरे सवा सौ रुपए की आमदनी हुई है। उसने अपने आपसे कुछ दूर लेटी वासुदेव दासी को कृतज्ञाभरी नज़र से निहारा। अगर यह वासुदेव उसे भिक्षा के लिए प्रेरित नहीं करती, तो शायद वह यह काम नहीं करती। उस दिन हरिदासी न तो वासुदेव दासी को चुपचाप रुपयों को गिनते हुए देखती, न वह उसे टोकती और न वासुदेव के पास इतने सारे रुपयों होने का राज़ खुलता।

"बासु, इतने रुपए तेरे पास कहाँ से आए?"

अचानक हरिदासी की आवाज़ सुन वासुदेव दासी हड़बड़ा गई। रुपयों के गिननेवाली अँगुलियाँ जहाँ थीं, वहीं ठिठक गईं। उसे पता ही नहीं चला कि कब हरिदासी अन्दर आ गई।

"दी...दीदी, कौन-से रुपए?" रुपयों को अपनी धोती में छिपाते हुए वासुदेव दासी अकबकाते हुए बोली।

"वही जिन्हें तू छिपा रही है?" हरिदासी ने धोती के पीछे आँखें धँसाते हुए पूछा।

"ये तो श्यामा दीदी के रुपए हैं। उसी ने दिए हैं।"

"श्यामा! लेकिन श्यामा तो सन्त निवास भजनाश्रम में रहती है?"

"हाँ दीदी। उसी के हैं। उसने मुझे दिए हैं कि मैं इन्हें गोपीनाथ बाजार के सेठ के पास जमा करा दूँ।"

"गोपीनाथ बाजार के सेठ के पास क्यों?"

"वो क्या है दीदी कि हमें जो पैसे भीख में मिलते हैं, उनको हम उस सेठ के पास जमा करते रहते हैं। जब कभी जरूरत पड़ती है उससे ले आते हैं।"

"दिखाना तो!"

सारा रहस्य खुलता देख वासुदेव दासी ने धोती की आड़ में छिपे सारे रुपए हरिदासी के सामने रख दिए। अपने सामने रुपयों को देख हरिदासी को हैरानी हुई।

उसने आश्चर्य से पूछा, "बासु, ये तो सारे सौ के नोट हैं। भिक्षा में इतने बड़े नोट कौन देता है?"

"वो क्या है दीदी कि हमें मिलते तो एक-दो रुपए हैं। ज्यादा हुआ तो दस या

बीस का एकाध नोट मिल जाता है। जब हमारे पास ज्यादा खुले पैसे जमा हो जाते हैं, तो हम रेतिया या लोई बाजार में जाकर किसी दुकानदार से बँधे हुए नोट ले आते हैं। वो क्या है कि उन्हें साथ ले जाने में..." कहते-कहते रुक गई वासुदेव। अनजाने में उसके मुँह से सच उगलते-उगलते रह गया।

"क्या हुआ कैसे चुप हो गई...और तू इन्हें कहाँ साथ ले जाने की बात कर रही थी?"

"कु...कुछ नहीं दीदी। बस ऐसे ही मुँह से निकल गया।" अचकचाते हुए वासुदेव बोली।

"बासु, कुछ तो है इन सौ-सौ के नोटों का राज। तुझे अपने लड्डू गोपाल की कसम है बासु, जो तूने अपनी दीदी को नहीं बताया।" हरिदासी वासुदेव दासी की इस कमज़ोरी को जानती है कि अगर उसे वासुदेव से कोई सच उगलवाना होता है, तो उसके लड्डू गोपाल की क़सम देती है।

अपने लड्डू गोपाल के लिए वासुदेव दासी हर तरह का सच उगल देती है।

"दीदी क्या है कि गर्मियों में बहुत-सी दासियाँ जब अपने-अपने घरों को जाती हैं तो वे दान में मिले कम्बल, गरम कपड़े और भिक्षा में मिले रुपए भी लेकर जाती हैं क्योंकि बड़े नोटों को ले जाने में आसानी होती है। इसलिए सेठ के पास इन सौ के बँधे हुए नोटों को जमा कराती हैं।"

"इतने सारे रुपयों को ले जाकर वे क्या करती हैं?"

"अपने परिवारवालों को देकर आती हैं।

यह एक नया रहस्य था हरिदासी के लिए। उसका सिर भन्ना गया। वह तमतमाते हुए बोली, "बासु, जिन लोगों ने हमें अपने आपसे इतनी दूर इस बृन्दाबोन में अकेला छोड़ दिया, उनके लिए ये रुपए इकट्ठा करके ले जाती हैं? हरि बोऽऽऽल! यह कैसा मोक्ष हो गया जो घर-परिवार का मोह नहीं छूटता है? अगर यही काम करना था तो उसके लिए कलकत्ता कौन-सा बुरा था। वहीं किसी बाजार या स्टेशन पर भीख माँग लेती? यहाँ ये भीख माँगने आई हैं या मुक्ति के लिए आई हैं?"

"दीदी, क्या बुराई है भीख माँगने में? भजन-कीर्तन के बदले में दो रुपए के भर्ती-टोकन के लिए भजनाश्रमों में लाइन में आगे लगने की धक्का-मुक्की, और इन दुष्ट पंडों की गाली सुनने से तो अच्छा ही है। आप देखती तो हैं ये पंडे किस तरह हमें कुत्ते-बिल्ली की तरह दुत्कारते हैं? टोकन पाने के लिए किस तरह अन्दर जाने की हम भीख माँगते हैं, तो जानवरों की तरह वे कैसे हाँकते हैं? दीदी, मुझे तो मन्दिर-मठों की सीढ़ियों पर भीख माँगने में कोई शर्म नहीं आती है। गाँठ में दो पैसे हों तो जिन्दगी ठीक-ठाक कट जाती है।"

वासुदेव दासी का तर्क सुन हरिदासी कुछ देर तो उससे सहमत नहीं हुई। लेकिन वृन्दावन की गलियों में ठोकर खाने, घंटों भजनाश्रमों में लगभग एक ही मुद्रा में बैठने

के कारण, कमान की तरह कमर के तन जाने और पेट की आग बुझाने की लड़ाई ने कुछ पल के लिए जैसे कुछ सोचने के लिए विवश कर दिया। इस मोक्षवन के मन्दिरों के बाहर भिक्षा की आशा में उठे हाथ, कातर आँखें तथा कमज़ोरी के चलते काँपते अधनंगे बूढ़े शरीर जिस तरह हर आने-जानेवाले के पैरों में बिछ-बिछ जाते हैं, उन्हें याद कर हरिदासी के जिस्म में कँपकँपी-सी होने लगी।

यह अलग बात है कि पहली बार जब वासुदेव दासी ने अपने भीख माँगने के पक्ष में जो तर्क दिया, उसे सुन हरिदासी उससे सहमत नहीं हुई थी। लेकिन जब वासुदेव ने अपनी यह लोमहर्षक कहानी सुनाई, उसे सुनने के बाद हरिदासी कई दिनों तक उसे याद कर उस पर विचार करती रही।

"दीदी, मैं जब बेकलया होकर नेपाल से यहाँ आई थी, तो यही इच्छा थी कि राधारानी मुझे मोक्ष प्रदान करे। लेकिन मोक्ष पाने के लिए पेट की आग भी तो बुझनी जरूरी है।" उम्र में हरिदासी से छोटी होने के कारण वासुदेव दासी ने बताना शुरू किया।

"बेकलया?" नेपाल की रहनेवाली वासुदेव के छोटे-से चेहरे पर नाक में पहने पिन को देखते हुए हरिदासी ने पूछा।

"हमारे नेपाल में जो औरत बचपन में विधवा हो जाती है उसे कहते हैं दीदी। मेरी चौदह बरस की उम्र में शादी हुई थी। मेरे पति की उम्र बीस साल थी। तीन साल बाद मैं जब पेट से थी तो मेरे पति की मौत हो गई। उनकी मौत के बाद मैं जब पेट से आठ महीने की थी, तब मेरा बच्चा गिर गया था। उसके बाद तो मेरे ऊपर मुसीबतों का जैसे पहाड़ टूट पड़ा।"

"उसके बाद...उसके बाद क्या हुआ बासु?" हरिदासी ने घबराते हुए पूछा।

वासुदेव दासी ने पहले लम्बी साँस ली और फिर एकदम डूबी हुई आवाज़ में बोली, "मेरे ससुरालवालों ने मुझे उसी दिन घर से बाहर निकाल दिया। माँ-बाप के घर आई तो समाजवालों ने मेरे घरवालों से कहकर पहले मेरा सिर मुँड़वाया और उसके बाद सफेद धोती पहनने के लिए कहकर, यह कहा गया कि मुझे नंगे पाँव रहना पड़ेगा। मांस-मछली सब खाना छुड़वा दिया।"

वासुदेव की कथा सुन हरिदासी को अरुणाभ की अचानक हुई मौत के बाद नबद्वीप में अपने माँ-बाबा के घर रहते हुए वे दिन ताज़ा हो उठे, जो उसने इस वासुदेव की तरह बिताए थे। अपने उन दिनों को याद करते हुए उसके शरीर पर जैसे लाल चींटियाँ सरसराने लगीं। उसे लगा जैसे इन चींटियों के खाने से पूरे जिस्म पर बड़े-बड़े चकत्ते बन गए हैं।

"दीदीऽऽऽ!" हरिदासी को अतीत की काली सुरंग से बाहर खींचते हुए पुकारा वासुदेव दासी ने।

हरिदासी ने चौंकते हुए वासुदेव की ओर देखा। उसे यह देखकर हैरानी हुई

कि वासुदेव दासी के चेहरे पर कुछ क्षण पहले दुःख और उदासी का जो लेप चढ़ा हुआ था, उसकी जगह हल्की मुस्कराहट ने ली हुई है।

"हाँ बोल बासु?"

"एक दिन पता है क्या हुआ दीदी?" शरारत भरे अन्दाज़ में उसने हरिदासी की आँखों में देखा।

"क्या हुआ?"

"मेरा मन मछली खाने को ललचाने लगा, तो मैंने अपनी एक सहेली से कहा कि तू मुझे कहीं से मछली ला दे, मेरा बहुत मन कर रहा है।"

"अरे बाबा, माछ खाने को मन ललचाने लगा था? राधे-राधे!"

"हाँ दीदी। रोज-रोज बिना मिर्च-मसाले के एक-सा खाते-खाते मन भर गया था।" वासुदेव दासी ने मुँह बिचकाते हुए कहा।

"फिर?" हरिदासी की मारे कौतूहल के आँखें फैलने-सिकुड़ने लगीं।

"और मेरी सहेली मेरे लिए चुपके से मछली ले आई। जब वह ले आई दीदी और मैं छिपकर खा रही थी, तभी मेरे एक पड़ोसी ने मुझे खाते हुए देख लिया। उस दुष्ट पड़ोसी ने चुपचाप यह बात सबको बता दी। इसके बाद क्या बताऊँ दीदी हमारे घर में जो हल्ला हुआ, मैं बता नहीं सकती। वो दिन मेरे घर का आखिरी दिन था।" इसके बाद एक बार फिर वासुदेव जैसे पुरानी यादों में खोती चली गई, "अगले दिन मेरे बड़े भाई ने मुझे साथ लिया और बिहार-नेपाल के सोनौली से होते हुए मुझे लेकर वृन्दावन आ गया। वे गर्मियों के दिन थे। भाई ने यहाँ मुझे बाँके बिहारी मन्दिर के बाहर दरवाजे के पास बैठाया और यह कहकर कहीं चला गया कि मैं अभी आया। मन्दिर के अन्दर से आती खसखस और केवड़े की खुशबू वाले फव्वारे और बेला के फूलों की तेज सुगन्ध के बीच मैं बड़े भाई की शाम तक बाट देखती रही।"

"तुम्हारा भाई फिर कब आया?" हरिदासी का दिल ज़ोर-ज़ोर से धड़कने लगा।

हरिदासी के इस सवाल पर वासुदेव दासी पहले फिस्स से हँसी और फिर भरी आँखों से बोली, "वह आने के लिए थोड़े ही गया था दीदी।" उसने हरिदासी की ओर देखा तथा यह कहते हुए फूटकर रो पड़ी, "दीदी, मैं पिछले तीस सालों से अपने उस बड़े भाई का इंतजार कर रही हूँ, जिसने मुझे मेरी अँगुली पकड़ चलना सिखाया था। मैंने उस दिन पहली बार गले में बेला-गुलाब के फूलों की माला और नाक के ऊपर गोपीचन्दन लगाए संध्या आरती के लिए दरवाजा खुलने के समय, सफेद ताँत की धोती पहने जिन बंगालिनों को देखा था, बाद में मैं भी उनकी जैसी हो गई।"

"इसका मतलब हुआ तुम्हारा दुष्ट भाई फिर कभी लौटकर नहीं आया?"

वासुदेव दासी ने हरिदासी के इस सवाल का कोई उत्तर नहीं दिया। बस, सूनी

आँखों से बाहर की तरफ़ खुलती खिड़की को इस तरह देखती रही, जैसे उसका बड़ा भाई बाहर खड़ा उसकी पहरेदारी कर रहा है।

हरिदासी से देर तक इसके बाद कुछ भी पूछने की हिम्मत नहीं हुई। बमुश्किल हिम्मत जुटाते हुए इतना पूछा, "बासु, तेरा कभी अपने बाबा के पास जाने को मन नहीं करता?"

"नहीं दीदी, मैंने कभी जाने की कोशिश भी नहीं की।" फिर एक गहरी साँस लेते हुए बोली, "ऐसे पिता के पास जाकर क्या करूँ दीदी, जो अपने दिल के टुकड़े को सैकड़ों मील दूर अकेला छुड़वा दे।"

वासुदेव दासी ने जिस तरह गीले शब्दों के साथ कहा, हरिदासी से कुछ पलों के लिए अपने आपको रोकना मुश्किल हो गया। उसकी आँखों के सामने अपना वह दृश्य तिरमिरा उठा जब उसका बाबा उसे नबद्वीप से इसी वृन्दावन में लेकर आया था। उसका बाबा भी उसे इमलीतला घाट पर छोड़कर फिर कहाँ लौटकर आया था। उसने वासुदेव की सूनी आँखों में असहाय पन्द्रह वर्षीय किशोरी को देखा तो एक पल के लिए लगा सामने बैठी वासुदेव नहीं ख़ुद बिजली बैठी है। बाँके बिहारी मन्दिर के बाहर अपने भाई के इंतज़ार में बैठी अकेली वासुदेव और इमलीतला घाट पर खड़ी निस्सहाय बिजली में उसे कोई अन्तर नज़र नहीं आया। विगत की कल्पना करते हुए उसके रोंगटे खड़े हो गए। उसे पहली बार पिता और भाई जैसे रिश्तों से घृणा-सी होने लगी।

"बासु, इस जंगल में जो एक बार अकेला छोड़कर चला जाता है, वह फिर कभी लौटकर नहीं आता है।"

वासुदेव ने पहले धीरे-से नज़र उठाकर हरिदासी की भीतर धँसी आँखों में देखा तथा फिर विषय बदलते हुए बोली, "दीदी, आप कभी रूपा सेवादासी से मिली हो?"

सेवादासी! हरिदासी ने पहली बार सुना यह शब्द। उसने नाम के पीछे दासी लगा हुआ तो बहुतों को देखा है, लेकिन यह कौन है जो केवल सेवादासी के नाम से पुकारी जाती है।

जिस तरह हरिदासी वासुदेव दासी को टकटकी लगाए देखती रही, वासुदेव समझ गई कि हरिदासी रूपा को नहीं जानती है।

"दीदी, वही जो भजनाश्रम में खोल बजाती थी?"

वासुदेव के याद दिलाने पर हरिदासी याद करने की कोशिश करती है पर उसे याद नहीं आया। वह निराश होते हुए कहती है, "बासु, इतने साल हो गए मुझे याद नहीं है।"

"जब आप सुभद्रा दासी दीदी के साथ भजनाश्रम आती थी, तब रूपा सुभद्रा दीदी को राधे-राधे बोलती थी न।" वासुदेव फिर से याद दिलाने की कोशिश करती है।

“अरे बाबा, कहीं तुम उसकी बात तो नहीं कर रही हो, जो बड़े करीने से सफेद रंग की साड़ी पहनती थी?”

“सही पहचाना दीदी। वही रूपा दीदी।” वासुदेव बोली।

“क्या हुआ उसको?”

“दीदी उसका बाप भी उसको सोलह बरस की उमर में मदन मोहन मन्दिर छोड़ गया था। पता है बाद में वह सेवादासी का काम करने लगी थी।”

“इसमें बुरा क्या है? अपने कन्हैया की सेवा ही तो करती थी न।”

“वो उस कन्हैया की सेवा नहीं करती थी दीदी। वह पुजारी की सेवा करती थी। बल्कि पुजारी की नहीं, वह मन्दिरों और मठ-आश्रमों में दान देनेवाले सेठों की सेवा भी करती थी।”

“वह सेठों की क्या सेवा करती थी?”

“दीदी आप भी न!” इसके बाद वासुदेव सोचने लगी कि वह कैसे इसे साफ़-साफ़ बताए? लेकिन बताना तो पड़ेगा ही। हिम्मत कर वह बोली, “दीदी वही सेवा, जो किसी औरत को रात में एक मर्द की करनी पड़ती है।”

“क्याऽऽऽ! तुझे कैसे पता?” हरिदासी लगभग चीख़ते हुए बोली।

“इसलिए कि एक बार पुजारी ने रूपा से मुझे भी कहलवाया था। पर मैंने साफ मना कर दिया था।”

“हरि बोल बासु!” हरिदासी अपने कानों से हाथ लगाते हुए बोली, “इससे तो अच्छा था वो गौरा नगर के किसी कोठे पर बैठ जाती।” कहते हुए हरिदासी का चेहरा तमतमा उठा।

“दीदी, गौरा नगर के किसी कोठे पर बैठकर रोजाना अपनी देह को नुचवाने और तरह-तरह के रोग से, उसे क्या कहते हैं एड्स से, अच्छा है किसी पुजारी या सेठ के साथ लेटना। वैसे एक बात पूछूँ दीदी?” इतना कह वासुदेव दासी ने हरिदासी की आँखों में झाँका।

“हाँ बोल!” हरिदासी का शरीर धीरे-धीरे जैसे सुन्न पड़ने लगा।

“क्या भजनाश्रमों के भरोसे हमारा जीवन कट जाता? और फिर एक औरत भले ही वह विधवा क्यों न हो, उसकी कोई इच्छा नहीं होती?”

वासुदेव दासी ने जिस तरह हरिदासी को तर्क दिया, हरिदासी चुप हो गई। एकाएक उसे मेघु दासी का कहा यह वाक्य, जो उसने सुभद्रा दासी, गौरी दासी और मलिना दासी की मौजूदगी में कहा था, कानों में फुसफुसा उठा कि तुम जैसी जवान दासी पर किसी पंडे की दृष्टि पड़ गई तो क्या होगा जानती हो न! इसके बाद द्वादशादित्य टीले पर मुल्तान के नमक व्यापारी और उड़ीसा के राजा द्वारा बनवाए गए श्री राधा मदन मोहन मन्दिर की मुँडेर पर बैठी मेघु दासी की कथा याद आते ही, उसकी आँखों के आगे काल्पनिक चित्र बनने-बिगड़ने लगे।

वासुदेव के तर्क पर उससे कुछ भी तो उत्तर देते नहीं बना।

"दीदी, मैं और रूपा दोनों वृन्दावन में साथ-साथ आए थे और शुरू में साथ-साथ कीर्तन करने जाते थे। मैंने आपको भी सबसे पहले एक बार भजनाश्रम में ही देखा था। मैं जब आपको देखती थी तो मुझे यही डर लगता था कि आप कहीं रूपा की तरह किसी पुजारी के चंगुल में ना फँस जाएँ। आश्रमों के पुजारियों के खिलाफ तो आवाज उठा भी दो, पर भोजन और सहारा देनेवाले दानियों के खिलाफ खड़ा होना आसान नहीं है।"

हरिदासी चुप रही। उसने वासुदेव दासी की तरफ़ देखा भी नहीं।

"उसके बाद आप फिर कभी भजनाश्रम में दिखाई नहीं दीं।"

"मैं हाड़ाबाड़ी से शाहजी मन्दिर में चली गई थी। मुझे ब्रह्मचारी मन्दिर के सेवायत जमुना बाबू ने उसमें खोल बजाने की नौकरी दिलवा दी थी। शाहजी मन्दिर का मैनेजर बहुत भला आदमी था। जब तक वह जिन्दा रहा, मैं उधर रही। उसके बाद मैं भी शाहजी मन्दिर की नौकरी छोड़कर चली आई। मन्दिर का जो नया मैनेजर आया, वह बहुत दुष्ट था।" कहते-कहते हरिदासी अतीत में उतर गई।

"ये जो ब्रह्मचारी मन्दिर यानी राधा गोपाल मन्दिर में सेवायत है?"

"हाँ बासु। उन दिनों जमुना बाबू धीर समीर के एक मन्दिर में सेवायत था।"

"फिर तो दीदी आप सेवायत जी को बहुत सालों से जानती हो?"

"जब मैं नबद्वीप से पहली बार बृन्दाबोन आई थी, तब यहाँ इमलीतला घाट पर ये मिला था। चल छोड़ बासु, आगे बता तू रूपा के बारे में क्या बता रही थी?"

"रूपा मुझे भजनाश्रम के बाहर बताती थी कि कीर्तन करने के नाम पर उसे जिस तरह सजाया जाता था, सुनकर मेरा मन घबराने लगता था। मैंने तभी मन बना लिया था दीदी कि मैं मन्दिरों की सीढ़ियों पर भीख माँग लूँगी पर किसी आश्रम में कीर्तन नहीं करूँगी। वैसे मुझे भीख अब माँगना बुरा नहीं लगता। मैं जानती हूँ दीदी कि मैं अपनी उस उमर को कैसे-कैसे अच्छे-बुरे लोगों से बचा पाई हूँ।" इतना कह वासुदेव दासी ने लम्बी साँस ली और यह कहते हुए हरिदासी की तरफ़ पीठ फेर ली, "दीदी, अब कम-से-कम इज्जत से पेट तो भर जाता है।"

इसी वासुदेव दासी के साथ हरिदासी पहली बार भीख माँगने अंग्रेज़ों के मन्दिर और प्रेम मन्दिर गई थी। दूसरे शब्दों में कहें तो इन दोनों मन्दिरों का रास्ता ही वासुदेव ने दिखाया था। वरना वह तो पुराने वृन्दावन की पुरानी गलियों, यमुना के घाटों, पुराने बाग़-बगीचों तथा बाँके बिहारी, राधारमण, जुगलकिशोर, राधावल्लभ, गोपीनाथ, मदन मोहन और गोविन्द देव मन्दिर तक सीमित थी।

"दीदी, यह जो श्यामा है न, जिसके ये रुपए मेरे पास हैं, उसके ससुरालवाले बड़े जमींदार थे। वो बताती थी कि उसके ससुर के पास बहुत जमीन थी। बहुत बड़ा घर था ससुराल में, पर विधवा होते ही सब छिन गया। वैसे इसका अपना

मायका भी बहुत बड़ा है। इसके पिता बहुत अमीर थे। लेकिन शराबी पति एक दिन खाई में गिरकर मर गया। अब बताओ दीदी, एक आदमी शराब पीकर खाई में गिर जाए और उसमें उसकी मौत हो जाए, तो इसमें हम औरतों का क्या कसूर है?"

वासुदेव दासी ने श्यामा की कहानी सुनाते-सुनाते जिस तरह 'उसकी' जगह 'हम' शब्द का इस्तेमाल किया, उसे सुन हरिदासी ने बेचारगी के साथ वासुदेव की ओर इस तरह देखा, जैसे उससे कह रही है कि शायद हमारी नियति ही यही है।

"दीदी, उसके ससुर ने अपनी विधवा बहू से एक सादा कागज पर अँगूठा लगवाया और उसे घर से बाहर निकाल दिया। ससुराल से अपने घर गई तो माँ-बाप ने यह कहकर रखने से मना कर दिया कि हमारी बला से कहीं जाकर मर। इसलिए बेचारी वृन्दावन आ गई।"

"बासु, तूने अभी कहा था कि श्यामा बहुत बड़े घर की बेटी है। इसके पिता बहुत अमीर थे। बताओ, ऐसे बड़े घर और अमीरी का क्या फायदा जो एक विधवा बेटी को सहारा न दे पाए।"

"सही कह रही हो दीदी। हम सबकी एक-सी कहानी है। अगर मैं आपको प्रेम मन्दिर के बाहर सड़क के किनारे तपती धूप में काली पोलिथीन की छत के नीचे चाय बेचनेवाली की कहानी बता दूँ, तो आपका कलेजा मुँह को आ जाएगा!"

"कौन, वह सीमा चायवाली?"

"हाँ दीदी वही। उसकी कहानी तो और भी भयानक है। मैंने एक दिन उससे उसके बारे में पूछा था, तो बोली कि वह बिहार के सुपौल जिले की रहनेवाली है। एक बार कोसी नदी में बहुत बड़ी बाढ़ आई थी जिसमें घरबार बहने से हजारों लोग बेघर हो गए थे। भूखे-प्यासे लोग नदी के पानी के साथ कच्चा गेहूँ का आटा और चावल खाकर जी रहे थे। इसी के चलते एक दिन सीमा के पति के पेट में दर्द उठा और कुछ ही घंटों में उसकी मौत हो गई।"

"फिर?" हरिदासी ने पूछा।

"इसके बाद सीमा दस-बारह लोगों के साथ यहाँ वृन्दावन आ गई। इनके पास किसी सरकारी आश्रयगृह में रुकने के लिए ऐसा कोई कागज नहीं था, जिससे पता चल सके कि ये बाढ़ के मारे हैं, इसलिए सरकार ने इन्हें यहाँ रुकने की जगह नहीं दी। हारकर यह मन्दिरों के बाहर भीख माँगने लगी।"

"आगे क्या हुआ?"

"आगे की कहानी मत सुनो दीदी।" एक लम्बी साँस ले वासुदेव दासी चुप हो गई।

"ऐसा क्या है इसकी कहानी में जो श्यामा या रूपा से भी भयानक है?"

"ऐसा ही समझ लो दीदी।"

"बासु बता तो सही!" हरिदासी ने आग्रह किया।

"रहने दो दीदी। बताऊँगी तो आपको मुझ पर भरोसा नहीं होगा।"

"तुझको तेरे लड्डू गोपाल का कसम है बासु।"

वासुदेव दासी ने पहले ढेर सारी हवा अपने फेफड़ों में भरी और फिर बताने लगी।

"हुआ यह कि जब सीमा मन्दिरों के बाहर भीख माँगती थी, तभी एक चाची नाम की किन्नर की उस पर नजर पड़ी। पहले उसने सीमा से मेल-जोल बढ़ाया और धीरे-धीरे वह उसकी जरूरत पूरी करने लगी। जब सीमा का उस पर पूरा भरोसा हो गया तो वह उसे एक ऐसी जगह ले गई, जहाँ किसी को उन पर शक ना हो। चाची ने पहले सीमा को आँखों-ही-आँखों में तौला और फिर जब उसने सीमा को अपना प्लान बताया, तो सुनते ही सीमा अपने आपको उससे छुड़ाकर भागने लगी। चाची किन्नर ने उसे दौड़कर रोका और समझाते हुए बोली कि बाई, तुझसे कोई जबरदस्ती नहीं है। मैं तो एक सलाह दे रही हूँ!"

"पर उस किन्नर ने सीमा से कहा क्या?" हरिदासी का धैर्य जैसे अब जवाब दे गया। आगे सुनने की व्यग्रता के चलते उसकी धड़कनें तेज़ हो गईं।

"दीदी बताती हूँ।"

वासुदेव ने एक-एक प्रसंग को जिस तरह बताया, उसे सुन हरिदासी लगभग चीख़ते हुए बोली, "हरि बोऽऽऽल! यह तू क्या बता रही है बासु? हरे कृष्ण!" कहते-कहते हरिदासी ने अपने कानों में अँगुलियाँ ठूँस लीं।

"आपको अगर मेरे ऊपर भरोसा नहीं है न दीदी, तो किसी दिन प्रेम मन्दिर जाकर सीमा से ही पूछ लेना...और फिर मैं क्यों झूठ बोलूँगी। मैं तो वही बता रही हूँ जैसा मुझे एक बार सीमा ने बताया था।"

वासुदेव दासी ने जिस आत्मविश्वास के साथ कहा, उसे सुन हरिदासी को विश्वास करना पड़ा कि वासुदेव झूठ नहीं बोल रही है।

इसके बाद वासुदेव ने पहले हरिदासी को देखा और फिर एक टेढ़ी मुस्कान बिखेरते हुए बोली, "...और अब आगे जो मैं बताऊँगी दीदी, उसे सुनकर तो मुझ पर बिलकुल भरोसा नहीं होगा।"

"तू ऐसी बात कहकर क्यों मुझे मारना चाहती है!"

"क्या करूँ दीदी, बात ही ऐसी है। जिस काम के लिए सीमा पहले तैयार नहीं हो रही थी, आखिर चाची किन्नर ने उसे तैयार कर ही लिया।"

इस बार हरिदासी का शरीर जैसे सुन्न पड़ने लगा। देर तक उससे कुछ भी तो कहते नहीं बना। लगा जैसे बाहर साँय-साँय करती तेज़ हवा चल रही है।

"चाची किन्नर ने सीमा को बताया कि एक ग्राहक से कुल सौदा सत्तर हजार में तय हुआ है, जिसमें चाची का बीस हजार कमीशन भी इसमें शामिल है। अब यह तो चाची किन्नर जाने दीदी कि असली सौदा कितने में तय हुआ था, पर सीमा को इतना ही बताया गया। हाँ, ऊपर का जो खर्चा था वह इसमें शामिल नहीं था।

उस खर्चे को ग्राहक ने अलग से दिया था। यहाँ तक तो ठीक था दीदी लेकिन जैसे ही ग्राहक ने सीमा के सामने अपनी जो शर्तें रखीं, उन्हें सुन सचमुच सीमा का कलेजा मुँह को आ गया।" कहते हुए इस बार वासुदेव दासी के शब्द भी लरज़ने लगे। आवाज़ भर्रा उठी उसकी।

"ऐसी कौन-सी शर्त थीं बासु?" हरिदासी की धड़कनें और तेज़ हो गईं।

"दीदी, पहली यह कि जब तक काम पूरा नहीं हो जाएगा, सीमा को विधवा का भेस छोड़कर मथुरा में एक किराए के मकान में रहना होगा। दूसरा यह कि वह उसका मुँह ही नहीं देखेगी बल्कि वह उसे छूएगी भी नहीं। पैदा होते ही उसे सीमा से अलग कर दिया जाएगा।"

इस बार वासुदेव दासी अपने को नहीं रोक पाई और अपनी सफ़ेद धोती से मुँह को कसकर भींच लिया। कलेजे से निकली हूक को वह भीतर ही दबा गई। जबकि हरिदासी की आँखों के आगे जैसे अँधेरा छा गया। छोटे-छोटे नन्हे-नन्हे जुगनू तिरमिराने लगे। दोनों के बीच देर तक सन्नाटे की चादर हल्के-हल्के थरथराती रही। इस बीच हरिदासी को लगता रहा जैसे इस सन्नाटे को चीरती हुई कोई अबोध किलकारी उससे अपनी गरम बाँहों में लेने की गुहार कर रही है। उसके कानों में जैसे पिघले हुए शीशे की बूँदे टप-टप गिर रही हैं।

"दी...दीदी, मथुरा के एक प्राइवेट अस्पताल में सीमा की डिलिवरी हुई थी जहाँ उसकी कोख से लड़का पैदा हुआ था। शर्त के मुताबिक पैदा होते ही बच्चे को माँ से अलग ही नहीं कर दिया बल्कि सीमा को उसे छूने भी नहीं दिया गया। इसके बाद सीमा कई महीनों तक पगलाई-सी वृन्दावन की कुंज गलियों में घूमती रही। मुश्किल से वह इस पागलपन से बाहर आ पाई थी।"

"बासु, यह पेट हम औरतों का सबसे बड़ा दुश्मन है।"

"सही कह रही हो दीदी। इसी पेट के लिए सीमा को अपनी कोख पचास हजार में किराए पर देनी पड़ी।"

हरिदासी ने इस पर कुछ नहीं कहा। बस अधखुली खिड़की से भीतर आते उजाले को देखती रही। दोनों के बीच देर तक कोई संवाद नहीं हुआ। दुःखों के हिचकोले खाते जर्जर पतवारों में सवार दोनों अपनी-अपनी दुनिया में इस तरह खो गईं, कि उन्हें आभास ही नहीं हुआ कि सूरज कब साँझ की पीठ पर आ बैठा है। उन्हें पता ही नहीं चला कि कब अधखुली खिड़की से आनेवाला उजास शाम के झुटपुटे में बदल गया है।

आग

बरसाती देह चाटती धूप के तीखेपन में कोई कमी नहीं है। यमुना के तट पर खड़े पीलू, पाखर, कदम्ब, तमाल, आम्र, मौलश्री और

छोटे-छोटे तुलसी के पौधे ही नहीं; बल्कि नीम, शीशम, पीपल, बरगद जैसे विशाल पेड़ों की नर्म और मुलायम पत्तियाँ तथा उनकी शाखाओं से लिपटी लताएँ भी धूप से मुरझा जाती हैं। रात में चन्द्रमा भी सहमा-ठिठका सा रहता है। चाँदनी भी दिन की गर्मी को शान्त नहीं कर पाती है।

दोपहर बाद हरिदासी कमर सीधी करने के लिए लेट गई। इन दिनों का ताप थोड़ी-सी सुस्ती ले ही आता है। इसलिए अभी उसे झपकी आई ही थी कि अधखुली खिड़की से ज़बरन अन्दर घुस आए हवा के गर्म थपेड़े से उसकी आँखें खुल गईं। बाहर पसरी धूप को देखकर वह समझ गई कि भगवान भास्कर अब भी जैसे पूरे गुस्से में है। इसीलिए वह अपने प्रचंड ताप को दिखा रहा है। वह मन-ही-मन सोचती है कि मेघों से पूरा आषाढ़ निकला जा रहा है। क्योंकि अभी तक एक भी दिन बादल नहीं छाए। छा जाते तो कुछ समय के लिए उसे आराम मिल जाता।

अचानक, जिसकी होने की वह कल्पना कर रही थी वह साकार होता हुआ नज़र आया। पहले बाहर पसरी धूप थोड़ी कमज़ोर पड़ी और देखते-देखते हवा के तेज़ झोंकों के चलते अधखुली खिड़की के पल्लू आपस में बजने लगे। थोड़ी देर बाद हवा का वेग कुछ कम हुआ और बादलों की हल्की-हल्की गड़गड़ाहट सुनाई देने लगी। बीच-बीच में अधखुली खिड़की से ठंडक में नहाए आवारा झोंके आते और जिस्म को सहलाकर वापस हो जाते।

आख़िर यह क्या हुआ? ये मेघ इतने दयावान कैसे हो गए? भादों के शुरुआती दिन तो इस बार इतने कठोर थे कि यक्षलोक से निर्वासित गन्धमादन पर्वत पर निवास करते पत्नी-वियोग से व्यथित यक्ष पर इनको ज़रा भी दया नहीं आई। वह बेचारा राह निहारता रहा कि कब कोई बादल आए और कब वह अपनी विरहिणी पत्नी को प्रेम सन्देश भेजे। अभी कुछ समय ही तो हुआ था उसका विवाह हुए। दोनों नव-दम्पती प्रेम में पगे थे। एक-दूसरे से विरह असहनीय था उनके लिए। उनके प्रेम को देवराज भी कहाँ समझ पाए। थोड़ी-सी भूल की इतनी बड़ी सज़ा दे दी।

मगर प्रेम को समझना इतना आसान भी कहाँ है। ज़रा चातक को ही लें। बेचारा अगाध प्रेम करता है इन जलधरों से। केवल स्वाति नक्षत्र की बूँद से ही अपनी प्यास बुझाता है, पर अबोध प्रेमी के प्रेम को ये मेघ कहाँ समझ पाते हैं। चातक पीहू-पीहू करके इनको टेरता है लेकिन ये नहीं सुनते। प्रेम की परिणति भी हमेशा से दुःखद ही रही है। बिना स्वाति नक्षत्र में बरसी बूँद के अभाव में चातक कोई और जल नहीं पीता व अपने प्राण त्याग देता है।

उदास हरिदासी ने खिड़की को अब पूरा खोल दिया। उसने लेटे-लेटे आकाश को निहारा तो पाया श्यामवर्णी मेघों से आकाश घिर गया है। आज तो वर्षा आएगी ही, उसने मन-ही-मन कहा। लगता है इन्द्रदेव से सूर्यदेव की तापाग्नि में जलते ब्रजवासी न देखे गए हों। इसलिए उसने वरुण को यहाँ जल बरसाने का आदेश दिया

हो। लेकिन यह तो दिव्य भूमि है। यहाँ तो रसिकाचार्यों ने रस को प्रवाहित किया है। लीलाधर यहाँ नित्य लीला करते हैं। आज शायद निकुंज में श्यामा-कुंजबिहारी की इच्छा जल-क्रीड़ा करने की है। सारी सखियाँ निकुंज के प्रबन्ध करने में जुटी होंगी।

लगा जैसे बाहर आकाश में मेघराज अपनी सेना के साथ तैयार हैं। बस, जैसे ही रसिकों के आराध्य प्रिया-प्रियतम अपनी सहचरियों के साथ कुंज में पधारेंगे, वैसे ही ये नेहधर उन पर अपनी प्रीति रूपी जल की वर्षा करेंगे। एकाएक बाँस जैसी खपच्चियों-सी पतली और लगभग खोखली हो चुकी हड्डियोंवाले शरीर में रक्त का संचार तेज़ हो गया। न जाने किस मद के चलते हरिदासी की आँखें पुनः मुँदती चली गईं और श्रीभट्टदेवाचार्य के रचे ये शब्द उसके होंठों पर थिरकने लगे—

भींजत कब देखौं इन नैना।
स्यामाजू की सुरँग चूँनरी, मोहन कौ उपरैना॥
जुगलकिशोर कुंजतर ठाढ़े, जतन कियौ कछु मैं ना।
उमगी घटा चहूँ दिस 'श्रीभट', जुरि आई जल सैंना॥

बाहर टप-टप बरसती बूँदों की झालरों से छनकर आती ठंडी हवा ने ताप के ताए दिनों को जैसे शान्त कर दिया। बारिश से भीगी रेत से उठती गन्ध चारों ओर फैल गई। हरिदासी कब गहरी नींद की गोद में समा गई, उसे पता ही नहीं चला।

आँखें खुलीं तो हरिदासी हड़बड़ाकर खड़ी हुई। बाहर चलती ठंडी हवा के झोंके पागल बाबा आश्रम की दीवारों से टकराकर, खिड़की के रास्ते अन्दर आने के बीच वह भूल ही गई कि उसे दीदी माँ के ममताग्राम भी जाना है। नासिका व माथे पर गोपीचन्दन लगा वह फटाफट तैयार हुई और पागल बाबा आश्रम से निकल भूतगली, ब्रह्मचारी मन्दिर और श्रीगोदा विहार मन्दिर को पार कर म्यूज़िक मार्किट से होते हुए गोपीनाथ बाज़ार में आ गई।

हर साल की तरह जन्माष्टमी का उत्साह वृन्दावन की गलियों में किलकता हुआ दौड़ रहा है। अपने कन्हैया का जन्मोत्सव मनाने को देशी-विदेशी श्रद्धालुओं की ख़ुशी देखते ही बन रही है। भादों की उमस के बीच दुकानों की चहल-पहल और रौनक ने पूरे वृन्दावन की देह में जैसे जोश भर दिया। बीच-बीच में जब-जब यहाँ की टेढ़ी-मेढ़ी, बाँकी-तिरछी कुंजगलियों की दीवारों से टकराकर, बल खाता हवा का कोई झोंका हरहराता हुआ शरीर से आकर टकराता, तब लगता जैसे शरीर पसीने से नहीं यमुना के ठंडे पानी में भीगा हुआ है। इनमें हरिदासी की तरह अनगिनत बूढ़ी झुर्रियोंवाले वे चेहरे भी हैं, जिनके जीवन से उत्सवधर्मिता जैसे ग़ायब हो चुकी है। बावजूद इसके उन्हें हर साल मनने वाले इस बड़े भजन का बड़ी बेताबी से इंतज़ार रहता है। इस बेताबी की वजह है इस अवसर पर ममताग्राम की तरह भजनाश्रमों में मिलनेवाला एक किलो दाल-चावल और कुछ ज़रूरी सामान। इसलिए रक्तहीन

जर्जर काठियों में इस मौक़े पर एकाएक जान आ जाती है। जन्माष्टमी यानी बड़े भजन के अवसर पर ममताग्राम में उस जैसी बेसहारा और परित्यक्ताओं को दीदी माँ द्वारा आज विशेष उपहार दिए जाने हैं।

हरिदासी तेज़-तेज़ क़दमों से अपनी ही धुन में बढ़ी जा रही है। गोपीनाथ बाज़ार में राधामाधव मन्दिर के लीलाशुक बिल्वमंगल की समाधि के सामने जैसे ही वह पहुँची, उसके पाँव अचानक ठिठक गए। उसने एक पल रुककर अपने ठाकुरजी को सीस नवाया और ममताग्राम के लिए बढ़ गई। वृन्दावन के उसके शुरुआती दिनों में सेवायत जमुनादास ने बिल्वमंगल के बारे में जो कथा सुनाई, उसे वह आज तक नहीं भूली है। उसे यह भी याद है कि उसके वृन्दावन आने के कुछ साल बाद 'बिल्वमंगल' नाम की एक फ़िल्म भी आई थी। कुछ 'भक्तमाल' में वर्णित कथा और कुछ इस फ़िल्म को आगरा के राजामंडी स्थित सिनेमा हॉल 'भरत टॉकीज़' में देखने के बाद, जिस तरह बड़े रोचक ढंग से सेवायत जमुनादास ने सुनाया था, वह कहानी उसे आज भी याद है।

उसे याद है 'बिल्वमंगल' पर बने इस सिनेमा की ख़बर सुनकर मारे जिज्ञासा के यमुना में जैसे ऊँची-ऊँची लहरें उठने लगी थीं। पूरे-पूरे दिन गोपीनाथ बाज़ार की दुकानों से लेकर राधामाधव मन्दिर और गोपेश्वर महादेव मार्ग की म्यूज़िक मार्किट के चौतरे-चबूतरों पर इसी की चर्चा रहती। जिसे देखो वही अपने लीलाशुक बिल्वमंगल को साक्षात रुपहले परदे पर देखने को आतुर है। इतना ही नहीं बल्कि उसके इस गीत को तो सेवायत ने भले ही बेसुरे अन्दाज़ में, लेकिन अपनी तरफ़ से फ़िल्म की तरह गाकर सुनाने का प्रयास भी किया—

पनघट पे मोरे श्याम बजाये मुरलिया
पनघट पे मोरे श्याम बजाये मुरलिया

एक बार फिर रास्ते में वही कहानी हरिदासी के अवचेतन में, जिसे वह स्वयं उसके बाद कई बार राधामाधव मन्दिर में सुन चुकी थी, शुरू हो गई—

दक्षिण भारत में कृष्णवेणा नदी के किनारे एक गाँव में रामदास नाम के एक ब्राह्मण का एक बेटा था बिल्वमंगल। बिल्वमंगल नदी के पार रहनेवाली एक वेश्या चिन्तामणि पर बुरी तरह फ़िदा था। इतनी बुरी तरह कि एक बार उसके पिता बुरी तरह बीमार हो गए और उसी बीमारी में उनकी मृत्यु हो गई। वह सावन का महीना था। पूरी रात मूसलाधार बारिश के चलते नदी उफान मारती हुई पागल-सी होकर बहने लगी। इधर पिता की चिता ठंडी भी नहीं हुई थी कि उसी शाम झुटपुटे में मौक़ा पा बिल्वमंगल उफनती नदी के किनारे आ गया। थोड़ा-थोड़ा अँधेरा होने के कारण नाविकों ने अपनी नावें किनारे लगा दीं। कोई भी नाविक नदी के पार जाने को तैयार नहीं हुआ। इसके बाद बिल्वमंगल ने आव देखा न ताव और उसने

नदी में छलाँग लगा दी। एक तरह से चिन्तामणि से मिलने के लिए उसने अपने जान की बाज़ी लगा दी।

बिल्वमंगल नदी में कूद तो गया लेकिन तुरन्त उसे अपने इस जोश पर ग़ुस्सा भी आया कि उसने यह क्या कर दिया। अब क्या करे बिल्वमंगल? धीरे-धीरे शरीर थकने लगा और साँस फूलने लगी। उसे अपनी मौत सामने दिखाई देने लगी। दूर चढ़ती घटाओं के बीच जब-जब बिजली कड़कती और उसकी रोशनी नदी पर पड़ती, तब लगता जैसे नदी की सतह पर पानी नहीं कोई मटमैला चाँदी का वरक थरथरा रहा है। वह जैसे-तैसे हाथ-पैर मारने लगा। इसी बीच अँधेरे में उसका हाथ किसी चीज़ से टकराया, तो उसने उसे कसकर पकड़ लिया और उसी के सहारे दूसरे किनारे पर पहुँच गया। किनारे से लगी उस चीज़ को अँधेरे में बिल्वमंगल ध्यान से देखने लगा। देखने के दौरान जैसे ही आसमान में बिजली कड़की और इसकी तेज़ रोशनी में सफ़ेद कपड़े में लिपटी उस चीज़ पर उसकी नज़र पड़ी, उसका पूरा शरीर मारे भय के पसीने-पसीने हो गया। धमनियों और रगों में दौड़ता ख़ून जैसे जम गया। वह वापस मारे घबराहट के उफनती नदी में गिरते-गिरते बचा। थककर चूर-चूर होने के बावजूद उसने हिम्मत जुटाई और उछलकर, नदी के किनारे पानी में हिलती उस सफ़ेद चीज़ से अपने आपको दूर धकेला। फटी आँखों से वह अब लहरों के साथ दूर जाती इस सफ़ेद चीज़ को देखता रहा। सफ़ेद कपड़े में लिपटी यह चीज़ कुछ और नहीं कफ़न में लिपटा हुआ एक मुर्दा था। वह देर तक टकटकी लगाए उसे देखता रहा। मुश्किल से बिल्वमंगल की साँस में साँस आई और अपनी मंज़िल की ओर चल दिया।

बिल्वमंगल जब चिन्तामणि के घर पर पहुँचा, तो दरवाज़े को बन्द देख उसे बड़ी निराशा हुई। अँधेरे में उसने इधर-उधर टोहा तो उसका हाथ नीचे लटकती एक रस्सी से टकराया। उसने उस रस्सी को कसकर पकड़ा और उसका सहारा ले छत पर चढ़ गया। उसने रस्सी को जैसे ही छोड़ा तो यह देखकर उसकी जान सूख गई कि जिसे वह रस्सी समझ रहा था, वह एक साँप था जो सरसराता हुआ उसकी आँखों से ओझल हो गया। वह अब धीरे-धीरे दबे पाँव चिन्तामणि के कमरे के सामने जा पहुँचा, लेकिन उसे यहाँ भी निराशा हाथ लगी। क्योंकि चिन्तामणि का दरवाज़ा अन्दर से बन्द था। अब क्या करे बिल्वमंगल? न वापस जाने की कोई सूरत नज़र आ रही है, न चिन्तामणि के पास जाने का कोई रास्ता दिखाई दे रहा है। इसी उधेड़-बुन में वह कोई फ़ैसला ले पाता कि अचानक छत पर जमी काई पर उसका ऐसा पैर फिसला कि वह धड़ाम से नीचे आँगन में बने गड्ढे में आकर गिरा।

रात में अचानक आई इस आवाज़ को सुन चिन्तामणि की आँखें खुल गईं। वह अपने कमरे से बाहर आई और उसने नीचे अँधेरे में देखा, तो पाया कोई गड्ढे से बाहर निकलने की कोशिश कर रहा है। चिन्तामणि भागी-भागी नीचे आई और

उसने गड्ढे में गिरे व्यक्ति को देखा, तो चोर समझकर उसकी चीख़ निकल गई। जैसे ही उसकी चीख़ निकली गड्ढे में गिरे उस व्यक्ति ने कहा, "चिन्तामणि मैं बिल्वमंगल।"

बिल्वमंगल का नाम सुन चिन्तामणि ने सहारा देकर उसे बाहर निकाला। बिल्वमंगल की हालत देख चिन्तामणि दंग रह गई। वह नाराज़ होते हुए गुस्से में बोली, "ऐसे बारिश के मौसम में बाढ़ से उफनती नदी को पार कर तुम यहाँ तक आ पहुँचे! ऐसी हिम्मत...ऐसा प्राणबल...ऐसी शक्ति...हाड़-मांस की इस कुलटा के लिए इतना प्रेम! काश, जितना मन तुमने मुझमें लगाया है, उतना अपने श्याम सुन्दर में लगाते, तो मैं तुम्हें मानती।" इतना कह चिन्तामणि अपने कमरे में आई और अन्दर से दरवाज़ा बन्द कर लिया।

बिल्वमंगल बार-बार दरवाज़ा खटखटाने लगा लेकिन चिन्तामणि ने दरवाज़ा नहीं खोला। वह किवाड़ के पीछे से उसे उलाहना देती हुई बोली, "बिल्वमंगल, मेरा दरवाज़ा तू कब तक खटखटाता रहेगा? यह दरवाज़ा अब तेरे लिए नहीं खुलेगा। यह सदा के लिए बन्द हो गया। अगर तुझमें थोड़ी-सी भी लोक-लाज बची है तो अब तू अपने प्रभु का दरवाज़ा खटखटा!"

"ऐसा मत कहो चिन्तामणि, बस एक बार दीये के उजाले में अपनी सूरत दिखा दो!" बिल्वमंगल चीत्कार करते हुए बोला।

मगर चिन्तामणि ने पूरी मज़बूती के साथ जवाब दिया, "ये दरवाज़े अब तुम्हारे लिए कभी नहीं खुलेंगे। मेरी जैसी औरत का दरवाज़ा खटखटाने के बजाय अपने हरि का दरवाज़ा खटखटा। तुझे अगर दर्शन ही करने हैं तो तेरे दिल में जो हरि बैठा है उसके दर्शन कर। मेरी सूरत देखने से तेरा कुछ भला नहीं होगा। मैं तो पापिन हूँ...मैंने अपना जीवन पापकर्म में बरबाद किया। मेरे दर्शन से तेरा उद्धार नहीं होगा। तेरा उद्धार तो हरि के दर्शन से ही होगा।"

जब तक बिल्वमंगल चिन्तामणि के दरवाज़े पर खड़ा रहा, उसके कानों में चिन्तामणि के यही वाक्य गूँजते रहे—ये दरवाज़े अब तुम्हारे लिए कभी नहीं खुलेंगे... नहीं खुलेंगे...नहीं खुलेंगे! हारकर बिल्वमंगल चिन्तामणि के घर से लौट आया। वहाँ से लौटने के बाद बिल्वमंगल ने हरि भजन में अपना सारा जीवन बिताने का संकल्प लिया। एकतारा और खड़ताल ले अपने गुरु सोमगिरी की सेवा के लिए निकल पड़ा। जाते समय रास्ते में एक सरोवर के किनारे बिल्वमंगल आराम करने के लिए रुक गया।

इसी बीच अचानक बिल्वमंगल की नज़र सरोवर में नहाती एक औरत पर पड़ी। उस औरत को देखते हुए उसे उसकी शक्ल चिन्तामणि जैसी लगी। बस फिर क्या, उसे देखते ही बिल्वमंगल की सोई हुई कामवासना जाग उठी। औरत जब नहाने के बाद अपने घर को चली, तो बिल्वमंगल भी मोहवश उसके पीछे-पीछे हो

लिया। रास्ते में उस औरत ने कई बार पलटकर देखा, तो एक अनजान आदमी को अपने पीछे आता देख वह घबरा गई। घर में घुसते ही यह बात उसने अपने पति को बताई। पत्नी की बात सुन उसका पति बाहर आया, तो उसने देखा कि उसके दरवाज़े पर एक सन्त खड़ा हुआ है। उसने सन्त को आदर के साथ अन्दर बुलाते हुए कहा, "महाराज, मेरी इच्छा है कि मैं आपके चरणों को पखार, उस चरणामृत को अपने सिर पर चढ़ाऊँ!"

बिल्वमंगल घर में आ गया।

इसके बाद उस आदमी ने अपनी पत्नी से कहा, "देवी, जैसा ये सन्त चाहें तुम सोलह सिंगार कर इनकी सेवा करो!"

पति की आज्ञा का पालन कर स्त्री शृंगार कर जैसे ही बाहर आई, तो सामने एक पतिव्रता नारी को देख बिल्वमंगल को अपनी ग़लती का एहसास हुआ। उसकी कामवासना कपूर की तरह उड़ गई।

उसने उसी समय उस स्त्री से दो सुई लाने का आग्रह किया। सजी-धजी स्त्री के कुछ समझ में नहीं आया और सामने खड़े सन्त की आज्ञा का पालन करते हुए, दो सुई लाकर सन्त को दे दी।

बिल्वमंगल ने सुइयाँ लीं और यह कहते हुए उनसे अपनी दोनों आँखें फोड़ लीं, "मेरी ये आँखें बड़ी अभागी हैं जो एक स्त्री के सतीत्व को नहीं भाँप पाईं। जैसे सूरज के उगने पर कमल खिलता है, उसी तरह आज मेरी आँखें खुल गईं।"

इसके बाद बिल्वमंगल वृन्दावन की ओर रवाना हो गया। वृन्दावन के कुंजों में आकर राधाकृष्ण की मधुर लीलाओं का गायन करने लगा। बिल्वमंगल की जो आँखें कामवासना के दलदल में धँसी हुई थीं, उनकी रोशनी उसने अपने हाथों से बुझा दी। अपने हरि के प्रति उसकी आँखों को खोलने में सबसे बड़ी भूमिका चिन्तामणि की थी। इसलिए चिन्तामणि को गुरुतुल्य कहा गया है। 'भक्तमाल' में लिखा गया है—

चिन्तामणि संग पाइकै ब्रजवधू केलि बरनी अनूप।
कृष्णकृपा कोपर प्रगट बिल्वमंगल मंगल स्वरूप॥

चिन्तामणि और बिल्वमंगल की कल्पनाओं से बाहर निकल हरिदासी को जैसे ही दूर से 'ममताग्राम' दिखाई दिया,उसके पाँवों ने गति पकड़ ली। भादों की चिपचिपाती गर्मी और पसीने से तर हरिदासी के पैरों की, भूतगली से यहाँ तक पहुँचने में जैसे सारी ताक़त निचुड़ गई। लेकिन उसे इस बात की तसल्ली रही कि वह यहाँ एकदम सही समय पर पहुँच गई है। हरिदासी चुपचाप अपनी तरह पंक्तियों में बैठे सफ़ेद पुतलों के साथ जाकर बैठ गई।

आख़िरी समय में पहुँचने के कारण उसे दीदी माँ का ज़्यादा इंतज़ार नहीं करना पड़ा। क्योंकि अभी वह बैठी ही थी कि उसने सामने से माथे पर दोनों भवों के बीच

बड़ा-सा सुर्ख़ तिलक लगाए और गेरुए लिबास में लिपटी दिव्य आकृति को आते हुए देखा। जैसे ही इस दिव्य मूरत अर्थात दीदी माँ को पंगत में बैठे सफ़ेद पुतलों ने अपनी ओर आते देखा, सबने नतमस्तक हो उसका अभिवादन किया। साथ-साथ चलते अपने सेवकों के हाथों में रखे उपहार को दीदी माँ अपने कर-कमलों से उठाती, और मुस्कराते हुए ज़मीन पर बैठी जर्जर काठियों को प्रदान कर बड़े ठसके के साथ आगे बढ़ जाती।

बड़े भजन अर्थात जन्माष्टमी के अवसर पर दीदी माँ द्वारा दिए उपहार को हरिदासी ने लिया और पैदल ही लौट पड़ी।

लौटने से पहले हरिदासी ने पलटकर ममताग्राम को बड़े कृतज्ञ भाव से निहारा, और मन-ही-मन यह सोचते हुए आगे बढ़ गई कि इस धरती पर अगर ऐसी दीदियाँ ना हों, तो उन जैसी असंख्य बेसहारा परित्यक्ता और विधवाओं को मोक्ष भी ना मिले।

ममताग्राम।

बीसवीं सदी के अन्तिम दशक। यह वही दौर था जब भारत जैसे विकासशील देश के दरवाज़े पर अर्थव्यवस्था में नीतिगत बदलाव को लेकर आर्थिक उदारीकरण की हल्की-हल्की थाप पड़नी शुरू हो गई थी। मगर इससे पहले कि इस थाप की गड़गड़ाहट से इस देश के आर्थिक दरवाज़े खुलते, अचानक एक तरफ़ खाड़ी युद्ध शुरू हो गया, तो दूसरी ओर सोवियत संघ जैसे विशाल देश के टुकड़े हो गए। जिसके फलस्वरूप यह रूस, यूक्रेन, बेलारूस, कज़ाकिस्तान, उज़बेकिस्तान, जार्जिया, एस्टोनिया, लिथुआनिया, अज़रबैजान, माल्दोविया, लातविया, किर्गिस्तान, आर्मेनिया तथा तुर्कमेनिया नाम के अलग-अलग मुल्कों में बँट गया। यह वही दौर था जब सोवियत संघ के अन्तिम शासक मिखाइल गोर्बाचोव ने रूस की आर्थिक हालत में सुधार तथा साम्यवाद को मज़बूत बनाने के लिए अपनी ख़ास नीतियों की घोषणा की, जिसे उस्कोरेनी, पेरेस्त्रोइका और ग्लास्नोस्त का नाम दिया गया। तब बच्चे-बच्चे के मुँह से पेरेस्त्रोइका और ग्लास्नोस्त जैसे शब्दों को सुना जा सकता था।

और यह वही दौर था जब इस सदी के अन्तिम दशक के दूसरे ही साल एक धार्मिक स्थल को ढहा दिया गया था। एक तरह से कहा जाए तो देश के बँटवारे के बाद इस दौरान साम्प्रदायिक ध्रुवीकरण की सबसे बड़ी लहर देखी गई थी। यह इसी लहर का परिणाम था कि इस देश में अनेक धार्मिक कथा वाचकों, उन्मादियों, उपदेशकों, और प्रवचनदाताओं के भाग्य ने अचानक पलटा खाया। देखते-देखते नक़ली बापुओं और बाबाओं के आश्रम व मठ उग आए। उनकी धार्मिक सत्ता का परचम इस तरह फहराने लगा कि उनके अन्दर राजनीति में घुसपैठ करने की

लालसा जागने लगी। इस लालसा में उनके अन्धभक्तों की आवारा भीड़ ने पूरा साथ दिया। मज़ेदार यह है कि जितनी तेज़ी से उनके साम्राज्य का विस्तार होने लगा, उतनी ही तेज़ी से इस देश में अन्धविश्वास, बेरोज़गारी और ग़रीबी का जाल फैलता चला गया। नतीजतन यह विकासशील देश, जिसे कभी सोने की चिड़िया कहा जाता था और आज विश्व गुरु बनने को आतुर है, अपने कई पड़ोसी देशों से लाइफ़ स्टाइल, ग्लोबल हंगर इंडेक्स, साक्षरता दर, वर्ल्ड हैपिनेस इंडेक्स, ह्यूमन डेवलपमेंट इंडेक्स और प्रतिव्यक्ति जीडीपी में सौ से ऊपर स्थान पर पहुँच गया।

हरिदासी जैसी बेसहारों का सहारा दीदी माँ भी उसी आर्थिक उदारीकरण की देन है। वरना हिन्दू धार्मिक ग्रन्थों में वर्णित एक शूद्र और आधुनिक भारत की एक अति पिछड़ी जाति में जन्मी, इस आध्यात्मिक गुरु को पहले कौन जानता था। कौन जानता था इस गुरु को जिसने कभी प्रसव पीड़ा नहीं भुगती, बच्चे पैदा नहीं किए और जिसे इस बात का दर्द और एहसास भी नहीं होता कि बच्चे एक माँ के लिए उसके जिगर के टुकड़े होते हैं। वे कोई निरीह पशु नहीं हैं जिन्हें किसी को भी दे दिया जाए। अगर एहसास होता तो यह तथाकथित माँ हिन्दुओं का आह्वान नहीं करती कि सभी हिन्दू चार बच्चे पैदा करें, और इनमें से दो बच्चे किसी परिषद् को समर्पित कर दें और दो बच्चे एक आवारा व अराजक भीड़ पैदा करनेवाले संघ को भेंट कर दिए जाएँ। यह कैसी पत्थर-दिल गुरु माँ है, जो अपनी कोख में नौ महीने बड़े जतन से अपनी साँसों और रक्त से सींचे गए बच्चे को किसी को भी देने का आह्वान कर रही है?

एक बार बातों-बातों में दीदी माँ के इस ग्राम की चर्चा हुई, तो शाहजी मन्दिर के मैनेजर शाह भारत भूषण ने एक बड़ा रोचक क़िस्सा सुनाया। बीसवीं सदी के अन्तिम दशक में मात्र छब्बीस साला दीदी माँ की ओजस्वी वाणी या कहिए उग्र भाषणों की पूरे देश में बड़ी चर्चा थी, और दीदी माँ एक फ़ायर ब्रांड वक्ता के रूप में स्थापित हो चुकी थी।

उन्हीं दिनों गीता नाम की युवती अपनी दीदी माँ की तरह साध्वी बनने के लिए अपने घर से भाग गई। साध्वी तो पता नहीं गीता कितना बन पाई, लेकिन ममताग्राम के भव्य वेटिंग रूम अर्थात 'वाटिका' में लोगों को चाय-कॉफ़ी बाँटनेवाली लगभग पैंतालीस वर्षीय अधेड़ युवती कोई और नहीं, वही गीता है। धार्मिक दोहन का यह एक बड़ा उदाहरण है। क्योंकि जिस सत्रह एकड़ ज़मीन में यह ग्राम फैला हुआ है, इसके बारे में कितनों को पता है कि राज्य के पहले मुख्यमंत्री ने केवल एक रुपए वार्षिक शुल्क पर 99 सालों के लिए पट्टे पर इस ज़मीन को दिया था। जिस समय इस ज़मीन को मात्र एक रुपए सालाना शुल्क के नाम पर इसे लगभग मुफ़्त में दीदी माँ को दिया गया था, तब इसकी कीमत बीस करोड़ रुपए थी। कौड़ियों के भाव जैसे मुहावरे की यह एक उत्तर आधुनिक मिसाल थी।

बीसवीं सदी के अन्तिम दशकों में इस देश में आया आर्थिक उदारीकरण और बाज़ारवाद, एक तरह से धार्मिक कट्टरता, साम्प्रदायिकता और राष्ट्रवाद के लिए सबसे बड़ा वरदान साबित हुआ। ग़रीबी को मिटाने के बजाय आर्थिक उदारीकरण उसके लिए अभिशाप ही साबित हुआ। यह न ग़रीबी मिटाने में सफल हो पाया, न अन्धविश्वासों को समाप्त करने में कामयाब हो पाया। अगर ऐसा नहीं होता तो दिल्ली-आगरा मार्ग पर वृन्दावन के आसपास एक-से-एक भव्य पाँच सितारा धार्मिक स्थलों का मोक्षवन नहीं पनपता। आज उदारीकरण के इस दौर में जिस तरह कॉरपोरेट सोशल रेस्पांसबिलिटी (सीआरएस) के झूठे सपनों की आड़ में ग़ैर-सरकारी संगठनों के नरक मसीहाओं ने ग़रीबों के हिस्से और उनके अधिकारों को लूटा है, वह किसी से छिपा नहीं है। यह भी एक अध्ययन का विषय है कि कैसे धार्मिक विकल्प, कॉरपोरेट सोशल रेस्पांसबिलिटी के नाम पर धर्म और बाज़ार का कॉकटेल बन गया है?

वास्तव में सीआरएस के नाम पर झूठे सपनों की आड़ में, ग़रीबी को अपने स्वार्थ के लिए इस्तेमाल करनेवाले नए धार्मिक नरक मसीहाओं की नई खेप है। मुफ़्त में मिली सत्रह एकड़ भूमि में फैला ममताग्राम वास्तव में एक ऐसा रजिस्टर्ड एनजीओ है, जिसे अमूल माचो, सूर्या इलेक्ट्रिकल्स, डोनियर सूटिंग्स और एडोब फ़ाउंडेशन जैसी संस्थाएँ न केवल अनुदान देती हैं बल्कि इसके साझीदार भी हैं। आधुनिक सुख-सुविधाओं के ऐसे कौन-से साधन आज ममताग्राम में नहीं हैं, यह यहाँ देखने पर ही पता चलता है।

भादों के महीने में ममताग्राम आते समय हरिदासी की जो खपच्ची-सा लरज़ती देह पसीने से तर हो गई थी, वह लौटते हुए फिर से लथपथ हो गई। गोपीनाथ बाज़ार पहुँचते-पहुँचते शाम का धुँधलका हाड़ाबाड़ी और भजनाश्रम के आसपास की गलियों में पसरने लगा। गोपीनाथ बाज़ार से म्यूज़िक मार्किट की ओर मुड़ते ही नुक्कड़ पर दलीप मंडल की हरी मिर्च और दूसरे तरह के बनते पकौड़ों की छोटी-सी दुकान से उठती गन्ध ने उसकी गति कम कर दी। दुकान पर अधिक ग्राहक न होने के कारण वह वहाँ आई, और एक तरफ़ दलीप मंडल की पत्नी दीपा जो केवल शाम की दुकानदारी के समय ही यहाँ आती है, उसके पास आकर बैठ गई। वृन्दावन के सबसे पुराने बाज़ारों में से एक गोपीनाथ बाज़ार की इस पकौड़े की दुकान पर, शाम को अच्छी ग्राहकी होने के कारण दीपा पति का हाथ बँटाने आ जाती है। दलीप गरमागरम पकौड़े उतारता है जबकि दीपा ग्राहकों को निपटाती है। दलीप की इस दुकान पर सुबह सिर्फ़ चाय बनती है। दीपा सुबह नहीं आती है। सुबह उसने झाड़ू-पोंछा के लिए आठ-दस घर पकड़े हुए हैं। इस तरह सुबह की पूर्ति दीपा इन घरों से पूरी कर लेती है।

हरिदासी का दलीप मंडल की दुकान पर आने की एक वजह यह भी है कि

वह नबद्वीप के पास मायापुर के एक गाँव का रहनेवाला है। बीसवीं सदी के नब्बे के दशक में जब इस देश के गाँव-देहातों से शहरों की ओर होनेवाला पलायन अपने चरम पर था, दलीप अपनी किशोरावस्था में कुछ लोगों के साथ मायापुर से वृन्दावन आया था। पहले कुछ साल उसने यहाँ रिक्शा चलाया और जब एक बार मायापुर जाने पर उसकी दीपा से शादी हो गई, तो कुछ महीने बाद वह दीपा को भी यहीं ले आया। शुरू में दलीप रिक्शा चलाता और दीपा ने झाड़ू-पोंछा के तीन-चार घर पकड़ लिए। धीरे-धीरे उसकी आर्थिक हालत सुधरी, तो उसने गोपीनाथ बाज़ार में यह दुकान खोल ली। आज दलीप मंडल और दीपा अपने तीन बच्चों के साथ आराम से अपनी गृहस्थी चला रहा है। जबकि दलीप के बहुत से साथी आज भी रिक्शा ही चलाते हैं और उनकी पत्नियों ने झाड़ू-पोंछे के लिए अपनी-अपनी सुविधा और ज़रूरत के हिसाब से घर पकड़े हुए हैं। इसलिए हरिदासी अपने बंगाल से आकर यहाँ बस गए बहुत से लोगों को जानती है।

जब कुछ थकान उतर गई तो हरिदासी पागल बाबा के आश्रम के लिए चल दी। आश्रम पहुँचते-पहुँचते उसे भूख भी लग आई। आश्रम पहुँचकर हरिदासी ने जल्दी-जल्दी दाल-भात बनाया और उसे पेट में उतार लिया। भूतगली से कई किलोमीटर दूर दीदी माँ के ममताग्राम आने-जाने में पूरा शरीर पुरानी शाखाओं-सा चरमराने लगा। पुरानी स्मृतियों की डगमग करती डोंगी में सवार हरिदासी यमुना की लहरों पर कितनी दूर निकल गई, उसे नहीं पता चला।

16

पूरा वृन्दावन दुल्हन की तरह सजा हुआ है।

हरिदासी रह-रहकर उन दिनों को याद कर उनमें डूबने-तिरने लगती है, जब जन्माष्टमी के दिन वृन्दावन की छटा देखते ही बनती थी। दशकों से यहाँ रहने के कारण उसका मानना है कि अगर होली, जन्माष्टमी और बसन्त महोत्सव को देखना है, तो वृन्दावन आकर देखें। यमुना के घाटों से लेकर मन्दिरों, मन्दिरों से लेकर कुंज गलियों और कुंज गलियों से लेकर यहाँ के पेड़-पौधों की पत्तियों और शाखाओं पर जैसे नित नई-नई लीलाओं के दर्शन होते हैं। मगर आज हरिदासी की आँखों में उदासी के जाले उतरते चले जाते हैं।

अब इसी बड़े भजन को देखिए। यह तो स्वामी हरिदास की मेहरबानी है जो उन्होंने निधिवन में बिहारीजी की प्रतिमा का प्राकट्य किया और 'नित्य विहार' रूपी गोपस्थल की चाबी श्रीबाँके बिहारी मन्दिर के रूप में सभी साधकों के लिए

सहज ही सुलभ करा दी। वरना जिस तरह ब्रजकालीन वृन्दावन को कुछ राष्ट्रीय-अन्तरराष्ट्रीय धार्मिक मसीहाओं द्वारा यहाँ की सांस्कृतिक विरासत को बचाने के नाम पर, एनजीओ बनाकर देशी-विदेशी ग्रांट हासिल कर उसे हजम किया जा रहा है, वह किसी से छिपा नहीं है। आराधना और भक्ति के बजाय आज यह बाज़ार की कठपुतली बनकर रह गया है। धन पशुओं के लिए कृष्ण भक्ति मुक्ति का मार्ग न रहकर आनन्द की युक्ति बन गया है और प्रेम, सेवा, सरोकार तथा संघर्ष की भूमि को आधुनिक हाट बना दिया है।

हरिदासी की आँखें रह-रहकर लता, कुंज-निकुंज, वन-उपवन, कूप-कुंडवाले उस वृन्दावन को खोजती हैं, जिनका आकर्षण उस जैसी दासियों को यहाँ खींच लाता है। सच तो यह है कि भक्ति के नाम पर चारों ओर विशुद्ध बाज़ार खड़ा कर दिया गया है। प्रेम और समर्पण की जगह लोभ, लालच, कामना, लाभ की साधना देखने को मिलती है।

पहली बार जब हरिदासी मथुरा जंक्शन से पैदल वृन्दावन आई थी, तब कदम्ब के खिलते फूलों से बिखरती ख़ुशबू से पूरा रास्ता महका हुआ था। उसने चौमासे की हवा में घुली कदम्ब के फूलों की गन्ध को लम्बी साँस लेते हुए जिस तरह अपने फेफड़ों में भरा था, वह गन्ध आज भी उसकी साँसों में घुली हुई है। और जब सेवायत जमुनादास के मुँह से पहली बार यह पद सुना था, तब उसका अर्थ उसकी समझ में नहीं आया था। पागल बाबा आश्रम की अधखुली खिड़की की सलाखों से झाँकते चन्द्रमा को देखकर उसे लगता जैसे मनमोहन छिप-छिपकर उसे ही देखे जा रहा है। सेवायत जमुनादास से कभी सुना रसखान का वही पद उसके कानों में धीरे-धीरे थपकी देने लगा—

मानुष हौं तो वही रसखानि बसौ ब्रज गोकुल गाँव के ग्वारन।
जो पसु हौं तो कहा बसु मेरौ चरौं नित नन्द की धेनु मँझारन।
पाहन हौं तो वही गिरि को जो धर्‌यो कर छत्र पुरंदर कारन।
जो खग हौं तौ बसेरो करौं मिलि कालिन्दी-कूल-कदम्ब की डारन॥

मगर अब न वह कालिन्दी रही न उसके तटों पर झूलती कदम्ब की डालियाँ। ऐसा लगता है जैसे वृन्दावन का सारा वैभव पाँच सितारा आधुनिक मन्दिरों ने लील लिया है।

रमणरेती। वृन्दावन के पश्चिमी-उत्तर में यमुना तट। दूर तक फैला वही यमुना का सूखा पाट, जिसके बारे में मान्यता है कि इसकी रेत पर कृष्ण ने

बचपन में अनेक लीलाएँ रची थीं। कहा जाता है कि एक बार जब रमण बिहारी यहाँ खेल रहे थे, तब गोपियों ने उनकी गेंद चुरा ली। अपनी गेंद को न पाकर तब उसने रेत की ही गेंद बना ली। इसलिए फागुन महीने में रमणरेती पर कृष्ण प्रेमियों का आगमन होता है, और यमुना के रेत की गेंद बनाकर आपस में मारते हुए होली खेलते हैं।

यह वह दौर था जब हमें नई-नई आज़ादी मिली थी। पूरे देश में विद्या के मन्दिरों का निर्माण अपने चरम पर था। उन्हीं दिनों जब हरिदासी वृन्दावन आई ही थी कि उसने देखा इसी रमणरेती पर जहाँ पाँच हज़ार साल पहले कृष्ण और उनके बड़े भाई बलराम अपनी गायों को चराने आते थे और गोपियों के साथ लीलाएँ करते थे, ठीक उसी जगह पर एक मन्दिर का निर्माण शुरू हो गया। हरिदासी ने इसके बारे में एक बार सेवायत जमुनादास से पूछा भी, "जमुना बाबू, उधर रमणरेती पर कौन-सा मन्दिर बन रहा है?"

"मैया, कहाँ?" सेवायत को तुरन्त याद नहीं आया।

"उधर जहाँ बहुत सारे पत्थर पड़े हुए हैं।"

"अच्छाऽऽऽ तू वा अंग्रेजन के मन्दिर के बारे पूछरी है।" सेवायत को जैसे याद आ गया। फिर आगे बोला, "या मन्दिर ए इस्कानवारे बनवारे हैं।"

हरिदासी समझ गई कि सेवायत जमुनादास उसी इस्कॉन अर्थात अन्तरराष्ट्रीय कृष्णभावनामृत संघ की बात कर रहा है, जिसका एक मन्दिर नदिया जिले में गंगा नदी के किनारे और नबद्वीप के संगम स्थल जलंगी नदी के पास मायापुर में भी है। वह समझ गई कि सेवायत इस मन्दिर को अंग्रेज़ों का मन्दिर इसलिए कह रहा है क्योंकि इसका निर्माण अमेरिका के न्यूयार्क शहर में स्थापित इस्कॉन द्वारा किया जा रहा है।

जब इस मन्दिर का निर्माण पूरा हुआ, तब नेहरू युग अपने अवसान के अन्तिम चरण में आ चुका था। एक तरह से यह आज़ादी के मात्र तीन दशक बाद, तेज़ी-से बदलते और बनते आधुनिक भारत का विरोधाभासी ऐसा प्रतीक था, जिसे बीसवीं सदी के समाप्त होते-होते पूरे भारत में देखा जाने लगा। क्योंकि कृष्ण-भावना को प्रचारित-प्रसारित करने के बजाय जहाँ एक आधुनिक शिक्षण संस्थान, विशाल अस्पताल अथवा कोई कल-कारख़ाना बनना चाहिए, उसकी जगह बन भी रहा है तो क्या—एक अत्याधुनिक पाँच सितारा मन्दिर। वह भी किनके लिए? उन श्रद्धालुओं के लिए जिनसे इस देश को आज़ाद हुए मुश्किल से तीन दशक बीते हैं।

हरिदासी को याद है जब अंग्रेज़ों का यह मन्दिर बनकर तैयार हुआ था, तब इसकी भव्यता को देख ऐसा लगता था मानो वृन्दावन में कालिन्दी नदी तट पर जीता-जागता स्वर्ग उतर आया हो। इस मन्दिर का निर्माण सफ़ेद संगमरमर के पत्थरों से किया गया था। इसकी दीवारों पर ख़ूबसूरत नक़्क़ाशी और पेंटिंग्स

की गई, जिसमें कृष्ण के जीवन से जुड़ी घटनाओं का मन-मोहक वर्णन किया गया है। इसके पूरा होने पर इसे श्रीकृष्ण बलराम मन्दिर के नाम से भी जाना जाने लगा।

इसी अंग्रेज़ों के मन्दिर में श्रीकृष्ण जन्माष्टमी का त्योहार पिछले सालों की तरह बड़ी धूमधाम और हर्षोल्लास के साथ मनाया जा रहा है। इसी मन्दिर में क्यों, बल्कि जिस प्रेम मन्दिर का निर्माण राजस्थान और उत्तर प्रदेश के क़रीब एक हज़ार शिल्पकारों ने अपने हज़ारों मज़दूरों के साथ दिन-रात मिलकर किया, और जिस पर लगभग सौ करोड़ रुपए की धनराशि ख़र्च हुई, उसकी भव्यता का तो जैसे कोई सानी ही नहीं। अघाए श्रद्धालु अब वृन्दावन में कृष्ण के सात प्रमुख देवालयों में नहीं आते हैं, बल्कि फैंसी ड्रेस से सुसज्जित अपने आराध्य कृष्ण के नाम पर बने इन्हीं आध्यात्मिक कल्याण के आधुनिक अखाड़ों में आते हैं। यहाँ आने पर उनके दो कारज सध जाते हैं। पहला धार्मिक आस्था की पूर्ति, दूसरा पिकनिक की पिकनिक हो जाती है। यह तो ग़नीमत है जो वृन्दावन की केसरवाली प्रसिद्ध लस्सी निधिवन के दरवाज़े के पास रेतिया बाज़ार में मिलती है। अगर यह इन्हीं आध्यात्मिक अखाड़ों के आसपास मिल जाए, तब मुआँ कौन जाए इत्ती दूर रेतिया बाज़ार।

जब कभी हरिदासी वृन्दावन के इन सात देवालयों में से किसी एक के सामने से गुज़रती है, तो उसका मन इनकी हालत देखकर एक उद्विग्नता से भर जाता है। उन्हीं अधिकतर देवालयों को देखकर, जिनका भगवत रसिक जी ने 'भगवत रसिक की वाणी' में एक ही पद में इस तरह वर्णन किया है—

प्रथम दरस गोविन्द रूप के प्रानपियारे।
दूजे मोहनमदन, सनातन सुचि उर धारे॥
तीजे गोपीनाथ, मधू हँसी कंठ लगाये।
चौथे राधारमन, भट्ट गोपाल लड़ाये॥
पाँचे हित हरिवंश, सु बल्लभ बल्लभ राधा।
छठवें जुगल किशोर, ब्यास सुख ि यौ अगाधा॥
सतयै श्री हरिदास के, कुंजबिहा ी हैं तहाँ।
भगवतरसिक अनन्य मिलि, बास करहु िधिवन जहाँ॥

हरिदासी का मन आज भी वृन्दावन के उसी टटिया स्थान, दल्लान बाग़, ललिता बाग़, राधा बावरी, निधिवन, सेवाकुंज, राधा टीला में ही भटकता है जहाँ उसके देखते-देखते कंकरीट का जंगल उग आया है। वृन्दावन अर्थात वृन्दा (तुलसी) का वन, जो यहाँ अब कहीं नज़र नहीं आता। वृन्दावन के इस तेज़ी से पनपते कंकरीट के जंगल में प्रिया-प्रीतम की निकुंज नित्य विहार लीलाओं, स्वामी हरिदास और उनके आचार्यों तथा संतों की साधना स्थलियाँ भी धीरे-धीरे समाप्त हो रही हैं। अगर बचे

हैं तो इनके आसपास रखे बड़े-बड़े लोहे के वे दान-पात्र, जब इनके प्रबन्धक इन्हें खोलते हैं, तो इनसे इतना धन निकलता है कि उसे गिनते-गिनते उनकी अँगुलियों के पोरों में दर्द होने लगता है। हरिदासी सोचती है कि अगर कोई राधा या कृष्ण की एक छोटी-सी मूर्ति के साथ एक दान-पात्र अपने दरवाज़े के बाहर रख दे, तो शाम तक वह चढ़ावे से भर जाए।

अभी कुछ दिन पहले सालों बाद वह स्वामी हरिदास की समाधि पर शीश नवाने गई थी, तो उसे यह देखकर हैरानी हुई कि निधिवन में रास्तों के किनारे थोड़ी-थोड़ी दूरी पर लोहे की विशाल दान-पेटियाँ रखी हुई हैं। वह वृन्दावन की कुंज गलियों में आते-जाते कोशिश करती है उस माखन-मिसरी जैसे वृन्दावन को ढूँढ़ने की, जो आधुनिकीकरण की चकाचौंध में कहीं गुम-सा हो गया है। जिधर देखो बस अजीब-सी चिल्ल-पों और आपाधापी मची हुई है। हर जगह भक्ति, भजन और साधना का स्वाँग रच, उसकी आड़ में केवल और केवल धन अर्जित करने की होड़ मची हुई है। हरिदासी अपने आप हँस पड़ती है। वह रोज़ाना यहाँ के घाटों, मन्दिरों, बाज़ार, मोहल्लों, मठ, आश्रमों में भक्ति का लबादा ओढ़े ऐसे न जाने कितने लोगों को जानती है जिनकी दिन निकलते ही पहली कामना यही होती है कि आज भंडारे की पर्ची कहाँ से आनेवाली है। जब पर्ची मिल जाती है, तो अगली चिन्ता यह रहती है कि दक्षिणा कहाँ से मिलेगी? सच तो यह है कि मोक्ष की कामना में आनेवाले नव-धनाढ्यों के लिए कृष्ण-भक्ति मुक्ति का मार्ग न होकर आनन्द का साधन बन गया है। प्रेम, सेवा, सरोकार और संघर्ष की पावन भूमि को हाट बना दिया गया है। कृष्ण-भक्ति के नाम पर अत्याधुनिक धार्मिक माल्स के इटालियन पत्थरों के चिकने शीशे-से चमकते फ़र्श पर आनन्द लेते, पंजों के बल तेज़-तेज़ साँसों के साथ कूदती-फाँदती और थिरकती गदराई देह दिखाई देंगी बस। देखनेवाला देखता रह जाए कि आख़िर ये श्रद्धालु इसी आनन्द की कामना में आए हैं।

ब... बम्म...बम्म...बम लहरी!

जैसे ही इसकी ख़बर वृन्दावनवालों को लगी कि इस बार बड़े भजनवाले अर्थात जन्माष्टमी के दिन श्रीरंगनाथ मन्दिर के पास खुले मैदान पर 'ब...बम्म...बम्म...बम लहरी' नाम का रस बरसनेवाला है, यहाँ की छोटी-बड़ी, खुली-सँकरी कुंज गलियाँ मानो बौरा गईं।

आसपास के बाज़ार और मन्दिरों के द्वार सूने हो गए। जिस वृन्दावन को अपने ऊपर बड़ा गुमान था कि उसकी रज में पले-बढ़े युवक, जो दिनभर माथे पर चन्दन का लेप लगाए राधे-राधे का उद्घोष करते हुए मन्दिरों के आगे शीश नवाते हैं, उस दिन वे जैसे सब कुछ भूल गए। उन्हें इंतज़ार है तो बस 'ब...बम्म...बम्म...

बम लहरी' गानेवाले अपने उस बम्बइया कलाकार की, जिसे वृन्दावन में आकर प्रेम-रस बरसाना है।

कुछ उभरती हुई प्रतिभाओं ने तो यहाँ तक योजना बना डाली कि वे हर हालत में अपने कैलास भैया से मिलेंगे और उससे विनती करेंगे कि एक बार वे उन्हें बम्बई में चांस दिला दें। बहुत हो गया यहाँ की कुंज गलियों में धक्का खाते हुए। कुछ तो कैलास भैया की तर्ज़ पर ब...बम्म...बम्म...बम लहरी की धुन पर चैतन्य प्रभु की तरह पंजों पर उछल-उछल कर नाचते हुए गाने का अभ्यास भी करने लगे।

श्रीरंगनाथ मन्दिर के पास खुले मैदान में बने मंच के सामने बल्ली और बाँसों से घेरकर बनाया विशाल अहाता शाम होते-होते पट गया। पैर रखने की जगह नहीं बची। स्थानीय आमजन तो आमजन घाटों और मन्दिरों की सीढ़ियों पर सोनेवाले भिक्षुक तथा गोविन्द बाग़, गोपीनाथ बाग़, स्याम बगीचा, उल्लू बाग़ समेत दूसरे घाटों के साधू-संतों ने भी अपना आसन जमा लिया। क्या पता आज के इस बम लहरी को सुनकर ही उन्हें कुछ मोक्ष प्राप्त हो जाए। दूर-दूर केसर लस्सी की रहड़ियाँ लग गईं। जबकि वृन्दावन की कुंज गलियों के जिन चौतरे-चबूतरे हँसी-ठट्ठों से गूँजते रहते, वे चौतरे-चबूतरे भी शाम होते लगभग सूने हो गए।

सबसे ज़्यादा हैरानी तो पीलू, पाखर, कदम्ब, तमाल और दूसरे पेड़-पौधों की डालों पर अपने-अपने पंखों को समेटे मोर और दूसरे परिंदों, तथा आसपास के मकानों व उनकी खिड़कियों के छज्जों पर बैठे बन्दरों को हो रही है। उन बन्दरों को जिनकी नज़र बाहर से आनेवाले हर उस अनजान आदमी पर रहती है, जिसने आँखों पर चश्मा पहना हुआ होता है। हरिदासी ने अपनी आँखों से न जाने कितने लोगों के चश्मों को इन वानरों द्वारा बड़ी कुशलता के साथ उतारते हुए देखा है। इसके बाद चश्मेवाले की जो हालत होती है और चश्मेवाला जिस तरह इनसे चिरौरी करता हुआ इनसे अपना चश्मा माँगता, उस नज़ारे को देख हरिदासी की पहले हँसी छूट जाती थी। जब तक कुछ प्रलोभन देकर चश्मा बन्दर से चश्मे के मालिक के पास पहुँचता, उसकी हालत न पहनने लायक होती है, न फेंकने लायक। आज ये ही वानर मिचमिचाती आँखों से यह इंतज़ार कर रहे हैं कि आख़िर आज यहाँ क्या बवाल कटनेवाला है?

इस तरह रात के दस बजते-बजते जैसे ही रंग-बिरंगी तेज़ रोशनी में डूबे मंच पर आर्केस्ट्रा के कनफोड़ू शोर के साथ 'ब...बम्म...बम्म...बम लहरी' का स्वर गूँजा, आसपास पेड़ों की डालों पर अपने-अपने पंखों को समेटे परिन्दों, तथा आसपास के मकानों व उनकी खिड़कियों के छज्जों पर बैठे वानरों में बदहवासी और भगदड़-सी मच गई। पेड़ों की शाखाओं पर आराम करते कुछ बन्दर चीख़ते हुए उछलने लगे। मारे भय के मोर की पीहू-पीहू दूर तक सुनाई देने लगी। हाथ में डुगडुगी थामे जब

'ब...बम्म...बम्म...बम लहरी' का शोर थमने के बजाय बढ़ने लगा, तब पेड़ों की शाखाएँ और मकान-खिड़कियों के छज्जे तेज़ी से ख़ाली होने लगे, तथा सारे परिन्दे व वानर पलायन कर उस इलाक़े से दूसरी ओर चले गए। कहाँ चले गए किसी को नहीं पता। क्योंकि उस दिन के बाद हरिदासी ने रंगनाथ मन्दिर के आसपास उन परिन्दों और वानरों को नहीं देखा, जिन्हें वह प्राय: यहाँ देखा करती थी।

भक्ति और टूरिज़्म का कॉकटेल जब सिर चढ़कर बोलता है, तब उसका आनन्द ही कुछ और होता है। सच तो यह है कि कृष्ण के विचार, उसकी भक्ति और सरोकार बीते समय की बात रह गई है। जो कृष्ण वृन्दावनवासियों का शोषण और उत्पीड़न करनेवाले असुरों से मुक्ति दिलाते हैं, आज वही धर्म के दलालों की चाकरी और उनकी बेगार कर रहे हैं। जबकि इनकी चाकरी पर पलनेवाले साधु, महात्मा और बाबा देखते-देखते महन्त और मठाधीश बनकर, ऊँचे सम्बन्धों का जलवा दिखाकर यहाँ क़ब्ज़ा करके बैठे हैं। सही कहा है कि जैसा बाज़ार वैसा धर्म। या कहिए जैसा धर्म वैसा बाज़ार। अगर बाज़ार उपभोग, चमक-दमक, दिखावे और प्रतिस्पर्धा से चलता है, तो धर्म के लिए भी ये ज़रूरी तत्त्व बन गए हैं। बल्कि धर्म और बाज़ार एक तरह से एक-दूसरे के लिए पूरक बन गए हैं। इसीलिए भव्य मन्दिरों के भव्य दिखावों और 'अन्य' से हर बात में प्रतिस्पर्धा करनेवाला धर्म पैदा किया जा रहा। बाज़ार की तरह ही निर्माण उद्योग, डिज़ाइनिंग, शाही ख़र्च, टूरिज़्म और तेज़ रोशनियों पर टिका नई मॉल संस्कृतिवाला धर्म।

इसी भक्ति और टूरिज़्म के कॉकटेल का एक सुन्दर और मन-मोहक दृश्य हरिदासी को उस दिन देखने को मिला, जब भिक्षा में मिले सिक्कों और छोटे रुपयों को वह बड़े नोटों में बदलवाने के लिए रेतिया बाज़ार के कोनेवाली ब्रजवासी केसर लस्सी की दुकान पर खड़ी थी। अचानक दुकान के सामने आकर रुकी दर्जनभर लोगों की भीड़ और उसमें से उभरी एक आवाज़ ने हरिदासी का ध्यान आकर्षित किया।

"चुरसिया जी राधे-राधे!"

आते ही भीड़ के मुखिया ने जिस तरह दुकान के मालिक का अभिवादन किया, उसे सुन दुकान के मालिक अर्थात चौरसिया की बाँछें खिल उठीं।

"राधे-राधे! आओ चड्ढा साब! आज सुबह से मेरी दाईं आँख फड़क रही थी। मैं समझ गया कि आज इतवार है, जरूर चड्ढा साब का गैंग हमारी दुकान पर आएगा!" लस्सी दुकान के मालिक ने खीसें निपोरते हुए कह तो दिया, लेकिन अगले पल वह सकपका गया कि कहीं यह चड्ढा साहब बुरा न मान जाए।

किन्तु चड्ढा साहब ने किसी तरह का बुरा नहीं माना, बल्कि उसने गैंग विशेषण को पूरी उदारता के साथ शिरोधार्य कर हँसते हुए कहा, "तो लो जी चुरसिया साब, तुमने पुकारा और साड्डा गैंग चला आया!"

इस बीच बिना कहे ब्रजवासी केसर लस्सी के किशोर कारिन्दे ने दुकान के

अन्दर बिछी कुर्सियों को कपड़े से साफ़ कर दिया। एक-एक कर पूरी भीड़ अन्दर घुस आई।

"हुकुम करो चड्ढा साब, यह सेवक आपकी क्या सेवा कर सकता है?" ब्रजवासी केसर लस्सी का मालिक एकदम बिछते हुए मिमियाया।

"चुरसिया जी, यहाँ कोई दारू-शारू तो मिलती नहीं है। आप भी कैसी बातें करते हो। अरे आपकी दुकान पर आए हैं तो लस्सी पीने ही आएँगे न। ऐसा करिए, बारह गिलास बनवाओ! खयाल रहे एकदम पटियाला होने चाहिए। वो क्या है कि अपना तो एक ही उसूल है जी कि लस्सी हो या दारू, पटियाला पेग से कम नहीं चलता।"

"चड्ढा साब, एक बार हुकुम तो करो...उसका भी इन्तजाम हो जाएगा महाराज।" ब्रजवासी केसर लस्सी का मालिक चौरसिया अब पूरी तरह अपनत्व पर उतर आया।

"ओ यार, दिल्ली से इतनी दूर चलकर तेरी दुकान पर दारू के लिए आएँगे? साड्डी दिल्ली में दारू की कोई कमी है?"

"चड्ढा साब, दारू से याद आया। आपने कभी वृन्दावन का केसर का जलेबा खाया है?"

"यार चुरसिया, जलेबी का नाम तो सुना है...यह जलेबा क्या चीज है?"

"लो चड्ढा साब, आपने भी हद कर दी। केसर का जलेबा और दोपहर को भाँग छनना, यही तो हमारे वृन्दावन की पहचान है। ब्रज के आनन्द की परम्परा में भाँग की महत्ता क्या है और इसे लोक कवित्तों के माध्यम से किस तरह स्थापित किया है, उसकी ये कुछ बानगी देखिए—

भाँग छान ले बावरे, अँखियाँ कर ले लाल।
भजन करै गोपाल कौ, झक मारेगो काल॥

कालीदह विजया छनि जमुना जल कौ अंश।
पहले बूटी छान के पीछे मारौ कंस॥

"चुरसिया जी, अगली बार दोस्तों के साथ आऊँगा तो तेरी इस बूटी को भी जरूर आजमाऊँगा। इस बार क्या है कि बच्चों ने कहा कि डेडी तीन दिन की छुट्टियाँ हैं। घर में पड़े-पड़े बोर हो जाएँगे इसलिए कहीं लॉन्ग ड्राइव पर चलते हैं। मुझे बच्चों का यह आइडिया अच्छा लगा। मगर फिर सोचा कि दिल्ली के आसपास ऐसी कौन-सी जगह हो सकती है, जहाँ जाकर बच्चों को मौज-मस्ती कराई जाए। अचानक मेरे ध्यान में आया कि यार, इसके लिए अपने वृन्दावन से अच्छी जगह और क्या हो सकती है। भगवानों के मत्था टेक आएँगे, बच्चों की पिकनिक मन जाएगी और लगे हाथ बच्चे अपनी दादी से भी मिल आएँगे।"

मत्था टेकनेवाली बात दिल्लीवासी चड्ढा गैंग के सरगना ने ऐसे कही मानो वह अपने आराध्यों के दर्शन करने नहीं, उन पर एहसान करने आया है। हरिदासी को इसका अनुमान तो पहले से हो गया था कि हो न हो यह मत्था टेक गैंग दिल्ली या उसके आसपास के किसी शहर का है। लेकिन इनकी बातों से अब उसे पूरा यक़ीन हो गया कि यह गैंग वहीं का है, जिस जगह के बारे में वह कुछ देर पहले अन्दाज़ा लगा रही थी।

हरिदासी को अब आनन्द आने लगा।

"चुरसिया जी, वो क्या है कि भगत तो असली हम वैष्णो माता के हैं, पर क्या है कि माता के दर्शन करने कौन इतनी दूर जाए। फिर जो मज़ाऽऽऽ वृन्दावन के इस्कॉन और प्रेम मन्दिर में आता है, उतना आपके ये क्या नाम है इनका गोविन्द देव, मदन मोहन, राधारमण, जुगलकिशोर जैसे पुराने मन्दिरों में नहीं आता। बच्चे उनमें जा-जाकर ऊब गए हैं। कितनी बार जाएँ उनमें? अब अपने निधिवन को ही लीजिए, क्या है इसमें? एक वो रंग महल है और एक उस तानपूरेवाले...क्या नाम है उसकाऽऽऽ?"

"स्वामी हरिदास।" ब्रजवासी केसर लस्सी के मालिक चौरसिया ने दिल्लीवाले चड्ढा को याद दिलाया।

"हाँ-हाँ वही। सिवाय उसकी मजार के क्या है उसमें? सच कहूँ चुरसिया जी, हमारे तो बच्चे भी अब उसमें जाने से डरते हैं कि पता नहीं वहाँ जाकर कब कौन पागल हो जाए।"

"यह बात तो है चड्ढा साब।" चौरसिया ने दिल्ली के मत्था टेक गैंग के सरगना चड्ढा की हाँ में हाँ मिलाते हुए कहा।

"वो तो हम इधर इसलिए आ जाते हैं कि लोई बाज़ार और रेतिया बाज़ार में बच्चों की कुछ शोपिंग-वोपिंग हो जाती है...बाँके बिहारी मन्दिर के दर्शन हो जाते हैं और आपकी मलाईवाली केसर लस्सी पीने को मिल जाती है। जब तक आपकी लस्सी नहीं पी लेते हमारी पिकनिक अधूरी रहती है। वैसेऽऽऽ अब तो सारे देवी-देवता वैष्णो देवी से लेकर शनि महाराज, राम मन्दिर से लेकर सन्तोषी माता सारे मन्दिर यहाँ बन गए हैं, इसलिए कोई टेंशन नहीं। एक दिन में सारे देवता निपट जाते हैं। सबसे बड़ी बात तो यह है कि दिल्ली से सुबह निकलो और शाम को घूम-फिर कर अपने घर लौट जाओ। वैसे सुना है कि दुनिया का सबसे बड़ा वैष्णो देवी मन्दिर वृन्दावन में बन रहा है?"

"सही सुना है चड्ढा साब।"

"चुरसिया जी, अगर एक बार साड्डा वैष्णो देवी का मन्दिर यहाँ बन गया तो फिर कोई चिन्तावाली बात नहीं है। फिर कौन जाएगा इतनी दूर।" हुमकते हुए दिल्लीवाले चड्ढा गैंग का सरगना बोला।

इस बीच केसर लस्सी से भरे पटियाला अर्थात सबसे बड़े गिलास सबके सामने रख दिए गए।

"यह बात तो आप सही कह रहे हैं।" इस बीच चौरसिया ने पहले चड्ढा का मूड भाँपा और जब उसने देखा कि उसका लस्सी का गिलास आधा हो गया है, अवसर देख मुस्कराते हुए बोला, "चड्ढा साब, एक-एक पटियाला और हो जाए?"

"ओ नईं चुरसिया जी। पेट में जगह नईं है।" एक लम्बी डकार मारते हुए उत्तर दिया चड्ढा ने।

"चड्ढा साब, कहीं पटियाले...मेरा मतलब है लस्सी से भी पेट भरता है। इतने बड़े पेट में इतनी जगह तो बची रहती है।" इतना कह चौरसिया पहले खिखियाया और फिर अपने कारिन्दे को आदेश देते हुए बोला, "रामू बेटे, चड्ढा साब के गैंग के लिए एक-एक पटियाला और बना दे! ये कौन-से हमारी दुकान पर रोज-रोज आते हैं।"

"चुरसिया जी, आपकी यही अदा इस चड्ढे को मार जाती है। चलो जी, जब आप इतने प्यार से कह रहे हैं तो फिर एक-एक पटियाला और सही।"

"चड्ढा साब, आज यह वृन्दावन बचा हुआ है तो बस आप जैसों की वजह से बचा हुआ है। वरना इन सेवायतों का बस चले तो इसे पूरा हजम कर जाएँ। आप जैसे कृष्ण भक्त यहाँ ना आएँ तो हमारा धन्धा ही चौपट हो जाए।"

हरिदासी ने देखा कि दिल्लीवाले चड्ढा और उसके गैंग ने दूसरा लस्सी का गिलास भी अपने अन्दर उतार लिया। इस समय चड्ढा के चेहरे पर जो आत्मसन्तुष्टि के भाव उभर रहे हैं, उन्हें देख हरिदासी मन-ही-मन मुस्करा दी। हाँ, उसे तब बुरा लगा जब चड्ढा ने स्वामी हरिदास की समाधि को मज़ार कहा। वह मन-ही-मन सोचती है कि इन धन-पशुओं को समाधि और मज़ार में ही अन्तर नहीं पता।

इसी बीच चड्ढा को जैसे याद आया, "चुरसिया जी, अभी कुछ दिन पहले मैंने एक अखबार में पढ़ा था कि बाँके बिहारी मन्दिर में कोई झगड़ा-वगड़ा हुआ था?"

"मैंने तभी तो कहा था चड्ढा साब कि इन सेवायतों का बस चले तो ये इस वृन्दावन को पूरा हजम कर जाएँ। अब तो बाँके बिहारी मन्दिर, मन्दिर नहीं साहब अखाड़ा बन गया है। मन्दिर में सेवायतों के बीच मारपीट की आए दिन घटनाएँ होती रहती हैं।"

"तेरा कहने का मतलब है इनमें आपस में ही झगड़ा होता है?"

"हाँ। दरसल क्या है कि इस मन्दिर में आनेवाले कुछ वीआइपी किसम के भक्त अलग तरह से दर्शन करना चाहते हैं। मन्दिर के सेवायत उनकी इस इच्छा का फायदा उठाने या कहिए मनोकामना पूरी कराने के बदले में उनसे मुँहमाँगी दक्षिणा वसूलते हैं। उन्हें इससे मतलब नहीं है कि इससे मन्दिर की मर्यादा टूटेगी या दूसरे भक्तों की आस्था के साथ खिलवाड़ होगा, उन्हें तो बस इन वीआइपी किसम के

भक्तों को लूटने से मतलब है। जब ऐसे हालात पैदा होते हैं, तब विवाद या झगड़ा होता है। उस दिन भी ऐसा ही हुआ बताते हैं। पहले भी ठाकुरजी को परम्परा के उलट पोशाक पहनाने और गर्भगृह में प्रसाद खिलाने की घटनाएँ हो चुकी हैं।"

"डैडी, चुरसिया अंकल शोले फिल्मवाले उसी ठाकुर की बात कर रहे हैं न, जिसके गब्बर ने तलवार से दोनों हाथ काट दिए थे?" चड्ढा गैंग के सबसे छोटे सदस्य अर्थात चड्ढा के लाड़ले बेटे ने हुमकते हुए अपने कृष्ण-भक्त पिता से पूछा।

"ओ नईं बेटाजी। ठाकुरजी यहाँ कृष्ण भगवान को कहते हैं।" चड्ढा ने उत्सुक बेटे की जिज्ञासा शान्त करने की कोशिश की।

"एक बार तो यह हुआ चड्ढा साब कि किसी बात पर मन्दिर के गार्डों ने एक बूढ़े भक्त को जमीन पर गेर-गेर कर लाठियों से बहुत पीटा था। इसी तरह एक बार एक बच्ची के साथ मन्दिर के गार्ड ने बत्तमीजी करते हुए उसे रोक दिया था। उसकी माँ ने जब इस पर एतराज जताया तो गार्ड ने बच्ची को थप्पड़ मार दिया। एक भक्त ने जब बीच-बचाव करना चाहा तो उसके साथ भी मारपीट की गई। ऐसी बहुत-सी घटनाएँ हैं। वो क्या है कि इस मन्दिर में सेवायतों की ही मनमानी चलती है। अब देखिए, मन्दिर में ठाकुरजी का फोटू खींचना मना है, पर फेसबुक पर फोटू डालने के साथ कई बार ये खुदई मोबाइल से आरती का दर्शन कराते हैं। मनमाने तरीके से ये ठाकुरजी के दर्शन कराते हैं। जब मन करता है, दर्शन बन्द कर देते हैं।"

"फिर तो चुरसिया जी वृन्दावन आने के बारे में अब सोचना पड़ेगा। कोई दूसरा पिकनिक स्पॉट खोजना होगा।" कहते-कहते दिल्लीवाले चड्ढा गैंग के सरगना का चेहरा किसी सम्भावित डर से सफ़ेद पड़ने लगा।

"वो क्या है चड्ढा साब कि इस समय साढ़े पाँच सौ से अधिक गोस्वामियों के परिवार बाँके बिहारी मन्दिर के सेवायत हैं। एक समय था जब सेवा की शुरुआत केवल तीन परिवारों से हुई थी। आज हालत यह है कि किसी परिवार के पास, एक दिन की सेवा है तो किसी के पास एक महीने की। मैं आपको एक मिसाल देता हूँ कि मान लीजिए किसी परिवार के पास दस दिन की सेवा आई और उस परिवार में उनके दस बच्चे हैं, तो सारे बच्चों को एक-एक दिन ही सेवा मिलती है। चड्ढा साब, आप कभी इन सेवायतों की ठसक और ऐशो-आराम देखिए, देखकर आपकी आँखें खुल जाएँगी। इतना चढ़ावा आता है कि आप सोच नहीं सकते।"

चौरसिया केसर लस्सी का मालिक चौरसिया जब यह सारी घटना बता रहा था, हरिदासी को याद आया कि मार्गशीर्ष महीने की उस बिहार पंचमी के दिन का वह दृश्य, जब ठाकुरजी का प्राकट्योत्सव धूमधाम से मनाया जा रहा था। उसे आज भी याद है कि स्वामी हरिदास के भक्तों द्वारा खींचे जानेवाले चाँदी के हिंडोले पर कई सेवायत बैठे हुए थे। बल्कि इनमें कई तो दो-दो तीन-तीन साल के बच्चे भी थे। इन सेवायतों के डील-डौल इनकी आर्थिक सम्पन्नता और वैभव का जीता-जागता प्रमाण

है। भरे हुए चुकन्दर की तरह सुर्ख़ गाल, उनमें अन्दर धँसी हुई आँखें, युवास्था में ही तोंद का आकार ले चुका पेट। देह-भाषा का ऐसा आत्मविश्वास कि जिसने स्वामी हरिदास की तस्वीर में उसकी काया देखी होगी, वह आसानी से अनुमान लगा सकता है कि हरि के साधक और सेवायत में क्या अन्तर होता है। उसे याद है कि वह जब-जब बाँके बिहारी मन्दिर जाती, हमेशा कोई-न-कोई दो-तीन वर्षीय बच्चा बाल गोपाल के वेश में ठाकुरजी के पास बैठा हुआ पाती। शुरू में उसका इस पर ध्यान नहीं गया लेकिन बाद में उसने देखा कि बाल गोपाल के वेश में बैठे बच्चे के आगे भी चढ़ावे का ढेर लगा होता।

"यह बात तो आप ठीक कह रहे हो चुरसिया जी। वृन्दावन के मन्दिरों में बड़ा धन बरसता है। मैंने तो एक बार उस तानपूरेवाले स्वामी की मजार पर देखा था कि वहाँ भी जमकर चढ़ावा आता है। आनेवालों को पता ही नहीं है कि वे किस पर चढ़ावा चढ़ा रहे हैं। बस, जिसे देखो वह मत्था टेक रहा है और चढ़ावा चढ़ा रहा है।"

"लेकिन आप आना मत छोड़ना चड्ढा साब। आप जैसे लस्सी के क़द्रदानों ने आना छोड़ दिया, तो हमारी इस लस्सी परम्परा का क्या होगा?"

"चुरसिया जी, परम्परा गई तेल लेने। आपने बात ही ऐसी बताई है। मान लो किसी पंडे ने हमें ही ठोक-पीट दिया, तो हमारी पिकनिक की तो हो गई न ऐसी की तैसी। ठीक है कितने पैसे हुए?"

ब्रजवासी केसर लस्सी के मालिक चौरसिया ने लस्सी के पटियाला गिलासों का हिसाब लगाया। दिल्लीवाले चड्ढा गैंग के सरगना ने अपने पर्स से लोई बाज़ार स्थित एटीएम से निकाले गए ताज़ा-ताज़ा करारे नोटों को निकाला, उन्हें चौरसिया को थमाया और यह कहकर अपने गैंग के साथ दुकान से निकल गया, "चुरसिया जी, जय माता दी!"

चौरसिया केसर लस्सी के मालिक को अपनी नासमझी पर रह-रहकर ग़ुस्सा आ रहा है कि उसने क्यों बाँके बिहारी मन्दिर पर होनेवाले टंटा-फ़साद का पूरा इतिहास खोलकर रख दिया? इधर हरिदासी की हिम्मत नहीं पड़ रही है कि वह चौरसिया केसर लस्सी के मालिक से भिक्षा में मिले छोटे-छोटे रुपयों और सिक्कों के बदले किस मुँह से बँधे हुए नोट माँगे।

"बाई, कितने के बँधे चहिए?" चौरसिया ने झल्लाते हुए हरिदासी से पूछा।

हरिदासी ने कुछ नहीं कहा। चुपचाप छोटे-छोटे रुपए और सिक्के उसके सामने गल्ले पर रख दिए। वह आज चौरसिया के प्रकोप का हरगिज़ शिकार नहीं बनना चाहती है। चौरसिया ने बिना कुछ कहे पचास और सौ के तीन नोट हरिदासी की तरफ़ बढ़ा दिए, जिन्हें उसने लिया और तेज़ी से आगे बढ़ गई।

रास्तेभर वह तरह-तरह के विचारों में डूबती-उतरती रही। निमाई पंडित अर्थात गौरांग प्रभु यानी चैतन्य महाप्रभु ने सोलहवीं सदी के शुरू में, रूप गोस्वामी और

सनातन गोस्वामी नाम के जिन दो भाइयों को वृन्दावन की खोज में भेजा था, पाँच सौ साल में ही उनकी वंशबेल इतनी फैल गई है कि तीन सौ पैंसठ दिनवाले एक साल में मुश्किल से एक सदस्य को ठाकुरजी की सेवा का अवसर एक दिन मिलता है। इतने गोस्वामी तो केवल वृन्दावन के बाँके बिहारी मन्दिर में सेवायत के रूप में कार्यरत हैं। गोवर्धन, नन्दगाँव, बरसाना सहित ब्रज के दूसरे मन्दिरों का पता नहीं कि वहाँ गोस्वामी कुल के कितने सेवायत तैनात हैं?

हरिदासी को सबसे ज़्यादा हैरानी तो यह देखकर हुई कि दिल्लीवाले चड्ढा ने ब्रजवासी केसर लस्सी के मालिक चौरसिया से जाते-जाते 'जय माता दी' कहा। जबकि जब वह इस दुकान पर आया था, तब उसने 'राधे-राधे' के साथ इस चौरसिया का अभिवादन किया था। अब ऐसा उसने जान-बूझकर कहा या उसके मुँह से अचानक निकला, इसका अनुमान लगाना कठिन है? दूसरा, इस चड्ढा ने ब्रजवासी केसर लस्सी के मालिक से यह क्यों कहा कि बच्चों की पिकनिक मन जाएगी और लगे हाथ वे अपनी दादी से भी मिल आएँगे। यह दादी से मिलने का माजरा क्या है? अगर उसके पास समय होता और चौरसिया का मूड ठीक होता, तो वह इस बारे में उससे ज़रूर पूछती। अगली बार वह यहाँ बँधे रुपए लेने आएगी तब इसके बारे में अवश्य पूछेगी।

17

जहाँ न्याय कला पछताता हो, कानून सत्य को खाता हो
जिस धरती पर ईमान नहीं, इंसान जहाँ इंसान नहीं
वो मेरा हिन्दुस्तान नहीं।

*

जब तक भारत में गो हत्या का कलंक नहीं मिटेगा
तब तक हम हिन्दू कहे जाने के अधिकारी नहीं।

*

काशी, मथुरा, वृन्दावन ने एक साथ हुंकारा है,
कहो गर्व से हम हिन्दू हैं हिन्दुस्तान हमारा है।

जगह-जगह ऐसे मिटे-अधमिटे आक्रामक और उत्तेजक नारों से पुती वृन्दावन की कुंज गलियों को पार कर, हरिदासी और वासुदेव दासी तेज़ी से इस्कॉन मन्दिर की ओर बढ़ी जा रही हैं। इस तेज़ी का कारण है कि मन्दिर

के बाहर मुख्य द्वार पर भिक्षुकों की लगनेवाली क़तार जिसमें पहले लगने से, भिक्षा मिलने के अवसर अधिक होते हैं। क्योंकि श्रद्धालु मन्दिर से निकलते ही सबसे पहले आगेवाले भिक्षुकों को भिक्षा देता है। जैसे-जैसे दान देनेवाला आगे बढ़ता है उसकी दक्षिणा समाप्त होने लगती है।

आज छुट्टी यानी रविवार का दिन है।

ऐसा बहुत कम होता है जब रविवार के दिन अमावस्या या पूर्णिमा पड़ती हो। एकादशी, चतुर्थी अथवा प्रदोष व्रत पड़ता हो। मकर संक्रान्ति या माघ स्नान आता हो। बसन्त पंचमी अथवा दुर्गा अष्टमी पड़ती हो। शीतला पूजन या हनुमान जयंती आती हो। बावजूद इसके वृन्दावन में सबसे अधिक श्रद्धालुओं की भीड़ शनिवार और रविवार के दिन होती है। संयोग से कभी शनिवार-रविवार के आगे-पीछे एकाध सरकारी अवकाश और जुड़ा हुआ हो, तब तो कहना ही क्या। इन दो दिनों में वृन्दावन की कुंज गलियों में पैर धरने की जगह नहीं मिलती है। भिक्षुक-भिक्षुणियों की झोलियाँ रुपयों और तरह-तरह के दान-दक्षिणा से भर जाती हैं। इसलिए वृन्दावन के प्रमुख बाज़ार के दुकान मालिक इन अवकाशों के हिसाब से अपनी-अपनी तैयारियाँ पहले ही शुरू कर देते हैं। इन दो दिनों में यह भीड़ इस्कॉन और प्रेम मन्दिर में तो ग़ज़ब देखने को मिलती है। ऐसा लगता है एक साथ पड़नेवाली सरकारी छुट्टियों का सारा भक्ति-रस इन्हीं दो मन्दिरों पर बरसता है। ऐसी छुट्टियों में वृन्दावन की मशहूर केसरवाली लस्सी की माँग में अचानक उछाल आ जाता है। सालों तक हरिदासी को इस अवकाशीय कृष्ण-भक्ति का रहस्य समझ में नहीं आया। जब आया तो उसका मन एक वितृष्णा से भर गया कि आख़िर छुट्टी के दिन आनेवाले ये किस जमात के कृष्ण-भक्त हैं?

जन्माष्टमी के अवसर पर विशेष रूप से सजाया गया अंग्रेज़ों का मन्दिर अब दूर से दमकता हुआ दिखाई देने लगा है। मन्दिर नज़र आते ही हरिदासी और वासुदेव दासी की गति और बढ़ गई। जैसे-जैसे वे मन्दिर के निकट पहुँचने लगीं, कानों में मृदंग संग मजीरों का स्वर सुनाई देने लगा।

उन दोनों ने मुख्य द्वार पर पहुँच पहले शीश नवाया और छोटे-छोटे क़दमों से अन्दर प्रवेश कर गईं। मन्दिर के विशाल प्रांगण में पंजों के बल थिरकते देशी-विदेशी कृष्ण-भक्तों को देख एक बार तो मुर्दे में भी जान आ जाए। कहीं छोटे-छोटे अंग्रेज़ों के बच्चे गले में छोटा-सा मृदंग लटका कूद रहे हैं, तो कहीं मोर पंख से बनी बाँसुरी को मुँह में लिए हरे कृष्ण महामंत्र 'हरे राम हरे राम/राम राम हरे हरे। हरे कृष्ण हरे कृष्ण/कृष्ण कृष्ण हरे हरे' के समवेत स्वर के बीच कृष्ण का बाल रूप धारण कर झूम रहे हैं। इसी बीच हरिदासी ने देखा कि कुछ भक्त हाथ में इस महामंत्र का छोटा-सा कार्ड ले, संगमरमर के फ़र्श पर चित्रित कमल के फूल पर खड़े होकर इस मंत्र का जाप करने के बाद आगे बढ़ जाते हैं। कमल के फूल पर खड़े होकर

महामंत्र जपने का यह सिलसिला फ़र्श पर चित्रित एक सौ आठवें अर्थात अन्तिम कमल के फूल के साथ समाप्त होता है। वहीं बाहर खुले में संगमरमर के विशाल पत्थरों से बने फ़र्श पर एक तरफ़ हारमोनियम, मृदंग, मजीरे और खड़ताल की धुन पर कुछ गोरे स्त्री-पुरुष भारतीय परिधानों में भक्ति-भाव के साथ थिरक रहे हैं। दीवारों पर चित्रित कृष्ण की लीलाओं को अगर कोई एक बार देखना शुरू करे, तो वह देखता ही रह जाए। मन्दिर की अलग-अलग तीन वेदियों की मध्य वेदी में कृष्ण और बलराम की अलंकृत प्रतिमाएँ स्थापित हैं। जबकि वहीं मध्य स्लैब में बाएँ ओर नित्यानन्द के साथ चैतन्य महाप्रभु, मन्दिर के निर्माता स्वामी प्रभुपाद और उनके आध्यात्मिक गुरु सरस्वती ठाकुर की मूर्तियाँ लगी हुई हैं। मन्दिर के गलियारों में भारतीय संस्कृति को आत्मसात् कर कुलाँचें मारते गोरे बच्चों तथा आध्यात्मिक और भक्तिमय वातावरण का आनन्द लेती हुई हरिदासी और वासुदेव दासी गोशाला, स्वामी प्रभुपाद की समाधि, प्रभुपाद हाउस, महा प्रसादम स्टाल और वृन्दाकुंड के दर्शन कर बाहर आईं और एक तरफ़ बैठ गईं।

अंग्रेज़ों के इस मन्दिर में होनेवाली दर्शन आरती का वह पहला दृश्य हरिदासी को आज भी याद है। शंखनाद के बाद 'हरे राम हरे राम/राम राम हरे हरे। हरे कृष्ण हरे कृष्ण/कृष्ण कृष्ण हरे हरे।' गाते हुए, पुजारी ने एक वेदी से जैसे ही पूरा परदा एक तरफ़ सरकाया और इसके बाद जो मूर्ति अवतरित हुई, उसे देख उसका सिर भन्ना गया। क्योंकि हरिदासी को लगा था कि परदा हटने के बाद हाथ में मुरली धारण किए उसका आराध्य कन्हैया प्रकट होगा। लेकिन यह क्या, यहाँ तो किसी और की मूर्ति प्रकट हुई। किसकी? उसकी जिसने इस मन्दिर का निर्माण कराया है। देर तक मन्दिर-निर्माता की स्तुति में हरे कृष्ण महामंत्र के बाद जैसे-जैसे मजीरों, हारमोनियम और मृदंग की थाप के साथ इसका ज़ोर-ज़ोर से जाप करनेवाले की आवाज़ के बीच, बग़ल में लटके सुनहरी गोटे से सुसज्जित परदे के बाएँ तरफ़ एक शंखधारी प्रकट होता है और शंखनाद से पूरा वातावरण गूँजने लगता है। पहले सुनहरी परदा एक ओर सरकाया जाता है और परदे के पीछे जो विग्रह प्रकट होता है, वह है हरिदासी का कृष्ण कन्हैया। कृष्ण का विग्रह प्रकट होते ही हरे कृष्ण महामंत्र की समाप्ति हो जाती है। हरिदासी को यह देखकर हैरानी हुई कि यहाँ भी कृष्ण के अग़ल-बग़ल जिनकी प्रतिमाएँ सुसज्जित हैं, उनमें एक इस मन्दिर के निर्माता की है। सबसे दिलचस्प तो यह है कि कृष्ण के बजाय श्रद्धालु इस मन्दिर के निर्माता के दर्शन अधिक कर रहे हैं। हरिदासी का मन उदास हो उठा।

अगले दिन हरिदासी और वासुदेव दासी अंग्रेज़ों के मन्दिर नहीं प्रेम मन्दिर गईं।

प्रेम मन्दिर।

पाँचवें जगद्गुरु द्वारा स्थापित डेढ़ सौ करोड़ की लागतवाले वृन्दावन के बाहरी इलाक़े में पचास एकड़ से ज़्यादा इलाक़े में बना राधाकृष्ण और सीताराम को समर्पित मन्दिर। इक्कीसवीं सदी के जनवरी महीने में शुरू हुए इस मन्दिर का निर्माण लगभग बारह साल में पूरा हुआ, और इसी महीने में इसे जनता के लिए खोल दिया गया। ख़ूबसूरत बाग़-बागीचों और फव्वारों से घिरे मन्दिर परिसर में श्रीकृष्ण की झूलन लीला, गोवर्धन लीला, रास लीला और कालिया नाग लीला जैसी लीलाओं का जीवन्त-चित्रण देखा जा सकता है। संगमरमर की चिकनी पट्टियों पर राधा गोविन्द के लिखे दोहोंवाली मथुरा एवं द्वारका की लीलाएँ चित्रित हैं। इनके अलावा कुब्जा-उद्धार, कंस-वध, देवकी-वासुदेव की कारागृह से मुक्ति, सान्दीपनी मुनि के गुरुकुल में जाकर कृष्ण-बलराम का विद्या-अध्ययन, रुक्मिणी-हरण, सोलह हज़ार एक सौ आठ रानियों का वर्णन, नारद जी द्वारा श्रीकृष्ण की गृहस्थावस्था के दर्शन, श्रीकृष्ण का अपने आँसुओं से सुदामा के चरण पखारना, सुदामा और उसके परिवार का एक ही रात में काया-पलट, कुरुक्षेत्र में कृष्ण का गोपियों से पुनर्मिलन, कृष्ण द्वारा उद्धव को अन्तिम उपदेश और दर्शन के बाद स्वधाम-गमन जैसी मनमोहक लीलाओं को देखने का मानो सुख ही अलग है।

प्रेम मन्दिर खुलने के बाद हरिदासी जब पहली बार इस मन्दिर में आई थी, तब इसकी छटा और भव्यता को देख, वह मानो द्वापर युग में विचरण करने लगी थी। सवा सौ फीट ऊँचे और डेढ़ सौ खम्भों पर खड़े इस मन्दिर को जो भी देखता, एक पल के लिए वह अपनी अँगुली दाँतों तले दबा लेता।

मगर जैसे-जैसे देश के बहुआयामी निर्धनता सूचकांक (एमपीआई) में यह प्रदेश सबसे निर्धन राज्यों की सूची में शामिल होता गया, राजस्थानी, सोमनाथ और गुजराती स्थापत्य शैली में निर्मित इस मन्दिर की भव्यता और वैभव में चार चाँद लगते गए। कलियुग में यहाँ आकर ऐसा प्रतीत होता है मानो धरती पर साक्षात् द्वापर युग उतर आया हो। गोवर्धन लीला को देखकर एक पल के लिए हरिदासी भूल गई कि सालों पहले उसने जिस गोवर्धन पर्वत को देखा था, वह तो ऐसा नहीं है जैसी ख़ुशहाली और सम्पन्नता इस लीला में दर्शाई गई है।

हरिदासी जैसे भ्रमित हो गई। वह जिस वृन्दावन की कल्पना कर यहाँ आई थी, वह तो यमुना के तट पर बने घाटों, मन्दिरों, उपवनों और वृन्दावन की कुंज गलियों में है। आज सालों बाद रात में रंग-बिरंगी रोशनी में नहाए मन्दिर और उसके प्रांगण में लगे विशाल परदे पर चलती लीलाओं को देखनेवालों को हरिदासी ध्यान से देखती है। देखते हुए उसे लगता है जैसे हर दूसरा चेहरा दिल्लीवाले चड्ढा गैंग का सदस्य है। प्रेम मन्दिर के अन्दर झूमते-गाते श्रद्धालुओं को देख लगता है मानो इससे सुगम और निष्कंटक मोक्ष का द्वार इस वृन्दावन में दूसरा नहीं है। हरिदासी

अपने आपसे सवाल करती है कि आर्थिक असमानता या कहिए अमीरी-ग़रीबी किस तरह हमारे देवी-देवताओं की जगह भी बदल देती हैं, वृन्दावन इसका बहुत अच्छा उदाहरण है। हालात के मारे आदमी के आराध्य झाड़-झंखाड़ों, जगह-जगह से उखड़े पलस्तर वाले जर्जर मन्दिरों और लावारिस खँडहरों के बीच उदास पेड़ों की जड़ों में निवास करते हैं। जबकि अमीरों के वही देवी-देवता प्रेम मन्दिर और इस्कॉन जैसे भव्य पूजा-स्थलों में रहते हैं। जो देवी-देवता उदास मढ़ियों, सँकरी गली-कूचों के पुराने मन्दिरों में विराजित थे, वे अब महँगे पत्थरों के नक़्क़ाशीदार पाँच सितारा आश्रमों व मन्दिरों में आ गए। लगता है आस्था और श्रद्धा के पैमाने अब बदल गए हैं।

पहले की तरह आज भी हरिदासी और वासुदेव दासी सबसे पहले सड़क के किनारे तपती धूप में काली पोलिथीन की छत के नीचे चाय बेचती सीमा चायवाली के पास आती हैं। जब कभी हरिदासी को सीमा दिखाई नहीं देती है, तो मन में तरह-तरह के विचार आने लगते हैं। जबसे वासुदेव दासी ने सीमा के बारे में बताया है, हरिदासी के मन में आज भी सीमा की वही छवि बनी हुई है।

मगर सीमा अब वह सीमा नहीं रही। सिर के घने बाल जो कभी पूरी तरह काले थे, अब ऐसा लगता है सिर के ऊपर सफ़ेद जूट का कोई छोटा-सा गुच्छा रखा है। आँखें अन्दर धँसी हुई हैं। चेहरे पर सिवाय उभरी हड्डियों के कुछ नहीं है। हरिदासी देर तक कनखियों से वृद्ध सीमा के पेट को ऐसे देखती है, जैसे यह भाँप रही है कि चाची किन्नर ने सीमा की कोख जिस दम्पती को सत्तर हज़ार में किराए पर दिलवाई थी, उसमें पल रहा बच्चा कितने महीने का होगा? लेकिन अगले ही पल उसे अपने भ्रम का एहसास हुआ कि यह तो सालों पुरानी बात है। वह मन-ही-मन सोचती है कि यदि इसका वह बच्चा जिसका उसने मुँह तक नहीं देखा, ज़िन्दा होता तो अपनी माँ के काम में हाथ बँटा रहा होता! या फिर गोपीनाथ बाज़ार में दलीप मंडल की तरह अपनी माँ के साथ कोई चाय-पानी की दुकान कर रहा होता, अथवा म्यूज़िक मार्किट में खोल या हारमोनियम की दुकान चला रहा होता। लेकिन सीमा ने शर्त के मुताबिक़ उसका स्पर्श तक नहीं किया था। जिसे उसने अपनी कोख में पूरे नौ महीने बचाकर रखा, उसके जन्म लेते ही उसे सीमा से दूर कर दिया गया, ऐसी अभागी माँ इस दुनिया में कौन होगी? आज यदि वह बच्चा सीमा के पास होता, तो वह कितने बरस का होता? उसका क्या नाम होता? सोचते-सोचते हरिदासी की देह काँपने लगी। वह जब-जब सूखी लकड़ी-से हाथों से ग्राहकों को चाय बनाती हुई सीमा को देखती, हरिदासी की शिराओं में दौड़ता रक्त ठंडा पड़ने लगता।

हरिदासी अपनी उम्र की सीमा को काँपते हाथों से चाय बनाते हुए देखती, तो वह एक अनजाने दुःख में डूब जाती कि कैसी अभागी है यह। पुत्र होने के बावजूद

इसकी मृत्यु के बाद वह अपनी माँ की चिता को मुखाग्नि भी नहीं देगा। यमुना में इसका तर्पण भी नहीं करेगा। कैसी माँ है यह जिसे मोक्ष की राह दिखानेवाला उसका पुत्र अन्तिम समय में इसके पास नहीं होगा। हरिदासी का मन उदास हो उठता है। इतना उदास कि वह देर तक अपनी स्मृतियों के झोले में सँजोकर रखे गए छातिम की पत्तियों और काँस के मुलायम फूलों से खेलती रही।

भिक्षा इकट्ठा कर वासुदेव दासी और हरिदासी ने पास खड़े रिक्शे से भूतगली जाने का किराया पूछा। जब उन्हें लगा कि किराया सही है वे दोनों रिक्शे पर सवार हो गईं। जबसे हरिदासी ने भजनाश्रम में भजन छोड़ा है और भिक्षा में अच्छी-ख़ासी आमदनी होने लगी है, वह अपने ऊपर पूरी उदारता से पैसा ख़र्च करने लगी है। इसलिए आज भी उसने और वासुदेव ने रिक्शेवाले के साथ अधिक झाँय-झाँय नहीं की।

दिन ढलने के बावजूद भादों की देह चाटती धूप में बदन ऐसे पसीज गया मानो कोई भीगा हुआ कपड़ा हो। पसीने में तर रिक्शा चालक जिस तरह पूरी ताक़त लगाकर रिक्शा खींच रहा है, उसे देख वासुदेव ने पहले सिर पर धोती का पल्लू डाला और फिर धूप के चोंदे से बचते हुए बोली, "दीदी, ऐसा करते हैं कल से वहीं बाँके बिहारी मन्दिर के आसपास बैठ जाया करेंगे। बड़ी तेज़ धूप पड़ती है। अब नहीं सहा जाता है सूरज का ताप। किसी दिन ऐसा ना हो हैजा-वैजा हो जाए!"

"बासु, तूने मेरे मन की बात कह दी। मैं भी यही सोच रही थी। बारिश जब बूढ़ी हो जाएगी और शरद आ जाएगा तब फिर से यहाँ आना शुरू कर देंगे।"

"हाँ दीदी। जब यमुना के किनारे काँस में फूल आ जाएँगे, तब ठीक रहेगा। ऐसा करते हैं कल से बाँके बिहारी ही चलते हैं।"

वासुदेव दासी ने जैसे ही काँस के फूलों का नाम लिया, पलक झपकते ही हरिदासी अजय नदी और कोपाई नदी के किनारों, ख्वाई और दूर तक फैले काँस के सफ़ेद जंगल में लौट गई। एक क्षण के लिए लगा जैसे अरुणाभ उसकी अँगुली थामे उसके साथ-साथ चल रहा है। धरती की माँग में भरे श्वेत सिन्दूर अर्थात काँस की फुनगियों के सफ़ेद फाहों का स्पर्श करती हुई बिजली घोष, माफ़ करना हरिदासी स्मृतियों की गहरी ख्वाई में ग़ायब हो गई। क्वार यानी आश्विन महीने की हवाओं के साथ पूरी मादकता के साथ हिलोरें खाता काँस के फूलों का मुलायम ऐश्वर्य और वैभव उसकी आँखों के सामने बिछता चला गया।

सेवायत

जमुनादास की आँखों को जैसे धोखा हुआ।

भले ही इससे मिले उसे बहुत समय हो गया है लेकिन ऐसा भी नहीं है कि उसके चेहरे को वह भूल गया है। आते-जाते लोगों से खचाखच भरी

सेवाकुंज गली को पार कर जब तक वह दूसरी ओर आता, वह उसकी आँखों से ओझल हो गई।

बिलकुल हरिदासी ही थी वह। जमुनादास की आँखें धोखा खा ही नहीं सकती। सेवायत अपनी याददाश्त को दुरुस्त करता कि इसी बीच एक गली के मुहाने पर जैसे उसे उसका साया दिखाई दिया। सेवायत जमुनादास ने उसी तरफ़ तेज़ी-से अपने क़दम बढ़ा दिए। उसकी तेज़ गति के बावजूद उन दोनों के बीच फ़ासला बढ़ता चला गया और गोपीनाथ बाज़ार से पहले कुंज गली में एक बार वह साया उसकी आँखों से ओझल हो गया। सेवायत ने उसे बहुत तलाशा परन्तु वह उसे कहीं नहीं दिखाई दी। निराश सेवायत वापस लौट गया।

वापस लौटते हुए पूरे रास्ते वह इसी ऊहापोह से जूझता रहा कि बाँके बिहारी मन्दिर के पास भीख माँगनेवालों की पंगत में उसने जिसे देखा था, क्या वह सचमुच हरिदासी ही थी?

बाद में जब वासुदेव दासी पागल बाबा आश्रम लौटी, तो आते ही उसने हरिदासी से पूछा, "दीदी, आप अचानक वहाँ से क्यों उठकर चली आई?"

"बस ऐसे ही बासु। तबीयत थोड़ी ठीक नहीं थी।" हरिदासी ने आँखें चुराते हुए उत्तर दिया।

"नही दीदी। तबीयत तो आपकी तब भी ठीक थी और अब भी ठीक है। आप कुछ छिपा रही हैं। आपको राधारानी की कसम है दीदी, जो आपने नहीं बताया।" वासुदेव ने कुरेदते हुए पूछा।

हरिदासी सोच में पड़ गई कि वह इसे बताए या नहीं? जब वासुदेव नहीं मानी तब हारकर उसे बताना पड़ा।

"वो क्या है बासु कि मुझको जमुना बाबू ने देख लिया था।"

"अच्छाऽऽऽ अब समझी। इस डर से कि कहीं जमुना बाबू आपको भिखारियों में पहचान ना ले, आप वहाँ से चली आई?"

"हाँ बासु।"

"पर दीदी, सच्चाई से कब तक बचती रहोगी। अब तो वे जरूर आपको भिखारियों में ढूँढ़ेंगे। इसलिए कभी मिलें तो सारी बात बता देना।" फिर कुछ क्षण रुककर वासुदेव दासी ने पूछा, "तो क्या जमुना जी अब भी धीर समीर घाट के उसी मन्दिर में हैं?"

"नहीं बासु, उसके बाद तो वे कई मन्दिरों में रहे। आजकल राधा गोपाल मन्दिर में हैं।"

"राधा गोपाल यानी इसी गोपेश्वर महादेव मार्ग पर ब्रह्मचारी मन्दिर में?"

"तभी मैं कहूँ कि भूतगली से बाहर आते ही आप, क्यों गोपीनाथ बाजार से होती हुई कुंज गली से होकर बाँके बिहारी मन्दिर आती-जाती हो। वैसे एक बात

कहूँ दीदी, इस बार सेवायत जी कहीं मिलें और पूछें तो सब कुछ सच-सच बता देना। इसमें कोई बुराई नहीं है। भीख ही तो माँग रही हो। किसी से उधार नहीं माँग रही हो...और फिर सेवायत जी से ऐसे छिप-छिपकर कब तक भीख माँगती रहोगी। एक न एक दिन तो भेद खुलना ही है।" वासुदेव दासी ने पूरी दृढ़ता के साथ कहा।

हरिदासी को शायद किसी ऐसे ही नैतिक साहस की ज़रूरत थी। इसीलिए वह वासुदेव से सहमत होते हुए बोली, "तुम ठीक कहती हो बासु।"

इतना कह हरिदासी ने लम्बी साँस ली और तख़्त पर बिछे नाममात्र के बिस्तर पर अपने जिस्म को ढीला छोड़ दिया।

जैसे ही तेज़-तेज़ क़दमों से जाती हरिदासी पर सेवायत जमुनादास की नज़र पड़ी और उसने जैसे ही उसे टोका, हरिदासी के पाँव जहाँ थे, वहीं ठिठक गए। वही हो गया जिसका उसे डर था। वही जानती है कि वह किस तरह इस सेवायत से बचते-बचाते भूतगली से निकलते ही अपना रास्ता बदल लेती थी। लेकिन आज इसने उसे रोक ही लिया। जब तक हरिदासी कुछ सोचती सेवायत उसके निकट आ गया।

"मैया, सब ठीक तो है? कई महीना हे गए कहीं दिखाई भी ना दी?" आज सेवायत जमुनादास ने राधे-राधे भी नहीं किया।

सुनते ही हरिदासी किसी अपराध-बोध से सकपका गई।

"तबैत तो ठीक है मैया? पतौ ना ऐसी का बात हे गई जो घने दिनन ते दिखाई ना दी?"

"जमुना बाबू, ऐसा कुछ नहीं है। सब ठीक है। वो क्या है कि आजकल..." कहते-कहते रुक गई हरिदासी।

"का हुओ मैया? ऐसे कैसे कहते-कहते चुप हे गई?" सेवायत ने कुरेदते हुए पूछा।

"मैं अब भजनाश्रम नहीं जाती हूँ।" हरिदासी को वासुदेव दासी की यह सलाह याद आ गई कि इस बार सेवायत जी कहीं मिलें और पूछें तो सब कुछ सच-सच बता देना।

"मतलब?"

"मतलब यह कि मैं बासु के साथ प्रेम मन्दिर या इस्कॉन चली जाती हूँ।" वह जान-बूझकर बाँके बिहारी मन्दिर की बात छिपा गई।

"वाँ कोई भजन-कीर्तन करो हो या फिर शाहजी मन्दिर की तरह कोई नौकरी-वौकरी मिलगी है?"

"जब भजन-कीर्तन ही करना था तो भजनाश्रम कौन-सा बुरा था। वैसे भी

भजन से कौन-सा पेट भरता है और इस उमर में कौन नौकरी देगा जमुना बाबू।" एक लम्बी साँस लेते हुए हरिदासी बोली।

"भजनाश्रम भी ना जाए है...कोई नौकरी भी ना करे है! फिर ऐसो कौन-सो काम है जाए करबे कू इतनी दूर अंग्रेज़न के मन्दिर और प्रेम मन्दिर में जावे है?" सेवायत जमुनादास इस बार झल्ला उठा।

हरिदासी समझ गई कि जिस अन्दाज़ में सेवायत ने पूछा है, इसे अब सच बताना ही पड़ेगा। बिना नज़र उठाए हरिदासी ने पहले शब्दों को चुबलाया और फिर धीमी आवाज़ में बोली, "जमुना बाबू, उधर भजन करने कौन जाएगा? दो घंटा बैठकर झूठा-झूठा भजन करो, और मिलता क्या है दो रुपया। इसलिए वासुदेव के साथ उधर भीख माँगने चली जाती हूँ। कभी कोई अच्छा दानी मिल गया, तो एक बार में दस-बीस रुपया मिल जाता है।"

"क्याऽऽऽ! भिक्षया माँगने जावे है?" सेवायत जमुनादास जैसे तड़ाक से ज़मीन पर गिरते-गिरते बचा। अपने कानों पर जैसे उसे यक़ीन नहीं हुआ।

"इसमें क्या बुराई है? ऐसी बहुत बाई हैं बृन्दाबोन में जो भजन नहीं करती हैं, भीख माँगती हैं। जमुना बाबू, भजनाश्रमों में लाइन में लगने और इन पंडों की गाली सुनने से तो यह अच्छा है। एक जगह बँधकर बैठने से अच्छा है गली-गली घूमकर राधे-राधे जपते रहो।" भिक्षावृत्ति के पक्ष में जो तर्क कभी हरिदासी को वासुदेव दासी ने दिया था, वही तर्क हरिदासी ने सेवायत जमुनादास को दिया।

सेवायत जमुनादास से कुछ भी कहते नहीं बना। उसका चेहरा किसी अपराध-बोध से स्याह पड़ता चला गया।

"मैया, लगे है एक बार फिर मोहे काई मन्दिर में तेरी नौकरी की बात करनी पड़ेगी। मोहे तेरो ई मन्दिर-मन्दिर भिक्षया माँगनो अच्छो ना लगरो है।"

"तुमको अच्छा नहीं लगता है परन्तु अब कम-से-कम जिन्दगी ठीक-ठाक तो बीत रही है। आज मेरे पास अच्छा-खासा बैलेंस है। बड़े मजे से जिन्दगी कट रही है।"

"भले ही अच्छो-खासो बैलेंस है मैया, पर कोई मान-सम्मान तो ना है। कहलाई तो भिखारिन ही जाएगी।"

"हम विधवाओं का क्या मान-सम्मान जमुना बाबू। भूखे पेट तो भजन भी नहीं होता है। पता है मेरे पास ही नहीं, उन सब बाइयों के पास अच्छा-ख़ासा बैलेंस है सेवायत बाबू, जो मन्दिरों के बाहर भीख माँगती हैं।"

सेवायत जमुनादास को हैरानी हुई कि आज से पहले जो हरिदासी उसे जमुना बाबू कहकर सम्बोधित करती थी, पहली बार उसने उसे सेवायत बाबू यानी उसके कर्म के आधार पर सृजित सम्बोधन से सम्बोधित किया है। जिस समय हरिदासी यह कह रही थी कि मेरे पास ही नहीं, बल्कि उन सबके पास अच्छा-खासा बैलेंस

है जो मन्दिरों के बाहर भीख माँगती हैं, उसकी आँखों की चमक देखते ही बन रही थी। सेवायत जमुनादास मन-ही-मन कहने लगा कि ख़ुद-मुख़्तारी और ताक़त आदमी को किस तरह मज़बूत और निडर बना देती है, वह अपनी आँखों से देख रहा है। अब यह ताक़त सत्ता की भी हो सकती है और पैसे की भी हो सकती है। जातिगत भी हो सकती और राजनीतिक भी हो सकती है। उसे अब अपना वह भ्रम दूर होता दिखाई देने लगा, जो उसे बाँके बिहारी मन्दिर के बाहर हरिदासी को शायद भीख माँगते हुए देखने पर हुआ था। शायद नहीं, बल्कि उसे अब पूरा यक़ीन हो गया कि उस दिन वह जिस साये का पीछा करता सेवाकुंज गली, रेतिया बाज़ार, कुंज गली से होता हुआ लगभग गोपीनाथ बाज़ार के मुहाने तक आ गया था, वह कोई और नहीं, यही हरिदासी थी। इसलिए उसने बाँके बिहारी मन्दिर के बाहर भिक्षावाली बात का कोई ज़िक्र नहीं किया। जब हरिदासी ने ख़ुद स्वीकार लिया है कि वह अंग्रेज़ों के मन्दिर अर्थात इस्कॉन और प्रेम मन्दिर भीख माँगने जाती है, तब इसके बारे में दरियाफ़्त करने का क्या फ़ायदा। जब उसने भीख माँगना शुरू कर ही दिया है, तब वह इस्कॉन जाए या प्रेम मन्दिर, प्रेम मन्दिर जाए या बाँके बिहारी मन्दिर, इससे क्या फ़र्क़ पड़ता है।

सेवायत जमुनादास ने इसके बाद सहज होते हुए कहा, “चलो अच्छो हुओ मैया जो जिन्दगी ठीक-ठाक कटरी है।” इसके बाद वह धीरे-से हरिदासी के थोड़ा और निकट आया और कटाक्ष करते हुए पूछा, “वैसे मैया, या अच्छे-खासे बैलेंस ए जमा कौन-से सेठ के कनै करो हो?”

“गोपीनाथ बाजार में एक सेठ है उसी के पास हम सब लोग जमा कराते हैं।” हरिदासी ने निर्लिप्त भाव से बताया।

“अच्छी बात है कि अपनो रुपिया-पइसा तुम सब वा सेठ के कनै रखो हो और जब जरूरत पड़ती होएगी, वाते माँग लेती होओगी। पर अगर कभी ठाकुरजी ना करे और काई दिन तू चुपचाप बिना बताए हरि कू प्यारी हे गई, तो जो पइसा सेठ के कनै धरो है, वाको हकदार कौन होएगो?”

सेवायत की इस बात को सुन हरिदासी चुप। उसने इस बारे में तो कभी सोचा ही नहीं। हरिदासी की एकाएक धड़कनें बढ़ने लगीं। उसकी चिन्ता बढ़ गई कि अगर किसी दिन जैसा यह सेवायत कह रहा है, सचमुच ऐसा हो गया तो उसके मरने के बाद उसका कौन मालिक होगा? उसके इस ‘बैलेंस’ का क्या होगा?

“जमुना बाबू, फिर इसका क्या हल है?” हरिदासी का जैसे हलक़ सूखने लगा।

“हल को तो मोहे भी पतौ ना है मैया। मैंने तो या मारे पूछ लियो कि ना जाने कितनी मैया बिन्दाबन के इन सेठन के कनै लाखों रुपए रखके मर जावे हैं।”

हरिदासी को सेवायत जमुनादास ने एक नई दुविधा में फँसा दिया। वह देर तक यही सोचती रही कि अगर सचमुच किसी दिन वह बिना बताए अपने हरि को

प्यारी हो गई, तो उसके उस तथाकथित अच्छे-ख़ासे बैलेंस का क्या होगा, जिसे उसने वासुदेव दासी के कहने पर गोपीनाथ बाज़ार के सेठ के पास जमा किया हुआ है? इसी बीच अचानक उसे याद आया कि एक बार वासुदेव दासी ने उससे बताया था कि गर्मियों में बहुत-सी दासियाँ अपने-अपने घरों को जाती हैं, तो वे दान-दक्षिणा में मिले कम्बल, गरम कपड़े और भिक्षा में मिले रुपए अपने परिवार के लिए लेकर जाती हैं। इसीलिए वे सेठ के पास इन बँधे हुए नोटों को जमा करती हैं। मगर उसकी ऐसी कोई इच्छा नहीं है कि वह किसी के लिए कुछ लेकर जाए। बल्कि उसका तो नबद्वीप जाने का मन भी नहीं करता है। हाँ, कभी-कभी जब उसे अपनी जलंगी नदी का कल-कल बहता पानी, नबद्वीप के रूख और दूर तक पसरी हरियाली याद आती है, तब उसका मन करता है कि वह एक बार जाकर उनसे लिपट-लिपट कर खूब रोए। किन्तु अगले ही पल वह मन से इस विचार को यह कहते हुए निकाल देती है कि जब उसने एक बार सांसारिक मोह-माया त्याग दिया, तो त्याग दिया।

"मैया, किस सोच में पड़गी?" हरिदासी को खोया देख, सेवायत ने धीरे-से पूछा।

"जमुना बाबू, आप कुछ उपाय बताओ न?"

"मेरी एक सलाह है मैया कि अपने या पइसा ए काई सेठ या महाजन के कनै रखने ते अच्छो है, काई बैंक में जमा कर दे! घनी सारी मैयान्ने खाता खुलबा रक्खो है।"

हरिदासी के लिए यह एक नई जानकारी थी। लेकिन वह एक बार फिर दुविधा और द्वंद्व के वन में भटकने लगी। उसने देर तक सेवायत जमुनादास के सुझाव पर कोई प्रतिक्रिया व्यक्त नहीं की।

"का हुओ मैया?" सेवायत ने हरिदासी के भीतर चल रहे द्वंद्व की ओर कंकर उछालते हुए पूछा।

"वो बात तो ठीक है जमुना बाबू लेकिन मेरे मरने के बाद उसका मालिक कौन होगा?"

सेवायत जमुनादास को हरिदासी के इस प्रश्न ने इस बार निरुत्तर कर दिया। सेवायत ने इसकी तो कल्पना ही नहीं की थी कि यह ऐसा मासूम-सा सवाल भी कर सकती है। अब चुप रहने की बारी सेवायत जमुनादास की थी।

"जमुना बाबू, क्या हुआ?" न जाने किस झोंक में हरिदासी सेवायत से पूछ बैठी।

"मैं ई सोचरो हूँ मैया कि तेरी या बात को कहा उत्तर दूँ। मैं तो ई भी सलाह ना दे सकूँ कि तू मेरौ नाम नामांकित के रूप में दे दे। नामांकित को मतलब तो समझरी है ना मैया?"

"हाँ जमुना बाबू समझती हूँ। इतना हिन्दी तो मुझको आती है कि नामांकित का मतलब नॉमिनी होता है।"

"मैया, तेरो कोई भइया-भतीजा या फिर घर में कोई होए तो वाहे बना दे।"

सेवायत की इस बात को सुन हरिदासी उदास हो गई। फिर कुछ क्षण बाद पहले उसने एक बारीक मुस्कान बिखेरी और बोली, "जमुना बाबू, उन्हें बना दूँ जिन्होंने इतने सालों में कभी यह जानने की कोशिश नहीं की कि मैं कहाँ हूँ। जिन्दा भी हूँ या नहीं। कोई किसी का नहीं है।" कहते-कहते हरिदासी की आँखों के आसपास की त्वचा में कम्पन होने लगी।

सेवायत जमुनादास हरिदासी के चेहरे पर आते-जाते भावों को पढ़ने की कोशिश करने लगा। कुछ नहीं बोला वह।

कुछ देर बाद हरिदासी की ही आवाज़ आई, "जमुना बाबू, अगर मैं आपको नॉमिनी बना दूँ तो?"

"ना मैया, मैं तेरे हाथ जोड़ूँ! मोहे बखस। तेरे मरने के पीछे मेरे मन में कुछ बेईमानी आगी, तो मैं अपने ठाकुरजी कू कहा जवाब दूँगो?" हरिदासी के सुझाव पर सेवायत जमुनादास की जैसे घिग्घी बँध गई, "मैया, या बैंक-वैंक को चक्कर रहन दे। बैंक ते गोपीनाथ बाजार को ई सेठ ही बढ़िया है, कम-ते-कम टेम-बेटेम वाके कनै चली तो जाओ हो।"

हरिदासी मौन साधे सेवायत जमुनादास की इस निष्कपटता को देर तक निरखती रही। उसकी आँखों के सामने इमलीतला घाट का वह चित्र ताज़ा हो गया, जब पहली बार इस सेवायत ने कदम्ब के पेड़ पर एक बन्दर से उसका झोला छुड़ाया था। वह कैसे भूल सकती है उन दिनों को जब इसी सेवायत ने शाहजी मन्दिर के मैनेजर से सिफ़ारिश करके उसे मन्दिर में खोल बजाने का काम दिलवाया था। एक के बाद एक हरिदासी की आँखों के आगे सेवायत के निष्कामों की सूची तैर गई।

"जमुना बाबू, अब तो मैं बैंक में ही अपना अकाउंट खुलवाऊँगी और नॉमिनी के रूप में आपका ही नाम दूँगी।"

"मैया, मोहे या पाप को भागीदार मत बना! आखिर इनसान हूँ, पतौ ना मेरौ मन कब बेईमानी पे उतर आए!" सेवायत जमुनादास के बँधे हुए हाथ काँपने लगे।

हरिदासी की आँखें भर आईं। अभी तक जो बातें वह खड़ी-खड़ी कर रही थी, अब मन्दिर श्रीगोदा विहार के मुख्य द्वार के बाहर बग़ल की दुकान के चौतरे पर आकर बैठ गई।

"जमुना बाबू, मैं तुम्हारे उस एहसान को कैसे भूल सकती हूँ जब मुझे तुमने सहारा दिया था।"

"मैया, ऊ कोई एहसान ना हो, मेरौ करम हो...मैंने कभी वाके बदले कोई कामना ना करी।"

"इसे कुछ भी समझ लो। नॉमिनी तो अब तुम ही बनोगे जमुना बाबू।" हरिदासी जैसे हठ पर उतर आई।

"अच्छो ठीक है। फिर ई बता कि तेरे मरे पीछे मैं इन पइसान्ने कहाँ लगाऊँ? कौन से मन्दिर या घाट के लिए दान कर दूँ?"

"इससे मेरा कोई मतलब नहीं। मैं तो बस तुम्हें सौंप कर चली जाऊँगी।"

"ठीक है जैसी ठाकुरजी की मर्जी। फिर ऐसो करियो मैया, वा सेठ ते सारे रुपयान्ने लेके काई दिन मेरे कनै आ जइयो!"

"ठीक है जमुना बाबू।" इतना कह हरिदासी चौतरे से खड़ी हुई और अन्य दिनों की तरह मौजूदा रास्ते के बजाय आज बहुत दिनों बाद सीधे रास्ते से बाँके बिहारी मन्दिर की ओर बढ़ गई।

हरिदासी की चाल में सालों बाद वह चपलता लौटी है, जिसको वह लगभग भूल चुकी थी।

18

रेतिया बाज़ार।

ब्रजवासी केसर लस्सी की दुकान से बँधे रुपए लेने के बाद हरिदासी कुंज गली में घुसी ही थी कि अचानक उसे जैसे कुछ याद आया। वह वापस हुई और जैसे ही दुकान पर जाकर खड़ी हुई, उसे देख दुकान मालिक चौरसिया को हैरानी हुई। कहीं आज उसने हरिदासी को छुट्टे पैसों के बदले में बँधे हुए रुपए कम तो नहीं दे दिए? इससे पहले तो ऐसा कभी हुआ नहीं। क्योंकि वह एक बार नहीं कई-कई बार गिनने के बाद बँधे रुपए देता है। आज पहली बार ऐसा हुआ है जब हरिदासी लौटकर उसके पास आई है।

"बाई, सब ठीक तो है?" दुकान मालिक चौरसिया ने हरिदासी के कहने से पहले पूछा।

"सब ठीक है चौरसिया बाबू।" मुस्कराते हुए हरिदासी ने जवाब दिया।

"फिर कैसे उलटे पैयाँ लौट आई?"

"एक बात पूछनी थी। एक बार दिल्ली से यहाँ एक गैंग आया था। उसमें एक आदमी था जो बार-बार कुछ पटियाला-पटियाला कह रहा था!" हरिदासी दुकान मालिक को याद दिलाने की कोशिश करते हुए बोली।

"अच्छा वोऽऽऽ चड्ढा साब, जो हमारी दुकान पे लस्सी पीकर जाते हैं। क्या... क्या हुआ उसे? कहाँ मिला वह?" चौरसिया ने घबराते हुए पूछा।

"नहीं-नहीं मिला कहीं नहीं।"

"मिला नहीं तो उसकी कैसे याद आ गई?"

"आपको याद है एक बार उसने कहा था कि बच्चों की पिकनिक मन जाएगी और लगे हाथ बच्चे अपनी दादी से भी मिल आएँगे। यह दादी का क्या चक्कर है? वह किस दादी की बात कर रहा था?"

"क्या बताऊँ बाई, या ठाकुर नगरी की भी बात निराली है। अब देखो, एक तरफ तुम जैसी सैकड़ों बंगालिन बाई वृन्दाबन की कुंज गलियों, मन्दिरों की सीढ़ियों और न जाने कहाँ-कहाँ दिन काटती रहती हो। पर यहाँ एक और दुनिया भी है जो केशव कुंज और चैतन्य विहार के महँगे फ्लेटों में बसती है। तुझे क्या लगता है बाई कि इन फ्लेटों को दिल्ली और उसके आसपास के चड्ढा जैसे लोग इनमें आकर बसने के लिए खरीदते हैं? नहीं।"

"फिर क्यों खरीदते हैं?"

"वो क्या है बाई कि दिल्ली और उसके आसपास के लोग, जिनके पास अथाह पैसा है वे केशव कुंज और चैतन्य विहार में इसलिए फ्लेट खरीदते हैं ताकि अपनी बूढ़ी विधवा माँओं को यहाँ लाकर पटक दें। इस झंझट से बचने के लिए खरीदते हैं कि कौन रोज-रोज उन्हें वृन्दाबन ढोता रहे। इसलिए यहाँ भक्ति के नाम पर उन्हें अकेला छोड़ जाते हैं। छठे-चौमासे जब उनका मौज-मस्ती करने का मन करता है, यहाँ आ जावे हैं। यहाँ उनकी पिकनिक की पिकनिक मन जाती है और लगे हाथ अपनी माँ-दादियों से भी मिल जाते हैं...हमारी लस्सी बिक जाती है। रही बात तीरथ की वो तो अपने आप हो ही जाती है।"

कुछ पल चुप रह चौरसिया फिर एक रहस्यमयी मुस्कान बिखेरते हुए बोला, "एक बात बताऊँ बाई, अगर यह वृन्दाबन आज बचा हुआ है तो दिल्ली और उसके आसपास के ऐसे ही चड्ढाओं की वजह से बचा हुआ है। यहाँ की कुंज गलिन में आज तुम्हें जो कन्धा छिलाई भीड़ दिखाई देती है न, ऐसो न्की ही वजह से दिखाई देती है। कई बार तो ऐसे लगे है कि नारद जी की कलजुग में भक्ति करने की प्रतिज्ञा अब हमें इतनी भारी पड़ने लगी है कि हमारा यहाँ दम घुटने लगा है। मन कहता है कि प्रभु अब यहाँ से अपनी माया समेट लो। पर क्या करें यह पापी पेट या निधिवन ए छोड़ने दे तब न।"

पुराने वृन्दावन की गलियों और बाज़ारों में श्रद्धालुओं और सैलानियों की भीड़ जिस तरह किसी बे-क़ाबू पानी से भरे बाँध की तरह पछाटे मारती है, उसे देख कई बार हरिदासी को भी लगता है किसी दिन इसमें उसका दम ना घुट जाए।

"बाई, अंग्रेजों के मन्दिर के सामने जो केशव कुंज है न, उसी में इस चड्ढा ने अपनी माँ के लिए एक फ्लेट खरीदा हुआ है। उसी में छोड़ रखा है उसे, जहाँ वह हरि भजन करती है।" इसके बाद चौरसिया ने एक कुटिल मुस्कान उछालते हुए

कहा, "बाई, इन दिल्लीवाली माँओं के बेटे तुम बंगालिनों के बेटों की तरह नालायक नहीं हैं, जो अपनी माँओं को यहाँ तिल-तिल कर मरने के लिए छोड़ जाते हैं।"

हरिदासी ख़ामोश रही। कुछ नहीं बोली। बोले तो तब, जब ब्रजवासी केसर लस्सी के मालिक चौरसिया ने कुछ बोलने के लिए छोड़ा हो। वैसे इसने ग़लत भी क्या कहा है। एक सफ़ेद धोती में लिपटे ज़िन्दा पुतलों को वह रोज़ाना तो देखती है। सही कह रहा है यह चौरसिया कि उनके नालायक बेटों से, चड्ढा जैसे बेटे कम-से-कम अपनी विधवा माँओं से मिलने आ तो जाते हैं। वे कम-से-कम अपनी औलाद को जी भरकर देख तो लेती हैं। यहाँ तो वह दशकों से ऐसी माँओं को देखती आ रही है जिनकी सुबह एक नई उम्मीद के साथ होती है, लेकिन शाम होते-होते वे अकेलेपन के बीहड़ मोक्षवन में रात-रातभर अपने आपसे रोते हुए बतियाती रहती हैं। वह जानती है आँखों से ख़त्म होती रोशनी में उम्मीद की उन असंख्य किरणों को, जिनकी उम्र इसी आस में बीत जाती है कि उनका कोई सगा आएगा, और आकर उनके जर्जर पिंजर को अपनी बाज़ुओं में कसकर भींच लेगा।

हरिदासी धीरे-से ब्रजवासी केसर लस्सी की सीढ़ियों से नीचे उतरी और बग़ल में गोपीनाथ बाज़ार की ओर जाती कुंज गली में उतर गई। पूरे रास्ते वह अपने मन को यह कहकर बहलाने की कोशिश करती रही कि क्या हुआ जो चड्ढा ने अपनी माँ को केशव कुंज में फ्लैट दिलवाया हुआ है। नियति तो उसकी माँ की भी वैसी ही है जैसी हम बंगालिनों की है। अन्तर है तो केवल इतना कि चड्ढा जैसों की माँएँ भौतिक सुविधाओं के सहारे अपने वैधव्य और अकेलेपन को काट रही है, जबकि उसकी जैसी अनगिनत बंगालिनें आग बरसाते लू के थपेड़ों से तपती वृन्दावन की कुंज गलियों और पूस के बर्फ़-से गलते पत्थरों पर चलकर काट रही हैं। गोपीनाथ बाज़ार को पार कर म्यूज़िक मार्किट और म्यूज़िक मार्किट को पार कर वह भूतगली के मुहाने पर पहुँची, तो पाया गली में दूर तक अँधेरा पसरा हुआ है। उसने अँधेरे में अपने क़दमों की गति बढ़ाई और टाट बाबा समाधि से होती हुई पागल बाबा आश्रम आ गई।

सेवायत जमुनादास को जँच गया कि हरिदासी नहीं आनेवाली उसके पास। अगर आना होता तो अब तक आ चुकी होती। सेठ से पैसा लेने में दस दिन थोड़े ही लगते हैं। क्या पता उसका मन बदल गया हो। अब तो वह आते-जाते भी दिखाई नहीं देती है। सेवायत को अपने फ़ैसले से अधिक अब अपने आप पर ग़ुस्सा आ रहा है कि उसने क्यों उसे बैंक खाता खुलवाने की सलाह दी, और क्यों उसने नॉमिनी के रूप में अपने नाम की स्वीकृति दी। ज़रूर वह मेरे ईमान को परखना चाहती थी। लेकिन अगले ही पल उसे उसके ये भीगे हुए शब्द भी याद आ जाते हैं कि जमुना बाबू, मैं तुम्हारे उस एहसान को कैसे भूल सकती हूँ जब मुझे तुमने सहारा दिया था। अब तो मैं बैंक में ही अपना अकाउंट खुलवाऊँगी और नॉमिनी

के रूप में तुम्हारा ही नाम दूँगी। बस, इन्हीं शब्दों और उसकी मज़बूती से उसकी उम्मीद क़ायम है कि हरिदासी उसके पास ज़रूर आएगी।

आज प्यारी प्रीतम पर तृण टूटत हैं री
जेंय जूठि अठिलात परस्पर रसिक रूपरस घूँटत हैं री
लेत उसास कंचुकी के वन्द तनि तनि चटचट टूटत गोरी
सुरति समर कुच मनौं कैदतें द्वै अलमस्त से छूटन ओरी।

राजभोग

आरती को पूरा कर सेवायत जमुनादास राग सारंग पर आधारित आरती के बन्द को गुनगुनाता हुआ, विग्रह से बाहर आया ही था कि राधा गोपाल मन्दिर की सीढ़ियों से उसे हरिदासी आती दिखाई दी। हरिदासी पर नज़र पड़ते ही पहले तो कुछ क्षणों के लिए उसे प्रसन्नता हुई, परन्तु अगले ही पल उसे अपने ऊपर क्रोध भी आया कि वह ऐसे ही उस पर शक कर रहा था।

सेवायत ने सबसे पहले हरिदासी को प्रसाद दिया और उसे साथ ले अपने कमरे में आ गया।

"मैया, कई दिन लग गए आने में?" चारपाई पर बैठते हुए सेवायत जमुनादास ने पूछा।

"क्या बताऊँ जमुना बाबू, वह सेठ तो बहुत दुष्ट निकला। बड़ी मुश्किल से मेरा रुपया दिया है। कभी कहता आज दूँगा। कभी कहता कल दूँगा।"

"मैया, कहीं तैने वाए ई बात तो नाएँ बता दी कि इन रुपियान्ने तू बैंक में जमा करबे वारी है?"

"यही तो मुझसे भूल हो गई। उस दुष्ट ने जब पूछा कि तू सारे रुपयों का क्या करेगी, तो मैंने बता दिया कि जमुना बाबू इसको बैंक में जमा करा रहे हैं। वो तो मैंने कह दिया कि अगर मेरा पैसा नहीं मिलेगा, तो मैं इस गोपीनाथ बाजार में शोर मचा दूँगी।"

हरिदासी की बात सुन सेवायत जमुनादास मंद-मंद मुस्कराता रहा। फिर थोड़ा रुककर बोला, "मैंने भी ऐसोई सुनी है मैया कि गोपीनाथ बाजार को ई सेठ कभी बंगालिनों को उनका पूरा पैसा नहीं देता है। तेरी बात सुनके आज मोहे पक्को अकीन हे गयो। चलो, मिल गए ना। मैं थोड़ो सो नाश्ता-पानी कर लूँ, फिर चलते हैं बैंक।" इतना कह सेवायत जमुनादास कमरे के बग़ल में बनी रसोई में चला गया।

"जमुना बाबू, इस थैले को आप पकड़ लो!" मन्दिर से चलते समय हरिदासी ने आग्रह किया।

सेवायत ने बिना कुछ कहे थैला ले लिया, जिसमें सम्भवत: वे रुपए थे जिन्हें हरिदासी ने सेठ के पास जमा किए हुए थी।

वे दोनों अभी ब्रह्मचारी मन्दिर यानी राधा गोपाल मन्दिर की सीढ़ियों से नीचे उतर ही रहे थे कि सिर पर मोर मुकुट धारण किए एक अधेड़ युवती कुछ गाती हुई दिखाई दी। उसके निकट आने पर सेवायत सीढ़ियों पर ही रुक गया। हरिदासी को हैरानी हुई कि सेवायत इस युवती को देखकर, जिसे इससे पहले वह भी न जाने कितनी बार देख चुकी है, रुक क्यों गया है?

मन्दिर के सामने आकर मोर मुकुट धारण किए उस युवती ने उन दोनों की ओर पहले धीरे-से मुस्कराकर देखा और पहले से गा रही इन पंक्तियों को ज़ोर-ज़ोर से दोहराते हुए आगे बढ़ गई—

क्या किसी ने तुन्हें ये बताया नहीं
तूने वादा किया था करूँगा भजन
क्या किसी ने तुम्हें ये...।

जब वह युवती गोपेश्वर मन्दिर की ओर बढ़ गई, सेवायत जमुनादास मुस्कराते हुए बोला, "मैया, या कृष्णदासी के बारे में कछु पतौ है, कौन है ई?"

सेवायत जमुनादास ने जिस तरह हरिदासी से पूछा, उसकी जिज्ञासा बढ़ गई।

इससे पहले कि हरिदासी कुछ कहती, सेवायत ख़ुद ही बताने लगा, "मैया, योगीराज कन्हैया की या क्रीड़ा स्थली बिन्दाबन में हजारों भक्तों को याके बारे में पतौ ना है कि ई लॉ ग्रेजुएट और इलाहाबाद बिस्बबिद्यालय की पीएच-डी डिग्रीधारी है।"

"लॉ ग्रेजुएट और इलाहाबाद यूनिवर्सिटी से पीएच-डी यानी वकील है? इसे तो मैंने कई साल पहले भी यहाँ बाँसुरी बेचते हुए देखा है।"

"हाँ मैया। पर बाँसुरी बेचना याकी कोई मजबूरी ना ही, याको शोक हो। एक दिन मैंने याते पूछी तो याने बताई कि ई पहले इलाहाबाद हाईकोर्ट में बकालत करे ही। याके पिता कभी उन्नाव में तहसीलदार थे। पतौ ना कैसे, पहले माँ-बाप और फिर बहन स्वर्ग सिधार गई। उनके जाने के बाद ई एकदम अकेली रह गई। सिर पे आई या पहाड़ जैसी बिपदा ने याहे हिलाके रखा दियो और दुनिया से याको जी उछट गयो। बस, फिर क्या चली आई मोक्ष की कामना में बिन्दाबन। वैसे थोड़े दिन रुकके ई इलाहाबाद चली गई ही, पर कछु दिन पीछे ई फिर बिन्दाबन की कुंज गलिन में चली आई। दोबारा जब आई तो याने कृष्ण को रूप धारण करके सिर पे मुकुट धर लियो और सुबह से शाम तलक बाँसुरी थामे, कभी बिन्दाबन की गलिन में, तो कभी कदम्ब के पेड़न के नीचे घूमती रहवे है।"

"जमुना बाबू, आपको याद होगा कुछ साल पहले एक आईपीएस ऑफिसर ने भी राधा का भेस धर लिया था?"

"याद है मैया।" फिर एक पल रुककर सेवायत बोला, "एक बात और बताऊँ

मैया, ई बकील साहिबा अपने कृष्ण के लिए गजल भी लिखती थी। एक गजल के बोल तो मोहे अब भी याद हैं कि—

जहाँ तेरे चरण पड़े, वो जगह चूम लूँ मैं
गर इजाजत हो तो तेरी, दो घड़ी झूम लूँ मैं।"

सेवायत जमुनादास से लॉ ग्रेजुएट और इलाहाबाद यूनिवर्सिटी की पी-एच.डी. डिग्रीधारी इस कृष्ण भक्त की ग़ज़ल के बोल सुन, हरिदासी को शाह कुन्दनलाल अर्थात श्रीललित किशोरी की रचित यह ग़ज़ल याद आ गई, जो उसने शाहजी मन्दिर के मैनेजर शाह भारत भूषण द्वारा दी गई 'अभिलाष माधुरी' में पढ़ी थी—

देखा है सुन्दर न ऐसा जो है राधे वाम रंग।
संग वो जो हैं उन्हीं के सामरो सरनाम रंग॥
हँसती हो तुम हमको क्या दीवानगी पर गोरियों।
होते हैं योंही जिसी को लगता है हरिनाम रंग॥
पूछों क्या मुन्सिफ़ तुमी हौ हरि से बोलीं राधिका।
तेरा है जो श्याम रंग तो मेरा है गुलफ़ाम रंग॥

शाहजी मन्दिर पहुँचने तक हरिदासी पूरे रास्ते यही सोचती रही कि मन्दिरों के धाम वृन्दावन में इस्कॉन जैसे अत्याधुनिक पाँच सितारा मन्दिर में पंजों के बल उछलते-कूदते अघाए देशी-विदेशी कृष्ण भक्त, या यह लॉ ग्रेजुएट और इलाहाबाद यूनिवर्सिटी की पीएच-डी डिग्रीधारी कृष्ण 'कल्ट' का प्रचार करनेवाली अकेली नहीं है। बल्कि इस नगरी में ऐसे असंख्य लोग हैं जो अपने लुभावने, आकर्षक और सम्पन्न अतीत से उकताकर, अपने कृष्ण को याद कर अपने-अपने तरीक़ों और अन्दाज़ में यहाँ की कुंज गलियों में आत्मिक शान्ति के लिए भटक रहे हैं। भले ही लोग इन्हें दीवाना कहें परन्तु इन्हें अपने इसी पीड़ादायक वर्तमान में इनकी तरह सन्तोष और तृप्ति मिलती है।

"मैया, ले बैंक आगो है।"

सेवायत जमुनादास की आवाज़ सुन हरिदासी वर्तमान में लौट, जैसे ही उसने पहले बैंक और फिर चिर-परिचित सी जगह को देखा, तो उसे यह देखकर हैरानी हुई कि यह तो उसका शाहजी मन्दिर है। शाहजी मन्दिर यानी उसके अतीत का एक स्वर्णिम अध्याय। उसने पलटकर काले शीशेवाले दरवाज़े की ओर देखा तो एक झटके में स्मृतियों की लड़ी हरहराकर खुलती चली गई। वह कैसे इस काले शीशेवाले दरवाज़े की उस जगह को भूल सकती, जहाँ वह लगभग रोज़ाना मन्दिर के मैनेजर के पास आती थी। वह टकटकी लगाए दरवाज़े को ऐसे देखने लगी जैसे अन्दर से मैनेजर शाह भारत भूषण बाहर आएगा, और उसे देखकर उससे पूछेगा कि

हरि कैसे इतने सालों बाद इधर आना हुआ? हरिदासी देर तक इस बेमानी कल्पना में डूबी रही। वह कभी सामने अधखुले काले शीशेवाले दरवाज़े को देखती, तो कभी धूप में खिले शाहजी मन्दिर के शिखर पर बैठी मीरा की उस प्रतिमा को, जिसमें उसे कभी अपना अक्स नज़र आता था।

इस बीच सेवायत जमुनादास बैंक के अन्दर से नया खाता खुलवाने का फॉर्म ले आया।

"मैया ले, जा फार्म ए भर दे!" फॉर्म को हरिदासी की ओर बढ़ाते हुए सेवायत जमुनादास उसे लेकर बैंक में चला आया।

हरिदासी को यह देखकर आश्चर्य हुआ कि उससे पहले और भी बाई इस बैंक में अपना खाता खुलवाने के लिए आई हुई हैं। हरिदासी ने फॉर्म भरा, उस पर हस्ताक्षर किए और उसे वापस सेवायत को लौटा दिया। इस तरह शाहजी मन्दिर के परिसर में स्थित एक राष्ट्रीयकृत बैंक में हरिदासी का सेवायत जमुनादास ने बैंक अकाउंट खुलवा दिया।

"मैया, मोहे तनिक लोई बाजार में काम है।" बैंक से निकलने के बाद सेवायत जमुनादास इतना कह हरिदासी को वहीं छोड़, लोई बाज़ार की ओर बढ़ गया।

सेवायत जमुनादास के जाने के बाद हरिदासी देर तक कभी बैंक के सामने निष्प्रभ-सी खड़ी मैनेजर शाह भारत भूषण के कार्यालय को देखती, तो कभी अवध के पाँचवें नवाब अमज़द अली शाह के पुत्र वाजिद अली शाह के हमउम्र शाह कुन्दनलाल और शाह फुन्दनलाल भाइयों द्वारा उन्नीसवीं सदी में बनवाए धूप में नहाए राजस्थानी, इटालियन और बेल्जियम वास्तुकला के मिश्रित बेजोड़ नमूने यानी शाहजी मन्दिर को निहारने लगती। कभी वह मन्दिर के माथे पर बीचोबीच तानपूरा लिए संगमरमर की मीरा के ठीक दाएँ-बाएँ आलाप लेते स्त्री-पुरुष गायकों, तथा नृत्य करतीं नृत्यांगनाओं और पनिहारिनों की मनमोहक मूर्तियों को देखती, तो कभी पन्द्रह फीट ऊँचे हल्के बादामी रंग के संगमरमरी सर्पीले व गोल स्तम्भों पर टिकी महल-शैली की इस अद्भुत संरचना और स्थापत्य कौशल की अद्वितीय कल्पना के ठीक सामने, योग पीठ के दिनों यानी उत्सवों में कृष्ण लीलाओं के मंचन होनेवाले रास मंच को निरखने लगती है।

मन्दिर में आने-जानेवाले श्रद्धालुओं के बीच से होते हुए हरिदासी रास मंच के पास आकर खड़ी हो गई। रास मंच को निहारते हुए वह इसी मंच पर अपने द्वारा लिखे गए और खेले गए नाटक 'विप्लव' का नायक ठाकुर हीरासिंह जैसे उसके सामने आकर खड़ा हो गया। वही ठाकुर हीरासिंह जिसने मथुरा के अंग्रेज़ अधिकारी बलर्टन का वध किया था। पुरानी यादों की बावड़ी में उतरने के दौरान उसकी खपच्ची-सी देह सीधी होती चली गई। नसों में बहता लहू एकाएक दौड़ने लगा और स्मृतियों की डोर किसी पुराने हुचके में लिपटे माँझे की तरह खुलती चली गई।

धरती पर चारों तरफ़ सिर्फ़ और सिर्फ़ बिछी हुई धानी चूनर नज़र आ रही है। हरिदासी ने बसन्त पंचमी से शुरू हुए और वृन्दावन में चालीस दिन तक चलनेवाले होली महोत्सव को लेकर मन-ही-मन अपनी योजनाएँ बनानी शुरू कर दीं। वह जब भी वृन्दावन की परिक्रमा के लिए निकलती और पानीघाट के बाद बाएँ ओर फैले खेतों में सरसों की बालियाँ लहराती नज़र आतीं, उसका मन-पंछी उड़कर धीरे-से कोपाई नदी के आसपास की प्रकृति के अनुपम शृंगार में खो जाता। वृन्दावन की कोहरे में लिपटी सर्द सुबह और दूर तक सरसों के पीले फूलों पर सूरज की किरणों से चमकती ओस की नन्ही-नन्ही बूँदों से अठखेलियाँ करती मधुमक्खियों को वह देर तक देखती रहती। माघ महीने में बसन्त के आगमन की आहट से उसकी धमनियों में उत्साह का प्रवाह तेज़ हो उठता है। नीले क्षितिज के पास लगी पुष्प-अग्नि और उससे उठती लौ की प्राकृतिक भंगिमा को देख, ऐसा लगता जैसे सूरज की लाली ज़मीन को अपने अंक में समेटने को आतुर है।

अपनी इन्हीं योजनाओं के साथ एक दिन हरिदासी पहुँच गई शाहजी मन्दिर के मैनेजर शाह भारत भूषण के पास। मैनेजर देखते ही भाँप गया कि हरिदासी आज भी अपनी किसी नई योजना को लेकर आई है।

"मैनेजर साहब, आपसे एक जरूरी बात करनी है!" हरिदासी ने हिचकिचाते हुए कहा।

"हाँ कहो!"

"एक बार आपने बताया था कि मन्दिर के सामने जो रास मंच है, वहाँ योग पीठ के दिनों में कृष्ण की लीलाओं का मंचन होता था।"

"हाँ, वह तो श्रीललित किशोरी जी और श्रीललितमाधुरी जी के समय योग पीठ के दिनों में होता था...क्यों क्या हुआ?" मैनेजर शाह भारत भूषण ने पूछा।

"क्या ऐसा नहीं हो सकता है कि बसन्त पंचमी पर जब ऋतुराज कक्ष मेरा मतलब है बसन्ती कमरा खुलता है, इस बार रास मंच पर कुछ लीलाओं का मंचन करें?"

हरिदासी की बात सुन मैनेजर ने घूमकर उसकी तरफ़ देखा, "तेरा कहने का मतलब है कि रास मंच पर कृष्ण लीलाओं को मंचित कराया जाए?" मैनेजर ने एक तरह से हरिदासी के ही शब्दों को दोहराया।

"हाँ। मैं सोचती कि इस बार क्यों न लीलाओं की जगह कुछ और दिखाया जाए। लीलाएँ तो पूरे बृन्दाबोन में दिखाई जाती हैं, हम क्यों न कुछ नया दिखाएँ।"

"हरि, खयाल तो तेरा अच्छा है मगर ऐसा नया क्या हो जिसे लीलाओं की

जगह दिखाया जाए...और फिर सबसे बड़ी मुश्किल यह है कि इसकी ज़िम्मेदारी लेगा कौन?"

"मैं हूँ न मैनेजर साहब। बस, आप मेरी थोड़ी मदद कर देना।"

हरिदासी ने जिस उत्साह और आत्मविश्वास के साथ ज़िम्मेदारी लेने की बात कही, मैनेजर शाह भारत भूषण समझ गया कि ज़रूर इसके मन में कोई योजना पक रही है। उसकी अब दिलचस्पी बढ़ गई और हरिदासी को टोहते हुए पूछा, "तेरे दिमाग में ऐसी क्या योजना है जिसे तू लीलाओं की जगह दिखाना चाहेगी?"

"मैनेजर साहब, मैं दो नाटक दिखाना चाहती हूँ। एक वह, जब ठाकुर हीरासिंह बृन्दाबोन को लूटने आया था लेकिन शाहजी की आर्मी के आगे उसकी हिम्मत टूट गई थी। उसके बाद वह शाहजी की शरण में आया। बाद में जब दिल्ली से शाहजी के नाम वारंट निकला कि उसने क्यों एक बागी को शरण दी, और कैसे अंग्रेज़ मैजिस्ट्रेट और शाहजी में बहस हुई, उसका नाटक बनाना चाहती हूँ और दूसरा..."

"दूसरा क्या?" हरिदासी का वाक्य पूरा होने से पहले मैनेजर ने जिज्ञासावश बीच में पूछा।

"दूसरा नवाब वाजिद अली शाह ने जिस तरह हिन्दू-मुसलमानों के मिले-जुले कल्चर से बनी कुछ रासलीलाओं को रहस का नाम दिया था, उसका नाटक करूँ। आपको याद है मैनेजर साहब आपने राधा और कृष्ण के दो रहस के बारे में बोला था कि ये इतने छोटे हैं कि उन्हें पूरी रात खेला जा सकता है।"

"इसका मतलब है हरि, तू पूरी तैयारी में है कि इस बार बसन्त पंचमी पर शाहजी मन्दिर के रास मंच पर कुछ नया किया जाए? ठीक है। मेरी तरफ़ से किसी भी तरह की मदद चाहिए बता देना। मैं दिल से इस नेक काम में तेरे साथ हूँ।" अन्ततः मैनेजर शाह भारत भूषण ने हरिदासी को हर तरह की मदद का आश्वासन दे दिया।

शाहजी मन्दिर के मैनेजर से आश्वासन मिलने के बाद हरिदासी सबसे पहले सेवायत जमुनादास के पास गई और उसे अपनी इस योजना के बारे में बताया। सारी बात सुनने के बाद सेवायत जमुनादास पहले धीरे-से मुस्कराया और फिर बोला, "मैया, पहल तो तेरी सही है पर याके लिए कलाकार लाएगी कहाँ ते?"

"जमुना बाबू, इसीलिए तो मैं तुम्हारे पास आई हूँ।"

हरिदासी के इस आग्रह पर सेवायत इस बार गम्भीर हो गया और कुछ पल सोचने के बाद कहा, "ऐसो है मथुरा में कई रास मंडली और नौटंकी कम्पनियाँ हैं। उनते जाके बात की जा सके है।"

इतना सुन हरिदासी की बाँछें खिल उठीं, "तो फिर बताइए कब चलना है मथुरा?"

"तू मोहे एकाध दिन को टैम दे। मैं पहले काई ऐसे आदमी ते बात करूँगो जो इन रास मंडलीन्ने रासलीलान के लिए बुलाते रहवे हैं।"

"ठीक है तुम बात कर लो।" इसके बाद हरिदासी थोड़ी देर चुप रही और फिर सकुचाते हुए बोली, "एक बात कहूँ जमुना बाबूऽऽऽ!"

"हाँ बोल मैया!" सेवायत ने अन्यमनस्कता से कहा।

"वैसे एक रोल मैं भी कर सकती हूँ।"

हरिदासी ने जिस अन्दाज़ में अपनी इच्छा सेवायत के सामने प्रकट की, उसे सुन पहले तो सेवायत ने हैरानी के साथ उसे देखा और फिर ज़ोर से हँसते हुए बोला, "मैया, तूऽऽऽ कलाकार बनेगी?"

"इसमें बुरा क्या है? क्या एक विधवा यह सब नहीं कर सकती?"

"मे...मेरौ कहबे को मतलब ऊ ना है मैया। मैं तो जे कहरो हूँ कि कभी नाटक-नौटंकी में काम करौ भी है?" सेवायत जमुनादास ने सकपकाते हुए बात सँभालने की कोशिश की।

"इतना नाटक तो मैंने स्कूल में किया है...और फिर शान्तिनिकेतन में सीखा इंडियन क्लासिकल कब काम आएगा?"

"ठीक है जब अपने ऊपर तोहे इतनो ही भरोसा है, तो या काम ए भी करके देख ले। पर मैया, तू इन नाटकन में बनेगी कहा?" सेवायत जमुनादास ने असली सवाल किया।

"मैं सोच रही हूँ जमुना बाबू कि पहले नाटक में अंग्रेज़ मैजिस्ट्रेट का रोल करूँ।"

"मैया, कर लेएगी?"

"क्यों नहीं। यदि यकीन नहीं है तो मैं उसका एक डायलॉग सुनाती हूँ!" इतना कह हरिदासी ने पहले गले को खखारते हुए साफ़ किया और फिर बोली, "सुनिए जमुना बाबू—

वेल, मिस्टर कुंडनलाल टुम जानटा है कि बागियों को इम्डाड डेनेवाले को क्या सजा डी जाटी है?"

हरिदासी ने अंग्रेज़ मैजिस्ट्रेट के इस बेहद छोटे-से संवाद को जिस प्रभावशाली ढंग से सुनाया, उसे सुन सेवायत जमुनादास हरिदासी को देखता रह गया। उसे लगा जैसे वह भरी अदालत में सचमुच किसी अंग्रेज़ मैजिस्ट्रेट का संवाद सुन रहा है। न कोई कृत्रिमता, न कोई बनावट।

"कैसा लगा मेरा डायलॉग जमुना बाबू?"

"मैया, जैसो डायलोग तैने अभी सुनायो है अगर ऐसे ही रास मंच पे सुना दियो न, तो राधा मैया की सौं देखनेवारे पागल हे जाएँगे।"

"तो क्या तुमको मेरे ऊपर भरोसा नहीं था?"

"पहले तो पतौ ना मैया हो कि ना, पर अब मोहे पूरो भरोसा है कि या रोल ए तूई कर सके है।"

सेवायत जमुनादास को पूरा यक़ीन हो गया कि हरिदासी अंग्रेज़ मैजिस्ट्रेट की भूमिका बड़ी आसानी और स्वाभाविकता के साथ अदा कर सकती है। सेवायत ने सोचा भी नहीं था कि हरिदासी की जो बोली-बानी उसे आज से पहले बड़ी हास्यास्पद लगती थी, वह हास्यास्पद नहीं बल्कि उसमें एक सहजता है। इसी सहजता के साथ जब रास मंच पर खेले जानेवाले 'विप्लव' नाटक के पात्र अंग्रेज़ मैजिस्ट्रेट के संवादों को यह बोलेगी तब वे कितने जीवन्त होंगे, उसकी आसानी से कल्पना की जा सकती है।

हरिदासी इस अवसर पर सुभद्रा दासी, मेघु दासी, गौरी दासी और मलिना दासी को आमंत्रित करना नहीं भूली। इन्हें आमंत्रित करने के पीछे उसकी मंशा यह थी कि जिस सेवायत जमुनादास पर वे सन्देह जता रही थीं, यह सब उसी की वजह से है। यह बात अलग है कि मलिना दासी की आशंका और पूर्वग्रह अब भी क़ायम है। न जाने क्यों उसे लगता है कि यह सेवायत एक दिन इस हरिदासी को लेकर छू मन्तर हो जाएगा।

एक दिन समय निकालकर हरिदासी सेवायत जमुनादास के साथ मथुरा गई। उसे जिस तरह के कलाकारों की ज़रूरत थी, उन्हें तय कर आई। लगे हाथ कुछ प्रमुख पात्रों की पोशाक भी ले आई। इस तरह स्थानीय और मथुरा के कलाकारों के नाट्य कलाकारों के साथ मन्दिर के पिछले हिस्से में हरिदासी रिहर्सल में जुट गई।

हर वर्ष की तरह इस बार भी बसन्त पंचमी के उपलक्ष्य में श्रीराधा रमण लाल यानी शाहजी मन्दिर को दुल्हन की तरह सजा दिया गया। रंगीन बल्बों की रोशनी में मन्दिर के मस्तक पर बीचोबीच तानपूरा लिए मीरा, आलाप लेते स्त्री-पुरुष गायक, नृत्यांगनाओं और पनिहारिनों के सफ़ेद संगमरमरी पुतले रात में इस तरह लगते जैसे उन्हें रेशमी लिबास पहना दिया हो।

लोई बाज़ार, रेतिया बाज़ार, निधिवन, सेवाकुंज गली, गोपीनाथ बाज़ार से लेकर पूरे वृन्दावन में इसकी चर्चा शुरू हो गई कि शाहजी मन्दिर के रास मंच पर एक बार फिर से दशकों बाद रास लीलाओं का मंचन होने जा रहा है। यह बात अलग है कि जिसे लोग रासलीला समझ रहे हैं, उनकी जगह नाटक 'विप्लव' और 'रहस' का मंचन होने जा रहा है। वृन्दावन में तो हर सांस्कृतिक कार्यक्रम रासलीला के नाम से जानी जाती है।

ऋतुराज कक्ष यानी बसन्ती कमरे के दर्शन करने के अगले दिन रास मंच को चारों तरफ़ से कनातों से घेरकर, छत को शामियाने से ढककर तथा स्थानीय रामलीला कमेटी से परदे इत्यादि मँगाकर एक अच्छे-ख़ासे मंच का रूप दे दिया गया। छत से दो माइक लटका दिए गए। मंच पर लगनेवाले सेट्स दर्शकों को अच्छी तरह नज़र आएँ, उसके लिए दो-दो सौ वाट के तीन बड़े-बड़े बल्ब टँगवा दिए गए।

माघ के कुनमुनाते ठंडे और बेहद छोटे दिन। इतने छोटे कि सूरज या तो पूरब से उगता हुआ नज़र आता है, या दिन ढलने के बाद गोधूली के आसपास पश्चिम में डूबता दिखाई देता है। ठंड के चलते साँझ जितनी तेज़ी से वृन्दावन की गलियों में पसरती है, अँधेरा भी उसी गति से गाढ़ा होता चला जाता है। बावजूद इसके यहाँ की सर्दी में लिपटी शामें, मन्दिरों में बजती घंटियों और भूतगली जैसी ऊँघती गलियों के सन्नाटों के बीच विजयघंट की मधुर आवाज़ गूँजती रहती है।

शाम का झुटपुटा घिरते-घिरते शाहजी मन्दिर के रास मंच का प्रांगण दर्शकों से भरना शुरू हो गया। मंच के सामने विशिष्ट अतिथियों के लिए कुछ कुर्सियाँ बिछा दी गईं, जो धीरे-धीरे भरती चली गईं। ढोलक और हारमोनियम की धुन धीरे-धीरे रात में घुलने लगी।

तय समय के अनुसार रात आठ बजे शाहजी मन्दिर का मैनेजर शाह भारत भूषण मंच के सामने बैठे विशिष्ठ अतिथियों की पंक्ति के बीच से उठा और मंच के पीछे तैयार होते कलाकारों के पास आया। अपनी-अपनी वेशभूषा में तैयार बैठे कलाकारों में उसे पहचानना मुश्किल हो गया कि इनमें हरिदासी कौन है? यह तो ग़नीमत थी कि हरिदासी स्वयं उसके पास चली आई। अगर हरिदासी उसे नहीं पुकारती तो जिस अंग्रेज़ मैजिस्ट्रेट की पोशाक में वह थी, मैनेजर उसे नहीं पहचान पाता।

"हरि, कितनी देर है?" मैनेजर ने पूछा।

"मैनेजर साहब, सब तैयारी हो चुकी है।"

"तो फिर मैं मंच पर जाकर शुरू करने की घोषणा कर दूँ?"

"बस पाँच मिनट और दे दो!"

"ठीक है।" इतना कह मैनेजर वापस जाने लगा तो जैसे उसे कुछ याद आ गया, "अच्छा एक बात बताओ, नाटक से पहले मंगलाचरण वगैरा तो होगा न?"

"बिना मंगलाचरण के नाटक कैसे शुरू होगा मैनेजर साहब। वैसे पहले मैंने सोचा था कि इस गणेश स्तुति से शुरू करूँ—

श्रीमत्पंकज मोदकं कर धरं चक्रं गदा सुन्दरं
भालेंदु तिलकं ललाट मुकुटं कंठेच मलाबरं।"

एक साँस में हरिदासी शार्दूल विक्रीड़ित गणेश स्तुति के इस छंद को बोल गई। मैनेजर को हरिदासी की इस विद्वत्ता पर हैरानी हुई। इससे पहले कि वह कुछ

कह पाता, हरिदासी बोली, "मगर फिर सोचा कि क्यों न अपने ललित किशोरी जी की अभिलाष माधुरी की मंगला आरती से शुरू किया जाए।"

मैनेजर शाह भारत भूषण अंग्रेज़ मैजिस्ट्रेट की पोशाक में खड़ी हरिदासी को देखता रह गया। लेकिन फिर भी उससे पूछे बिना रहा नहीं गया, "वैसे तुमने अपने श्रीललित किशोरी जी की कौन-सी मंगला आरती तैयार की है?"

"मंगल आरती कीजै भोरे/मंगल श्रीवृषभान किशोरी मंगल नागर नन्द किशोरै।"

"ठीक है मैं समझ गया। मैं मंच पर जाता हूँ और नाटक शुरू होने का ऐलान करता हूँ।" इतना कह मैनेजर मंच पर आ गया।

"बहनो और भाइयो, जैसाकि आपको पता होगा कि शाहजी मन्दिर के इसी रास मंच पर, जिसके सामने बैठकर आज आप यह नाटक देखने जा रहे हैं, उस पर सालों पहले योग पीठ यानी उत्सवों के दिनों में कृष्ण लीलाओं का मंचन होता था। हमें खुशी है कि हम एक बार फिर उस पुरानी रवायत को शुरू करने जा रहे हैं। मगर रासलीलाओं का नहीं, बल्कि इस मन्दिर के निर्माता श्रीललित किशोरी जी यानी हमारे पितामह शाह बिहारीलाल जी के बड़े पुत्र शाह गोविन्द लालजी के पुत्रों शाह कुन्दनलाल और शाह फुन्दनलाल जी के जीवन से जुड़ी घटनाओं पर आधारित, दो नाटकों का मंचन किया जा रहा है। तो लीजिए पेश है शाह कुन्दनलाल और फ़िरंगियों से लोहा लेनेवाले क्रान्तिकारी ठाकुर हीरासिंह पर आधारित नाटक 'विप्लव'!"

मंच से मैनेजर शाह भारत भूषण की इस उद्घोषणा के समाप्त होते ही, मंच के पार्श्व में धीरे-धीरे हारमोनियम के सुर और ढोलक की थाप गूँजने लगी। जैसे-जैसे ये सुर और थाप तेज़ होने लगे, मंच से पर्दा ऊपर उठने लगा। इधर पर्दा पूरा उठा, उधर दर्शकों ने देखा, विप्लवकारियों का एक दल हाथों में बन्दूक और दूसरे हथियार थामे वृन्दावन पर टूट पड़े हैं। दूसरी तरफ़ शाह कुन्दनलाल और शाह फुन्दनलाल के सिपाही भी वृन्दावन की रक्षा के लिए इन विप्लवकारियों से भिड़ गए। दोनों तरफ़ से तड़ातड़ गोलियाँ बरसने लगीं। जैसे-जैसे युद्ध आगे बढ़ने लगा और शाह भाइयों के सिपाही विप्लवकारियों की सेना पर भारी पड़ने लगी, शाहजी मन्दिर के रास मंच के सामने नाटक देख रहे दर्शकों का जोश भी बढ़ने लगा। दर्शकों के इस जोश के बीच अब विप्लवकारियों की हिम्मत टूटने लगी, और अन्ततः दल के मुखिया ठाकुर हीरासिंह ने शाह भाइयों की सेना के सामने समर्पण कर दिया। जैसे ही ठाकुर हीरासिंह और उसके सिपाहियों ने समर्पण किया, शाहजी मन्दिर के मुख्य द्वार तक दर्शकों से ठसाठस भरा प्रांगण आह्लाद और मारे ख़ुशी के किलक उठा।

छोटे-छोटे क़दमों के साथ विप्लवकारियों का मुखिया ठाकुर हीरासिंह, शाह कुन्दनलाल के पास आया और हाथ जोड़ते हुए बोला, "शाहजी, मैं अपनी शिकस्त क़बूल करता हूँ और आपके शरण की इच्छा रखता हूँ।"

शाह कुन्दनलाल ने कोई प्रतिक्रिया व्यक्त नहीं की। चुपचाप अपने सामने हाथ जोड़कर खड़े ठाकुर हीरासिंह को देखता रहा।

ठाकुर हीरासिंह ने थोड़ा साहस बटोरा और एक क़दम आगे बढ़ते हुए कहा, "मेरे सिपाही कई दिनों से भूखे हैं। मेरी आपसे छोटी-सी अरज है कि इन्हें खाने को कुछ मिल जाता, तो मैं आपका हमेशा क़र्ज़दार रहूँगा।"

शाह कुन्दनलाल ने पहले ठाकुर हीरासिंह की ओर देखा। फिर मुस्कराते हुए कहा, "ठाकुर हीरासिंह, आप अपनी शिकस्त क़बूल कर हमारी शरण में आए हैं। इसलिए हमारी पनाह में आनेवाले की रक्षा करना हमारा फ़र्ज़ ही नहीं, धर्म भी है। मैं जानता हूँ कि आप इस वृन्दावन को लूटने आए थे मगर हमारे सिपाहियों ने आपकी सेना को हरा दिया। आप चाहते तो मैदाने-जंग से भाग भी सकते थे मगर अपनी वफ़ादार सेना की भूख की ख़ातिर आप हमारी शरण में आ गए। अपनी सेना को मैदाने-जंग में एक लालची और ख़ुदगर्ज़ मुखिया ही भूख से मरने को छोड़ता है, मगर आपने ऐसा नहीं किया।"

"शाहजी, मेरी ये सेना ही तो मेरी ताक़त है। इनके बिना मैं कैसे इन फ़िरंगियों से लोहा ले सकता हूँ। मैं इन्हें इस तरह भूख से तड़प-तड़प कर मरता हुआ नहीं देख सकता। मैं जानता था शाहजी कि आप अपनी पनाह में आए आदमी की ज़रूर मदद करेंगे, यह जानते हुए कि वह आपका दुश्मन है।"

"ठाकुर साहब, मैं यह भी जानता हूँ कि आप इन फ़िरंगियों की नज़र में एक विद्रोही हो, लेकिन मैं आपको एक क्रान्तिकारी मानता हूँ। मैं जानता हूँ कि श्रीकृष्ण की जन्म-स्थली मथुरा में सदर बाज़ार के कचहरी घाट पर यमुना किनारे बागीचे में आपने अंग्रेज़ अफ़सर बलर्टन का वध किया है। अगर आप यह भी नहीं करते, मैं तब भी अपने फ़र्ज़ से पीछे नहीं हटता।"

"आप सही फ़रमा रहे हैं। मैंने ही उस अंग्रेज़ अफ़सर का क़त्ल किया है।"

"मैंने सुना है ठाकुर हीरासिंह कि आपने ऐसा अपने मादरे-वतन के लिए किया था।" शाह कुन्दनलाल ने मुस्कराते हुए कहा।

"शाहजी, मैं कैसे मथुरा के सरकारी ख़ज़ाने के बक्सों को बैलगाड़ियों पर लादकर आगरा ले जाता हुआ देख सकता था।"

"क्यों, ऐसा क्या था जो आप इन बक्सों को आगरा नहीं ले जाने देना चाहते थे?" इस बार शाह कुन्दनलाल के छोटे भाई शाह फुन्दनलाल ने हैरानी के साथ पूछा।

"इसलिए कि इनमें सरकारी ख़ज़ाना भरा हुआ था, जो क़ायदे से इस मुल्क का था। वह अंग्रेज़ अफ़सर बलर्टन इस सरकारी ख़ज़ाने को आगरे से अपने मुल्क ब्रतानिया ले जाना चाहता था। मुझे इस अफ़सर की नीयत पर शक हो गया था। इसलिए मैंने कहा कि सरकारी ख़ज़ाने से लदी बैलगाड़ियाँ दिल्ली जाएँगी, न कि आगरा। जबकि अंग्रेज़ अफ़सर इस ज़िद पर अड़ा हुआ था कि ये गाड़ियाँ आगरा ही

जाएँ। जब वह अंग्रेज़ अफ़सर बलर्टन नहीं माना तब हारकर मुझे यह सख़्त क़दम उठाना पड़ा। मैंने कहा, 'नहीं साहब! यह ख़ज़ाना हरगिज़ आगरा नहीं जाएगा। यह ख़ज़ाना दिल्ली जाएगा बादशाह के पास।' मगर उस कमबख़्त अंग्रेज़ अफ़सर ने जब मेरी बात नहीं मानी, तब अपनी बन्दूक शेर-बच्चा से उसके सीने में मैंने कई गोलियाँ उतार दीं।"

जिस समय ठाकुर हीरासिंह अंग्रेज़ अफ़सर बलर्टन की हत्या के बारे में बता रहा था, शाह कुन्दनलाल और शाह फुन्दनलाल ने देखा कि हीरासिंह की आँखों में किसी तरह का कोई पश्चात्ताप या अपराध-बोध नहीं है। बल्कि तनकर खड़े हीरासिंह की छाती गर्व से चौड़ी हुई जा रही है। आँखों में विजयीभाव के डोरे तैर रहे हैं। रास मंच के सामने शाहजी मन्दिर और उसके मुख्य द्वार के बीच बैठे दर्शकों में सन्नाटा पसर गया। उनकी समझ में नहीं आ रहा है कि जिस दुश्मन की सेना और उसके मुखिया की हार पर वे कुछ देर पहले किलक रहे थे, वे अब क्या करें? इसी सन्नाटे के बीच विशिष्ट अतिथियों की पंक्ति में बैठा और नाटक का आनन्द ले रहा शाहजी मन्दिर का मैनेजर शाह भारत भूषण अपनी कुर्सी से खड़ा हुआ और तालियाँ बजाने लगा। शायद दर्शकों को भी इसी पल और पहल का इंतज़ार था जैसे। इसके बाद तो मन्दिर का पूरा प्रांगण करतल ध्वनियों से गड़गड़ा उठा।

इन्हीं करतल ध्वनियों के बीच शाह कुन्दनलाल आगे बढ़ा और ठाकुर हीरासिंह के निकट आ, उसके कन्धे को थपथपाते हुए बोला, "ठाकुर हीरासिंह, जैसे सामने बैठे ये वृन्दावनवासी मेरे ज़िगर के टुकड़े हैं, वैसे ही तुम क्रान्तिकारी भी मेरे ज़िगर के हिस्से हो। आप बेफ़िक्र रहें। इन्हें यहाँ भोजन ही नहीं मिलेगा, बल्कि आप जितने दिन चाहें मेरे ख़ास मेहमान बनकर रह सकते हैं।"

"बहुत-बहुत शुक्रिया शाहजी!" इतना कह ठाकुर हीरासिंह ने अपने कन्धे पर रखा शाह कुन्दनलाल का हाथ अपने हाथों में लिया और उसे अपने माथे से लगा लिया।

इस भावप्रवण दृश्य को देख दर्शकों की आँखें नम हो गईं। एक बार फिर माघ की बर्फ़-सी ठंडी रात में शाहजी मन्दिर का अहाता तालियों की गड़गड़ाहट से गूँज उठा। इस बीच कब रास मंच का पर्दा गिर गया और कब अगले दृश्य के इंतज़ार में हारमोनियम के सुर और ढोलक की गमक वातावरण में घुलने लगी, किसी का इस पर ध्यान नहीं गया।

"इस तरह विप्लवकारी ठाकुर हीरासिंह और उसके सैनिक शाह कुन्दनलाल और शाह फुन्दनलाल की शरण में तीन दिन रहे। इससे आगे क्या हुआ, देखते हैं यह नाटक विप्लव!"

पार्श्व में जैसे ही यह उद्घोषणा हुई, रास मंच का पर्दा धीरे-धीरे एक बार फिर उठने लगा।

"शाहजी, आपका बहुत-बहुत शुक्रिया जो आपने मुझे तीन दिन तक अपनी शरण में रखा। अब हमें जाने की इजाज़त दीजिए!" विप्लवकारी ठाकुर हीरासिंह ने शाह कुन्दनलाल से बड़े अदब के साथ कहा।

"ठाकुर हीरासिंह, इसमें शुक्रिया की कोई बात नहीं। आप हमारी शरण में आए थे इसलिए आपकी मदद करना हमारा धर्म था। यह अलग बात है कि आप वृन्दावन को लूटने आए थे और एक लुटेरे को क़ायदे से सज़ा भी मिलनी चाहिए। इसलिए एक मुजरि होने के नाते आप सज़ा के हक़दार हैं और यह सज़ा क्या होगी इसे मैं तय करूँगा।"

नाटक में अचानक आए इस मोड़ ने दर्शकों को एक अजीब-से असमंजस में डाल दिया। अगर एक लुटेरे को दंड ही देना था, तो उसे तीन दिन तक अपने पास क्यों रखा। उसी समय इसे दंड क्यों नहीं दिया? ऐसे अनेक सवाल दर्शक ख़ुद से करते रहे। कुछ क्षणों तक मंच से लेकर दर्शकों के बीच ख़ामोशी पसरी रही।

"ठाकुर हीरासिंह, बताइए आपको क्या सज़ा दी जाए?" अचानक शाह कुन्दनलाल की आई इस आवाज़ को सुन दर्शकों में बेचैनी व्याप गई।

"शाहजी, एक मुजरिम होने के नाते इस वक़्त मैं आपकी गिरफ़्त में हूँ... और सज़ा देने का हक़ मुजरिम को नहीं, उसे मुजरिम साबित करनेवाले को होता है।"

"तो फिर ठीक है। मेरे सुनाए गए सज़ा के फ़ैसले के मुताबिक़ आपसे मेरी एक गुज़ारिश है कि हो सके तो यह लूटपाट छोड़ दो!"

शाह कुन्दनलाल द्वारा सुनाए गए इस फ़ैसले को सुन सब भौचक कि यह सज़ा हुई या गुज़ारिश? ऐसा फ़ैसला और ऐसी सज़ा वृन्दावनवासी पहली बार देख और सुन रहे हैं।

"आपका हुक्म और फ़ैसला सर-माथे पर शाहजी। मैं वायदा करता हूँ कि आज के बाद पूरे वृन्दावन में कभी लूटपाट नहीं करूँगा...प...पर मेरी भी एक छोटी-सी अरज है कि..." ठाकुर हीरासिंह कहते-कहते रुक गया।

"बोलो ठाकुर हीरासिंह। हिचको मत!"

"सोच लो, अपने वायदे से मत मुकरना?"

"यह एक शाह का वायदा है। जो माँगोगे आपको अवश्य मिलेगा।"

"तो फिर ठीक है। आपके पास जो भी आपकी बेशकीमती और सबसे प्यारी चीज़ है, उसे आप हमें दे दीजिए!"

"यह आपने क्या माँग लिया ठाकुर हीरासिंह?"

"शाहजी, अभी आपने कहा था कि यह एक शाह का वायदा है कि जो माँगोगे

आपको ज़रूर मिलेगा। अब आप अपने वायदे से मुकर रहे हैं।" ठाकुर हीरासिंह मुस्कराते हुए बोला।

"ठीक है ठाकुर हीरासिंह। आपकी यह ख़्वाहिश ज़रूर पूरी होगी।" इतना कह शाह कुन्दनलाल ने अपने ख़ज़ानची को आवाज़ लगाई। अपने शाह के आदेश पर ख़ज़ानची तुरन्त हाज़िर हो गया।

"ख़ज़ानची, हमारे ख़ज़ाने में जो सबसे कीमती सन्दूक है उसे लाइए!"

कुछ ही देर में दो नौकरों ने शाह कुन्दनलाल के सबसे कीमती सन्दूक को मंच पर लाकर रख दिया। सन्दूक के आते ही दर्शकों की आँखें इस जिज्ञासा और कौतूहल के चलते फैलने-सिकुड़ने लगीं कि जब यह सन्दूक खुलेगा, तो पता नहीं कितने बेशकीमती हीरे-जवाहरात इसमें से बाहर निकलेंगे!

शाह कुन्दनलाल अपनी जगह से उठा और उस सन्दूक के पास आते हुए बोला, "ठाकुर हीरासिंह, सन्दूक को ज़रा हिफ़ाज़त से लेकर जाना! इसमें हमारी सबसे कीमती और जान से भी प्यारी चीज़ है।"

"शाहजी, इसमें हीरे-जवाहरात से ज़्यादा कीमती चीज़ और क्या होगी?"

"नहीं, उनसे भी ज़्यादा कीमती है।"

इस पर ठाकुर हीरासिंह की भी उत्कंठा बढ़ गई कि आख़िर सन्दूक में हीरे-जवाहरात से ज़्यादा कीमती चीज़ और क्या हो सकती है? बेचैन ठाकुर हीरासिंह उसके चारों तरफ़ चक्कर काटने लगा।

"ठाकुर हीरासिंह, यक़ीन नहीं है तो इसे इसी वक़्त खोलकर देख लीजिए! ख़ज़ानची, सन्दूक को खोलिए!" शाह कुन्दनलाल ने अपने ख़ज़ानची को हुक्म दिया।

ख़ज़ानची ने उसी समय सन्दूक खोल दिया। मगर सन्दूक खुलने पर ठाकुर हीरासिंह ने उसमें जो देखा, देखकर उसकी आँखें मानो चौंधिया गईं। ग़श खाकर गिरते-गिरते बचा वह। इधर नाटक देखनेवाले दर्शकों में चिल्ल-पों मच गई कि इसमें आख़िर ऐसी कौन-सी कीमती चीज़ है, जिसे ठाकुर हीरासिंह अपलक निहारे जा रहा है?

"ठाकुर हीरासिंह, इस कीमती चीज़ को ज़रा जनता को भी तो दिखाइए! इसे भी तो पता चले कि हमारी सबसे कीमती और प्यारी चीज़ क्या है।" शाह कुन्दनलाल ने मुस्कराते हुए कहा।

ठाकुर हीरासिंह के पास जैसे अब कोई रास्ता नहीं बचा। एक-एक कर वह सन्दूक से शाह कुन्दनलाल की कीमती चीज़ों को जैसे-जैसे निकालकर बाहर रखने लगा, उन्हें देख-देखकर सामने बैठे दर्शकों का समवेत स्वर मन्दिर की चहारदीवारी में गूँज उठा—राधेकृष्ण, राधेकृष्ण!

इसके बाद शाह कुन्दनलाल इन कीमती चीज़ों को जनता को दिखाते हुए बोला,

"ठाकुर हीरासिंह, मेरे लिए तो राधाकृष्ण के इस मनोहारी चित्र और चरणामृत की गोली से बढ़कर कोई बेशकीमती चीज़ नहीं है।"

इधर शाह कुन्दनलाल ने अपनी बात पूरी की, उधर एक बार फिर 'राधेकृष्ण, राधेकृष्ण' के बोलों से शाहजी मन्दिर का प्रांगण और उसकी दीवारें झंकृत हो उठीं। ठाकुर हीरासिंह भाव-विह्वल हो शाह कुन्दनलाल के चरणों में गिर गया।

शाह कुन्दनलाल ने क्रान्तिकारी ठाकुर हीरासिंह को उठाया और गले से लगाते हुए कहा, "ठाकुर हीरासिंह, श्रीचैतन्य चरितामृत में लिखा है कि 'साधु संग साधु संग सर्वशास्त्रे कय, लव मात्र साधु संगे कृष्ण भक्ति हय'। कुछ समझ में आया?"

"शाहजी, मैं ठहरा निरा क्रान्तिकारी। ज्ञान और भक्ति की बातों से मेरा क्या वास्ता। मुझे तो बन्दूकों की बोली समझ में आती है।" ठाकुर हीरासिंह हाथ जोड़ते हुए पूरी विनम्रता के साथ बोला।

"इसका अर्थ है कि अगर आदमी को अच्छे सत्पुरुष का एक क्षण भी साथ मिल जाए, तो उसको कृष्ण में भक्ति हो जाती है।"

क्रान्तिकारी ठाकुर हीरासिंह की आँखें शाह कुन्दनलाल के इस भक्तिभाव को देख भीग आईं। वह इन बेशकीमती चीज़ों को पाकर जैसे धन्य हो उठा। उसने रोते हुए शाह कुन्दनलाल से विनती की, "शाहजी, राधाकृष्ण की यह तस्वीर आप मुझे दे दीजिए!"

शाह कुन्दनलाल ने वह तस्वीर उठाई और ठाकुर हीरासिंह को दे दी। जिस समय राधाकृष्ण की तस्वीर लेकर ठाकुर हीरासिंह थके हुए क़दमों और एक अपराध-बोध के साथ मंच के पीछे की तरफ़ जा रहा था, रास मंच के सामने बैठे दर्शकों में ऐसा कोई दर्शक नहीं था जिसकी आँखों से आँसू न बह रहे हों। इस भाव-प्रवण दृश्य के बाद धीरे-धीरे पर्दा गिरता हुआ जैसे ही उसने मंच की सतह को छुआ, तालियों से एक बार फिर पूरा प्रांगण गूँज उठा।

"तो इस तरह आपने देखा कि क्रान्तिकारी ठाकुर हीरासिंह, जो आया तो था वृन्दावन को लूटने, लेकिन शाह कुन्दनलाल जैसे सत्पुरुष के कुछ दिनों के संगत ने उसका हृदय परिवर्तन कर उसको कृष्ण भक्त बना दिया। अब आप सोच रहे होंगे कि नाटक यहाँ ख़त्म हो गया। मगर नहीं जनाब, नाटक तो अब शुरू हुआ है। क्योंकि इधर जैसे ही ब्रज में शान्ति स्थापित हुई, उधर हमारे शाह कुन्दनलाल के लिए फ़िरंगी सरकार ने एक नई मुसीबत खड़ी कर दी। यह मुसीबत क्या थी, यह जानने के लिए आइए देखते हैं नाटक विप्लव!"

इस उद्घोषणा के बाद जैसे-जैसे पर्दा उठता गया, रास मंच पर बने नए सेट को देख दर्शकों का कौतूहल बढ़ने लगा।

"अरे भैया, जे तो कोई अदालत-सी दीखे?" अपने बग़ल में बैठे एक दर्शक ने अपने पास बैठे दर्शक को सुनाते हुए कहा।

"लगे तो अदालत-सी ही है। वो देख, एक नाईं कठघरे में अपने शाहजी खड़े हैं, तो सामने ऊँची कुर्सी पे काले चोगे में सन जैसे धौरे बालनवारो जज बैठो है!" सामने ऊँची डायस पर काला चोग़ा, आँखों पर मोटा चश्मा और सिर पर बैरिस्टर विग पहने अंग्रेज़ मैजिस्ट्रेट की ओर उचककर देखते हुए, दूसरे दर्शक ने पहले दर्शक के अनुमान की पुष्टि की।

शायद यह इस नाटक के सूत्रधार या कहिए इसकी संकल्पना करनेवाले की कल्पना रही होगी कि देर तक मंच पर ख़ामोशी बनी रहे। उसे जैसे इसका अनुमान था कि कुछ समय बाद ऐसा होगा। और ऐसा हुआ भी कि जैसे ही दर्शकों का धैर्य जवाब देता और सामने बैठा जन-समूह मछली बाज़ार में तब्दील होता, उसे शान्त और व्यवस्थित करने के लिए काला चोग़ा, आँखों पर मोटा चश्मा और सिर पर बैरिस्टर विग पहने अंग्रेज़ मैजिस्ट्रेट काठ की छोटी-सी गोल कठौती पर गैवेल (हथौड़े) को पीटते हुआ बोला, "ऑर्डर! ऑर्डर!! साइलेंस प्लीज़! शोड़ नहीं करने का!"

मैजिस्ट्रेट के इस हुक्म की तुरन्त तामील हुई और देखते-देखते चिल्ल-पों थम गई।

"वेल, मिस्टर कुंडनलाल! टुम जानटा है कि अंग्रेज़ सड़कार की सुप्रीम कोर्ट ने टुमारे नाम वारंट क्यों निकाला है?" अंग्रेज़ मैजिस्ट्रेट ने एक तरफ़ कठघरे में खड़े शाह कुन्दनलाल से पूछा।

"जज साहब जानता हूँ। आपकी अंग्रेज़ हुकूमत ने मेरी शरण में आनेवाले शरणागत को पनाह देने के जुर्म में मेरे नाम यह वारंट निकाला है।" शाह कुन्दनलाल ने बेझिझक उत्तर दिया।

"यह शरणागट क्या होटा है मिस्टर कुंडनलाल?"

"जज साहब, शरणागत वह होता है जो आपके पास आकर पनाह, मेरा मतलब है जो आपसे शैल्टर माँगे।"

"ओह! टो उन हिन्डुस्टानी रेबेल्स और उनके चीफ़ ठाकुड़ हीरासिंह को टुमने अपने घड़ में छिपाकर रखा था? आप जानटे हैं मिस्टर कुंडनलाल, हीरासिंह एक मर्डरर है उसने हमारे एक अंग्रेज़ ऑफ़िसर मिस्टर बलर्टन का मर्डर किया है?" मैजिस्ट्रेट ने शाह कुन्दनलाल को घूरते हुए पूछा।

"जी नहीं, वे मेरे घर में नहीं, इस ब्रज में रहे थे।"

"ओके! किटने डिन रहे?"

"तीन दिन।"

"टुमने रेबेल्स, मेरा मटलब है बागियों को इम्डाड क्यों डी?"

"जज साहब, जब उनकी हिम्मत टूट गई और मेरी शरण में आए, तो मेरा धर्म था कि मैं न केवल उनकी रक्षा करूँ, उन्हें किसी तरह का कष्ट भी न दूँ। इसलिए इसे इमदाद नहीं कहते हैं। बल्कि मैंने तो ठाकुर हीरासिंह से ब्रज को लूटमार से बचाने के लिए, उसे समझाकर और कुछ लालच देकर वश में कर लेने की कोशिश की थी। मैंने ब्रज की रक्षा कर आप ही के कर्त्तव्य का पालन किया है जज साहब। जो काम आप करते उसे मैंने कर दिया।" शाह कुन्दनलाल ने बड़े संयम के साथ अंग्रेज़ मैजिस्ट्रेट को समझाने का प्रयास किया।

"बट मिस्टर कुंडनलाल, कानून की नजड़ में यह जुर्म है। टुमने कानून और सड़कार की मडड करने के बजाय उनको शैल्टर डिया और कानून अपने हाठ में लिया। टुम जानटा है कि किसी मर्डरर या बागी को इम्डाड डेनेवाले को क्या सजा दी जाटी है?"

"आप ताक़तवर हैं जज साहब। किसी को भी सज़ा दे सकते हैं। हद से हद उम्रभर की सज़ा दे सकते हैं। इससे ज़्यादा नहीं। अगर आपकी नज़र में किसी को पनाह देना जुर्म है, तो इससे बड़ा जुर्म है पनाह लेनेवाले को क़ानून के हवाले करना, उसके साथ अन्याय तो है ही बल्कि यह उसके साथ धोख़ा भी है...और किसी को धोख़ा देना मेरा हिन्दुस्तान इजाज़त नहीं देता है, भले ही वह हमारा दुश्मन ही क्यों न हो।"

जिस समय शाह कुन्दनलाल बड़ी निडरता और साफ़गोई के साथ मैजिस्ट्रेट को जवाब दे रहा था, सामने दूर तक बैठे दर्शकों की साँसें अटकी हुई थीं। किसी भी पल कुछ भी हो सकता था। अंग्रेज़ मैजिस्ट्रेट शाह कुन्दनलाल को कुछ भी सज़ा सुना सकता था।

"मिस्टर कुंडनलाल, हम टुमको उम्र कैड नहीं फाँसी की सज़ा डेगा!"

अंग्रेज़ मैजिस्ट्रेट की यह बात सुनते ही दर्शकों में बेचैनी फैल गई। सबकी आँखें इसी चिन्ता में फैलने-सिकुड़ने लगीं कि यह मैजिस्ट्रेट आख़िर उनके शाह को कौन-सी सज़ा सुनाएगा—उम्र क़ैद या फाँसी? दूर तक फैला दर्शकों का हुजूम आपस में क्या बोल-बतिया रहा है, किसी के कुछ पल्ले नहीं पड़ रहा है।

"ऑर्डर! ऑर्डर!!" मंच से एक बार फिर काठ की गोल कठौती पर पड़ती गैवेल की चोट के साथ मैजिस्ट्रेट की रोबदार आवाज़ गूँजी।

इस बार भी मैजिस्ट्रेट के हथौड़े और उसकी ठक-ठक का वैसा ही असर हुआ, जैसा पहली बार हुआ था। किसी अशान्त दरिया की उफनती लहरें एकाएक जैसे शान्त होती चली गईं। काफ़ी हद तक शोर थम गया।

जब शोर पूरी तरह थम गया तो शाह कुन्दनलाल ने पहले दूर तक बिछी दर्शकों की चादर पर नज़र डाली, और फिर बड़ी विनम्रता के साथ बोलने लगा, "जैसी आपकी मर्ज़ी जज साहब। आप मालिक हैं लेकिन इनसानियत के नाते मैं आपसे

गुज़ारिश करता हूँ कि मुझको फाँसी कहीं और नहीं, इसी वृन्दावन में दी जाए। फाँसी के वक़्त मेरे चारों तरफ़ श्रीहरिनाम का संकीर्तन हो। अपने प्रभु के नाम के सिवाय मैं कुछ नहीं सुनना चाहूँगा। ऐसी फाँसी मेरे लिए सज़ा नहीं, ईनाम होगी। इसीलिए मैंने अपनी इस ग़ज़ल में कहा भी है कि—

ख़ाक हो पाऊँ पड़ूँ प्यारी के यह अरमान है
हूँ मुनक़्क़श नक्श पा से आप ही यही शान है
है किसी को रौज़े रिज़वाँ से फ़रहे जानो दिल
मेरा तो शादा बदायम वृन्दावन बुस्तान है।"

(मुनक़्क़श : अंकित। पा : पाँव। रौज़े रिज़वाँ : स्वर्ग की वाटिका। फ़रहे : प्रसन्न। शादा : प्रफुल्लित। बदायम : हमेशा। बुस्तान : बाग़)

"टो टुम अपने ब्रोन्दाबन से इटना प्याड़ करता है?"

"जज साहब, इसको प्यार नहीं पवित्रता के प्रति सम्मान और श्रद्धाभाव कहते हैं।" शाह कुन्दनलाल ने मुस्कराते हुए जवाब दिया।

"हाँ जज साहब, भैया सही कह रहे हैं। ब्रज की रज पर ये कभी मल-मूत्र का त्याग नहीं करते हैं।"

"वट डू यू मीन? अगड़ यह यहाँ की मिट्टी में मल-मूत्र का ट्याग नहीं कड़ता है, तो उसे करने क्या यह आगड़ा जाटा है?" मैजिस्ट्रेट शाह फुन्दनलाल के मुँह से इस नए रहस्य को सुन झुंझला गया।

"आप सही कह रहे हैं। दरअसल, उसके लिए आगरा से मिट्टी मँगवाकर बिछाई जाती है। इतना ही नहीं जज साहब, उस मल-मूत्र को ब्रज के बर्तन में नहीं बल्कि आगरे से मँगवाए मिट्टी के कूँडे में भरकर ब्रज की चौरासी कोस की सीमा के बाहर बहुत दूर फेंका जाता है।" शाह कुन्दनलाल के छोटे भाई शाह फुन्दनलाल ने अंग्रेज़ मैजिस्ट्रेट को विस्तार से बताया।

"ओ शिट! अजीब शौक हैं टुम हिन्डुस्टानियों के!" मुँह बिचकाते हुए मैजिस्ट्रेट ने अपना सिर थाम लिया।

मैजिस्ट्रेट के कुछ पल्ले नहीं पड़ा। कुछ नहीं बोला वह। उसकी समझ में नहीं आ रहा है कि इस स्थिति में वह क्या फ़ैसला ले? रास मंच पर देर तक सन्नाटा छाया रहा। ऐसा सन्नाटा कि इससे पहले ख़ास दर्शकों की अग्रिम पंक्ति में बैठे न तो कभी मैनेजर भारत भूषण ने देखा, न कभी सेवायत जमुनादास ने। नाटक देखने आए दर्शक भी साँस रोके अंग्रेज़ मैजिस्ट्रेट के निर्णय की प्रतीक्षा करने लगे। उनकी आँखें भी मैजिस्ट्रेट के जुम्बिश करते होंठों पर चिपक गईं। वे इंतज़ार करने लगीं कि जब मैजिस्ट्रेट के होंठ खुलेंगे, तब उनसे क्या फ़ैसला निकलेगा।

काफ़ी देर बाद डायस पर काला चोग़ा, आँखों पर मोटा चशमा और सिर पर

बैरिस्टर विग पहने अंग्रेज़ मैजिस्ट्रेट के होंठों में पहले थोड़ी-सी कम्पन हुई, तथा फिर सन्नाटे को बींधते हुए उनका स्वर उभरा, "मिस्टर कुंडनलाल, मालूम होटा है टुम बहुट ही रिलीजियस मैन हो। हम जानटा है कि टुम हिन्दुओं की रिलीजियस बुक में लिखा है कि राजा अपनी रैयत का बाप होटा है। इसलिए रिआया को भी बाप को बराबर मानना चाहिए।"

"आप सही फ़रमा रहे हैं जज साहब कि मैं राजा को पिता के समान मानता था, मानता हूँ और आगे भी मानता रहूँगा।"

शाह कुन्दनलाल के इस जवाब को सुन मैजिस्ट्रेट ने पहले एक कुटिल मुस्कान उछाली और फिर एक-एक शब्द को चुबलाते हुए बोला, "जब टुमको अभी फाँसी हो जाएगा टो टुम आगे कैसे मानटा रहेगा? क्या टुम आगे जिन्दा रहेगा?"

"जज साहब, एक बात कहूँ! जब तक राजा अपने फ़र्ज़ से अनजान था, तब तक मुझे उससे डर था। अब जब राजा अपने फ़र्ज़ को समझ गया है यानी वह अपनी रिआया को अपनी औलाद की तरह मानने लगा है, तब मुझे उससे कोई डर नहीं है। अगर पिता, मेरा मतलब है राजा नाराज़ होकर औलाद को कोई सज़ा दे भी, तो उसके भले के लिए देता है। पिता की ओर से औलाद का कोई नुक़सान नहीं होगा।"

शाह कुन्दनलाल के इन तर्कों और वचनों को सुन अंग्रेज़ मैजिस्ट्रेट दुविधा में पड़ गया। उसकी समझ में नहीं आ रहा है कि वह क्या निर्णय ले। दोनों हाथों से सिर को पकड़, डायस पर कुहनी रख, वह देर तक विचार करता रहा। इधर जैसे-जैसे समय व्यतीत होने लगा, शाहजी मन्दिर का पूरा प्रांगण भी बेचैन होने लगा। दर्शकों के साथ-साथ मन्दिर के मैनेजर शाह भारत भूषण की धड़कनें भी बढ़ने लगीं।

अंग्रेज़ मैजिस्ट्रेट ने धीरे-से अपना सिर उठाया और शाह कुन्दनलाल की ओर देखा। सारे दर्शकों की आँखें मैजिस्ट्रेट पर जाकर टिक गईं। माघ महीने की सर्द रात में कम्बल-दोसूतियों में एक के बाद एक सवाल कसमसाने लगे।

एकाएक मैजिस्ट्रेट की आवाज़ आई, "वेल मिस्टर कुंडनलाल, हमने बहुट सोचने के बाड यह फैसला लिया है कि टुमको इस जुर्म से बरी कर दिया जाए... लेकिन इस शर्त के साठ कि टुम इन बागियों को फिर कभी पनाह नहीं डोगे! इसे टुम हमाड़ा वार्निंग भी समझ सकटे हो!"

"लेकिन जज साहब, ये बाग़ी नहीं विप्लवकारी हैं। ये इस देश के..."

"ओके...ओके मिस्टर कुंडनलाल जो भी हैं बस हमाड़ा शर्त याड रहे! यह हमाड़ा ऑर्डर है!" अपना यह फ़ैसला सुना अंग्रेज़ मैजिस्ट्रेट डायस से नीचे उतर आया।

इससे पहले कि पर्दा गिरता, मैनेजर शाह भारत भूषण तेज़ी से मंच पर आया और दर्शकों को सम्बोधित करते हुए बोला, "तो मेहरबानों इससे पहले कि नाटक

के ख़त्म होने की मुनादी हो, आपको बता दूँ कल नवाब वाजिद अली शाह के लिखे रहस का मंचन किया जाएगा। अपने श्रीललित किशोरी जी और श्रीललितमाधुरी जी के हमउम्र वाजिद अली शाह ने हिन्दू-मुसलमानों की मिली-जुली संस्कृति से उपजी कुछ रासलीलाओं को रहस का नाम दिया था। तो कल आप देखेंगे नवाब वाजिद अली शाह का रहस 'राधा-कन्हैया का क़िस्सा'।"

20

वृन्दावन की कुंज गलियों में यह ख़बर सूखे काँस में लगी आग की तरह फैल गई कि उन्नीसवीं सदी में सत्तर के दशक में, आठ सालों में बनकर तैयार होनेवाले शाहजी मन्दिर के निर्माता शाह कुन्दनलाल और शाह फुन्दनलाल ने ठाकुर हीरासिंह नाम के एक क्रान्तिकारी को शरण भी दी थी। वे तो इससे पहले इन शाह भाइयों को एक कृष्ण भक्त, श्रीललित निकुंज और इस शाह मन्दिर को बनवाने वाला ही मानते थे। वे तो इनके बारे में बस यही सुनते आ रहे हैं कि शाह कुन्दनलाल के देह-अवसान के बाद वृन्दावन के जिन रास्तों से उसकी देह-यात्रा निकाली गई थी, उन पर यमुना का रेता बिछाया गया था। पूरी देह यात्रा के दौरान उसके पीछे-पीछे असंख्य अनुयायी रास्तों में लोटते-नाचते कीर्तन करते हुए बढ़ रहे थे। श्रीराधारमण मन्दिर समेत सभी प्रमुख मन्दिरों के आगे से होते हुए यह अन्तिम यात्रा निधिवन के निकट श्रीयुगल वाटिका आकर रुकी थी, जहाँ इसे समाधिस्थ किया गया। लेकिन कुछ दिनों बाद समाधि को वहाँ से शाहजी मन्दिर के चाँदपोल द्वार पर ले आया गया।

इस बार बसन्त पंचमी के बाद सारे वृन्दावन में शाहजी मन्दिर, इस नाटक के मंचन के बाद एकाएक चर्चा में आ गया। शाहजी मन्दिर के मैनेजर शाह भारत भूषण को बधाई देनेवालों का ताँता लग गया। नगर के जो गणयमान्य इस नाटक को देखने से वंचित रह गए, उन्हें इसका बड़ा मलाल रहा कि वे क्यों इस मौक़े से चूक गए।

तीसरे पहर की धूप आरती के समय सेवायत जमुनादास भी शाहजी मन्दिर चला आया। उसके आते ही मैनेजर और उसके बीच नाटक की चर्चा शुरू हो गई। "मनीजर साब, मजा आ गयो नाटक देखके। राधा मैया की सौं जब-जब अंग्रेज जज ई कहतो कि मिस्टर कुंडनलाल, हम टुमको उम्र कैड की नहीं फाँसी की सजा डेगा, देखनेवारे हँस-हँस के लोटपोट हे जावे है। हरिदासी ने अंग्रेज जज को ऐसो गजब को पार्ट निभायो कि ऐसो तो कोई मँजो हुओ कलाकार भी ना निभा सके।"

मैनेजर शाह भारत भूषण मंद-मंद मुस्कराते हुए सेवायत जमुनादास के मुँह से हरिदासी के अभिनय की प्रशंसा सुनता रहा।

"सही कह रहे हो सेवायत जी, हरिदासी ने सचमुच नाटक में जान डाल दी। सुबह से जो भी मिल रहा है बस अंग्रेज़ मैजिस्ट्रेट की तारीफ़ कर रहा है। मैंने तो उसे अभी तक बधाई भी नहीं दी है। अब तुम आए हो तो बुलाके दो शब्द तारीफ़ के कह देता हूँ।"

"सही कहरे हो मनीजर साब। उसे कुछ हिम्मत बँध जाएगी।"

इसके बाद मैनेजर ने हरिदासी के लिए बुलावा भेज दिया।

अपने मैनेजर के दफ़्तर में सेवायत जमुनादास को बैठा देख हरिदासी समझ गई कि उसे किसलिए बुलाया गया है।

"हरि, भई सेवायत जी तुम्हारे अभिनय की बड़ी तारीफ़ कर रहे हैं।" आते ही मैनेजर ने मुस्कराते हुए कहा।

"साँची कहूँ मैया, नाटक देखके मजा आ गयो!" सेवायत आह्लादित होते हुए बोला।

"जमुना बाबू, सुनकर अच्छा लगा कि टुमको हमाड़ा नाटक अच्छा लगा।"

"देखरे हो मनीजर साब, मैया की जुबान पे अभी तलक अंग्रेज जज बैठो है।"

मैनेजर समझ गया कि सेवायत ऐसा क्यों कह रहा है।

सेवायत ने हँसते हुए इसकी पुष्टि भी कर दी, "मैया, जब-जब अंग्रेज जज टुमको, हमाड़ा, मिस्टर कुंडनलाल, मालूम होटा है, टुम, बहुट, बोलटा सुनते तो देखनेवारे हँस-हँस के पागल हे जावे है।"

जमुनादास के इस वाक्य पर मैनेजर मंद-मंद मुस्कराता रहा।

"मैया, याद है जब तैने पहली बार मोहे या नाटक को ई संवाद सुनायो हो कि वेल, कुंडनलाल टुम जानटा है कि बागियों को इम्डाड डेनेवाले को क्या सजा डी जाटी है, तो मैंने जभी कही ही कि मैया मोहे पूरो भरोसा है कि या रोल ए तूई कर सके है।"

"हाँ बोला था।" हरिदासी ने मुस्कराते हुए जवाब दिया।

"सेवायत जी, हरि के इस बंगाली ढब ने ही अंग्रेज़ मैजिस्ट्रेट का किरदार जीवन्त कर दिया। ना कोई बनावट, ना मिलावट। पर आज का नाटक थोड़ा मुश्किल है। यह ढब अंग्रेज़ मैजिस्ट्रेट के संवादों में तो चल गया मगर नवाब वाजिद अली शाह के इस रहस में नहीं चलेगा। इसमें तो उर्दू-फ़ारसी वाली ज़बान चाहिए।"

"इसीलिए तो मैनेजर साहब, आज मेरा कोई रोल नहीं है।" इतना कह हरिदासी को जैसे कुछ याद आ गया, "जमुना बाबू, हमारी रिहर्सल चल रही है...।"

"ठीक है हरि तुम जाओ! मैंने तो तुझे बस बधाई देने के लिए बुलाया था।" मैनेजर ने हरिदासी को जाने की इजाज़त देते हुए कहा।

"अच्छा मनीजर साब, मैं भी चलता हूँ।" हरिदासी के जाने के बाद सेवायत जमुनादास भी चला आया।

वृन्दावन की कुंज गलियों को देखकर कभी-कभी लगता है जैसे इनमें सन्नाटा घुसने की कोशिश करता है। कई बार इसमें वह कामयाब होता हुआ दिखाई भी देता है लेकिन इसी बीच अचानक कहीं से उठते राधे-राधे के उद्घोष से डरकर, यह किसी अँधेरी गली में छिप जाता है।

शाम होते ही माघ की कुनमुनाती ठंड और रंगीन बल्बों की रोशनी में दमकते मन्दिर के प्रांगण में धीरे-धीरे चहल-पहल तेज़ हो गई। रेतिया बाज़ार, लोई बाज़ार और निधिवन के आसपास का इलाक़ा तेज़ी से गहमागहमी की ज़द में आने लगा। बीच-बीच में मन्दिरों से आती तरह-तरह की घंटियों की आवाज़ इस शाम को आध्यात्मिक बना देती।

शाहजी मन्दिर का परिसर और उसमें बने रास मंच के सामने का मैदान दर्शकों से धीरे-धीरे भरना शुरू हो गया। मैनेजर शाह भारत भूषण ने आज मंच के सामने नगर के गणयमान्यों के लिए अतिरिक्त कुर्सियाँ बिछवा दीं। उसे पता है कि आम दर्शकों के साथ-साथ आज नगर के पुराने रसिक वाजिद अली शाह के रहस को देखने ज़रूर आएँगे।

बल्बों की तेज़ रंगीन रोशनी के बीच माघ की मंद-मंद बहती बयार से थिरकते रास मंच के परदे के पीछे, ढोलक और हारमोनियम की धुन धीरे-धीरे कानों में घुलनी शुरू हो गई। छोटे शहरों और क़स्बों में मंचन से पहले ढोलक और हारमोनियम की धुन पर किसी गीत या भजन बजने का एक अर्थ होता है नाटक-नौटंकी अथवा रामलीला-रासलीला के मंचन की पर्व सूचना। ढोलक और हारमोनियम की धुन रात के पहले पहर में जैसे-जैसे घुलने लगी, लोगों का हुजूम शाहजी मन्दिर की ओर खिंचने लगा। पहले दिन पहले की तरह रास मंच के सामने का हिस्सा दर्शकों से अटता चला गया। गणयमान्य दर्शकों के लिए लगाई गईं कुर्सियाँ पूरी तरह भर गईं।

एक बार फिर मैनेजर शाह भारत भूषण मंच के पार्श्व में आया। हरिदासी से 'रहस' शुरू करने की इजाज़त लेने के बाद, मंच पर आया और दर्शकों को सम्बोधित करते हुए बोलने लगा, "मेरे प्यारे वृन्दावनवासियो, कल आपने नाटक विप्लव में देखा था कि किस तरह श्रीललित किशोरी जी जिनका असली नाम शाह श्री कुन्दनलाल जी था, ने विप्लवकारियों के मुखिया ठाकुर हीरासिंह को पनाह दी थी। उस ठाकुर हीरासिंह को, जो आया तो था वृन्दावन को लूटने, किन्तु शाहजी भाइयों की सेना के सामने उसके हौसले पस्त हो गए। आपने देखा था कि

शाहजी के इस नेक काम के बदले किस तरह अंग्रेज़ सरकार ने उनके ख़िलाफ़ वारंट निकाल दिया था। आपने इस नाटक की जिस तरह तारीफ़ की हम उसका तहेदिल से शुक्रिया अदा करते हैं और उम्मीद करते हैं कि आज भी लखनऊ के नवाब वाजिद अली शाह का लिखा और खेले जानेवाला रहस आपको ज़रूर पसन्द आएगा। आपने इसी शाहजी मन्दिर के सभा विलास में कभी देखा होगा कि अवध के आख़िरी नवाब वाजिद अली शाह सखियों के बीच खड़े ठाकुर जी की सेवा में पंखा डुला रहे हैं। हमारे नवाब साहब भले ही अंग्रेज़ों की नज़र में एक नाकामयाब नवाब रहे होंगे, पर प्रजा में उनकी लोकप्रियता किसी प्रकार कम नहीं थी। कहा जाता है कि वाजिद अली शाह के अवध का नवाब बनते ही पूरा लखनऊ आकंठ संगीत और नृत्य-कला में डूब गया था। वे एक उच्च कोटि के शायर, लेखक और संगीतकार भी थे। शायरी के लिए वे अपने नाम के साथ तख़ल्लुस के रूप में 'अख़्तर' का इस्तेमाल किया करते थे। इस तख़ल्लुस, मेरा मतलब है उपनाम से नवाब साहब ने ध्रुपद, होरी-धमार, ख़्याल, ठुमरी और दादरा की न जाने कितनी बन्दिशें रची थीं। नवाब साहब की कृष्ण-भक्ति को हम सब अच्छी तरह जानते हैं। तो लीजिए, पेश है उन्हीं का लिखा नाटक मेरा मतलब है रहस 'राधा-कन्हैया का क़िस्सा'!"

मैनेजर की इस उद्घोषणा के बाद ढोलक और हारमोनियम की धुन एक बार फिर तेज़ होती चली गई। इसी धुन के बाद रास मंच का परदा धीरे-धीरे उठने लगा। इधर मंच से परदा उठने लगा, उधर पार्श्व से यह आवाज़ आने लगी—

रहस मंज़िल है परियों का अखाड़ा,
अजब कमरा सुलेमानी बना है।
दरख़शां जलवागर है, साले तामीर,
मकाने जश्न ख़ाक़ानी बना है।

मंच से पूरी तरह परदा उठने के बाद दर्शकों की नज़र दृश्य पर टिक गई। एक तरफ़ चार सखियाँ सुन्दर वेशभूषा में कारचोबी लिए खड़ी हैं। दूसरी ओर सिर पर पगड़ी बाँधे, हाथ में लाठी ले और कन्धे पर अँगोछा डाल रामचीरा नाम का सेवक खड़ा है। जबकि वहीं कमर पर अपनी-अपनी मुट्ठी बाँधे एक पंक्ति में रहसवालियाँ दाएँ-बाएँ घूमती हुई 'ता थई...थई तत...थई थई तत' गाते हुए नृत्य कर रही हैं। इनके दूसरी तरफ़ पगड़ी बाँधे कन्हैया हाथ में लकुटी थामे अपनी गायों को 'दुर...दुर...दुर, आओ...आओ...आओ!' कहते हुए अपने पास बुला रहा है।

तभी मंच पर राधा आती है और अपने कन्हैया के गालों पर हल्के-हल्के मुक्के लगाते हुए कहती है, "महाराज राजन के राज अधिराज शिव प्रधान, वह मुरली जाएमें छह राग छत्तीस रागिनियाँ बजती हैं वह कहाँ खो दी?"

"हे किशोरी राम दुहाई! वह तो पतौ ना कहाँ खोए गई!" कन्हैया ने उत्तर दिया।

"मैं तुमको खूब जानती हूँ लीलाधारी, तुम उसे कुबड़ी सखी को दे आए हो।"

"नहीं महारानी भगवान कसम—

मुरली हमारी खोए गई, मथुरा-वृन्दावन की रेत
ना मोहे सूझत ओर-छोर, न मोहे सूझत खेत।"

यह सुनकर सिर पर पगड़ी बाँधे, हाथ में लाठी ले, कन्धे पर अँगोछा डाले रामचीरा आकर अर्ज़ करता है, "महाराज, बाँसुरी को चुरानेवाला एक लोधी है, उसे मैंने पकड़ लिया है।"

इतना सुन राधा कहती है, "महाराज, इस मुए की इसी समय नाक कटवा डालो!"

"जैसी तेरी इच्छा महारानी।"

इतना कह कन्हैया राधा के पास आ गए। साथ में चार सखियाँ भी जो एक-दूसरे के सामने खड़ी हुई हैं।

कन्हैया ने शरारत भरी नज़रों से राधा की ओर देखा, फिर मुस्कराते हुए बोले—

सताया दिल न किसी का सताया जाएगा।
यह दिल जो रूठेगा क्योंकर मनाया जाएगा॥

"राधा ने भी उसी अन्दाज़ में जवाब दिया—

एक दिल हमने दिया, तुमने वो बर्बाद किया।
एक तुमने दिया, हमने ख़ुदा को याद किया॥

महाराज, आप जिस तरह मुझसे रोज़ झगड़ा करते हो, मुझे लगता है आप ज़रूर मेरी सौतन उस कुबड़ी के पास जाते हो!"

"भगवान कसम राधा रानी, मैं कहीं नहीं जाता हूँ। यह तेरा वहम है।"

"अगर आपकी यह चोरी मैं किसी दिन पकड़ दूँ तो?"

"ऐसा हो ही ना सके है मेरी राधा रानी।" कहते-कहते अचानक जैसे कन्हैया को कुछ याद आ गया, "राधा एक जरूरी काम से जाना है। थोड़ी देर में आता हूँ।"

राधा समझ गई कि दाल में कुछ काला है इसलिए उसने कन्हैया को रोका नहीं। कन्हैया के जाते ही राधा ने यह ठुमरी शुरू कर दी—

मोहन स्याम हमारा रे कुबरी ने जादू डाला रे
घूँघट खोलो मुख से बोलो 'अख्तर' नजो निदा गुज़ारा रे।"

इसके बाद वह सखियों की तरफ़ पलटी, "हे सखियो, तुम चारों में से कोई

ऐसी है जो हमारे कन्हैया को उस कुबरी के पास से पकड़ लाए?"

राधा की तड़प देख एक सखी तुरन्त बोली, "राजन की राज महारानी अधिरानी आप तनिक दुखी न हो मोह से कहो!"

इसके बाद एक-एक कर सारी सखियों ने राधा से ऐसा ही कहा। लेकिन राधा ने सभी को यही उत्तर दिया, "तोह से ना होवेगो, बैठ जा!"

कुछ देर सोचने के बाद बेचैन राधा बोली, "तुम चारों जो मेरे पीछे पड़ी हो, तुमसे यह हो सकता है कि मेरे कन्हैया को उस कुबरी के पास से पकड़ लाओ?"

"महारानी, अगर लीलाधारी कृष्ण आसमान में होंगे तो मैं उसे वहाँ से भी ढूँढ़ लाऊँगी।" ललिता नाम की सखी ने कहा।

"अगर धरती पे हुए तो मैं आपके सामने हाज़िर कर दूँगी।" साख एक क़दम आगे बढ़कर बोली।

"और यदि जल में होंगे तो मैं वहाँ से खींच लाऊँगी।" तीसरी चैना ने पूरे आत्मविश्वास के साथ कहा।

ऐसे में चौथी सखी लड़वा कहाँ पीछे रहती, वह तेज़ी से आगे आई और बोली, "महारानी, वे पवन में भी होंगे, तो वहाँ से पैदा कर दूँगी।"

"सुनो ललिता, साख, चैना और लड़वा! अगर तुम्हें अपने ऊपर इतना ही भरोसा है तो जाओ और हमारे कन्हैया को ढूँढ़कर लाओ!"

अपनी महारानी का आदेश सुन चारों सखियाँ अलग-अलग दिशाओं में रवाना हो गईं। इधर वे रवाना हुईं, इधर परदा धीरे-धीरे गिर गया। परदा गिरते ही रास मंच के सामने दर्शकों से भरा मैदान तालियों से गूँज उठा।

अगले दृश्य के लिए एक बार फिर रास मंच का परदा ऊपर उठता है। सामने मख़मली सेज पर कन्हैया होंठों से बाँसुरी लगाए, ऊँघती कुबड़ी की गोद में पाँव रखे तकिया पहलू में लिए मुकुट उतारकर आराम से सोए हुए हैं। जबकि सामने कुछ नर्तकियाँ यह दादरा गाती हुई नृत्य कर रही हैं—

आजा निंदिया मोरे बलम को
दु:ख न हो सपने में 'अख़्तर' मोरे बालम को
धमक धुन नींद चौंक पड़ी रे
उचट गई कौन आई रसिया।

कुबड़ी नर्तकियों से कहती है, "जाओ, मेरे कान्हा की आँख लग गई है! इसे आराम से सोने दो!"

नर्तकियों के जाते ही कुबड़ी फिर से झपकी लेने लगी। ललिता, साख, चैना

और लड़वा चारों सखियों ने पहले आपस में एक-दूसरे की ओर देखा। इसके बाद वे आपस में बात करती हैं।

"ए गुइयाँ देखो तो कैसा पड़ा सोता है!" ललिता ने साख को कुहनी का टोहका मार फुसफुसाते हुए कहा।

"मुआ किस तरह बेख़बर है।" साख ने उसी अन्दाज़ में उत्तर दिया।

"ज़रा होश नहीं है।" इस बार चैना भी उनमें शामिल हो गई।

"और क्या, ज़रा भी होश नहीं है।" चौथी सखी लड़वा मुँह बिचकाते हुए बोली।

"तुम तीनों यहीं ठहरो, मैं जाकर उठाती हूँ!"

इतना कह ललिता जैसे ही आगे बढ़ी, साख ने ललिता की बाँह पकड़ते हुए कहा, "तुम तीनों रुको, मैं जगाऊँगी!"

"नहीं-नहीं, तुम सब ठहरो मैं जाकर उन्हें कन्धे से हिलाती हूँ।" चैना ललिता और साख को रोकते हुए बोली।

"तुम तीनों से कुछ नहीं होनेवाला। तुम यहीं रुको मैं कान्हाजी के दोनों कान पकड़कर उठा बिठाऊँगी।"

इतना कह लड़वा कन्हैया के पास गई और उनके दोनों कान उमेठते हुए जगा दिया।

अचानक पड़े इस विघ्न से कुबड़ी भी चौंककर खड़ी हो गई और ठंडी आह भरते हुए बोली, "लड़वा, तूने मुझे दगा दिया है!"

"यह बात राधाजी के सामने कहना!" इसके बाद लड़वा कन्हैया की तरफ़ मुड़ी और बोली, "चलिए, आपको तो अब राधा रानीजी ही बताएँगी।"

कन्हैया ने न कोई प्रतिवाद किया, न कोई प्रतिरोध। चुपचाप ललिता, साख, चैना और लड़वा के साथ राधा के पास चले आए।

राधा ने पहले एक बनावटी गुस्सेवाली मुद्रा बनाई और फिर सिर हिलाती हुई बोली, "क्यों जी, तुम्हारी चोरी पकड़ी गई कि नहीं? तुमको ढूँढ़कर बुलवाया कि नहीं?"

सुनते ही कन्हैया ने दोनों हाथ जोड़ लिए, "हाँ महारानी चूक पड़ी, भूल हुई, मिल जाओ, वह तो मुरली की आवाज़ की आशिक़ थी।"

"और मुरली? वह मिल गई?" राधा ने पूछा।

"हाँ मिल गई मेरी महारानी।"

"मिल गई तो उसे बजाओ!" इस बार राधा ने जैसे आदेश दिया।

कन्हैया जैसे ही मुरली बजाने लगे पार्श्व से गीत बजने लगा—

बजन लागी स्याम की बाँसुरी रे
नदिया किनारे 'अख़्तर' बाँसुरी बजावत
निकस जात जिया से साँस रे।

गीत समाप्त होते ही राधा बोली, "आओ, हम तुमको हिंडोला झुलाकर फिर से सुला दें!"

"हाँ महारानी, मेरी नींद भी अभी भरी नहीं थी।"

इसके बाद रंगीन पगड़ी का झूला बनाया और कन्हैया को झुलाते हुए राधा तथा चारों सखियाँ ढोलक-हारमोनियम की धुन पर नृत्य करती हुई गाने लगीं—

सैयाँ दे झकोरा दे गयो ये रुत सावन बहार।
सीस घूम गयो झूले पे 'अख़्तर' पेंग बढ़हार॥

जैसे-जैसे गीत तेज़ होता गया, मंच का परदा भी धीरे-धीरे नीचे गिरने लगा। जैसे ही परदे ने मंच की सतह को छुआ, दर्शकों की तालियों से एक बार फिर शाहजी मन्दिर का अहाता गूँज उठा। तालियों की गूँज के बीच ही शाहजी मन्दिर का मैनेजर शाह भारत भूषण अपनी कुर्सी से उठ तेज़ी से मंच पर आया और उसने नाटक 'विप्लव' और नवाब वाजिद अली शाह के रहस 'राधा-कन्हैया का क़िस्सा' के कलाकारों का परिचय देने के लिए बुलाया। एक-एक कर वह दर्शकों से कलाकारों का परिचय कराने लगा।

"मेहरबान, अब मैं जिस कलाकार का आपसे परिचय कराने जा रहा हूँ, उसका परिचय सुन आप अपनी हँसी नहीं रोक पाएँगे। तो यह कलाकार है शाहजी मन्दिर में खोल बजानेवाली बाई और अंग्रेज़ जज की भूमिका निभानेवाली हरिदासी!"

मैनेजर शाह भारत भूषण ने जैसे ही हरिदासी का नाम लिया, मलिना दासी के मुँह से अचानक निकल गया, "ओ माँ!"

मैनेजर ने हरिदासी को आगे आने के लिए कहा, तो उसे देख सुभद्रा दासी, मेघु दासी, गौरी दासी और मलिना दासी को मानो अपनी आँखों पर विश्वास ही नहीं हुआ कि यह हरिदासी भी किसी तरह का कोई अभिनय कर सकती है?

हालाँकि मलिना ने 'ओ माँ' काफ़ी तेज़ आवाज़ में कहा था लेकिन दर्शकों की तालियों और किलकारियों के बीच यह दब गया। शाहजी मन्दिर का प्रांगण हरिदासी के स्वाभाविक अभिनय की प्रशंसा में तालियों से देर तक गूँजता रहा। जब तालियों का शोर कम हुआ, तब मैनजेर हरिदासी के पास आया और मुस्कराते हुए आग्रह किया, "हरिदासी जी, अपने सारे दर्शकों की ओर से मेरी गुज़ारिश है कि एक बार अंग्रेज़ जज का कोई डायलॉग सुना दें!"

हरिदासी ने इसकी कल्पना भी नहीं की थी कि उसका मैनेजर उससे किसी संवाद को सुनाने का आग्रह भी करेगा। वह असमंजस में पड़ गई कि क्या सुनाए?

"हरि, वही सुना दे जब वह कहता है कि तुमने हीरासिंह को अपने घर में छिपाकर रखा था!" मैनेजर हरिदासी का काम आसान करते हुए बोला।

हरिदासी के लिए इतना ही काफ़ी था। एक पल के लिए उसने आँखें बन्द

कीं और अपने भीतर अंग्रेज़ मैजिस्ट्रेट को उतारते हुए उसका संवाद बोलने लगी, "ओह! टो उन हिन्डुस्टानी रेबेल्स और उनके चीफ़ ठाकुड़ हीरासिंह को टुमने अपने घड़ में छिपाकर रखा था? आप जानटे हैं मिस्टर कुंडनलाल, हीरासिंह एक मर्डरर है उसने हमारे एक अंग्रेज़ ऑफ़िसर मिस्टर बलर्टन का मर्डर किया है? टुम जानटा है कि किसी मर्डरर या बागी को इम्डाड डेनेवाले को क्या सजा दी जाटी है?"

इधर हरिदासी ने अंग्रेज़ मैजिस्ट्रेट का यह संवाद पूरा किया, उधर एक बार फिर तालियों से मन्दिर का प्रांगण गूँज उठा।

इसके बाद शाहजी मन्दिर के मैनेजर शाह भारत भूषण ने दर्शकों को धन्यवाद देते हुए आभार व्यक्त कर, रहस 'राधा और कन्हैया का क़िस्सा' के समाप्त होने की घोषणा कर दी।

हरिदासी के इस नए अवतार को देख सुभद्रा दासी की तो शिराओं में जैसे ठिठका हुआ रक्त दौड़ने लगा। उसके लिए ही नहीं बल्कि मेघु दासी, गौरी दासी और मलिना दासी के लिए वह उसी दिन से अंग्रेज़ मैजिस्ट्रेट हो गई। म्यूज़िक मार्केट से लेकर गोपीनाथ बाज़ार और रेतिया बाज़ार से लेकर शाहजी मन्दिर में उसे जो भी कोई देखता, तुरन्त पहचान लेता कि यही वह अंग्रेज़ मैजिस्ट्रेट है, जिसकी इन दिनों वृन्दावन की कुंज गलियों में चर्चा है।

सुभद्रा दासी, मेघु दासी, गौरी दासी और मलिना दासी की याद आते ही उसकी आँखें भर-भर आती हैं। एक-एक कर जैसे-जैसे ये चारों अपनी देह त्याग मोक्ष प्राप्त करती गईं, उसे लगा जैसे धीरे-धीरे उसके हाथ से पतली-पतली अँगुलियों के पोर छूट गए। सबसे ज़्यादा वह मलिना दासी की मौत पर रोई थी, जब उसे पता चला कि उसकी लाश रंगजी मन्दिर की सीढ़ियों पर मिली थी। पूस की बर्फ़-सी गलती वह रात, जब पाला जमकर पड़ा था और मलिना दासी का जिस्म काठ की तरह अकड़ गया था।

हरिदासी कई दिनों तक स्मृतियों के हिंडोले पर झूलती रही।

21

जैसे यमुना के सूखे किनारे को कुरेदने पर उसका रेता रिसने लग जाता है, उसी तरह मेघु दासी की याद आते ही हरिदासी की आँखें रिस उठती हैं। अगर उस दिन सेवायत जमुनादास उसे इस घटना के बारे में नहीं बताता, तो शायद उसे इसके बारे में पता भी नहीं चलता।

उस दिन शाहजी मन्दिर से निकल रेतिया बाज़ार होते हुए हरिदासी केशी घाट

की ओर बढ़ी जा रही थी। रास्ते में जैसे ही उस पर सेवायत जमुनादास की नज़र पड़ी, वह लपककर उसके पास आया। और चेहरे पर दु:खभरे भावों को छिपाते हुए बोला, "मैया, तैने कछु सुनी है?"

सेवायत के इस सवाल पर जिस तरह हरिदासी ने देखा, सेवायत जमुनादास समझ गया कि सचमुच उसे पता नहीं है।

"मैया, सुनी है कि आज सबेरे-सबेरे काई बाई की लहास इमलीतला घाट के परले पार कुत्ते नोच-नोचके खा रहे बताए!"

सेवायत की इस सूचना पर हरिदासी एक अप्रत्याशित भय की खाई में उतरती चली गई। एक झटके में चार आँगनवाले हाड़ाबाड़ी के स्याह कोनों-अँतरों, उढ़के दरवाज़ों और खिड़कियों के खुले-अधखुले पल्लों से छन-छन कर आनेवाली सिसकियाँ; तथा गोपीनाथ बाज़ार के भजनाश्रम की दीवारों को झंकृत करते मजीरा, खड़ताल, खोल, हारमोनियम, चिमटा के साथ 'हरे रामा, हरे रामा! रामा-रामा हरे-हरे / हरे कृष्णा, हरे कृष्णा! कृष्णा-कृष्णा हरे-हरे!' के बोल उसके कानों में गूँजने लगे। पलक झपकते ही एक साथ कई चेहरे उसकी आँखों के सामने सजीव हो उठे। उसका दिल यह सोचते हुए ज़ोर-ज़ोर से धड़कने लगा कि इमलीतला घाट के दूसरे किनारे मिली जिस लाश को कुत्ते नोच-नोच कर खा रहे थे, वह किसकी हो सकती है? कहीं वह सुभद्रा दासी या गौरी दासी तो नहीं थी? या फिर मेघु दासी या मलिना दासी में से तो कोई नहीं थी? कल्पनाओं के बीहड़ में खोई हरिदासी कुछ पलों के लिए भूल गई कि वह इस समय सेवायत जमुनादास के सामने खड़ी है या इमलीतला घाट पर। गोपीनाथ बाज़ार या पत्थरपुरा के किसी भजनाश्रम में होते कीर्तन के बीच बैठी है, अथवा चार आँगनवाले हाड़ाबाड़ी के किसी आँगन में खड़ी है।

"मैया, कहा सोचरी है?" सेवायत ने हरिदासी को कल्पनाओं से बाहर निकालते हुए पूछा।

"जमुना बाबू, यह तो मैंने सुना था कि एक बार एक विधवा की लाश को बोरे में भरकर जमुना में बहा दिया था...मगऽऽऽर किसी लाश को कुत्ते खा रहे थे... बाबा रे बाबा! भरोसा नहीं हो रहा है।"

"एक बात बताऊँ मैया, वैसे इन हालातन के लिए तुम बिधवा ही जिम्मेदार हैं।" सेवायत का मुँह किसी कसैले स्वाद से बिगड़े ज़ायके के चलते टेढ़ा होता चला गया।

"कैसे जमुना बाबू?"

"इसलिए कि अपने अन्तिम संस्कार के लिए जो बाई अपने मकान-मालिक के कनै पैसा जमा कराती रहवे हैं, उनको संस्कार तो ठीक-ठाक हो जावे है...और जो ऐसो ना करे हैं उनकी लहासन की ऐसी ही दुर्गति होवे है।"

हरिदासी के लिए यह नई जानकारी थी। वह सोचने लगती है कि वह ना तो

किसी मकान-मालिक के पास अपने अन्तिम संस्कार के लिए पैसा जमा करा रही है, ना किसी भजनाश्रम में। इसका मतलब यह हुआ कि पैसों के अभाव में उसकी लाश को भी या तो एक दिन लावारिसों की तरह यमुना में बहा दिया जाएगा। या फिर किसी घाट के किनारे पड़ी उसकी लाश को कुत्ते नोच-नोच कर खा रहे होंगे! अगर ऐसा हुआ तो उसकी उस कामना का क्या होगा, जिसके लिए वह बहुत-सी विधवाओं की तरह बंगाल से चलकर सैकड़ों मील दूर इस मोक्षवन में चलकर आई है?

सोचते-सोचते हरिदासी को लगता है जैसे केशी घाट के बुर्ज के ऊपर खड़ी उसकी आँखों के सामने धीरे-धीरे बहती यमुना की सतह पर, कफ़न में लिपटी अनगिनत देह तैरने लगीं। उसे लगा इन तैरती लाशों में एक लाश उसकी भी है, जो सबके साथ आगे बढ़ी जा रही है। उसे लगा जैसे सेवायत जमुनादास के सामने हाड़-मांस की जीती-जागती हरिदासी नहीं, एक ज़िन्दा पुतला खड़ा है।

"वैसे कोई बतारो हो कि जा लहास ए कुत्ता नोच-नोचके खा रे हे, ऊ हाड़ाबाड़ी की काई बाई की बताई!"

हाड़ाबाड़ी का नाम सुन हरिदासी का दिल जैसे उछलकर बाहर आने को हुआ। बमुश्किल क़ाबू पा उसने डूबते स्वर में पूछा, "हाड़ाबाड़ी? क्या नाम था उसका जमुना बाबू?"

"कोई मेघु दासी बताई!"

"क्याऽऽऽ! मे...मेघु दासी? तुमने ठीक से तो सुना था?" हरिदासी की आँखों के सामने अँधेरा छा गया कुछ पलों के लिए।

"हाँ मैया, जेई नाम हो!" इतना कह सेवायत जमुनादास ने हरिदासी की निश्चेष्ट आँखों में झाँकते हुए पूछा, "कहीं ई बाई उनमें ते तो ना ही मैया, जिनके साथ तू कभी हाड़ाबाड़ी में रहवे ही?"

"हाँ जमुनाबाबू, जिस लाश को कुत्ते खा रहे थे अगर यह वही है जो नाम तुम बता रहे हो, तो यह मेघु दासी है जिसके साथ मैं हाड़ाबाड़ी में रहती थी।" कहते-कहते हरिदासी की रुलाई फूट गई। इसके बाद उसने कुछ नहीं कहा और छोटा रास्ता लेते हुए पहुँच गई, मटमैले थके-हारे उजास से घिरे चार आँगनोंवाली हवेली हाड़ाबाड़ी।

सेवायत जमुनादास ने सही बताया था कि इमलीतला घाट के दूसरे किनारे जिस लावारिस लाश को कुत्ते नोच-नोच कर खा रहे थे, वह किसी और की नहीं मेघु दासी की ही थी। थके क़दमों से हरिदासी एक के बाद एक तीन आँगनों को पार कर, लगभग अँधेरे में लिपटे चौथे आँगन के अन्त में जाकर, पंक्तिबद्ध कमरों में से एक के सामने जाकर ठिठक गई। सीलनभरे कमरे में बसी सालों पुरानी आदिम गन्ध बिजली घोष के नथुनों में समाती चली गई। जिस गन्ध से उसको रह-रहकर

उबकाइयाँ आती थीं, सिर फटने को होता था, उसी गन्ध को वह आज अपने भीतर समेट लेना चाहती है। मेघु दासी इस कमरे में रहनेवाली चार विधवाओं में अन्तिम विधवा थी। या कहिए यह आख़िरी गन्ध थी, जिसके सहारे वह कभी-कभी अपने अतीत से बतिया लेती थी। सुभद्रा दासी, मलिना दासी और गौरी दासी तो पहले ही मोक्ष प्राप्त कर चुकी थीं, मेघु दासी इनमें से आख़िरी थी। वह भी आज चली गई।

खिड़की से अन्दर आते मद्धिम उजाले से कमरे की रोशनी थोड़ी और बढ़ गई। पीछे तंग गली में मकानों के पिछवाड़े गिरती मोरियों की दुर्गन्ध के बीच, हरिदासी ने कमरे को जैसे अन्तिम बार देखा। वही दीवारें और उन पर टँगी राधा-कृष्ण की वही मैली-कुचैली तस्वीरें। कमरे की दरो-दीवार को निहारते हुए हरिदासी को एक पल के लिए लगा जैसे सफ़ेद धोती में लिपटी सुभद्रा दासी, मलिना दासी, गौरी दासी मौन साधे लेटी हुई हैं।

हरिदासी हाड़ाबाड़ी से बाहर आ गई। जब पहली बार वह इस जगह को छोड़कर शाहजी मन्दिर में खोल बजाने की नौकरी पर गई थी, तब तीनों उसे विदा करने बाहर तक आई थीं। हरिदासी ने भरे मन से पलटकर देखा, तो एक क्षण के लिए लगा जैसे वे तीनों वही उदासी लिए अब भी वहीं खड़ी हैं। मगर अगले पल सूनी जगह को देख उसकी आँखें भर आईं।

कई दिनों तक मेघु दासी की यादें हरिदासी का पीछा करती रहीं। उसे याद आया पूरब से चढ़ते सूरज की धूप में भीजी यमुना को अपलक निहारती मेघु दासी की लम्बवत परछाईं, और उससे पूछा गया यह सवाल कि अठखम्बा बाज़ार की हवेली में उसके साथ वह सेठ क्या करता था। इस पर दिया गया उसका यह भोला जवाब कि वह रोज़ाना बाँके बिहारी मन्दिर से प्रसाद के नाम पर हलवाई की दुकान से पेड़े ला-लाकर मुझे खिलाता था। और ऐसे ही एक दिन जब घर में कोई नहीं था, सारे नौकर-चाकर गर्मियों में अपने-अपने घर गए हुए थे, उसे अकेली पा उस दुष्ट सेठ ने उसके साथ क्या किया था। एक के बाद एक मेघु दासी द्वारा सुनाई गई उसकी लोमहर्षक कथा के सारे चित्र बनने-बिगड़ने लगे कि किस तरह एक दिन मौक़ा देख वह हिम्मत कर हवेली से भाग गई थी। तब वह उस सेठ से बचने के लिए कभी निधिवन के पेड़ों में छिप जाती, तो कभी सेवाकुंज में। कभी टटिया स्थान चली आती, तो कभी किशोर वन में। किसी दिन राधाटीला आ जाती, तो कभी फौजदार कुंज में। अन्त में उसे शरण भी मिली तो इसी हाड़ाबाड़ी में मिली। पूरे एक महीना वह हाड़ाबाड़ी से बाहर नहीं निकली थी। मेघु दीदी से जब उसने यह पूछा कि आपको भजनाश्रम जाना अच्छा लगता है, तब उसके इस सवाल के जवाब में उसकी तरह असंख्य विधवाओं का अनुत्तरित उत्तर मिल गया था कि अच्छा-बुरा जो भी है, अब तो इसी लाइन में अच्छा लगता है। यहीं मोक्ष मिलना है। इधर रूखी-सूखी रोटी में मन भर जाता है। अब किसी चीज़ की इच्छा नहीं होती।

बस, इसी तरह भजन-कीर्तन का काम मिलता रहे, हमको और कुछ नहीं चाहिए।

राधा मदन मोहन मन्दिर की मुँडेर से मिला यह उत्तर आज भी जैसे दूर तक फैली यमुना और उसके हरहराते चौड़े वक्ष पर बड़ी कुटिलता के साथ मुस्करा रहा है। पुरानी यादों की सीढ़ियों से उतरते हुए हरिदासी न जाने कब गोपीनाथ बाज़ार और गोपीनाथ बाज़ार से कब म्यूज़िक मार्किट होती हुई, वापस गोपेश्वर मार्ग से भूतगली में प्रवेश कर गई?

कई दिनों तक अपनी और मेघु दासी की तरह बंगालिन विधवाओं की नियति को याद करते हुए हरिदासी अपने आपसे जूझती रहती। मैले कफ़न में लिपटी इन अभागी उच्च कुल ब्राह्मण-परिवारों की कुलीन स्त्रियों की यह दशा देख, उसे अपने भद्र समाज से और अधिक घृणा होने लगी कि एक भद्र कहे जानेवाला समुदाय अपनी ही अभागी जननियों को भला कैसे ज़िन्दा नरक में धकेल देता है? भला कैसे एक सभ्य समाज अपनी बदबूदार सड़ी हुई पितृसत्ता की बनाई अँधेरी काल कोठरियों में इन्हें क़ैद करने को तैयार हो जाता है? पितृसत्ता के बनाए वैधव्य के इस धार्मिक अभेद्य दुर्ग में क़ैद अभिशप्त विधवाओं के साथ वह अपने ही प्रश्नों और अन्तर्द्वंद्वों से पूरी-पूरी रात जूझती रहती।

हरिदासी का मन अब भिक्षा माँगने में भी नहीं लगता है।

पागल बाबा आश्रम के कमरे में अकेली पड़ी अपने राधा-मोहन के जोड़े के साथ माला झोली से तुलसी कंठी निकाल हरि भजन में तल्लीन रहने का प्रयास करती है। जब कभी उसकी रात में आँखें खुल जाती हैं, तो अपने झोले में सँजोकर रखे गए छातिम की पत्तियों और काँस के मुलायम फूलों से खेलती रहती है। उसे याद आते हैं वे दिन जब वह वैधव्य के बे-रंग और ऊबड़-खाबड़ पथरीले रास्तों से होते हुए नबद्वीप से सैकड़ों मील लम्बा सफ़र तय कर इस मोक्षवन में आई थी। स्मृतियों के माला झोले से रात के अँधेरे में वह दृश्य अचानक उसकी मिचमिचाती आँखों के सामने सजीव हो उठा, जब उसने पहली बार सुभद्रा दासी से पूछा था कि दीदी, आपको अपने बीते दिनों की याद नहीं आती है? उसके इस प्रश्न का जो उत्तर मिला, उसकी गूँज अब भी उसके अन्तर्मन को थपथपाती रहती है। हरिदासी की आँखों से निकलता गुनगुना पानी कब पिचके हुए गालों पर बने सूखे गड्ढे को भिगोता हुआ गले तक उतर आता, पता ही नहीं चलता। आज उसे लगता है कि सुभद्रा दासी का यह उत्तर कि वह घर-आँगन कभी भूला जा सकता है, जहाँ हमने अपना बचपन बिताया है? बाबा के वे कन्धे भूलनेवाले हैं जिन पर बैठकर मैं दुर्गा पूजा देखने जाती थी? माँ की उँगलियों की उस छुअन को भुलाया जा सकता, जो सरसराती हुई माथे पर कुमकुम लगाती थीं। सच तो यह है कि यह

जवाब सिर्फ़ सुभद्रा दासी का नहीं था, बल्कि उसकी तरह उन सबका है जो अपना सर्वस्व त्याग यहाँ की कुंज गलियों में एक बेमानी मुक्ति की आस में भटक रही हैं? उसके कानों में जैसे ही हाड़ाबाड़ी के उस सीलनभरे कमरे में बसी आदिम गन्ध के बीच कहे गए सुभद्रा दासी के ये शब्द खदबदाते हैं कि हरिदासी, जब तू रोती है तो तेरे साथ हम भी रोने लगते हैं। तुझे रोता देख हमें अपने पुराने दिन याद आ जाते हैं, हरिदासी को लगता है जैसे वह इस समय पागल बाबा आश्रम में नहीं, कई दशक पहले छोड़े गए चार आँगनवाले हाड़ाबाड़ी के उसी अँधेरे में लिपटे चौथे आँगन के अन्त में बने कमरे में है, जिसमें वह पहली बार इमलीतला घाट से सुभद्रा दासी, मलिना दासी, गौरी दासी और मेघु दासी के साथ आई थी।

दिन में जब उसका मन पागल बाबा आश्रम में नहीं लगता है, तो वह म्यूज़िक मार्किट में या तो खोल बनानेवाले सलीम की दुकान पर आ बैठती है, या यहाँ से उठकर उसके बग़ल की दुकान मोहन हारमोनियम पर आकर बैठ जाती। वह घंटों सलीम द्वारा मिट्टी के खोल के दोनों तरफ़ लगाई जानेवाली चंटी और थाप के छिद्रों में पिरोई जाती बद्दियों को कसते हुए देखती रहती है। जैसे-जैसे खोल की देह पर बद्दियाँ कसने लगतीं, और सलीम रह-रहकर कभी दाएँ हाथ की तर्जनी के पोर से थाप, और कभी बाएँ हाथ की तर्जनी के पोर से चंटी को बजाते हुए उनकी आवाज़ को जाँचता, तो वातावरण में एकाएक वैराग्य-सा घुल जाता है। लगता है जैसे दोनों पंजों के बल निमाई पंडित नृत्य कर रहे हैं।

हरिदासी जब सलीम की दुकान से उठकर मोहन हारमोनियम की दुकान पर आती है, तब उसे देखकर मोहन मुस्कराते हुए कहता, “क्यों बाई, सुन आई सलीम की चंटी-थाप?”

हरिदासी इस पर कुछ नहीं कहती। बस, चुपचाप टकटकी लगाए मोहन के चतुर-चंचल हाथों से कभी हारमोनियम के लिए, लकड़ी को आकार लेते हुए देखती; तो कभी काले व सफ़ेद रंग की चाबियों पर थिरकते पोरों से जर्मन अथवा पेरिस के रीड्स से निकलनेवाले सुरों को सुनती। दुकान में इधर-उधर बिखरे स्टॉप्स, चाबियों, धौंकनी (bellow) के लिए गत्ते और चमड़े के टुकड़ों, सिंगल पंखा, डबल पंखा और सेवन पंखा के साथ हारमोनियम में लगनेवाले दूसरे सामान को बड़ी बारीकी से देखती रहती। सबसे ज़्यादा उसे यह देख-देखकर हैरानी होती कि म्यूज़िक मार्किट की दूसरी हारमोनियम के दुकानदारों की तरह मोहन सिर्फ़ हारमोनियम बनानेवाला कारीगर नहीं है, बल्कि इस प्राचीनतम वाद्ययंत्र को बजानेवाला एक कुशल कलाकार भी है।

एक दिन हरिदासी ने यह परखने के लिए कि मोहन को सुरों की कितनी जानकारी है, उससे यूँ पूछ लिया, “मोहन बाबू, हारमोनियम बनाते-बनाते तुमको तो सुरों का भी अच्छा ज्ञान हो गया होगा?”

"हाँ बाई, अच्छा-खासा ज्ञान हो गया है। सातों सुरों मेरा मतलब है सा,रे,ग,म, प,ध,नि यानी सप्तक की इतनी अच्छी जानकारी है कि इतनी तो किसी शास्त्रीय संगीत के जानकार को भी नहीं होगी। हर तरह की गायकी चाहे वह सुगम संगीत हो या शास्त्रीय संगीत, सबकी बंदिशों को बड़ी आसानी से गा लेता हूँ। वो क्या है कि हमारे पास संगीत से जुड़े हर तरह के ग्राहक आते हैं। इसलिए उनकी दिलचस्पी को ध्यान में रख संगीत की सारी जानकारी हो गई है।"

हरिदासी एकदम मौन साधे मोहन की बातें सुनती रही।

"एक बात कहूँ बाई, मैं एक महीना में इतना अच्छा हारमोनियम बजाना सिखा सकता हूँ, जितना कोई म्यूज़िक का टीचर भी नहीं सिखा सकता। कई महीने तो लोगों को इन सात सुरों को जानने में ही लग जाते।" इसके बाद मोहन हल्के से हँसा, "लोगों को लगता है बाई कि सा, रे, ग, म, प, ध, नि क्या याद कर लिया, समझ लेते हैं सुर बाँध लिया। जबकि सच्चाई यह है कि इनके पूरे नाम जानने में महीनों लग जाते हैं।"

"वो कैसे?" हरिदासी ने मोहन को कुरेदते हुए पूछा।

"ऐसे कि लोगों को इनका पूरा नाम भी पता नहीं होता जैसे सा-षडज, रे-ऋषभ, ग-गंधार, म-मध्यम, प-पंचम, ध-धैवत और नि-निषाद। शुद्ध, कोमल, तीव्र और अचल सुरों की बारीकियों को जानने और समझने में तो महीनों लग जाते हैं।"

हारमोनियम के एक मामूली कारीगर के भीतर छिपे एक कुशल संगीतज्ञ की विदग्धता देख हरिदासी जैसे निहाल हो उठी। अपने सामने बैठे इस कारीगर में उसे जैसे स्वामी हरिदास की छवि नज़र आने लगी। वृन्दावन की इस मार्किट से गुज़रते हुए जब भी उसके कानों में हारमोनियम की रीड्स और खोल के चंटी-थाप से निकलते सुर-ताल पड़ते हैं, उसे लगता है जैसे इस म्यूज़िक मार्किट की ये दुकानें, दुकानें नहीं, किसी संगीत समारोह में सजी छोटी-छोटी संगीत सभाएँ हैं। वह जब भी इस बाज़ार से आती-जाती है, कानों में रस घोलते हारमोनियम और खोल की दुकानों से निकलते सुर-तालों को सुन उसकी शिराओं में दिनभर का थका-हारा रक्त फिर से ठहाठा मारकर दौड़ने लगता है।

22

सेवायत

जमुनादास को जब कई दिनों तक हरिदासी दिखाई नहीं देती है, उसकी चिन्ता बढ़ने लगती है। मन में बुरे-बुरे विचार आने लगते हैं। इस बार भी ऐसा ही हुआ। हरिदासी उसे कई दिनों तक दिखाई नहीं दी।

जब नहीं दिखाई दी तब किसी अनिष्टता और भय के चलते उसकी चिन्ता बढ़ गई। वह ब्रह्मचारी मन्दिर यानी राधा गोपाल मन्दिर की सीढ़ियों पर आकर खड़ा हो जाता और गोपेश्वर मार्ग को देखता रहता कि वह कहीं नज़र ही आ जाए। मगर वह दूर-दूर तक कहीं दिखाई नहीं देती। वृन्दावन के सबसे पुराने मन्दिरों में से एक गोपेश्वर मन्दिर, जो शिवलिंग को समर्पित है तथा एक मान्यता के अनुसार यह कृष्ण के प्रपौत्र व्रजनाथ द्वारा स्थापित है। इसके बारे में कहा जाता है कि जब महादेव की इच्छा कृष्ण की रासलीला देखने की हुई, तब वह गोपी का रूप धारण कर यहाँ आए थे, वहाँ तक देख आया। बल्कि एकाध बार दिन के साथ-साथ वह शाम के झुटपुटे में लैंपपोस्ट की मटमैली रोशनी में लिपटी भूतगली में दूर तक छाए सन्नाटे में भी देख आया, लेकिन हरिदासी उसे कहीं दिखाई नहीं दी। उसे इतना तो अन्दाज़ा है कि वह इसी गली में कहीं रहती है लेकिन कहाँ रहती है, यह मालूम नहीं। मालूम इसलिए नहीं है कि कभी उसे यह जानने की ज़रूरत ही नहीं पड़ी।

सेवायत जमुनादास का धैर्य अब जवाब देने लगा। मन्दिर श्रीगोदा विहार का महंत भी उससे कई बार पूछ चुका है कि वह जिस बाई को लाने की बात कर रहा था, उसका क्या हुआ? लेकिन सेवायत उसे कहाँ ढूँढ़े। एकाध बार वह गोपीनाथ बाज़ार में दलीप मंडल की दुकान पर भी हो आया। बल्कि कुछ उन बंगाली रिक्शाचालकों से भी पूछा जिनका रोज़ का म्यूज़िक मार्किट और गोपेश्वर मार्ग पर आना-जाना लगा रहता है। मगर उसे कहीं सफलता हाथ नहीं लगी। वह तो अचानक एक दिन भूतगली से एक बाई को आता हुआ देखा, तो उससे उसने यूँ ही पूछ लिया, "मैया, तैने यहाँ कोई हरिदासी नाम की बाई तो नाए देखी है?"

सेवायत की बात सुन बाई धीरे-से मुस्कराई, "देखा क्या, दीदी और मैं तो साथ ही रहते हैं।"

"मैया, तू कहीं वासुदेव दासी तो ना है?" सेवायत जमुनादास की बाँछें खिलती चली गईं।

"हाँ सेवायत जी। मैं वासुदेव दासी ही हूँ।" फिर थोड़ा विस्मय के साथ वासुदेव बोली, "पर आप मुझे कैसे जानते हो?"

"मैया, तैने ही तो वाहे भिक्षया माँगनी सिखाई है?" सेवायत व्यंग्य करते हुए मुस्कराया।

"पर दीदी ने अब भिक्षा माँगनी बन्द कर दी है।"

"मतलब, वानै फिर ते भजनाश्रम जानो सुरू कर दियो है?"

"वहाँ भी नहीं जाती है।"

"भजनाश्रम भी ना जावे है और वानै भिक्षया माँगनी भी बन्द कर दी है तो फिर गुजारा कैसेकररी है?"

"कभी-कभी जाती है और उतना ही माँगकर लाती है, जिससे उसका गुजारा हो जाए।"

"लगे है वाके मेरी वा दिनवारी बात लग गई है जब मैंने कही ही कि मैया, एक बार फिर मोहे काई मन्दिर में तेरी नौकरी की बात करनी पड़ेगी। मोहे तेरो ई मन्दिर-मन्दिर भिक्षया माँगनो अच्छो ना लगे।"

वासुदेव दासी सोचती रही कि क्या सचमुच हरिदासी ने सेवायत की बात सुनने के बाद भिक्षा माँगना बन्द किया है, या इसके पीछे कोई और कारण है?

"मैया, एक बेर वाते जाके कह दे कि मैं वाहे याद कररो हूँ!"

"ठीक है सेवायत जी, मैं अभी दीदी को जाकर बता देती हूँ।" इतना कह वासुदेव दासी वापस भूतगली में मुड़ गई।

दोपहर बाद तीसरे पहर धूप आरती के बाद हरिदासी ख़ुद ही सेवायत जमुनादास के पास ब्रह्मचारी मन्दिर चली आई।

"मैया, मैंने जो सुनी है ऊ सच है?" आते ही बिना किसी भूमिका के सेवायत ने पूछा।

"सही सुना है जमुना बाबू।" हरिदासी ने भी बिना किसी अगर-मगर के सेवायत की आशंका की पुष्टि कर दी। जब वासुदेव दासी ने उसे सब कुछ बता ही दिया है फिर क्या छिपाना?

"अचानक ई कहा सूझी जो भिक्षया माँगनी छोड़ दी?"

"जैसे माँगनी शुरू की थी, वैसे ही छोड़ दी।" हरिदासी ने स्पष्ट उत्तर दिया।

सेवायत जमुनादास समझ गया कि हरिदासी इस विषय पर अधिक बात नहीं करना चाहती है। इसलिए वह उस मुद्दे पर आ गया, जिसके लिए उसे बुलवाया है।

"मैंने गोदा विहार मन्दिर के महंत जी ते बात करी है, तू राजी है तो मैं वाते बात पक्की करूँ?"

"काम क्या करना पड़ेगा जमुना बाबू?"

"यही मन्दिर में विराजित सनातन धर्म के देवी-देवताओं की साफ-सफाई।"

"फिर तो ठीक है। इन हाथों में अब खोल बजाने की जान नहीं रही। इसलिए पूछ लिया।"

"तो ऐसो करें, अभी चलें! महंत जी भी अभी मिल जाएगो।" सेवायत जमुनादास ने हरिदासी के जवाब का इंतज़ार भी नहीं किया और गोदा विहार मन्दिर जाने के लिए खड़ा हो गया।

लाला बाबू मन्दिर के पास गोपेश्वर मार्ग पर स्थित गोदा विहार मन्दिर के लिए वे दोनों चल दिए।

गोदा विहार मन्दिर में प्रवेश करने से पहले सिंह द्वार के सामने एक पल के

लिए हरिदासी ठिठक गई और दरवाज़े के ऊपर कतारबद्ध देवियों की मूर्तियों को देखने लगी।

"मैया, जिन्ने तू देखरी है न जे मोक्षदायिनी सप्त पुरियाँ हैं। जे कोई देवीन की मूर्ति ना हैं बल्कि जे सात तीरथ हैं जिन्ने मोक्षदायक कहवे हैं। पुराणों में जिन सात तीर्थों को मोक्षदायक कहा गया है वे हैं अयोध्या, मधुपुरी अर्थात मथुरा, माया यानी हरिद्वार, काँचीपुरम, अवन्तिका अर्थात उज्जैन और द्वारका। इनके बारे में कहो जावे है कि—

अयोध्या मथुरा माया काशी काँची अवन्तिका।
पुरी द्वारावती चैव सप्तैता मोक्षदायिका:॥"

जिस समय सेवायत जमुनादास हरिदासी को इन मोक्षदायक स्थलों अर्थात सात पुरों या कहिए पुरियों के बारे में बता रहा था, और बताते हुए जैसे ही मथुरा का नाम आया, हरिदासी का पूरा जिस्म एक नए उच्छ्वास से भर गया। मथुरा को लेकर उसकी जिज्ञासा और बढ़ गई।

"जमुना बाबू, तो क्या मथुरा का नाम मधुपुरी भी है?"

"हाँ, मधु नाम के राक्षस ने अपने नाम ते ई मधुपुरी बसायो हो। हिन्दू मान्यता के मुताबिक ब्रज की चौरासी कोस की परिकम्मा में आनेवारो ब्रज, और मथुरा नाम की जे मोक्षदायिनी पुरी सारे पापन की नाश करनेवारी नगरी है। पुराणों में याहे साक्षात गोलोक, बैकुंठ आदि कहो गयो है।"

हरिदासी इससे पहले वृन्दावन को सिर्फ़ बंगालिन विधवाओं का आश्रय स्थल, कृष्ण की लीलाओं और रासलीलाओं की नगरी मानती थी। मगर आज उसे पता चला कि सचमुच यह तो सारे पापों का शमन करनेवाली मोक्षदायिनी नगरी भी है।

"वे सामने सात घोड़ों के रथ पे सूर्यदेव विराजमान हैं। ये अपने वाहन गरुड़ पे हरि विष्णुजी सवार हैं, तो दाएँ ओर नवग्रह हैं।" एक कुशल गाइड की तरह धीरे-धीरे आगे बढ़ते हुए सेवायत जमुनादास मन्दिर परिसर में विराजित मूर्तियों से हरिदासी का परिचय कराने लगा। इसी बीच सामने से किसी को आता हुआ देख सेवायत बोला, "ले मैया, महंत जी तो बाहर ही मिल गए...राधे-राधे महंत जी!" सेवायत ने दूर से मन्दिर के महंत का अभिवादन करते हुए कहा।

"राधे-राधे! आइए सेवायत जी!" दोनों के पास जाने पर महंत ने पहले सेवायत के साथ आई वृद्ध हरिदासी को देखा और फिर पूछा, "यही बाई दीखे सेवायत जी जाकी तुम बात कररे है?"

"जी, यही है। यहीं भूतगली में पागल बाबा आश्रम में रहरी है।"

इस बीच वे तीनों मन्दिर स्थित एक कमरे में आ गए।

"हाँ जी सेवायत जी हुकुम करो?" औपचारिकता निभाते हुए पूछा मन्दिर के महंत ने।

"हुकुम क्या महंत जी। आपको बताई तो ही सारी बात।"

"फिर भी बाई की कोई माँग होए?"

"मैया, महंत जी कुछ कहरे हैं!" सेवायत जमुनादास ने बात आगे बढ़ाते हुए हरिदासी से पूछा।

"जमुना बाबू, कोई माँग नहीं है। अब मेरी कोई इच्छा नहीं बची है। बस, एक अन्तिम इच्छा बची है कि जिस दिन मैं हरि को प्यारी होऊँ, मेरी लाश को कुत्ते नोच-नोचके ना खाएँ। लावारिश समझके यमुना में ना बहाई जाए।"

जिस वेदना और पीड़ा के साथ हरिदासी ने अपनी इच्छा व्यक्त की, उसे सुन सेवायत जमुनादास का तेज़ी-से बूढ़ा होता शरीर काँप उठा। वह मन-ही-मन सोचने लगा कि दशकों तक इस वृन्दावन में रहने के बावजूद किस तरह इन विधवाओं की इच्छाएँ यमुना के सूखते पानी की तरह शुष्क हो जाती हैं।

"मैया, राधारानी सब ठीक करेगी।" सेवायत ने धीरज बँधाते हुए कहा।

"ठीक है सेवायत जी। जब इसका मन करे अपना सामान लेकर यहाँ आ जाएगी। बाहर मन्दिर का पुराना गेस्ट हाउस है। उसके एक कमरे में इसके रहने की व्यवस्था हो जाएगी।"

सामान का नाम सुन हरिदासी एक फ़ीकी मुस्कान बिखेरते हुए बोली, "हम बंगाली विधवाओं के पास सिवाय माला झोली, उसमें पड़ी तुलसी माला और कुछ पुरानी यादों के क्या है।" इतना कह उसने एक गहरा नि:श्वास लिया और अपने आप से जैसे सेवायत जमुनादास और महंत को सुनाते हुए कहने लगी, "यादों के नाम पर अपने साथ शान्तिनिकेतन से अपनी डिग्री के साथ छातिम की पत्तियों और काँस के जिन मुलायम फूलों को साथ लाई थी, अब तो वे भी सूख गए हैं। जैसे-जैसे उनका हरापन नष्ट होने लगा उनकी सुगन्ध भी चली गई। सिवाय तृण के कुछ नही बचा है।" कहते-कहते हरिदासी कुछ पलों के लिए जैसे अतीत में लौट गई।

"जो भी सामान है मैया उसे ले आ!" सेवायत जमुनादास ने बात समाप्त करते हुए कहा।

"जमुना बाबू, एक बात कहनी है?"

जिस तरह हरिदासी ने यह कहा उसे सुन दोनों ने उसकी ओर देखा।

"हाँ बोल मैया?" सेवायत ने पूछा।

"मैं बैंक में अपना अकाउंट बन्द करना चाहती हूँ। सोचती हूँ जब सऽऽऽब मोह-माया त्याग दिया तो उस पैसे का भी क्या करना!" एकाएक दार्शनिक हो गई हरिदासी।

"अकाउंट ए बन्द करवाके वा पैसे को कहा करेगी?" सेवायत ने हैरानी के साथ पूछा।

"सोचती हूँ इस मन्दिर को दे दूँ।"

"जैसी तेरी मर्जी मैया। मेरे सिर ते बड़ो भारी बोझ उतर जाएगो अगर ऐसो होगो तो।" सेवायत जमुनादास ने लम्बी साँस लेते हुए कहा।

"सेवायत जी, तेरे सिर पे कौन-सो बोझ है?" महंत ने मुस्कराते हुए पूछा।

"या मैया ने वामें मेरौ नाम नामांकित कर राखो है महंत जी।"

"मतलब, याके मरने के बाद मालिक तुम हो?"

सेवायत जमुनादास इस पर कुछ नहीं बोला।

"महंत जी, मैं एक-दो दिन में आ जाती हूँ।"

"जैसी तेरी मर्जी बाई। वैसे जितनी जल्दी आ जाएगी, उतना ही ठीक है।" जाते-जाते महंत बोला।

महंत से मिलकर सेवायत जमुनादास हरिदासी को मन्दिर दिखाने ले आया।

सेवायत जमुनादास हरिदासी को सबसे पहले मन्दिर के मध्य भाग में ले गया।

"मैया, पूरे बिन्दाबन में श्रीगोदा विहार मन्दिर अकेलो ऐसो मन्दिर है जामें हमारे सनातन धर्म के सारे देवी-देवताओं, ऋषि-मुनियों, भक्तों की एक साथ मूर्तियाँ लगी हुई मिलेंगी। बीच में भगवान लक्ष्मी नारायण माता लिच्छमी के साथ बैकुंठ में विराजमान हैं, तो ई ब्रह्मलोक दर्शन है। यहाँ सभी लोकों के देवी-देवताओं जैसे सरस्वती, गुरु वशिष्ट, वाल्मीकि, दुर्वासा, अगस्त मुनि की मूर्तियाँ विराजित हैं, तो वहाँ शिवलोक दर्शन में भगवान शिवजी से जुड़ी मूर्तियाँ हैं।"

हरिदासी सेवायत के संग-संग चलती रही।

"ये देख मैया, याहे तपोलोक दर्शन कहवे हैं। यहाँ सनातन धर्म के सारे ऋषि-मुनियों जैसे भारद्वाज ऋषि, गौतम ऋषि, गंगाचार्य ऋषि, मार्कंडेय ऋषि, सूतजी महाराज आदि की प्रतिमाएँ विराजित हैं। इसके अलावा सारे अवतारों के चित्र भी लगे हुए हैं। ये देख, भाग्य लिच्छमी, ऐश्वर्य, मत्स्यावतार, मेनका, नरसिंह भगवान, राजा बली, परशुराम कल्कि महाराज, धन्वंतरी, विश्वकर्मा, सत्यनारायण, भगवान बुद्ध, ललिता सखी, राम-सीता और राधा-कृष्ण की मूर्तियाँ और चित्र लगे हुए हैं। यह भागवत भक्तादि दर्शन लोक है। यामें भक्त प्रह्लाद, ध्रुव, विभीषण, भरत, द्रोणाचार्य, भीष्म पितामह, द्रौपदी के साथ पाँचों पांडवों, कौशल्या, यशोदा, माता अनुसूइया, शबरी की मूर्तियाँ हैं।"

सेवायत जमुनादास हरिदासी को अब मन्दिर के अन्तिम हिस्से में ले आया।

"इनके अलावा श्रीराम दरबार और सारे वैष्णव गुरुओं जैसे गोरखनाथ, महावीर, नानक, कबीर, चन्द्राचार्य, आदिगुरु शंकराचार्य, माधवाचार्य, निम्बार्काचार्य, वल्लभाचार्य, रामानुजाचार्य, तुलसीदास, दादू दयाल, मीराबाई, संत ज्ञानेश्वर, चैतन्य

प्रभु, स्वामी हरिदास के चित्र और मूर्तियाँ लगी हुई हैं।"

श्रीगोदा विहार मन्दिर और उसमें विराजित मूर्तियों व चित्रों को देखने के बाद, हरिदासी धीरे-से सेवायत जमुनादास की ओर पलटी तथा मुस्कराते हुए बोली, "जमुना बाबू, इस मन्दिर का नाम श्रीगोदा क्यों पड़ा है? मैंने तो आज तक इसका नाम सुना नहीं है। कौन था यह गोदा?"

हरिदासी की इस जिज्ञासा पर सेवायत पहले ज़ोर से हँसा और फिर मुस्कराते हुए बोला, "मैया, गोदा था ना, थी। ऐसो है या नाम को भी काई दिन खुलासा करूँगो। पहले अपने तामझाम ए उठाके या मन्दिर में आ जा।" इसके बाद सेवायत जमुनादास उसके और निकट आया और बेहद धीमी आवाज़ में बोला, "जितनी जल्दी हो सके, तू यहाँ आके जम जा! मनीजर साब के पास रोजाना लोग चक्कर लगावे हैं कि काई तरह वे या मन्दिर में आके घुस जाएँ।" सेवायत ने अपना डर प्रकट करते हुए कहा।

"ठीक है जमुना बाबू, मैं कल ही इधर आ जाती हूँ।" हरिदासी को चलते हुए महंत का यह वाक्य याद आ गया कि जितनी जल्दी आ जाएगी, उतना ही ठीक है।

इसके बाद वे दोनों मन्दिर परिसर से निकल बाहर गोपेश्वर मार्ग पर आ गए। आगे जाकर हरिदासी भूतगली में घुस गई और सेवायत जमुनादास अपने ब्रह्मचारी मन्दिर अर्थात राधा गोपाल मन्दिर, जिसे ग्वालियर महाराज श्रीमन्त जयाजी राव शिन्दे ने बनवाया था, की ओर बढ़ गया। लौटते हुए हरिदासी को अपने आप पर ग्लानि-सी होने लगी कि पूरी ज़िन्दगी उसकी वृन्दावन में बीत गई, लेकिन इस मन्दिर को वह इससे पहले क्यों नहीं देख पाई? वृन्दावन ही क्यों, पिछले सात-आठ साल से इससे कुछ सौ क़दम दूर भूतगली में रह रही है, तब भी उसने इसे नहीं देखा।

23

वासुदेव दासी ने जैसे ही सुना, वह अपने आपको नहीं रोक पाई। रुलाई फूट पड़ी उसकी। उसने तो इसकी कल्पना भी नहीं की थी कि एक दिन हरिदासी उसे पागल बाबा आश्रम में अकेला छोड़कर चली जाएगी। उसे अपने आप पर अब गुस्सा आ रहा है कि उस दिन क्यों उसने सेवायत जमुनादास को यह बताया था कि हरिदासी उसके साथ इस आश्रम में रहती है। वह समझ गई कि जिस तरह अचानक हरिदासी उसे छोड़कर श्रीगोदा विहार मन्दिर में जा रही है, उसकी व्यवस्था ज़रूर इस सेवायत ने ही की होगी। उसे सेवायत द्वारा कहे गए इस वाक्य का अर्थ अब समझ में आ रहा, जो उसने भूतगली के मुहाने पर उससे

कहा था कि लगता है उसे मेरी उस दिनवाली बात लग गई है, जब मैंने कहा था कि मैया, एक बार फिर मुझे किसी मन्दिर में तेरी नौकरी की बात करनी पड़ेगी। मुझे तेरा ये मन्दिर-मन्दिर भिक्षा माँगना अच्छा नहीं लग रहा है।

इतने सालों से साथ रहने और पिछली स्मृतियों को याद करते हुए वासुदेव दासी के आँसू रुकने का नाम नहीं ले रहे हैं। जब-जब उसकी नज़रें हरिदासी से मिलतीं, वह अपने आपको रोक नहीं पा रही है। हरिदासी उसे जब-जब समझाने की कोशिश करती वासुदेव हर बार हरिदासी से चिपटते हुए गुहार लगाती, "दीदी, मुझे इस तरह अकेला छोड़कर मत जा! मैं आपके बिना कैसे रहूँगी? एक आप ही तो हैं जिससे मैं अपने दु:ख-दर्द को बाँट लेती हूँ।"

"बासु, कितनी दूर है गोदा विहार मन्दिर। जब मन करे आ जाया कर।"

कुछ नहीं बोली वासुदेव दासी। वह समझ गई कि पागल बाबा आश्रम के इस कमरे और उससे हरिदासी का साथ हमेशा-हमेशा के लिए छूट जाएगा। उसे लगता जैसे जीवन की डोर और उसका सिरा अब धीरे-धीरे उससे भी छूटता जा रहा है। जब-जब वह हरिदासी को सामान के नाम पर चन्द चीज़ों को अपने झोले में रखते हुए देखती, उसका कलेजा मुँह को आने को होता।

अन्तिम रात तो वासुदेव दासी की एक पल के लिए भी आँखें नहीं लगीं। जब भी नींद का कोई झोंका उसे आकर दबोचने की कोशिश करता, पहरे पर बैठा भयानक सपना अचानक उसे झिंझोड़कर जगा देता। शायद ही कभी उसने बराबर में सफ़ेद धोती में लिपटे इस ज़िन्दा कंकाल को देखा हो, जितना उस रात को देख चुकी है। यह कल्पना करते हुए उसकी आँखें भर-भर आतीं कि कल रात को जब उसकी आँखें अँधेरे में अपने बराबर वाली इस जगह को टटोलेंगी, तब इस ख़ाली जगह को देख उस पर क्या बीतेगी? ऐसी ही कल्पनाओं में उसकी रात कट गई।

वासुदेव दासी ने मन-ही-मन तय कर लिया कि वह हरिदासी द्वारा पागल बाबा आश्रम से जाते समय नहीं मिलेगी। उससे बिछोह की यह घड़ी सही नहीं जाएगी। वह नहीं कर पाएगी हरिदासी का सामना, जब वह यहाँ से श्रीगोदा विहार मन्दिर जाएगी। हरिदासी से आँखें नहीं मिला पाएगी।

अगले दिन हुआ भी ऐसा ही।

पता नहीं कौन-सा दिन है आज? वासुदेव दासी इससे पहले बाँके बिहारी मन्दिर जाती थी लेकिन आज वह निकल गई प्रेम मन्दिर। इससे पहले कहाँ वह शृंगार आरती के समय पागल बाबा आश्रम से निकलती थी, आज वह सुबह की धूप आरती के समय ही निकल गई। और दिन वह दोपहर तक भिक्षा माँगकर लौट आती थी, आज वह तीसरे पहर की धूप आरती तक नहीं लौटी है। हरिदासी ने बहुत इंतज़ार किया उसका। जब उसे लगा कि संध्या आरती का समय ज़्यादा दूर नहीं है, उसने अपना सामान, जिसे सामान कहना सामान का अपमान होगा, उठाया

और चली आई श्रीगोदा विहार मन्दिर। महंत ने पुराने गेस्ट हाउस का एक कमरा बता दिया। कमरे में आते ही सबसे पहले उसने उसे साफ़ किया, तब जाकर वह अन्दर अपना सामान लाई।

हरिदासी ने कमरे का सरसरी तौर पर अवलोकन किया तो पाया कमरा ठीक-ठाक है। पहले से पड़े एक पुराने तख़्त पर उसने सामान रखा और एक-एक कर उसने अपना सामान करीने से लगा दिया। इसके बाद एक लम्बी साँस ले वह लेट गई।

शाम को संध्या आरती के समय वासुदेव दासी आश्रम लौटी। धड़कते दिल से कमरे में क़दम रखने से पहले हुए बेहद धीमे स्वर में उसने आवाज़ लगाई, "हरि दीदीऽऽऽ!"

जब अन्दर से कोई उत्तर नहीं आया, तो इस बार थोड़ी तेज़ आवाज़ लगाई, "दी...दीदी!"

मगर इस बार भी कोई जवाब नहीं आया। समझ गई वासुदेव दासी। वह तेज़ी से भीतर आई और उस तरफ़ जहाँ हरिदासी का ठिकाना था, उसके आसपास के सूनेपन को सूनी आँखों से निहारने लगी। दीवार पर एक छोर से दूसरे छोर तक बँधी वस्त्रहीन अलगनी, दीवार में ही बनी तीन ख़ाने वाली ख़ाली अलमारी और सालों से दीवार पर लटकने वाली राधाकृष्ण की तस्वीर को न पाकर वासुदेव दासी की हिलकियाँ बँध गईं। आँखों से आँसू इस तरह बहने लगे जैसे किसी पुराने बाँध का रुका हुआ पानी उसके किनारों को तोड़ता हुआ हरहराकर बह रहा है।

'चली गई मेरी दीदी!' वासुदेव दासी ख़ुद को सुनाते हुए हूक मारकर रो पड़ी।

हरिदासी को याद करते हुए वह देर तक रोती रही। हालाँकि वह चाहती तो इसी समय गोदा विहार मन्दिर चली जाती लेकिन उसकी वहाँ जाने की हिम्मत नहीं हुई। दरअसल अपने दुःख में वह हरिदासी को शामिल नहीं करना चाहती है। अपने अकेलेपन को अपनी नियति मान उदास दीवारों को देखने के सिवाय जैसे कोई और विकल्प नहीं है उसके पास। जीवन की संध्या वेला की तरह अधखुली खिड़की से झाँकता बाहर का उजास, अब तेज़ी से शाम के झुटपुटे में बदलने लगा।

श्रीगोदा विहार मन्दिर खुलने के बाद हरिदासी को जब भी समय मिलता, वह एक-एक कर ब्रह्मलोक, शिवलोक, तपोलोक, भागवत भक्तादि लोक और वैष्णव गुरुओं के दर्शन करना नहीं भूलती। उस दिन भी वह मन्दिर के देवी-देवताओं की साफ़-सफ़ाई में मग्न थी कि अचानक सेवायत जमुनादास की आवाज़ सुन, उसने काम रोकते हुए पूछा, "जमुना बाबू तुऽऽऽम!"

"थोड़ो सो महंत के कनै काम हो तो सोची तोते भी मिल चलूँ।"

"पर महंत जी तो मथुरा गए हुए हैं।" हरिदासी ने बताया।

"हाँ यहीं आके पतौ चली कि वे तो बाहर गए हुए हैं...और तू सुना मैया, मन्दिर में मन तो लगरो है न?"

"जमुना बाबू, भगवानों के इस घर में आने के बाद पता ही नहीं चलता कि कब सुबह होती है और कब शाम हो जाती है।"

"चलो बढ़िया है। रोज-रोज की भाग-दौड़ तो बच गई।"

"जमुना बाबू, तुमने उस दिन बोला था कि इस गोदा के बारे में फिर कभी बाद में बताऊँगा। आज बताओ न! महंत जी भी नहीं हैं।" हरिदासी ने सेवायत जमुनादास को याद दिलाते हुए कहा।

सेवायत हँसते हुए बोला, "तो जे बात अभी तलक याद है?"

हरिदासी ने कोई उत्तर नहीं दिया।

"चल वहाँ बैकुंठ में चलके बैठते हैं भगवान लक्ष्मी नारायण और माता लिच्छमी के चरणों में!"

सेवायत जमुनादास हरिदासी को लेकर मन्दिर के मध्य भाग में आ गया। कुछ देर पहले साफ़ किए गए नंगे फ़र्श पर दोनों बैठ गए। बैठने के बाद सेवायत को गोदा के बारे में जितनी मोटी-मोटी जानकारी थी उसे बताने लगा—

"तमिल की एक आलवार सन्त महिला ही आंडाल। यह बारह आलवार यानी जो पूरी तरह ईश्वर में डूबा हुआ हो, तमिल सन्तों में से एक ही। याकी भक्ति की तुलना राजस्थान की कृष्णभक्त मीरा से की जावे है। इसलिए ई दक्षिण की मीरा भी कही जावे है। याके बारे में एक किस्सा बड़ो मशहूर है कि एक दिन आंडाल ने भगवान श्रीरंगनाथ के लिए जो माला गूँथी ही, ऊ श्रीरंगनाथजी को पहनाने से पहले खुदई पहन ली। माला पहनने के बाद यह शीशे के आगे गई और सामने अपनी मूरत ए देखके के खुद से पूछा कि प्रभु, आप मेरे इस श्रृंगार को ग्रहण कर लोगे न?

"जमुना बाबू, यह भगवान श्रीरंगनाथ वही तो नहीं है जिसका मन्दिर पास में है?" हरिदासी ने पूछा।

"हाँ मैया, वोई है।" सेवायत ने तुरन्त हरिदासी की जिज्ञासा का निदान करते हुए आगे कहा,

"यह पूछने के बाद ऊ जूठी माला आंडाल ने भगवान को पहना दी।"

"जूठी माला? जमुना बाबू, माला भी कहीं जूठी होती है?"

सेवायत जमुनादास पहले धीरे-से हँसा और फिर शब्दों को चुबलाते हुए बोला, "मैया, जैसे भगवान को भोग लगाने से पहले अगर भक्त वाहे चख ले, तो ऊ जूठो हो जावे है। ऐसे ही भगवान के लिए बनाई गई माला अगर भगवान को पहनाने से पहले कोई और अपने गले में डाल ले, तो वह जूठी हो जावे है। हो जावे है कि ना?"

"हाँ, हो जाती है।" हरिदासी ने बड़े भोलेपन के साथ सेवायत जमुनादास के तर्क का समर्थन किया।

"तो मैया, जे बात जब भगवान विष्णु के एक भक्त कू पतौ चली, तो ऊ बहुत दुखी हुओ। कहवे हैं कि एक दिन विष्णु भगवान वा भक्त के सपने में आए और वाते बोलो कि वाहे अब आंडाल की पहनी हुई माला ही पहनाई जाए। भक्त ने ऐसो ही करो। जब लोगन्ने याके बारे में पतौ चली तो उन्ने ई मान लियो कि आंडाल को भगवान विष्णु यानी श्रीरंगनाथजी से ब्याह हे गयो है। वाके पीछे बड़ी धूमधाम ते वाको ब्याह श्रीरंगनाथजी के संग सम्पन्न करा दियो। विवाह संस्कार के बाद आंडाल मतवाली होके श्रीरंगनाथजी के बिछावन पे चढ़ गई और देखते-देखते वह भगवान के विग्रह में विलीन हे गई।"

हरिदासी श्रीगोदा की इस कहानी को सुन न जाने किन कल्पनाओं में खो गई।

"पतौ है मैया, श्रीरामानुज सम्प्रदाय के इस श्रीरंगनाथ या रंगजी, जिसे भगवान विष्णु भी कहो जावे है, वह शेषनाग पे मूर्ति रूप में है। इनके चरणों में लक्ष्मी बैठी है। ब्रह्मा वेदों का पाठ कर रहे हैं। इसके नीचे सोने की तीन मूर्तियाँ हैं। बाईं तरफ श्रीदेवी यानी लक्ष्मी, दाएँ ओर भूदेवी और बीच में रंगनाथ मेरौ मतलब है विष्णु जी हैं। रंगनाथजी मन्दिर के सातवें दरवाजे को नाम बैकुंठ दरवाजा है, जो केवल पूस महीने में पड़नेवाली बैकुंठ एकादशी के दिन खोलो जावे है। या दिन सुबह चार बजे मंगला आरती के लिए याको दरवाजा खुले है और भगवान की ग्यारह पालकी इसी दरवाजे से मन्दिर के भीतर जाती हैं, जिनके साथ सैकड़ों भक्तजन या दरवाजे से प्रवेश करते हैं। एक बात और मैया, बिन्दाबन के या श्रीरंगजी मन्दिर ए देखके हर कोई ई सोचतो होएगो के ई काई मदरासी सेठ ने बनवायो होएगो?"

"फिर और किसने बनवाया है?" प्रतिप्रश्न किया हरिदासी ने।

पहले सेवायत धीरे-से मुस्कराया और फिर बोला, "ई मन्दिर, स्वामी रंगाचार्य जो बहुत बड़े संस्कृत के विद्वान और गुरु थे, वाकी देखरेख में सेठ गोबिन्द दास और राधाकृष्ण ने बनवायो हो। सेठ गोबिन्द दास और राधाकृष्ण, ये दोनों उस समय के जाने-माने करोड़पति श्री लखमी चन्द के भाई थे। ई मन्दिर छह साल में बनके तैयार हुओ हो।"

जब सेवायत जमुनादास यह सब बता रहा था हरिदासी को याद आया कि शाहजी मन्दिर के मैनेजर शाह भारत भूषण ने उसे एक बार बताया था कि जहाँ यमुना का चुनरी महोत्सव और बेलवन मेला जिस पूस महीने में लगता है, इसी महीने में श्रीरंगजी मन्दिर का बैकुंठ द्वार भी खुलता है। इधर सेवायत जमुनादास की स्मृति के झीने परदे पर भी वह दिन तिरमिराने लगा, जब रंगजी मन्दिर में खुलनेवाले बैकुंठ द्वार को लेकर हरिदासी की उत्सुकता देखते ही बन रही थी। इसकी उस उत्सुकता को देख सेवायत जमुनादास ने स्वयं से कहा भी कि मनुष्य की यह कैसी

तृष्णा है कि सारे भौतिक सुखों को त्यागने के बावजूद पूस की इस देह फोड़ती ठंड में उसके अन्दर लक्ष्मी के दर्शन करने की चाह बची हुई है? बैकुंठ द्वार से निकलने की कल्पनाभर से हरिदासी का चेहरा चमक उठा था। हरिदासी की आँखों की चमक को देख सेवायत ने मन-ही-मन कहा था कि विष्णु के लोक बैकुंठ धाम को देखने का इस हरिदासी में कितना चाव है? वह सोचता है कि हरिदासी को यह किसने बताया होगा कि जो इस बैकुंठ धाम के दर्शन कर लेता है, उसे मोक्ष की प्राप्ति होती है। एक बार फिर हरिदासी के मन में मोक्ष-लालसा की पुरानी इच्छा अँगड़ाई लेने लगी है। सेवायत ने हरिदासी की छोटी-छोटी आँखों में झाँककर देखा, तो उसे लगा जैसे उसके अन्दर बैकुंठ दरवाज़े से गुज़रने की चाह फिर से पल्लवित हो गई है। मोक्ष-प्राप्ति की लालसा में उसकी बाँस की खपच्ची-सी देह की सूखी नसों में रक्त दौड़ने लगा।

"इसी महीने में श्रीरंगनाथ मन्दिर में माँ गोदाम्मा को श्रीरंगनाथजी के साथ बड़े धूमधाम ते ब्याह-उत्सव मनायो जावे है। रंगनाथ मन्दिर में जे उत्सव पूरे पाँच दिन चले है। आखिरी दिन माँ गोदाम्मा को लाल जोड़े में घूँघट के साथ सबसे पहले भगवान रंगनाथ के कनै ले जायो जावे है। जहाँ सेवायत वाहे भगवान रंगनाथ की माला और आभूषण पहनावे हैं। याके बाद गोदाम्मा की सवारी यमुनाजी के दर्शन कू ले जाई जावे है। यमुना मैया के दर्शन और आरती के कुछ समय बाद गोदाम्मा के हल्दी, कुमकुम लगाके दुल्हन की तरह सजाई जावे है। फिर नाच-गानों और मंगल गीतों के बीच गोदाम्मा और भगवान रंगनाथ की मालाओं की अदला-बदली होवे है।"

हरिदासी मन-ही-मन अपने आपसे कहती है कि उसने अकारथ ही वृन्दावन में अपना जीवन बिता दिया। उसने श्रीरंगनाथ मन्दिर में इस विवाह उत्सव को आज तक नहीं देखा, तो क्या देखा? उसने निश्चय कर लिया की इस बार वह माँ गोदाम्मा अर्थात आंडाल और श्रीरंगनाथ के विवाह-उत्सव को अवश्य देखेगी। अपने इन अन्तिम दिनों में वह इसके बैकुंठ द्वार से ज़रूर निकलेगी। हरिदासी सोचती है कि उसके जीवन में जो तरह-तरह के अनेक दुःख और कष्ट हैं, उसका मुख्य कारण अवश्य बैकुंठ द्वार से ना निकलना भी रहा होगा। बिना इस द्वार से निकले उसकी मुक्ति सम्भव नहीं है।

"एक बात और बताऊँ मैया!"

शायद हरिदासी को आवाज़ सुनाई नहीं दी, इसलिए सेवायत जमुनादास ने उसे टोका, "मैया कहाँ खो गई?"

बैकुंठ द्वार के बीच फँसी हरिदासी अकबकाते हुए मुश्किल से बाहर निकली।

"पतौ है रंगनाथ मन्दिर में दशहरे पर भगवान रंगनाथ की सवारी मन्दिर से बड़े बगीचे जाती है। यहाँ संझा कू गोधूली बेला में भगवान रंगनाथ ए सोने के घोड़े पे बिठाके वाके हाथ में भाला, धनुष, तलवार देकर छौंकड़ के पेड़ के कनै ले जावे हैं।"

"जमुना बाबू, यह छौंकड़ क्या होता है?" हरिदासी ने पहली बार सुने इस वृक्ष के बारे में पूछा।

"एक बेर रंगनाथ मन्दिर के सेवायत ने बतायो तो हो, पर याको असली नाम याद ना आरो है।" अपनी याददाश्त पर ज़ोर देते हुए सेवायत इस पेड़ का असली नाम याद करने की कोशिश करने लगा कि एकाएक जैसे उसे याद आ गया, "मैया, या छौंकड़ कू शमी को पेड़ भी कहवे हैं। हमारे ब्रज में ई पेड़ खूब मिले है। कहते हैं कि शमी को पेड़ तेजस्वी होवे है। याहे वीरता को प्रतीक भी बतावे हैं। याकी लकड़ी के भीतर एक खास तरह की आग होती बताई, जो रगड़ने पर निकलती है। दशहरे के दिन शमी की पूजा की परम्परा है। एक मान्यता है कि यह पेड़ भगवान राम का भी प्यारा था। लंका पे चढ़ाई ते पहले भगवान राम ने या पेड़ को पूजन करके आशीर्वाद प्राप्त करो हो। बाद में लंका जीतने के पीछे राम ने शमी की पूजा करके याको आभार ब्यक्त करो हो। इतनो ही ना बल्कि याको वर्णन महाभारत में भी मिलतो बतायो। कहवे हैं कि अपने बारह साल के बनवास के बाद एक साल के अज्ञातवास में पांडवन्ने ने अपने सारे हथियार, जामें अर्जुन को गांडीव धनुष भी हो, याई पेड़ पे छुपाए हे। कुरुक्षेत्र में कौरवन के संग युद्ध पे जाने ते पहले भी पांडवन्ने ने याई शमी के पेड़ की पूजा-अर्चना करी ही और याते विजय की कामना करी ही। तभी ते ई कही जावे है कि जो भी या पेड़ की पूजा करेगो, वाहे शक्ति और विजय प्राप्त होती है। इसलिए याके बारे में कहो गयो है कि—

शमी शमयते पापम् शमी शत्रुविनाशिनी।
अर्जुनस्य धनुर्धारी रामस्य प्रियदर्शिनी॥
करिष्यमाणयात्राया यथाकालम् सुखम् मया।
तत्रनिर्विघ्नकर्त्रीत्वं भव श्रीरामपूजिता॥

अर्थात हे शमी, आप पापों का नाश करनेवारे और दुश्मनों को पराजित करनेवारे हैं। आप अर्जुन का धनुष धारण करनेवारे हैं और राम को भी प्रिय हैं। जैसे राम ने आपकी पूजा की, मैं भी करता हूँ। मेरी विजय के रास्ते में आनेवारी सारी बाधाओं को दूर कर उसे सुखमय बना दे।"

सेवायत जमुनादास की इस विद्वत्ता को देख हरिदासी कुछ क्षणों के लिए हतप्रभ रह गई। इस वृक्ष के बारे में उसके लिए यह नई जानकारी थी। उसे पहली बार अनुभूति हुई कि ज्ञान किस तरह मनुष्य को बड़ा बनाता है। शायद यही कारण है कि सेवायत जमुनादास के प्रति उसकी आसक्ति में अध्यात्म और दर्शन का भात्र मिला हुआ है। इसी के चलते वह सेवायत का इतना सम्मान करती है।

"अच्छो मैया, अब चलूँ! ठाकुरजी की धूप आरती को भी समय हे गयो है।"

सेवायत जमुनादास जाने के लिए खड़ा हुआ ही था कि हरिदासी मुस्कराते

हुए बोली, "जमुना बाबू, इधर गोदा विहार में ज्ञान गुदड़ी भी है। कुछ उसके बारे में भी बताओ ना?"

जाते-जाते रुक गया सेवायत जमुनादास। एक बार उसके मन में आया कि वह मना कर दे लेकिन नहीं कर पाया। वापस बैठ गया और ज्ञान गुदड़ी से जुड़े इस मशहूर प्रसंग को सुनाने लगा, जिसके कारण वृन्दावन की इस जगह का यह नाम पड़ा।

"मैया, सालों तक तू भूतगली में रही और जे ना पतो कि या ज्ञान गुदड़ी की क्या महिमा है। जे तो ऊ जगह है बावरी, जहाँ ज्ञान हारो हो और भक्ति व प्रेम जीतो हो।"

"वो कैसे जमुना बाबू?"

"ऊ ऐसे कि हमारे मन में ई बात बिठा दी गई है कि ज्ञान इकट्ठा करने ते ज्यादा ज्ञान को अनुभव अधिक महत्त्वपूर्ण होवे है। बुद्धि ते ज्यादा भावनाएँ प्रमुख होवे हैं। दिमाग ते ज्यादा दिल की बात सुननी चहिए। हमारे मन में ई बात भी बिठा दी गई है कि भगवान ए पाने को सबसे सहज और सरल रास्ता भक्ति को है, पर जे बात सही ना है मैया। ज्ञान गुदड़ी के रूप में चारों तरफ कलोनी ते घिरो आज ई जो उजड़ो हुओ पार्क बचो है न, जहाँ न कोई मूर्ति है, ना कोई स्मृति-चिह्न; कभी यामें आँख बन्द कर बैठके देख, ऐसो लगेगो जैसे चारों ओर बैठी गोपियाँ हँस रही हैं।"

"यह तुम क्या कह रहे हो जमुना बाबू?" हरिदासी ने विस्मय से पूछा।

"उद्धव, जोकि कृष्ण के प्रिय सखा हे। कहीं-कहीं याहे वसुदेव के भाई 'देवभाग' को पुत्र भी कहो गयो है, या मारे उद्धव, कृष्ण को चचेरा भैया भी बतायो गयो है। तो या उद्धव ए कृष्ण को सखा होने पे अपने ऊपर बड़ो घमंड हो। घमंड क्यों ना हो? एक तो कृष्ण को सखा ऊपर ते ज्ञान को घमंड। अब तू एक बात बता मैया, जा आदमी के कनै यारी और सत्ता को नशा होएगो, ऊ तो घमंडी होएगो ही। मैं गलत तो ना कहरो हूँ न?"

"नहीं तुम एकदम सही कह रहे हो।" हरिदासी सेवायत के तर्क से सहमत होते हुए बोली।

"तो उद्धव इसी नशे को नाम हो। ब्रज के ग्वाल-बाल तो वाके लिए गाय चरानेवारे कोरे गँवार ते ज्यादा कुछ ना हे। वाहे तो ई घमंड हो कि सारो ब्रह्मज्ञान वाई के कनै है, बाकी सब बावरी बूच हैं। पर वाकी सबते बड़ी मुश्किल भी यही ही मैया, कि वाहे ना तो ब्रज को, ना हम ब्रजबासियों के फक्कड़पन को कछु पतौ हो। एक दिन वाते कृष्णजी बोले कि भैया मोहे अपनी गैया और उनके प्यारे बछड़ों की बहुत याद आ रही है। आँख मूँदता हूँ तो सिर पे मटकी रख इठलाकर चलती गोपियाँ दिखने लगती हैं। गोपियाँ ही नहीं, ब्रज की गलियाँ, पक्षी, पाखर, पीलू, कदम्ब के बृक्ष और लताओं की भी मोहे बड़ी याद आवे है। जमुना अपनी

लहरों के जरिए मोहे बुलाती लगे है। मथुरा के इतने सुखों के बीच भी मैं ब्रज को भूल नहीं पा रहा हूँ। राधा की भीगी आँखें, उसका मनुहार, उसका मान मोहे बेचैन कर देवे है। गोपियों के संग यमुना के किनारे, कुंज-कुटीरन में और वन-उपवन में खेले गए खेलन की याद मोहे सोने ना देवे है। जे सब जब मोहे याद आवे हैं तो एक मीठी पीर-सी टीसती है। उद्धव भैया, ब्रज में मिलो प्यार मोहे इतनो याद आवे है कि मेरौ मन फूट-फूटके रोने कू करे है।"

जिस समय सेवायत जमुनादास यह सब बता रहा था, उसने देखा कि कृष्ण की तरह हरिदासी की आँखें भी नम हो आई हैं। लेकिन उसने अपनी बात जारी रखी, "तो मैया, कृष्णजी कुछ देर रुकके गहरी साँस ले अपनी मोहक मुस्कान के साथ बोलो, कि सखा उद्धव तेरे संग रहके मैं तो मोह-माया ते मुक्त हे जाऊँगो, पर बिचारी उन गोपिन्ने कैसे समझाऊँ, जो मेरे पीछे सुधबुध खोए बैठी हैं। खानो-पीनो, सोनो-जागनो, उठनो-बैठनो सब भूल गई हैं। जोगन बन सूखी काया के संग वे मेरे नाम की माला जप रही हैं। मोहे पतौ है कि मैं अब बिन्दाबन में ना हूँ और मेरौ वहाँ जानो भी सम्भव ना है। पर कहा करूँ उनकी रट, जिद, ब्यथा, दुःख मोहे बहुत परेशान कररी है।"

"फिर क्या हुआ जमुना बाबू?" हरिदासी ने नम आँखों से पूछा।

"हुओ कहा, पहले कृष्ण ने लम्बी साँस भरी और फिर बोलो कि उद्धव भैया, तू तनिक ब्रज जाके गोपिन्ने समझा कि दुनिया को असली सार ज्ञान है, प्रेम नहीं। ज्ञान ते प्राप्ति होवे है, भावनाओं ते नहीं। ज्ञान ते शान्ति मिले है, जबकि प्रेम अशान्त करे है। ज्ञान दुखों ते ऊपर उठावे है और प्रेम दुखों में डुबोवे है। भैया ऐसे में तू ही अपने ज्ञान के सहारे उन गोपिन्ने समझा सके है कि या प्रेम में पड़नो निरो पागलपन है।"

हरिदासी को एक पल के लिए लगा जैसे उसके सामने उसका अरुणाभ खड़ा उसे समझा रहा है। उसकी आँखें जो अभी तक नम थीं, उनसे आँसू बहने लगे। उसे लगा वह इस समय वृन्दावन में नहीं, शान्तिनिकेतन के कोपाई नदी के किनारे काँस के जंगलों में लौट गई है।

"तो मैया, कृष्ण की बात सुन उद्धव के भीतर ज्ञान ते भरी गगरी छलक उठी। वाई बखत वानै गोपिन्ने समझाने की बात मान ली और बिन्दाबन जाने कू तैयार हे गयो। कृष्ण की ई लीला उनके खास सखा उद्धव समझ ना पायो। और जैसे ही उद्धव कृष्ण को सन्देश लेके बिन्दाबन पहुँचो, सारे ब्रज में हल्ला मचगो कि श्रीकृष्ण को खास सखा बिन्दाबन आयो है। सब जने उद्धव ते मिलने को ब्याकुल हो उठे। गोपियों के बीच भी चर्चा छिड़ गई। कछु बोलीं कि हमें उद्धव ते मिलनो चहिए, जबकि कछु बोलीं कि ई उनके प्रेम को अपमान है। ऐसे खुद न आके सन्देश भिजवानो, हमारे साथ अन्याय है।" इतना कह सेवायत जमुनादास जैसे थोड़ा साँस लेने के लिए रुका।

जिस तरह सेवायत रस ले-लेकर इस प्रसंग को सुना रहा था, उसे सुन हरिदासी को लगा इस समय वह गोदा विहार मन्दिर में नहीं, ज्ञान गुदड़ी में गोपियों के बीच खड़ी हुई है। नहीं रुका गया हरिदासी से और आगे सुनने की उत्कंठा के चलते पूछा, "तो वे गोपियाँ उद्धव से मिलने नहीं गईं?"

पहले सेवायत ने हरिदासी को देखा और फिर कहने लगा, "याको उन्ने एक रास्ता निकालो। वे सब अपनी राधा के कनै गईं और अपनी बात बताई। उन सबकी बात सुन राधा बोली कि हम काई ते मिलने ना जाएँगे। होएगो कोई उद्धव-सुद्धव। हम तो बिन्दाबन की उन्हीं लताओं और कुंज-कुटीरन में रहेंगी, जहाँ हमारे रसिया कृष्ण-कन्हैया हमें छोड़ गए हैं। अगर वे हमते मिलना चाह रहे हैं तो खुदई चलके यहाँ आएँ। तो जैसे ही उद्धव ने ई बात सुनी, वाके तो हाथ-पाँव फूल गए। ऊ दौड़ो-दौड़ो नन्दबाबा के कनै गयो। इते जैसे ही मैया यशोदा ए पतौ चली कि मथुरा ते कोई आयो है, ऊ भी उद्धव ते मिलने चली आई। मैया यशोदा ने अपने लाल को हालचाल जानो। अगले दिन सुबह उद्धव नन्दबाबा ते विदा ले यमुना पे आगो और यमुना में नहाके ऊ बिन्दाबन की कुंज गलिन में निकस गयो। वे जिससे भी मिलते ऊई अपने कन्हैया को हाल पूछतो। पर उद्धव, ऊ तो बस अपनो ज्ञान देने लग जातो। हारके सबसे अन्त में उद्धव गोपियों के कनै गयो तो वानै वहाँ देखी कि सारी गोपियाँ बेहाल पड़ी हैं।"

इतना कह सेवायत जमुनादास ने हरिदासी की तरफ़ ऐसे देखा, मानो उद्धव के बहाने वह उसी से कह रहा है, "तो मैया, ई देख उद्धव मन-ही-मन मुस्कायो कि इन गँवारन्ने कौन बताए कि प्रेम को सुख मछली के काँटे के आगे लगो चारा ना, पूरो को पूरो काँटा होवे है, जो जीवनभर दु:ख देवे है। प्रेम में मिलन की प्रसन्नता कम और बिछड़ने को दरद ज्यादा होवे है। पर ई सब जानते हुए भी आदमी प्रेम-जाल में जाके फँसे है। अपने रोने-धोने कू ही दुनिया को सबसे बड़ो दु:ख बतावे है। बिछुड़न ए अन्याय माने है और चाहवे है कि वाकी या मूरखता पे सब सहानुभूति जताके वाको पक्ष लेंए। ई सब कुछ जानने के बाद भी अगर इनसान प्रेम में फँसता है, तो सचमुच ऊ माया के आगे विवश है, लाचार है।"

सेवायत जमुनादास एकाएक किसी सत्संग में प्रवचन देनेवाले सन्त की तरह दार्शनिक हो गया। उसने देखा कि हरिदासी अचानक जैसे किसी विरहन में बदल गई है। लेकिन सेवायत ने अपनी बात जारी रखी, "उद्धव जब थोड़ो आगे बढ़ो तो वाहे सखियों ते घिरी राधा दिखी। राधा के सारे लत्ता अस्त-व्यस्त थे। उद्धव राधा ए देख न जाने कौन-सी कल्पना में खो गयो। अचानक एक मोर कूकतो हुओ जैसे ही वाके कनै ते उड़के गयो, तो वाहे तब जाके होश आयो। उद्धव ने अपने आप ए कृष्ण को सखा बताके राधा कू प्रणाम करो और बतायो कि कृष्ण मथुरा में मजे में हैं। मैं आपके लिए वाको सन्देश लायो हूँ कि आप सब चिन्ता छोड़के बिन्दाबन

में आनन्दपूर्वक रहें। लेकिन गोपियों और राधा ने वाकी बात पे कोई ध्यान ना दियो। उद्धव समझ गयो कि भैया गोपियों की प्रेम-बयार में वाको ज्ञान तिनके की तरह उड़रो है। अब वाके मन में आदरभाव पनपने लगो। ज्ञान ते बंजर हुई खोपड़ी में प्रेम को अंकुर फूट पड़ो। अपने ज्ञान की गुदड़ी में उद्धव ए जैसे प्रेम को हीरा मिल गयो। ऊ धीरे-से आगे आयो और वाके हाथ राधा के पैरों पे जा टिके। राधा के पैरों पे उद्धव के हाथ देख सारी गोपियाँ हैरान रह गईं। वे सब देखन लगीं कि बुदबुदाते हुए उद्धव ई कहरो है कि अगर कभी मेरौ जन्म होए तो याही बिन्दाबन में होए। अपने सखा कृष्ण के प्रति मेरौ प्रेम भी इन गोपियों जैसा ही रहे। अगर अगले जनम में मानव रूप ना मिले तो भी बिन्दाबन के पशु-पक्षी, पेड़ पौधों के रूप में जन्म लूँ। मोहे मुक्ति ना चहिए। याके बाद राधा ने ऊ उठायो तो देखो कि उद्धव की आँखन ते प्रेम के आँसू बह रहे हैं, और वाही समय बिन्दाबन की धूल में लोट-पोट हे गए।"

इसके बाद जब देर तक सेवायत की ओर से कोई आवाज़ नहीं आई तो हरिदासी को जैसे होश आया। उसे लगा मानो वह भी वृन्दावन की रज में लोट-पोट होते उद्धव के साथ लेट लगा रही थी। अपनी बात समाप्त करते हुए सेवायत बोला, "मैया, उद्धव जी ज्ञान गुदड़ी आए तो थे अपनो ज्ञानोपदेश देने पर सब उलटो हे गयो। कृष्ण के विरह में ब्याकुल गोपियन कू दियो गयो वाको सारो सन्देश, वाको सारो ज्ञान राधा और गोपियन के प्रेम के आगे बौना बनके एक गुदड़ी के रूप में बदल गयो। याको एक सन्देश ई भी है कि ज्ञान ते ज्यादा ज्ञान को अनुभव अधिक महत्त्वपूर्ण होवे है। बुद्धि ते ज्यादा भावनाएँ प्रमुख होवे हैं। दिमाग ते ज्यादा दिल की बात सुननी चहिए। पर हमारे मन में तो ई बात बिठा दी गई है कि ना, भगवान केवल भक्ति ते मिले है। पर जे बात सही ना है। मैया, ई जगह याही मारे ज्ञान गुदड़ी कही जावे है। एक बात और, या उद्धव जैसे घमंडी आजकल बहोत मिल जाएँगे। जैसे या उद्धव ए कृष्ण की निकटता के कारण अपने ऊपर बड़ो घमंड हो। वैसे ही ऐसे उद्धव आजकल हमारी राजनीति में भी बहोत मिल जाएँगे, जिन्ने अपने ज्ञान पे और सत्ता के निकट होने के कारण अपने ऊपर बड़ो घमंड है। मैया, जा आदमी के कनै थोड़ो-सो ज्ञान होए और थोड़ो-सो सत्ता को नशा होए, तो ऊ आदमी घमंडी होएगो ही। दरसल, उद्धव इसी सत्ता और ज्ञान रूपी नशे को नाम हो। जैसे ब्रज के ग्वाल-बाल की हैसियत वाके ताईं गाय चरानेवारे गँवारन ते ज्यादा ना ही, वैसी हालत हमारे छुटभैये नेतान की है। जैसे उद्धव ए अपने बारे में ई गलतफहमी ही कि सारो ब्रह्मज्ञान वाई के कनै है और बाकी सब मूरख हैं, यही हाल हमारे आजकल के नेतान की है। इन्ने भी लगे है कि उद्धव की तरह सारो ब्रह्मज्ञान इनके ही कनै है। इसीलिए स्वामी हरिदास के शिष्य बैजू बावरा ने ब्रज में इन तीन तरह के लोगों पे पाबन्दी लगाने की बात कही ही कि—

ग्यानी, गुमानी, धनी जाओ रे यहाँ ते
यहाँ तौ राज है बाबरे ठाकुर कौ।

पर आज यही तीनों या ब्रज पे हावी हैं। ब्रज एक तरह से आज ज्ञानी, गुमानी और धनी लोगों की ऐशगाह बन गई है। सच्चे संत और साधकों के लिए यहाँ कोई जगह नहीं है। ठीक है मैया, घनी देर हेगी है। अब चलूँ, राधे राधे!" इतना कह सेवायत जाने के लिए खड़ा हो गया।

कुछ नहीं बोली हरिदासी। सेवायत जमुनादास समझ गया कि हरिदासी अब भी ज्ञान गुदड़ी में उद्धव, राधा और गोपियों के बीच चल रहे संवादों में खोई हुई है।

सेवायत जमुनादास ने हरिदासी की स्वीकृति की भी प्रतीक्षा नहीं की। वह गोदा विहार मन्दिर से बाहर आया और गोपेश्वर मार्ग पर आ भूतगली को पार कर, अपने ब्रह्मचारी मन्दिर अर्थात राधा गोपाल मन्दिर आ गया।

तीन दिन बाद हरिदासी शाहजी मन्दिर परिसर में स्थित बैंक से अपना खाता बन्द कर, उसमें जमा सारी राशि ले आई। हालाँकि बैंक मैनेजर ने उसे समझाने की बहुत कोशिश की कि वह अपना खाता बन्द ना कराए लेकिन हरिदासी नहीं मानी, तो नहीं मानी।

अगले दिन वह पहुँच गई सेवायत जमुनादास के पास। सेवायत ने भी बेमन से जैसे उसे अन्तिम बार समझाने का प्रयास किया, लेकिन वह उसकी बात सुनकर केवल मुस्कराकर रह गई।

अपनी माला झोली के साथ लाए एक छोटे-से थैले को हरिदासी सेवायत की ओर बढ़ाते हुए बोली, "जमुना बाबू, लीजिए!"

"मैया, मैं काए करूँ याको?" सेवायत जमुनादास ने आश्चर्य से पूछा।

"अपने पास रखिए!" हरिदासी ने मुस्कराते हुए कहा।

"मैं क्यों रखूँ मैया अपने पास? वा दिन तो इन्ने गोदा मन्दिर कू देबे की बात हुई ही और अब तू कहरी है कि..."

"मैंने मना कब किया है?" हरिदासी की मुस्कराहट और पैनी हो गई।

"मना ना करी है तो इन्ने मन्दिर के महंत जी कू जाके दे!"

"जमुना बाबू, मैं चाहती हूँ कि तुम इन्हें अपने हाथों से महंत जी को दो।"

सेवायत समझ गया हरिदासी के इस कहे का मर्म। वह जान गया कि यह मुझे बीच में क्यों रखना चाहती है। बावजूद इसके वह उस थैले को लेने के लिए तैयार नहीं हुआ, "मैया, जब तू इन रुपयान्ने महंत जी कू देए तो मोहे बुला लीजो।"

"नहीं जमुना बाबू, इनको दोगे तो आप ही।"

हरिदासी ने जिस अधिकार के साथ सेवायत से हठभरा आग्रह किया, वह थैले को लेने से मना नहीं कर पाया। उसने थैले से रुपयों की छोटी-छोटी तीन गड्डियों को बाहर निकाला और उससे पूछा, "कितने हैं?"

"मुझे नहीं पता। बैंक ने जितने दिए, मैं उठा लाई। गिनकर मुझे क्या करना है।" एक फ़ीकी हँसी हँसते हुआ उत्तर दिया हरिदासी ने।

इसके बाद सेवायत ने कुछ नहीं कहा और रुपयों को गिनने लगा। गिनने के बाद बोला, "मैया, एक लाख उन्नीस हजार हैं।" फिर कुछ पल रुककर कहा, "सारे देने हैं या कुछ रखने भी हैं?"

"मुझको क्या करना है कुछ रखकर?" एक तरह से हरिदासी ने उलटा सेवायत से पूछा।

"कुछ तो रख ले! पतौ ना हारी-बीमारी में कब काम आ जाएँ। ऐसो कर एक लाख दे दे मन्दिर कू और बाकी उन्नीस हजार अपने कनै खर्चे-पानी के लिए रख ले।" इतना कह सेवायत ने दो गड्डियाँ अपने पास रख लीं और बाकी के उन्नीस हज़ार रुपए हरिदासी को दे दिए।

सेवायत रुपयों को वापस थैले में रखने लगा, तो उसे लगा थैले में अभी कुछ और हैं।

"लगे है अभी कछु और रुपया हैं यामें!" ऐसा कह उसने थैले में रखी दूसरी छोटी-सी लाल पोटली को भी बाहर निकाल लिया। उसने पोटली को खोला तो उसे यह देखकर हैरानी हुई कि जिसमें वह रुपए समझ रहा था, उनकी जगह उसमें कुछ सूखे हुए पत्ते और तिनके लिपटे हुए हैं।

"मैया, जे काई हैं?" सेवायत ने विस्मय से पूछा।

"जमुना बाबू, मेरी कुल यही तो जमापूँजी है जिसके सहारे मैं अभी तक जिन्दा हूँ।"

"मैं कछु समझो ना मैया?" हथेली पर खुली हुई पोटली पर पड़े डंठल के धड़ से झूलते सूखे पत्तों के कंकालों और तिनकों को अपने पोरों से हल्के-से मसलते हुए पूछा।

"जमुना बाबू, इन्हें ऐसे ना मसलो!"

सेवायत जमुनादास की अँगुलियों के पोरों की हरकत एकाएक थम गई। वे जहाँ थे, वहीं रुक गए। उसकी समझ में नहीं आ रहा है कि ये क्या हैं? उसने ध्यान से हरिदासी की पनीली आँखों में देखा, तो पाया उनसे आँसुओं की मोटी धार अब गालों के नाम पर रह गए हड्डियों के ढाँचे से सरकते हुए नीचे तक ढुलक आई है। देर तक हरिदासी से कुछ भी कहते नहीं बना। सेवायत जमुनादास चुपचाप हरिदासी के शरीर में होते हल्के-हल्के कम्पन को देखता रहा।

कुछ देर बाद हरिदासी ने पहले एक गहरा श्वास लिया और फिर लरज़ते हुए

शब्दों में बोली, "जमुना बाबू, ये सूखे पत्ते छातिम के हैं और ये तृण काँस के फूल के हैं। अरुणाभ के बाद मेरे पास इनके सिवाय कुछ नहीं है।"

सेवायत जमुनादास ने यह जानने की बिलकुल कोशिश नहीं की यह अरुणाभ कौन है। यह ज़रूरी भी नहीं है क्योंकि अपने मुश्किलभरे दिनों में मनुष्य, अपने सबसे प्रिय और आत्मीय को ही याद करता है। सँजोकर रखता है उससे जुड़ी उन चीज़ों को, जो उनके एकान्तिक क्षणों के गवाह होते हैं।

"छातिम! ई कौन-सो पेड़ होवे है मैया?"

"इसको सप्तपर्णी भी कहते हैं। इसकी पत्तियाँ मुझे शान्तिनिकेतन में मेरी डिग्री के साथ मिली थीं और..."

"और ये काँस के फूल?"

नहीं बता पाई हरिदासी इन काँस के फूलों के बारे में कि क्यों इतने सालों से अपनी छाती से इन्हें चिपकाए रहती है। आख़िर वह किस-किसके बारे में बताए? अतीत के सूखे महावर अर्थात शान्तिनिकेतन की लाल मिट्टी से सने पाँवों और स्मृतियों के आदिम अवशेषों के ऊपर अपने दुखों की धूल को वह कहाँ तक झाड़-पोंछ कर साफ़ करे? कोपाई नदी और उसके आसपास की ख्वाई में शरद ऋतु के गुनगुनेपन से ठिठोली करनेवाले काँस के फूलों और सप्तपर्णी के सूखे कंकाल से हरिदासी मन-ही-मन अठखेलियाँ करती रही। सेवायत जमुनादास ने इस बीच कुछ नहीं कहा। बस, मौन साधे हरिदासी को उसके अतीत से उबरने का इंतज़ार करता रहा। धीरे-से उसने छातिम के सूखे पत्तों और काँस के अवशेषों को वापस उसी लाल कपड़े में लपेटने लगा। ठीक ऐसे, जैसे उसके विगत के हुचके से खुल गए माँझे को फिर से हुचके में लपेट रहा है। हाँ, लाल कपड़े में बाँधने से पहले सेवायत ने उन्हें फिर से बड़े ध्यान से देखा। देखने के बाद उसने हरिदासी की सफ़ेद धोती से बाहर झाँकते पतले-पतले हाथों और पिचके हुए गालों पर नज़र डाली, तो उसे लगा जैसे इस पुराने कपड़े में वह छातिम के सूखे पत्तों और काँस के अवशेषों को नहीं, हरिदासी के रक्तविहीन ढाँचे को लपेट रहा है। एक बार तो उसे ऐसे लगा जैसे सप्तपर्णी के सूख गए पत्तों के नाम पर रह गई झीनी जाली पत्तों की नहीं, किसी आदिम सभ्यता के बच गए अवशेष हैं।

अपना अन्तिम कार्य सम्पन्न कर सेवायत ने पोटली हरिदासी की ओर यह कहते हुए बढ़ा दी, "ले मैया, याहे अपने कनै धर ले!"

"जमुना बाबू, मेरी एक विनती और है कि इस पोटली को भी तुम अपने पास रख लो! मेरे मरने के बाद जब मेरी अस्थियों का विसर्जन किया जाए, तो उनके साथ इनका का भी यमुना में तर्पण कर देना!" इस बार हरिदासी के शब्द काँपने लगे।

हरिदासी के इन शब्दों को सुन सेवायत जमुनादास के भीतर पहली बार जैसे कुछ चटका। छातिम के सूखे पत्तों और काँस के तृणों की कराहट उसे पहली बार

अपने कानों में कुछ साफ़-साफ़ सुनाई दी। उसके हाथ काँपने लगे। वह निर्णय नहीं ले पा रहा है कि इस पोटली को अपने पास रखे अथवा नहीं? वह देर तक इसी द्वंद्व की रस्सी पर झूलता रहा।

हरिदासी भाँप गई सेवायत की दुविधा को। उसने उसके हाथ से पोटली ली और यह कहकर उसे माला झोली में रखने लगी, "कोई बात नहीं जमुना बाबू। रहने दो!"

"मैया, मैं रख लूँगो!" पता नहीं एकाएक सेवायत जमुनादास की आवाज़ में कहाँ से खनक पैदा हो गई। उसे पता ही नहीं चला कि ऐसी कौन-सी अदृश्य शक्ति थी, जिसने उसे उसके द्वंद्व से एक झटके में बाहर खींच लिया। इससे पहले कि वह पोटली माला झोली में समाती, सेवायत ने उसे पुनः हस्तगत कर लिया। हरिदासी ने इसके बाद कोई प्रतिरोध नहीं किया। पोटली पर उसकी रक्तहीन पतली-पतली अँगुलियों की पकड़ कब ढीली पड़ती चली गई, उसे पता ही नहीं चला।

इसके बाद दोनों के बीच देर तक कोई संवाद नहीं हुआ। इस संवादहीनता को सेवायत जमुनादास ने यह कहते हुए तोड़ा, "मैया, मैं सोचरो हूँ कि जितनी जल्दी ये रुपया महंत जी को दे दिए जाएँ, उतनो ही अच्छो है।"

"जमुना बाबू, यह अब आपको सोचना है कि इन्हें कब देना है।" यह कहते हुए हरिदासी गोदा विहार मन्दिर जाने के लिए खड़ी हो गई।

"ठीक है मैया।" सेवायत भी हरिदासी के साथ-साथ खड़ा हो गया। सेवायत मुख्य द्वार तक हरिदासी को छोड़ने आया, "अच्छो मैया, राधे-राधे!"

"राधे-राधे जमुना बाबू।" इतना कह हरिदासी ने मन्दिर की नीचे उतरती दूसरी सीढ़ी पर पाँव रखा ही था, अचानक उसका जैसे सन्तुलन बिगड़ गया।

"मैया देखकेऽऽऽ!" सेवायत की चीख़ निकलते-निकलते रह गई। एक पल के लिए उसे लगा जैसे हरिदासी मन्दिर की सीढ़ियों से अब लुढ़की, तब लुढ़की।

मुश्किल से अपने आपको सँभाल पाई हरिदासी। इसके बाद उसने दीवार का सहारा लिया और धीरे-धीरे मन्दिर की सीढ़ियों से उतर, सड़क पर आ गई। सेवायत जमुनादास उसे जाता हुआ तब तक देखता रहा, जब तक हरिदासी भूतगली को पार कर तेज़-तेज़ क़दमों से गोदा विहार मन्दिर की ओर नहीं बढ़ गई।

अगले ही दिन सेवायत जमुनादास श्रीगोदा विहार मन्दिर महंत के पास चला आया। इसी बीच सेवायत ने हरिदासी को भी बुलवा लिया। हरिदासी के आने के बाद मौक़ा देख सेवायत जमुनादास ने धीरे-से एक कपड़े में लिपटे रुपयों को महंत के सामने रखा और मुस्कराते हुए बोला, "महंत जी, आपको याद है जब मैं पहली बार या मैया ए लायो हो, तो याने अपने बैंक अकाउंट बन्द करने की बात करी ही।"

"हाँ कछु ऐसी बात कर तो रही ही ई बाई।"

"याने ई भी कही ही कि सोचती हूँ जब सब मोह-माया त्याग दी, तो उस पैसे का भी क्या करना...और मैंने याते ई भी पूछी ही कि अकाउंट बन्द करवाके वा पैसे को कहा करेगी?" सेवायत ने महंत को याद दिलाते हुए कहा।

"ये भी याद है सेवायत जी।"

"फिर ई मैया बोली कि सोचती हूँ उस पैसे को इस मन्दिर को दे दूँ। तो महंत जी, आज मैं उन रुपयान्ने आपको देवे कू आयो हूँ। लेओ! या मैया की तरफ से इन्ने दान समझके ग्रहण कर लो!"

सेवायत जमुनादास की इस बात पर कुछ क्षणों के लिए महंत को विश्वास नहीं हुआ। वह तो समझ रहा था कि यह बंगालिन बाई ऐसे ही कह रही है।

इसके बाद कपड़े में लिपटे रुपयों को सेवायत ने महंत की ओर यह कहते हुए सरका दिया, "गिन लो महंत जी, पूरे एक लाख हैं।"

"एऽऽऽक लाख! सेवायत जी, यह बाई कहीं से डकैती तो करके ना लाई है?" इतनी मोटी राशि को अपने सामने देख मन्दिर के महंत को अपनी आँखों पर यक़ीन नहीं हुआ।

"महंत जी, या बात ए या तो ई मैया जाने है, या मैं जानू हूँ कि कैसे अंग्रेजन के मन्दिर ते लेके प्रेम मन्दिर, और प्रेम मन्दिर ते लेके बाँके बिहारी मन्दिर के आगे सर्दी-गर्मी में भीख माँग-माँगके याने जे जमा करे हैं।"

"जब इतनी मेहनत करके ये इकट्ठे करे हैं तो इन्ने दान क्यों कर रही है? या वृन्दावन से तो बाई पूरे साल मिली दान-दक्षिणा इकट्ठा करके अपने घर ले जाती हैं। तुम्हें पता तो है सेवायत जी कि मथुरा से बंगाल जानेवाली रेल के डिब्बे इनके मोटे-मोटे गट्ठरों से कैसे भरे होते हैं।"

महंत के इस सवाल पर सेवायत जमुनादास धीरे-से मुस्कराया, "सही कह रहे हो महंत जी। पर या मैया ने भीख अपने घरवालों के लिए ना, अपने बुरे समय के लिए माँगी थी। एक मजेदार बात बताऊँ, ई मैया और याके साथ रहनेवारी एक बाई अपनो पैसा गोपीनाथ बाजार के एक सेठ के कनै जमा करे ही। मोहे जब पतौ चली तो मैंने शाहजी मन्दिर के बैंक में इनको अकाउंट खुलवा दियो हो।"

"यह तुमने अच्छा काम किया जो इनका बैंक में खाता खुलवा दिया वरना वो सेठ समय आने पर इन्हें एक टका भी ना देता।"

"अरे साब, ऐसो हुओ न। जब ई मैया वा सेठ के कनै अपने जमा किए हुए रुपयों को लेने गई, तो वो सेठ आनाकानी करने लगो। जे तो याकी किस्मत अच्छी भई, जो याके पैसे पट गए वरना महाराज आप तो जानते ही हैं कि कित्ती बाई माँग-माँग के मर गई।"

"सेवायत जी, ऐसे ही कुकर्मों के चलते हमारा वृन्दावन बदनाम हुआ पड़ा

है।" महंत ने साँस लेते हुए कहा। इसके बाद महंत ने कपड़े में लिपटे रुपयों को निकाला और उन्हें गिनने के बाद मेज़ के एक तरफ़ रखते हुए बोला, "बाई, इनकी कोई रसीद-वसीद तो ना चहिए?"

"महंत जी, ई गुप्त दान है और गुप्त दान की भी कोई पढ़ाई-लिखाई होती देखी है। महाराज, गुप्तदान ते बड़ो कोई महादान ना होवे है।" हरिदासी के बजाय उत्तर सेवायत ने दिया।

"जैसी आपकी इच्छा सेवायत जी।"

हरिदासी इस दौरान कुछ नहीं बोली। बस, मौन साधे इस पूरी क्रिया को निस्पृह भाव से देखती रही। सेवायत जमुनादास ही नहीं, हरिदासी के सिर से भी जैसे आज एक बहुत बड़ा बोझ उतर गया।

24

हरिदासी का मन अब इस मोक्षवन से उचटने लगा है।

तेज़ी से पनपते कंक्रीट के जंगल के बीच अन्तिम साँस लेते वन-उपवन, लगभग सूख चुके कुंड-तालाब, जगह-जगह रेह लगी और सीलनभरे कोनों-अँतरों में समाए गन्ध में लिपटे कुंज-निकुंज उसे बिलकुल नहीं लुभाते हैं। वृन्दावन ही क्यों पूरा ब्रज जगह-जगह लगनेवाले भंडारों की लालसा नगरी बन गई है। भजनाश्रम भी अब भजनाश्रम नहीं रहे, मात्र खोल, हारमोनियम और झाँझ-मजीरों के कर्कश शोर के बन्द क़िले बनकर रह गए हैं। जिस ब्रज में मुग़ल शासन के दौरान राजाज्ञा से गायें स्वच्छंद चरा करती थीं, आज गौशालाओं के नाम पर उग आए क़त्लगाहों में क़ैद और इनके संचालकों के रहमो-करम पर ये पलने को मजबूर हैं। धर्म और समाज सेवा के नाम पर पाँच सितारा मन्दिरों के साधु, सन्त, महात्माओं, बाबा और महाराजाओं के साम्राज्य का जिस तरह विस्तार हो रहा है, उसमें ब्रज की प्राचीन आभा और वैभव बाज़ारवाद की गिरफ़्त में आ गई है। राधा और कृष्ण भक्ति के नाम पर ठसाठस भरी कुंज गलियों में अब राधा-कृष्ण प्रेमी नहीं, अघाई बे-लगाम भीड़ नज़र आती है। जगह-जगह श्रीकृष्ण प्रॉपर्टीज, नन्द रियल एस्टेट, बाँके बिहार बिल्डर्स के नाम के टँगे बोर्ड्सवाले भूमाफ़ियाओं द्वारा किये जा रहे अवैध अतिक्रमणों के जंगल में बदल चुका है। एक ऐसे जंगल में जहाँ भक्ति और आस्था के नाम पर क़दम-क़दम पर लम्पटों, ठगों व धर्म के सौदागरों की लीलाएँ नज़र आती हैं। ऐसी लीलाएँ जैसी कभी स्वच्छन्दता से विचरण करते सेवाकुंज और निधिवन के वानरों और परिन्दों ने भी नहीं देखी होंगी।

हरिदासी को तो अब यह भी याद नहीं कि वह अन्तिम बार कब किस घाट पर गई थी? कब वह बाँके बिहारी, राधारमण, जुगलकिशोर, राधावल्लभ, गोपीनाथ, मदन मोहन या गोविन्द देव मन्दिर के दर्शन करने गई थी? सेवाकुंज और निधिवन तो दूर रहा, उसे तो यह तक याद नहीं कि अन्तिम बार वह कब शाहजी मन्दिर गई थी? उसे याद नहीं कि आख़िरी बार उसने कब यमुना-जल का आचमन किया था? कब उसने यमुना के तट पर खड़े कदम्ब के पुष्पों की सुगन्ध अपनी साँसों में उतारी थी और कब पीलू, पाखर, पीपल, बरगद या तमाल की घनी छाया में तपती धूप से बचने के लिए आराम किया था। आम्र, मौलश्री के नर्म पत्ते का कब स्पर्श किया था? यह तो ग़नीमत है जो आते-जाते वासुदेव दासी से उसकी भेंट हो जाती है, या वासुदेव स्वयं उसके पास गोदा विहार मन्दिर चली आती है। वरना जिस तरह ब्रज की आत्मीय आब तेज़ी से सूखती जा रही है, कोई बड़ी बात नहीं कि भविष्य में ये बंगाली विधवाएँ अतीत के पन्नों में सिमटकर रह जाएँ।

जबसे वह श्रीगोदा विहार मन्दिर में आई है, तब से उसकी दुनिया इसके परिसर में ही सिमटकर रह गई है। उसकी मोक्ष की कामना अब एक बेमानी वितृष्णा में बदलने लगी है। इसलिए उसकी एक अन्तिम इच्छा बची है कि इस देह को त्यागने से पहले एक बार वह अपनी जलंगी नदी के जल का आचमन कर आए। दूर तक पसरे धान के खेतों और उन पेड़-पौधों को एक बार जी भरकर गले लगा आए, जिनकी बालियाँ और शाखाएँ मुलायम चाम से बनी बद्दियों और उनसे खिंचे खोल-मृदंग के चंटी-थप्पी से निकले नर-मादा ताल से झूम उठती थीं। श्वेत धोती में लिपटे पंजों के बल ढोलक, हारमोनियम, मृदंग, झाँझ-मजीरों और दूसरे वाद्य-यंत्रों की धुन पर थिरकते चैतन्य प्रभु के अधनंगे साधकों की टोलियों द्वारा नबद्वीप की गलियों में हरिनाम संकीर्तन करतीं फेरियों और 'हरे कृष्ण हरे कृष्ण, कृष्ण कृष्ण हरे हरे!' के बोलों को सुन आए। एक बार वह अपने घर की उस देहरी पर माथा टेककर आना चाहती है, जिसको उसके नंगे पाँवों ने जाने कितनी बार लाँघा होगा।

अपनी यह इच्छा हरिदासी ने एक दिन हिचकते हुए सेवायत जमुनादास के सामने प्रकट की। उसकी इस कामना को सुन देर तक सेवायत मनन करता रहा। उसकी समझ में नहीं आ रहा है कि वह इस पर क्या प्रतिक्रिया व्यक्त करे अथवा इसे क्या राय दे। उसे नबद्वीप जाने के लिए प्रोत्साहित करे, या जाने से मना करे? वह जानता है कि वृन्दावन आने के बाद न तो उसके किसी परिवार के सदस्य अथवा सगे-सम्बन्धी ने कभी हरिदासी की खैर-ख़बर ली, न ही इसने कभी पलटकर नबद्वीप की तरफ़ देखा। वह यह भी जानता है कि पिछले पचास-साठ सालों में जितना वृन्दावन बदला है, उतना ही नबद्वीप भी बदल चुका होगा। वह जिस अतीत की लालसा, गृह आतुरता और पुरानी यादों के पंखों पर सवार हो वहाँ जाने की सोच रही है; हो सकता वहाँ जाने पर इसकी स्मृतियाँ ही इसे धोखा दे जाएँ। क्या

पता, जलंगी नदी का वही पानी उसे पहचानने से मना कर दे जिसका वह आचमन करने जा रही है? हो सकता है वही धान के खेत और पेड़-पौधों की बालियाँ और शाखाएँ उससे मुँह फेर लें, जिनसे लिपट-लिपट कर उसका गले मिलने को मन कर रहा है? क्या पता हरिनाम संकीर्तन करतीं फेरियाँ और अधनंगे साधकों की टोलियाँ ही उसे नबद्वीप की गलियों में नज़र ना आएँ?

"क्या हुआ जमुना बाबू?" हरिदासी ने किसी सोच में डूबे सेवायत से पूछा।

"मैया बिचार तो अच्छो है परऽऽऽ..." सेवायत कहते-कहते रुक गया।

"पर क्या?"

"यही कि तू अकेली पहुँच भी जाएगी?" सेवायत ने अन्तिम समय में बात बदल दी।

"क्या हुआ और बाई भी तो बंगाल जाती हैं। मैं उनके साथ चली जाऊँगी।"

"वे तो हर साल जावे हैं पर तू तो मैया पहली बेर जारी है। पतौ ना अब तू अपने गाँव-खलिहारन्ने पहचान पाएगी भी या ना?" सेवायत जमुनादास ने पहली बार हिचकते हुए अपनी आशंका जताई।

"जमुना बाबू, अपने घर-द्वारे को भी कोई भूलता है?"

"तू तो ना भूली होएगी, पर वे भूल गए तो।"

"ऐसे कोई किसी को नहीं भूलता है।"

हरिदासी के दृढ़ निश्चय को देख सेवायत समझ गया कि हरिदासी को समझाना बेकार है। इसलिए इसे सलाह देने का कोई औचित्य नहीं है।

"फिर ऐसो कर मैया, काई दिन हाड़ाबाड़ी या काई भजनाश्रम में जाके पतो कर कि अबकी बार कौन-कौन बाई अपने घर जारी हैं।" सेवायत जमुनादास ने हरिदासी को सरल और आसान रास्ता बताते हुए कहा।

सेवायत की इस सलाह पर हरिदासी की आँखें चमक उठीं। बाँस की चरमराती खपच्चियों-सी लरज़ती देह एकाएक तनती चली गई। लगा एक पल में वह जैसे उड़कर जलंगी नदी के किनारे पहुँच गई है।

अगले दिन हरिदासी दोपहर बाद पत्थरपुरा भजनाश्रम पहुँच गई। भजन समाप्त होने के बाद उसने पता किया तो मालूम हुआ कि कई बाइयाँ बंगाल जा रही हैं। उसे इसी से सन्तोष नहीं हुआ बल्कि लौटते हुए वह हाड़ाबाड़ी में भी घुस गई। जहाँ उसे पता चला कि यहाँ से भी कुछ बाइयाँ बंगाल जा रही हैं। इनमें कुछ वो हैं जो कलकत्ता जा रही हैं, तो कुछ ऐसी हैं जो दूसरे जिलों में जा रही हैं। सबसे अधिक प्रसन्नता तो उसे यह जानकार हुई कि एकाध नबद्वीप धाम एक्सप्रेस से नबद्वीप तक जा रही हैं। हरिदासी ने मन-ही-मन फ़ैसला कर लिया कि वह उनके साथ जाएगी, जो नबद्वीप तक या उससे आगे जा रही हैं। इन सबका नाम, महीना और तारीख़ पता कर वह गोदा विहार मन्दिर लौट आई।

इस तरह मथुरा से नबद्वीप धाम तक टिकट करने और टिकट करने से लेकर नबद्वीप रवाना होनेवाले दिन तक, हरिदासी तरह-तरह की कल्पनाओं में डूबती-उतरती रही।

यह मात्र एक संयोग था या सेवायत जमुनादास की कोई पहले से योजना थी कि जिस दिन हरिदासी को नबद्वीप जाना था, उस दिन उसे भी मथुरा जाना पड़ गया। सेवायत ने जब हरिदासी को बताया कि उसे उस दिन किसी काम से मथुरा जाना है, सुनकर हरिदासी एक तरह से बेफ़िक्र हो गई। कम-से-कम सेवायत मथुरा जंक्शन पर उसकी कुछ मदद तो कर देगा।

सेवायत जमुनादास ने मथुरा जाने के लिए पूरा तिपहिया किराए पर ले लिया। तिपहिया चालक से उसने पहले ही तय कर लिया कि उन दोनों के अलावा उसमें कोई तीसरी सवारी नहीं होगी। वृन्दावन से मथुरा जाते हुए रास्ते में छोटे-बड़े गट्ठरों के बीच नीली, काली और गेरुए रंग की मोटी-पतली किनारीवाली सफ़ेद धोतियाँ पहने और नासिका के ऊपर ताज़ा-ताज़ा गोपीचन्दन तिलक लगाए बाइयों का उत्साह देखते ही बन रहा है। कई तिपहिया तो ऐसे मिले जिनमें भारी-भारी गट्ठर ठुँसे हुए हैं। सामान के नाम पर हरिदासी ने कुछ नहीं लिया। जब आज तक कोई सगा-सम्बन्धी उससे मिलने आया ही नहीं, तब वह किसके लिए क्या और क्यों ले जाए?

मथुरा जंक्शन से छूटनेवाली नबद्वीप धाम अभी प्लेटफॉर्म पर लगी नहीं है।

वे दोनों दिल्ली-मुम्बई और दिल्ली-चेन्नई रेलवे लाइन के आगरा-दिल्ली सेक्शन पर स्थित, नौ नंबर प्लेटफार्म वाले मथुरा जंक्शन रेलवे स्टेशन पर एक ख़ाली बेंच पर बैठ गए। यहाँ से कलकत्ता-हावड़ा जानेवाली रेलगाड़ियों की इन विशेष सवारियों को देखा जा सकता है। जंक्शन पर जगह-जगह रखे बड़े-बड़े गट्ठरों के पास हाथ में लटकी माला झोली के साथ बैठी बाइयों के चेहरों पर अपनी भूमि पर लौटने की ख़ुशी साफ़ देखी जा सकती है। हरिदासी को इतनी हैरानी इन बाइयों को देखकर नहीं हो रही है, जितनी इन गट्ठरों को देखकर हो रही है। वह सोचती है कि इन बड़े-बड़े गट्ठरों में क्या हो सकता है? इधर सेवायत जमुनादास भी बीच-बीच में हरिदासी को कनखियों से देखकर मन-ही-मन सोचता है कि यह हरिदासी वही सोच रही है, जो इन गट्ठरों को देखकर कोई भी सोच सकता है।

"मैया, इन बड़ी-बड़ी गठरीन में ऐसो कहा है, जिन्ने ये बाई ढोके हर साल अपने घर ले जावे हैं?" सेवायत जमुनादास ने जान-बूझकर जानने के लिए हरिदासी से सवाल किया कि इसे इनके बारे में कुछ पता भी है या नहीं।

"जमुना बाबू, इतनी देर से मैं भी यही सोच रही हूँ कि इनमें ऐसा क्या है जिसे ये बृन्दाबोन से बंगाल ले जा रही हैं?"

जिस तरह आश्चर्य व्यक्त करते हुए हरिदासी ने उलटा सेवायत से पूछा, उससे सेवायत का अनुमान सही निकला कि सचमुच इसे पता नहीं है।

"मैया, पतौ है इन गठरीन में कहा है?" एक बार फिर पूछा सेवायत ने।

"क्या है?"

"इनमें कम्बल, कपड़े और दान-भिक्षया में मिली दूसरी चीज हैं।" इसके बाद सेवायत ने एक गठरी की ओर इशारा करते हुए कहा, "ऊ जो गठरिया है न, वामें जरूर एकाध रजाई होएगी!"

"कम्बल-रजाई! यह तुम क्या कह रहे हो जमुना बाबू? हम बंगालिनें ये सब ले जाती हैं अपने साथ?" ज़रा-सी उत्सुकता के साथ हरिदासी ने स्वयं अनुमान लगाते हुए कहा, "ये सब तो बृन्दाबोन से खरीदा होगा!"

"कैसी बावरी बात कररी है मैया। जे बिधवाएँ तोकू खरीदती दीखरी हैं।"

"तो फिर कहाँ से आया इनके पास?"

"जे सब वई कम्बल-रजाई हैं जो तुमको लोगबाग दान-दक्षिणा में देके जावे हैं।"

"क्याऽऽऽ ये सब उनको लेके जाती हैं? राधे-राधे! जमुना बाबू, ये इस बृन्दाबोन में मोक्ष के लिए आई हैं या कम्बल-रजाई इकट्ठा करने?" हरिदासी को अपने कानों पर जैसे विश्वास नहीं हुआ।

"एक बात और बताऊँ, जे कम्बल-रजाई ही लेके ना जाए हैं बल्कि अच्छी-खासी मड्डी,मेरौ मतलब है रुपया-पइसा भी लेके जावे हैं। शाहजी मन्दिर के बैंक में इतनी सारी बाइन्ने ऐसेई खातो ना खुलवा रक्खो है।" इसके बाद सेवायत ने पहले एक महीन मुस्कराहट उछाली और फिर हरिदासी से बोला, "तैने भी तो भीख माँग-माँग के एक-सवा लाख जमा कर लिए हे!"

हरिदासी की समझ में अब आ रहा है कि भजनाश्रमों में सुबह-शाम झाँझ-मजीरा पीटनेवाली बंगालिनों की तादाद में क्यों कमी आती जा रही है। क्यों भीख माँगनेवाली बाइयों की संख्या लगातार बढ़ती जा रही है?

"वैसे मैया, यामें कछु बुराई तो है ना। साल में एक-एक बाई के कनै कई-कई रजाई-कम्बल हो जावे हैं। या मारे ये हर साल इन्ने अपने घर ले जावे हैं। इतनी सारी रजाई-कम्बल ओढ़ी थोड़े जाए हैं। या बहाने दान-दक्षिणा में मिलो माल-पानी भी ठिकाने लग जाए है।"

"वो बात तो ठीक है जमुना बाबू लेकिन इधर के लोग क्या सोचते होंगे कि हम बंगालिन यहाँ मोक्ष के लिए आती हैं, या माल-पानी इकट्ठा करने आती हैं।" हरिदासी एक आत्मग्लानि से भर उठी।

"वो देख मैया, वोऽऽऽ जो बाई है न, वो कहीं ते ऐसो लगे है कि ई विधवा होएगी?" एक प्रौढ़-सी नज़र आनेवाली बंगालिन की तरफ़ इशारा करते हुए सेवायत ने हरिदासी से पूछा।

"वो जो प्लेटफार्म के किनारे खड़ी पिच्च-पिच्च पटरियों पर पान थूक रही है?"

"हाँ-हाँ वही।" फिर कुछ पल रुकते हुए सेवायत बोला, "एक बात बताऊँ मैया, अब तो बिन्दाबन में जे बात खुलेआम कही जाने लगी है कि पतौ ना बिन्दाबन, बंगाली विधवाओं के लिए मोक्ष प्राप्त करने की जगह है या ना, पर बहुत-सी गरीब सधवाओं, मेरौ मतलब है जिनके पति जिन्दा हैं, उनके लिए जे मोक्ष जरूर बन गई है।"

"मैं कुछ समझी नहीं जमुना बाबू?" पता नहीं सचमुच हरिदासी के, सेवायत की इस बात का अर्थ समझ में आया या नहीं? या फिर वह इसे और खुलकर सुनना चाहती है?

"ऐसो सुन्ने में आवे है कि बिन्दाबन में ऐसी बहुत सारी बाई हैं, जो बंगाल ते यहाँ विधवा बनके आवे हैं। पर जे बास्तव में विधवा हैं ना। जे साल-छह महीने यहाँ रुक, दान-दक्षिणा वसूल कर अपने घर ले जावे हैं। कुछ महीने पीछे ये फिर आ जावे हैं। वैसे विधवा को भेस बनाने में लगे कहा है। एक सफेद धोती लपेट ऊपर ते माथे पे गोपीचन्दन तिलक ही तो लगानो पड़े है!"

"ऐसा मत कहो जमुना बाबू। भरी उम्र में सिर मुँड़ाकर सफ़ेद धोती और इस गोगीचन्दन तिलक का कलंक क्या होता है, यह कोई इस हरिदासी से पूछे, जिसकी सारी खुशियाँ, इच्छाएँ और सारे शौक इन्होंने छीन लिए हैं। जिस उम्र में बिजली घोष के एकतारा की मधुर तान और डुग्गी की गमक के साथ बाउल गायन एक नई ऊँचाई को छू रहे होते, उस उम्र में वह विधवा का बोझ उठाए बृन्दाबोन के भजनाश्रमों और मन्दिरों में खोल-मजीरा पीट रही थी।"

सेवायत जमुनादास को जैसे अपनी ग़लती का एहसास हुआ, "मैया, मेरे कहबै को जे मतलब ना हो। मैं तो उनके बारे में बतारो हो..."

"मैं जानती हूँ। कुछ लोगों की वजह से पूरा समाज बदनाम होता है। वैसे इसमें हमारी भी क्या गलती है जमुना बाबू, नियम तो सारे तुम पुरुषों के बनाए हुए हैं। हम तो इनके परीक्षण के लिए इस्तेमाल किए जानेवाले बेजुबान गिनी पिग हैं।"

सेवायत के एक बार मन में आया कि वह हरिदासी के कहे अन्तिम वाक्य का अर्थ पूछ ले। लेकिन उसकी हिम्मत नहीं हुई। मर्म तो उसके कहे का वह तभी समझ गया, जब हरिदासी ने कहा कि नियम तो सारे तुम पुरुषों के बनाए हुए हैं। उसे मनुस्मृति का यह श्लोक याद आ गया कि 'कामं तु क्षपयेद्देहं पुष्पमूलफलैः शुभैः। न तु नामापिगृहीयात्पत्यौ प्रेते परस्य तु॥' वह समझ गया कि हरिदासी का इशारा एक बार बातों-बातों में कही गई उसकी इस बात की ओर भी है कि हमारे धर्माधिकारियों ने स्त्री इतनी बिचारी बना दी है कि उसे सारे अमंगलों में सबसे

अमंगल बना दिया है। मदन पारिजात का यह वाक्य उसे याद आ गया कि विधवा के दर्शन से कोई कार्यसिद्धि नहीं होती है।

सेवायत जमुनादास के इस रहस्योद्घाटन के बाद हरिदासी मथुरा जंक्शन पर रेल लगने का इंतज़ार करती, और अपने-अपने गट्ठरों के साथ बैठे सफ़ेद पुतलों को बड़े ध्यान से देखने लगती है। उसकी आँखें पहले इन गट्ठरों को टटोलने लगती हैं जो धीरे-धीरे कुछ प्रौढ़-सी दिखाई देनेवाली बाइयों पर जाकर रुक जाती हैं। बीच-बीच में यहाँ से रोज़ाना अपनी-अपनी गति के साथ रेंगती-दौड़ती चम्बल एक्सप्रेस, स्वराज एक्सप्रेस, पुड्डुचेरी-नई दिल्ली एक्सप्रेस, अमृतसर एक्सप्रेस, बान्द्रा टर्मिनस-कानपुर एक्सप्रेस, श्रीगंगानगर-हज़ूर साहिब नांदेड़ सुपर एक्सप्रेस, हज़रत निज़ामुद्दीन-त्रिवेंद्रम सुपरफास्ट एक्सप्रेस, अंडमान एक्सप्रेस सहित गुज़रनेवाली लगभग दो सौ रेलगाड़ियों के इंजनों के शोर के बीच, उसे लगता है जैसे जंक्शन पर अपनी-अपनी गाड़ी की प्रतीक्षा करते हर पुतले ने वैधव्य का झूठा लिबास धारण किया हुआ है। इन लिबासों को देख उसे एकाएक अपने आपसे ही नहीं बल्कि वृन्दावन के मन्दिर-मठ, वन-उपवन, कुंड-तालाब, कुंज-निकुंज और घाट-सीढ़ियों पर वैधव्य के अभिशाप से शापित हर ज़िन्दा सफ़ेद पुतले से घृणा-सी होने लगती है। वह अब बड़ी बेचैनी के साथ अपनी गाड़ी का इंतज़ार करने लगी, जो कभी भी प्लेटफॉर्म पर लग सकती है।

"अच्छो मैया, तेरी रेल को भी टैम हेगो है। कभी भी ऊ प्लेटफोरम पे आके लग सके है। आराम ते जइयो मैया! राधे-राधे!"

मथुरा जंक्शन पर हरिदासी से विदा ले सेवायत जमुनादास अपने जिस काम के लिए मथुरा आया था, उसके लिए चल दिया। जंक्शन से जाते सेवायत को देख एक बार हरिदासी के मन में आया कि इन गट्ठरों के साथ जाने से अच्छा है, वह यहीं से वापस वृन्दावन लौट जाए। लेकिन वह ऐसा नहीं कर पाई। देर तक अकेली बैठी वह मुक्ति के द्वंद्व-निर्द्वंद्व की गलियों में वितृष्णा और आत्मग्लानि के बोझ से छटपटाती रही। अचानक कानों में गूँजे कर्कश हॉर्न के साथ धीरे-धीरे जंक्शन की तरफ़ बढ़ती रेल और अपने-अपने गट्ठर-गठरियों पर झपटते सफ़ेद पुतलों को देख, वह भी अपनी बेंच से खड़ी हो गई।

एक दिन और तीन घंटे की लम्बी यात्रा के दौरान हरिदासी तरह-तरह की आशा-निराशाओं से भरी कल्पनाओं में खोई रही। रह-रहकर दौड़ती रेल की खिड़कियों से दूर तक बिछे लैंडस्केप और दूसरे दृश्य जब पीछे छूटते, तब लगता जैसे उसकी ज़िन्दगी भी इनकी तरह तेज़ी से पीछे छूटती जा रही है। कई बार तो वह सोचती है कि पता नहीं नबद्वीप जाने के बाद कभी वृन्दावन लौट

पाएगी भी या नहीं। इस बीच कुछ छोटे-बड़े गट्ठर-गठरियाँ हावड़ा स्टेशन उतर गए। नबद्वीप आते-आते उसके सहित अधिकतर गठरियाँ अपने सफ़ेद पुतलों के साथ उतर गईं। जो बचीं वे आगे चली गईं।

दशकों बाद हरिदासी, माफ़ करना वैधव्य के लिबास में लिपटी पचहत्तर वर्षीया बिजली घोष जिस समय नबद्वीप धाम स्टेशन उतरी, शाम का झुटपुटा चारों तरफ़ फैल चुका था। एक बार तो वह अपने उसी रेलवे स्टेशन को पहचान नहीं पाई, जहाँ से उसका बाबा उसे अन्तिम बार वृन्दावन छोड़कर आया था। शाम के गहराते मटमैलेपन में घुलते स्टेशन की चहल-पहल और लोगों की जैसी आवाजाही और रौनक रेलवे स्टेशनों पर होनी चाहिए, वैसी नज़र नहीं आई। उदास प्लेटफार्म पर जलते बल्बों की रोशनी में पास आते सायों को देखती, तो वह धीरे-से इस डर से पीठ फेर लेती कि कहीं कोई उसे पहचान न ले।

हरिदासी अब एक ख़ाली बेंच पर आकर बैठ गई और सोचने लगी कि वह अब कहाँ जाए। स्टेशन पर चहलक़दमी करते किसी साए पर उसकी नज़र पड़ती, तो एक पल के लिए उसे लगता जैसे यह माँ का साया है। उसका मन करता कि माँ के इस साए से वह जाकर लिपट जाए। उस माँ से जिसका हवा में हिलता हाथ जैसे आज भी हिल रहा है। उसने अपने घर की तरफ़ जाते रास्ते को खोजना चाहा लेकिन उसके वे चिह्न उसे कहीं दिखाई नहीं दिए, जिन्हें वह ज़िन्दा छोड़कर गई थी। सैकड़ों मील लम्बी यात्रा ने पसीने में भीगे जिस्म को किसी कपड़े की तरह निचोड़ दिया। हारी-थकी हरिदासी की समझ में नहीं आ रहा है कि उसे अब करना क्या है। घर की तरफ़ चला जाए? यही सोचते-सोचते रात अब तेज़ी से गहराने लगी। बेंच पर बैठे-बैठे अपनी अकेली परछाईं से खेलने के कुछ नहीं है उसके पास। धीरे-धीरे वह उस रात की स्मृति में उतरती चली गई, जब देर रात तक हुई बरसात में भीगे इस स्टेशन पर वृन्दावन जाने के लिए वह बाबा के साथ आई थी। उसने जिस तरह ख़ुद को धकियाते हुए डिब्बे में चढ़ाया था, तथा अन्तिम क्षणों में माँ की आँखों में जिस कातरता के साथ उसने देखा था, माँ ने लपककर उसे अपने अंक में समेट लिया था। इधर बाबा के साथ बिजली ट्रेन में सवार हुई उधर ट्रेन एक लम्बी सीटी देने के बाद चल पड़ी थी। माँ का हवा में हिलता हाथ उसे अब तक याद है। उसकी आँखें नम हो उठीं और यही सोचने लगी कि आज जब वह घर जाएगी, तब क्या माँ उस दिन की तरह अपनी विधवा बेटी को दौड़कर अंक में भर लेगी? माँ उसे अपने आँचल में छिपा लेगी? मगर अगले ही पल उसकी देह यह सोचकर निश्चेष्ट-सी हो गई कि माँ-बाबा इस दुनिया में अब कहाँ होंगे?

इससे पहले हरिदासी कल्पनाओं की जर्जर नाव पर सवार हो कोई निर्णय ले पाती, अचानक बिजली चली गई। स्टेशन सहित आसपास का पूरा इलाक़ा स्याह

अँधेरे में डूब गया। कुछ देर बाद मोमबत्तियों और इन्वर्टर से जलनेवाले बल्बों की रोशनी में उसे आपस में बात करते हुए आते-जाते लोग दिखाई देने लगे। अँधेरा होने के चलते अब किसी का चेहरा साफ़ नज़र नहीं आ रहा है और जो इधर-उधर से आती रोशनी में दिखाई देते, उन्हें वह पहचान नहीं पाती है। हरिदासी को यही मौक़ा ठीक लगा।

टिमकते जुगनुओं-से उजाले में हरिदासी बेंच से उठी और अँधेरे में बरसों पुराने अनुमान का सहारा ले उस दिशा में चल दी, जिधर उसका घर था। वह अभी कुछ ही दूर गई होगी कि अँधेरे में वह अपनी दिशा भूल गई। इससे पहले वह कुछ सोचती बिजली आ गई। बिजली के खम्भों के बल्बों से रास्ते पर फैले उजाले के बावजूद उसकी समझ में नहीं आ रहा है कि वह किस दिशा में जाए? जो गलियाँ और रास्ते कच्चे थे, वे अब पक्के और साफ़-सुथरे हो गए हैं। अधिकतर पुराने और कच्चे घरों की जगह अब सुन्दर भवनों ने ले ली। पूरा नक्शा ही बदला हुआ है। दिन का समय होता तो कुछ पुरानी निशानियों के सहारे वह रास्तों को पहचान लेती, लेकिन रात होने के कारण सब गड्डमड्ड हो गया।

ऐसे कब तक भटकती रहेगी इन गलियों में। यही सोच, वह एक छोटी-सी दुकान पर गई।

"यह काली बाड़ी किस तरफ़ है?" हरिदासी ने झिझकते हुए बांग्ला में पूछा।

दुकानदार ने हाथ से दाएँ ओर इशारा कर दिया।

अधिक उम्र होने के कारण अब दिखाई भी ठीक से नहीं देता है। फिर वही बात कि दिन होता तो वह काम चला लेती किन्तु रात में वह कैसे चिह्नित करे? किससे पता करे? उसे सेवायत जमुनादास की कही बात अब याद आने लगी कि तू अकेली पहुँच भी जाएगी? अब तू अपने गाँव-खलिहान को पहचान पाएगी भी या नहीं? इस पर उसने सेवायत को हुलसते हुए उत्तर दिया था कि जमुना बाबू, अपने घर-द्वारे को भी कोई भूलता है? वह जिस अतीत की लालसा और पुरानी यादों के पंखों पर सवार हो यहाँ आई भी, वे अब उसे चरमराकर बिखरते से नज़र आने लगे हैं। सचमुच उसकी स्मृतियाँ उसे धोखा देने लगीं। अपने आत्मविश्वास पर हरिदासी को अब सन्देह होने लगा।

वह बताई गई दिशा की ओर आगे बढ़ गई। अभी वह पचासेक क़दम आगे बढ़ी ही थी कि एक जानी-पहचानी सी जगह और पुराने पीपल के पेड़ को देख उसकी मानो साँसें लौट आईं। यही तो जगह है वह। यह जगह उसे कुछ जानी-पहचानी सी लगी। उसने अपनी याददाश्त पर बहुत ज़ोर दिया। याद करने की कोशिश की लेकिन उसे निराशा ही हाथ लगी। क्योंकि जहाँ उनका घर था, वहाँ एक विशाल भवन दिखाई। हरिदासी ने निकट जाकर मकान के बाहर बांग्ला में लिखे पत्थर पर गुदे नाम को पढ़ा, तो वह जैसे गिरते-गिरते बची। जिस ग्रेनाइट के पत्थर पर

मकान मालिक के नाम के पीछे उपनाम के रूप में घोष होना चाहिए, उसकी जगह दास लगा हुआ है।

अब क्या करे हरिदासी? भूख से अब बुरा हाल होने लगा। वह जिस रास्ते से आई थी, उसी रास्ते से रेलवे स्टेशन की ओर लौट गई। स्टेशन पर आकर उसने दाल-चावल खाया और वहीं प्लेटफार्म के एक कोने में जाकर लेट गई। लेटते ही उसे कब नींद आ गई, पता ही नहीं चला। बस, बीच-बीच में आती-जाती रेल गाड़ियों का शोर और उनसे उतरते यात्रियों की चिल्ल-पों कानों में पड़ती। अचानक तीसरे पहर के आसपास उसकी जो आँखें खुलीं, उसके बाद उसे नींद नहीं आई।

सुबह के उजास में वह एक बार फिर अपने मोहल्ले की ओर चल दी। दिन होने के कारण रात का रास्ता ढूँढ़ने में उसे कोई परेशानी नहीं हुई। काली बाड़ी आने के बाद वह देर तक पीपल के नीचे इसी आस में खड़ी रही कि कोई तो उसे पहचान ले। कोई तो आकर उससे कहे कि अरे बिजली दीदी तू! वह एकाध बार अपने घर के पास गई भी लेकिन वहाँ बने मकान और उसके बाहर ग्रेनाइट पत्थर पर उत्कीर्ण किसी जोगेन दास का नाम पढ़कर, उसने पाँव पीछे खींच लिए। चढ़ते सूरज के उजाले में आती-जाती अपरिचित आँखें उसे देखतीं और आगे बढ़ जातीं। नबद्वीप की गलियों में चैतन्य प्रभु के अनुयायियों का आवागमन लगा रहता है। इसलिए शायद उसे किसी ने टोका नहीं, और उसकी हिम्मत किसी से पूछने की हुई नहीं।

सेवायत जमुनादास का कहा हरिदासी को सच होता नज़र आने लगा। सचमुच किसी ने नहीं पहचाना उसे। यहाँ तक कि बूढ़े हो चुके इस पीपल की उन शाखाओं ने भी जिनके नीचे उसका बचपन बीता था। काली बाड़ी और उसके भीतर प्रस्थापित उस माँ काली ने भी उसे पहचानने से जैसे साफ़ मना कर दिया, जिसके सामने से उसके जितने चक्कर लगते, उसका सिर नमता चला जाता। उसी काली ने, जिसकी महालय और पितृपक्ष अमावस्या के निकट आते ही पूजा में जिसका सबसे अधिक योगदान होता था। और इस दिन दुर्गा की वंदना कर उससे अपने घर आगमन के लिए प्रार्थना करती थी। हरिदासी कैसे भूल सकती है महालय के उन दिनों को, जब वह मूर्तिकारों की तरह माँ दुर्गा की आँखें तैयार करती थी। आज उसी दुर्गा और उसकी नई दीवारों ने उसे पहचानने से मना कर दिया।

हरिदासी अब चुपचाप अपनी स्मृतियों को माँ काली और पीपल को अर्पित कर वापस लौट पड़ी। उसने धीरे-से अपनी माला झोली से तुलसी माला निकाली और पैदल ही जलंगी नदी की ओर निकल गई। यहाँ आकर सबसे पहले उसने नदी के किनारे लगीं छोटी-छोटी नावों को देखा। किनारे लगीं छोटी-छोटी अलग-अलग आकार की सीपियों-सी, नदी की लहरों पर हिचकोले खातीं और आपस में बतियातीं इन नावों को निहारने के बाद, हरिदासी धीरे-धीरे छोटे-छोटे क़दमों के साथ नदी में उतर गई। घुटनों तक पानी में खड़े हो उसने पहले जी भरकर, गंगा

मिश्रित अपनी जलंगी नदी के जल का आचमन किया। फिर उसने उसमें इस तरह कई बार डुबकियाँ लगाई, जैसे वह अपने आपका जीते-जी तर्पण कर रही है। जब-जब हरिदासी जलंगी के मौन साधे बहते पानी में डुबकी लगाती, ऐसा लगता जैसे उसकी धमनियों में रक्त नहीं, जलंगी का ठंडा पानी बह रहा है। नदी से बाहर आते हुए भी उसने अँजुरियों में पानी भरा और उसे होंठों से छुआते हुए सिर पर डाल लिया। नदी से बाहर आ उसने अन्तिम बार पटलकर अपने नबद्वीप को देखा और लगभग सौ क़दम दूर मायापुर जानेवाली नावों की ओर बढ़ गई। जहाँ वह सबसे पहले रवाना होनेवाली नाव में सवार हो गई।

जैसे-जैसे नदी को पार करते हुए नाव आगे बढ़ने लगी, मायापुर में इस्कॉन द्वारा बनाए गए श्रीमायापुर चन्द्रोदय मन्दिर की गहरी आसमानी रंग की नीली और उसमें सफ़ेद रंग की धारियोंवाले गुम्बदों का समूह दिखाई देने लगा। हरिदासी को याद है जब उसने नबद्वीप को त्यागा था, तब मायापुर में ऐसा कुछ नहीं था। जलंगी में हिचकोले खाती नाव, हरिदासी के अतीत के बनते-बिगड़ते चित्रों और नाव में सवार यात्रियों की चिल्ल-पों के बीच कब किनारे आ लगी, उसे पता नहीं चला।

नाव से उतर वह गंगा के किनारे बसे और गौड़ीय वैष्णव सम्प्रदाय के इस पावन स्थल मायापुर के इस्कॉन मन्दिर परिसर में आ गई। श्रद्धालुओं से अधिक पर्यटकों की भीड़ देख हरिदासी को वृन्दावन के बाँके बिहारी मन्दिर और कुछ आधुनिक पाँच सितारा मन्दिरों में दिल्ली व आसपास के शहरों से उमड़नेवाली भीड़ की याद ताज़ा हो आई। भक्ति और टूरिज़्म के कॉकटेल का जो अद्भुत और मनमोहक दृश्य वृन्दावन में दिखाई देता है, लगभग वही नज़ारा हरिदासी को यहाँ भी दिखाई दे रहा है।

अपनी जन्मभूमि होने के बावजूद हरिदासी का यहाँ मन नहीं लग रहा है। मन तो उसका कल अपने गृहनगर नबद्वीप में ही उचट गया था। हरिदासी को यहाँ आकर सेवायत जमुनादास के इस कहे का मर्म अब समझ में आ रहा है कि तू तो नहीं भूली होगी, पर वे भी तो तुझे पहचानें। हरिदासी का यह सोचना कितना ग़लत निकला कि कोई किसी को नहीं भूलता है। चन्द्रोदय मन्दिर के परिसर के एक कोने में घने पेड़ की छाया में बैठी हरिदासी की यह सोचते हुए आँखें भर आईं, कि उसे काली बाड़ी मोहल्ले और उसके पीपल ने नहीं पहचाना कोई बात नहीं, दुःख तो उसे यह देखकर हुआ कि उसे एक तरह से अपनों ने भी नहीं पहचाना। हरिदासी का बस चलता तो वह इसी समय वृन्दावन से सैकड़ों मील दूर बैठी इस मायापुर से उड़कर वृन्दावन की कुंज गलियों में पहुँच जाती।

उसने सिर उठाकर देखा तो पाया नीले आकाश में मोटे-मोटे बादलों के गुच्छों के बीच से सूरज निकलता और फिर से उनके पीछे छिप जाता। हरिदासी ने आँखें बन्द कीं और लम्बी साँस लेते हुए फेफड़ों में ढेर सारी हवा भर ली। फिर धीरे-धीरे

उसे बाहर छोड़ते हुए, वह एक झटके के साथ खड़ी हो गई। इसके बाद क्या हुआ जैसे उसे ख़ुद ही नहीं पता। वह कब जलंगी नदी के किनारे आई, कब नबद्वीप जाने के लिए एक नाव में बैठी और कब नबद्वीप धाम रेलवे स्टेशन पहुँच गई। यहाँ आकर सबसे पहले उसने खाना खाया। जिस नबद्वीप में कभी उसका पूरा बचपन और किशोरवस्था बीता, उसी नबद्वीप के खाने में आज न जाने क्यों उसे पहले जैसा स्वाद नहीं आ रहा है। वह मन-ही-मन अपने आप से कहती है कि उसका तो बचपन का स्वाद भी उसे भूल गया है।

बेमन से खाना खा वह एक बेंच पर आकर बैठ गई। उसे प्लेटफार्म दो पर आए अभी कुछ ही देर हुई कि दूर से हॉर्न मारती हुई एक ट्रेन आती दिखाई दी। ट्रेन को देखते ही प्लेटफार्म पर खड़े यात्री अपने-अपने सामान के साथ तैयार हो गए। उसने पास खड़े यात्री से पूछा कि यह कौन-सी ट्रेन है, यात्री ने उसे एक साँस में पूरी जानकारी दे डाली कि यह हावड़ा एक्सप्रेस और हावड़ा जा रही है। हरिदासी को इसका अनुमान नहीं था कि कलकत्ता जानेवाली ट्रेन उसे इतनी जल्दी मिल जाएगी। उसने टिकट भी नहीं लिया। यही सोच वह इसी रेल से वापस जाने के लिए तैयार हो गई कि वह गाड़ी में टीटीई से अनुरोध कर टिकट बनवा लेगी। क्या होगा, अधिक से अधिक जुर्माने के साथ टिकट बना देगा। प्लेटफार्म दो पर जैसे ही ट्रेन लगी, हरिदासी उसमें चढ़ गई। कुछ ही देर बाद ट्रेन ने लम्बी सीटी मारी और नबद्वीप धाम स्टेशन को छोड़ती हुई आगे बढ़ने लगी। पहले धीरे-धीरे और फिर गति पकड़ने के बाद वह तेज़ी से दौड़ने लगी। दरवाज़े के पास खड़ी हरिदासी स्टेशन छोड़ती ट्रेन के बाहर देखने लगी, तो पीछे छूटते स्टेशन पर खड़े लोगों का आकार छोटा होने लगा। इन्हीं आकारों में अचानक उसे लगा जैसे अन्तिम बार की तरह उसे विदा करने आई माँ बाबा का हवा में हाथ हिल रहा है। तेज़ी से लघुतम होते स्टेशन और उस पर पीछे छूटते लोगों में हरिदासी टकटकी लगाए अपनी माँ को तब तक चिह्नित करने की कोशिश करती है, जब तक स्टेशन उसकी आँखों से ओझल नहीं हो गया। स्टेशन के ओझल होते ही हरिदासी की रुलाई फूट गई। उसकी काँपती पतली-पतली टाँगों ने जैसे जवाब दे दिया और किसी सालों पुरानी और जर्जर इमारत-सी वह भरभराकर डिब्बे के फ़र्श पर बैठ गई। वैधव्य के चीर से उसने अपना मुँह ढक लिया। आँसुओं में भीगे उसने अपने ही ये शब्द पूरी गति से दौड़ती रेल की खड़खड़ाहट के साथ इस तरह घुल गए कि ख़ुद हरिदासी को ही नहीं सुनाई देने लगे—

लोके बोले ओ बोले रे
घोर बाड़ी भाला नाय आमार
कि घोर बानाइमु आमि

कि घोर बानाइमु आमि शुन्नेर माझार...
लोके बोले ओ बोले रे
घोर बाड़ी भाला नाय आमार
भाला कोइरा घोर बानाइया
कोयदीन थाकमु आर,
आयना दिया चाइया देखि
पाकना चूल आमार।
लोके बोले ओ बोले रे
घोर बाड़ी भाला नाय आमार।

एक बार फिर स्मृतियों में बसे पेड़-पौधे, नदी-नाले और बीच में पड़ने वाले स्टेशन पीछे छूटने लगे। पीछे छूटते पेड़-पौधे, नदी-नाले ऐसे ग़ायब होने लगे, जैसे वे कभी उसके अतीत के हिस्से ही नहीं थे। नई-पुरानी यादों के साथ हिचकोले खाती हावड़ा एक्सप्रेस जब हुगली नदी पर पहुँची, तो अचानक उसे अपनी पुरखिन रानी राशमोनी अर्थात रानी राशमणि की याद आ गई। जिन ग़रीब मछुआरों की छोटी-छोटी मछली पकड़नेवाली नावों पर ईस्ट इंडिया कम्पनी द्वारा यह कहकर टैक्स लगा दिया था कि गंगा के घाट पर उनकी नावें, बड़ी नावों के आने-जाने में रुकावट डालती हैं, उसी ईस्ट इंडिया कम्पनी को सबक सिखाने के लिए राशमणि ने हुगली नदी को जंजीरों से बाँध दिया था। चूँकि लोहे की जंजीरों ने नदी का रास्ता रोक दिया था और दोनों तरफ़ ईस्ट इंडिया कम्पनी के जहाज जमा हो गए थे, इसलिए कम्पनी को हारकर रानी राशमणि के साथ समझौता करने के लिए मजबूर होना पड़ा और मछली पकड़ने पर लगाया गया टैक्स समाप्त कर दिया गया। इस तरह मछुआरों के अधिकारों की रक्षा के लिए गंगा में उनके आने-जाने पर लगी रोक हटा दी गई। इसके बाद यह नदी हमेशा के लिए 'रानी राशमोनी' जल बन गई।

हुगली नदी को धीरे-धीरे पार करती हुई ट्रेन हावड़ा स्टेशन की ओर बढ़ रही है। हरिदासी हुगली की मंथर गति से बहती धारा को ऐसे देखने लगी जैसे वह उसमें पड़ी उन जंजीरों को तलाश रही है, जिन्होंने इस नदी को बाँधा था। ट्रेन अब हुगली नदी के दाहिने किनारे स्थित तेईस प्लेटफार्मवाले भारत के सबसे बड़े रेलवे स्टेशनों में से एक हावड़ा जंक्शन रेलवे स्टेशन पर आकर रुक गई। उसी स्टेशन पर, जहाँ से कभी भारत की दूसरी रेल चली थी। हरिदासी उसी हावड़ा स्टेशन पर उतर गई जहाँ मशहूर क्रान्तिकारी योगेशचन्द्र चटर्जी, काकोरी कांड से पहले ही यहाँ गिरफ़्तार कर लिए गए थे। नज़रबन्दी की हालत में ही उन्हें काकोरी कांड के मुक़दमे में शामिल किया गया था और आजीवन कारावास की सज़ा दी गई थी।

ट्रेन से उतरने के बाद उसने समय पता किया, तो पता चला अभी शाम के साढ़े चार बजे हैं। वह सीधे पूछताछ काउंटर पर गई। वहाँ जाकर पता किया कि हावड़ा से वाया मथुरा दिल्ली की तरफ़ हाल-फ़िलहाल जानेवाली कौन-सी ट्रेन है। काउंटर से उसे पता चला कि शाम के पौने छह बजे हावड़ा से चम्बल एक्सप्रेस सीधे मथुरा जाएगी। हरिदासी ने मन-ही-मन राधारानी का आभार व्यक्त किया कि उसे यहाँ से सीधे मथुरा जानेवाली ट्रेन मिल रही है। लेकिन अगले ही पल उसे एक बार फिर इस दुश्चिन्ता ने घेर लिया कि यहाँ से जाने का रिजर्वेशन तो उसके पास है ही नहीं? अब क्या करे वह? उसने मन-ही-मन फिर से अपनी राधारानी का सुमिरन किया, और एक दृढ़ निश्चय कर उस प्लेटफार्म पर आ गई, जहाँ से चम्बल एक्सप्रेस को छूटना है। यहाँ आई तो देखा ट्रेन पहले से प्लेटफार्म पर लगी हुई है। वह रेल के लगभग अन्त में लगे एक स्लीपर कोच के सामने बिछी बेंच आकर बैठ गई।

तेज़ी से बढ़ती उमसभरी गर्मी से बुरा हाल हो गया। शाम होने के बावजूद इसमें कुछ कमी आई हो, हरिदासी को ऐसा नहीं लगा। जैसे-जैसे ट्रेन छूटने का समय निकट आता गया, हरिदासी की व्यग्रता, बेचैनी और धड़कन बढ़ने लगी। ट्रेन छूटने से कुछ मिनट पहले हरिदासी उसी स्लीपर कोच में चढ़ गई, जिसके सामने बिछी बेंच पर वह बैठी हुई थी।

नई-पुरानी यादों की अनगिनत पोटलियों के साथ चम्बल एक्सप्रेस एक के बाद एक बर्द्धमान, आसनसोल, धनबाद, कोडरमा, गया, गोरखपुर, चुनार, विंध्याचल, इलाहाबाद, चित्रकूट, बाँदा, महोबा, कुलपहाड़, बरुआ सागर, झाँसी, दतिया, ग्वालियर, मुरैना, धौलपुर और आगरा कैंट के साथ-साथ दूसरे तीन दर्ज़न छोटे-बड़े जंक्शन और रेलवे स्टेशनों को पार करती हुई, लगभग चौबीस घंटे की यात्रा पूरी कर मथुरा जंक्शन पहुँच गई। हरिदासी ने रेल से उतर सबसे पहले घुटनों के बल बैठ नमन करते हुए प्लेटफार्म के फ़र्श से ब्रजभूमि की रज अपने माथे पर लगाई, और स्टेशन से बाहर आ वृन्दावन जानेवाले एक टेम्पू में बैठ गई। पूरी सवारी लेने के बाद टेम्पू शहर की आबादी से निकल अब आगरा-दिल्ली मार्ग पर दौड़ने लगा। जैसे ही वह आगरा-दिल्ली मार्ग से दाहिने ओर वृन्दावन की तरफ़ मुड़ा, चालक ने बाँसुरी की मधुर धुन और आधुनिक वाद्य-यंत्रों के साथ गाए जानेवाले इस गीत को चला दिया—

हीरा जनम मिला है तुझको माटी में ना रोल
जब भी मुख खोले तो मुख से राधा-राधा बोल
राधा नाम की महिमा न्यारी दे पापों से मुक्ति
भव बन्धन से मुक्त करेगी राधा नाम की युक्ति।

हरिदासी सहित टेम्पू में बैठी दूसरी सवारियाँ भी इस गीत को गुनगुनाने लगीं। इस गीत के बोलों पर सवार टेम्पू की सवारियाँ वृन्दावन में प्रवेश कर शयन आरती के समय श्रीरंगनाथ मन्दिर के सामने खुले मैदान में पहुँच गईं। हरिदासी श्रीरंगनाथ मन्दिर के खुले परिसर से होते हुए ब्रह्मकुंड का रास्ता पकड़, ज्ञान गुदड़ी से पहले लाला बाबू मन्दिर से होती हुई चुपचाप गोदा विहार मन्दिर पहुँच गई। अपने आने की किसी को भनक नहीं लगने दी उसने।

सेवायत जमुनादास को अपने कानों पर विश्वास नहीं हुआ। पहले उसे लगा वासुदेव दासी उससे ठट्ठा कर रही है। लेकिन जब उसने दोहराया, तब उसे लगा कि वासुदेव शायद ठीक कह रही है। वैसे भी यह क्यों झूठ बोलेगी? लेकिन पक्का यक़ीन उसे फिर भी नहीं हुआ। उसकी समझ में नहीं आ रहा है कि यह कैसे सम्भव है? वह ख़ुद हरिदासी का मथुरा रेलवे स्टेशन से आने-जाने का टिकट कराकर लाया था। आने की टिकट के हिसाब से उसके लौटने में अभी तक़रीबन बीस दिन बचे हैं, फिर वह कैसे चौथे दिन लौट आई? वैसे भी एक-सवा दिन जाने में और इतना ही आने में लगता है। कहीं ऐसा तो नहीं है कि वह बंगाल गई ही नहीं हो और मथुरा में ही तीन-चार दिन बिताकर लौट आई हो! लेकिन अगले ही पल उसने सोचा कि आख़िर वह ऐसा करेगी क्यों? नबद्वीप कोई सौ-सवा सौ किलोमीटर दूर तो है नहीं, जो कोई भी ट्रेन-बस पकड़ी और चली आई मथुरा? सेवायत का सिर भन्ना गया। उसकी सोचने-समझने की शक्ति ने जैसे जवाब दे दिया।

सेवाकुंज से सेवायत जमुनादास को बाँके बिहारी मन्दिर लेना मुश्किल हो गया। अगर हर पूर्णिमा के दिन की तरह उसे आज ठाकुरजी के दर्शन करने नहीं आना होता, तो वह यहीं से लौट जाता। वैसे अब अठखम्बा बाज़ार आने के बाद बीच रास्ते से लौटने में कोई समझदारी नहीं है। सेवायत ने अपनी गति बढ़ा दी। मन्दिर में पहले की तरह श्रद्धालुओं की भारी भीड़ देख, एक बार तो उसके मन में आया कि वह बिना दर्शन के ही लौट जाए। लेकिन अगले पल सोचा कि ऐसा करना उचित नहीं होगा। इसलिए पुराने अभ्यास और तरीक़ों का इस्तेमाल कर आड़ा-तिरछा होते हुए, भीड़ के बीच से रास्ता बनाते हुए बग़ल से उसने ठाकुरजी पर प्रसाद चढ़ाया, और उन्हीं तरीक़ों का पालन कर भीड़ को चीरते हुए बाहर आ गया।

सेवायत जमुनादास ने बाँके बिहारी मन्दिर से गोदा विहार मन्दिर जाने का सबसे छोटा रास्ता लिया। वह सीधा हरिदासी के कमरे पर गया। उढ़के दरवाज़े को देख उसने बाहर से आवाज़ लगाई किन्तु अन्दर से कोई उत्तर नहीं मिला। उसने एक बार नहीं कई बार पुकारा परन्तु पहले की तरह अन्दर कोई जवाब नहीं मिला। लगता है वासुदेव दासी ने उसके साथ मज़ाक़ किया है। यक़ीन तो उसकी बात पर

पहले भी नहीं था। बाकी रही-सही पुष्टि उसकी यहाँ आकर हो गई कि हरिदासी कैसे इतनी जल्दी आ सकती है।

जब वह यहाँ तक आया है तो क्यों न बैकुंठ में भगवान लक्ष्मी नारायण और माता लक्ष्मी के दर्शन ही कर चले। यही सोच सेवायत जमुनादास मन्दिर के मध्य भाग में विराजित लक्ष्मीनारायण और माता लक्ष्मी के दर्शन करने चला आया। दर्शन कर सेवायत ने लौटने के लिए कुछ ही क़दम बढ़ाए थे कि तपोलोक की मूर्तियों के पास उसकी नज़र एक जाने-पहचाने सफ़ेद पुतले पर पड़ी। सबसे बेख़बर सफ़ाई करते इस पुतले के पास दबे पाँव वह जाकर खड़ा हो गया। सेवायत के पाँव जहाँ थे, वहीं ठिठक गए। एक बार उसे लगा कि कहीं हरिदासी की जगह कोई और बाई तो सफ़ाई करने नहीं आ गई है? उसने बड़ी बारीकी से पहले आसपास का मुआयना किया और फिर ऐसे ही अपने वहम की पुष्टि के लिए धीरे-से आवाज़ लगाई, "मैया!"

इधर सेवायत जमुनादास ने आवाज़ लगाई और उधर उस पुतले ने पलटकर जैसे ही देखा, सेवायत हरिदासी को और हरिदासी सेवायत को, हक्के-बक्के से एक-दूसरे को देखने लगे। अचानक सेवायत को अपने सामने देख हरिदासी झेंप गई, "जमुना बाबू, तुऽऽऽम?"

सेवायत ने कोई उत्तर नहीं दिया।

हरिदासी ने मूर्तियों को साफ़ करनेवाला कपड़ा वहीं रख दिया। वह अब मन्दिर के मध्य में खुली जगह पर आ गई। देर तक न तो हरिदासी कुछ बोली और न ही सेवायत ने उससे कुछ पूछा। आख़िर हरिदासी ही बोली, "जमुना बाबू, तुमने सही बोला था।"

"क्या सही बोला था?" सेवायत ने हैरान होते हुए उलटा हरिदासी से पूछा।

"वही जो नबद्वीप जाने से पहले बोला था कि तू अपने गाँव-खलिहार को पहचान पाएगी भी या नहीं।"

"मैंने तो ऐसेई कह दी मैया।" सेवायत जमुनादास ने मुस्कराते हुए कहा।

"और यह भी कहा था कि तू तो ना भूली होगी, पर वे भी तो तुझको पहचानें।"

"हाँ कही तो ही।"

"एक बात कहूँ जमुना बाबू, तुमने एकदम सही कहा था। मुझे वहाँ किसी ने नहीं पहचाना। मेरा जो घर था वो भी नहीं रहा। उसकी जगह किसी और ने मकान बना लिया। अब तुम ही बताओ जमुना बाबू, जब मुझे वहाँ किसी ने पहचाना ही नहीं, तो वहाँ रुककर क्या करती? किस-किसको बताती कि मैं कौन हूँ। जब मेरी कोई पहचान ही नहीं है, तो मैं क्या बताती?" जवाब देने के बजाय सवाल करते-करते हरिदासी की आँखें भर आईं। फिर एक पल रुककर बोली, "लेकिन जिस जलंगी के पानी को छूने की बड़ी तमन्ना थी जमुना बाबू, वह पूरी हो गई। उसमें

जी भरकर नहाई। नहाई ही नहीं बल्कि उसे जी भरकर पिया भी।"

सेवायत जमुनादास ने ध्यान दिया कि जिस समय हरिदासी जलंगी नदी के पानी के आचमन करने और उसमें नहाने की बात बता रही थी, उसकी आँखों की चमक देखते ही बन रही थी। उसे इसका कोई दुःख या पश्चात्ताप नहीं है कि नबद्वीप में उसे किसी ने पहचाना या नहीं। बल्कि इससे ज़्यादा इसकी ख़ुशी है कि वह अपनी जलंगी नदी में ख़ूब डुबकी लगाकर आई है। एक पल के लिए सेवायत जमुनादास को लगा मानो हरिदासी जीते-जी जलंगी नदी में अपना तर्पण करके लौटी है।

कुछ क्षणों के बाद हरिदासी ने एक आश्वस्तिभरी साँस ली और यह कहकर वापस मन्दिर के तपोलोक की उन्हीं प्रतिमाओं के पास चली आई, जिनके आसपास की जगह की सफ़ाई वह अधूरी छोड़कर आई थी, "जमुना बाबू, जीवन में अब कोईऽऽऽ इच्छा नहीं बची है!"

सेवायत जमुनादास के पास कहने को शायद अब कुछ नहीं बचा। आँखों के ऊपर धवल भौंहों के गुच्छों में पहले हल्की-सी कम्पन हुई और हरिदासी को सुनाते हुए यह कहकर चला आया—

मुक्ति कहे गोपाल ते, मेरी मुक्ति बताए
ब्रज रज उड़ मस्तक लगे, तो मुक्ति मुक्त हे जाए।

25

हरिदासी क्या, इसकी किसी ने कल्पना नहीं की थी कि ऐसा भयावह समय भी आएगा।

इस देश ने एक से एक महामारी और बड़े से बड़े अकाल व दुर्भिक्षों को देखा है। बाबा बताते थे कि जब उनके बंगाल में अकाल पड़ा था, तब भोजन की तलाश में गाँव-देहात के अनगिनत भूखे लोग कलकत्ता के लिए निकल पड़े थे। इनमें से न जाने कितनों की 'राहत रसोई' पहुँचने से पहले, भूख से रास्ते में ही मौत हो गई और कितनों की बाद में। बाबा बताते थे कि कलकत्ता में सरकारी मदद के लिए लाइन में लगीं, हाथों में थाली, कटोरियाँ और गिलास थामे भूख से बिलबिलाते औरतें व बच्चे किस तरह कुत्ते-बिल्लियों की तरह आपस में लड़ पड़ते थे। उसे याद आता है अपने स्कूली दिनों में बाबा की किताबों में मिली छोटी-सी बंगाली पत्रिका 'गंगचिल पत्रिका' का वह अंक, जो अकाल पर ही केन्द्रित था। 'मोनोन्तरे साक्खी' अर्थात 'अकाल के गवाहों' की पूरे पन्ने पर छपी तस्वीरों को देख वह

कितनी परेशान हुई थी। ये तस्वीरें बंगाल के ग्रामीण इलाकों में रहनेवाले उन लोगों की थीं, जिन्होंने बंगाल के इस अकाल को देखा था और जो इस विभीषिका से बच गए थे। कहते हैं कि बंगाल के इस अकाल में तीस लाख लोगों की मौत हुई थी।

कहते हैं कि हर घटना-दुर्घटना का अपना इतिहास होता है। चूँकि इतिहास हमारी स्मृतियों से अक्सर लोप हो जाते हैं, वे याद रहें इसलिए उन्हें पन्नों में दर्ज किया जाता है। यह भी कहते हैं कि हर इतिहास एक समयावधि के बाद अपने आपको दोहराता है। यदि वह अपने आपको ना दोहराए, तो हम उसे कैसे याद रख पाएँगे? इतिहास गवाह है कि हर सौ साल बाद हर महामारी अपने नए-नए रूपों में आती है। फ्रांस के एक छोटे से शहर मॉर्साइल से शुरू हुई महामारी 'द ग्रेट प्लेग ऑफ़ मार्सेल' को कौन भूल सकता है, जिसने दुनिया के एक लाख लोगों को शिकार बनाया था। कौन भूल सकता है इसके ठीक सौ साल बाद एशियाई देशों में फैले हैजा को, जिसने एशियाई जैसे ग़रीब मुल्कों के उतने ही लोगों को मौत की नींद सुला दिया था। और इसके ठीक सौ साल बाद इतिहास 'स्पेनिश फ़्लू' के रूप में फिर अपने आपको दोहराता है। बीसवीं सदी के दूसरे दशक के लगभग अन्त में फैली इस महामारी ने कहते हैं पाँच करोड़ लोगों को मौत के घाट उतार दिया था। इन तीनों महामारियों का दुनिया में सबसे ज़्यादा असर हिन्दुस्तान पर पड़ा।

भारत में एक समय उन्नीसवीं और बीसवीं सदी के दौरान फैले हैज़ा, प्लेग और इन्फ्लुएंजा, इन तीन महामारियों ने करीब चार करोड़ लोगों को अपना शिकार बनाया था। यही महामारियाँ क्यों, चेचक, सूरत का प्लेग, डेंगू, चिकनगुनिया, गुजरात का हेपेटाइटिस, ओडिशा का पीलिया, स्वाइन फ्लू और उत्तर प्रदेश के गोरखपुर शहर में मच्छरों के काटने के कारण जापानी इंसेफेलाइटिस और एक्यूट इंसेफेलाइटिस सिंड्रोम से मरनेवाले सैकड़ों बच्चों की मौत को कौन भूल सकता है।

कहते हैं कि प्लेग सिन्धु नदी को पार नहीं कर सकता था, किन्तु उन्नीसवीं सदी के बाद भारत में प्लेग और हैजा जैसी बीमारी आ चुकी थीं। इधर इक्कीसवीं सदी में एक बार फिर चीन के एक शहर से निकले एक वायरस ने जैसे पूरी दुनिया को हिलाकर रख दिया। यानी एक बार फिर इतिहास अपनी निश्चित अवधि पर अपने आपको दोहराता है और ठीक सौ साल बाद इक्कीसवीं सदी के दूसरे दशक के शुरू में चीन के वुहान शहर से निकली यह महामारी अर्थात कोरोना वायरस के इस देश में पाँव फैलाने की घोषणा हो गई।

श्रीगोदा विहार मन्दिर के महंत ने हरिदासी को बुलवाया। हरिदासी दौड़ी-दौड़ी आई। दौड़ी-दौड़ी इसलिए की महंत उसे तभी बुलावा भेजता है, जब कोई बेहद ज़रूरी काम होता है।

"बाई, ये तो तुझे पता चल ही गया होगा कि आज से सुबह सात बजे से रात नौ बजे तक पूरे देश में इक्कीस दिन का जनता कर्फ्यू लग गया है!" आते ही महंत ने कहा।

"जनता कर्फ्यू? महंत जी किस बात का जनता कर्फ्यू?" हरिदासी ने उलटा महंत से पूछा।

"ससुर कोई कोरोना नाम की एक चीनी बीमारी बताई। उसकी वजह से पूरे देश में लॉक डाउन लगा दिया है।"

"इससे क्या होगा महंत जी?"

"इक्कीस दिन तक सब कुछ बन्द रहेगा। ना बाजार खुलेंगे, ना दफ्तर-कार्यालय खुलेंगे। ना रेल चलेंगी, ना जहाज उड़ेंगे।"

"जब सब कुछ बन्द रहेगा तो दाल-चावल और खाने-पीने की चीजें कहाँ से मिलेंगी?"

"इसी को ध्यान में रखते हुए बस दवाई की दुकानें, राशन की दुकानें और फल-सब्जी की दुकानें खुली रहेंगी। बाकी सब कुछ बन्द रहेगा।"

"अपना मन्दिर तो खुला रहेगा?"

"जब सारे मन्दिर बन्द रहेंगे तो अपना भी बन्द रहेगा।"

"इसका मतलब है बाँके बिहारी मन्दिर भी बन्द रहेगा?"

"बस, लोगों के दर्शन के लिए बन्द रहेगा। वैसे सुना है कि बाँके बिहारी मन्दिर में केवल सेवायत और भंडारी को ही प्रवेश की अनुमति मिलेगी। सिवाय लोगों के दर्शन के मन्दिर में पूजा-अर्चना की सभी गतिविधियाँ जारी रहेंगी। सरकार ने साफ-साफ कह दिया है कि बिना मुँह पर मास्क लगाए किसी से मिलना नहीं है। जितना हो सके दिन में बार-बार साबुन से हाथ धोने चाहिए।"

"ठीक है महंत जी।"

इतना सुन हरिदासी लौटने लगी तो पीछे से महंत ने टोकते हुए कहा, "अच्छो सुन! एक बात तो मैं बताना भूल ही गया कि मन्दिर में जितने भी झाँझ-मजीरा और घंटे-घड़ियाल हैं, सब तैयार कर लीजो!"

हरिदासी की कुछ समझ में नहीं आया। वह अकबकाई-सी महंत की तरफ़ देखने लगी।

"ऐसा है कि अपने कोरोना वीरों के प्रति सम्मान जताने के लिए, आज शाम पाँच बजे पाँच मिनट के लिए सभी को ताली-थाली बजानी है।"

हरिदासी एक विचित्र-सी दुविधा से घिरती चली गई कि यह कैसी बीमारी आई है, जो लोगों से थाली-ताली बजवा रही है? और ये कोरोना वीर? कौन हैं ये?

हरिदासी के कुछ पल्ले नहीं पड़ा।

अपने महंत के निर्देश का पालन करते हुए, उसके और मन्दिर परिसर में जितने

भी घंटा-घड़ियाल, झाँझ-मजीरे यहाँ तक कि और भी बजनेवाले बर्तन जैसे थाली, बेला, कटोरी, चम्मच थे, सबको धोने-माँजने में जुट गई। महंत ने ही तो कहा है कि वह सबको तैयार कर ना। यही सोचकर कि किसकी कब और कैसे ज़रूरत पड़ जाए, उन्हें चमकाने में लग गई। लॉक डाउन लगते ही चारों तरफ़ जैसे बदहवासी और अफ़रा-तफ़री मच गई। जगह-जगह पुलिसकर्मियों को तैनात कर दिया गया यह देखने के लिए कि प्रशासन के आदेशों का किसी हालत में उल्लंघन ना होने पाए।

कहते हैं कि ख़ाली दिमाग़ शैतान का घर होता है। इस देश का भविष्य यानी कुछ नई उम्र के निठल्ले सज-सँवरकर इसी कहावत को चरितार्थ करने की ग़रज़ से, या कहिए जानने के लिए कि यह जनता कफ़्र्यू अर्थात लॉक डाउन क्या बला है, इसका मुआयना करने निकल पड़े।

यह ब्रह्मकुंड इलाक़े की म्यूज़िक मार्किट का क़िस्सा है। उस दिन जगह-जगह छज्जों और छतों पर बैठे वृन्दावन के बन्दर, बाहर से आनेवाले चश्माधारी राधाकृष्ण भक्तों का इंतज़ार करते-करते ऊब चुके थे। इसी बीच कुछ सजे-सँवरे निठल्ले तफ़रीबाज़ी करने, बल्कि यह कहना ठीक रहेगा कि यह जानने कि जनता कफ़्र्यू यानी लॉक डाउन क्या बला है, इसका मुआयना करने घरों से निकल, गोपीनाथ बाज़ार के मुहाने पर पहुँचे ही थे कि आधा दर्ज़न वर्दीधारियों ने उन्हें धर लिया। बस फिर क्या था। इन वर्दीधारियों ने इन सजे-सँवरे निठल्लों को मुर्ग़ा बना, इनके सामान्य ज्ञान में जनता कफ़्र्यू अर्थात लॉक डाउन की जो वृद्धि की, उसे देख छज्जों और छतों पर बैठे वृन्दावन के बन्दर भी चुपचाप इधर-उधर खिसक लिए।

इस तरह जहाँ जनता ने दिनभर कड़े कफ़्र्यू का पालन किया, शाम होते ही पाँच बजे अपने-अपने घरों से बाहर निकल हुजूम व जुलूस की शक्ल में थाली और ताली के नाम पर जो भी हाथ लगा उसे बजाना शुरू कर दिया।

अचानक मची भड़भड़ाहट को सुन हरिदासी घबराते हुए बाहर निकली। उसे लगा घंटा-घड़ियाल और झाँझ-मजीरों के साथ कोई विशाल शोभा यात्रा निकल रही है। बाहर आने के बाद आसपास की छतों पर जैसे ही उसकी निगाह पड़ी, सारा माजरा उसकी समझ में आ गया। वह उसी समय तेज़ी से अपने कमरे में लौटी और महंत के निर्देश पर दिन में तैयार करके रखे गए थाली, बेला, कटोरी, चम्मच सबको उठा लिया। उसके बाद वह मन्दिर में गई और वहाँ रखे झाँझ-मजीरों और घंटे-घंटियों को भी लेकर मन्दिर की छत पर पहुँच गई। छत पर जाकर देखा तो उसे हैरानी हुई कि महंत पहले ही हाथ में विजयघंट थामे 'राधे-राधे' कहते हुए पूरी ताक़त से उसे पीट रहा है। महंत और आसपास की छतों पर चढ़े लोगों को घंटा-घड़ियाल, झाँझ-मजीरे यहाँ तक कि कुछ को थाली, बेला, कटोरी, चम्मच, कनस्तर, तसला, परात बजाते देख, हरिदासी कहाँ पीछे रहनेवाली थी। बिना एक पल गँवाए वह भी इस पुनीत कार्य में शामिल हो गई। हरिदासी के जिन हाथों में

खोल बजाने की ताक़त लगभग ख़त्म हो गई थी, पता नहीं उनमें कहाँ से जान आ गई। इसके बाद गोदा विहार मन्दिर की छत और आसपास की छतों से 'राधे-राधे' बोल के साथ गूँजते घंटे-घड़ियालों के नाद में हरिदासी भी अपना योगदान देने से पीछे नहीं रही। हरिदासी की जहाँ तक नज़र जाती, घरों से बाहर निकले लोगों को थाली-ताली बजाते हुए देखा। अद्‌भुत दृश्य है चारों ओर। ऐसा लग रहा है जैसे वृन्दावन के मन्दिरों में होती संध्या आरती के दौरान बजनेवाले घंटे-घड़ियालों का सामूहिक स्वर आकाश में गूँज रहा है। ऐसा अलौकिक दृश्य हरिदासी ने इससे पहले कभी नहीं देखा। वृन्दावन की जो कुंज गलियाँ और यमुना के तट पर खड़े कदम्ब व तमाल की शाखाएँ कृष्ण की बाँसुरी के सुरीले सुरों से गूँजा करती थीं, उन्हीं कुंज गलियों की छत-मुँडेरें ताली-थाली के आर्तनाद से दहल उठीं। लेकिन दूसरी तरफ़ पेड़ों की डालों और छज्जे-मुँडेरों पर बैठे मारे भय के बन्दरों के कुछ पल्ले नहीं पड़ रहा है। मारे घबराहट के जैसे उनकी घिग्घी बँध गई।

इस तरह पुराने वृन्दावन की जिन गली-कूचों में श्रद्धालुओं का सैलाब उमड़ा रहता था, वे एकाएक सुनसान हो गईं। सबसे व्यस्त बाज़ार रेतिया बाज़ार, लोई बाज़ार, अठखम्बा बाज़ार, गोपीनाथ बाज़ार और उनकी सहायक गलियाँ लोगों की भीड़ से लबालब किसी सदानीरा-सी मंथर गति के साथ बहते रहते, उनमें सन्नाटा बिछ गया। ऐसा लगता जैसे बारह महीनों बहनेवाली नदियाँ अचानक सूख गई हैं। मन्दिरों के मुख्य द्वारों पर मोटे-मोटे ताले लग गए।

भूतगली सहित अधिकतर गलियों जैसे ज्ञान गुदड़ी, ब्रह्मकुंड, गोपीनाथ घेरा, चीरघाट, मंडी दरवाज़ा, टकसाल गली, कंठीवाला बाज़ार, किशोरपुरा, टटिया स्थान, बिहारीपुरा सहित दूसरी गलियों के मुहानों को बाँस-बल्लियों से इस तरह बन्द कर दिया गया कि मजाल है कोई उनमें झाँक तो जाए। अपनी गति से बहती यमुना भी जैसे ठिठक गई। उसके सारे घाट किसी निर्जन जंगल में तब्दील हो गए। वृन्दावन के बाग़-बगीचों की पत्तियाँ व शाखाएँ किसी अप्रत्याशित भय के चलते कुम्हला गईं। गोपीनाथ बाज़ार और पत्थरपुरा के जिन भजनाश्रमों की दीवारें खोल की गमक, झाँझ-मजीरों की खनक और 'हरे कृष्ण हरे कृष्ण, राम राम हरे हरे' के नाद से झंकृत रहती थीं, उनमें अब यदा-कदा चहकते परिन्दों की चहचहाहट सुनाई देती है। कहना होगा की राधाकृष्ण की अठखेलियों और किलकारियों से जो कुंज गलियाँ चहकती रहती थीं, एक झटके में उदासीभरे सन्नाटे से घिर गईं। यह तो भला हो इस मोबाइल का, जो लोगों को ऐसे मुश्किल समय में नैराश्य और अकेलेपन का शिकार होने से बचा रहा है। अगर यह नहीं होता तो कितने लोग अवसाद का शिकार हो जाते।

इस तरह देशव्यापी जनता कर्फ़्यू अर्थात लॉकडाउन के चलते पूरा देश जैसे एक जगह ठहर गया। देखते-देखते अर्थव्यवस्था के इंजन का चक्का जाम हो गया।

उद्योग-धन्धे बन्द हो गए जिसके चलते भारी संख्या में लोग बेरोज़गार हो गए। पता नहीं आगे क्या होगा, इसी आशंका के चलते जो प्रवासी रोज़गार की तलाश में अपने-अपने घरों के दरवाज़ों पर मोटे-मोटे ताले लगाकर या अपने बड़े-बूढ़ों को घर की चौकीदारी पर बैठा शहरों में आ गए थे, वे वापस लौटने लगे।

वृन्दावन के सभी रास्तों, नुक्कड़ और गलियों के मुहानों को भी बाँस-बल्लियों और दूसरे अवरोधकों से बन्द कर दिया गया है। हरिदासी सोचती है कि अच्छा हुआ जो उसे इस गोदा विहार मन्दिर में काम मिल गया और पागल बाबा आश्रम को छोड़कर यहाँ चली आई। यहाँ कम-से-कम मन्दिर में भोजन बनाने की सामग्री तो उपलब्ध हो जाती है। ऐसे में यदि वह पागल बाबा आश्रम में ही होती, तब उसका क्या होता? ऐसे में कहीं से भिक्षा माँगने भी नहीं जाया जा सकता। हरिदासी को एकाएक वासुदेव दासी का ध्यान आया कि उसका गुज़ारा कैसे चल रहा होगा? एक बार उसके मन में आया भी कि चुपके से वह उसके पास जाए और उससे पूछे कि खाने का इंतज़ाम कहाँ से हो रहा है? लेकिन गोपेश्वर मार्ग पर भूतगली के कोने पर तैनात पुलिसवालों का ध्यान आते ही, उसने पागल बाबा आश्रम जाने का विचार त्याग दिया।

इसी बीच जनता कर्फ़्यू के दौरान महंत ने हरिदासी को एक दिन फिर बुलाया। वह महंत के पास जैसे ही जाने लगी कि अचानक उसे कुछ याद आया। वह वापस कमरे में गई और भूल गई मास्क को मुँह पर लगा पहुँच गई महंत के पास।

"बाई, तूने कुछ सुनी है कि सारे देशवासी कल इतवार को एक बार फिर..."

"...थाली और ताली...?" महंत की बात पूरी होने से पहले हरिदासी ने अनुमान लगाते हुए कहा।

"ना। अबकी बार रात नौ बजे नौ मिनट के लिए घरों के सारे बल्ब-लट्टू बन्द कर, जिसके पास जो भी है जलानी है।" महंत ने हरिदासी का अनुमान झुठलाते हुआ बताया।

"मतलब जो भी जलानी है?"

"जैसे मोबाइल-टार्च जो भी है, जलानी है।"

"पर मेरे पास तो मोबाइल-टार्च कुछ भी नहीं है महंत जी?"

"क्यों, कोई मोबाइल वगैरा ना है?" महंत ने हैरानी से पूछा।

"मोबाऽऽऽइल!" इतना कह पहले हरिदासी एक फ़ीकी हँसी हँसी, फिर एक गहरी उदासी में उतरते हुए बोली, "महंत जी, मेरा कौन-सा घर-परिवार है जिसके लिए मैं मोबाइल रखूँ! जब मेरा इस दुनिया में कोई है ही नहीं तो मोबाइल रखकर क्या करूँ।"

"कोई बात नहीं। मोमबत्ती या दीया तो होगा?" महंत को लगा जैसे उसने हरिदासी से ग़लत सवाल कर लिया है।

"हाँ मोमबत्ती है।"

"फिर मोमबत्ती ही लेके आ जइयो!"

"ठीक है। मैं नौ बजे मोमबत्ती लेकर आ जाऊँगी।"

अगले दिन रविवार को रात नौ बजे एक-एक कर आसपास की सारी बत्तियाँ बुझ गईं। देखते-देखते आसपास की छतें और घर-द्वारे एकाएक छोटे-बड़े जुगनुओं की रोशनी से टिमटिमा उठे। एकाध जगह से पटाखों की आवाज़ के साथ आसमान में छूटते राकेट की चिंगारियाँ भी दिखाई देने लगीं।

"महंत जी, आज तो दीवाली नहीं है। फिर ये पटाखे और राकेट क्यों चल रहे हैं?" हरिदासी ने जिज्ञासावश पूछा।

"कुछ बच्चों ने चला दिए होंगे। उन्हें लगा होगा कि दीये जलाए जा रहे हैं, तो एकाध पटाखा-राकेट भी छोड़ दिए जाएँ।"

हरिदासी ने ध्यान दिया कि महंत ने अपने आसपास केवल मोमबत्तियाँ और दीये ही नहीं जला रखे हैं, बल्कि अपने मोबाइल की फ़्लैशलाइट भी जलाई हुई है। इतना ही नहीं बल्कि मोमबत्तियों और मोबाइल की फ़्लैशलाइट के उजाले में भीगा महंत हाथ में दीया ले यह श्लोक बोल रहा है—

शुभं करोति कल्याणमारोग्यं धनसंपदा।
शत्रुबुद्धिविनाशाय दीपज्योतिर्नमोऽस्तुते ॥

हरिदासी को इस बीच लगा कि इस श्लोक को केवल उसका महंत ही नहीं बोल रहा है, बल्कि आसपास के मन्दिरों की छतों से भी इसी श्लोक की आवाज़ आ रही है।

लगभग दस-ग्यारह मिनट के बाद जब एक-एक कर पूरे नगर और आसपास के घर रोशन हो उठे, तो हरिदासी से पूछे बिना रहा नहीं गया, "महंत जी, ताली-थाली बजाने और अपने घरों में दीया, मोमबत्ती या मोबाइल जलाने से यह चीनी बीमारी भाग जाएगी?"

"बाई, हमारे प्राचीन श्लोकों में बड़ी शक्ति है। देखना एक दिन यह कोरोना इस देश से भागकर रहेगा। तुझे पता है इस श्लोक के द्वारा प्रभु से यह अरज की गई है कि—हे दीपक आप शुभ करनेवाले हो, हमारा कल्याण करें, आरोग्य प्रदान करके धन-सम्पदा देवें। शत्रुओं की बुद्धि का नाश करें। मैं आपकी ज्योति को नमन करते हुए, आपकी प्रार्थना करता हूँ।"

"वो तो ठीक है पर श्लोकों का कोरोना से क्या वास्ता है?"

"देख बाई, इनका कोरोना से कोई वास्ता हो या ना हो...इनसे वह भागे या नहीं, सवाल यह नहीं है। सवाल यह है कि जब ताली-थाली बजानी है, तो बजानी चाहिए। नौ मिनट के लिए घरों की बिजली-बत्ती बुझाकर दीया-मोमबत्ती और

मोबाइल जलाने चाहिए, तो जलाने चाहिए। कई बार देश की एकता के लिए हमें एकजुटता दिखानी होती है।"

हरिदासी ने इससे आगे महंत से बहस करना उचित नहीं समझा। वह चुपचाप यह सोचते हुए अपने कमरे में चली आई कि कभी-कभी मौन धारण भी करना चाहिए। क्योंकि मौन धारण करने में भी बहुत बड़ा सन्देश छिपा होता है।

इस तरह इक्कीस दिन के लिए लगाए गए जनता कर्फ़्यू यानी लॉकडाउन की अवधि एक के बाद एक बढ़ती चली गई। बाज़ारों और सार्वजनिक जगहों तक पर ऐसा सन्नाटा छा गया कि वहाँ जाने से डर लगने लगा। आम आदमी का धन्धा चौपट हो गया। ख़ाकी वर्दियों की अराजकता का लोगों पर कहर बनकर टूटने लगा। होटल और पर्यटन व्यवसाय जैसे ध्वस्त हो गया। चीन से आई इस महामारी की दहशत इस तरह मन में बैठ गई कि मामूली-सा नज़ला-जुकाम होते ही आदमी अधमरा हो जाए।

इस जनता कर्फ़्यू की सबसे अधिक मार पड़ी वासुदेव दासी की तरह असंख्य बाइयों और भिक्षा माँगनेवालों पर। वासुदेव दासी का कुछ महीने तो काम चल गया लेकिन लॉकडाउन के चलते भिक्षा में जो नकदी मिल जाती थी, वह बन्द हो गई। पत्थरपुरा और गोपीनाथ बाज़ार के जिन भजनाश्रमों में भजन-कीर्तन गानेवाली बाइयों का ताँता लगा रहता था, और सुबह-शाम चार-चार घंटे कीर्तन के बदले जो दाल-चावल मिलता था, सब बन्द हो गया।

वासुदेव दासी से अब नहीं रहा गया और छिप-छिपाकर पहुँच गई हरिदासी के पास। वासुदेव को अचानक आया देख, वह भी ख़ाकी वर्दियों से छिपकर, हरिदासी को हैरानी हुई। एक बार तो वह घबरा गई कि अगर मन्दिर के महंत को इसका पता चल गया, तो वह कहीं उसे काम से ही ना निकाल दे।

"बासु, तुझे ऐसे नहीं आना चाहिए था!" हरिदासी ने डाँटने के अन्दाज़ में कहा।

"दीदी, मैं जानती हूँ कि मुझे ऐसे में यहाँ नहीं आना चाहिए...पर क्या करूँ मजबूरी में आई हूँ। आपको तो पता है दीदी इस जनता कर्फ़्यू ने सब चौपट कर दिया है। महीनों से मन्दिरों पर ताले पड़ने से भीख भी बन्द है। जो थोड़ा-बहुत पैसा था, सब खर्च हो गया। भीख माँगने के सिवाय और कोई काम आता भी तो नहीं है। एक बार सोचा कि एकाध घर झाड़ू-पोंछा या बर्तन धोने के लिए पकड़ लूँ, पर इस बीमारी के आने से जो पहले से ये काम कर रही हैं, उनका भी छूट गया है। काम करवानेवालों ने उन्हें यह कहकर आने से मना कर दिया कि अभी तुम अपने घर पर ही रहो। पागल बाबा आश्रम का किराया भी बढ़ता जा रहा है। अब किराया देना तो दूर रहा, दो जून की रोटियों के भी लाले पड़े हुए हैं। अब तो कोई उधार

भी नहीं देता है। लगता है हम जैसे लोग बीमारी से तो नहीं मरेंगे, पर भूख से जरूर मर जाएँगे।" एक साँस में वासुदेव दासी बहुत कुछ कह गई।

हरिदासी चुपचाप सुनती रही।

"दीदी, मुझे आपसे थोड़ी-सी मदद चाहिए!" हरिदासी की चुप्पी तोड़ते हुए वासुदेव ने जैसे गुहार लगाई।

"मदद! कैसी मदद? देख बासु, अगर तू पैसे माँगने आई है तो यह मुझसे नहीं होगा।" हरिदासी ने दो टूक मना कर दिया।

"दीदी, मुझे आपसे कोई रुपया-पैसा नहीं चाहिए। आपको मेरी दूसरी मदद करनी है!"

"दूसरी कैसी मदद?"

इसके बाद वासुदेव दासी हरिदासी के थोड़ा निकट आते हुए बोली, "मेरे पास दान में मिले दो कम्बल और एक रजाई है। किसी से कहकर उन्हें बिकवा दो न! मेरा कुछ महीने का गुजारा चल जाएगा।" वासुदेव ने कातरता के साथ याचना की जैसे।

हरिदासी ने वासुदेव दासी की पनीली आँखों में झाँका। देर तक उसे वासुदेव की इस समस्या का निदान नहीं सूझा।

"दीदी, एक बार सेवायत जी से बात करो न! वे कहीं-न-कहीं इन्हें बिकवा देंगे।" वासुदेव दासी ने हरिदासी की मुश्किल आसान करते हुए कहा।

"लेकिन जमुना बाबू से कैसे बात की जाए?"

"यह एहसान कर दे दीदी। पता नहीं यह सब कब तक बन्द रहेगा और हमारा जीवन कैसे कटेगा? अब तो भंडारे भी बन्द हैं वरना वहीं पूड़ी बेलने का काम कर लेती। पता नहीं मेरी अकल पर कैसे पत्थर पड़ गया वरना पिछले महीने अच्छा रहता, जो मैं भी दूसरी बाइयों के साथ चैतन्य विहार में चली जाती।"

"तो क्या पागल बाबा आश्रम छोड़कर कुछ बाइयाँ चली गई हैं?" हरिदासी ने पूछा।

"हाँ दीदी, पिछले महीने पागल बाबा आश्रम में एक बाई को करोना हो गया था, इसलिए बहुत-सी बाइयों को यहाँ से चैतन्य विहार भेज दिया गया। मुझे क्या पता था ऐसी नौबत आ जाएगी, नहीं तो मैं भी उनके साथ चली जाती। कम-से-कम सुबह-शाम पेट तो भर जाता। दीदी, पागल बाबा आश्रम में हमारे बगलवाले कमरे में टिम्पा दासी रहती हैं न?"

"क्या हुआ उसको?" हरिदासी ने चौंकते हुए पूछा।

"हुआ तो कुछ नहीं। पिछले महीने वह बंगाल जानेवाली थी, लेकिन सारी गाड़ियाँ बन्द होने की वजह से नहीं जा पाई। बाद में उसके पास जो भी थोड़ा-बहुत सामान और पैसा था, उससे किसी तरह दो महीने का खर्च चल गया। अब तो जहाँ कहीं खाना बँट रहा होता है, वह वहाँ चली जाती है और माँगकर खा आती है।

कभी-कभी तो भूखे पेट भी सोना पड़ता है।" कहते-कहते वासुदेव दासी के शब्द भीगने लगे। भूखे पेट सोने को लेकर उसने हरिदासी से टिम्पा के बारे में कहा था, या अपने बारे में, अनुमान लगाना मुश्किल है।

"अच्छा एक बात सच्ची-सच्ची बताना! तूने कुछ खाया है या नहीं?" हरिदासी ने वासुदेव दासी की आँखों में उतरते हुए पूछा।

इस बार वासुदेव की रुलाई फूट गई, "दीदी, कुछ खाया होता तो आपके पास क्यों आती।"

"एक मिनट।" इतना कह हरिदासी एक कोने में रखी एल्यूमीनियम की पतीली और स्टील की थाली के पास गई। उसने थाली में रखे चावलों पर पतीली में जितनी दाल थी, सारी डाल दी और वापस आकर बोली, "बासु, पहले पेट भर! फिर सोचती हूँ कुछ।"

मना नहीं कर पाई वासुदेव दासी। उसमें इतनी हिम्मत बची ही नहीं कि वह हरिदासी को मना कर पाती। भूख ने सारी शिष्टता और नैतिकता को धता बता दी। उसने खाना समाप्त किया और जूठे बर्तनों को साफ़ करने बाहर चली आई। हरिदासी को इससे अच्छा अवसर नहीं सूझा। जब तक वासुदेव बर्तनों को साफ़ कर लौटती, हरिदासी ने अपने काम को अंजाम दे डाला। वासुदेव हरिदासी के पास आकर बैठ गई।

"बासु, वैसे तेरा कितने में काम चल जाएगा?" हरिदासी सीधे मुद्दे पर आ गई।

"दीदी, फिलहाल इतने मिल जाएँ कि महीना-बीस दिन का राशन ले आऊँ।"

"ठीक है।" इतना कह हरिदासी ने धोती की आड़ में छिपाया हाथ बाहर निकाला और वासुदेव की मुट्ठी में कुछ रुपए देते हुए बोली, "बासु, एक हजार हैं, रख ले।" वासुदेव दासी की मुट्ठी बन्द करते हुए मुस्कराई हरिदासी।

"दीदी, यह आप क्या कर रही हैं?" वासुदेव के हाथ काँपने लगे।

"अभी तुझको कुछ बेचने की जरूरत नहीं है।"

"मैं आपका यह एहसान कभी नहीं भूलूँगी दीदी।" कहते-कहते वासुदेव की आँखें भर आईं।

"कोई बात नहीं।" फिर कुछ पल सोचने के बाद हरिदासी बोली, "तुझको पता है बासु, मैंने शाहजी मन्दिर के बैंक में जो पैसा जमा कराया था, वो सब निकालकर इस मन्दिर को दे दिया है। बस, थोड़ा-सा रुपया जमुना बाबू ने यह कहकर मुझे रखने को कह दिया था कि पता नहीं कब काम आ जाएँ। ये पैसे मैंने तुझे उन्हीं में से दिए हैं। वैसे भी बासु अब इस पैसे का क्या करना है। क्या पता यमुना मैया कब अपने पास बुला ले!"

"सही कह रही हो दीदी। सच बताऊँ अब जीने की चाह ही जैसे खतम हो गई है। अब चलती हूँ। जल्दी आपके पैसे लौटा दूँगी।"

वासुदेव दासी के इस बेमानी-से वायदे को सुन हरिदासी कुछ नहीं बोली। बस, निस्पृह भाव से हारी-थकी वासुदेव दासी को गोदा विहार मन्दिर परिसर से बाहर जाते हुए देखती रही।

भिक्षा मिलना तो दूर रहा वृन्दावन की कुंज गलियाँ ही जैसे रूठ गईं। पता नहीं पागल बाबा आश्रम में यह वायरस किसके साथ आया? इसीलिए पहले कुछ बाइयों को यहाँ से चैतन्य विहार भेज दिया गया, और जो पाँच-सात बच गई थीं, उन पर कड़ी नज़र रखी जाने लगी। शक तो वासुदेव दासी को उसी दिन हो गया था जब हल्की खाँसी के साथ उसे साँस लेने में कठिनाई होने लगी थी। मगर यह सोचकर उसने किसी को कुछ नहीं बताया कि बदलते मौसम के चलते ऐसी हरारत उसे पहले भी कई बार हो चुकी है। लेकिन उसकी चिन्ता तब बढ़ गई, जब उसका शरीर टूटने लगा और दो दिन बाद ही हल्का बुख़ार चढ़ गया।

अगले दिन किसी काम से न तो टिम्पा दासी उसके पास आती, न वह वासुदेव से पूछती और न वह आश्रम के पुजारी को इस बारे में बताती। पुजारी ने उसी समय आश्रम के डॉक्टर को इसकी सूचना दी, तो डॉक्टर तुरन्त चला आया। चेकअप के दौरान डॉक्टर को जो लक्षण नज़र आए, उनके मद्दे नज़र उसे पूरा विश्वास हो गया कि वासुदेव दासी कोरोना की चपेट में आ चुकी है। उसे उसी समय एक अलग कमरे में भेज दिया गया। लेकिन हालत सुधरने के बजाय और बिगड़ती चली गई। कई दिनों तक बुख़ार न टूटने के चलते और साँस लेने में होती कठिनाई ने साफ़ संकेत दे दिए कि स्थिति बेक़ाबू हो चुकी है। डॉक्टर के तो मानो हाथ-पाँव फूल गए। पूरे पागल बाबा आश्रम में हड़कम्प मच गया। अन्ततः दस दिन की जद्दोजहद के बाद वासुदेव दासी ने इहलोक त्याग दिया।

पागल बाबा आश्रम में यह पहला मामला था, इसलिए आश्रम और उसके प्रशासन के हाथ-पाँव फूल गए। तुरन्त नगर पालिका और स्थानीय अस्पताल को सूचित किया गया। दोनों ने मिलकर बिना शोर-शराबे, चुपचाप वासुदेव दासी के कोरोना संक्रमित शव को उठवाया और अन्तिम संस्कार सम्पन्न कर दिया गया। इस मामले के बाद बाकी बची बाइयों को भी तुरन्त चैतन्य विहार भेज दिया गया।

शरद के आगमन के साथ ही कोरोना की लहर कमज़ोर पड़ने लगी। जैसे-जैसे संक्रमितों की संख्या कम होने लगी, जनता कर्फ़्यू में ढील दी जाने लगी। एक बार फिर से बाज़ारों में रौनक बढ़ने लगी। बहुत दिन हो

गए हैं वासुदेव दासी से मिले, यही सोचकर शाम को फ़ुरसत मिलते ही हरिदासी के पाँव भूतगली की ओर बढ़ गए।

शाम होते-होते लाला बाबू मन्दिर से वंशीवट की ओर जानेवाली सड़क पर ब्रह्मचारी मन्दिर के सामने, सुदामा कुटी और छैल छकनियाँ कुंज की तरफ़ जाती पतली गली भूतगली में सन्नाटा पसर जाता है। मुहाने पर खड़े एकमात्र खम्भे के बल्ब की रोशनी और कुछ घरों के बाहर जलते इक्के-दुक्के बल्ब के उजाले में भीगी गली में प्रवेश करने के बाद हरिदासी, टाट बाबा समाधि के बग़ल में पागल बाबा आश्रम पहुँच गई। पहले की तरह आश्रम के अधखुले लोहे के गेट पर फैले उजास में दाएँ तरफ़ बरामदे की रोशनी में उसे कोई नहीं दिखाई दिया। लोहे के अधखुले गेट से उसने तीसेक क़दम दूर सामने अँधेरे में लिपटे दरवाज़े को देखा, तो उसे हैरानी हुई। आगे बढ़ उसने दरवाज़े को ध्यान से देखा, तो पाया आश्रम परिसर के जिस मुख्य द्वार से होकर कभी हरिदासी अपने कमरे तक जाती थी, उस पर ताला लटका हुआ है। यह देखकर उसे और भी आश्चर्य हुआ क्योंकि उसके रहते हुए जो दरवाज़ा हमेशा खुला रहता था, वहाँ एक अजीब-सा डर पसरा हुआ है। अपनी सखी से बिना मिले हरिदासी लौटते हुए सोचने लगी कि यहाँ से कहीं जाने से पहले वासुदेव दासी को उससे मिलकर तो जाना चाहिए था।

इससे पहले कि वह आश्रम से बाहर आती, अधखुले लोहे के गेट के दाएँ तरफ़ बरामदे से उसके कानों में आवाज़ पड़ी, "राधे-राधे होरि दीदी!"

हरिदासी ने रुककर जिधर से आवाज़ आई उस तरफ़ देखा, तो पाया बरामदे की रोशनी में नहाई मन्दिर के पुजारी नन्दलाल पांड्या की पत्नी तारामणि खड़ी है। हरिदासी समझ गई कि उसे तारामणि ने ही पुकारा है।

"तारा, सब लोग इधर से कहाँ चला गया?" हरिदासी ने सहज भाव से पूछा।

"दीदी, सबको चैतन्य विहार भेज दिया। वो क्या है दीदी कि इधर कोरोना फैल गया था न, इसलिए भेज दिया।"

"ठीक है। फिर किसी दिन मिलने आती हूँ उससे।"

"किससे दीदी?"

"वही बासु जो मेरे साथ रहती थी।"

"बासुऽऽऽ! दीदी यहाँ तो कोई बासु नहीं रहती थी।" तारामणि ने कहा।

"बासु तो उसे मैं बुलाती थी...नाम तो उसका वासुदेव दासी है।" हरिदासी ने मुस्कराते हुए उत्तर दिया।

"वासुदेव दासीऽऽऽ!"

"क्या हुआ बासु को?" जिस तरह बुझे हुए स्वर में तारामणि ने वासुदेव दासी का नाम लिया, उस पर प्रतिक्रिया जताते हुए पूछा हरिदासी ने।

"क...कुछ नहीं दीदी।" फिर कुछ पल ठहर तारामणि बेहद बुझे हुए स्वर में बोली, "दीदी, आपको पता नहीं है कि आपकी बासु अऽऽऽब इस दुनिया में नहीं रही?"

"क्याऽऽऽ! मेरी बासु अब इस दुनिया में नहीं रहीऽऽऽ?" हरिदासी ने चीत्कार करते हुए पूछा।

"हाँ दीदी, उसे तो दो महीना से ऊपर हो गए हैं।" तारामणि मुश्किल से कह पाई।

"ओ माँ! बासु, यह तूने क्या किया!" कहते हुए किसी सूखे हुए दरख़्त की तरह हरिदासी बरामदे की सीढ़ियों पर भरभराकर बैठ गई। आँखों से आँसू बह निकले।

तारामणि तेज़ी से अन्दर गई और जब तक गिलास में पानी लेकर आती, देखा हरिदासी वहाँ से जा चुकी है। उसने बाहर आकर देखा तो पाया, हरिदासी टाट बाबा समाधि के दरवाज़े पर लाल पत्थर से बनी चौतरी पर बैठी, मुँह पर धोती का पल्लू डाल हिलकियाँ मार-मार कर रो रही है। हरिदासी को रोता देख पागल बाबा आश्रम के बाहर खड़ी तारामणि की भी आँखें भर आईं। वह खड़ी-खड़ी सोचती है कि हरिदासी जिस तरह पागल बाबा आश्रम में वासुदेव दासी के साथ बिताए गए पलों को याद करते हुए यहाँ रो रही है, इस तरह शायद वह उसके पास रहकर नहीं रो पाती। टाट बाबा समाधि के बन्द दरवाज़े पर छाए नैराश्य के मौन सन्नाटे में घुला यह विलाप, यहाँ से गुज़रनेवालों के लिए नई बात नहीं है। क्योंकि आए दिन अपने दु:खों से हारी अनेक हरिदासियाँ वृन्दावन की कुंज गलियों में विलाप करती हुई दिखाई दे जाएँगी। हरिदासी ने जैसे ज़बरन अपने आपको खड़ा किया और डगमगाती हुई टाट बाबा समाधि को पार करने के बाद भूतगली की तरफ़ मुड़ गई। हरिदासी के ओझल होते ही तारामणि ने गिलास में भरे पानी को आश्रम के दरवाज़े के बाहर एक तरफ़ उड़ेला, और बोझिल क़दमों से अन्दर चली आई।

26

हरिदासी को श्रीगोदा विहार मन्दिर लेना मुश्किल हो गया। छोटा-सा रास्ता जैसे मीलों लम्बा हो गया। स्ट्रीट लाइट की रोशनी में घटती-बढ़ती अपनी ही परछाईं से बतियाती हुई वह आगे बढ़ती रही। जगह-जगह अधनंगी पुरानी दीवारों से झाँकती लखौरी ईंटें और दोनों तरफ़

बहती पतली नाली से उठती दुर्गन्ध में लिपटी भूतगली, कुछ देर के लिए किसी अन्तहीन अन्धी सुरंग में बदल गई। ऐसी सुरंग जहाँ सिवाय डरावने सन्नाटे और मौन सिसकियों के कुछ नहीं है। बीच-बीच में कोई राहगीर दिखाई देता, तो स्ट्रीट लाइट के उजाले में पहले छोटी होती और फिर धीरे-धीरे लम्बी होती उसकी छाया ऐसे दिखाई देती, जैसे किसी प्रेत का धूसर साया उसके बग़ल से गुज़रा हो। इसी दौरान विजयघंट बजाता एक साधु नज़र आया, तो उसके जाने के बाद भी देर तक विजयघंट की आवाज़ दीवारों से टकराती हुई गली में गूँजती रही। कई बार उसे एहसास होता जैसे सूनी भूतगली में उजाले में लिपटी वासुदेव दासी उसके साथ-साथ चल रही है। जब-जब उसे ऐसा लगता उसकी रुलाई और तेज़ हो जाती। इसी रुलाई के बीच उसकी निस्तेज आँखों ने एक अबोध भ्रम के चलते पूरी गली में निगाह मारी। लेकिन उसे सिवाय अपने और अपने साए के कुछ दिखाई नहीं दिया। गोदा विहार मन्दिर की तरफ़ मुड़ने से पहले हरिदासी ने एक पल रुककर पूरी भूतगली को जैसे अन्तिम बार निहारा। किन्तु इस बार भी उसे कोई नज़र नहीं आया। एक बन्द दरवाज़े के ऊपर लटके बल्ब के उजाले पर अचानक उसकी आँखें टिक गईं। कुछ पल के लिए उसे लगा जैसे बल्ब की भीगी रोशनी में वहाँ खड़ा एक सफ़ेद पुतला उसे देखे जा रहा है। हरिदासी को भ्रम हुआ कि यह पुतला किसी और का नहीं वासुदेव दासी का है, जो उसे ही देखे जा रहा है।

वासुदेव दासी की मौत के बाद हरिदासी भी जैसे धीरे-धीरे ज़िन्दगी की लड़ाई हारने लगी। टूट गई वह जैसे। अपनी ही इस हार ने उसे पहली बार इतना विचलित किया। रात को जब भी उसकी आँखें खुलतीं, उसे लगता जैसे वासुदेव बाहर अँधेरे में अकेली खड़ी है। एक वासुदेव दासी ही बची थी, जिसे देख-देखकर उसकी हिम्मत बनी रहती। आज उसी हरिदासी को अपना ही अकेलापन रह-रहकर काटने को दौड़ता है। पहले तो आते-जाते सेवायत जमुनादास भी दिखाई दे जाता था, लेकिन लगता है अपनी किसी व्यस्तता के चलते उसका भी इस तरफ़ आना नहीं हो रहा है।

न जाने क्यों जब से वासुदेव दासी मोक्ष को प्राप्त हुई है, हरिदासी को अजीब-अजीब सपने आने लगे हैं। ऐसे सपने जो शान्तिनिकेतन को छोड़ने के बाद शुरू में उसे यहाँ वृन्दावन में आते थे। शान्तिनिकेतन से आने के बाद आनेवाले सपनों और इन दिनों आनेवाले सपनों में एक अन्तर यह है कि पुराने सपनों में सिर्फ़ जहाँ अजय व कोपाई नदी, शरद के शुरू में दूर तक फैली काँस के फूलों की धवल चादर, ख्वाई और उनमें डुग्गी-एकतारा के साथ गूँजते बाउल गीतों के बोल होते थे; जबकि इन दिनों आनेवाले सपनों में ये सब तो होते ही हैं लेकिन पहले की तरह नहीं। अब तो ये बड़े भयावह और डरावने होते हैं। कभी बोलपुर की हवा में

उड़ती लाल मिट्टी सुर्ख़ लपटों-सी दिखाई देती हैं, तो कभी दूर तक जलता हुआ काँस वन सपनों में आता है।

अब कल रात ही दिखे इस सपने का क्या अर्थ हो सकता है, जब उसने देखा जैसे अजय और कोपाई नदियाँ बोलपुर में नहीं, वृन्दावन के गोपेश्वर मार्ग और भूतगली में बह रही हैं। इसका क्या मतलब हो सकता है जैसे वृन्दावन की इन गलियों में हरहराकर बहती नदियों में बड़े-बड़े असंख्य सर्प बह रहे हैं। और इसका क्या मतलब हो सकता है जब उसने एक सपने में देखा कि उसके सफ़ेद बालों की वेणी में अरुणाभ उसी फागुन बोउ के सूखे फूल को टाँग रहा है, जिसे उसने कभी शान्तिनिकेतन में बिजली घोष की वेणी में टाँगा था। मगर जैसे ही अरुणाभ धीरे-धीरे सेवायत जमुनादास रूप धारण करने लगा, हरिदासी हड़बड़ाकर खड़ी हो गई। उसने अपने आपको जगह-जगह से छूकर देखा, तो पाया खपच्चियों-सा लरज़ता उसका पूरा शरीर पसीने में भीगा हुआ है। यह सब क्या है? वह देर तक इस मलिन स्वप्न के बारे में सोचती रही कि इसका क्या अर्थ हो सकता? सोचते-सोचते कभी उसे सेवायत जमुनादास द्वारा कहा गया मनुस्मृति का वह श्लोक याद आ जाता, जिसके अनुसार पति की मौत के बाद स्त्री केवल फल-फूल और कन्दमूल खाकर अपना शरीर दुर्बल करे, लेकिन भूलकर भी किसी पराए मर्द का नाम न ले। उसे उम्रभर संयम से रहना चाहिए और अपने सतीत्व की रक्षा करनी चाहिए। बल्कि मदन पारिजात की वह संहिता भी उसे याद आ जाती कि एक विधवा को सिर मुँड़ाकर रखना चाहिए, क्योंकि केश बाँधने से पति बन्धन में पड़ता है।

उनींदी हरिदासी बिस्तर से उठी और बल्ब जला ख़ुद को दीवार पर सालों से टँगे जगह-जगह से झड़े कोने-किनारेवाले पुराने दर्पण में अपने आपको देखा। उस दर्पण में जिसका इस्तेमाल वह सिर्फ़ गोपीचन्दन का तिलक लगाने के लिए करती है और जिसमें अब उसे ख़ुद का ही चेहरा धुँधला दिखाई देने लगा है। उसी दर्पण में उसे अपनी जो शक्ल दिखाई दी, उसे देख उसका हाथ तेज़ी से सिर पर गया और इससे पहले कि वह अपनी वेणी में टँगे फागुन बोउ के सूखे फूल को हटाती, वह अपनी घबराहट पर ख़िसिया गई। अपने ही अक्स से आँखें मिलाने की हिम्मत नहीं हुई। उसने धीरे-से हाथ अपने सिर पर फेरा, तो मुँड़े हुए सिर पर फिरते हाथ और पोरों के स्पर्श ने उसे जैसे नरक में जाने से बचा लिया। यह सोचते हुए उसने गहरी साँस ली कि वह कैसे किसी पराए मर्द के बारे में सोच सकती है? कैसे केश बाँधकर वह अरुणाभ को पति-बन्धन में डाल सकती है? अब तक वह संयम से रहती आई है, अपने सतीत्व की रक्षा करती आई है, तो अन्तिम समय में वह कैसे किसी के बारे में सोचकर अपनी तपस्या भंग कर सकती है?

उसने कोने में रखे काई के छोटे-छोटे चकत्तों में लिपटे कुंजे से पानी लिया और उसे हलक़ से उतार वापस बिस्तर पर आ गई।

मगर इन सपनों ने हरिदासी का पूरी रात पीछा नहीं छोड़ा। जब भी उसे नींद का कोई झोंका दबोचने का प्रयास करता, अरुणाभ उसके सिरहाने आकर खड़ा हो जाता। खड़े-खड़े जैसे ही अरुणाभ सेवायत जमुनादास में बदलने लगता, हरिदासी हड़बड़ाकर खड़ी हो जाती। हरिदासी ने इस बार उठकर खूँटी पर लटकी माला झोली उतारी और उसमें हाथ डाल तुलसी माला जपने लगी।

पता नहीं रात का कौन-सा पहर है? माला जपते हुए हरिदासी को कब नींद आ गई, नहीं पता चला। सवेरे आँखें खुलीं तो देखा माला झोली अब भी हाथ में लिपटी हुई है। उसने मन-ही-मन मुस्कराते हुए उसे हाथ से उतारा और वापस खूँटी पर टाँग दिया।

हरिदासी का मन इन दिनों इमलीतला घाट अर्थात गौरांग घाट जाने के लिए बहुत करने लगा है। इसलिए दिन पर दिन क्षीण होते शरीर के बावजूद गोदा विहार मन्दिर से उसे जब भी समय मिलता, वह उधर चली जाती। घाट से दूर बहती यमुना के किनारे जाकर वह देर तक उसके गँदले पानी में पाँव डुबोए बैठी रहती। न जाने यहाँ आकर उसे कैसा अध्यात्मिक संतोष मिलता कि उसका मन गोदा विहार मन्दिर लौटने को नहीं करता।

उस दिन वह वापसी में अपने आप में खोई हुई अठखम्बा बाज़ार के बाद सेवाकुंज से होती हुई मीरा मन्दिर के पास पहुँची ही थी, कि उसके कानों में एक जानी-पहचानी-सी आवाज़ आई। रुककर उसने देखा तो पाया सामने सेवायत जमुनादास खड़ा है।

सेवायत को देखते ही हरिदासी शिकायत करते हुए बोली, "जमुना बाबू, बहुत दिनों से गोदा विहार नहीं आए हो! सब ठीक तो है ना?"

"मैया, सब ठीक है। वो क्या है कि जब ते राधा गोपाल मन्दिर छूटो है ब्रह्मकुंड जानो ही छूट गयो।"

"क्या बोला! तुमने राधा गोपाल मन्दिर छोड़ दिया है?"

"हाँ मैया।"

"फिर अब किधर हो?"

"टिकारी घाट मन्दिर में आ गयो हूँ।"

"यह टिकारी घाट कहाँ हुआ?"

"बिन्दाबन के परकम्मा मार्ग पे जगन्नाथ मन्दिर के कनै है। बाहर ते एकदम बिहारीजी का दरवाजा लगे है पर भीतर ते बहुत भव्य है।"

"जमुना बाबू, मैंने इसका नाम तो सुना है परन्तु इसे कभी देखा नहीं है।"

"अगर टैम होए तो चल, आज ही तेरी ई इच्छा भी पूरी कर दूँ! बस, थोड़ो

सो ठाकुरजी के दर्शन कर लूँ।"

"ठीक है तुम्हारे साथ आज मैं भी बाँके बिहारी के दर्शन कर लूँगी।" इतना कह हरिदासी सेवायत के साथ चल पड़ी।

बाँके बिहारी मन्दिर के दर्शन कर वे दोनों जिस रास्ते से आए थे, उसी रास्ते से टिकारी घाट मन्दिर की ओर चल दिए।

लौटने के बाद सेवायत जमुनादास ने पहले अपने पाँव धोए और हरिदासी को ले तमाल के पुराने पेड़ के नीचे बने चबूतरे ाr बैठ गया। मन्दिर की भव्यता देख हरिदासी को अपनी आँखों पर सचमुच विश्वास नहीं हुआ। बाहर से जिस मन्दिर का दरवाज़ा बिहारीजी का मामूली द्वार नज़र आता है, अन्दर से सचमुच बड़ा भव्य और सुन्दर मन्दिर है।

"मैया, या मन्दिर के बारे में कहवे हैं कि एक बार तुलसी बाबा, मेरौ मतलब है तुलसीदास बिन्दाबन आए। वे यहाँ रोजाना कृष्ण स्वरूप श्रीनाथजी के दर्शन करने आते थे। उन दिनों या मन्दिर में परशुराम नाम के एक महंत जी थे। एक दिन जब नित्य की तरह तुलसी बाबा दर्शन को पहुँचे तो वानै देखी कि—

बंशी लकुट काछनी काछे।
मुकुट माथ माला उर आछे॥"

"मैं इसका मतलब नहीं समझी जमुना बाबू?"

"याको मतलब ई है कि कृष्ण के एक हाथ में बंसी है, तो दूसरे में लकुटि यानी छड़ी है। साथ में प्रभु ने धोती बाँध रक्खी है। सिर पे मुकुट और गले में तुलसी माला डाली हुई है। तो मैया, अभी तुलसी बाबा प्रभु के दर्शन कर ही रहे थे कि जभी महंत परशुराम आए और तुलसी ते बोले—

अपने-अपने इष्ट के, नमन करै सब कोय।
परशुराम बिन इष्ट के, नवै सो मूरख होय॥

यानी महंत जी के कहबै को मतलब ई हो कि जब तुलसी बाबा राम के भक्त हैं, तो उसने मेरे प्रभु कृष्ण को नमन क्यों किया? दूसरे के देवता को नमन करनेवाला मूरख कहलाता है।"

"इसका तुलसी बाबा ने क्या जवाब दिया?" हरिदासी को अब तुलसी और महंत परशुराम संवाद में रस आने लगा।

हरिदासी की इस जिज्ञासा पर सेवायत जमुनादास पहले धीरे-से हँसा और फिर ऐसे रस लेकर इस प्रसंग को सुनाने लगा, मानो वह स्वयं ही तुलसीदास हो। "पहले तो तुलसी बाबा हँसे और फिर अपने सीताराम को याद करते हुए बोले—

कहा कहो छबि आपकी, भले बने हो नाथ।
तुलसी मस्तक तब नबै, धरो धनुष शर हाथ॥

और जैसे ही तुलसी बाबा ने प्रभु कृष्ण से इतना कहा, प्रभु की बंसी-लकुटि गायब हे गई। और या मन्दिर में जो श्रीनाथ की प्रतिमा थी, ऊ श्रीराम की मूर्ति हे गई। हाथ में धनुष-बाण आ गए।" कहते-कहते सेवायत की आँखें मुँदती चली गईं और हरिदासी को सुनाते हुए कहने लगा—

मुरली लकुट दुरायके, धरियो धनुष शर हाथ।
तुलसी लखि रुचि दास की, नाथ भये रघुनाथ॥

सेवायत जमुनादास ने जिस लय के साथ यह सब बोला, उसे सुन हरिदासी की आँखों के सामने हूबहू वैसा ही दृश्य सजीव हो उठा।

"मैया, तू भी सोचरी होएगी कि ऐसो हुओ कैसे और अब क्यों ना होवे है? तो याको एक प्रमाण हमारे रामचरितमानस में मिले है जब एक जगह प्रभु राम कहते हैं—

निर्मल मन जन सो मोहि पावा।
मोहि कपट छल छिद्र न भावा॥

यानी प्रभु राम कहते हैं कि मुझे छल, कपट, निंदक नहीं बल्कि पानी की तरह निर्मल और शुद्ध हृदयवाले लोग भाते हैं। इसलिए बिना छल-कपट के प्रभु को याद करिए और अपने मन में किसी से द्वेषराग मत पालिए, क्योंकि—

रामहि केवल प्रेम पियारा, जान लेहु जेहि जान निहारा।
जय रघुनन्दन जय घनश्याम, श्री राम जय राम जय-जय राम॥

हरिदासी भी इसके बाद सेवायत के शब्दों को दोहराने लगी, "जय रघुनन्दन जय घनश्याम, श्रीराम जय राम जय-जय राम।"

"मैया, तेरी दिलचस्पी थोड़ी-सी स्वामी हरिदासजी में है या मारे तेरी जानकारी कू बता दूँ कि वल्लभकुली अष्टछाप के कवियों में शामिल नन्ददास, इसी तुलसीदास के चचेरे भाई थे। उनसे तुलसी बाबा की भेंट बिन्दाबन में वाही प्रवास के दौरान हुई ही। ई भी कहवे हैं कि तुलसीदास ने 'कृष्णावली' की रचना अपने याही प्रवास के दौरान करी ही।"

हरिदासी का शीश सेवायत जमुनादास के सम्मान में यूँ ही नहीं नवता है। सच तो यह है कि जमुनादास महज एक सेवायत नहीं है। बल्कि अपने कर्म और स्वाध्याय के बल पर अर्जित किया गया उसके पास अपार ज्ञान, अध्यात्म और

जीवन-दर्शन की बारीकियों की गहरी परख और भी समझ है।

टिकारी घाट मन्दिर से चलने से पहले देर तक हरिदासी यह निर्णय नहीं कर पाई, कि उसे इस सेवायत को इन दिनों आनेवाले अपने सपनों के बारे में बताना चाहिए अथवा नहीं।

"मैया, जब मन करे और गोदा विहार मन्दिर से फुरसत मिले, यहाँ आ जाया कर!"

हरिदासी की तरफ़ से इस पर जब हाँ-ना का कोई जवाब नहीं मिला, तो सेवायत ने मुड़कर उसकी तरफ़ देखा। हरिदासी को अपने आपमें खोया देख सेवायत ने मुस्कराते हुए पूछा, "मैया, कहा हुओ?"

हरिदासी अकबकाते हुए वर्तमान में लौटते हुए बोली, "कु...कुछ नहीं जमुना बाबू।"

"ना कछु बात तो है? मन्दिर के महंत जी ने कछु कह दी कै?"

"ऐसा कुछ नहीं है।"

"अगर है तो बता!" सेवायत ने इसरार किया।

"जमुना बाबू, पता नहीं आजकल मुझको बहुत डरावने सपने आते हैं। कभी दिखता है कि अजय और कोपाई नदी शान्तिनिकेतन में नहीं, गोपेश्वर मार्ग और भूतगली में बह रही हैं। कभी दिखता है बृन्दाबोन की गलियों में बहती इन नदियों में बड़े-बड़े साँप बह रहे हैं।" हरिदासी ने उस सपने का जानबूझकर ज़िक्र नहीं किया, जिसमें उसकी वेणी में फागुन बोउ का फूल टाँगता अरुणाभ, धीरे-धीरे सेवायत जमुनादास में बदल जाता है।

सेवायत जमुनादास ने हरिदासी के इन सपनों को सुनने के बाद चाहकर भी कुछ नहीं कहा। हालाँकि इन सपनों को सुन एक बार उसे धक्का ज़रूर लगा कि ऐसे सपनों के आने का, वह भी इस उम्र में, क्या अर्थ हो सकता है? हालाँकि वह जानता है कि इस तरह अतीत की धुँधली और लगभग विस्मृत हो चुकी स्मृतियों का सपनों में आने के निहितार्थ क्या हो सकते हैं? मगर सेवायत ने यह कहकर बात टाल दी, "मैया, तू आजकल पुरानी बातन्ने याद बहुत करती होएगी? जब आदमी दिनभर कछु-न-कछु सोचतो रहवे है न, तो रात में वेई सब बात सुपने में आवे हैं। ज्यादा मत सोच-बिचारे कर! बस, अपनी राधा में रमी रहा कर!"

सेवायत जमुनादास के इस तर्क पर हरिदासी देर तक सोचती है कि ऐसा तो वह कुछ नहीं सोचती है। फिर मन को यह तसल्ली दे लेती है कि हो सकता है सेवायत सही कह रहा हो।

टिकारी घाट मन्दिर से आने के बाद कहने को हरिदासी का अधिकतर समय अब अपनी माला झोली में छिपी माला के मणकों में रमा रहता है। मजाल है अँगुलियों के पोर उनसे अलग तो हो जाएँ। लेकिन उन रातों का वह क्या करे, आँख लगते ही जिनमें कभी उसके नबद्वीप की गलियों के बनते-बिगड़ते चित्र तैरने लगते हैं, तो कभी हाथ में काँस के फूलों का गुच्छा लिए उसका बाबा उसके पीछे-पीछे दौड़ता दिखाई देता है। कभी नबद्वीप में पंजों के बल नृत्य करते मृदंग के चंटी-थाप की गमक और हारमोनियम-मजीरे की धुन पर 'हरे राम हरे कृष्ण, कृष्ण कृष्ण हरे हरे' गाते चैतन्य प्रभु के अनुयायी, उसके कमरे में ज़बरन घुसकर नाचने लगते हैं। कभी जलंगी नदी का शान्त बहता पानी अचानक उसे थमता हुआ दिखाई देता है, तो कभी शान्तिनिकेतन के हरे-भरे अशोक, अमलतास, नागलिंगम, छातिम (सप्तपर्णी), पारिजात, माधवी लता, बोगनबेलिया, कचनार, शाल, देवदार, आम्र, गुलमोहर, कृष्ण चूड़ा, राधा चूड़ा और फागुन बोउ के शिखर उसके मुँड़े हुए सिर की तरह पर्ण विहीन नज़र आते हैं। कभी रतनपल्ली, श्यामली, कोणार्क, उदीची व पुनश्च अर्थात इन पाँच गृहों का समूह उत्तरायण परिसर के दरवाज़ों-खिड़कियों से उसे डरावनी आवाज़ सुनाई देती है, तो कभी ज्ञान और प्रेम की संगम-वेदी आम्र कुंज की शाखाओं और पत्तियों से किसी उदास प्रेमी-प्रेमिकाओं की सिसकियाँ सुनाई देती हैं। और तो और दोल उत्सव के दौरान आश्रम माठ के विशाल प्रांगण में उड़ते रंग-अबीर के कुलाँचे भरते बादलों की जगह उसे आकाश में लाल मिट्टी का उड़ता हुआ अंधड़ नज़र आता है। ऐसा अंधड़ जो उसे अपने साथ अनन्त आकाश में उड़ाकर ले जाता है।

और उस सपने का वह क्या अर्थ निकाले, जिसमें एक तरफ़ ख्वाई के किनारे खड़े गुरुदेव अ ी इन पंक्तियों को गुनगुना रहे हैं—*ग्राम छाड़ा ओई राँगा मांटीर पथ, आमार मोन भुलाए रे...!* तो दूसरी ओर उसके कानों में कहीं दूर से स्वामी हरिदास के ये बोल गूँज रहे हैं—

हरि कौ ऐसोई सब खेल।
मृगतृस्ना जग व्यापि रही है, कहूँ बिजोरो न बेल॥
धन-मद जोबन-मद औ राज-मद, ज्यों पंछिन में डेल॥
कहि 'हरिदास' यहै जिय जानौ, तीरथ को सो मेल॥

रातें हरिदासी की जहाँ ऐसे सपनों में बीततीं, तो दिन उसका गोदा विहार मन्दिर में प्रस्थापित सनातन धर्म के देवी-देवताओं, ऋषि-मुनियों और भक्तों के बीच रहकर बीत जाता। कभी वह मन्दिर के मध्य में स्थित बैकुंठ में आ बैठती, तो कभी ब्रह्मलोक में आ जाती। कभी शिवलोक में चली आती, तो कभी तपोलोक में

आकर बैठ जाती। जब मन कहीं स्थिर नहीं हो पाता, तब वह भागवत भक्तादि लोक आ जाती और वैष्णव गुरुओं, विशेषकर अपने चैतन्य प्रभु और स्वामी हरिदास के चरणों में बैठी रहती। बावजूद इसके हरिदासी पूरे-पूरे दिन एक ख़ालीपन से घिरी रहती। उसका कहीं मन नहीं लगता। अब तो उसे वृन्दावन के तुलसी, कदम्ब, तमाल, आम, मौलश्री, पीलू, पाखर भी ऐसे लगते हैं जैसे इनकी शाखाओं से सारे पत्ते सूख गए हैं। इनकी नंगी शाखाओं और अपनी खपच्ची-सी लरज़ती देह में उसे कोई फ़र्क़ दिखाई नहीं देता। शरीर से चमड़ी इस तरह अलग होने लगी है, जैसे बूढ़े पेड़ों के तनों को उसकी छाल छोड़ने लगती है। देह के नाम पर एक चलता-फिरता ढाँचा रह गया है। कई बार मन करता है कि वह निधिवन में अपने स्वामी हरिदास के चरणों में जा बैठे। कई बार सोचती है वह उसी इमलीतला घाट पर जाकर बस जाए, जहाँ वैधव्य के ताप में झुलसी वह नबद्वीप से चलकर पहली बार आई थी। उसी इमलीतला घाट पर जहाँ निमाई पंडित अर्थात चैतन्य प्रभु ने कृष्ण के विरह में बेसुध प्रियाजी की ओर से, संस्कृत में रचे अपने 'शिक्षाष्टक' के आठवें और अन्तिम श्लोक को रचा होगा। उसी गौरांग घाट पर जहाँ निमाई पंडित को मुक्ति का यह सूत्र मिला होगा—

राम राघव राम राघव राम राघव रक्षमाम।
कृष्ण केशव कृष्ण केशव कृष्ण केशव पाहिमाम॥

इधर सेवायत जमुनादास को जबसे हरिदासी ने अपने सपनों के बारे में बताया है, उसका मन भी विचलित-सा रहने लगा है। अनिष्टताओं से भरे विचार मन में आने लगे हैं। न जाने क्यों उसे ये अच्छे संकेत और लक्षण दिखाई नहीं दे रहे। इसलिए उसे भी जब समय मिलता वह हरिदासी का हालचाल पूछने गोदा विहार मन्दिर चला आता।

उस दिन भी सेवायत जमुनादास गोदा विहार मन्दिर आया और पहले की तरह वह मन्दिर के महंत के पास गया। महंत भी जैसे सेवायत का ही इंतज़ार कर रहा था। महंत ने सेवायत से जो कहा, उसे सुन सेवायत जमुनादास भी बेचैन हो उठा।

"सेवायत जी, आपसे एक छोटी-सी बिनती है। बुरा मत मानना महाराज?"

"हाँ-हाँ कहो! जामें बुरा मानने जैसी का बात भई।" सेवायत ने मुस्कराते हुए कहा।

"अगर इस बाई का कहीं दूसरी जगह इंतजाम हो जाता तोऽऽऽ..." महंत ने यह सोचकर अपना वाक्य अधूरा छोड़ दिया कि सेवायत को यदि इसका मन्तव्य समझना होगा, तो इसी से समझ जाएगा।

महंत की बात सुन सेवायत को धक्का लगा। समझ तो वह भी गया है कि

महंत क्या कहना चाहता है फिर भी जान-बूझकर मुस्कराते हुए बोला, "महंत जी, मैया ते कोई गड़बड़ हे गई है जोऽऽऽ..." सेवायत ने भी अपना वाक्य बीच में छोड़ दिया।

"लगे है बाई का चला-चली का समय आ गया है!" महंत सीधे मुद्दे पर आ गया।

"उमर भी तो हे गई है।"

"वो बात तो ठीक है महाराज पर परेशानी दूसरी है।"

"किस बात की परेशानी महंत जी?"

"देखो सेवायत जी, आपके कहने से मैंने बाई को यहाँ रख लिया। जब तक भली-चंगी ही कोई बात नहीं थी, पर पिछले कछु दिनों से मैं देख रहा हूँ कि इनकी तबीयत ठीक-सी ना रहे है।" महंत ने हिचकते हुए कहा।

"मैं समझ गया महंत जी। पर ऐसे में याहे कहाँ ले जाऊँ?"

"यह तो आपई सोचो महाराज।" महंत ने दो टूक कह दिया।

"ठीक है मैं करता हूँ कुछ इंतजाम।" इतना कह सेवायत कुछ सोचने लगा।

"एक काम ना करें सेवायत जी, क्यों न या बाई ए काले बाबू अस्पताल में भर्ती करा देंए?"

"मतलब, रामकृष्ण मिशन सेवाश्रम वाले अस्पताल में?"

"हाँ। किसी जनरल वार्ड में भर्ती हो जाएगी। ढंग से देखभाल हो जाएगी, वो अलग। आप तो जानते ही हैं कि इलाज के साथ-साथ अस्पताल में सारे मरीजों को सुबह-शाम चाय-दूध के अलावा, दिन में तीन बार मुफत में खाना दियो जावे है। ऐसा है कि बिन्दाबन के मिशन के सचिबजी से मेरौ थोड़ो सो परिचय है...मैं वाते बात करके देखता हूँ।"

"महंत जी, जा काम ए करा देओ! आपकी बड़ी कृपा होगी। ठीक होने के बाद मैं मैया की कहीं और ब्यवस्था करवा दूँगो।"

"ठीक है।"

इसके बाद दोनों में देर तक बातें होती रहीं। इसी बीच सेवायत जमुनादास ने इइ अस्पताल की चर्चा छेड़ते हुए पूछा, "महंत जी, आप तो या बिन्दाबन में बहुत पुराने हो। कछु पतौ है कि या अस्पताल को नाम काला बाबू कैसे पड़ो है? या नाम को कोई आदमी हो, जाके नाम ते ई अस्पताल चलरो है?"

"सेवायत जी, मैंने तो याके बारे में यह सुना है कि कलकत्ता का बलराम बासु नाम का एक आदमी रामकृष्ण परमहंस का वकील था। वह जब बिन्दाबन आया तो उसने अपना जो ये वंशीवट मन्दिर है न, उसे बनवाया था। एक तरह से इस मन्दिर का जो घेरा है, उसका मालिक यही बलराम बासु था। कहते हैं कि वकील साब का रंग बहुत काला था, इसलिए उसे पूरा बिन्दाबन बलराम बासु या वकील

बाबू न कहकर काला बाबू कहता था। फौजदारी कुंज के इसी परिसर में जहाँ वकील साब रहते थे, उसके कुछ रिश्तेदारों ने बाद में उस जगह का नाम काला बाबू कुंज रख दिया, जो आज भी इसी नाम से जाना जाता है। कहते हैं कि बाद में जब बिन्दाबन में रामकृष्ण मिशन सेवाश्रम की स्थापना हुई, तो इसी काला बाबू कुंज के बाहरी हिस्से में मरीजों के लिए 'जीव में शिव' की सेवा करने के संकल्प के साथ, एक छोटे-से होम्योपैथी औषधालय की शुरुआत की गई, जिसके लिए कलकत्ता के एक जमींदार ने शुरू में धन दिया था। इसके बाद सेवाश्रम को काला बाबू कुंज से यमुना के तट पर पानीघाट में नई जगह पर ले जाया गया। उन दिनों जमुना पानीघाट में सेवाश्रम से बिलकुल सटी हुई थी, लेकिन समय बीतने के साथ नदी ने अपना रास्ता बदल लिया और कुछ दूर जाकर बहने लगी। उन दिनों चौमासे में जमुना मैया का पानी अस्पताल के भीतर तक भर जाता था, जिससे मरीजों को बड़ी दिक्कत होती थी।"

"एक बात कहूँ महंत जी, आज ई अस्पताल हम गरीब ब्रजबासियों की जितनी सेवा, ऊ भी फ्री में कररो है, वा एहसान ए ई ब्रज कभी ना भूलेगो।"

"सेवायत जी, जितनी सुबिदाएँ या काला बाबू अस्पताल में हैं न, उतनी तो दिल्ली-कलकत्ता के बड़े-बड़े अस्पतालों में भी ना हैं। ऐसी-ऐसी मशीनें हैं कि आदमी देखतो रह जाए।"

"फिर तो महंत जी, या मैया ए काला बाबू अस्पताल में ही भर्ती करा देंए!"

"फिलहाल तो यही करना पड़ेगा सेवायत जी। ज्यादा हारी-बीमारी बढ़ गई तो या मन्दिर में कौन सार-सँभाल करेगो। मिशन के सचिबजी से मैं कल ही बात करता हूँ।"

"ठीक है महंत जी। जाते-जाते मैया ते भी मिलतो जाऊँ, राधे-राधे!" महंत से विदा ले सेवायत हरिदासी से मिलने चला आया।

सेवायत जमुनादास ने अधखुले दरवाज़े के बाहर से धीरे-से पुकारा, "मैयाऽऽऽ!"

"कौऽऽऽन, जमुना बाबू?" अन्दर से एक काँपती-सी आवाज आई।

सेवायत ने आगे बढ़कर ख़ुद ही उढ़का दरवाज़ा पूरा खोल दिया। दरवाज़ा खुलते ही कमरे की सीलन और वमन व मूत्र मिश्रित तीख़ी दुर्गन्ध का भभूका उसके नथुने से आकर टकराया। एक बार उसके मन में आया कि वह बाहर ही खड़ा रहे, किन्तु वह ऐसा नहीं कर पाया। बन्द खिड़की में छूटे सूराखों से अन्दर आती मद्धिम रोशनी के बावजूद कमरे में इतना अँधेरा है कि बाहर से आनेवाले को एक बार अन्दर कुछ दिखाई ना दे। उसने दरवाज़े के पास लगे स्विच बोर्ड को टटोलते हुए स्विच को ढूँढ़ा और बल्ब जला दिया। इस बार बहुत दिनों के बाद आने के कारण कमरे का भूगोल ही बदला हुआ नज़र आ रहा है।

"आओ जमुना बाबू! थोड़ी-सी खिड़की भी खोल देना!" बिस्तर से उठने की

कोशिश करते हुए हरिदासी सेवायत का बेहद फ़ीका स्वागत कर, खिड़की खोलने का आग्रह करती हुई बोली।

"तबीयत तो ठीक है न मैया?" औपचारिकता निबाहते हुए सेवायत ने पूछा।

हरिदासी ने कोई जवाब नहीं दिया। इस बीच सिरहाने रखी काई में लिथड़ी सुराही, एक सिरे से दूसरे सिरे पर बँधी अलगनी पर ऊँघते बेतरतीब कपड़ों, दीवार पर टँगे राधाकृष्ण के कैलेंडर के नीचे की तरफ़ रखे गोपीचन्दन, एक कोने में रखी एल्यूमीनियम की पतीली, गिलास, थाली, डोलची, स्टील की कटोरीवाले खाने-पीने के छोटे-से परिवार को सरसरी नज़र से देख, सेवायत को महंत के कहे की पुष्टि हो गई।

"मैया, मैं ई सोचरो हूँ कि कछु दिनन के लिए तोहे काले बाबू अस्पताल में भर्ती ना करा दूँ? वहाँ तेरो इलाज भी हे जाएगो और लगे हाथ थोड़ी सेवा-पानी भी हे जाएगी। जब ठीक हे जाएगी तो फिर यहीं ले आऊँगो।"

"जमुना बाबू, लगता है महंत जी मुझे इधर से भगाना चाहता है?"

"ना-ना ऐसी कोई बात ना है मैया। ई सलाह तो मेरी है। महंत जी ते तो या बारे में मेरी अभी कोई बात ही ना हुई है।" सेवायत साफ़ झूठ बोल गया।

"तुम कुछ भी कहो, पर मैं सब जानती हूँ।" फिर कुछ क्षण रुककर साँस लेते हुए बोली, "अगर तुमको भी ऐसा लगता है तो मैं तैयार हूँ। तुम पर मुझे पूरा विश्वास है जमुना बाबू। लगता है इस मन्दिर से भी अब दाना-पानी उठनेवाला है!"

सेवायत जमुनादास ने कोई प्रतिक्रिया व्यक्त नहीं की। वह बस किसी तरह कमरे में धँसी तीख़ी दुर्गन्ध से जितनी जल्दी हो, उससे मुक्ति पाने की युक्ति सोचने लगा। इस बार दोनों में अधिक बात नहीं हुई। जब कुछ पलों तक उन दोनों के बीच कोई संवाद नहीं हुआ, सेवायत खड़े होते हुए बोला, "मैया, तैयार रहियो! कभी भी अस्पताल जानो पड़ सके है।"

"मैं तो तैयार ही हूँ जमुना बाबू। मुझे कौन-सा सोलह सिंगार करना है।" गहरी साँस लेते हुए हरिदासी ने उत्तर दिया, "राधे-राधे!" इससे पहले जहाँ सेवायत आते-जाते हरिदासी का राधे-राधे कहकर अभिवादन करता था, आज पहली बार हरिदासी ने सेवायत को विदा किया।

27

तीसरे दिन ही हरिदासी को काला बाबू अस्पताल में भर्ती कर दिया गया। अस्पताल में किसी भी आपातकाल स्थिति के लिए सेवायत जमुनादास

वहाँ अपना मोबाइल नंबर दे आया। हालाँकि शुरू में हर तीसरे-चौथे दिन समय निकाल कर वह हरिदासी से मिलने चला आता। लेकिन कुछ दूर होने के कारण और कुछ निजी व्यस्तताओं के चलते, बाद में वह वार्ड की नर्स से हरिदासी का हालचाल पूछ लेता।

दो सप्ताह में हरिदासी के स्वास्थ्य में काफ़ी सुधार आ गया। डॉक्टर को जब लगा कि अब इसे छुट्टी दे देनी चाहिए, तो उसने सम्बन्धित नर्स से सारे पेपर्स तैयार करने के साथ, उससे हरिदासी के किसी परिचित को अस्पताल से ले जाने के लिए फोन करने को कह दिया।

दोपहर बाद सारी तैयारियाँ होने के बाद नर्स हरिदासी के पास आई।

"मैया, आज शाम को आपकी अस्पताल से छुट्टी होनी है। जमुनादास जी को फोन कर देती हूँ कि वे आपको ले जाएँगे।"

सुनकर हरिदासी उदास हो गई। यह सोचकर उसके माथे पर चिन्ता की लकीरें गहरी हो आईं कि उसे अब यहाँ से भी जाना होगा? क्या उसे फिर से गोदा विहार मन्दिर जाना पड़ेगा? अगर वहाँ जाएगी तो क्या मन्दिर उसे फिर से वहाँ रहने की अनुमति देगा? क्या इस नर्स को वह सेवायत जमुनादास को बुलाने के लिए कह दे?

"कर दूँ मैया?" नर्स ने फिर से पूछा।

"नहीं सिस्टर, मैं अपने आप चली जाऊँगी।"

"देख ले मैया? अभी कुछ कमजोरी है। कहीं गिर पड़ी तो परेशानी हो जाएगी।"

"नहीं, मैं बाहर से रिक्शा ले लूँगी।"

"एक बार और सोच लो! मैं उनको फोन कर ही देती हूँ।" नर्स ने जैसे अन्तिम बार पूछा।

मगर हरिदासी ने जमुनादास को फोन करने से एक बार फिर मना कर दिया। इसके बाद नर्स उसे सारे काग़ज़ देकर चली गई। नर्स के जाने के बाद हरिदासी ने साथ लाया अपना सामान एक थैले में भरा और अस्पताल से बाहर मथुरा-वृन्दावन मार्ग पर आ गई।

अस्पताल से बाहर आते-आते चारों तरफ़ अच्छा-ख़ासा झुटपुटा फैल गया। बाहर आकर उसने एक ई-रिक्शा ले लिया।

"मैया, कहाँ चलनो है?" रिक्शा चालक ने पूछा।

तुरन्त कोई उत्तर नहीं दे पाई हरिदासी कि उसे कहाँ जाना है। वापस श्रीगोदा विहार मन्दिर चले या कहीं और? वह इसी दुविधा में घिरी रही। रिक्शा चालक ने दोबारा पूछा तो उसके मुँह से अपने आप निकल गया, "श्रीगोदा विहार मन्दिर चलना है।" अचानक उसे याद आया कि सामान तो उसका वहीं पड़ा हुआ है।

वृन्दावन के जाने-पहचाने मिले-जुले अँधेरे को पार करता हुआ रिक्शा गोदा

विहार मन्दिर के सामने जाकर मन्दा पड़ा, तो हरिदासी ने उसे बग़लवाली गली के गेट पर जाकर रुकवा दिया। रिक्शा से उतर बिना किराया दिए वह अन्दर जाने लगी, तो रिक्शा चालक ने उसे टोक दिया, "मेरौ किराया तो देती जा!"

"थोड़ा देर यहीं रुको!" पलटते हुए हरिदासी बोली।

"कहीं और भी जानो है मैया?"

"हाँ।"

"कितनी देर लगेगी?"

"यही कोई पन्द्रह-बीस मिनट।"

"ठीक है जल्दी करियो!"

"अभी आई।" इतना कह हरिदासी पहले महंत के पास गई।

अपने सामने हरिदासी को देख महंत को अपनी आँखों पर यक़ीन नहीं हुआ, कि यह वही हरिदासी है जो लगभग दो सप्ताह पहले काला बाबू अस्पताल में भर्ती होने गई थी?

"मैया, आ गई?" महंत ने मुस्कराते हुए पूछा।

"हाँ महंत जी।"

"और...मेरे लायक कोई सेवा बता?" महंत ने रूखेपन के साथ पूछा।

"सेवा क्या महंत जी, मैं तो आपसे विदा लेने आई हूँ। भूल से कोई गलती हो गई हो तो मुझे माफ़ करना।"

"लगे है कहीं और इंतजाम होगो है?"

"ऐसा ही समझ लो।"

महंत ने इसके बाद ज़्यादा पूछताछ करना उचित नहीं समझा।

"ठीक है महंत जी। बाहर रिक्शा खड़ा है। चलती हूँ राधे-राधे।"

महंत की ओर से किसी तरह के उत्तर की प्रतीक्षा किए बिना हरिदासी तेज़-तेज़ क़दमों के साथ अपने कमरे की ओर बढ़ गई।

सामान के नाम पर हरिदासी ने कमरे के एक सिरे से दूसरे सिरे पर बँधी अलगनी पर इंतज़ार करते कपड़ों, एक तरफ़ रखे गोपीचन्दन, एल्यूमीनियम की मरियल-सी पतीली, गिलास, थाली, डोलची, स्टील की कटोरीवाले छोटे-से परिवार सहित कम्बल, चादर को जल्दी-जल्दी इकट्ठा कर उन्हें एक चादर में लपेटा और मन्दिर के बाहर खड़े रिक्शे में लाकर रख दिया। काई में लिथड़े कुंजे और दीवार पर टँगे राधाकृष्ण के पुराने हो चुके कैलेंडर को उसने नहीं लिया।

सचमुच हरिदासी को उतना समय नहीं लगा, जितना उसने रिक्शा चालक को बताया था। चलते समय ना तो वह महंत से मिली और ना ही महंत उससे मिलने आया। रिक्शा अब गोपेश्वर मार्ग पर आ गया। इससे पहले कि म्यूज़िक मार्किट में उसे कोई पहचाने, उसने धोती के पल्लू से मुँह ढक लिया। हालाँकि यह उसका

वहम था क्योंकि इतने अँधेरे में उसे पहचानने की ज़हमत भला कौन उठाएगा।

"मैया, कहाँ चलूँ?" रिक्शा चालक ने लाला बाबू मन्दिर के पास आकर पूछा।

"इमलीतला घाट।"

इसके बाद रिक्शा तेज़ी से गोपीनाथ बाज़ार में आ पत्थरपुरा के बग़ल से आगे बढ़ता हुआ, धीरे-धीरे आगे जाकर वृन्दावन की कुंज गलियों में आसपास के मकानों से बाहर आते पसरे उदास मटमैले उजाले में ग़ायब हो गया।

हरिदासी परिक्रमा मार्ग पर गौतम नगर के इमलीतला घाट पर खड़े उसी कदम्ब के नीचे खड़ी उसे देखने लगी, जहाँ वह नबद्वीप से चलकर पहली बार आई थी। हालाँकि आ तो यहाँ वह पहले भी कई बार चुकी है, लेकिन ऐसा पहली बार है जब इस घाट पर पहली बार आने की सारी स्मृतियाँ तेज़ी से ताज़ा हो उठीं। वह देर तक कदम्ब के पास खड़ी उन दृश्यों और उनसे जुड़े संवादों को याद करने लगी, जो पहली बार उसके और युवा सेवायत जमुनादास के बीच हुए थे। उसने सामान उठाया और घाट के पीछे इमलीतला मन्दिर पर आ गई। यहाँ आने के बाद वह देर तक असमंजस की स्थिति में खड़ी रही। उसकी समझ में नहीं आ रहा है कि वह यहाँ आ तो गई है किन्तु अब क्या करे? यहाँ से कहाँ जाए?

रात तेज़ी से गहराने लगी। बीच-बीच में आते-जाते लोगों के मुँह से निकलनेवाले और कानों में रस घोलते राधे-राधे के बोल भी अब कम होने लगे। जब मन्दिर के बाहर एकान्त पसर गया और मन्दिर के कपाट बन्द हो गए, तो हरिदासी ने वहीं मन्दिर के बाहर बनी गुमटी में अपना सामान रख दिया। अगर मन्दिर के महंत को आपत्ति नहीं हुई, तो अपने चैतन्य प्रभु के चरणों में रहने के लिए इससे अच्छी जगह दूसरी नहीं हो सकती।

हरिदासी की क़िस्मत अच्छी थी जो इमलीतला मन्दिर का महंत अपने नबद्वीप के पास के गाँव का निकल आया। हरिदासी ने उसे अपनी व्यथा सुनाई तो उस पर तरस खाकर महंत ने मन्दिर के बाहर बनी गुमटी में उसे रहने की अनुमति दे दी।

ऐसे कैसे हो सकता है? बिना उसे बताए हरिदासी कैसे काला बाबू अस्पताल छोड़कर जा सकती है? और छोड़ दिया तो तीन दिन तक उसने उससे सम्पर्क क्यों नहीं किया? उसे अब भी अपने कानों पर विश्वास नहीं हो रहा है। हालाँकि इससे पहले वह नर्स से कई बार पूछ चुका है और हर बार वह एक ही उत्तर दे चुकी है। सेवायत जमुनादास का मन नहीं मान रहा है इसलिए उसने एक

बार फिर से नर्स को मोबाइल मिलाया, “सिस्टर, एक बार ध्यान से देखके बताओ कि जो मैया अस्पताल छोड़के गई है, ऊ हरिदासी ही है ना?”

“बाबा, मैं आपको बार-बार बता चुकी हूँ...और कितनी बार बताऊँ? अगर भरोसा नहीं है तो एक बार फिर से सुन लो कि बेड नंबर चालीस पर जो पेशेंट था, उसका नाम हरिदासी ही था। वही जिसे आप भर्ती कराकर गए थे। मैंने एक बार नहीं उससे कई बार पूछा भी कि मैं जमुनादास जी को फोन करके बुला लेती हूँ, लेकिन उसने यह कहकर मना कर दिया कि मैं अपने आप चली जाऊँगी।”

“हेलो! हेलो!! हेलोऽऽऽ!!!” कान से लगे मोबाइल पर सेवायत जमुनादास अपनी तरफ़ से हेलो-हेलो करता रह गया। जबकि दूसरी तरफ़ से नर्स फोन काट चुकी थी।

अवाक् सेवायत शून्य में देखता रह गया। उसे जब कुछ नहीं सूझा तो हो लिया गोदा विहार की ओर। गोदा विहार मन्दिर पहुँचते ही सबसे पहले वह सीधा हरिदासी के कमरे पर गया। पहले की तरह उसने उढ़के हुए दरवाज़े के पास जाकर धीरे-से आवाज़ दी, “मैया!”

लेकिन अन्दर से कोई जवाब नहीं मिला। उसने उढ़के हुए दरवाज़े को धकियाते हुए पूरा खोल दिया। दरवाज़ा खुलते ही सेवायत जमुनादास ने अन्दर का जो दृश्य देखा, उसे देख उसके पाँवों तले की ज़मीन खिसक गई। हाथ-पाँव फूल गए उसके। एक तरफ़ काई से लथपथ लुढ़के कुंजे (सुराही), फ़र्श पर बिखरे कूड़े और दीवार पर टँगी राधाकृष्ण की पुरानी तस्वीर को वह देर तक अपलक देखता रहा। सारा माजरा सेवायत की समझ में आ गया। वह तेज़ी-से महंत के पास गया। ग़नीमत है महंत मन्दिर में ही मिल गया।

“आओ सेवायत जी! महाराज कैसे पानी-पानी हे रे हो? सब ठीक तो है?” महंत ने मुस्कराते हुए पूछा।

“महंत जी, बात ही पानी-पानी होबेवारी है। ऊ मैया जो हमने काला बाबू अस्पताल में भर्ती कराई ही न...?”

“हाँ कहा हुओ वाके?” सेवायत की बात पूरी होने से पहले महंत ने अकबकाते हुए पूछा।

“मैंने आज अस्पताल में ऐसे ही मैया को हालचाल लेबे कू फोन करो हो। सोची कई दिनाँ हेगे हैं वाको हालचाल पूछे...तो पतौ है ऊ नर्स कहा बोली, बोली कि बाबा ऊ मैया तो हमारे अस्पताल ते कई दिन पहले जा चुकी है।”

“जे बात तो मोहे पतौ है।”

“अगर पतौ है तो फिर ऊ कहाँ गई? मैंने वाके कमरे में जाके देखी तो ऊ वहाँ हैई ना। मैं तो जेई समझ रहो हो महंत जी कि हरिदासी गोदा विहार मन्दिर में आगी होएगी।”

"तीन-चार दिन पहले वह यहाँ आई ही और बोली कि महंत जी, मैं आपसे विदा लेने आई हूँ। मैंने सोची कि सेवायत जी ने कहीं और इंतजाम करवा दिया होगा या मारे मैंने भी अधिक खोजबीन ना करी।"

"बिदा लेके आ गई तो फिर कहाँ चली गई?" सेवायत की पेशानी किसी अनिष्टता के चलते पसीज गई।

"कहाँ चली गई? मैं कुछ समझो ना महाराज?" इस बार महंत भी घबरा गया।

"जेई तो मेरी समझ में ना आरी है महंत जी कि अस्पताल छोड़के आखिर ऊ गई तो कहाँ गई।" इस बार जैसे सेवायत जमुनादास की आवाज़ बैठने लगी, "ठीक है महंत जी। कहीं दिखाई दे जाए तो मेरे कनै खबर पहुँचवा दीजो!"

"ठीक है मिलेगी तो बता दूँगो।" इतना कह महंत अपने किसी काम में लग गया।

सेवायत जमुनादास गोदा विहार मन्दिर से बाहर चला आया। मन्दिर के बाहर वह देर तक बदहवास-सा खड़ा यही सोचता रहा कि हरिदासी आख़िर गई तो कहाँ गई? वह कहाँ ढूँढ़े उसे? गोपेश्वर मार्ग पर खड़े सेवायत की समझ में नहीं आ रहा है कि वह किस दिशा में जाए, अपने बाएँ तरफ़ गोपेश्वर मन्दिर या कहिए ब्रह्मचारी मन्दिर की ओर? या थोड़ा आगे जाकर ज्ञान गुदड़ी तथा टटिया स्थान की ओर जाती गली में जाए? लाला बाबू मन्दिर के सामने से ब्रह्मकुंड की ओर श्रीरंगनाथ मन्दिर की तरफ़ निकल जाए, या फिर दाएँ ओर म्यूज़िक मार्किट से होता हुआ गोपीनाथ बाज़ार चला जाए? एक बार सोचा कि वह भूतगली में पागल बाबा आश्रम से और पता कर आए। लेकिन वहाँ जाने का निर्णय उसने यह सोचकर स्थगित कर दिया कि कोरोना के दौरान ख़ाली कराया गया आश्रम आज तक बन्द है। सेवायत जमुनादास दुविधा के बहुराहे पर खड़ा यह तय नहीं कर पा रहा है कि आख़िर वह किस तरफ़ जाए? हारकर उसने अपने टिकारी घाट मन्दिर जाना ही उचित समझा। उसने श्रीगोदा विहार मन्दिर के नए सिरे से सृजित द्वार के ऊपर नई-नई बनीं मोक्षदायिनी सप्त पुरियों को हाथ जोड़े और गोपेश्वर मार्ग के उत्तर की ओर चल दिया।

पूरी रात सेवायत जमुनादास नहीं सो पाया। जब भी कोई नींद का झोंका आता, तुरन्त तरह-तरह के भयानक सपने उसे आ दबोचते। इन सपनों के चलते सेवायत के गले से या तो अजीब-अजीब-सी आवाज़ें निकलतीं, या वह चिल्लाने लगता। सपने में कभी उसे किसी घाट पर बनी बुर्जी से कोई सफ़ेद पुतला यमुना में छलाँग लगाता दिखाई देता, तो कभी यमुना की सतह पर कफ़न में लिपटा कोई शव तैरता हुआ, अपने आपसे दूर जाता दिखाई देता। कभी उसे अठखम्बा बाज़ार

में उफ़ान मारती भीड़ के पैरों तले कोई निर्जीव पुतला रुँदता हुआ दिखाई देता, तो कभी पत्थरपुरा भजनाश्रम में सफ़ेद नरमुंडों की भीड़ में एक सिरमुँड़ा रक्त-रंजित नरमुंड नज़र आता। सेवायत जमुनादास जब-जब इस पुतले को बचाने के लिए यमुना में छलाँग लगाता, या अपने से दूर जाते शव को बाहर निकालने का प्रयास करता, तब वह स्वयं जैसे उसके साथ अपने आपको गहरे पानी में डूबता हुआ पाता। अठखम्बा बाज़ार की उफ़नती भीड़ के पैरों तले कुचलते निर्जीव पुतले को बचाने के प्रयास में कई बार तो वह ख़ुद ही रुँदता चला गया। पुतले को बचाने के प्रयास में सेवायत की हड़बड़ाकर आँखें खुलतीं, तो वह ख़ुद को टिकारी घाट मन्दिर के कमरे में घने अँधेरे में पाता। पसीने से भीगे माथे को गमछे से साफ़ कर सेवायत देर तक इन सपनों के बारे में सोचता है। सबसे अधिक उसे पत्थरपुरा भजनाश्रम में सफ़ेद नरमुंडों की भीड़ में सिरमुँड़े लहूलुहान नरमुंडवाले सपने ने विचलित किया। ऐसा लगा हरिदासी ने वृन्दावन में जहाँ से अपनी मोक्ष-यात्रा शुरू की थी, अपने अन्तिम दिनों में एक बार फिर वह वहीं आकर खड़ी हो गई है।

अगले दिन मंगला आरती और कुछ अन्य ज़रूरी कामों को निपटा सेवायत जमुनादास ने, छोटे शहरों की तंग गलियों की रानी, बुज़ुर्गों की पहली पसन्द तथा कुछ ही महीने पहले ख़रीदी गई मोपेड निकाली और चल दिया प्रेम मन्दिर की ओर। जहाँ-जहाँ प्रेम मन्दिर में सेवायत को भिक्षा माँगनेवाले नज़र आए, उसने बड़ी बारीक़ी से उनमें उस चेहरे को ढूँढ़ने की कोशिश की, जिसकी तलाश में वह यहाँ आया है। मगर वह चेहरा उसे यहाँ कहीं नज़र नहीं आया। लौटते हुए उसने अपनी सवारी को परिक्रमा मार्ग के दाहिने रमणरेती की ओर मोड़ दिया और पहुँच गया अंग्रेज़ों के मन्दिर अर्थात इस्कॉन मन्दिर। मोपेड को मन्दिर के बाहर खड़ा कर पहले वह अन्दर गया और एक निग़ाह मारकर, वापस बाहर आ गया। यहाँ भी उसने भिक्षा माँगनेवालों में बड़े ध्यान से हरिदासी को खोजा, लेकिन उसे कोई सफलता हाथ नहीं लगी।

सेवायत जमुनादास अब क्या करे? कहाँ जाए उसकी तलाश में? कहाँ ढूँढ़े उसे? एक-एक कर उसने वृन्दावन के उन सारे स्थलों को याद किया जहाँ हरिदासी जाती थी, या जिनके बारे में उसने कभी हरिदासी को बताया था, या कहें जिनसे हरिदासी की स्मृतियाँ जुड़ी हुई हैं। बाँके बिहारी मन्दिर, शाहजी मन्दिर, निधिवन, भूतगली, इमलीतला घाट, गोपीनाथ बाज़ार-पत्थरपुरा भजनाश्रम, हाड़ाबाड़ी, श्रीरंगजी मन्दिर, ज्ञान गुदड़ी, रेतिया बाज़ार, सेवाकुंज, बेलवन और वे सारे घाट जिनके दर्शन कराने वह हरिदासी को एक बार लेकर गया था, सब छान मारे। एक बार फिर सेवायत ने अपनी मोपेड स्टार्ट की और वहाँ से परिक्रमा मार्ग पर केशी घाट की दिशा में चल दिया।

पता नहीं किस बे-ख़याली के चलते जैसे ही इमलीतला घाट आया, मोपेड

की गति कम होने के बाद, वह वहाँ जाकर रुक गई। मोपेड पर बैठे-बैठे सेवायत जमुनादास देर तक उसी कदम्ब के पेड़ को निहारता रहा, जिस पर चढ़े बन्दर से कभी उसने हरिदासी के झोले को मुक्त कराया था। इसी बीच कदम्ब की उसी शाखा पर बैठे एक वानर को अपनी ओर घूरता देख, एक पल के लिए सेवायत को लगा जैसे यह वही वानर है। उसे देख सेवायत की हँसी छूट गई। इसके बाद उसने आसपास का अवलोकन किया। सिवाय पुरानी स्मृतियों के उसे यहाँ कुछ हाथ नहीं लगा। अब उसने अपनी सवारी यानी मोपेड मीरा मन्दिर की ओर मोड़ दी। यहाँ से वह सेवाकुंज, लोई बाज़ार, रेतिया बाज़ार के बग़ल से कुंज गली में प्रवेश कर गोपीनाथ बाज़ार होते हुए, वापस अपने टिकारी घाट मन्दिर लौट आया।

सेवायत जमुनादास ने सारे जतन कर लिए। कौन-सा घाट और कौन-सा मन्दिर बचा होगा जिसकी सीढ़ियों पर उसने हरिदासी को नहीं खोजा। कौन-सा भजनाश्रम या कौन-सा बाज़ार होगा जिसकी भीड़ में उसने उसे नहीं तलाशा। कौन-सी कुंज या गली होगी जिसमें उसने आते-जाते इन सफ़ेद पुतलों में इस पुतले को नहीं ढूँढ़ा। कई दिनों की खोजबीन के बाद अन्ततः उसने यह सोचकर अपनी तलाश स्थगित कर दी, कि हो सकता है हरिदासी अपने देस लौट गई? यह अन्तिम अनुमान था सेवायत जमुनादास का, और इसी अनुमान ने उसकी आगे की सारी कोशिशों पर जैसे अन्तिम विराम लगा दिया।

हरिदासी की कुछ आदिम स्मृतियों के जमुनादास के पास यदि कुछ बचा है, तो वह है हरिदासी द्वारा दिए गए लाल कपड़े में लिपटे छातिम के सूखे पत्ते और काँस के फूलों के सूखे तृण। ब्रह्मचारी मन्दिर से लेकर अब तक सेवायत ने इनको अपने आपसे अलग नहीं किया। हमेशा इन्हें सँभालकर रखा उसने। वह जब भी इन्हें अपने आपसे अलग करने के बारे सोचता है, तभी उसे हरिदासी की यह कातर विनती याद आ जाती कि जमुना बाबू, मेरी एक विनती है कि इस पोटली को तुम अपने पास रख लो! मेरे मरने के बाद जब मेरी अस्थियों का विसर्जन किया जाए, तो उनके साथ छातिम के इन पत्तों और काँस के तृणों का भी यमुना में तर्पण कर देना। मगर लगता है हरिदासी की यह कामना कभी पूरी नहीं होगी। जब-जब सेवायत को हरिदासी के ये शब्द याद आते, लगता उसका कोई पिछले जन्म का ऋण उसके सिर पर बचा हुआ है। उसने कई बार खूँटी पर टँगी पोटली को उतारा और जब भी उसमें रखे सप्तपर्णी के सूखे पत्तों के नाम पर, रह गई झीनी जाली तथा काँस के फूलों के पिंजर को देखा, उसे अपने शरीर में बहता रक्त रुकता हुआ सा लगता। छातिम के सूखे पत्तों और काँस के तृणों की जो वेदनाभरी कराहट उसे हरिदासी से लेते समय सुनाई दी थी, वह रह-रह कर अब कहीं ज़्यादा अपने कानों में सुनाई दे रही है। कई बार उसने सोचा भी

कि इन्हें किसी दिन जाकर यमुना में विसर्जित कर आए, लेकिन ऐसा करने की न तो उसकी हिम्मत हुई, न ही ऐसा करने की उसके मन ने गवाही दी। न जाने कितनी बार उसने लाल कपड़े की इस पोटली को खूँटी से उतारा और कितनी बार उसे वापस वहीं टाँग दिया।

28

सुबह का समय।

स्नानादि कर अन्य दिनों की तरह हरिदासी ने माथे पर गोपीचन्दन तिलक लगाया। जिस मजीरे के जोड़े को हरिदासी ने छोड़ दिया था, पहले उसने उसे अच्छी तरह तुलसी के पत्ते मिले पानी से धोया और एक बार फिर उसे अपने झोले में रख चल दी पुराने पथ पर। रास्ते में मिलनेवाले अपनी तरह के सफ़ेद पुतलों पर ध्यान न देकर, जाने-पहचाने पुराने रास्तों से होते हुए सालों बाद पत्थरपुरा भजनाश्रम के सामने आकर, उसने एक पल रुककर साँस लिया और पहले से लगी पंक्ति में लग गई। आना-जाना तो इस रास्ते से अक्सर उसका लगा रहता है, किन्तु आज जिस तरह वह एक बार फिर यहाँ याचक के रूप में आई है, उसकी कल्पनाभर से उसकी आँखें भर आईं। उसने पंक्ति में अपने आगे-पीछे खड़े चेहरों को देखा। लेकिन उसने यह सोचकर राहत की साँस ली कि जिन चेहरों को वह खोज रही है, वे अब इस दुनिया में कहाँ होंगे। भजनाश्रम के मुख्य द्वार से कुछ दूर एक हाथ में डोलची और एक हाथ में लाठी लिए एक नेत्रहीन भिखारी हरे राम हरे कृष्ण की गुहार लगा रहा है। उसकी डोलची में अपनी श्रद्धानुसार कोई एक का सिक्का डालकर जा रहा है, तो कोई अठन्नी।

अपना नंबर आने पर हरिदासी ने भर्ती-टोकन लिया और आश्रम में प्रवेश करने के बाद सबसे पहले उसने फ़र्श पर घुटनों के बल, बैठ कई बार माथे को टेक प्रणाम किया। फ़र्श की धूल को हथेली से चेहरे और गर्दन पर लगाने के बाद, हॉल में पहले से चल रही कथा को सुनती बाइयों के साथ जाकर बैठ गई। जैसे-जैसे समय बीतने लगा झाँझ-मजीरे, हारमोनियम और खोल की धुन पर होते कीर्तन का स्वर तेज़ होता चला गया।

इस तरह हरिदासी का दिन चार घंटे सुबह के कीर्तन और चार घंटे शाम के कीर्तन में बीतने लगा। उसकी कोशिश रहती कि एक बार इमलीतला मन्दिर से निकलने के बाद वह शाम के कीर्तन के बाद ही मन्दिर लौटे। भजनाश्रम में सुबह शाम जो चावल-दाल मिलता उसे लाकर पकाती और खाकर सो जाती। बल्कि बिना

कहे वह मन्दिर में साफ़-सफ़ाई भी कर देती है। बदले में प्रसाद स्वरूप जोमिलता कुछ गुज़ारा उससे हो जाता।

इधर हरिदासी भी भूल गई कि सेवायत जमुनादास उसको अब याद करता होगा या उसने उसको वृन्दावन में ढूँढ़ा भी होगा। जबकि सेवायत भी यह सोचकर हरिदासी से जुड़े अतीत को धीरे-धीरे भूलने लगा कि वह वृन्दावन छोड़कर अपने नबद्वीप लौट गई होगी, या फिर वृन्दावन को छोड़ ब्रज में कहीं और चली गई होगी। हाँ, इतना तय है कि वह अब वृन्दावन में नहीं है।

सालों बाद इस बार शरद की शुरुआत जिस नरमी के साथ हुई है, उससे इसका सहज ही अनुमान लगाया जा सकता है कि पिछले सालों की अपेक्षा इस बार सर्दी लम्बी खिंचेगी। ऐसा दिखना शुरू हो भी गया है क्योंकि आधा कार्तिक आते-आते लोगों के गरम कपड़े, एक-एक कर सन्दूक-बक्सों से बाहर आने शुरू हो गए।

हरिदासी ने भी राजस्थान के एक मारवाड़ी सेठ से दान में मिला कम्बल निकाल लिया। इस तरह कार्तिक के समाप्त होते ही जैसे अगहन शुरू हुआ, सर्दी ने अपना रंग दिखाना शुरू कर दिया। भरी सर्दी के अभी पूरे दो महीने बचे हुए हैं—पौष और माघ। इतनी लम्बी सर्दी के एहसास से हरिदासी एक नई चिन्ता से घिरती चली गई। एक तो इतनी लम्बी सर्दी, ऊपर से मन्दिर की खुली गुमटी। ऐसे में अगर बीच में महावट बरस गया तो ठंड क्या कहर बरपाएगी, उसकी कल्पना कर धमनियों में पाले-से जमे ओस के कण सरसराने लगे। हरिदासी ही जानती है कि पिछले साल की सर्दियाँ उसने कैसे काटी थीं।

दिन की सर्दी को भगाने के लिए उसने एक उपाय ढूँढ़ लिया। जिस देह फोड़ती ठंड में रक्त जमने को हो जाता है और जो हाथ कीर्तन के दौरान थोड़ी देर मजीरा बजाने पर थक जाते थे, उन्हीं हाथों में गर्मी पैदा करने के लिए हरिदासी सब कुछ भूल मजीरों में खो जाती। लगातार तीन-साढ़े तीन घंटा मजीरा बजाने का लाभ यह होने लगा कि पूरे जिस्म में गर्मी बनी रहती।

मगर परेशानी रात में होने लगी।

जैसाकि हरिदासी को डर था कि यदि बीच में महावट बरस गया तो ठंड क्या कहर बरपाएगी, वह डर सच साबित हो गया। अर्थात ठीक पूस के मध्य में पश्चिमी विक्षोभ के चलते मौसम ने अचानक जो करवट बदली और जो बारिश हुई, उसने सर्दी की प्रचंडता और बढ़ा दी। तेज़ हवा के साथ महावट की रातों की घनघोर बरसात में हरिदासी को अपने आपको बचाना मुश्किल हो गया। महावट गुज़रने के बाद सर्दी ने पूस के अन्त में अपना जो विकराल रूप दिखाना शुरू किया, वह कितनी

वृद्ध विधवाओं के लिए काल बनकर आएगा, अनुमान लगाना मुश्किल नहीं है।

सेवायत जमुनादास ने अपने जीवन में न जाने कितने सफ़ेद पुतलों को वृन्दावन के मन्दिरों की सीढ़ियों और तंग बाज़ारों के खुले बरामदों में दम तोड़ते देखा है। लगता है इस बार की भीषण ठंड भी न जाने कितनों की जीवन लीला समाप्त करके रहेगी। वह जब-जब घने कोहरे में लिपटी कुंज गलियों, यमुना की सतह से उठती धुन्ध में डूबी बुर्जियों, और मन्दिरों की सीढ़ियों पर कुनमुनाते पतले-पतले कम्बल-रजाइयों को देखता, अपनी ठंड एकाएक जैसे उसे बढ़ती हुई दिखाई देती। अगर उसका काम सेवायतपने का नहीं होता, तो वह इस असहनीय ठंड में मुँह रज़ाई में डाल पड़ा रहता। लेकिन ऐसा कर पाना सम्भव नहीं है। मंगला आरती, धूप आरती, श्रृंगार आरती, राजभोग आरती, तीसरे पहर की धूप आरती, संध्या आरती, शयन आरती—इनका न तो ख़ून जमानेवाली सर्दी से मतलब है, न ही आग बरसाती धूप और दिनभर चलनेवाली लू से कोई लेना-देना है। इनका जो समय तय है, उस पर आने से कोई नहीं रोक सकता।

मंगला आरती से निवृत्त हो सेवायत जमुनादास धूप आरती की तैयारी शुरू करनेवाला ही था कि इस बीच बज उठे मोबाइल को अनदेखा कर अपने काम में लगा रहा। ठाकुरजी की धूप आरती को वह इस तरह बीच में नहीं छोड़ सकता। लेकिन छोटे-छोटे अन्तराल के बीच जब मोबाइल बार-बार बजने लगा, तो हारकर उसने उसे उठा ही लिया। स्क्रीन पर उभरे अनजान नंबर को कुछ पलों तक वह यह सोचकर निहारता रहा, कि आज सफल एकादशी व्रत या सुरूप एकादशी पर कथा बचवाने के लिए किसी जजमान का फोन है।

"हेलोऽऽऽ! आप सेवायत जमुनादास जी बोल रहे हैं?" दूसरी तरफ़ से आवाज़ आई।

"हाँ जी, मैं सेवायत जमुनादास ही बोल रहो हूँ।" दूसरी तरफ़ से पूछे गए अपने नाम की पुष्टि करते हुए सेवायत ने जवाब दिया।

"मैं मुक्ति वाहिनी नाम की एनजीओ से बोल रही हूँ।"

"कहाँ से...एनजीओ से?"

"जी। देखिए, हम वृन्दावन में लावारिश लाशों का अन्तिम संस्कार करते हैं।"

"भैनजी, जे तो पुण्य को कारज है...पर मैं ऐसे कारजों की पुरोहिताई ना करूँ हूँ। या काम के लिए तो आप काई और पुरोहित ते बात करो!"

"देखिए, हम जिस लाश को लेने आए हैं उसके सामान में आपका नंबर मिला है।"

"क्याऽऽऽ लहास के सामान में मेरौ नंबर मिलो है?" इस बार सेवायत जमुनादास की जैसे घिग्घी बँध गई।

"घबराइए मत। आप एक बार यहाँ आ जाइए!"

"मैं...मैं आ जाऊँ पर क्यों?" सेवायत की साँस उखड़ने लगी।

"आपको इसकी शिनाख्त करनी है!"

"पर भैनजी मैं काई लहास-वहास ए ना जानूँ।" सेवायत जमुनादास के हाथ से मोबाइल गिरते-गिरते बचा।

"सुनिए, ऐसा कुछ नहीं होगा। आपको एक बार यहाँ आना पड़ेगा। नहीं आएँगे तो आप किसी कानूनी पचड़े में फँस सकते हैं। इसलिए..."

"कहाँ आनो है भैनजी?" सेवायत ने दूसरी तरफ़ से बात भी पूरी नहीं होने दी।

"परिक्रमा मार्ग पर गौतम नगर के पास..."

"ठीक है भैनजी। मैं अभी आरो हूँ।"

पूरा पता जानने के बाद सेवायत जमुनादास अपने ठाकुरजी की जिस धूप आरती को, किसी भी तरह बीच में नहीं छोड़ने का प्रण लिए हुए था, वह प्रण भैनजी की एक भभकी में धराशायी हो गया। प्रात:काल की धूप आरती को बीच में छोड़, उसने तुरन्त अपनी मोपेड निकाल ली। लेकिन भीषण ठंड के प्रकोप से जीव तो जीव, मशीनें भी अपने आपको नहीं बचा पाई हैं। अर्थात मोपेड ने पहले तो स्टार्ट होने से मना कर दिया, किन्तु थोड़े-से मान-मनौवल के बाद वह स्टार्ट हो गई। छोटे शहरों की तंग गलियों की रानी और बुज़ुर्गों की पहली पसन्द अर्थात सेवायत जमुनादास की मोपेड पूरी रफ़्तार के साथ बताए गए पते की ओर दौड़ पड़ी। कोहरे से भरी कुंज गली में एक बार तो वह एक बाई से टकराते-टकराते बचा। यह तो उसका भाग्य अच्छा था जो बाई चपेट में आने से बच गई वरना आज उसे एक नहीं, दो-दो लाशों की शिनाख़्त करनी पड़ जाती।

इमलीतला मन्दिर के बाहर खड़ी एम्बुलेंस और छोटी-छोटी टोलियों में जगह-जगह खड़े लोगों को देख, सेवायत जमुनादास समझ गया कि एनजीओवाली 'भैनजी' ने झूठ नहीं बोला था। मोपेड खड़ी कर वह मन्दिर में गया, तो देखा मन्दिर के महंत के पास मुक्ति वाहिनी एनजीओ के कार्यकर्ता बैठे हुए हैं।

"राधे-राधे महंत जी! मेरौ नाम सेवायत जमुनादास है।" सेवायत ने बिना एक पल गँवाए जाते ही अपना परिचय दिया।

सेवायत का अभिवादन स्वीकार तो किया महंत ने, लेकिन बातचीत का सिलसिला जारी रखा एनजीओ की उसी भैनजी ने, जिसने सेवायत को फोन किया था।

"सेवायत जी, आप इस बाई को जानते हैं?"

"बा...बाई! कौन-सी बाई भैनजी?" सेवायत जमुनादास की ज़बान पहले ही सवाल पर लड़खड़ा गई।

"देखिए, घबराइए मत। तसल्ली से सोच लीजिए! हम तो इसलिए जानना चाह रहे हैं कि इसके पास आपका नंबर मिला है।"

"मेरौ काई बाई-वाई सू कोई वास्तो ना है भैनजी। रही बात मेरे नंबर की तो

दिन में मेरे कनै गल्लेन जिजमान आवे हैं। लेगो होएगो कोई माँगके।" सेवायत ने पल्लू झाड़ते हुए कहा।

"कोई बात नहीं। चलिए हम आपको उसका चेहरा दिखा देते हैं। हो सकता है चेहरा देखकर पहचान जाएँ।"

इतना कह एनजीओ के कार्यकर्ता सेवायत जमुनादास को लेकर बाहर उसी बुर्जी के पास ले आए, जहाँ उनकी एम्बुलेंस खड़ी थी। बुर्जी में रखे सफ़ेद कफ़न में लिपटे शव के पास रखे सामान की ओर संकेत करते हुए भैनजी ने पूछा, "इस सामान को पहचानते हैं?"

सेवायत जमुनादास ने सामान को पहचानने से साफ़ इनकार कर दिया।

"ब्रजलाल, इनको लाश का चेहरा तो दिखाना!" अपने एक कर्मचारी को मुक्ति वाहिनी की उसी कार्यकर्ता ने आदेश दिया।

ब्रजलाल ने बुर्जी के अन्दर रखे शव के चेहरे पर लिपटा कफ़न गरदन तक हटाया और बोला, "आइए साब!"

सेवायत जमुनादास धीरे-से शव तक गया और जैसे ही उसने चेहरा देखा, उसे एक पल लगा उसे पहचानने में, "जे तो अपनी हरिदासी मैया है!"

शव के चेहरे को देखकर सेवायत को अपनी आँखों पर विश्वास नहीं हुआ जैसे।

"लेकिन आप तो कह रहे थे आप इसे जानते नहीं हैं?" भैनजी ने मुस्कराते हुए कहा।

"भैनजी, मैंने ई मैया कहाँ-कहाँ ना ढूँढ़ी। कौन-सो घाट, कौन-सो मन्दिर; कौन-सो भजनाश्रम, कौन-सो बाजार; कौन-सी कुंज, कौन-सी गली होगी जामें मैंने ई ना ढूँढ़ी, पर ई कहीं ना मिली। और तो और मैंने या इमलीतला घाट पे भी खोजी ही पर ना मिली। हारके मैंने अपने जी कू ई मानके तसल्ली दे ली कि ई मैया अपने देस चलीगी होएगी।"

"तो आप इसे जानते थे?"

"भैनजी, या बिजली घोष ने या बिन्दाबन में और या घाट पे जब पहलो पाँव रखो हो, याहे तबते जानू हूँ।"

"अच्छाऽऽऽ तो इसका नाम बिजली घोष था? फिर तो आप इसके बारे में बहुत जानते होंगे?"

"आप अपनो काम करो भैनजी! क्यों पुराने घावन्ने खुदवाना चाहती हो। अब जो या दुनिया में है ही ना, वाके बारे में बात करने ते क्या फायदा?" इस बार सेवायत की आँखें नम हो आईं।

"सेवायत जी, इनके पास लगभग पन्द्रह हजार रुपए मिले हैं।"

एनजीओ की कार्यकर्ता द्वारा किए गए इस रहस्योद्घाटन पर सेवायत जमुनादास को कोई आश्चर्य नहीं हुआ। इसीलिए वह सबको सुनाते हुए ख़ुद से बोला, "वा

मैया! उन उन्नीस हजारन में ते इतने सालन में चार हजार ही खरच करे हैं।"

सेवायत जमुनादास को याद आया कि ये बचे हुए रुपए उन्हीं एक लाख उन्नीस हज़ार में से हैं जो हरिदासी ने भीख माँग-माँगकर इकट्ठा किए थे। इनमें से एक लाख उसने श्रीगोदा विहार मन्दिर को दान कर दिए और उन्नीस हज़ार सेवायत ने हरिदासी को हारी-बीमारी के लिए दे दिए थे। लगता है हरिदासी ने इनमें से इतने दिनों मात्र चार हज़ार ख़र्च किए हैं।

"ये लीजिए सेवायत जी!" एनजीओ की कार्यकर्ता ने सारे रुपए सेवायत की ओर बढ़ा दिए।

"भैनजी, मैं इनको कहा करूँ? लगा देना मैया के अन्तिम संस्कार में।"

"हमारी एनजीओ अपने खर्चे से ऐसे बेसहारा और लावारिशों का अन्तिम संस्कार करता।"

लावारिश शब्द सुन सेवायत उदास हो गया। वह जैसे ख़ुद से कहता है कि सच कहा हरिदासी लावारिश ही थी। ऐसी लावारिश जिसका न कोई नबद्वीप में था, न इस वृन्दावन में। जहाँ से इसे उम्मीद थी कि इसे कोई पहचान लेगा, उन्होंने भी अन्तिम दिनों में जैसे इससे मुँह फेर लिया।

"लीजिए सेवायत जी!"

"भैनजी, ऐसा करो इन्ने या इमलीतला मन्दिर कू दान कर देओ!"

"यह काम आप अपने हाथों से करेंगे तो ज्यादा ठीक रहेगा।" एनजीओ कार्यकर्ता ने मुस्कराते हुए रुपए सेवायत को दिए। इसके बाद वह अपने कर्मचारी की तरफ़ मुड़ी, "ब्रजलाल, बॉडी को एम्बुलेंस में रखवाइए और श्मशान घाट चलिए!"

शव को रखने के बाद एम्बुलेंस धीरे-धीरे अपने चिर-परिचित सायरन की आवाज़ के साथ श्मशान घाट के लिए प्रस्थान कर गई। जब तक एम्बुलेंस सेवायत जमुनादास की आँखों से ओझल नहीं हो गई, वह अपलक उसे जाता हुआ देखता रहा। एम्बुलेंस के जाने के बाद वह इमलीतला मन्दिर के महंत के पास आया और उसे बताने के बाद सारे रुपए दान पात्र में डाल दिए। एक बड़ी ज़िम्मेदारी से मुक्त हो सेवायत जमुनादास ने अपनी मोपेड स्टार्ट की और वह भी श्मशान घाट की ओर चल दिया।

शव को शवदाह के बीच में लकड़ियों की शैया पर लिटाने के बाद श्मशान के पुरोहित ने वहाँ खड़े एनजीओ के कार्यकर्ताओं से यूँ ही पूछ लिया, "दिवंगत आत्मा को मुखाग्नि कौन देगा?"

"पुरोहित जी, यह कोई लावारिश बाई थी। हम तो मुक्ति वाहिनी के कार्यकर्ता हैं। बिना मुखाग्नि के ही कर दो संस्कार।"

"ठीक है मैडम जी।"

इतना कह जैसे ही पुरोहित अग्नि देने आगे बढ़ा, सेवायत ने उसे टोकते हुए

कहा, "पुरोहित जी, भले ही मरनेवाला लावारिश था पर विधि-विधान भी तो कोई चीज़ होती है।"

"मैंने तो पूछा था कि मृतक को मुखाग्नि कौन देगा?" श्मशान का पुरोहित बोला।

"चलिए, मैं पूरे करता हूँ विधान।" इतना कह सेवायत जमुनादास ने चिता पर एकदम मौन मुद्रा में लेटी हरिदासी के शव के चारों ओर एक छेदवाले घड़े में जल लेकर परिक्रमा लगाई और घड़े को यह कहते हुए ज़ोर से फोड़ दिया, "ले मैया, आज तेरो शरीर और आत्मा दोनों सारी मोहमाया ते दूर हो गए हैं। अब तू या दुनिया ते पूरी तरह मुक्त हे गई है।" इसके बाद उसने हरिदासी को मुखाग्नि दी और वहीं एक तरफ़ बैठ गया।

"सेवायत जी, अब हमें भी इजाजत दीजिए!" एनजीओ कार्यकर्ता ने चलते हुए औपचारिकता निभाते हुए पूछा और एम्बुलेंस में अपने कर्मचरियों के साथ श्मशान से चली गई।

सामने धू-धू कर जलती चिता को सेवायत जमुनादास विस्फित नेत्रों से टकटकी लगाए देखता रहा। चिता से उठती ऊँची-ऊँची लपटों और धुएँ के गुबार के बीच उसे रह-रहकर लगता रहा, जैसे हरिदासी सचमुच अपने सारे बन्धनों से मुक्त हो गई है। उसकी आँखों के सामने तिल-तिलकर गर्क होती ज़िन्दा लाश के दृश्य ताज़ा हो उठे। उसे याद आती है चौड़े भालवाली हरिदासी की वह मोक्ष-कामना, जिसे वह अपनी इच्छा से यहाँ लेकर नहीं आई थी। आख़िर उस समय उसकी उम्र क्या थी, जब वह वैधव्य के इतने भारी गट्ठर को सिर पर उठाकर नबद्वीप से सैकड़ों मील दूर चलकर यहाँ आई थी? हरिदासी, माफ़ करना बिजली घोष इस वन में भटकने के बजाय पुनर्विवाह भी तो कर सकती थी। लेकिन उसने ऐसा नहीं किया। आख़िर वे कौन-सी वर्जनाएँ और बेड़ियाँ थीं जिन्हें वह चाहकर भी लाँघ नहीं पाई? सेवायत जमुनादास शायद और शायद पहली बार जीवन और मृत्यु के इन प्रश्नों से देर तक घिरा रहा।

"चलिए महाराज, चिता पूरी हो गई है। जाते-जाते कपाल-क्रिया भी कर दीजिए!"

श्मशान के पुरोहित की इस आवाज़ पर सेवायत चौंकते हुए खड़ा हो गया।

अन्तिम संस्कार के बाद उसी शैया का एक बाँस निकालकर सेवायत जमुनादास ने जैसे ही शव के सिर पर चोट की, एक पल के लिए उसके पूरे बदन का रोआँ-रोआँ खड़ा हो गया। कपाल-क्रिया के बाद सेवायत ने हरिदासी को अन्तिम प्रणाम किया और मन-ही-मन यह कहते हुए कि ले मैया, सांसारिक मोह में फँसा तेरा शरीर अब पूरी तरह बन्धन-मुक्त हो गया, जैसे ही जाने लगा, पुरोहित ने टोक दिया, "परसों फूल चुनने समय पर आ जाना।"

जाते-जाते ठिठक गया सेवायत जमुनादास। सही तो कह रहा है श्मशान का

पुरोहित। जब सब कुछ उसने कर ही दिया है तो अस्थि-विसर्जन की अन्तिम क्रिया भी क्यों न सम्पन्न कर दी जाए। इस विधान को तो वह भूल ही गया था।

"ठीक है पुरोहित जी। समय ते आ जाऊँगो। राधे-राधे!" श्मशान से विदा ले सेवायत जमुनादास ने अपनी मोपेड स्टार्ट की और चला आया टिकारी घाट मन्दिर।

लगता है हरिदासी के किसी पिछले जन्म के ऋण को उतारने का समय आ गया है।

श्मशान घाट से आते ही सेवायत जमुनादास ने खूँटी से लटकी उसी पोटली को उतारा, जिसे इससे पहले वह न जाने कितनी बार उतार चुका है और न जाने कितनी बार वापस टाँग चुका है। एक बार फिर से सेवायत ने पोटली से लाल कपड़े को बाहर निकाला और उसमें लिपटे छातिम के सूखे पत्तों के नाम पर, रह गई झीनी जाली और काँस के फूलों के नाम पर बच गए तिनकों को, जैसे अन्तिम बार देखने लगा। सामने खुले लाल कपड़े पर पड़े छातिम के पत्तों व काँस के फूलों के बच गए इन मौन अवशेषों में वह देर तक, हरिदासी के अतीत की उन उदास इबारतों को बाँचने का प्रयास करता है, जिन्हें वैधव्य के धवल पल्लू में बाँधकर वह नबद्वीप से सैकड़ों मील दूर अपने साथ लेकर आई थी।

हरिदासी की स्मृतियों से बोलते-बतियाते दिन कब बीत गया, कब रात हुई और कब फूल चुनने की सुबह आ गई, सेवायत जमुनादास को पता ही नहीं चला। आज उसने मोपेड नहीं ली बल्कि पैदल ही श्मशान घाट की ओर चल दिया। छोटे शहरों और नगरों के रास्तों पर चलते हुए कभी नहीं लगता कि हम किसी रास्ते पर चल रहे हैं। बल्कि लगता है हम रास्तों के नाम पर अपने ही पद-चिह्नों को दोहरा रहे होते हैं। जाने-अनजाने ख़यालों और अपने आपसे बतियाते हुए, टिकारी घाट मन्दिर और श्मशान घाट की दूरी कब समाप्त हो गई, इसका सेवायत को तभी पता चला, जब वह श्मशान घाट में दाख़िल हो गया।

जिस शवदाह स्थल में दो दिन पहले धू-धू कर जलती चिता से ऊँची-ऊँची आग की लपटें और धुएँ के गुबार उठते हुए दिखाई दे रहे थे, आज उस जगह ठंडी शान्त चिता जैसे गहरी निद्रा में लीन है। वहीं हैंडपंप के पास रखी बाल्टी में सेवायत ने पानी भरा और शवदाह स्थल पर आ गया। एक पल के लिए उसने वहाँ राख हो चुकी देह और उसकी अस्थियों पर नज़र डाली। इसके बाद उसने कन्धे पर पड़े गमछे और साथ लाई पोटली को शवदाह की मुंडेर पर रखा, तथा जूतों को शवदाह के बाहर उतार फूल चुनने लगा। एक-एक कर फूलों को बीनने के बाद उन्हें साथ लाए मिट्टी के बड़े कुल्हड़ में डाला और शवदाह से बाहर लाकर उन्हें पानी से धो दिया।

फूलों को लेकर सेवायत जमुनादास अब केशी घाट पर आ गया। केशी घाट आकर उसने किनारे लगी एक नाव ली और मल्लाह से यमुना में चलने को कहा। मल्लाह समझ गया नाव को बीच यमुना में ले जाने का अर्थ। जैसे-जैसे नाव हिचकोले खाती हुई आगे बढ़ने लगी, सेवायत की स्मृतियों की डोर भी खुलने लगी। उसकी आँखों के आगे शान्त बहती यमुना और इसी घाट से जहाँगीरपुर में लगनेवाले बेलवन मेले के लिए जानेवाली रंग-बिरंगी पतंगी काग़ज़ों की लड़ियों से सजी नाव में बैठी हरिदासी का चेहरा तैर गया। वापसी में यमुना चुनरी महोत्सव के समय जब वे दोनों घाट पर आए, तो यमुना में एक के पीछे एक लगी नावों में बैठे श्रद्धालुओं के हाथों में थमी, और एक किनारे से दूसरे किनारे तक फैली रंग-बिरंगी साड़ियों के छोरों को जोड़कर तैयार की गई लम्बी चुनरी को देख हरिदासी की आँखें आश्चर्य से फैलने-सिकुड़ने लगी थीं। केशी घाट की सीढ़ियों से लेकर दूर तक बिछी दरियों और पेड़ों की शाखाओं से बँधी पतंगी काग़ज़ों की लड़ियों, और जगह-जगह टँगे सतरंगी गुब्बारों की छटा को देख उसकी ख़ुशी देखते ही बन रही थी। ऐसी चमक और ख़ुशी सेवायत ने उसके चेहरे पर कभी नहीं देखी थी। दुल्हन की तरह सजे केशी घाट से शुरू हुई और यमुना के दूसरे किनारे तक फैली, पूस की चंचल धूप से चिलकती यमुना की पीताम्बरी देह को देख, एक बार सेवायत को लगा था जैसे यह पीताम्बरी देह यमुना की नहीं, उसके साथ इस अलौकिक दृश्य में डूबी हरिदासी की है। जब-जब वह कनखियों से दिन ढले की धूप में भीजी हरिदासी को देखता, तब-तब लगता जैसे उसकी पूरी देह पीले उबटन में पुती हुई है।

नाव बीच यमुना में जाकर जैसे ही रुकी, सेवायत जमुनादास की स्मृतियों के मणके एकाएक छिटककर बिखर गए। सेवायत ने सबसे पहले नाव से बहती यमुना में हरिदासी के फूलों को सिराया, और आँखों को मूँद मन-ही-मन उसकी आत्मा की शान्ति के लिए प्रार्थना की। जब उसकी आँखें खुलीं तो पाया अस्थियाँ पानी में बिला चुकी हैं। इसके बाद सेवायत ने नाव में रखी पोटली उठाई। उसमें रखे लाल कपड़े को बाहर निकाला और उसे यमुना में खोल दिया। हवा के हल्के झोंके के साथ उड़ते हुए छातिम के सूखे पत्ते और काँस के फूलों के तिनके एक-एक कर, धीरे-धीरे कोहरे की धुँधली चादर में लिपटी यमुना की सतह पर गिरने लगे। डगमग करते सारे पत्ते और तिनके जब तक बहते हुए उसकी आँखों से ओझल नहीं हो गए, उसने उनसे नज़र नहीं हटाई।

सेवायत जमुनादास ने नाव में खड़े-खड़े विसर्जित अस्थियों और छातिम के सूखे पत्तों व काँस के फूलों के तिनकों को विदाई प्रणाम किया, और मल्लाह से नाव वापस केशी घाट पर ले चलने के लिए कह दिया। नाव जैसे आई थी वैसे ही डगमग करती हुई घाट पर आ लगी। नाव से उतर सेवायत ने धीरे-धीरे बहती यमुना

में उसी जगह नज़र डाली, जहाँ वह कुछ देर पहले अस्थियों सहित छातिम के पत्तों और काँस के सूखे तिनकों को विसर्जित करके आया था। निर्निमेष नेत्रों से सेवायत देर तक यमुना की काँपती देह को निहारता रहा। यमुना को निहारते हुए अनायास उसके होंठों से ये शब्द झरने लगे—

ब्रज रज में यह रज मिलै, रज में यमुना नीर।
धन्य भाग वा मनुज के, जो ब्रज में तजै शरीर॥

केशी घाट से चलने से पहले सेवायत जमुनादास को लगा जैसे उसके कानों में तिरोहित हरिदासी की उदास आवाज़ गूँज रही है। एक पल के लिए उसे भ्रम हुआ कि यह कैसे सम्भव है? फिर उसे लगा कहीं यह यमुना की कातर गुहार तो नहीं है? शायद यह उसका वहम है। यही सोच वह मुड़कर लौटने लगा, तो उसने देखा कि यह आवाज़ तो पास की बुर्जी से आ रही है। वह बुर्जी के और पास गया तो पाया उसके बर्फ़ से पिघलते नंगे फ़र्श पर लेटा एक सफ़ेद पुतला, मानो अपने आपसे गुहार कर रहा है। थोड़ी देर के लिए सेवायत को लगा यह बोलता हुआ पुतला हरिदासी का है। उसी हरिदासी का जिसका तर्पण कर वह अभी-अभी लौटा है। भले ही सेवायत के बांग्ला समझ में नहीं आती है किन्तु बुर्जी से आते शब्दों की मार्मिकता और उनके गीलेपन को वह सहज ही महसूस कर सकता है। जब तक सेवायत जमुनादास वहाँ रहा उसके कानों में यमुना की सतह से उठती धुन्ध में भीगे इन शब्दों की गुहार गूँजती रही—

तुमि आमारि मोतोन जोलिओ जोलिओ
बिरोहो कुशुमो हार गोलेते पोरियो
तुमि जाइयो... जोमुनार घाटे
ना मानि नोनोदेरो बाधा...
बोनोमाली तुमि पोरो जोनोमे होयो राधा
बोनोमाली तुमि पोरो जोनोमे होयो राधा
तुमि आमारि मोतोन कान्दियो कान्दियो
कृष्णो कृष्णो नाम बोदोने जोपियो
तुमि बुझिबे तोखोन... नारीरओ बेदोन
राधार ओ प्राने कतो बेथ्था
बोनोमाली तुमि पोरो जोनोमे होयो राधा
बोनोमाली तुमि पोरो जोनोमे होयो राधा
तुमि आमारि मोतोन मोरियो मोरियो
श्यामो कोलोंकेर हार गोलेते पोरियो

तुमि पुडियो तोखोन...आमरि मोतोन
बुके लोइया दुखेर चिता
बोनोमाली तुमि पोरो जोनोमे होयो राधा
बोनोमाली तुमि पोरो जोनोमे होयो राधा।